Jo's Boys
And How They Turned Out

A Sequel to "Little Men"

By
Louisa M. Alcott

Illustrated by
Ellen Wetherald Ahrens

Boston
Little, Brown, and Company

조의 아이들

J o ' s   B o y s

루이자 메이 올컷 지음 | 엘런 웨더럴드 애런스 그림 | 문세원 옮김

더스토리

WALTON RICKETSON, SCULP.

Louisa May Alcott.

서문

이 이야기는 7년이라는 긴 시간을 두고 쓰였기 때문에 꽤 불완전한 전작들보다 더욱 오류투성이다. 하지만 내가 감당해야만 하는 독자들의 실망에 속죄하는 마음을 더해 참을성 있게 오래 기다려준 나의 어린 친구들을 기쁘게 할 마음으로 더 이상 지체하지 않고 이 글을 내놓는다.

에이미에 대한 이야기를 하지 않아 내가 무심하다고 여길 독자들을 위해 좀 더 설명을 하고 싶다. 내 소설의 실제 모델인 그녀가 죽은 후로 그녀의 제안, 비평, 그리고 그 아름다웠던 웃음소리를 우리 곁에서 살아 있을 때처럼 쓸 수가 없었기 때문이다. 마미의 경우도 그렇다. 내가 아무것도 쓰지 못하고 빈 페이지들만 접어두었을지라도 이들을 알고 사랑한 독자들은 그 비어 있는 페이지에서도 그녀들이 얼마나 명랑하고 진실했으며 무엇이든 돕기를 좋아했는지 기억해주리라.

루이자 메이 올컷
1886년 7월 4일, 콩코드에서

Contents

서문　　5

1 10년 후　　9
2 파르나소스　　36
3 조의 수난　　66
4 댄　　98
5 여름 방학　　130
6 마지막 당부　　169
7 사자와 어린 양　　199
8 조시, 인어공주가 되다　　228
9 지렁이, 꿈틀하다　　255
10 데미, 자리 잡다　　281

11 에밀의 추수감사절 301

12 댄의 크리스마스 315

13 네트의 새해 334

14 플럼필드의 연극 공연 355

15 기다림 382

16 테니스 코트에서 396

17 소녀들 사이에서 422

18 졸업 축하 행사 444

19 하얀 장미 464

20 생명으로 생명을 487

21 아슬라우가의 기사 512

22 확실한 마지막 등장 536

작가 연보 555

1. 10년 후

"누군가 10년 전에 내게 와서 여기서 이런 변화가 일어날 것이라고 예언했다면 나는 믿으려 들지 않았을 거야." 조 부인이 메그 부인에게 말했다. 때는 여름이었고 플럼필드의 포치에 앉아 주변을 둘러보는 두 사람의 얼굴에는 뿌듯함과 기쁨이 묻어 있었다.

"재물과 선한 마음이 어우러질 때 일어나는 마법 같은 일이지. 로런스 할아버지가 기부하신 돈으로 세운 대학이니, 이보다 더 고귀한 기념비는 없을 거야. 그리고 이 집 덕분에 우리는 마치 대고모에 대한 기억을 오래도록 푸르게 간직할 테고." 곁에 없는 이들을 칭송하는 일에 뛰어난 메그 부인이 답했다.

"기억나, 언니? 우린 동화 속 요정을 믿었지. 그리고 요정에게 어떤 세 가지 소원을 들어달라고 할까 계획을 세우곤 했잖

아. 그런데 내 소원이 정말로 이루어진 것 같지 않아? 돈, 명예, 그리고 잔뜩 쌓인 원고들." 조 부인은 그렇게 말하며 어릴 때 하던 것처럼 머리 위에서 두 손을 마주 잡으려다가 그만 머리를 헝클고 말았다.

"내 소원도 마찬가지야. 그러고 보니 에이미도 자기가 원하던 걸 이루며 살고 있구나. 사랑하는 어머니와 존, 그리고 베스가 이 자리에 있었더라면 더없이 완벽했을 텐데." 이렇게 덧붙이는 메그의 목소리가 부드럽게 떨렸다. 어머니의 자리가 비어서였다.

조는 언니의 손에 자기 손을 포갰다. 두 사람은 슬픔과 행복이 뒤엉킨 눈으로 잠시 아무 말도 하지 않고 가만히 앉아서 자기들 앞에 펼쳐진 쾌적한 풍경을 바라보았다.

정말이지, 누군가 마술이라도 부린 것 같았다. 조용하기만 하던 플럼필드가 바삐 돌아가는 작은 세상으로 변했으니 말이다. 집은 그 어느 때보다 손님 맞을 준비가 되어 있었다. 새로 한 칠과 부속건물, 잘 가꾼 잔디와 정원 덕분에 한결 산뜻해졌고 사방을 휘젓고 다니던 시끌벅적한 녀석들이 사라져서 그런지 과거에는 풍기지 않던 번영의 기운이 느껴졌다.

베어 부부가 좀처럼 동시에 누리기 어려운 두 가지였다. 연을 날리던 언덕에는 로런스 할아버지의 아낌없는 기부가 남긴 유산인 우수한 대학이 우뚝 서 있다. 어린아이들의 발이 신나게 뛰놀던 길은 공부하는 학생들이 바삐 오가는 길이 되었다. 이곳에서 많은 젊은 남녀가 부, 지혜, 자선이 베푸는 유익을 누리는 중이다.

플럼필드의 대문을 열고 들어가면 나무 사이로 예쁜 갈색 집이 보인다. 도브코트와 매우 흡사한 집이다. 잔디 깔린 비탈길을 따라 서쪽으로 올라가면 로리의 하얀 기둥 저택이 나오는데, 햇빛을 받으면 반짝인다. 도시가 급격히 성장하면서 옛날 집이 문을 닫아 메그의 보금자리가 사라지고 그 자리에 비누 공장이 들어섰다. 이 일로 로런스 할아버지는 잔뜩 화가 났었다. 그 일로 우리 친구들이 플럼필드로 이사하게 되었고 더불어 엄청난 변화가 시작되었다.

유쾌한 변화였다. 사랑하는 이들을 잃은 것은 슬펐지만 그들이 남긴 유산은 축복이 되어 여기 속한 모든 이들이 덕을 보고 있다. 대학 총장인 베어 씨와 교목인 마치 씨에겐 그들의 오랜 염원이 아름답게 실현된 셈이다.

학생 관리는 자매들이 각자 가진 장점을 살려 나누어 맡고 있다. 메그는 여학생들의 어머니 같은 존재였고, 조는 남학생들이 비밀을 털어놓는 상대이자 그들의 전적인 옹호자였으며, 여성 자선가로 통하는 에이미는 어려운 처지의 학생들을 섬세한 방식으로 도왔다. 에이미는 학생들을 즐겁게 해주는 일을 마다하지 않았기에 그들이 그녀의 아늑한 집을 파르나소스산(Mount

Parnassus)*이라고 부른 것은 어찌 보면 당연한 일이었다. 굶주린 젊은이들이 열망하는 음악과 아름다움, 문화로 가득했으니 말이다.

그러는 사이 원래 이곳에 살던 열두 아들은 뿔뿔이 흩어졌다. 하지만 이곳에 살았던 모든 이에게 플럼필드는 여전히 특별한 기억이 있는 곳이다. 그들은 지구 곳곳에서 다시 이곳을 찾아와 겪었던 일을 나누고 함께 옛날이야기를 하며 웃음꽃을 피웠고, 또다시 새로운 임무를 맞이할 용기를 냈다. 이곳을 찾으면 젊고 행복했던 나날의 기억 덕분에 고향에 돌아온 것처럼 마음이 부드러워지고 저절로 손이 움직여 다른 이들을 도울 생각이 들기 때문이다. 이제 이들 각자의 삶이 어떠했는지 간략하게 정리해주려고 한다. 본격적인 이야기는 다음 장부터 하도록 하자.

스물여섯 살이 된 프란츠는 상인인 친척과 함부르크에서 머무르며 잘 지내고 있었다. 에밀은 '푸른 대양을 항해**'하는 행복한 선원 중에서도 가장 쾌활한 이였다. 에밀의 삼촌 프리츠는 에밀을 질리게 할 심산으로 긴 항해에 내보냈는데, 에밀은

---

* 그리스에 있는 산으로, 그리스 신화 속 문학과 예술의 신인 아폴로와 그의 뮤즈들이 머무는 곳으로 알려져 있다.

** 콜럼버스를 묘사하는 표현으로, 콜럼버스의 신대륙 발견을 기리는 시의 한 구절이다.

신이 나서 집에 돌아왔다. 뱃사람이 그의 천직임은 자명한 일이었고, 독일의 친척에게서 배 탈 기회도 얻었다. 댄은 여전히 방랑자였다. 남미에서 지질 조사를 하고는 호주로 건너가 양목장을 운영하기도 했고 지금은 캘리포니아에서 금광을 찾는 중이다. 네트는 음악학교에서 음악에 전념 중인데 독일에서 한두 해 정도 유학할 계획을 하고 있다. 의학도가 된 토미는 의학 공부를 좋아하려고 노력 중이다. 잭은 아버지와 사업을 하고 있는데 부자가 되기로 단단히 마음을 먹은 모양이었다. 돌리는 스터피, 네드와 함께 대학에서 법을 공부하고 있다. 불쌍한 딕은 세상을 떠났다. 빌리도 마찬가지였다. 아무도 애도할 수 없었다. 그들과 같은 몸과 마음의 고통을 가지고서는 누구도 행복할 수 없었을 테니 말이다.

로브와 테디는 '사자와 어린 양'으로 불렸다. 테디는 짐승의 왕처럼 사나웠지만, 로브는 '매애' 하고 우는 양처럼 온순했다. 조 부인은 로브의 효심을 일찌감치 알아보고 그를 '딸'이라고 부를 정도였다. 그러면서도 그의 조용한 예의범절과 온순한 성품 이면에 숨은 넘치는 남자다움을 알아보았다. 하지만 테디에게서는 온갖 말썽, 변덕, 야심, 그리고 장난기만 보이는 것 같았다. 어린 시절 조의 성품이 새로운 형태로 구현되는 듯했다. 언제나 야생마처럼 헝클어진 황갈색 머리카락, 긴 다리와 팔, 큰목소리, 잠시도 쉬지 않는 활동성으로 테디는 플럼필드에서 항상 눈에 띄는 존재였다. 테디는 이따금 침울해했고, 일주일에 한 번은 절망의 구렁텅이*에 빠졌다. 그럴 때면 인내심 많은 로브나 어머니가 끌어내주어야 했다. 어머니는 언제 테디를 혼자 내버려두어야 할지, 언제 그를 흔들어 깨워야 할지 잘 알고 있었다. 테디는 어머니에게 큰 자랑이자 기쁨이면서 동시에 고통을 안겨주는 존재였다. 하지만 또래에 비해 유달리 똑똑하고 온갖 종류의 새로운 재능을 가진 아이였기에 조의 모성은 이 특별한 아이가 어떤 사람으로 자랄지 기대가 컸다.

데미는 대학을 우등으로 졸업했다. 메그 부인은 아이를 목사로 만들고 싶어 했다. 메그는 자기 아들이 근엄한 목사가 되어 첫 설교를 하는, 그리고 동시에 오래도록 가치 있고 존경받는 삶을 살게 될 날을 꿈꾸며 상상의 나래를 펼쳤다. 하지만 존은 (이제 메그는 그를 존이라고 부른다) 신학교 진학을 강력히 거부했다. 책이라면 이미 물리도록 보았고 이제는 사람과 세상에 대해 좀 더 배우고 싶다는 것이 이유였다. 아들이 결국 신문기자가 되기로 결심하자 착한 메그는 실의에 빠졌다. 메그에게는 큰 충격이었다. 하지만 메그는 젊은이의 마음은 부모 뜻대로 움직일 수 있는 것이 아님을, 그들에게는 경험이 최고의 교사임을 알고 있었다. 그렇기에 여전히 그가 강대상에 서는 날

---

* 존 버니언의 《천로역정》에 등장하는 장소.

을 소망하면서도 자신의 바람을 좇아가도록 내버려두기로 했다. 조 이모는 가문에 기자가 나온다는 것을 알게 되자 불같이 화를 냈는데 그 자리에서 조카를 '젠킨스(Jenkins)*'라고 부를 정도였다. 조 역시 조카가 가진 문학성은 높이 평했지만, 그가 공식적인 폴 프라이(Paul Pry)**가 된다는 사실은 몹시 못마땅해했다. 그렇게 여긴 이유는 따로 있었는데, 어찌 된 일인지는 나중에 알게 될 것이다. 하지만 데미는 자기 자신을 잘 알고 있었기에 어머니나 이모의 걱정스러운 말이나 친구들의 조롱에도 아랑곳하지 않고 조용히 자신의 계획대로 밀고 나갔다. 테디 이모부만은 그를 격려해주었다. 디킨스를 비롯한 다른 많은 유명 인사도 신문기자로 시작해 유명한 소설가나 언론인이 되었다며 그의 선택을 지지해주었다.

소녀들은 한창 피어나는 중이었다. 한층 더 사랑스럽고 가정적인 소녀가 된 데이지는 어머니의 총애를 받는 귀여운 딸이자 어머니의 친구였다. 열네 살이 된 조시는 그 누구보다 개성이 강했고 장난기와 독특함으로 가득한 소녀였다. 최근 그녀가 몰두해 있는 것은 연극이었다. 덕분에 조용한 성품의 어머니와

---

* 19세기에 사용한 용어로 허풍스럽고 비굴하게 구는 사회부 기자를 비하하는 영국식 표현.
** 19세기 영국 익살극의 제목이자 주인공. 대놓고 남의 사생활을 캐묻는 사람을 일컫는 옛 표현.

언니에게 한시름 걱정과 한 다발 즐거움을 동시에 안겨주었다.

베스는 키가 크고 아름다운 소녀로 자라났는데 자기 나이보다 몇 살은 더 들어 보이는 성숙함을 풍겼다. 베스에게는 작은 공주에게나 있을 법한 우아한 몸짓과 조신한 취향, 그리고 부모에게서 물려받은 예술적 재능이 있었고, 그것은 돈과 사랑이라는 양분을 먹고 쑥쑥 자라나는 중이었다.

하지만 이 작은 사회의 가장 큰 자랑은 단연 말괄량이 낸이었다. 잠시도 가만히 있지 않고 제멋대로 날뛰던 아이들이 흔히 그렇듯, 낸 역시 에너지가 넘치는, 전도유망한 아가씨로 성장했다. 야망을 품고 구하는 자가 자기에게 딱 맞는 일을 찾아냈을 때 갑자기 꽃을 피우듯, 낸은 열여섯 살에 의학을 공부하기 시작했고 스무 살에 용감히 사회로 진출했다. 그녀 앞에 총명하고 지적인 여성들이 있었던 덕분에 대학과 병원들은 그녀를 기꺼이 받아주었다. 어릴 때부터 그녀의 목표는 단 한 번도 흔들린 적이 없다. "나는 가족 때문에 소란을 피우고 싶지 않아. 난 진료실에 약병과 막자사발을 두고 아픈 사람들을 찾아다니며 고쳐줄 거야."라고 말해 데이지를 놀라게 한 순간부터 말이다. 어린 소녀가 입으로 예언한 미래를 젊은 여성이 빠른 속도로 성취해냈다. 낸은 그 일을 통해 행복을 찾았기에 그녀를 이 천직으로부터 떼어낼 수 있는 것은 아무것도 없었다. 꽤 괜찮은 젊은 신사들이 그녀에게 다가왔고, 데이지처럼 '멋진 집과 사랑스러운 가족을 돌보는' 선택을 하도록 설득했다. 하지만 낸은 호탕하게 웃으며 사랑을 고백하는 이들의 혀를 진찰하려고 하거나 그녀의 사랑을 갈구하며 내미는 남자들의 손목 맥박을 짚었다. 낸은 직업 정신을 활용하여 구혼자들을 돌려보냈고, 그리하여 결국 모두 떠나가고 끈질기게 구애하는 젊은이 한 명만 남았다. 그는 무척이나 헌신적인 트래들스* 같은 사람이었다. 그의 목마름은 도대체 채울 방법이 없었다.

바로 토미였다. '막자사발'을 향한 낸의 마음이 그러하듯, 어린 시절 첫사랑을 향한 토미의 마음도 변할 줄을 몰랐다. 그리고 토미의 일편단심은 실제로 낸의 마음에 큰 감동을 주기도 했다. 의학 쪽으로는 전혀 취미도 없고 원래는 상인이 되길 꿈꾸던 토미가 의학을 공부한 것도 순전히 낸 때문이었다. 하지만 낸은 단호했고, 그만큼 토미도 끈질겼다. 토미가 의사가 된 후 많은 사람을 죽이지 않기만을 간절히 바랄 뿐이었다. 아무튼 두 사람은 둘도 없이 좋은 친구였고, 두 사람의 유쾌하고도 우여곡절 많은 사랑의 추격전은 친구들에게 재미난 볼거리를 제공하기도 했다.

메그 부인과 조 부인이 포치에 앉아 이야기를 나누던 그날 오후, 두 사람도 플럼필드로 가는 중이었다. 그렇다고 두 사람

---

* 찰스 디킨스의 《데이비드 카퍼필드》에 나오는 인물 토미 트래들스.

이 함께 걷는 중이라고 볼 수는 없었다. 낸은 쾌적한 길을 혼자서 씩씩하게 걸어가면서 흥미로운 환자에 대해 골똘히 생각하는 중이었고, 토미는 낸 뒤를 쫓아가며 교외를 벗어나는 지점에서 그녀를 앞지르는, 우연을 가장한 만남을 계획하고 있었다. 이는 토미만의 방식이었고 그가 하는 장난의 일부였다.

낸은 외모가 수려한 여성이었다. 목적을 가진 젊은 여성들이 흔히 그러하듯 얼굴에는 화색이 돌고 눈빛은 맑았으며 입가에 미소가 있으면서도 차분한 표정을 지녔다. 낸은 수수하면서도 예의를 갖춘 옷차림을 하고 편안하게 걷는 걸 좋아했다. 넓은 어깨를 뒤로 젖히고 두 팔을 자유롭게 흔들며 걷는 활기찬 모습에서 젊음의 탄력과 건강이 느껴졌다. 화창한 날씨에 쾌활하고 행복한 모습으로 시골길을 걸어가는 모습이 어찌나 유쾌해 보이던지 행인들이 고개를 돌려 다시 쳐다볼 정도였다. 그런 그녀 뒤로는 한 남자가 보였는데, 모자를 들어 인사할 때마다 붉게 상기된 얼굴과 곱슬머리가 보였다. 그리고 그 젊은이역시 행인들이 낸을 보며 느끼는 감정에 동의하는 것 같았다.

낸에게 누군가가 온화한 목소리로 "안녕."이라고 말을 걸었다. 산들바람을 타고 들려온 목소리에 낸은 잠시 멈추고 깜짝 놀란 표정을 지어보려 했지만 여지없이 실패했다. 대신 다정한 목소리로 이렇게 받아주기로 했다.

"어머나 토미, 너구나?"

"그래. 오늘은 네가 플럼필드에 갈 것 같더라니." 토미의 명랑한 얼굴이 기쁨으로 환하게 빛났다.

"알고 있었구나. 목은 좀 어때?" 그렇게 묻는 낸의 말투가 의사 같다. 과도한 황홀감을 잠재우려면 이 방법이 딱이다.

"목? 아, 맞다. 이제 생각나네. 목은 괜찮아. 처방해준 약의 효과가 훌륭하던걸. 앞으론 절대로 동종요법을 사이비라고 부르지 않을게."

"이번엔 네가 사이비 환자였어. 내가 네게 준 건 약물이 전혀 들어가지 않은 알갱이거든. 설탕이나 우유가 디프테리아를 치료할 수 있다니 놀라울 따름이야. 꼭 기억해둘게. 오, 토미, 토미, 대체 언제까지 이런 장난을 칠 셈이오?"

"오, 낸, 낸, 대체 언제까지 나의 멋진 모습을 봐주지 않을 셈이오?" 두 사람은 다시 옛날로 돌아간 듯 서로를 마주 보며 웃음을 터뜨렸다. 두 사람이 플럼필드를 방문할 때면 언제나 생생하게 되살아나는 기운이다.

"그게, 네 진료실로 전화할 변명거리를 지어내지 않았다간 일주일 동안 너를 보지 못한다는 것을 알고 있었거든. 넌 항상 죽도록 바쁘기만 하고, 어디 내가 끼어들 틈이 있어야 말이지." 토미가 설명했다.

"너 역시 바빠야 한다고. 시답잖은 농담이나 할 때가 아니라니까. 정말이지, 토미, 강의에 더 신경 쓰지 않았다간 절대로 성공하지 못할 거야." 낸이 진지한 얼굴로 말했다.

"그 얘기라면 지긋지긋하게 듣고 있어." 토미가 넌덜머리가 난다는 얼굴로 대답했다. "온종일 시체를 해부했잖아. 사내라면 즐길 줄도 알아야지. 난 한번에 오래도록 견디는 건 못해. 하긴 누군가는 그걸 대단히 즐기는 것 같더라만."

"그럼 아예 그만두는 건 어때? 네게 잘 맞는 걸 하는 편이 낫지 않겠니? 너도 알겠지만 나는 네가 이러는 게 어리석은 짓이라고 생각해." 낸은 걱정스러운 목소리로 말하면서 혹시나 볼드윈 사과처럼 발그레한 토미의 얼굴에 아픈 기색은 없는지 유심히 살폈다.

"너도 내가 왜 이 길을 택했는지 알고 있잖아. 그리고 왜 이 공부 때문에 죽을 지경이라도 끝까지 버텨야만 하는지. 내가 연약해 보이지 않을지는 몰라도 내 안엔 깊은 심장병이 있다고. 이게 언젠간 나를 죽일 거야. 이 병을 고칠 수 있는 의사가 세상에 단 한 명뿐인데도 그녀는 고쳐주려고 하지 않는걸."

수심과 체념을 표현하는 토미가 재미있어 웃음이 나기도 하고 한편으로 안쓰럽기도 하다. 이렇게 진심으로 자신의 마음을 드러내고 있는데도 한 톨만큼의 격려도 받지 못하는 신세라니.

낸은 얼굴을 찡그렸다. 하지만 이는 낸에게도 익숙한 일, 이런 상황에서 토미를 어떻게 다뤄야 하는지도 알고 있었다.

"그 의사가 최고의 치료법이자 유일한 치료법으로 고치는 중이라지. 하지만 의사 말을 듣지 않는 환자들에겐 가망이 없다더라고. 내가 시키는 대로 그 무도회엔 갔어?"

"그랬지."

"그럼 아름다운 웨스트 양에게 헌신해보라는 것은?"

"저녁 내내 그녀와 춤을 췄지."

"그런데도 네 민감한 장기에 아무런 인상도 남지 않았단 말이야?"

"전혀. 그녀의 얼굴을 한번 멍하게 바라봤고, 식사 시중을 드는 것도 잊어버렸고, 마침내 그녀의 어머니 손에 그녀를 넘겨주면서 안도의 숨을 내쉬었을 뿐."

"그렇다면 약을 반복해서 써야겠네. 최대한 자주 써보고 증상을 기록해둬. 조만간 약 좀 더 달라고 '떼를 쓸' 것 같으니."

"절대로 그런 일은 없을걸! 내 체질엔 영 안 맞는 약이란 말이야."

"한번 봅시다. 의사 말에 순종이나 하시지!" 낸이 단호하게 말하자, 토미가 온순하게 대답했다.

"네, 선생님."

잠시 정적이 흘렀다. 그러자 친숙함이 불러일으키는 유쾌한 기억이 되살아났다. 시빗거리가 종적을 감추기라도 한 듯 낸이 갑자기 입을 열었다.

"저 숲에서 우리 정말 재미있게 놀았는데! 너 커다란 개암나무에서 굴러떨어진 것 기억나니? 쇄골이 부러질 뻔했지, 그때?"

"당연히 기억나지! 그리고 네가 나를 약쑥으로 범벅을 해놔서 내가 멋진 마호가니색으로 변해버렸잖아. 조 부인이 내 망가진 재킷을 보고 엄청 슬퍼하셨지." 토미가 웃음을 터뜨렸다. 어느새 다시 소년으로 돌아가 있었다.

"그리고 네가 집에 불을 지른 것도?"

"넌 네 밴드박스(bandbox)*를 챙기러 달려갔었지."

"그 후에도 '우르릉 천둥'이라는 말을 써본 적 있어?"

"지금도 너를 '빙글뱅글'이라고 부르기도 해?"

"데이지가 그렇게 부르지. 사랑스러운 데이지. 못 본 지 일주일이나 되었네."

"아침에 만났어. 데미 말로는 데이지가 마더 베어(Mother Bhaer)** 대신 집을 돌보고 있다는데."

"조 부인이 정신없이 바쁠 때면 데이지가 항상 도와주니까. 데이지는 모범적인 가정주부야. 네가 아내감을 찾는다면 데이지만 한 여자가 없을 거야. 연애질을 시작하기 전에 먼저 어른이 되어야 한다고 해서 더는 기다릴 수 없게 된다면 말이야."

---

* 원래는 분리형 칼라를 보관하는 용도로 제작되었으나 소품이나 잡동사니를 넣어두는 용도로 사용되었다.
** 플럼필드 아이들이 조를 부르는 애칭. 그녀의 성 'Bhaer'와 곰을 뜻하는 'bear'의 발음이 비슷해서다.

"혹여나 그런 암시라도 했다간 네트가 내 머리를 바이올린으로 내려칠걸. 고맙지만 사양하겠어. 내 마음엔 팔에 새겨진 푸른 닻처럼, 지울 수 없이 새겨진 또 다른 이름이 있다니까 그러네. 내 모토는 '희망'이야. 네 모토는 '항복 불가'겠지. 누가 더 오래 버티나 보자고."

"너희 남자아이들이란, 어릴 때 그랬던 것처럼 커서도 짝이 꼭 있어야 한다고 생각하지. 하지만 우리는 그러지 말자. 여기서 보니 파르나소스가 엄청나게 잘 보이네!" 낸이 별안간 화제를 바꾸었다.

"정말 멋진 집이야. 하지만 내겐 예전 플럼필드가 최고야. 여기에 어떤 변화가 일어났는지 마치 대고모님이 알게 되신다면 노려보지 않겠어?" 토미가 대답했다. 두 사람은 잠시 말없이 거대한 대문 앞에 서서 눈 앞에 펼쳐진 멋진 광경을 감상했다.

갑자기 요란한 소리가 들려와 정신이 번쩍 들었다. 헝클어진 노란 머리에 키가 큰 소년이 캥거루처럼 생울타리를 뛰어넘더니 곧이어 날씬한 여자아이가 그 뒤를 쫓다가 산사나무에 걸렸는데, 그대로 주저앉아 마녀처럼 웃고 있었다. 짙은 색 곱슬머리, 초롱초롱한 눈, 표정이 풍부한 예쁜 소녀였다. 모자는 등 뒤로 넘어가 있었고 시내를 건너고 나무에 기어오른 터라 치마는 상태가 심각했다. 게다가 조금 전 뛰어내리려고 시도한 탓에 올이 잔뜩 뜯겨 있었다.

"낸 언니, 나 좀 내려줘. 토미 오빠는 테디 좀 잡아주고. 테디가 내 책을 가져갔어. 반드시 찾고 말 거야." 나무 위에서 조시의 목소리가 들려왔다. 낸과 토미는 갑자기 나타난 친구들을 보고도 그다지 당황하는 기색이 없었다.

토미는 잽싸게 달려가 도둑의 옷깃을 잡아챘다. 낸은 가시덤불 사이에서 조시를 끄집어내어 두 다리로 설 수 있게 도와주었다. 나무라는 말은 한마디도 하지 않았다. 낸 역시 소녀 시절 엄청난 말괄량이였기에 비슷한 기질을 가진 아이들에게 상당히 관대한 편이었다. "무슨 일이니, 조시?" 낸이 가장 길게 찢어진 치맛자락을 핀으로 꽂아주며 자기 손에 난 상처를 살펴보는 조시에게 물었다. "버드나무에 앉아서 내가 맡은 배역을 연습하고 있는데 테디가 몰래 다가와서는 막대기를 뻗어서 내 책을 채갔어. 내가 나무에서 기어 내려오기도 전에 도망갔다니까. 야, 이 웬수야, 당장 내놓지 않으면 귀쌈을 날려버린다!" 조시가 악을 썼다. 그녀의 숨에서 웃음과 잔소리가 동시에 느껴졌다.

토미를 뿌리치며 테디는 감상적인 허세를 부렸다. 흠뻑 젖고 찢어져 자기 앞에 처참한 몰골로 서 있는 어린 친구에게 부드러운 눈길을 보내면서 클로드 멜노트*의 유명한 대사를 나른하게 읊은 것이다. 그 광경을 보면 누구나 웃음을 터뜨릴 수밖에

---

* 에드워드 불워 리턴의 희곡《리옹 부인(the Lady of Lyons)》의 주인공.

없었다. "그대, 사랑하는 이여, 이 그림이 마음에 드나요?"라고 마무리하는 부분에서는 긴 두 다리를 꼬고 얼굴을 괴상하게 찡그리며 자신을 그림으로 만들어 보이기까지 했다.

포치에서 박수 소리가 들려와 이 익살극은 막을 내렸다. 이 젊은이들은 예전에 하던 방식으로 가로수길을 올라갔다. 토미가 사두마차를 몰고 낸은 무리 중 최상급 말이 되었다. 발갛게 상기된 얼굴로 숨을 헐떡이며 잔뜩 신난 이들은 부인들에게 인사를 하고는 계단에 걸터앉아 숨을 돌렸다. 메그 부인은 딸의 찢어진 치마를 꿰매고 조 부인은 사자의 갈기를 쓰다듬으며 책을 그의 손에서 받아냈다. 데이지도 막 도착하여 친구를 반갑게 맞이했다. 대화가 시작되었다.

"차에 곁들일 머핀을 구웠어. 그러니 머핀을 먹고 가는 게 좋을걸. 데이지 누나의 머핀은 결코 실패하는 법이 없으니까." 테디가 제법 환대하는 어조로 말했다.

"맛은 기가 막히게 알지. 지난번엔 아홉 개나 먹었다지 뭐야. 그래서 저렇게 뚱뚱해진 거라고." 조시가 나무 막대기처럼 비쩍 마른 사촌을 무섭게 노려보며 덧붙였다.

"난 루시 도브가 잘 있나 보러 가야 해. 생인손을 앓고 있는데 곪은 부위를 제거할 때가 되었거든. 차는 학교로 돌아가 마실게." 낸이 주머니에 손을 넣어 필요한 도구가 든 케이스를 가져왔나 확인하며 대답했다.

"고맙지만 나도 가봐야 해. 톰 메리웨더 눈꺼풀이 까끌까끌해졌는데 내가 가서 치료해주기로 약속했어. 의사 만나는 비용도 아끼고 내게도 실습이 되니 좋지. 내 솜씨가 영 서툴러서 말이야." 사실 토미의 속마음은 이렇게 해서라도 최대한 자신의 우상 곁에 있고 싶은 것이었다.

"쳇. 데이지 누나는 두 사람의 외과 이야기를 듣고 싶어 하지 않아. 우리에겐 머핀이 더 잘 어울리지, 그렇지?" 테디가 곧 줄을 서서 머핀을 받을 때 데이지의 특별 대우를 기대하며 다정한 미소를 지어 보였다.

"제독에게선 아무런 소식이 없나요?" 토미가 물었다.

"집으로 돌아오는 중이라고 하더구나. 댄도 얼른 오고 싶어 하고. 우리 아들들이 함께 있는 모습을 다시 보고 싶구나. 그래서 방랑자들에게 늦어도 추수감사절엔 집에서 모이자고 사정을 했단다." 그렇게 말하는 조 부인의 얼굴이 기대감으로 빛났다.

"올 거예요. 올 수 있다면 전부 다요. 심지어 잭도 이곳에서 한 끼 식사를 모두 함께 할 수 있다면 한 푼 덜 버는 것쯤은 아쉬워하지 않을 거예요." 토미가 웃으며 말했다.

"난 그 만찬을 위해 칠면조를 살찌우고 있어. 이제는 쫓아다니며 괴롭히지 않아. 대신 먹이를 잘 주고 있지. 덕분에 '눈에 띄게 불고' 있어요. 녀석의 다리를 축복하소서!" 테디는 자신에게 닥친 운명을 인지하지 못한 채 이웃집 밭을 유유자적 걷고 있는 칠면조를 가리키며 말했다.

"네트가 이달 말일에 떠난다면 송별 파티를 해줘야겠네. 이제 우리 쩍쩍이는 제2의 올레 불(Ole Bull)*이 되어 돌아오겠구나." 냰이 친구에게 말했다.

데이지의 뺨이 발갛게 달아올랐다. 숨을 가쁘게 몰아쉬어 가슴께의 모슬린 주름이 부풀었다 가라앉기를 반복했지만, 대답만은 차분하게 했다. "로리 이모부가 그러는데 네트에겐 진짜 재능이 있대. 외국에서 공부만 잘 마치고 돌아오면 여기서 풍족한 삶을 누릴 수 있을 거라고 하셨어. 굳이 유명해지지 않는다고 하더라도 말이야."

"젊은 사람들의 미래는 예측한 것과 달리 가기도 한단다. 그렇기에 뭔가를 미리부터 기대하는 것은 어리석은 일이야." 메그 부인이 한숨을 쉬며 말했다. "우리 아이들이 모두 선하고 가치 있는 신사, 숙녀가 된다면 그것만으로도 만족해야겠지만 그래도 이왕이면 모두 우수해지고 성공하길 바라는 것은 어쩔 수 없어."

"다 내 병아리들과 비슷한 거죠. 불확실하기가 매한가지니까요. 보세요, 저 멀쩡하게 생긴 어린 수탉은 무리 중 가장 멍청한 녀석이고요, 다리만 기다란 못생긴 저 녀석이 이 마당의 주인

---

* 노르웨이 출신의 바이올린 연주자 겸 작곡가.

이란 말이에요. 아주 똘똘한 데다가 어찌나 힘차게 우는지 에 베소의 잠든 7인을 깨울 지경이라고요. 그런데 저 잘생긴 놈은 껄걱거리기만 하는 둘도 없는 겁쟁이예요. 흥, 나를 무시했어? 기다려, 내가 다 자랄 때까지. 그때 보자고." 그렇게 말한 후 테 디는 다리가 긴 자기 애완동물과 같은 표정을 지어 보였다. 모 두가 그의 겸손한 예견에 웃음을 터뜨리고 말았다.

"댄은 어디든 정착을 하면 좋으련만. '구르는 돌에는 이끼가 끼지 않는다'라는 말처럼 스물다섯 살인데 여전히 매인 데 없 이 세상을 떠돌아다니고 있으니. 여기 빼곤 말이다." 메그 부인 은 턱으로 동생을 가리키며 말했다.

"댄도 결국엔 자리를 잡겠지. 그에게 최고의 선생은 경험이 니까. 여전히 거칠지만, 매번 집에 올 때마다 발전한 모습이 보 여. 난 그 아이에 대한 믿음을 버린 적이 없어. 대단한 인물이 되거나 큰 부자까지는 아니더라도 곧은 녀석이야. 그걸로 충분 해." 조 부인이 말했다. 언제나 양 무리 중 검은 양, 즉 골칫거리 를 싸고도는 사람이 조다.

"맞습니다, 어머니. 댄 형의 편이 되어주세요! 돈 자랑이나 하 고 영향력 있는 사람이 될 궁리나 하는 잭이나 네드를 한 다스 로 가져다준다 해도 형과는 바꿀 수 없어요. 그만큼 훨씬 괜찮 은 사람이라고요. 두고 보세요. 형은 분명 자랑스러운 일을 하 는 사람이 되어 다른 사람들의 코를 납작하게 만들 테니까요."

언제나 '대니' 편인 테디가 덧붙였다. 댄을 향한 그의 애정은 용감하고 모험심 많은 남자가 되고 싶은 열망이 더해지면서 더 커졌다.

"그러면 좋겠다, 정말. 댄은 무모한 일을 시도하는 것 같아도 결국 잘 해낸단 말이야. 마터호른산을 등반하질 않나, 나이아가라폭포에서 거꾸로 떨어지질 않나, 금덩어리를 찾아내질 않나. 그게 자기 방식으로 부리는 난봉인 게지. 어쩌면 우리가 사는 방식보다 더 나은 방식일지도 몰라." 토미가 신중하게 말했다. 그 역시 의학도가 되고서 꽤 많은 경험을 했으니 하는 말이다.

"훨씬 낫고 말고!" 조 부인이 맞장구쳤다. "내 자식들 역시 그런 식으로 세상을 경험하도록 내보내고 싶은걸. 유혹으로 가득한 도시에 혼자 남겨두는 것보다 훨씬 나은 방법이지. 돈, 시간, 건강을 낭비하는 것 말고는 아무것도 할 것이 없는 도시 말이다. 낭비하는 것이 어디 그뿐이겠니. 댄은 자기 길을 찾을 거야. 자기에게 용기, 인내심, 자립심을 길러줄 그런 길 말이다. 난 그 아이는 별로 걱정이 되지 않아. 오히려 대학에 간 조지나 돌리가 걱정이다. 아기들이 스스로를 돌보고 있는 형국이라니."

"존은요? 신문사 일을 하면서 온 동네를 쑤시고 다니고 온갖 일을 다 취재하잖아요. 설교부터 프로 권투 시합까지요." 토미가 물었다. 토미는 그런 삶이 의학 강의나 병동보다는 오히려 자기 취향에 더 맞는다고 생각하는 중이었다.

"데미에겐 보호장치가 세 겹이나 있지. 바른 원칙, 세련된 취미, 그리고 현명한 모친. 그러니 데미에게 나쁜 일은 일어나지 않을 거야. 그런 경험이 글을 쓰기 시작할 때 유용하게 쓰일걸. 장담하는데, 그 아인 곧 글을 쓰게 될 거야." 조 부인의 말투가 예언자 같았다. 사실 조는 자신의 오리 중 일부가 백조가 되길 바라는 마음이 간절했다.

"젠킨스 얘기가 나왔으니 말인데요. 곧 신문 바스락거리는 소리를 들으실 거예요." 토미가 외쳤다. 정말로 가로수길에 건강한 얼굴에 갈색 눈을 한 젊은이가 나타났다. 머리 위로 신문을 흔들면서.

"자, 〈이브닝 태틀러〉지가 나왔습니다. 따끈따끈한 뉴스! 끔찍한 살인사건! 은행직원 종적 감춰! 방앗간 폭발사고! 라틴어 학교 남학생들의 반란!" 테디가 고래고래 소리를 지르며 사촌을 맞이하러 나갔다. 어린 기린의 우아한 걸음걸이로.

"제독이 들어왔대요. 밧줄을 끊고* 배에서 내리자마자 그곳 사람들을 두고 바람처럼 달려서 이곳으로 올 거예요." 데미가 뱃사람들이 쓰는 비문을 교묘히 이용하여 기쁜 소식을 전했다. 다가오는 그의 얼굴에 미소가 피어올랐다.

잠시 다 같이 떠들었다. 그러고는 한 사람씩 신문을 돌려보

---

* 선원 용어로 '죽는다'는 뜻이기도 하다.

며 함부르크에서 출발한 브렌다호(號)가 안전하게 입항했다는 소식을 읽고는 기뻐했다.

"내일이면 휘청거리며 걸어 나올 거예요. 보나 마나 해상 괴물들과 생생한 모험 이야기들을 들고서요. 신나 보이더라고요. 커피 열매처럼 그을고 탄내를 풍기겠죠. 순조로운 항해였고 이등항해사가 되길 희망하고 있대요. 다른 친구가 다리가 부러져서 드러누웠대죠." 데미가 덧붙였다.

"내가 그 자리에 있으면 봐주는 건데." 낸이 혼잣말을 하며 제법 의사 같은 자세로 손목을 비틀었다.

"프란츠는 어떠니?" 조 부인이 물었다.

"곧 결혼한대요! 이모에게 전할 소식이 있어요. 이모, 이제 우리 무리의 맏이, 프란츠 형에게 작별 인사를 하셔야겠어요. 결혼할 여성의 이름은 루드밀라 헬데가르트 블루멘탈. 좋은 집안에 부유한 환경에서 자랐고 예뻐요. 물론 마음도 천사 같답니다. 이모의 조카님이 삼촌의 허락을 받고 싶어 해요. 그래야 행복한 가정을 꾸리고 정직한 시민으로 살 수 있을 테니까요. 장수의 축복이 있기를!"

"반가운 소식이구나. 나 역시 우리 아이들이 좋은 아내와 멋진 집에서 가정을 꾸렸으면 해. 모든 일이 순조롭게 풀린다면 프란츠를 이제 내 마음에서 떠나보내도 괜찮겠구나." 조 부인이 흐뭇하게 두 손을 포개며 말했다. 사실 그동안 조는 정신 팔린 암탉 같은 기분이 들 때가 종종 있었다. 여러 종류의 병아리와 오리 새끼를 동시에 키우느라 말이다.

"저도 그래요." 토미가 낸의 눈치를 슬쩍 살피며 말했다. "사내란 그래야 안정을 찾는 법이지. 훌륭한 아가씨들이라면 얼른 결혼하는 게 의무 아닌가? 안 그래, 데미?"

"주변에 괜찮은 남성들이 충분히 있다면야. 알고 있겠지만 여성 인구가 남성 인구를 초과하고 있다네. 특히 뉴잉글랜드가 심하대. 우리의 높은 문화 상태를 설명하는 이유로 풀이될 수 있겠지, 아마도." 어머니가 앉은 의자에 몸을 기대고 오늘의 일과를 속삭여 들려주던 존이 대답했다.

"그런 걸 두고 긍휼의 섭리라고 하는 것이란다, 얘들아. 남자 한 명을 어른으로 만들어서 사회로 내보내려면 여자 서너 명의 손을 거쳐야 하거든. 그런 면에서 너희 남자들은 손이 많이 가는 피조물들이란다. 어머니들, 자매들, 아내들, 딸들이 각자의 의무에 애정을 가지고 잘 수행해주니 망정이지, 안 그랬다간 너희들은 이 땅에서 자취를 감추게 될 게다." 조 부인은 단호하게 말하며 다 떨어진 양말들이 담긴 바구니를 집어 들었다. 우리 베어 교수는 여전히 양말에 대해서는 까다로웠다. 그리고 아들들은 그 점에서 아버지를 닮았다.

"그런 사정이라 '남아도는 여자'들이 할 일이 많겠네요. 이 구제 불능의 남자들과 그 가족을 돌봐야 할 테니까요. 그 점이 날마다 분명해지고 있어요. 내 직업 덕분에 가치 있고 행복하며 독립적인 독신녀로 살 수 있게 되어서 정말 다행이라고 생각해요. 감사한 일이고요."

낸이 마지막 말을 힘주어 말하자 토미가 신음소리를 냈고 나머지 사람들은 일제히 웃음을 터뜨렸다.

"낸, 너를 볼 때마다 뿌듯하고 흐뭇하구나. 네가 꼭 성공하길 바란다. 이 세상에는 너처럼 가치 있는 여성이 반드시 필요하거든. 나 역시 내가 하던 일이 그리워질 때면 독신으로 남아야 하지 않았나 하는 생각을 하지. 하지만 지금은 이렇게 사는 것이 내 사명이라고 생각해. 후회하지는 않아." 조 부인이 낡고 커다란 푸른 양말을 가슴에 포개며 말했다.

"저도 마찬가지예요. 소중한 어머니가 안 계셨다면 제가 어떻게 살았겠어요?" 테디가 이렇게 말하며 읽고 있던 신문지를 손에 든 채로 어머니를 와락 안는 바람에 두 사람은 신문지 뒤로 잠시 사라졌다.

"내 사랑하는 아들, 손을 어쩌다 가끔이라도 씻었더라면 네 애정 어린 손길 때문에 내 옷깃이 이렇게 망가지진 않았을 텐데. 하지만 괜찮다, 우리 귀여운 더벅머리. 풀이나 흙이 묻더라도 나는 아들이 안아주는 편이 더 좋으니까." 짧은 일식을 마치고 다시 나타난 조 부인의 얼굴이 해처럼 빛났다. 비록 뒷머리가 테디의 단추에 끼이고 옷깃이 귀까지 올라가긴 했지만.

포치의 다른 끄트머리에서 자기가 맡은 배역을 열심히 공부하던 조시가 갑작스레 질식할 듯한 비명을 지르며 무덤 속 줄리엣의 독백을 읊기 시작했다. 어찌나 근사하던지 소년들은 박수를 쳤고 데이지는 소름이 끼쳐 몸을 부르르 떨었으며 낸은 혼잣말을 했다. "나이에 비해 지적 흥분이 과도하군."

"메그 언니, 아무래도 곧 마음의 준비를 해야겠네. 저 아이는 천생 배우야. 우리 중 아무도 저 아이만큼 뛰어난 연기를 한 사람은 없었어. 심지어 〈마녀의 저주(Witch's Curse)〉에서도." 조 부인은 색색 가지 양말로 꽃다발을 만들어 얼굴이 빨개져서 숨을 가쁘게 쉬는 조카딸의 발치에 던졌다. 때마침 조시가 우아한 자태로 발 깔개 위로 쓰러졌다.

"내가 소녀 시절 그렇게 연극을 하고 싶어 했는데 그게 화살이 되어서 돌아오나 봐. 내가 배우 되는 걸 허락해달라고 사정했을 때 우리 어머니가 어떤 마음이셨을지 이제야 알 것 같아. 절대로 동의하고 싶지 않지만 결국 내 바람과 희망과 계획을 또다시 포기해야만 하겠지."

어머니의 목소리에서 자책이 느껴지자 데미가 얼른 동생을 부드럽게 흔들어 일으켜 세운 뒤 단호한 말투로 "사람들 앞에서 실없는 행동은 그만둬." 하고 나무랐다.

"어허, 하인이 어디 감히! 얼른 내려놓지 못할까! 안 그랬다간 최악의 웃음소리로 미치광이 신부가 되어버릴 테니, 하하!"

조시가 공격받은 새끼고양이처럼 오빠를 노려보며 악을 썼다.

조시는 일어서서 관중을 향해 근사한 몸짓으로 허리 굽혀 인사했다. 그리고 극적인 말투로, "워핑턴 부인의 마차를 대기시켰나이다."라고 외치며 데이지의 진홍색 숄을 위엄 있게 두르고는 계단을 휩쓸고 내려가 모퉁이를 돌아나갔다.

"너무 재미있지 않아, 형? 난 저 아이가 이곳을 살아 있는 곳으로 만들어주는 덕에 이 지겨운 곳에서 견딜 수 있어. 저 아이가 언젠가 요조숙녀가 되는 날, 난 이곳을 떠날 거야. 그러니 아이의 싹을 함부로 자르지 않게 조심해주길." 테디가 데미에게 말했다. 어느새 데미는 계단에 걸터앉아 속기로 뭔가를 열심히 적는 중이었다.

"너희 둘은 한 팀이야. 너희 둘을 움직이려면 완력을 써야 하지만 나는 그편이 마음에 드는구나. 언니, 아무래도 조시가 내 딸이고, 로브가 언니 아들인가 봐. 그랬다면 언니 집은 지극히 평화로웠을 거고 우리 집은 아수라장이었겠지. 자, 나는 이제 로리에게 가서 이 소식을 들려줘야겠어. 언니, 같이 가자. 걷는 게 우리에게 좋아." 조 부인은 그렇게 말하며 테디의 밀짚모자를 머리에 쓰고는 메그와 같이 걸어갔다. 이제 데이지는 머핀을 굽고, 테디는 조시를 달래주고, 토미와 낸은 각자의 환자를 방문하여 그들에게 불쾌한 한때를 선사할 차례였다.

2. 파르나소스

참으로 잘 붙인 이름이었다. 비탈길을 걸어 올라가는 두 사람을 맞이해준 광경과 소리를 듣고, 열린 창문을 통해 들여다보니 그날 뮤즈들이 집에 있었던 모양이다. 서재는 클리오, 칼리오페, 우라니아가 관장하고 있었고, 젊은이들이 춤을 추며 연극 연습을 하는 거실에서는 멜포메네와 탈리아가 까불며 놀고 있었으며, 에라토는 그녀의 연인과 함께 정원을 거닐고 있었고, 포에부스(Phoebus)*는 음악실에서 아름다운 가락의 합창을 연습 중이었다.

그중 가장 성숙한 이는 아폴로, 우리의 오랜 친구 로리다. 하지만 곱상한 얼굴과 다정한 성품은 예전 그대로다. 세월이 장

---

* 아폴로를 말한다.

난꾸러기 로리를 기품 있는 신사로 바꾸어놓았다. 안락, 행복뿐 아니라 걱정과 슬픔을 겪으면서 로리는 지금의 성품으로 다듬어졌다. 책임감과 성실함으로 할아버지의 뜻을 이루어가는 중이다.

풍요로움이 잘 어울리는 이들이 있다. 밝은 햇살 속에 있을 때 가장 풍성하게 꽃피우는 이들이다. 어떤 이들에게는 그늘이 필요하다. 서릿발이 날리는 속에서 향을 발하는 이들이다. 로리가 전자에 속한다면 에이미는 후자에 속한다. 그렇기에 두 사람의 결혼 생활은 한 편의 시와 같았다. 이들의 삶은 조화롭고 행복했을 뿐 아니라 풍요와 지혜가 손을 잡으면서 아름다운 자선으로 이어져 성실하고 풍성하고 가치 있는 것으로 변했다. 그들의 집은 아름답고 안락했으나 젠체하지 않고 예술을 사랑하는 집주인과 안주인은 모든 분야의 예술가들을 초청하여 접대하기를 즐겼다. 로리는 음악성이 뛰어났고, 도움이 필요한 계층을 위해 아낌없이 베푸는 너그러운 후원자였다. 에이미는 야망 있는 젊은 화가와 조각가 중에서 제자들을 뽑아 키웠다. 그리고 딸이 어머니의 수고와 즐거움을 공유할 정도로 성장하자 자신의 재능을 두 배로 감사히 여기게 되었다. 에이미는 여자들도 신이 내린 재능을 희생시키지 않고 자기와 타인의 유익을 위해 사용하면서도, 동시에 아내와 어머니 역할을 성실하게 수행할 수 있음을 증명해 보인 여성 중 하나였다.

자매들은 어디로 가면 에이미를 만날 수 있는지 잘 알고 있었기에 조는 곧장 모녀의 작업 공간인 스튜디오로 향했다. 베스는 어린아이의 흉상 작업에 열중하고 있었고 에이미는 남편의 머리를 마무리하는 중이었다. 에이미를 보면 시간이 멈춘 것만 같다. 행복이 그녀의 젊음을 유지해주고 풍요로움이 교양을 선사한 덕분이다. 위엄과 기품을 갖춘 이 여인은 품격 있는 수수함이 무엇인지 사람들에게 가르쳐주었다. 그녀의 드레스를 고르는 안목과 드레스를 걸친 우아한 자태가 그랬다. 누군가 이렇게 말했다. "로런스 부인은 대체 무슨 드레스를 입는 건지, 뭘 입어도 있는 곳에서 가장 멋지게 차려입은 사람으로 보인단 말이야."

그녀는 딸을 끔찍이도 아꼈는데 당연한 일이었다. 그녀가 오랫동안 추구한 아름다움을 자신의 어린 분신이 그대로 구현했으니 말이다. 적어도 어머니의 애틋한 눈에는 그랬다. 베스는 어머니에게서 다이애나 여신과 같은 몸매, 파란 눈, 흰 피부를 물려받았다. 어머니처럼 동그랗게 말아올린 황금빛 머리칼도 그랬다. 또한, 아아…… 이는 에이미에게 끝없는 기쁨의 원천이라고 할 수 있었는데, 아버지의 잘생긴 코와 입은 베스에게로 와서 여성스럽게 잘 자리 잡고 있었다. 긴 리넨 멜빵 치마가 풍기는 지독한 검소함이 그녀에게 잘 어울렸다. 그녀는 자신을 지긋이 바라보는 사랑스러운 눈길도 알아채지 못한 채 진정한 예술가가 그러하듯 완전히 몰두하여 작업 중이었다. 조 이모가 다가와서 이렇게 외치니 그제야 정신이 들었다.

"나의 사랑스러운 여인들이여, 진흙 놀이는 잠시 멈추고 내가 가져온 소식에 귀 기울이는 것은 어떨지!"

두 명의 예술가는 당장에 작업 도구를 내려놓고 이 넘치는 활력을 어쩌지 못하는 여인을 반가이 맞이했다. 한창 예술적 영감이 발동한 상태였고 조의 출현이 소중한 순간을 망칠 걸 알면서도 아랑곳하지 않았다. 메그가 불러 로리가 도착했을 때는 가십거리로 가득한 여인들의 수다가 절정에 달해 있었다. 로리는 조금도 머뭇거리지 않고 자매들 사이에 끼어 앉아서 프란츠와 에밀의 소식을 흥미롭게 들었다.

"전염병이 유행이라지. 조만간 양 무리에게도 닥친다는군. 그러니 향후 10년간 있을 온갖 로맨스와 무모함을 대비하는 편이 좋을 거야, 조. 한창 성장 중인 아이들이야. 네가 여태까지 본 그 어떤 것보다 처절한 상처의 바다로 언제 뛰어들지 모른다니까." 로리는 조의 얼굴에 기쁨과 절망이 뒤섞여 드러나는 것을 보며 재미있어했다.

"알고 있어. 나는 그 바다에서 아이들을 건져내어 육지로 안전하게 옮겨놓고 싶어. 하지만 모두 끔찍스러운 책임감일 뿐이지. 결국 아이들은 나를 찾아와서 무조건 자기들의 연애가 성공하도록 도와달라고 우길 테니. 하지만 그런다고 해도 좋아.

메그 언니는 감성이 곤죽 같아서 그런 상황을 즐길 테지만." 조가 대답했다. 아직 나이가 어린 아들 녀석들을 떠올리니 아직은 어려서 안전하다는 생각에 마음이 한결 편했다.

"네트가 데이지에게 너무 가까이 다가가면 그때는 메그도 즐기지 못할 것 같아 걱정이야. 내 말, 무슨 말인지 알지? 음악감독으로서 나 역시 네트와 가까운 친구잖아. 어떤 조언을 해주면 좋을지 알고 싶은데." 로리가 진지하게 말했다. "쉿! 아이가 들을라." 조가 베스 쪽으로 고갯짓을 하며 말했다. 베스는 다시 작업에 열중하고 있었다.

"천만에! 저 아인 지금 아테네에 가 있어서 귀에 아무 말도 들리지 않을걸. 그래도 작업을 좀 쉬고 나가면 좋겠는데. 딸아, 아기 좀 자게 하고 너도 나가서 쉬다 오렴. 메그 이모가 응접실에 계신단다. 우리가 갈 때까지 이모에게 새 그림을 보여드리고 있을래?" 이렇게 말하는 로리가 자신의 키 큰 딸을 바라보는 모습은 피그말리온이 갈라테아를 바라보는 모습과 같았다. 실제로 로리는 자기 집에 있는 여러 조각상 중에 자신의 딸이 가장 조각 같다고 여기는 남자였다.

"네, 아빠. 하지만 그 전에 이 작업에 대한 아빠 의견 좀 주시겠어요?" 베스는 순순히 작업 도구를 내려놓으면서도 눈길은 작업 중인 흉상에서 떼지 않았다.

"내 소중한 딸, 진실을 말하자면 한쪽 뺨이 다른 쪽 뺨보다 좀 더 통통해 보이는구나. 아기의 곱슬거리는 눈썹이 완벽하기엔 너무 많아 뿔이 난 것처럼 보이고. 그것만 빼고는 라파엘로의 〈노래하는 천사들〉에 버금갈 정도로 훌륭한데. 아빠는 네가 자랑스럽다."

로리는 딸의 첫 시도들이 에이미의 초기 작품과 너무 닮아서 웃음을 터뜨리지 않을 수 없었다. 로리로서는 열성적인 엄마처럼 진지하게 봐주기는 불가능한 모양이었다.

"아빠는 음악 외에는 보는 눈이 없으신 거예요." 베스가 황금빛 머리를 절레절레 흔들며 말했다. 커다란 스튜디오의 차가운 북광 속에서 그녀의 머리색은 단연 돋보였다.

"글쎄다, 나는 너의 아름다움을 알아보는걸. 네가 예술작품이 아니라면 대체 뭐가 예술작품이겠니? 아빠라면 거기에 자연을 더하고 싶구나. 그래서 아빠는 네가 이 차가운 진흙 덩어리와 대리석에서 벗어나 햇살을 받으면서 다른 아이들처럼 춤추고 노래하면 좋겠다. 아빠는 회색 앞치마를 걸치고 자신의 작품에 골몰하여 다른 모든 것은 잊어버린 예쁜 조각품이 아닌 살과 피가 있는 인간적인 딸이 보고 싶단다." 그렇게 말하는 로리에게 베스가 다가와 흙이 잔뜩 묻은 두 손을 아빠 목에 감으며 사랑스러운 입술로 말했다.

"아빠는 절대로 잊어버리지 않아요. 하지만 저는 아빠가 자랑스러워하실 아름다운 무언가를 만들고 싶어요. 엄마도 종종 제게 작업을 멈추고 쉬라고 하시죠. 하지만 여기에 들어서는 순간 바깥세상이 존재한다는 사실도 잊어버리는걸요. 정신없이 바쁘지만 그만큼 행복해요. 그럼, 이제 나가서 뛰고 노래할게요. 아빠를 즐겁게 해드릴 딸이 될게요." 그러고는 앞치마를 벗어 던지고 방 안에 머문 빛을 전부 끌고 나갈 태세로 스튜디오에서 사라졌다.

"여보, 베스에게 그렇게 말해주어 고마워요. 우리 아이는 어린아이치고 예술적 기운에 지나치게 빠져 있어요. 내 잘못이죠. 하지만 너무 공감되는 걸 어쩌면 좋아요. 현명해지는 법을 잊어버리나 봐요." 에이미는 젖은 수건을 가져다가 아기 조각상이 마르지 않도록 조심스럽게 덮어주며 한숨을 쉬었다.

"난 우리 아이들 안에 내재된 살아가는 힘이 세상에서 가장 사랑스러운 것이라고 생각해. 하지만 어머니가 메그 언니에게 하신 말을 잊지 않으려고 노력하고 있어. 아버지도 딸과 아들의 교육에서 해야 할 몫이 존재한다고. 그래서 나는 테디를 최대한 아이 아빠에게 맡겨보려고 해. 프리츠는 내게 로브를 맡겼지. 로브의 조용한 성품이 내게 쉼과 도움을 주거든. 테디의 기질이 아이 아빠에게 도움이 되듯이 말이야. 그러니 에이미, 내 말대로 베스에게 진흙 덩어리는 잠시 내려놓고 로리와 음악을 즐기게 해주면 어떨까. 그러면 베스도 한쪽으로 치우친 아이로 자라지 않을뿐더러 로리에게도 질투심이 생기지 않을 거야.”

“옳소, 옳소! 다니엘의 지혜로군. 암, 그렇고 말고!” 조의 말에 기분이 한껏 좋아진 로리가 외쳤다. “조, 너라면 내 편이 되어줄 줄 알았지. 나를 대변해주리라고 말이야. 실제로 에이미에게 질투심을 느끼고 있었거든. 우리 딸을 혼자 다 차지하고 있는 것 같아서 말이지. 그러니 나의 부인, 이번 여름엔 내가 딸과 시간을 보낼 수 있게 허락해주겠소? 내년에 우리가 로마에 갈 때는 당신에게 맡겨 고품격 미술을 즐기게 해줄 테니. 이만하면 공정한 거래가 아니겠소?”

“동의해요. 하지만 당신이 좋아하는 취미, 자연 그리고 덧입힌 음악을 베스에게 시도할 때 잊지 마셔야 할 것은 우리 베스가 겨우 열다섯 살이지만 또래보다 성숙하다는 것, 그렇기에 아이 취급을 하시면 안 된다는 점이에요. 베스는 내게 정말 소중한 아이예요. 영원히 내 품에 데리고 있으면서 순수하고 아름답게 지켜주고 싶다는 생각이 들 정도라고요. 아이가 그렇게 아끼는 대리석처럼 말이에요.”

사랑하는 딸과 행복한 시간을 보낸 방을 둘러보는 에이미의 얼굴에 아쉬움이 묻어 있었다.

“순서대로 차례를 지켜야 페어플레이’잖아. 어린 시절 우리가 서로 엘렌 나무를 타고 싶어 하거나 적갈색 부츠를 신고 싶었을 때 했던 말처럼.” 조가 씩씩한 어조로 말했다. “그러니 딸에 대한 것도 부부 사이에 공평하게 나누면 어떨까. 그런 다음 누가 베스에게 더 잘했나 보면 되잖아."

"그렇게 해볼게." 아이 사랑이 지극한 이 부모는 조 덕분에 기억난 오래된 격언에 웃음을 터뜨리며 대답했다.

"그 오래된 사과나무 가지를 타고 방방거리던 게 얼마나 신나던지! 진짜 말을 타도 그 재미의 반에도 미치지 못할걸. 승마 연습이 따로 없었으니까." 마치 오래전 기억 속의 과수원이 창밖에 있고 거기서 어린 소녀들이 뛰어놀기라도 하는 것처럼 높은 유리창을 내다보며 에이미가 말했다.

"그리고 그 부츠 덕에 얼마나 즐거웠게!" 조가 웃었다. "그 유물은 내가 간직하고 있지. 아들 녀석들이 그걸 아예 걸레 조각처럼 만들어버렸지만, 여전히 내겐 사랑스러운 부츠야. 이상하게 그 부츠만 신으면 멋쟁이처럼 으스대면서 걷게 되더라."

"내가 제일 좋아하는 건 탕파와 소시지가 뒤엉킨 기억이지. 실없는 장난을 참 많이도 쳤는데! 아아, 아득한 옛날이여!" 로리는 그렇게 말하며 자기 앞에 앉은 두 여인을 바라보았다. 이들이 진정 막내 에이미이고 반항적인 조란 말인가.

"설마 우리가 늙어가고 있다고 말하려는 것은 아니겠죠, 서방님. 우린 이제 막 꽃피우기 시작한걸요. 우리가 모이면 얼마나 멋진 꽃다발을 이룬다고요." 에이미 부인이 장밋빛 모슬린 블라우스의 주름을 펴며 말했다. 새 드레스를 장만해 입은 여자아이처럼 앙증맞고 만족스러운 몸짓으로 젠체한다.

"가시와 낙엽을 빼놓을 수 없긴 하지." 조가 한숨을 내쉬며 덧붙였다. 조의 인생은 그리 순탄하지만은 않았고 지금도 인생 안팎으로 시끄러운 일들이 여전히 존재한다.

"나의 옛 친구, 우리와 차 한잔하면서 아이들이 어떻게 하고 있나 보러 가지 않겠어? 지금 너는 많이 지친 상태야. '건포도로 힘을 돕고 사과로 시원하게*' 할 필요가 있겠어." 로리가 두 자매가 팔짱을 끼도록 양팔을 내어주고는 오후의 다과가 열리는 곳으로 안내했다. 홍차가 고대 파르나소스의 넥타처럼 무한정으로 제공되는 곳이다.

일행은 여름 응접실에서 메그를 찾았다. 바람이 잘 통하는 쾌적한 곳이다. 오후 햇살과 나뭇잎이 흔들리며 부딪히는 소리가 응접실을 가득 메우고 있었다. 세 개의 기다란 창문은 정원을 향해 열려 있고 복도 끝에는 거대한 음악실이 있다. 다른 쪽 끄트머리, 자줏빛 커튼을 드리운 벽 쪽으로 작은 사당이 꾸며져 있다. 세 개의 초상화가 걸려 있고 구석에는 두 개의 대리석 흉상이 있다. 가구는 긴 의자와 꽃이 담긴 단지가 놓인 타원형 탁자가 전부다. 흉상은 존 브룩과 베스의 것으로 에이미 작품이다. 두 사람을 꼭 닮은 조각품이다. '흙은 생명을, 석고는 죽

---

* 성경 〈아가서〉 2장 5절 인용.

음을, 대리석은 불멸을*'이라는 구절이 떠오르게 만드는 잔잔한 아름다움을 선사한다. 오른편에는 이 집의 설립자이기도 한 로런스 할아버지의 초상이 걸려 있는데 자부심과 자비심이 뒤섞인 표정이 표현되어 있다. 이 초상화를 보고 감탄하던 조를 로리가 발견하던 때의 그 모습처럼 여전히 싱싱하고 매력적이다. 반대편에는 마치 대고모가 있다. 에이미에게 남겨진 유산이다. 그림 속 마치 고모는 인상적인 터번식 모자를 쓰고 거대한 소매가 달린 옷에 기다란 장갑을 끼고 자두색 새틴 드레스 위로 기품 있게 팔짱을 끼고 있다. 시간이 흐른 탓인지 고모의 엄격함도 한결 꺾인 듯 보인다. 어쩌면 맞은편에 걸린 수려한 외모의 나이 든 신사의 고정된 시선 덕에 수년간 날카로운 호령을 내려보지 못한 고모의 입술에서 쾌활한 정감이 느껴지는 것인지도 모른다.

햇살이 따스하게 비추고 초록빛 화환이 둘린 영광의 자리에는 어머니의 사랑스러운 얼굴이 걸려 있다. 가난한 무명 시절부터 에이미와 친구가 되어 지금은 이름을 날리는 저명한 화가가 그린 초상화다. 어찌나 실물처럼 아름답게 그려졌는지 그림 속 어머니의 미소 띤 얼굴은 마치의 딸들을 향해 유쾌한 어조로 이렇게 말하는 것만 같다. "행복하렴. 엄마는 언제나 너희와

---

* 스코틀랜드 시인 이언 해밀턴 핀들리가 이탈리아 조각가 안토니오 카노바의 작품을 보고 한 말.

함께 있으니."

세 자매는 잠시 멈추어 서서 따스한 존경심과 영원히 떠나지 않을 그리움을 가득 담은 눈으로 사랑하는 어머니의 초상을 올려다보았다. 이 고귀한 어머니가 이들 자매에게 갖는 의미가 워낙 컸기에 어머니의 빈 자리를 채울 수 있는 이는 아무도 없었다. 남은 가족들이 어머니 없는 삶을 새로이 살고 새로이 사랑하게 된 지 두 해가 흘렀지만 그녀가 남기고 간 달콤한 기억은 여전히 모든 이에게 영감과 위로가 되었다. 나란히 서서 올려다보고 있는 지금 더욱 그랬다. 로리는 다음과 같은 말로 자신의 절절한 마음을 표현했다.

"내 아이가 우리의 어머니와 같은 여인이 되길 바라는 것보다 더 큰 소원은 없어. 하나님, 우리 아이가 그런 여인이 되게 하소서. 제발 그렇게 되길, 제가 이 성녀와 같은 분께 진 빚이 많나이다."

바로 그때 음악실에서 누군가 청아한 목소리로 〈아베마리아〉를 부르는 소리가 들려왔다. 의식하고 한 것은 아니지만 베스는 마치 아버지의 소원에 순종이라도 하듯이 아버지의 기도 소리에 화답했다. 어머니가 곧잘 부르시던 부드러운 곡조는 듣는 이들을 잠시나마 예전으로 돌아가게 해주었는데, 지금은 세상을 떠난 사랑하는 이들에게 손을 뻗어 붙잡고 싶은 심정이었다. 자매들은 열린 창가에 함께 앉아 음악을 감상했고 로리는 차를 내왔다. 그의 애정과 타인을 보살피는 본성 덕에 그는 언제나 이런 봉사를 유쾌한 일로 여겼다.

곧 네트가 데미와 함께 도착했다. 얼마 안 있어 테디와 조시, 그리고 베어 교수와 효자 로브가 그 뒤를 따랐다. 모두 '아들들' 소식을 듣고 싶어 안달이었다. 컵과 컵이 부딪혀 쨍그랑거리는 소리, 말과 말이 부딪혀 재잘거리는 소리가 점점 활기를 띠면서 다양한 일과를 마치고 휴식을 취하고자 하는 이들 머리 위로 지는 해가 마지막 햇살을 비추었다.

베어 교수의 머리는 이제 희끗희끗하지만 원기 왕성하고 다정다감한 모습은 그대로였다. 그가 학교 일을 어찌나 사랑하고 전심으로 하는지 대학 곳곳에서 그의 아름다운 영향력이 느껴졌다. 로브는 아버지와 무척 닮았다. 아들이니 그럴 만도 하거니와 벌써부터 '아들 교수'라는 별명으로 불리고 있다. 원체 공부를 좋아하기도 하고 모든 면에서 아버지를 닮고 싶어 하는 아들이다.

"내 소중한 당신, 잘 있었어요? 우리 조카 녀석들을 다시 만나게 된다니, 그것도 둘 다. 이렇게 기쁠 데가!" 베어 씨가 말했다. 그는 조와 나란히 앉아 환한 얼굴로 축복의 악수를 나눴다.

"오 프리츠, 에밀 소식에 어찌나 기뻤는지 몰라요. 프란츠 일을 당신만 허락하신다면. 루드밀라에 대해 알고 있었나요? 두 사람이 좋은 짝이 될까요?" 조 부인이 남편에게 홍차를 건네며 가까이 다가앉아 물었다. 기쁠 때나 슬플 때나 함께 하는 그녀의 피난처는 언제나 반갑다.

"잘 진행되는 중이라오. 내가 프란츠를 정착시키러 그곳에 방문했을 때 그 메드헨(Mädchen)*을 만났는데, 아직 어릴 때였는데도 매우 다정하고 단아했소. 블루멘탈 가에서도 프란츠를 만족스러워하는 것 같았으니 프란츠는 행복할 거요. 프란츠는 뼛속까지 독일인이라 조국에서 떨어져 지내는 것이 만족스럽지 않을 거예요. 그러니 그 아이가 옛것과 새것 사이의 연결고리가 되도록 둡시다. 그것만으로도 내 마음은 충분히 기쁘다오."

"그리고 에밀은 이등항해사가 될 거라죠. 정말 멋진 일이지요? 당신 조카가 모두 그렇게 잘 지내고 있다니 정말 기뻐요. 아이들과 그 어머니를 위해 당신이 참 많은 희생을 했죠. 당신은 별일 아니라고 말할 테지만 나는 잊어버릴 수가 없는걸요." 조가 남편에게 손을 얹으며 말했다. 다시금 소녀가 되어 프리츠가 구애하던 때로 돌아간 것 같아 감상적이 되었다.

그는 특유의 호탕한 소리로 웃으며 조의 부채 뒤로 속삭였다. "이 불쌍한 아이들을 위해 미국까지 오지 않았더라면 나는 결코 나의 조를 만나지 못했을 테지. 고생 끝에 낙이 온다고 내가 잃어버린 모든 것이 주의 은혜라오. 그 덕분에 이리 큰 복을

---

* 독일어로 '소녀, 아가씨'라는 뜻.

받았으니."

"얼레리 꼴레리! 여기 누가 몰래 연애하고 있대요!" 때마침 부채 뒤를 엿본 테디가 소리쳤다. 어머니는 몹시 당황했고 아버지는 무척이나 즐거워했다. 베어 교수는 지금까지도 자신의 아내를 세상에서 가장 사랑스러운 여인으로 여긴다는 사실을 조금도 쑥스럽게 여기지 않았다. 로브가 재빨리 동생을 창가에서 쫓아냈지만, 테디는 곧바로 다음 창문에서 나타났다. 그러는 사이 조 부인은 부채를 접고 아들의 경거망동을 야단칠 태세를 하고는 테디가 다가오기만을 기다렸다.

베어 교수가 네트에게 이쪽으로 오라고 티스푼으로 신호를 보냈다. 그 앞에 선 네트의 얼굴에는 존경심과 애정이 가득했다. 네트는 베어 교수가 자기를 위해 얼마나 많이 애써주었는지 잘 알고 있었다.

"자네를 위한 편지를 써두었네. 라이프치히에 사는 내 오랜 친구 두 명 앞으로 말이야. 그곳에서 시작될 새로운 인생에서 자네의 좋은 친구가 될 사람들일세. 이 편지를 가져가면 도움이 될 게야. 초반에는 향수병으로 힘들 테니, 자네에게 큰 위로가 되길 바라네." 그렇게 말하며 베어 교수는 네트에게 편지를 몇 통 건넸다.

"고맙습니다, 선생님. 처음에는 꽤 외로울 거라고 저도 생각하고 있어요. 본격적으로 음악 공부를 하고 희망이 생기면 힘을 좀 얻겠지요." 그렇게 대답하는 네트의 마음은 유학에 대한 열망과 정든 친구들을 두고 새로운 친구들을 다시 사귀어야 한다는 두려움으로 뒤엉켰다.

네트는 어느새 어른이 되었다. 파란 눈은 그 어느 때보다도 정직하게 빛났으나 입매는 여전히 유약해 보였다. 정성껏 기른 수염도 큰 소용이 없었다. 전보다 더 벗어진 너른 이마는 음악을 사랑하는 청춘을 배반하는 중이었다. 조 부인은 겸손하고 다정하며 순종적인 네트를 크게 성공할 인재로 여기지는 않았다. 다만 그가 예의 바른 청년임에 만족했다. 그녀는 네트를 사랑하고 신뢰했으며 그가 언제나 최선을 다하리라는 것을 알고 있었다. 하지만 네트가 대단히 뛰어난 사람이 되리라고 기대하지는 않았다. 외국에서 공부하면서 받게 될 자극과 독립심이 지금보다 실력이 뛰어난 음악가로 만들고 더 강한 사내로 만들어주지 않는 한 말이다.

"옷가지에 모두 이름을 새겨놓았단다. 내가 했다기보다는 데이지가 했지. 책을 찾으면 짐을 싸기 시작해보자꾸나." 조 부인이 말했다. 이미 지구 곳곳으로 아이들을 보내보았기에 설령 누군가 북극으로 떠난다 해도 두려워하지 않을 그녀였다.

그 이름을 듣자 네트의 얼굴이 붉게 달아올랐다. 아니면 저무는 태양의 마지막 햇살이 그의 창백한 볼에 비친 것일까? 그의 허름한 양말과 손수건에 N과 B를 직접 새겨넣는 데이지의 모습을 떠올리자 행복감에 심장이 터질 것 같았다. 네트는 데이지를 좋아했다. 그의 꿈은 언젠가 음악가로 이름을 날려 이 천사 같은 여인을 아내로 맞이하게 되는 것이었다. 베어 교수의 조언이나 조 부인의 보살핌 혹은 로리 씨의 후한 지원보다도 바로 이런 희망이 그를 전진하게 했다. 그는 데이지를 생각하며 열심히 연습했고 기다렸고 꿈꿔왔다. 언젠가 데이지가 그를 위해 집 안을 가꾸고 그는 바이올린으로 큰돈을 벌어 그녀의 품에 행복한 미래를 안겨주는 상상을 하며 용기와 인내심을 키워왔다.

조는 이 점을 알고 있었다. 비록 네트가 자신의 조카에게 최고의 배필은 아니더라도 그가 데이지처럼 사랑과 보살핌을 줄 수 있는 여자를 만나야 한다고 생각했다. 그게 없으면 네트는 쾌활하고 목적 없는 한량이 될 위험성이 큰 아이였다. 바른 안내자 없이는 세상을 이겨낼 힘을 잃고 실패하고 말 타입이었다. 그랬기에 메그는 이 가여운 젊은이의 사랑이 영 못마땅했다. 어차피 메그는 지구상에서 가장 최고의 남편감이 나타나지 않는 한 소중한 딸을 내어줄 생각이 없긴 했다. 그녀는 매우 친절하지만 온화한 성품을 가진 이들이 흔히 그렇듯 대단히 단호한 면이 있었다. 그렇기에 네트는 조 부인의 그늘에서 위로를 받고 싶어 했다. 언제나 아이들의 유익을 진심으로 옹호해주는 조 부인이니 말이다.

앞서 말했듯이 이 아들 녀석들이 자라면서 조 부인에게는 새로운 걱정거리가 느는 중이다. 이미 이 양 무리 안에서 싹트기 시작한 연애 감정은 조에게 즐거움을 주기도 하지만 동시에 장차 걱정거리가 끊임없을 것이 훤히 내다보였다.

메그 부인은 보통 때라면 언제나 조의 편에 서서 조언을 아끼지 않는 아군이지만, 이 경우에서만큼은 마음이 돌덩이처럼 굳어 동맹군의 간청을 들으려고 하지 않았다. "네트는 사내로서 충분하지 않아. 앞으로도 그럴 거고. 아무도 그의 가족에 대해서 아는 게 없잖니. 음악가로 산다는 것 자체가 이미 평탄하지 않고 말이야. 게다가 데이지는 너무 어려. 5~6년 지난 후에 시간이 이를 증명해주면야 모를까. 서로 떨어져 있는 사이에도 애들의 감정이 여전할지 한번 보자꾸나." 그게 대화의 끝이었다. 새끼를 위해서라면 마지막 남은 깃털마저도 뽑아버리고 마지막 피 한 방울이라도 내어줄 수 있는 엄마 펠리컨이지만 한번 성이 나면 대단히 완고해질 수 있다.

조 부인은 남편과 라이프치히에 관해 대화를 나누는 네트를 바라보며 이런 생각에 잠겨 있었다. 조 부인은 네트가 떠나기 전에 이야기를 나눠 몇 가지를 분명히 해두기로 결심했다. 그녀는 비밀을 잘 지켜주는 어른이었고, 그동안 남자아이들과 사회에 나가 겪게 될 시련과 유혹에 관해, 또 제때에 바른 지도를 받지 않으면 그것이 어떻게 해롭게 작용할 수 있는지 허심탄회하게 나눠왔다. 이런 일은 조 부인에게 익숙한 것이었다.

이는 부모가 해야 할 첫 번째 의무였다. 괜히 존중해준답시고 말을 아꼈다가는 집이라는 안전한 울타리를 떠나는 젊은이들이 반드시 들어야 할 주의사항과 경계할 점, 그리고 조심스러운 경고의 말을 못 듣게 되는 수가 있다. 자기 인식과 자기 절제가 그들의 인생에서 나침반과 키잡이 역할을 해야 한다.

"저기 플라토 선생님과 제자들이 오십니다." 테디는 할아버지를 발견하고는 반가워서 까불었다. 마치 씨가 젊은 남녀 여럿과 걸어오고 있었다. 마치 씨는 모두에게 사랑받는 지혜로운 노인이 되었다. 자신의 양 무리를 아름답게 돌본 덕에 많은 학생들이 그에게 정신적으로나 영적으로 큰 도움을 받았고 진심으로 마치 씨에게 고마운 마음을 가지고 있었다.

베스는 당장에 할아버지에게 달려갔다. 할머니가 돌아가신 후 할아버지를 극진히 돌보는 손녀가 바로 베스다. 할아버지를 위해 안락의자를 끌고 나왔으며 황금빛 머리를 할아버지의 은빛 머리 위로 숙이고 다정하고 싹싹하게 할아버지 시중을 드는 모습이 무척이나 사랑스러워 보였다.

"이곳에선 아름다운 홍차를 얼마든지 드실 수 있답니다. 음료를 하시겠어요, 진미를 드시겠어요?" 로리가 물었다. 한 손에는 설탕 그릇을 들고 다른 손에는 케이크 쟁반을 들고 사람들 사이를 돌아다니며 시중을 들던 참이었다. 찻잔에 설탕을 넣어주고 배고픈 이들을 먹이는 일은 그가 좋아하는 일이었다.

"괜찮다. 고맙구나. 이 아이가 나를 잘 돌보고 있단다." 마치 씨는 그렇게 말하며 베스를 돌아보았다. 베스는 우유 잔을 들고 할아버지의 의자 팔걸이에 걸터앉아 있었다.

"아버님을 돌보는 이 아이에게 축복을! 지금 보니 '나이와 젊음은 함께 살 수 없다네*'라는 시가 얼마나 모순인지 알겠군요." 로리가 두 사람을 흐뭇한 눈길로 바라보며 대답했다.

"그냥 나이가 아니라 '오래된 나이'라니까요, 아빠. 그러면 완전히 다른 이야기가 돼요." 시를 좋아하고 낭송도 일품인 베스가 재빨리 정정했다.

그대 숭고한 눈 덮인 화단에서
싱싱한 장미가 자라는 것을 보려는가.

마치 씨가 인용했다. 어느새 다가와 다른 쪽 팔걸이에 걸터앉은 조시가 잔뜩 가시 돋은 작은 장미처럼 보였다. 테디와 열렬히 논쟁을 벌이다가 처참하게 진 터였다.

"할아버지, 여자들은 언제나 남자에게 순종해야 하고 남자들이 가장 현명한 존재라고 말해야 하나요? 그리고 그게 남자들

---

* 셰익스피어의 시 〈열렬한 순례(the Passionate Pilgrim)〉의 한 구절.

이 힘이 가장 세기 때문이라는 말이 맞나요?" 조시가 뒤로 슬금슬금 다가와 도발적인 미소를 짓고 있는 사촌을 무섭게 노려보며 외쳤다. 그의 소년 같은 얼굴은 커다란 키 끝에서 웃음을 유발했다.

"흠, 얘야, 그건 구닥다리 생각이로구나. 그 생각이 바뀌려면 시간이 좀 걸릴 게다. 하지만 할아버지 생각에는 이미 여자들의 시대가 도래한 것 같아. 남자들이 분발해야 할 것 같은데? 여자들이 어깨를 나란히 하고 따라잡았으니 말이다. 어쩌면 결승점에 먼저 도달할지도 모르겠는걸." 마치 씨가 만족스러운 표정으로 여학생들의 밝은 얼굴을 둘러보며 대답했다. 이들은 대학에서 가장 우수한 학생들이었다.

"가여운 아탈란테*들이 자기들 앞에 던져진 장애물 때문에 안타깝게도 집중을 잃고 늦어지고 있을 뿐. 그게 황금 사과는 분명 아니겠지만 말이다. 달리는 법을 제대로 배운다면 그들에게도 공정한 기회가 있을 거야." 로리가 바람에 날리는 조시의 머리를 쓰다듬으며 웃으며 말했다. 조시의 머리는 화가 잔뜩 난 새끼고양이의 털처럼 삐죽거리고 있었다.

"내가 경주를 시작하기만 해봐. 사과가 참나무통 가득 들었다고 해도 막지 못할걸. 테디 열두 명이라도 날 넘어뜨리지 못

---

* 그리스 신화에 등장하는 처녀 사냥꾼으로 구혼자가 던진 황금 사과에 정신이 팔려 경주에서 패배한다.

해. 제아무리 애를 쓴다 해도 어림없지! 여자가 남자보다 더하지는 못해도 남자만큼은 행동할 수 있다는 걸 보여줄 거야. 이미 그랬고 앞으로 그럴 테니 두고 봐. 그리고 내 머리 크기가 작다고 해서 테디 머리보다 좋지 못하다는 것은 절대로 인정할 수 없다고." 잔뜩 약이 오른 조시가 악을 썼다.

"그렇게 세게 머리를 흔들었다간 머릿속에 든 게 죄다 뒤죽박죽이 되고 말걸. 나라면 조심스럽게 다룰 텐데." 테디가 놀리기 시작했다.

"대체 무슨 연유로 이런 내전을 벌이는 게냐?" 할아버지가 물었다. 내전의 '내' 자에 부드럽게 힘을 주어 말하자 전투대원들도 기세를 한풀 꺾었다.

"아 글쎄, 우리가 《일리아드》를 열심히 읽고 있는데 제우스가 유노*에게 자기 계획에 관해서 묻지 말라고 하면서 채찍으로 때리겠다고 하는 장면이 나오는 거예요. 정작 유노는 가만히 있었는데 조시는 이 부분을 불쾌해했어요. 그래서 다 괜찮다고, 나도 그 영감의 말에 동의한다, 왜냐하면 여자들이 아는 것이 많지 않고 남자에게 순종해야 하니까, 라고 말해줬더니 이래요." 테디가 흥미로워하는 청중을 위해 사건의 전말을 설명했다.

---

* 제우스의 아내 '헤라'의 로마식 이름.

"여신들이야 자기들 하고 싶은 대로 할 것이지만 그리스 여인이나 트로이 여인들은 심약한 이들이었다고. 자기 싸움에서 싸워보지도 못하고 팔라스(아테나의 또 다른 이름), 비너스, 유노에게 밀려 급히 떠났잖아. 병사 두 부대가 반갑다고 멈춰 서서 쉬는데 그 와중에 영웅 둘은 서로에게 돌을 던지고 있다니! 나는 오빠가 그렇게 좋아하는 호메로스는 별 대수롭지 않다고 생각해. 차라리 나폴레옹이나 그랜트가 영웅이겠다."

조시가 악을 쓰는 모습이 별새가 타조를 야단치는 것처럼 보여서 마냥 재미있었다. 조시가 그 불멸의 시에 코웃음을 치며 신들을 비판하는 모습에 그 자리에 있던 가족들이 모두 큰 웃음을 터뜨렸다.

"나폴레옹의 유노는 그래도 행복했을 텐데, 안 그래요? 여자애들은 무조건 저렇게 우긴다니까요. 이렇게 해봤다가 안 되면 다른 쪽으로 또." 테디가 조롱하듯이 말했다.

"새뮤얼 존슨의 젊은 아가씨처럼 '왔다리 갔다리 하고 단정 지을 수는 없는'?" 로리 이모부가 이들의 전쟁을 재미있어하며 덧붙였다.

"난 그들을 군인으로서 대변했을 뿐이에요. 여자 편을 드실 거라면 그랜트는 좋은 남편이었고, 그랜트 부인은 행복한 여인 아니었나요? 그랜트는 아내가 당연히 할 법한 질문을 했다고 해서 아내에게 채찍질하겠다고 협박하진 않았다고요. 나폴레옹이 조세핀에게 잘못한 것이 있다면 싸우면 되었지, 미네르바까지 불러서 소란을 피우지 않았다는 얘기예요. 멍청하기 짝이 없는 설정이라고요. 멋쟁이 파리스부터 자기 배에서 골이 나서 부루퉁해 있는 아킬레스까지. 그리스의 헥토르와 아가멤논에 대한 내 의견을 바꿀 생각은 없어." 조시가 지지 않고 맞섰다.

"트로이 사람처럼 싸우면 되지. 암, 그렇고 말고. 너와 테디가 결판 짓는 사이 우리는 두 부대의 군인이 되어 조용히 구경이나 하련다." 전사가 자기 창에 기대어 서는 듯한 모습으로 로리 이모부가 말했다.

"휴전해야겠는데. 팔라스가 내려와서 헥토르를 데려가려고 하고 있으니." 마치 씨가 미소를 지으며 말했다. 조가 저녁 시간이 다 되었음을 알리러 왔다.

"이 싸움은 나중에 이어서 하자. 여신들이 나타나 방해하지 않는 시간에." 테디가 말했다. 그는 괴상한 동작으로 몸을 날렵하게 돌렸다. 숨겨둔 간식이 생각났기 때문이다.

"아이쿠, 주피터시여, 머핀 하나에 정복이 되고 마는구나!" 조시가 테디의 뒤통수에 대고 외쳤다. 잔뜩 의기양양해져서는 여성에게는 금기시되던 고전적 표현을 거침없이 사용했다.

하지만 테디는 질서정연한 자세로 퇴각하며 고결한 부인들의 미덕을 인용한 파르티안 궁법을 날렸다. "순종은 군인의 제일 의무거든."

여인의 특권이라는 점을 십분 활용하여 최후 발언을 하기로 작정한 조시는 테디의 뒤를 쫓아갔다. 하지만 독설을 내뱉을 기회를 놓치고 말았다. 푸른 제복을 입은 구릿빛의 사내가 계단을 뛰어 올라왔기 때문이다. "어어이, 어어이, 다들 어디 있는 거야?"

"에밀! 에밀!" 조시가 외쳤다. 테디도 다시 돌아왔다. 조금 전까지 치열한 전투를 벌이던 이들은 금세 휴전을 하고 새로 도착한 손님을 기쁘게 맞이했다.

머핀 따위는 잊어버렸다. 두 동생은 예인선이 되어 사촌이 유능한 상인이라도 되는 것처럼 야단법석을 떨며 모시고 갔다. 아이들은 모두 응접실에 다시 모였고 에밀은 모든 숙녀와는 키스를, 모든 신사와는 악수를 나눴다. 프리츠 삼촌만은 예외였다. 삼촌과는 독일식으로 부둥켜안았다. 보는 모든 이들을 흐뭇하게 만드는 장면이었다.

"오늘 배에서 내리게 될 줄은 몰랐어요. 하지만 오늘이라는 것을 알고는 당장에 플럼필드로 달려갔죠. 그런데 아무도 없는 거예요. 그래서 파르나소스 방향으로 뱃머리를 돌리고 항진했답니다. 역시나, 여기에 모두 계시네요. 모두의 영혼에 축복을. 이렇게 다시 뵈니 정말 기뻐요!" 뱃사람이 된 소년이 반짝이는 눈으로 모두를 둘러보며 외쳤다. 두 다리를 벌리고 선 모습이 흔들리는 갑판 위에 버티고 선 것 같았다.

"모두의 영혼에 축복을'이라는 말 대신 '영혼까지 떨릴지어

다!'라고 말해야 하는 것 아니야, 에밀? 그래야 항해사답지. 우와, 오빠에게서 뭔가 멋진 냄새가 나. 배 냄새 같기도 하고 타르 냄새 같기도 하고!" 조시가 에밀에게 다가가 킁킁거리며 냄새를 맡았다. 에밀이 몰고 온 신선한 바다 냄새에 기분이 좋아졌다. 에밀은 조시가 제일 좋아하는 사촌이며 에밀 역시 조시를 귀여워했다. 그가 걸친 푸른 재킷 주머니가 불룩한 걸 보니 보물이 든 게 분명했다. 다른 사람은 몰라도 적어도 자기 것은 있을 거라고 조시는 직감했다.

"멈추어라, 나의 장난꾸러기. 다이빙하기 전에 먼저 수심을 재봐야겠소." 에밀이 웃으며 말했다. 자기에게 와서 달라붙는 조시의 행동이 애정에서 비롯된 것임을 잘 아는 에밀은 한 손으로 그녀를 저지하며 다른 한 손으로는 잡다한 이국적인 박스와 포장을 뒤져 꺼냈다. 꾸러미마다 각각 다른 이름이 적혀 있었다. 에밀이 예의 바른 인사와 함께 하나하나 선물을 건네니 에밀의 익살에 모두 웃음을 터뜨렸다.

"우리의 작은 배를 5분간 꽉 붙들어 매줄 굵은 밧줄을 가져왔지." 그가 예쁜 핑크빛 산호 목걸이를 조시의 목에 걸어주며 말했다. "여기, 인어가 물의 요정 운디네에게 보내는 선물." 이번에는 베스에게 은줄에 진주조개 껍데기를 엮은 목걸이를 건넸다.

"데이지는 바이올린을 갖고 싶어 할 것 같아서. 활*은 네트가 찾아줄 거야." 뱃사람은 크게 웃으며 앙증맞은 세공을 한 바이올린 모양의 브로치를 열었다.

"물론이지. 내가 전달할게." 네트가 대답했다. 그는 브로치를 받아들고 바람같이 사라졌다. 심부름도 이렇게 즐거운 심부름은 없으리라. 에밀은 몰라도 네트는 데이지를 찾을 수 있었다.

에밀은 키득거렸다. 그러고는 예스럽게 조각한 곰을 꺼냈다. 머리를 여니 큼직한 잉크스탠드로, 조 숙모를 위한 것이었다. 깍듯이 절하며 숙모에게 바쳤다.

"숙모님이 이런 정교한 동물들을 좋아하시니, 이를 숙모님의 펜에게 바칩니다."

"훌륭해, 제독! 아주 멋져!" 받은 선물을 매우 흡족해하며 조 부인이 말했다. 베어 교수는 잉크스탠드의 깊이만큼이나 깊은 '셰익스피어 작품'이 탄생할 것 같다고 예언했다. 사랑스러운 곰(bear)**의 영감을 받을 테니 더더욱 그렇다고.

"메그 숙모는 여전히 젊지만 곧 챙 달린 모자를 쓰실 거라 루드밀라에게 레이스를 좀 구해달라고 했지요. 좋아하셨으면 합니다." 그러고는 부드러운 종이 포장을 펼치니 얇아서 훤히 비

---

* 남자 친구를 뜻하는 'beau'와 바이올린의 활을 뜻하는 'bow'가 소리가 같음을 이용한 언어유희.
** 베어 교수의 영문 이름 'Bhaer'와 소리가 같다.

치는 물건이 나왔다. 메그 부인이 그중 하나를 들어 머리에 쓰니 아리따운 머리 위로 눈송이가 내려앉은 것처럼 보였다.

"에이미 숙모는 없는 게 없으시니 숙모께 어울릴 것을 찾을 수가 있어야 말이죠. 그래서 작은 그림을 가져왔답니다. 베스가 아기였을 때의 숙모를 생각나게 하는 그림이라서요." 그러면서 코끼리 상아로 만든 타원형 로켓(locket)*을 꺼냈다. 푸른 천에 장밋빛 아기를 품에 안은 황금빛 머리칼의 마리아 그림이 그려져 있었다.

"세상에, 정말 예쁘다!" 모두가 외쳤다. 에이미 숙모는 즉시 베스 머리에서 파란 리본을 떼어내어 로켓을 단 다음 자신의 목에 걸었다. 그것은 그녀 인생에서 가장 행복하던 때를 떠올리게 하는 매혹적인 선물이었다.

"자, 내가 장담하건대, 이건 낸에게 딱 알맞은 선물이 될걸. 예쁘지만 천박하진 않은, 뭐랄까 일종의 표식이라고 할까? 의사에게 아주 어울리는 것이지." 에밀은 그렇게 말하면서 작은 해골 모양의 귀걸이 한 쌍을 꺼내 들었다.

"에구머니나!" 베스가 말했다. 베스는 못생긴 것을 지독히 싫어했다. 얼른 자기가 받은 예쁜 조개 목걸이 위로 눈을 돌렸다.

"낸 언니는 귀걸이 안 할 텐데." 조시가 말했다.

---

* 사진 등을 넣어 목걸이에 매다는 것.

"그렇다면 네 귀에 구멍을 뚫어줄 때 쓰겠지. 다른 사람들을 쫓아가서 칼로 찌르려고 할 때만큼 신나하는 것을 본 적이 없거든." 에밀은 아랑곳하지 않고 말했다. "내 보물상자엔 남성분들을 위한 약탈물이 한가득 있답니다. 하지만 여인들을 위해 가져온 전리품들을 먼저 다 풀어야 평화가 찾아오는 법이지요. 자, 그럼 그동안 있었던 일을 전부 들어볼까요?" 뱃사람은 에이미가 가장 아끼는 대리석 상판을 깐 테이블 앞에 앉아 두 다리를 흔들며 시속 10노트의 속도로 이야기하기 시작했다. 그 이야기는 조 숙모가 모두를 제독을 위한 특별 티타임이 열리는 장소로 데려갈 때까지 계속되었다.

3. 조의 수난

마치 가는 다양한 모습들로 인생을 경험하면서 놀라운 일을 여러 번 마주했는데, 그중에서도 가장 크게 놀란 일은 미운 오리 새끼가 백조가 아닌 황금 거위로 탈바꿈했을 때였다. 그 거위가 낳은 문학이라는 황금알이 기대하지 않았던 시장을 만나고, 10년이라는 세월이 흐르면서 조의 가장 터무니없던 꿈과 가장 소중히 여기는 꿈이 만나 실현된 것이다. 어떻게, 그리고 왜 이런 일이 일어났는지는 조 역시 완전히 이해할 수 없었다. 그냥 어느 날 갑자기, 유명인사가 된 것이다. 그보다 더 반가운 것은 조촐한 규모라 해도 돈이 그녀의 주머니로 들어오게 되었다는 점이었다. 덕분에 재정적인 부담도 덜고 아들들의 미래도 어느 정도 보장할 수 있게 되었다.

그 일은 플럼필드에서 모든 일이 꼬이던 힘든 해에 시작되었다. 형편이 어려워지면서 학교는 축소되었고 조는 바쁜 학교 일에 병까지 얻은 상태였다. 로리와 에이미는 마침 외국에 나가 있었는데 베어 부부는 어찌나 자존심이 센지 아까워하지 않고 도움을 내어줄 허물없는 사이인 로리와 에이미 부부에게조차 도움을 청하지 않았다. 조는 자기 방에 틀어박혀서 당장 닥친 상황을 어떻게 해결할지 몰라 절망에 빠져 있었다. 그리하여 조는 오래도록 사용하지 않은 펜을 다시 꺼내 든 것이다. 수입의 빈 공간을 메우기 위해 조가 할 수 있는 일이라곤 이것밖에 없었다. 마침 소녀들의 이야기로 출판을 하고 싶어 하는 출판사가 있어서 조는 서둘러 짧은 이야기를 만들어냈다. 자기 자신과 자매들 사이에 있었던 장면과 모험 일부를 갖다 쓰기도 했다. 조에게는 남자아이들 이야기가 더욱 적성에 맞았지만, 성공에 대한 가느다란 희망, 그리고 원고료를 받을지도 모른다는 기대심에 원고를 썼고 이를 출판사에 보냈다.

　상황은 조가 생각한 것과는 반대였다. 부푼 기대심과 야망을 싣고 출항한 그녀의 처녀작은, 수년간 작업했음에도 침몰했다. 그 이후에도 난파선은 한동안 떠다녔고 출판사는 몇 푼밖에 건지지 못했다. 그러나 돈 몇 푼 벌려는 생각 외에는 다른 의도 없이 성급히 써내려간 이야기는 현명한 키잡이와 순풍 덕에 순조로운 항해를 하면서 대중의 호평을 받기에 이르렀고 예상치 못한 화물, 황금과 영광을 가득 실은 채 귀항했다.

그 상황이 가장 놀라운 사람은 다름 아닌 조세핀 베어, 자신이었다. 그녀의 작은 배가 깃발을 휘날리며 항구에 다다르니 오랫동안 쉬던 대포가 신나게 꽝꽝 울려대며 축포를 터뜨렸다. 게다가 많은 이들이 친절한 얼굴로 그녀와 함께 기뻐해주었고 기꺼이 악수하며 축하해주는 것이 아닌가. 이후로는 항해마다 순조롭기 그지없었다. 배에 짐을 싣고 떠나보내기만 하면 여지 없이 그녀가 아끼고 애쓴 데 대한 온갖 보상을 싣고 귀항했으니 말이다.

그녀는 그렇게 얻은 명성을 별로 인정하고 싶지 않았다. 요즘은 불을 조금만 지펴도 엄청난 양의 연기를 만들어내는 세상 아니던가. 게다가 악명은 결코 영광스럽지 않다. 재물은 의심할 수 없는 것이어서 감사한 마음으로 받아들였다. 세상에서 떠들어대는 것에 비하면 절반도 되지 않았지만 말이다. 파도는 계속해서 커졌고 이 가족을 태운 배는 안락하게 작은 항구에 정박하여 풍랑을 피해 나이 든 가족들을 안전하게 대피시킬 수 있게 되었고 어린 가족들은 인생이라는 여정을 위해 각자의 배를 출항시킬 수 있는 형편이 되었다.

온갖 종류의 행복, 평화, 풍요가 흘러넘쳤고, 하나님의 지혜와 공의 속에서 인내심을 가지고 기다리는 이들, 소망을 품은 일꾼들, 독실한 신자들이 축복받던 시절이었다. 실망, 가난, 슬픔을 보내어 인간 마음에 담긴 사랑을 시험하고 잘 견디는 이에게 성공을 준다는 하나님이 내리는 축복이었다. 세상의 기준에서 성공은 번영을 의미했고 선한 영혼들은 가족의 형편이 나아지는 것에 기뻐하기 마련이었다. 하지만 조가 가장 큰 가치를 두는 성공의 잣대는 행복이었다. 그 어느 것과도 바꾸지 못하고 그 무엇도 앗아가지 못하는 행복의 가치를 아는 이가 극히 적을 뿐이었다.

이 사건 덕분에 마치 가의 어머니는 말년에 행복과 평안을 누릴 수 있었다. 어머니로서 가족을 돌보는 부담을 덜고 지친 손은 마침내 쉼을 얻었으며 얼굴에서는 수심이 걷히고 선한 마음씨는 불쌍한 이웃을 돕는 일에 온전히 쓰일 수 있었다. 그녀에게는 큰 기쁨이었다. 소녀 시절 조가 세운 계획 중 그녀가 제일 좋아하는 계획이 고달프고 용맹스러운 삶을 마친 어머니가 편히 앉아 쉴 수 있는 방을 마련하는 것이었다. 이제 그 꿈은 행복한 현실이 되었고 어머니는 안락하고 호화롭게 꾸민 쾌적한 방에 앉아 나날이 노환이 진행되기는 해도 극진히 간호하는 딸들과, 기댈 수 있는 믿음직한 남편과, 노년에 생기를 불어넣어주는 손자들의 사랑을 듬뿍 누렸다. 그녀는 복 받은 자녀들을 가진 어머니만이 누릴 수 있는 기쁨을 누렸기에 그 시간은 모두에게 큰 축복이었다. 마치 부인은 자신이 평생 뿌린 씨앗을 추수하는 삶을 살았고 그녀의 기도는 응답받았으며 소망은 현실이 되어 피어났으며 좋은 재능마다 열매를 맺었고 그녀의 가정은 평강과 번영의 축복을 받았다. 그런 후, 자신의 임무를 잘 마친 용감하고 인내심 많은 천사들이 그러하듯, 그녀 역시 얼굴을 하늘로 돌리고 영원한 안식을 얻었다.

　여기까지는 이곳에서 일어난 변화의 달콤하고 성스러운 면이다. 하지만 우리가 사는 이 호기심 많은 세상이 다 그러하듯 가시 돋친 면도 공존했다. 조 역시 처음에는 놀랐고 믿어지지 않을 정도로 황홀하고 기뻤지만 조 역시 우리 인간의 간사한 본성이 있기에 금세 유명세에 시달리면서 지겨워지기 시작했다. 뭔가 자유를 빼앗긴 것 같았다. 갑작스레 공인이 되니 대중이 그녀를 차지한 것 같았고 그녀 주변에 일어나는 사사건건, 그러니까 과거, 현재, 미래까지 간섭받게 되었다. 낯선 이들이 다가와서는 그녀의 얼굴을 보고 싶어 하고 질문하고 조언하고 경고하고 축하하면서 혼을 쏙 빼놓았다. 모두 좋은 뜻으로 한 행동이지만 그런 부류의 관심은 사람의 진을 빼는 것이었다. 그렇다고 대중에게 마음 열기를 거부하면 그들은 즉시 비난하는 이들로 돌변했다. 만일 애완동물 자선행사나 친척의 요구에 돈을 기부하지 않겠다고 하거나 세상의 모든 병이나 시련에 동정하는 모습을 보이지 않으면 단박에 사람들은 그녀를 매정하고 이기적이고 오만한 사람으로 몰아세웠다. 그녀에게 보내오는 어마어마한 양의 편지에 일일을 답을 할 수 없는 지경이 되면 대중의 사랑을 우습게 여긴다며, 작가로서의 의무 태만이라는 비난을 받기 일쑤였다. 무대에 서서 신문사들의 요구에 따라 포즈를 취하기보다는 집에서 자기만의 시간을 갖는 편을 선호한다고 하면 글 좀 쓰는 작가라고 삐긴다며 공공연히 욕을 먹었다.

조는 아이들을 위해 최선을 다했다. 조에게는 그들이 대중이었다. 게걸스레 이야기를 먹어대는 어린 학생들을 위해 조는 결연한 자세로 열심히 글을 썼다. '이야기를 더 주세요. 더, 당장!' 그녀의 가족은 이런 헌신이 자기들과 조의 건강을 희생시키는 일이라며 반대했다. 하지만 당시 조는 청소년 문학이라는 제단 위에 자신을 기꺼이 드린 상태였다. 20년이라는 인고의 세월 끝에 그녀는 아이들의 눈으로 바라보는 세상을 이해하게 되었고, 이 명성이 이 작은 친구들 덕이라고 믿게 되었다.

하지만 그러한 인내심도 결국 바닥을 드러내는 때가 찾아왔다. 사자로 살아가는 것에 지쳐버린 그녀는 자신의 이름처럼 숲속의 곰*이 되어 굴로 돌아갔고 누가 불러낼 때마다 사납게 으르렁거렸다. 가족들은 조가 겪는 시련에 대해서는 조금 동정할 뿐, 각자 나름의 즐거운 시간을 보내기에 바빴다. 하지만 조에게 이 시간은 그 어느 때보다 고통스러운 수난의 시간이었다. 그녀의 소유물 중 가장 아끼는 것이 자유인데 이 자유가 자

---

* 결혼해서 얻은 조의 성 'Bhaer'와 곰을 뜻하는 'bear'의 발음이 같다.

신을 떠난 것처럼 보였기 때문이다. 랜턴 속에 들어가 사는 것처럼 누구나 들여다볼 수 있는 공인의 삶은 곧 그 매력을 잃었다. 그렇게 사는 것을 즐기기엔 그녀는 이미 너무 나이 들어 있었고 지치고 바빴다.

그녀의 서명, 사진, 자전적 이야기가 전국을 뒤덮을 즈음, 화가들은 그녀의 정원 안에 대놓고 들어와 그림을 그리고, 진 치고 있는 기자들은 이 어려운 시기에 가끔 드러나는 그녀의 어두운 모습까지 캐내어 기사를 썼으며, 열정적인 기숙학교 학생들이 전리품을 챙길 심산으로 정원을 헤집어놓고, 문학 순례자들이 성지순례라도 하는 마음으로 그녀의 집 현관문 앞을 밟고, 온종일 울려대는 벨 소리에 문 열어주다 지친 하인들이 일주일이 멀다 하고 일을 그만두고, 남편의 보호가 없으면 제때 식사도 할 수 없게 되고, 곤란한 순간에 아무런 기별도 없이 찾아온 진취적인 손님들을 피해 뒷창문으로 도망치는 그녀를 위해 아들들이 망봐야 하는 지경이 되자 조는 이만하면 대중을 위해 자신이 할 도리를 충분히 했다고 느꼈다.

독자들이 당시의 일상을 한눈에 볼 수 있도록 어느 하루를 예로 들어보겠다. 그러면 독자들도 이 불행한 여인을 변호하고 싶은 마음이 들 것이며, 서명 수집광이 날뛰던 당시를 조금이나마 이해하게 될 것이다. 이건 조금의 보탬도 없는 실화니 말이다.

"불행한 작가들을 보호할 법이 제정되어야 해." 조 부인이 말했다. 에밀이 도착한 아침, 우체부가 평소보다 양이 많고 다양한 편지를 내려놓고 간 직후였다. "내겐 이 문제가 국제 지적 재산권보다 더 심각한 문제라니까. 시간은 돈이고 평화는 건강이야. 난 지금 보상도 없이 그 두 가지를 잃어가는 중이지. 다른 인간에 대한 존중심이 사라지고 광야로 떠나고 싶은 야생적 충동만 남았어. 이 자유의 나라 미국에서 내 집 현관문도 마음대로 닫지 못하는 신세라니."

"사자 사냥꾼들*이 먹이를 발견했을 때는 무시무시하죠. 잠시 입장을 바꿔 생각할 수 있다면 좋을 텐데. '우리의 멋진 작품에 대한 존경심을 표현하기 위해 감히 찾아갈 때' 정작 작가를 얼마나 질리게 할 수 있는지 알아야 할 텐데 말이죠." 테디는 인용구까지 섞어서 서명을 보내달라는 열두 통의 편지에 미간을 찌푸리고 있는 어머니에게 꾸벅 절하며 말했다.

"이 점에 대해서는 결심을 했단다." 조는 매우 단호한 어조로 말했다. "이런 편지엔 답을 하지 않기로 말이야. 이 소년에게 답을 준 것만 적어도 여섯 번은 되는 것 같은데 아무래도 이 아이가 내 편지를 내다 파는 모양이다. 이 여학생은 기숙학교에서 편지를 쓴다는데 이 아이에게 답을 했다간 그 학교의 여학생

---

* 유명인과 사귀는 것을 지상 목표로 삼은 이들을 일컫는다.

모두가 내게 편지를 보내오겠지. 모두 '이러는 것이 실례라는 것을 알지만'이라든가 '선생님께 불편을 드리는 것을 알지만' 따위의 문구로 편지를 시작해놓고는 결국 그 불편하고 무리한 부탁을 하고 만다니까. 내가 남자아이들을 좋아하기 때문이거나 혹은 그들이 책을 좋아하기 때문이거나 혹은 딱 한 번만이라든가. 에머슨과 휘티어 같은 분들은 이런 편지들을 쓰레기통에 버린다더구나. 내 아무리 젊은이들을 격려하는 문학 보모라지만 이것만큼은 이 저명한 작가들에게 배워야겠구나. 이런 몰상식한 아이들을 만족시키려 들었다간 내 먹고 잘 시간마저 빼앗길 판이다." 조 부인은 한숨을 내쉬며 편지 뭉치를 밀어냈다.

"나머지 서신은 제가 열어볼게요. 괘념치 마시고 먼저 아침 식사부터 하세요, 리베 무터(liebe Mutter).*" 로브가 말했다. 그는 종종 어머니의 비서 노릇을 했다. "남부에서 온 편지네요." 로브는 봉인이 인상적인 편지를 뜯어 읽었다.

부인,
하늘로부터 커다란 재물의 복을 받으셨기에 서슴지 않고 이런 부탁을 드립니다. 우리 교회가 성찬 예배 용품을 새로 구입하는 데 필요한 자금을 보태주실 수 있으신지요. 어느 교

---

* 독일어로 '사랑하는 어머니'라는 뜻.

단 소속이신지는 모르나 이런 부탁에 후하게 응하시리라 믿습니다.

존경하는 마음을 담아,

X. Y. 자비에 부인 드림.

"정중한 거절 편지를 보내주렴, 로브. 내가 줄 돈이 있다면 내 집 앞을 찾은 가난한 이들의 먹을 것과 입을 것을 사는 데 쓰여야지. 그게 성공에 대한 보답 아니겠니. 계속해보렴." 어머니는 그렇게 말하며 감사하는 눈으로 행복한 가족을 둘러보았다.

"열여덟 살의 젊은 문학도가 자신이 쓴 소설에 어머니 이름을 넣어달라고 부탁하네요. 초판 이후로는 어머니 이름을 빼고 자기 이름을 넣겠대요. 어떻게 이렇게 뻔뻔스러운 제안을 하죠? 당연히 동의하지 않으시겠지요. 아무리 어머니가 젊은 작가들에게 마음이 약하시더라도요."

"있을 수 없는 일이지. 그럴 수 없다고 친절하게 말해주렴. 절대로 원고를 보내오게 해선 안 돼. 지금 읽어야 할 원고가 일곱 편이나 된다. 정작 내 원고 읽을 새도 없어." 조 부인은 수심에 잠겨 퇴수기(slop-bowl)에 빠진 조그만 편지 봉투를 꺼내 들고는 조심스레 열었다. 주소를 쓴 줄이 한쪽으로 기우는 걸 봐서는 어린아이가 쓴 것이 분명했다.

"이 편지는 내가 직접 답하마. 병 중에 있는 어린 소녀가 책을 갖고 싶다는구나. 그렇다면 당연히 보내줘야지. 그렇다고 내가 이 아이 기쁘게 해주자고 모든 책의 속편을 쓸 수는 없는 노릇이지만. 이런 열렬한 독서광에 계속 더 달라고 타령을 하는 올리버 트위스트들 요구를 다 들어주다간 끝이 없을 테지. 다음은 어떤 편지니, 로브?"

"이번 것은 짧고 사랑스러운 편지네요."

베어 부인께,
부인이 쓰신 책에 대한 제 의견을 드리려고 합니다. 저는 부인의 책을 전부 다, 그것도 여러 번 읽었답니다. 모두 더할 나위 없이 훌륭한 책들입니다. 부디 계속 써주십시오.

당신을 존경하는 빌리 뱁콕 드림.

"그 편지는 마음에 드는구나. 빌리라는 이는 지각이 있는 양반이요, 곁에 두면 좋을 평론가로군. 의견을 내기 전에 먼저 내 책을 여러 차례 읽었다니 말이다. 게다가 답장을 부탁하지도 않았잖니. 그러니 감사와 안부 인사를 전해다오."

"이 부인은 영국 사람인데 딸이 일곱이나 있대요. 교육에 대한 어머니의 고견을 듣고 싶다고 합니다. 딸들이 어떤 직업을 가지면 좋을지도요. 첫째가 열두 살이라고 하네요. 하긴 오죽 걱정이겠어요." 로브가 웃었다.

"내가 답을 하도록 애써보마. 하지만 난 딸이 없어 내 의견이 큰 도움이 될지 모르겠구나. 어쩌면 이 부인에게 충격을 안겨줄지도 몰라. 직업을 논하기 전에 실컷 뛰어놀게 해서 건강하고 튼튼한 몸을 만드는 것이 우선이라고 말해줄 셈이거든. 아이들은 그렇게 내버려두면 곧 자신이 원하는 것이 무엇인지 알게 된단다. 몽땅 하나의 틀에 구겨 넣을 수는 없는 법이지."

"어떤 여성과 결혼하는 것이 좋을지 물어온 이도 있어요. 어머니의 소설에 등장하는 이들 중에서 골라 예를 들어주실 수 있냐고요."

"낸 누나의 주소를 알려주면 어때? 그리고 어떤 일이 벌어질지 지켜보는 거야." 테디가 끼어들었다. 자기라도 나서서 그렇게 해봐야겠다고 몰래 다짐했다.

"이 부인은 자기 아이를 어머니께서 입양하여 몇 년간 외국에서 미술을 공부할 수 있도록 등록금을 대줄 수 있는지 물어보네요. 한번 해보세요. 딸도 키워보셔야죠, 어머니."

"고맙지만 사양한다. 내가 원래 하던 일이나 제대로 하련다. 얼룩 묻은 그 편지는 무슨 내용이니? 잉크 자국을 보아하니 끔찍한 내용일 듯싶구나." 조 부인이 물었다. 겉봉투만 보고 속에 담긴 내용 맞히기 놀이라도 해서 지루할 수 있는 일과를 달래볼 심산이었다. 열어보니 시 한 편이 들어 있었다. 문체에 일관성이 없는 걸 보니 미치광이 팬이 쓴 시가 분명했다.

J. M. B.에게 바치는 시

내가 쥐오줌풀이라면
나는 시를 지어
향긋한 산들바람을
그대에게 불어보내, 아무도 몰래

그대는 위용을 자랑하는 느릅나무 같아
태양신 포에부스가 아침 햇살에 황금을 입히네
그대의 두 뺨은 해저 같아
오월에 장미를 꽃피우네

그대의 말에는 지혜와 명철이 있어
나는 그 말을 그대에게 유산으로 남기네
그대의 영혼이 떠나가는 날
천국에서 꽃으로 피어나리

내 혀는 달콤한 언어를 하고
이보다 달콤한 침묵은 없었네
가장 바쁜 거리에서 혹은 가장 외로운 골짜기에서
나는 나의 펜을 부려 그대를 데려가네

백합화를 보라, 어떻게 자라는지
수고하지도 않으나 여전히 아름답도다
보석과 꽃과 솔로몬의 봉인
이 세상의 제라늄, 그대는 J. M. 베어.

제임스 지음.

아들들이 이 시의 감정적 표현, 그러니까 어느 것이 진짜 시인의 감정이냐를 놓고 토론을 벌이는 사이 어머니는 신생 잡지사에서 들어온 무료로 편집해줄 수 있겠느냐는 요청, 자신이 가장 좋아하는 주인공이 죽어서 슬픔이 가시지 않는다는 어린 소녀의 글, '베어 부인께서 이야기를 다시 써서 해피엔딩으로 바꾸어주실 수 있겠느냐'는 요청, 서명 요청을 거절당해 화가 난 소년이 자신을 비롯한 누구의 서명, 사진, 작가 프로필 요청을 들어주지 않을 경우 재정적으로 몰락하고 인기가 하락할 것이라는 저주, 그녀의 종교가 궁금하다는 어느 성직자의 편지, 두 명의 구혼자 중 누구와 결혼하는 것이 좋을지 조언을 구하는 편지까지 두루 살펴보았다. 이만하면 나의 독자들은 이 편지들이 이 바쁜 여인의 시간을 얼마나 방해했는지 충분히 짐작할 것이며 모든 편지에 일일이 답할 수 없는 조 부인을 기꺼이 용서하리라 믿는다.

"이 정도면 되었다. 이제 먼지 좀 털고 일하러 가야겠구나. 일이 자꾸 밀려서 큰일이야. 연재물은 늦으면 안 되는데 말이다. 그러니 메리, 누가 나를 찾거든 없다고 해줘요. 오늘은 빅토리아 여왕님이 방문하신다 해도 만날 수 없으니." 베어 부인은 모든 만물에 저항이라도 하듯 냅킨을 벗어 던졌다.

"오늘 그대의 하루가 무탈하길 바라오." 그녀의 남편이 대답했다. 그 역시 자신에게 온 서신을 일일이 읽느라 바쁜 시간을 보내고 있었다. "오늘은 플록 교수와 식사할 예정이오. 그가 오늘 우리 학교를 방문하거든. 우리 총각들은 파르나소스에서 점심을 하면 되겠지요. 그러니 그대에게 부디 평화로운 하루가 되길." 이 점잖은 신사는 작별 키스로 아내 미간에 진 주름을 펴고는 사라졌다. 양 주머니는 책으로 불룩하고 한 손에는 우산을, 다른 손에는 지질학 수업에 쓸 돌멩이 자루를 든 채로.

"모든 여류 문학가들에게 이처럼 사려 깊고 천사 같은 남편이 있었다면 일찍 죽지 않고 더 많은 글을 썼을 텐데. 어쩌면 그게 축복은 아니었던 모양이로군. 우리 대부분이 글을 이렇게 많이 써내고 있는 걸 보면." 조 부인이 손에 들고 있던 깃털로 만든 먼지떨이를 남편을 향해 흔들며 말했다. 그는 현관을 나서며 우산을 흔들어 보임으로써 화답했다.

로브도 같은 시간에 학교로 향했다. 책과 가방을 든 모습이나 네모진 어깨와 성실한 분위기나, 여러모로 아버지와 꼭 같왔다. 어머니는 이를 보고 웃음을 터뜨리며 돌아섰다. 그리고 진심을 담아 이렇게 말했다. "나의 사랑하는 이 두 교수에게 축복이 있기를. 이들보다 선한 이들이 어디 있단 말인가!"

에밀은 이미 도심에 있는 자신의 배로 출근한 후였다. 하지만 테디는 어떻게 하면 주소를 훔칠까, 설탕 단지를 공략할까, '엄마'와 대화할까 궁리 중이었다. 테디와 조는 장단이 잘 맞는 사이였기 때문이다. 조 부인은 자기 거실은 언제나 직접 정리했다. 종일 거실이 시원하고 깨끗해 보이도록 꽃병의 물을 갈고 이것저것 손을 보았다. 커튼을 걸려고 창에 다가갔다가 웬 낯선 화가가 잔디에 앉아 스케치하고 있는 것을 발견하고는 소스라치게 놀라 황급히 뒷창문 쪽으로 몸을 피했다. 여기서 먼지떨이를 털 셈이었는데 말이다.

그 순간 초인종이 울렸다. 길가에서는 마차 바퀴 소리가 들려왔다.

"내가 갈게요. 메리가 맞이하고 있어요." 테디가 머리칼을 매만지고는 거실로 향했다.

"아무도 안 보이는구나. 얼른 위층으로 뛰어 올라갈 수 있게 틈을 다오." 조 부인이 도망갈 채비를 하며 귓속말로 말했다. 하지만 시도도 하기 전에 한 남자가 문가에 나타나 명함을 내밀었다. 테디는 뻣뻣한 자세로 그를 맞이했다. 그의 어머니는 창문 커튼 뒤로 몸을 숨겼다. 도망칠 시간을 벌기 위해서였다.

"저는 〈새터데이 태틀러〉지에서 연재를 담당하고 있습니다. 베어 부인을 만나 뵈러 왔습니다만." 이 낯선 손님은 환심을 살 요량으로 기자 특유의 말투로 접근했다. 동시에 집 안에서 목격한 것은 그 무엇이든 하나도 놓치지 않고 다 담아갈 셈으로 두 눈알을 바삐 굴리고 있었다. 그는 경험을 통해 짧은 방문 시간을 최대한 활용해야 함을 잘 알고 있는 노련한 사람이었다.

"베어 부인은 기자를 만나지 않으십니다, 선생님."

"아주 잠깐이면 됩니다. 잠깐이면 제가 묻고 싶은 것을 다 물을 수 있어요." 이 남자는 그렇게 말하며 슬슬 안으로 밀고 들어왔다.

"만나실 수 없다니까요. 부인께서는 외출하셨습니다." 테디가 대답했다. 슬쩍 뒤를 보니 그의 불행한 모친은 사라지고 없었다. 창문을 통해 나가셨겠군, 그는 생각했다. 곤란한 처지가 되었을 때 종종 사용하는 통로였다.

"정말 미안합니다. 다시 전화드리지요. 이게 부인의 서재인가요? 정말 멋진 곳이로군요!" 그러더니 이 침략자는 거실로 향했다. 그는 혹시 업무 중에 죽는다 해도 무엇이라도 찾아내어 기삿거리가 될 것을 건질 사람이었다. 테디는 어머니가 이미 탈출에 성공하여 집을 나갔기를 간절히 바랐다.

"베어 부인의 생일과 출생지나 결혼 일자나 자제분 수만이라도 말씀해주신다면 대단히 감사하겠습니다." 현관문 발 깔개에 걸려 넘어질 뻔했는데도 창피해하는 기색도 없이 이 방문객은 막무가내로 말을 이어갔다.

"나이는 예순 전후, 노바 젬블라*에서 출생, 오늘부로 결혼하신 지는 40년이 되었고, 열한 명의 따님을 두셨습니다. 더 궁금하신 점이라도 있으십니까, 선생님?" 얼굴색 하나 변하지 않고 말짱한 얼굴로 거짓말하는 테디를 보고 있자니 그의 어처구니없는 대답과 대조가 되어 더욱 웃음이 났다. 기자도 완패를 인정하고 웃으며 사라졌다. 그때 막 어떤 부인이 세 딸을 앞세워 현관문 앞에 나타났다.

"우리는 멀리 오시코시에서 오는 길이랍니다. 존경하는 조 부인을 뵙지 못하고는 집으로 돌아갈 수 없어요. 제 딸들은 부인의 책을 너무나 사랑한답니다. 부인을 직접 뵐 기대에 한껏 부풀어 있고요. 너무 이른 시간이란 것을 잘 알고 있습니다만 저희에겐 여기가 첫 번째 방문지거든요. 오시코시의 에라스투스 킹스베리 파르말리 부인이 왔노라고 전해주세요. 기다리는 것쯤은 문제가 아닙니다. 아직 사람들을 맞이할 준비가 되지 않으셨다면 그사이 집 안 구경을 하고 있으면 되니까요."

어찌나 속사포처럼 쏘아대던지 테디는 이 아담한 아가씨들을 멍하니 바라보고 서 있는 것 외에 아무것도 하지 못했다. 여

---

* 캐나다 누나부트 준주에 속한 섬.

섯 개의 애원하는 파란 눈동자가 그에게서 떨어지지 않았다. 여자 앞에서 약해질 수밖에 없는 그의 천성은 최소한 거절을 해도 정중하게 해야 했다.

"베어 부인은 오늘 여기 계시지 않습니다. 아, 그러니까 방금 외출하셨거든요. 그런 것 같아요. 하지만 집과 정원을 둘러보고 싶으시면 그렇게 하셔도 됩니다." 그는 황홀한 얼굴로 두리번거리며 마구잡이로 밀고 들어오는 네 여인에게 밀려 뒷걸음질 치면서 중얼거렸다.

"이렇게 고마울 데가! 얼마나 예쁘고 아름다운 곳일지! 저기가 부인이 글을 쓰시는 곳인가요, 그렇죠? 저 그림은 부인을 그린 게 맞나요? 세상에, 내가 상상하던 모습 그대로네!"

여자들은 노튼 경 부인의 섬세한 판화 앞에 서서 떠들었다. 판화 속 노튼 경 부인은 손에 펜을 쥐고 뭔가에 홀린 듯한 표정을 짓고 있었다. 머리에는 작은 왕관을 쓰고 목에는 진주 목걸이를 걸었다.

테디는 터지는 웃음을 간신히 참으며 조 부인을 흉물스럽게 그린, 문 뒤에 걸린 초상을 가리켰다. 희한한 빛의 효과로 코끝과 양 볼이 그녀가 앉은 빨간 의자만큼이나 붉게 물들었는데도 어쩔 도리 없이 음울해 보이는 사진이었다. 조는 바로 그 점을 재미있어했다.

"저희 어머니를 찍은 사진입니다. 잘 나온 사진이라고 말하긴 어렵지만요." 테디가 말했다. 소녀들이 고통스러워하는 모습을 보는 것이 재미있었다. 현실과 이상 사이의 간극이 너무 커서 어찌할지 몰라 괴로운 모양이었다. 열두 살 난 막내딸은 실망감을 감추지 못하고 고개를 돌려버렸다. 우리 역시 오랫동안 숭배하던 우상이 지극히 평범한 남자나 여자라는 사실을 알게 된다면 그런 감정을 피해 가지 못했을 것이다.

"열여섯 살 감성을 가진 분이고, 머리를 양 갈래로 땋아 뒤로 넘기고 계실 줄 알았는데. 그분을 굳이 만나지 않아도 될 것 같아요." 정직한 소녀는 그렇게 말하고는 거실문 쪽으로 걸어가버렸다. 민망한 어머니가 대신 사과를 했고 나머지 자매들은 그 흉측한 초상이 '완벽하게 사랑스럽고 생생하고 시적이며, 특히 눈썹 부분이 그렇다'며 연신 변명해야 했다.

"얘들아, 이제 가자꾸나. 오늘 다 돌아보려면 말이다. 가져온 앨범은 두고 가거라. 베어 부인이 뭐라도 써주시고 우리에게 다시 보내주실 수 있게 말이다. 네, 그렇게 해주신다면 천 번이라도 감사하겠어요. 어머니께 우리가 보내는 최고의 안부를 전해주세요. 그리고 오늘 못 뵙고 가서 유감이라고도요." 이 말을 막 끝내는 에라스투스 킹스베리 파르말리 부인의 눈에 체크무늬 앞치마를 두른 중년여성이 들어왔다. 머리에는 손수건을 쓰고 서재처럼 보이는 복도 끝방의 먼지를 바삐 털고 있었다.

"부인이 안 계신다고 하니 성소를 잠시 엿봐도 괜찮겠지요?"

이 열정적인 부인은 그렇게 외치며 딸들을 데리고 거실을 가로질러 성큼성큼 걸어갔다. 테디가 탈출로가 막힌 어머니에게 경고할 새도 주지 않고서 말이다. 집 앞에는 화가가, 집 뒤로는 아직도 떠나지 않은 신문기자가 진 치고 있었고, 집 안에는 여인들이 저렇게 행군 중이라니.

'다 들통났군.' 테디는 그렇게 생각하며 우스꽝스러운 신음소리를 냈다. '저들이 초상을 봐버렸으니 하녀 흉내를 내신다 한들 무슨 소용이람.'

조 부인은 최선을 다했다. 실로 배우 뺨치는 연기를 했기에 저 치명적인 초상만 아니었더라면 무사히 빠져나갔으리라. 파르말리 부인은 책상 앞에서 걸음을 멈추었다. 그 위에 놓인 메르샤움(meershaum)* 파이프나 곁에 놓인 남자 실내화, 겉봉투에 'F. 베어 박사 귀하'라고 쓰인 가득 쌓인 편지들엔 눈길도 주지 않은 채 두 손을 맞잡고 깊은 감동에서 우러난 감탄사를 연발했다. "얘들아, 바로 이곳이 부인께서 그 사랑스럽고 도덕적인 이야기들을 쓰신 곳이란다. 그분의 이야기가 우리의 영혼을 얼마나 울렸는지! 여기 있는 이 종이들을 좀 가져가도 될까요? 아니면 낡은 펜이나, 안 되면 우표라도? 위대한 재능을 타고나신 여인을 기억할 무엇이라도?"

---

* 해포석.

"그럼요, 부인. 마음대로 가져가셔도 됩니다." 하녀가 대답했다. 하녀는 그곳에 선 젊은이에게 눈총을 주며 지나갔다. 테디는 터지는 웃음을 억누르지 못해 어쩔 줄 모르고 있었다.

큰딸이 이 장면을 목격하고는 바로 눈치챘다. 앞치마를 두른 여인을 잽싸게 훑어보고는 혐의를 굳혔다. 그녀는 자기 어머니에게 다가가 속삭였다. "엄마, 이분이 베어 부인이세요. 확실해요."

"그럴 리가? 진짜? 그렇구나! 세상에 이럴 수가, 어떻게 이런 일이!" 그러고는 황급히 그 불행한 여인을 뒤쫓아갔다. 그녀는 막 문을 지나는 참이었다. 파르말리 부인이 간절한 목소리로 외쳤다.

"저기 괜찮으시다면! 부인께서 바쁘시다는 것은 잘 알고 있습니다. 하지만 손 한 번만 잡아보게 해주신다면 곧 떠나겠습니다!"

달아날 길이 없음을 알고 체념한 조 부인은 몸을 돌려 손을 내밀었다. 찻쟁반을 내밀듯 손을 쭉 뻗고는 파르말리 부인이 실컷 붙들고 흔들도록 내버려두었다. 예상치 못한 친절에 은근히 놀란 부인이 말했다.

"혹시 오시코시에 오실 일이 있으시다면 부인의 발이 땅에 닿을 새 없을 거예요. 사람들이 번쩍 들고 모시고 다닐 테니까요. 선생님을 직접 볼 수 있다는 사실만으로 다들 죽도록 기뻐할 거예요."

속으로 그런 야단스러운 동네에는 결코 가지 않으리라 결심하면서 조는 겉으로는 최선을 다해 예의를 갖추었다. 앨범에 일일이 서명을 해주고 각 사람에게 기념품을 하나씩 안겨준 후한 사람씩 키스를 해주니 마침내 방문객들은 그 집을 떠났다. 다음 목적지는 '롱펠로, 홈스를 비롯한 다른 문인들'이란다. 부디 그분들도 전부 외출 중이길 간절히 바랄 뿐.

"요 악당 같으니, 왜 내게 빠져나갈 기회를 주지 않은 게냐? 세상에, 네가 그 기자 양반에게 한 거짓말이란! 너나 나나 오늘 저지른 일에 대한 죄 사함을 받게 되길. 하지만 이들을 피하지 않았다간 대체 우리는 어떤 지경이 되겠느냔 말이다. 한 사람을 놓고 이렇게 떼거리로 덤비는데 이게 어떻게 페어플레이란 말이냐고." 조 부인은 앞치마를 끌러 거실에 있는 옷장에 걸었다. 자신에게 주어진 시련이 너무 커 한숨만 나올 뿐이었다.

"더 많은 사람이 길을 따라 올라오고 있어요, 어머니! 아직 들킬 위험이 없을 때 재빨리 숨는 게 좋겠어요. 제가 나가서 막아볼게요!" 막 학교에 가려고 계단을 나서던 테디가 뒤를 돌아보고는 고함을 쳤다.

조 부인은 황급히 계단을 따라 올라가 방에 들어가 문을 잠갔다. 잔디밭에 기숙학교 여학생들이 진을 치고 있는 것이 보였다. 집에 들어오는 것을 저지당하자 돌아가기 전에 정원에 남아 꽃을 꺾거나, 서로 머리를 땋아주거나, 도시락을 꺼내 먹거나, 이 집과 집주인에 대한 이런저런 평가를 제멋대로 지껄이기로 작정한 모양이었다.

몇 시간이 그렇게 조용히 지나갔다. 조는 밀린 일을 하며 긴 오후 시간을 보내는 중이었다. 로브가 마침 학교에서 돌아와 기독청년연맹 YMCU가 대학을 방문하기로 했는데 방문한 김에 조 부인을 만나 뵙고 인사를 드리고 싶어 한다는 말을 전했다.

"비가 올 것 같아서 안 올 수도 있을 것 같아요. 하지만 그래도 혹시 모르니까 미리 어머니께 말씀드려 준비하고 계시는 편이 좋겠다고 아버지께서 전하셨어요. 원래 남학생들은 잘 만나주시잖아요. 불쌍한 여학생들은 별로 기회를 얻지 못하지만요." 로브가 말했다. 이미 동생을 통해 아침에 일어난 방문객 소동에 대해 들은 터였다.

"남자아이들은 감정이 폭발하는 법이 없잖니. 그러니 참아주는 거야. 지난번에 여학생들을 집에 들였더니 그중 한 아이가 내 품에 쓰러지면서 '선생님께 사랑받고 싶어요!' 그러는 거야. 냅다 밀쳐내고 싶더라니까." 펜에 묻은 잉크를 힘 있게 닦아내며 조 부인이 말했다.

"이 남학생들은 절대로 그런 일은 없을 거예요. 하지만 어머니의 서명은 원하겠죠. 서명을 수십 장 준비해두시는 게 좋을 겁니다." 로브가 종이 한 묶음을 펼쳐 보이며 말했다. 손님에게 친절하기도 하지만 무엇보다 어머니를 존경하는 마음으로 무작정 찾아오는 이들을 측은히 여기는 로브였다.

"그 여학생들보다 더할 순 없을 게다. X 대학에 갔을 때는 그 날 하루에 내가 서명한 종이가 300장은 넘었을 거야. 테이블에 산더미 같은 카드와 앨범을 두고 나왔지. 이렇게 황당하고 지긋 지긋한 광적 행동은 세상에 심각한 해를 입히는 거라고 생각해."

그럼에도 조 부인은 자기 이름을 십수 번쯤 써 갈긴 후 검은 색 실크를 걸치고 곧 임박할 방문객을 맞을 준비를 했다. 운명 으로 받아들일 수밖에. 제발 비를 내려주소서, 그렇게 기도하며 다시 일에 몰두했다.

소나기가 내렸다. 안전하다고 느낀 그녀는 머리를 헝클고 옷 단을 푼 채 쓰던 챕터를 마무리하기 위해 서둘렀다. 하루에 서 른 페이지씩 써내려가는 것이 그녀가 세운 목표였다. 저녁이 오기 전에 끝내고 싶었다. 조시가 꽃을 가져왔고 꽃병에 꽂기 위한 손질이 마무리될 무렵, 여러 개의 우산이 머리를 맞대고 언덕을 내려오는 것이 눈에 띄었다.

"이모, 그 사람들이 오고 있어요! 저들을 맞이하러 이모부가 들판을 가로질러 뛰어가고 계시네요." 조시가 계단 발치에 서 서 위층을 향해 외쳤다.

"잘 지켜보다가 그들이 가로수길에 들어서거든 알려주렴. 얼 른 정리하고 내려가는 데 1분밖에 걸리지 않을 테니." 조 부인 이 대답했다. 그러면서도 미친 듯이 글을 써내려갔다. 연재물은 하루도 늦을 수 없기 때문이다. 혹 기독교연맹 할아버지가 오셨더라도 어쩔 수 없다.

"두세 사람이 아닌 것 같아요. 대여섯은 족히 되겠는데요!" 현관문 앞에 서 있던 메리가 외쳤다.

"아니에요! 열둘이에요. 분명 그렇게 보여요. 이모, 보세요. 저기 오고 있어요. 이제 우린 어떻게 하죠?" 조시는 빠른 속도로 다가오는 시커먼 군중을 맞이할 생각에 겁이 덜컥 났다.

"주여, 자비를 베풀어주소서. 적들은 수백 명이나 됩니다! 뛰어가서 대야를 가져다가 뒷문에 두렴. 우산에서 뚝뚝 떨어지는 물을 받을 수 있게. 손님들더러 거실로 가 계시라고 일러라. 모자는 테이블에 쌓아두시라고 하고. 모자걸이가 충분하지 않을 테니. 깔개를 깔아도 소용이 없겠지. 아, 소중한 나의 카페트!" 그리고 조 부인은 적의 침략에 맞설 채비를 하기 위해 1층으로 내려갔다. 조시와 하녀들은 진흙 벌창의 장화들을 처리할 생각에 경악하며 이리저리 뛰어다녔다.

마침내 그들이 도착했다. 현관 앞에 우산들이 기다란 장사진을 이루었다. 우산 아래로 흙탕물이 튄 다리들과 붉게 상기된 얼굴들이 나타났다. 이 신사 양반들은 비가 오는 것쯤은 아랑곳하지 않은 채 시내를 돌며 좋은 시간을 보낸 후였다. 베어 교수가 정문에서 이들을 맞이하고 간단한 환영사를 하는 중이었다. 마침 문간에 나타난 조 부인은 비를 쫄딱 맞은 그들의 모습에 마음이 약해져서 어서 집 안으로 들어오라고 손짓을 했다. 정작 집주인은 우산도 쓰지 않고 비를 맞으며 연설을 하는 사이 이 해맑고 마음이 따스하며 열정이 넘치는 청년들은 앞다투어 계단을 밟고 올라가 머리 위에 쓴 모자를 낚아채듯 벗으며 현관에 들어섰다. 그러다가 행렬을 지어 집합하라는 명령이 떨어지자 제군들은 거추장스러운 우산을 들고 쩔쩔맸다.

저벅, 저벅, 저벅, 복도를 따라 일흔다섯 켤레의 장화가 걸어 갔다. 곧 일흔다섯 개의 우산이 물받이 대야에 사이좋게 모여 앉아 물방울을 흘려보내는 사이 우산의 주인들은 이 집의 1층을 통째로 점령했다. 안주인은 군소리 없이 일흔다섯 개의 충심 어린 손을 일일이 잡고 악수해주었다. 젖은 손이 있는가 하면 아주 따뜻한 손도 있었다. 대부분 그날의 전리품이 손에 들려 있었다. 어떤 극성스러운 청년은 부인에게 경의를 표하면서 손에 있는 작은 거북을 흔들어 보였다. 또 다른 청년은 유명한 관광지에서 꺾은 나뭇가지를 한 아름 들고 있었다. 그리고 모두 플럼필드의 기념품이 될 만한 것을 달라고 애원했다. 어디서 나타났는지 테이블 위에는 카드가 한 뭉치 쌓였다. 전부 서명을 요청하는 내용이 담겨 있었다. 아침에 한 결심은 다 잊었는지 조 부인은 모두에게 서명을 해주었다. 그사이 남편과 아들들은 집주인 역할을 톡톡히 해냈다.

조시는 얼른 뒷방으로 도망갔지만 얼마 안 있어 집 안을 여기저기 탐험하던 청년들에게 발각되었고 그중 한 명으로부터 치명적인 모욕을 당했다. 청년 하나가 순진하게도 조시에게 혹시 그녀가 베어 부인이시냐고 물어본 것이다. 접견은 짧게 끝났으며 시작보다 마무리가 더 좋았는데, 비가 그쳐 무지개가 아름답게 떴고 이 선량한 청년들이 마당에 서서 작별을 위한 노래를 불러주었기 때문이다. 길조였다. 젊은이들의 머리 위로 아치 모양을 그린 언약의 무지개. 마치 천국이 그들을 향해 기쁨의 미소를 지어주는 것 같았다. 진흙 덮인 땅과 비에 젖은 하늘 위로 여전히 태양은 모두를 비추고 있었다. 청년들은 만세 삼창을 한 후 떠나갔다. 이들의 방문은 카페트에 붙은 진흙을 삽으로 긁어 떼어내고 물이 반쯤 찬 대야를 비우면서 나눌 유쾌한 이야깃거리를 남겼다.

"참 착하고 정직한 성실한 청년들이야. 그들과 함께 한 30분이 하나도 원망스럽지 않구나. 하지만 난 원고를 끝내야 해. 그러니 티타임까지는 아무도 들이지 말아줘." 조 부인은 그렇게 말하며 메리에게 집 문을 걸어 잠그라고 일렀다. 아버지와 아들들은 손님들을 배웅하러 나갔다. 조시는 방금 조 이모 집에서 일어난 재미있는 이야기를 전해주러 자기 집으로 뛰어갔다.

한 시간가량 평화가 유지되는가 했는데 초인종이 울렸다. 메리가 킥킥거리며 올라와 전했다. "한 괴상한 부인이 와서는 정원에서 메뚜기를 잡아도 되냐고 묻는데요."

"뭘 잡는다고?" 조 부인이 큰 소리로 물었다. 순간 펜을 떨어뜨려 잉크 자국을 남기고 말았다. 살면서 이상한 요청을 많이 받아봤지만, 이번만큼 이상한 것은 처음이었다.

"메뚜기라니까요, 마님. 마님은 바쁘시다고 말하며 원하는 게 무어냐고 물으니, 글쎄 '유명인들 마당에 사는 메뚜기를 수집하고 있어요. 플럼필드에 사는 메뚜기도 내 소장품에 넣고 싶어서요.'라고 하는 거예요. 나 참!" 메리는 그 부인을 떠올리며 다시 키득거렸다.

"그럼 그 부인께 몽땅 가져가시라고, 얼마든지 환영이라고 전해주렴. 싹 사라지면 정말 고맙겠구나. 그놈들이 어찌나 얼굴로 뛰어오르고 치맛단 속으로 들어가는지." 조 부인도 함께 웃었다.

메리가 사라지더니 금방 다시 나타났다. 이번에는 웃느라 말을 못 할 지경이었다.

"그 부인께서 황공하시답니다. 덧붙여 마님이 입으시던 헌 옷이나 낡은 스타킹을 주면 그 부인이 지금 만들고 있는 깔개에 넣겠대요. 이미 에머슨 선생님의 조끼와 홈스 선생님의 바지, 그리고 스토 부인의 드레스를 구했다면서요. 정신이 이상한 사람이에요!"

"내 낡은 빨간 숄을 갖다 주렴. 빨간색 덕분에 그 희한한 깔개를 이룬 위대한 옷가지들 사이에서 내 존재가 꽤나 튀어 보일 테니 말이다. 네 말이 맞아. 저들은 다 미치광이야. 유명인들과 친해지려고 쫓아다니는 이들 전부가 그래. 하지만 이번 미치광이는 그다지 해로운 사람 같지는 않구나. 내 시간을 빼앗지도 않고 오히려 큰 웃음을 주니 말이야." 조 부인은 그렇게 말하고 다시 원고 쓰는 일에 열중했다. 창문을 힐끗 내다보니 실제로 키가 크고 마른 체격에 빛바랜 검은색 드레스를 입은 부인이 곤충을 산 채로 잡기 위해 거친 동작으로 잔디밭을 사방으로 뛰어다니고 있었다.

해가 저물 때까지는 아무도 방해하는 이가 없었다. 메리가 문틈으로 머리를 내밀고 베어 부인을 만나고 싶어 하는 신사가 문 앞에 와 있는데, 거절했는데도 꿈쩍도 하지 않는다고 말했다.

"안 된다고 전해라. 절대로 내려가지 않을 테니까. 이미 힘든 하루를 보냈기 때문에 더는 방해받고 싶지 않구나." 잔뜩 불쾌해진 작가가 대꾸했다. 조는 이번 호에 실릴 원고의 마지막을 쓰던 참이었다.

"저도 그렇게 말했답니다, 마님. 하지만 얼굴에 무슨 철판을 깔았는지 집 안까지 밀고 들어왔지 뭐예요. 또 다른 미치광이가 아닐까 합니다만. 그런데 이 사람은 좀 무서워요. 덩치는 커다랗고 얼굴은 시커멓다니까요. 게다가 오이처럼 차가워서는. 뭐, 생긴 건 잘생기긴 했더라고요." 메리가 배시시 웃으며 덧붙였다. 뻔뻔한 손님이지만 메리의 호의를 사긴 산 모양이었다.

"나는 오늘 하루 충분히 시달렸어. 원고를 마치기 위해 이 마지막 30분을 써야만 해. 그러니 내려가는 일은 없을 줄 알아."
조 부인은 험악한 말투로 말했다.

메리가 나갔다. 하지만 조는 들려오는 소리에 자기도 모르게 귀를 기울였다. 처음에는 웅얼거리는 목소리만 들리더니 별안간 메리의 비명이 들려왔다. 기자들의 행태를 잘 알고 있는 데다가 메리가 예쁘장하면서 겁을 잘 먹는 편이라는 점이 생각나 베어 부인은 펜을 내던지고 메리를 구하러 내려갔다. 일부러 위엄 있는 태도를 유지하며 계단을 내려가다가 멈추어 어딘지 산적 같은 풍채의 침략자를 유심히 살펴보았다. 죽을힘을 다해 계단을 가로막고 서 있는 메리를 당장이라도 밀치고 뛰어 올라올 기세였다. 조는 최대한 장중한 목소리를 짜내어 물었다.

"내가 만나지 않겠다고 일렀는데도 가지 않고 버티는 이분은 누구시지?"

"정말 모르겠어요, 마님. 자기 이름을 알려주는 것도 아니면서 자기를 만나지 않으면 마님이 후회하실 것이라는 말만 하고 있어요." 얼굴이 벌게지고 화가 잔뜩 난 메리가 물러서며 대답했다.

"후회 안 하시겠습니까?" 낯선 사내가 웃음으로 가득한 검은 눈을 들어 위를 쳐다보며 물었다. 긴 수염 사이로 하얀 이가 반짝였다. 그러고는 겁도 없이 격노한 부인을 향해 두 팔을 쭉 뻗으며 다가갔다.

조 부인은 매서운 눈으로 자세히 그를 살펴봤다. 어쩐지 귀에 익은 음성이었다. 메리는 어리둥절할 뿐이었다. 별안간 조 부인이 두 팔로 그 산적 같은 사내의 목을 끌어안으며 기쁜 목소리로 외쳤다. "우리 아들이로구나! 어디서 오는 길이니?"

"캘리포니아에서 오는 길이에요. 마더 베어를 만나 뵈러 왔지요. 자, 이것 보세요, 제가 그냥 갔으면 후회하셨겠지요?" 댄이 키스와 함께 대답했다.

"1년 동안 네가 어찌나 보고 싶던지, 그래서 네가 오면 널 집에서 쫓아낼 작정이었다." 조 부인은 웃으며 말했다. 그 말에 방랑자는 크게 소리 내어 웃었고 그녀는 방랑자와 즐거운 대화를 나누기 위해 계단을 내려갔다.

4. 댄

조 부인은 종종 댄에게 인디언의 피가 흐르는 게 분명하다는 생각을 했다. 단순히 야생마 같은 데가 있고 방랑을 좋아하기 때문만은 아니었다. 그의 외모가 그랬다. 성인이 되고 나니 그 점은 더욱 눈에 띄게 드러났다. 이제 스물다섯인 그는 훤칠한 근육질의 체격, 짙은 피부색에 매서운 얼굴을 하고 있다. 모든 감각이 펄펄 살아 있는 듯한 기민한 모습이다. 거친 매너와 넘치는 에너지, 여전히 말보다 주먹이 먼저 나가고, 눈빛엔 열정이 그대로 드러났다. 경계하는 것이 몸에 배었는지 항상 무언가를 감시하는 듯한 분위기를 풍겼다. 그에게서 전반적으로 느껴지는 활력과 생기는 그의 모험적인 삶이 갖는 위험성과 즐거움을 잘 알고 있는 이들에게 매력적으로 느껴졌다. '마더 베어'와 앉아서 대화를 나누고 있는 그의 모습은 그 어느 때보다 멋져 보였다. 그녀의 손을 잡은 그의 구릿빛 손은 강해 보였고 그의 음성에서는 애정이 묻어나왔다.

"옛 친구들을 잊어버리다뇨! 제게 집이라곤 이곳 한 곳뿐인데 어떻게 여길 잊을 수 있겠어요? 아니, 얼마나 빨리 오고 싶었으면 단장도 안 하고 곧장 왔겠습니까? 제게 일어난 행운을 빨리 들려드리고 싶어서 그랬어요. 물론 지금 제 모습이 그 어느 때보다 야생 버팔로처럼 보일 거라는 걸 잘 알고 있습니다만." 그는 그렇게 말하며 텁수룩한 검은 머리를 흔들어 보이며 수염을 잡아당겼다. 웃음소리가 거실을 쩌렁쩌렁 울렸다.

"썩 괜찮아 보이는데. 난 언제나 산적을 동경했지. 지금 네 모습이 딱 그렇구나. 우리 집 메리가 새로 와서 네 모습과 매너에 겁을 집어먹은 모양이야. 조시는 몰라도 테디는 대니 형을 단번에 알아볼 게다. 수염이 이렇게 길고 사자 갈기 같은 머리를 하고 있더라도 말이다. 아이들이 모두 널 만나러 여기로 오는 중이야. 그러니 아이들 오기 전에 내게 그동안 살아온 이야기나 더 들려주렴. 어머나, 댄, 그러고 보니 네가 이곳을 떠난 지 벌써 두 해가 지났구나! 그동안 정말 별일 없었던 거야?" 조 부인이 물었다. 그녀는 댄이 들려주는 캘리포니아에서의 삶과 그가 작은 투자로 성공을 거둔 이야기를 들었다.

"최고였어요! 어머니도 아시겠지만 저는 돈에 큰 관심이 없잖아요. 제게 필요한 것의 세 배 정도만 있으면 하고 바랄 뿐이죠. 돈이 필요하면 그때마다 벌면 되지, 괜히 많이 가지고 있으면 짐만 되잖아요. 돈을 버는 재미, 그리고 그 돈으로 베풀 수 있게 되는 것, 그 점이 좋을 뿐이에요. 쌓아두면 뭐 하겠어요. 그 돈이 필요하도록 오래 살 것도 아닌데요. 제 부류 인간들이 다 그렇잖아요." 그렇게 말하는 표정에서 작은 재물에조차 매이고 싶지 않은 댄의 기질이 느껴졌다.

"하지만 결혼해서 어딘가에 정착을 한다면 말이다, 네게 언젠간 그런 날이 오기를 바란다만, 그러려면 시작할 자금이 필요하지. 그러니 다 써버리지는 말거라. 누구에게나 어려운 시기가 찾아오기 마련이거든. 그럴 때 누군가에게 의지해서 살아야 한다면 너 같은 아이는 견디기 힘들 거야." 조 부인이 현자처럼 얘기했다. 하지만 한편으로는 이 행운아가 아직은 돈 버는 데 혈안이 되지 않았다는 점에 마음이 놓였다.

댄은 고개를 절레절레 흔들었다. 그리고 마치 벌써부터 갇힌 기분이 들어 얼른 바깥세상으로 뛰쳐나가고 싶다는 듯 방 안을 두리번거렸다.

"도깨비불 같은 저를 누가 좋아하겠어요? 여자들은 진중한 남자를 좋아하잖아요. 저는 그런 사람이 될 수가 없고요."

"얘야, 난 어렸을 때 너처럼 모험심 강한 남자를 좋아했단다. 생기 넘치고 대담하며 자유롭고 낭만적인 것은 우리 여자들의 마음을 항상 설레게 하지. 그러니 낙담하지 말거라. 너도 언젠가는 닻을 내리고 싶어질 때가 올 거야. 돌아다니더라도 전보다 짧은 여행을 하며 집에 가져갈 선물을 가득 싣고 돌아가는 그런 삶 말이다."

"제가 나중에 원주민 여인을 데려오면 뭐라고 하실 건가요?" 구석에 있는 갈라테아 흉상을 쳐다보며 댄이 물었다. 대리석으로 만든 갈라테아가 뽀얗고 사랑스러운 빛을 발하고 있었다. 댄의 눈에 장난기가 번뜩였다.

"두 팔 벌려 환영이지. 좋은 여자라면 누구든 상관없어. 혹시 벌써 누가 있는 거니?" 조가 댄의 눈치를 살피며 물었다. 문학적인 여성이라도 연애에는 언제나 관심이 가는 법이다.

"아쉽지만, 없습니다. 지금은 너무 바빠서 테디 표현처럼, '여자들과 놀아날' 틈이 없거든요. 참, 테디는 어떻게 지내요?" 댄이 기술적으로 화제를 돌렸다. 이런 감성적인 얘기는 그만하자는 투였다.

그 말에 조 부인도 즉시 다른 이야기로 넘어갔다. 아들들의 재능과 장점에 대해 막 이야기하는 참인데 갑자기 당사자들이 나타나서는 마치 두 마리의 어린 곰처럼 댄에게 달려들었다. 기쁨을 감추지 못해 뒹구는 모습이 레슬링 경기를 보는 것 같았다. 물론 패배는 두 형제의 몫이었다. 사냥꾼이 금세 제압했기 때문이다. 그 뒤를 이어 베어 교수가 따라 들어왔다. 메리가 부엌에서 불을 피우고 음식을 하는 사이 거실에서 이들이 어찌나 신나게 떠들었는지 메리 귀에는 방앗간 소리로 들렸단다. 메리는 이 낯선 사내가 아주 귀한 손님임을 직감적으로 깨닫고 특별한 식사를 준비하는 중이었다.

차를 마신 후 댄은 기다란 방을 왔다 갔다 하며 이야기를 이어갔다. 종종 복도로 나가 신선한 공기를 마시고 오기도 했다. 분명 그의 폐는 여기 있는 문명인들보다 더 많은 산소가 필요할 것이다. 그러던 중 어두운 출입구에 선 새하얀 형상의 여인을 발견하고는 누군지 확인하고자 멈추어 섰다. 베스 역시 발걸음을 멈췄다. 오랜 친구를 알아보지 못했을뿐더러 자신의 길고 늘씬한 모습이 여름밤의 부드러운 달빛 아래에서 얼마나 아름다운 자태를 연출하는지도 전혀 깨닫지 못한 채 상대를 물끄러미 바라보았다. 그녀의 황금빛 머리칼은 머리 주변을 비추는 후광 같았고 새하얀 숄의 끝자락은 빗줄기 사이로 불어오는 시원한 바람에 날개처럼 펄럭였다. "혹시 댄 오빠?" 그녀가 우아한 미소를 머금고 다가와서는 댄에게 손을 뻗으며 물었다.

"그런 것 같지. 나도 널 못 알아봤네, 공주님. 유령인가 했다니까." 댄은 경이롭고 부드러운 표정으로 그녀를 내려다보았다.

"나 정말 많이 컸지? 하지만 2년이라는 시간이 흐르는 사이 오빠도 완전히 달라졌네." 이번에는 베스가 소녀 같은 즐거운 얼굴로 자기 앞에 선 조각 같은 남자를 흥미로운 눈으로 올려다보았다. 그녀 주변을 맴도는 말쑥하게 차려입은 이들과는 분

명 대조를 이루는 모습이었기 때문이다.

두 사람이 제대로 대화를 시작도 하기 전에 조시가 뛰어들었다. 얼마 전에 새로 습득한 10대 소녀의 위엄 따위는 완전히 잊은 채 아이 때처럼 댄의 품에 펄쩍 뛰어올라 키스를 받았다. 안았던 조시를 내려놓은 댄은 그제야 조시 역시 많이 달라졌음을 깨닫고는 경악하여 외쳤다.

"이것 봐라! 아니, 너마저 이렇게 커버린 거야? 난 이제 어떡하라고? 어린아이가 아무도 없으니 누구랑 놀아야 하나? 테디는 콩나무처럼 길쭉해지고 베스는 숙녀로 변신하더니, 나의 귀여운 겨자씨, 너마저 긴 드레스를 입고 분위기를 잡고 있단 말이야?"

두 여자가 소리 내어 웃었다. 조시는 이 키 큰 남자를 보고는 얼굴이 빨개졌다. 확인도 하지 않고 품에 뛰어들다니. 사촌지간의 이 두 여인은 대조적이었다. 한 명은 백합처럼 희었고 그에 비해 다른 쪽은 들장미 같았다. 댄은 둘을 번갈아 보며 흐뭇하게 고개를 끄덕였다. 여행 중에 어여쁜 처녀들을 많이 봐온 터라 이 오랜 친구들도 아름답게 꽃피우고 있는 걸 보니 기분이 좋았다.

"이봐! 누구든 댄을 독점하는 건 반칙이야!" 조 부인이 외쳤다. "얼른 여기로 끌고 와서 잘 감시하렴. 언제 또 몰래 빠져나가 여행을 떠날지 모르니. 그랬다간 한두 해는 지나야 댄의 얼굴을 다시 보게 될 테니 말이다."

유쾌한 간수들에게 끌려 거실로 돌아가는 길에 댄은 조시에게 질책을 당했다. 다른 남학생들보다 먼저 어른이 된 것이 잘못이란다.

"에밀 오빠가 나이는 더 많은데 아직 소년 같아. 전과 다름없이 여전히 지그 춤을 추면서 뱃사람 노래나 부르고 있다고. 그런데 오빠는 서른 살은 되어 보이네. 연극에 나오는 악당처럼 덩치도 크고 얼굴도 검고. 아, 멋진 생각이 떠올랐어! 〈폼페이 최후의 날〉에서 아르바케스 왕 역을 맡으면 되겠다. 우리 그거 연극으로 하려는 중이거든. 사자와 검투사들, 그리고 화산 폭발은 이미 준비됐어. 토미와 테디가 화산재를 뿌리고 돌들을 굴릴 예정이야. 이집트인 역할을 맡을 검은 피부의 사람이 필요했는데, 잘 됐다. 빨강고 하얀 숄을 걸치면 정말 멋있을 것 같아요. 그렇지 않아요, 조 이모?"

홍수처럼 쏟아지는 말에 댄은 양손으로 귀를 막아야 했다. 베어 부인이 충동적인 조카의 질문에 답을 하기도 전에 로런스 가족이 메그 가족과 함께 들어섰다. 곧이어 토미와 낸도 도착하여 모두 둘러앉아 댄의 모험담에 귀 기울였다. 간략하면서도 어찌나 재미있게 이야기를 잘하는지 그를 둘러싸고 앉아 듣는 이들의 얼굴에서 홍미, 놀라움, 즐거움, 긴장감이 그대로 드러났다. 남자들은 모두 당장에 캘리포니아로 떠나 큰돈을 벌고 싶은 생각에 사로잡혔고 여자들은 그가 여행에서 이들을 위해 가져왔다는 진기하고 예쁜 물건들을 빨리 보고 싶어서 안달이었다. 어른들은 야생마 같던 댄에게서 보이는 힘찬 에너지와 유망한 모습에 대단히 흐뭇해했다.

"물론 넌 큰 행운을 찾아 다시 떠날 테지. 나 역시 너에게 그런 일이 또 있길 바란다. 하지만 투기는 위험한 게임이야. 그동안 번 것을 한꺼번에 잃을 수 있거든." 로리 씨가 말했다. 그 역시 다른 남자아이들처럼 댄의 이야기에 가슴이 뛰었고 댄과 함께 그런 거친 생활을 해보고 싶다는 생각이 들었다.

"이제 돈은 충분해요. 적어도 당분간은 괜찮아요. 투기는 아무래도 도박 같아서요. 제 관심은 투기를 하면서 얻는 흥분일 뿐 돈을 버는 자체를 좋아하는 것 같지는 않아요. 지금은 서부에서 농장을 운영해볼까 해요. 큰 땅에서 대규모로요. 오랫동안 빈둥거리고 살았더니 성실하게 일하는 게 오히려 재미있을 것 같아요. 제가 시작하게 되면 농장에 구색을 갖추도록 이 집에서 말 안 듣는 검은 양들은 제게 보내주세요. 제가 호주에서 양을 좀 쳐봐서 검은 놈들 다루는 법은 좀 아는 편입니다."

말을 마치며 호탕하게 웃어젖히니 댄의 얼굴에 도사리던 날카로움이 날아가버렸다. 그를 잘 아는 이들은 그가 샌프란시스코에서 지내면서 많이 배우고 성장했음을 알 수 있었다.

"댄, 아주 근사한 생각이로구나!" 조 부인이 외쳤다. 댄이 어딘가에서 자리 잡아 남을 도우며 살아가리라고 생각하니 희망적이었다. "네가 어디에 있을지 꼭 알아둬야겠다. 그래야 찾아가서 만나지. 세상을 반 바퀴나 돌더라도 말이다. 테디를 꼭 보내 방문하게 하마. 이 아이도 잠시도 가만히 있지 못하는 성격이라 좋은 기회가 될 게다. 너라면 이 녀석이 남아도는 에너지를 실컷 쓰도록 맡겨도 안전할 테니까. 사업에 대해서도 건전하게 배우고 말이다."

"기회를 주신다면 착한 아이처럼 '삽과 괭이'를 잘 써보겠습니다! 하지만 스페란자 광산이 어쩐지 더 끌리는데요." 댄이 베어 교수를 위해 샀다는 광석 샘플을 유심히 살펴보던 테디가 말했다.

"가서 새로운 마을을 건설하면 어떨까. 그리고 준비가 다 되면 우리가 몽땅 몰려가서 그곳에 정착하는 거지. 곧 신문사가 필요하겠군. 내겐 신문사를 잘 운영할 묘안이 있어. 지금 내가 하듯이 무작정 열심히만 뛰는 것보단 훨씬 나은 방법이지." 데미가 신중하게 말했다. 제법 신문기자다운 어투를 사용했다.

"우리가 가서 대학을 세워도 되겠구나. 다부진 서부인들은 배움에 굶주려 있고 최고를 알아보고 선택하는 데 빠르니 말이다." 마치 씨가 덧붙였다. 좀처럼 나이 들 줄 모르는 그에게는 예언자 같은 지혜가 느껴졌다. 이미 이곳에서 성공시킨 대학의 여러 분교가 광활한 서부 땅 곳곳에 세워지는 꿈을 꾸고 있는 듯했다.

"꼭 이루거라, 댄. 훌륭한 계획이로구나. 우리가 지지하마. 나도 얼마간의 땅과 카우보이들에 기꺼이 투자하고 싶구나."로리 씨가 말했다. 그는 스스로 자립하려고 하는 젊은이들을 보면 언제든 돕고 싶어 한다. 든든한 격려와 더불어 지갑도 언제든 열 준비가 되어 있다.

"돈이 조금 있으면 안정적으로 출발할 수 있어요. 땅에 투자를 해주면 자리를 잡을 수 있고요. 적어도 얼마간은요. 제 힘으로 얼마만큼 해낼 수 있나 보고 싶어요. 하지만 어떤 결정을 내리기 전에 미리 여쭙고 할게요. 제가 그렇게 한 곳에서 수 년을 버틸 수 있을지 아직은 잘 모르겠어요. 하지만 그러다가 지치면 그만두면 되겠지요." 댄이 대답했다. 댄은 사람들이 자신의 계획에 관심을 보이자 감동하여 기분이 좋아졌다.

"오빠는 그렇게 사는 걸 좋아하진 않을 거야. 그렇게 전 세계를 쏘다니던 사람이 농장 하나만 바라보고 살려고 하면 너무 작고 어리석게 느껴질걸." 조시가 말했다. 방랑자의 삶이 훨씬 더 낭만적이라고 생각하는 그녀였다. 게다가 돌아올 때마다 재미난 이야깃거리와 그녀를 위한 선물을 들고 오지 않는가.

"거기에서도 미술을 할 수 있을까?' 베스가 물었다. 빛으로부터 몸을 반쯤 돌린 자세로 서서 이야기 중인 댄을 보며 흑백으로 그려내면 뛰어난 습작품이 나오겠다고 생각하는 중이었다.

"아름다운 자연을 어디서나 볼 수 있으니 자연이 곧 그림인 셈이지. 멋진 동물을 모델로 삼을 수도 있고 유럽에선 찾아볼 수 없는 풍경들을 화폭에 담을 수도 있겠구나. 거기선 평범한 호박마저도 크기가 어마어마해. 조시, 네가 그중 하나에 들어가서 신데렐라 연극을 해도 될 정도야. 네가 '댄 마을'에 가서 극장을 연다면 말이야." 로리가 말했다. 댄의 새로운 계획에 아무도 찬물을 끼얹는 일이 없길 바랐다.

무대에 서고 싶어 하는 조시는 금세 말려들었다. 이 프로젝트에 큰 관심을 보이며, 극장은 짓지도 않았는데 벌써부터 비극적 주인공의 역할은 전부 자기 몫이라고 다짐을 받더니, 댄에게 이 계획을 지체하지 말고 실행에 옮겨달라고 사정하기에 이르렀다. 베스 역시 자연을 통한 연구가 배울 게 많을 것 같으며 야생의 거친 풍경이 자신의 감각을 향상시킬 것 같다고 고백했다. 섬세하고 아름다운 것만 보다가는 한쪽으로만 너무 치우칠 수도 있기 때문이었다.

"나는 새로운 마을에서 개업을 하면 되겠네." 언제나 새로운 기회를 찾는 낸이 말했다. "댄이 그쪽에서 자리 잡고 시작할 때쯤이면 나도 준비가 되었을 거야. 그쪽에서는 마을이 빠르게 성장한다지."

"댄은 자기 동네에 마흔 살 이하의 여자가 오는 걸 허락하지 않을걸. 댄이 영 관심이 없어서 말이야. 특히 젊고 예쁜 여자들이라면 더더욱." 토미가 끼어들었다. 토미는 질투심에 활활 타는 중이었다. 댄의 눈에 드러난 낸을 향한 존경이 보였기 때문이다.

"그런 건 나랑 상관없어. 의사는 항상 예외로 인정되거든. '댄 마을'에 병든 사람들은 별로 없을 거야. 모두 활발하고 건전한 사람들이 사는 곳이 될 테니까. 그러니 활력 있는 젊은이들만 그곳에 가겠지. 하지만 사고란 언제든지 일어날 수 있잖아. 거친 황소 떼의 공격을 받거나 말을 타고 빨리 달리다가 떨어지거나, 혹은 인디언들과 몸싸움이 날 수도 있지. 서부 생활의 저돌성에서 비롯된 사고 말이야. 나는 그런 일에 제격이야. 아아, 골절 환자를 볼 수 있다면! 수술이 너무 재미있는데 여기선 그럴 기회가 거의 없다고." 낸이 말했다. 자신의 이름이 쓰인 간판을 걸고 진료를 시작할 날을 꿈꾸는 중이었다.

"우리 마을에 꼭 와주십시오, 의사 선생님. 동부의 선진 의료 기술을 서부에 소개하게 되다니 영광입니다! 열심히 지내고 있어, 낸. 내가 널 모실 준비를 갖추는 대로 초청할 테니. 널 위해 특별히 인디언 몇 놈의 머리 가죽을 벗겨두거나 카우보이를 한 다스로 때려눕혀 놓을게." 댄이 웃으며 말했다. 낸은 다른 여자 아이들과 달랐다. 댄은 그녀의 에너지와 다부진 체격이 마음에 들었다.

"고마워. 꼭 갈게. 댄, 팔 좀 만져봐도 될까? 정말 멋진 이두박

근이네! 어이, 남자들, 여기 좀 보라고. 이런 걸 두고 진짜 근육이라고 하는 거야." 낸은 댄의 튼튼한 팔을 예로 들며 근육에 관한 짧은 강의를 했다. 토미는 알코브(alcôve)*로 가더니 창밖으로 별들을 쏘아보며 마치 누군가에게 주먹을 휘둘러 쓰러뜨리기라도 할 것처럼 오른팔을 힘차게 휘둘렀다.

"그럼 토미 형을 병원지기로 두면 되겠네. 낸 누나가 죽인 환자들을 신나서 묻을 테니까 말이야.** 자기 직업에 어울리는 침통한 표정을 짓고 있군그래. 토미 형도 기억해줘, 댄 형." 테디가 잔뜩 심통이 나 구석에 가 있는 토미를 가리키며 말했다.

하지만 우리의 토미는 결코 오랫동안 골을 내지 않는다. 금세 구석에서 튀어나와 황당한 제안을 했다.

"그럼 이건 어때요? 시에 얘기해서 황열병이나 천연두, 콜레라 등 각종 전염병에 걸린 사람들을 몽땅 댄 마을로 보내자고요. 그럼 낸도 행복할 것이고, 또 환자들이 이민자나 범죄자들이라면 낸이 실수 좀 한들 별 상관없잖아요?"

"잭슨빌 근처나 혹은 그와 비슷한 수준의 도시 근처에 자리를 잡으면 어떻겠니? 교양 있는 이들의 모임에도 나갈 수 있고 말이다. 플라톤 클럽이 그곳에 있다더구나. 철학에 대한 열정이

---

* 서양식 건축에서, 벽의 한 부분을 쑥 들어가게 만들어놓은 곳. 침대나 의자를 들여놓고 때때로 문이나 난간대로 막아놓기도 한다.
** 교회, 병원 등의 '건물지기'라는 뜻의 'sexton'에는 '송장벌레'라는 뜻도 있다.

가장 뜨거운 곳이지. 그곳은 동부에서 온 것이라면 모두 환영을 받는단다. 그런 친절한 토양에서라면 새로운 기업이 잘 성장할 게다." 어른들과 함께 앉아 젊은이들이 만들어내는 생기넘치는 장면을 즐거이 바라보던 마치 씨가 말했다.

댄이 플라톤을 공부한다니 생각만 해도 웃음이 났다. 하지만 짓궂은 테디를 빼곤 아무도 웃지 않았다. 댄은 머릿속에서 맴돌던 또 다른 계획을 서둘러 꺼내었다.

"농장 일이 정말 성공할지는 아직 미지수예요. 그런데 저는 오랜 친구들인 몬태나 인디언들에 대한 관심도 상당히 많아요. 평화로운 종족인데 여러모로 도움이 많이 필요한 이들이에요. 수백 명이 굶주려 죽었어요. 마땅히 받아야 할 몫을 받지 못해서 일어난 일이죠. 반면 수(Sioux)족은 전사들이에요. 3만이나 되는 병력이 두려워서 정부는 그쪽에는 달라는 대로 다 주고 있어요. 빌어먹을, 수치스럽기 짝이 없어요!" 자기도 모르게 욕설이 튀어나오자 댄은 잠시 멈추었다. 하지만 그의 눈빛만은 번뜩였다. 그는 다시 말을 이어갔다. "정말 그런 식이에요. 욕설에 대한 용서를 구하진 않을게요. 제가 그곳에 있을 때 가진 돈이 있었다면 그 불쌍한 사람들에게 전부 주고 나왔을 거예요. 속아서 몽땅 뺏기고도 하염없이 기다리고만 있는 사람들이에요. 살던 땅에서 쫓겨나 풀 한 포기 자라지 않는 황무지에서 살면서 말이에요. 정직한 중개인들이 나섰더라면 상황이 더 나았을 거예요. 저라도 가서 그들을 돕고 싶은 마음이 있어요. 저는 그들의 부족어도 알고 무엇보다 좋은 사람들이에요. 지금 몇천 달러쯤 가진 게 있는데 과연 이 돈을 저 자신만을 위해 사용해서 정착하고 즐기는 데 써야 하나 하는 의문이 들어요. 어떻게 생각하세요?"

친구들을 마주한 댄의 모습이 대단히 남자답고 진심 어려 보였다. 자신이 던진 말의 에너지에 취해 상기되고 흥분한 모습이었다. 그 자리에 앉은 모두의 마음에 부당한 취급을 당한 이들을 향한 동정심이 일었다.

"아무렴, 그렇게 해야지!" 조 부인이 큰 소리로 외쳤다. 남에게 있는 행운보다 불행에 항상 더 큰 관심을 두는 그녀였다.

"아무렴, 그렇게 해야지!" 테디가 마치 연극이라도 하듯이 박수를 치며 어머니의 말을 반복했다. "나 좀 데려가줘, 형. 뭐든지 할게. 나도 그 멋진 친구들과 함께 지내면서 사냥도 하고 싶어."

"조금 더 들어보고 그것이 과연 현명한 선택인지 살펴보자꾸나." 로리 씨가 말했다. 속으로는 이미 그들과 하나가 되어 아직 사들이지도 않은 자신의 초원을 몬태나 인디언들에게 내어주고 후원비를 늘려서 이 부당한 대우를 받고 사는 이들에게 선교사를 파송해야겠다고 결심하는 중이었다.

댄은 즉시 다코타 부족들과 북서부에 사는 다른 부족들의 역사 이야기를 시작했다. 그는 마치 그들이 자신의 친형제라도 되듯 그들의 잘못이 무엇인지, 또 그들의 인내심과 용기는 어떠한지 들려주었다.

"그들은 제게 불구름 댄이라는 이름을 붙여주었어요. 제가 가진 라이플총이 그들이 본 것 중 최고였다나요. 검은 매라는 친구는 정말 누구나 부러워할 만한 좋은 친구예요. 여러 번 제 목숨을 구해주었죠. 제가 돌아가면 어떤 일이 쓸모 있을지에 대해서도 가르쳐주었고요. 지금 그들의 운은 바닥난 상태예요. 제가 가서 빚을 갚을 때가 된 것 같아요."

모두 흥미진진하게 댄의 이야기를 들었다. 어느새 댄 마을에 대한 관심은 멀어졌다. 하지만 신중한 성품의 베어 씨는 정직한 중개인 한 사람이 혼자 나서서 할 수 있는 일이 많지 않을 것이라며, 그 의도와 노력은 가상하지만 이 문제를 좀 더 조심스럽게 접근하고 도움을 줄 수 있는 사람들에게서 영향력과 권위를 끌어내는 편이 더 지혜롭지 않겠냐고 제안했다. 그리고 결정하기 전에 농장 부지도 함께 알아봐야 한다고 덧붙였다.

"네, 그럴게요. 캔자스에 다녀오려고 해요. 가능성을 좀 알아보려고요. 샌프란시스코에서 그곳에 다녀온 사람을 만났는데 좋게 얘기하더라고요. 실제로 지금은 어딜 가나 할 일이 무진장 많아서 대체 어디서부터 손을 대야 할지 모를 지경이에요. 이럴 땐 차라리 가진 돈이 없는 게 낫겠다 싶다니까요." 댄이 눈썹을 찡그리며 대답했다. 그의 얼굴에는 선한 영을 가진 사람들이 세상을 도와야 하는 거룩한 부담을 갖고 누군가를 돕고 싶어 할 때 보이는 당혹감이 그대로 묻어 있었다.

"그 돈은 네가 마음을 정할 때까지 내가 맡아주마. 넌 충동적인 아이라 그 돈을 가지고 있다간 길에서 가장 먼저 만나는 거지에게 몽땅 줘버리고도 남을 테지. 네가 탐색하는 동안 내가 돈을 좀 굴리고 있다가 네가 투자할 준비가 끝나면 그때 네게 돌려주마. 괜찮겠니?" 로리 씨가 제안했다. 그 역시 절도 없는 청년 시절을 보낸 적이 있고 이를 통해 지혜를 배운 터였다.

"그래 주시면 고맙죠. 그 돈을 치울 수 있다니 마음이 놓이네요. 제가 달라고 할 때까지 갖고 계셔주세요. 그러다 혹 제게 무슨 일이라도 생기면 다른 말썽쟁이들 사람 만드는 데 사용해주시고요. 저에게 해주신 것처럼요. 제 유언입니다. 여기 계신 모든 분이 증인이에요. 이제야 마음이 편해지네요." 댄은 어깨를 쭉 펴며 말했다. 그가 전 재산이 든 혁대를 풀어 건네고 나니 정말 큰 짐을 덜어낸 사람처럼 가뿐해 보였다.

댄이 그 돈을 다시 가지러 오기 전 어떤 일을 겪게 될지, 당시 그 자리에 있던 이들은 아무도 알지 못했다. 그리고 그 누구도 꿈에서조차 상상하지 못했다. 이것이 그의 마지막 유언이자 증언이 되리라고는. 로리 씨가 이 돈을 어떻게 투자할 계획인지 설명하는 사이 시원한 노랫소리가 들려왔다.

페기는 명랑한 아가씨였다네,

어기 영차, 다 같이, 어기 영차!
잭에게 한 잔의 원한도 없다네.
어기 영차, 다 같이, 어기 영차!
그가 큰 파도를 헤치고 항해할 때
그를 향한 그녀의 마음은 변치 않았네.
어기 영차, 다 같이, 어기 영차!

에밀은 항상 사람들에게 이런 식으로 자신의 등장을 알렸다. 곧 그가 네트와 함께 뛰어 들어왔다. 네트는 온종일 시내에서 레슨을 하고 오는 길이었다. 네트가 옛 친구를 보자 환하게 웃는 것을 보니 마음이 흐뭇했다. 손이 나가떨어져라 세차게 악수하는 모습이 그랬다. 댄은 지난날 네트에게 신세 진 일을 빠짐없이 기억하며 고마움을 표했다. 자기만의 거친 방식으로 빚을 갚으려는 모습도 마음을 따뜻하게 했다. 그중 단연 최고는 두 방랑객이 주거니 받거니 서로 안부를 물으며 실타래를 풀어가듯 들려주는 이야기를 듣는 것이었다. 좀처럼 육지를 떠나지 못하는 이들과 집이나 지키며 사는 이들의 귀에는 어찌나 매혹적으로 들리던지.

이들이 도착하자 이 집은 포화상태가 되어 더는 이 명랑한 젊은이들을 감당할 수 없게 되었다. 그래서 그들은 모두 포치 쪽으로 옮겨가 계단에 둘러앉았다. 마치 야행성 새 떼를 보는 듯했다. 마치 씨와 베어 교수는 서재로 돌아갔고 메그와 에이미는 간식을 챙기러 들어갔다. 과일과 케이크가 곧 차려질 예정이었다. 조 부인과 로리 씨는 기다란 창가에 앉아 밖에서 들려오는 아이들 떠드는 소리를 듣고 있었다.

"이렇게 다 모이다니, 그것도 우리가 키운 아이 중 가장 뛰어난 아이들이 한자리에!" 그녀가 양 무리를 가리키며 말했다. "나머지 아이들은 세상을 떠났거나 우리를 떠나 흩어지고 없네. 하지만 이 일곱 명의 남자아이들과 네 명의 여자아이들은 내 가장 큰 위안이고 자랑이야. 앨리스 히스만 더하면 한 다스가 되는군. 이 아이들의 인생에 안내자와 조언자가 되어주는 것만으로도 내 할 일은 다 하는 것 같아. 우리가 가진 인간적인 힘이 닿는 한 말이야."

"저들이 얼마나 제각각 다른 모습인지, 출신지, 가정환경…… 그걸 떠올리면 이만하면 우리는 꽤 만족해야 해." 로리 씨가 진지하게 대답했다. 그의 눈길이 검거나 갈색 머리의 아이들 무리에서 눈에 띄는 밝은색 머리의 아이에게 머물렀다. 초승달이 모두의 머리를 비추고 있는 덕이다.

"여자아이들은 큰 걱정이 없어. 메그가 잘 돌보고 있고 현명하고 인내심 있고 부드러운 언니의 성품 덕분에 아이들이 잘할 수밖에. 하지만 남자아이들은 해가 갈수록 더 마음이 쓰이네. 아이들이 집을 떠날 때마다 아주 멀리 떠내려가는 것처럼 느껴져." 조 부인이 한숨을 쉬며 말했다. "저들은 모두 커버리겠지. 나는 언제 끊어질지 모르는 위태롭고 가느다란 줄을 붙들고 있을 뿐. 잭이 그랬고, 네드도 그렇게 떠나갔잖아. 돌리와 조지는 여전히 돌아오고 싶어 하니 그 아이들과는 대화가 가능하겠네. 우리 프란츠는 너무 곧은 아이라 자기 나라로 돌아갈 수밖에 없었을 테고. 하지만 다시 세상에 뛰어들려고 하는 저 세 녀석은 도대체 걱정을 안 하려야 안 할 수가 없어. 에밀은 천성적으로 착해서 바르게 사는 데 도움이 될 거야. 그러길 바라야지. 그리고 이런 노래도 있잖아."

저 하늘에 앉아 내려다보는 사랑스러운 아기 천사
가여운 뱃사람의 인생을 지켜주네.

"네트는 세상과 첫 씨름을 하게 되겠지. 네가 그렇게 강하게 키웠는데도 여전히 약골이야. 댄은 여전히 야생마 같고. 저 아이가 길들여지려면 얼마나 더 험난한 일을 겪어야 하나 싶어서 두려워."

"녀석은 좋은 놈이야, 조. 저 녀석이 농장에 정착한다는 것이 아쉽게 느껴질 정도야. 조금만 다듬어주면 녀석은 멋진 신사가 될 텐데. 우리와 지낸다면 저 녀석이 달라질지 또 알아?" 로리 씨는 조 부인이 앉은 의자에 몸을 기대며 말했다. 오래전 둘이

서 짓궂은 비밀을 나누던 때처럼 말이다.

"그건 안전하지 않아, 테디. 저 아이가 사랑하는 일과 자유로운 삶이 도리어 아이를 멋진 남자로 만들어줄 거야. 어떤 교육보다 나은 방법일걸. 게다가 도시에서 편안하게 사는 것이 아이에겐 더 위험하다고. 우리가 저 아이의 본성을 어떻게 바꾸겠어. 올바른 방향으로 개발되도록 도와줄 수밖에. 여전히 충동적인 면이 있는데 그건 잘 조절이 되어야겠지. 안 그랬다간 나쁜 길로 들어설 테니까. 여전히 그게 보여. 하지만 우리를 사랑하는 아이의 마음이 보호장치야. 우리가 저 아이를 꼭 붙들고 있어야 해. 아이가 더 나이가 들거나 혹은 아이를 도울 수 있는 짝을 만날 때까지."

그렇게 말하는 조 부인에게서 진심이 느껴졌다. 그녀는 누구보다도 댄을 잘 알고 있었다. 그녀의 망아지가 아직은 완전히 망가진 아이가 아니라는 것도 알았고 그와 같은 이들의 삶은 순탄하지 않으리라는 것을 알기에 두렵기도 했다. 그녀는 그가 떠나기 전 둘만의 조용한 시간이 마련되면 그가 마음을 열고 내면을 보여주리라는 것을 알고 있다. 그때가 오면 그에게 필요한 충고나 격려를 해줄 수 있으리라. 그녀는 그렇게 때를 기다리며 아이를 면밀히 관찰하는 중이다. 그렇기에 그의 삶 가운데 유망한 무엇인가가 보였을 때 기뻤고 세상이 그에게 어떤 해를 끼칠지도 금세 감지할 수 있었던 것이다. 댄이 실패하고 나가떨어지리라고 예측한 다른 이들과 달리 조는 타는 장작 같은 이 아이를 사람 만들기 위해 무진 애를 썼다. 하지만 사람을 찰흙처럼 빚어낼 수는 없음을 깨달은 그녀는 아무런 돌봄도 받지 못하고 방치된 이 아이가 건실한 어른으로 성장할 수 있다는 희망을 품는 데서 만족하기로 하고 그 이상은 바라지 않기로 했다. 그마저도 과한 욕심인지 그에게는 다루기 힘든 충동과 강한 열정, 무법자적 성향이 넘쳐났다. 그를 붙들 수 있는 것은 그가 자라면서 받은 애정이 전부였다. 플럼필드에서의 추억, 변함없는 이곳 친구들을 실망시킬지도 모른다는 두려움, 원칙보다 앞서는 자존심, 이런 것들이 그의 결점과 잘못에도 불구하고 항상 그를 사랑해주고 아껴주는 친구들에 대한 존경심과 관심을 유지해주는 원동력이었다.

"애간장 태울 필요 없어, 나의 옛 친구. 에밀은 늘 천하태평이고 어려움을 용케 피해 다니잖아. 네트는 내가 잘 돌볼게. 댄은 지금 잘해나가는 중이고. 캔자스에 다녀오라고 하자. 만일 농장에 대한 관심이 식으면 그땐 딱한 인디언들에게 돌아가면 되니까. 녀석은 거기서 좋은 덕을 끼치며 살 거야. 남들이 잘 하지 않는 일에 잘 어울리는 아이라, 오히려 나는 그가 그렇게 결심하길 바라고 있어. 압제자들과 싸우고 억압받는 이들과 친구가 되는 편이 그가 가진 위험한 기운을 잠재우는 역할을 할 거야. 양을 치거나 농장을 경영하는 일보다 훨씬 더 잘 어울리는걸."

"나도 그래. 그런데 저게 뭐지?" 조가 창 쪽으로 귀를 기울였다. 테디와 조시가 시끌벅적 외치는 소리가 들려왔다.

"무스탕이다! 정말로 살아 있는 야생마 무스탕이네! 우리가 타도 되는 거 맞지? 댄, 형은 정말 최고야!" 소년이 외쳤다.

"인디언 드레스잖아! 그럼 이제 이 옷을 입고 나미오카 역을 할 수 있겠다. 남자들이 메타모라 역을 해준다면 말이야." 조시가 박수를 치며 덧붙였다.

"베스 선물이 버팔로 물소의 머리라니! 댄, 넌 무슨 생각으로 베스에게 이런 무시무시한 선물을 가져온 거니?" 냇이 물었다.

"이걸 모델 삼아 작품을 만들면 좋겠다고 생각해서 그랬지. 강하고 자연의 정취가 나는 것이잖아. 감상적인 신들의 형상이나 애완용 고양이들만 만들고 있다간 아무것도 안 될 테니까." 댄이 퉁명스러운 말투로 대답했다. 지난번 플럼필드를 찾았을 때 베스가 아폴로 두상과 그녀의 페르시안 고양이 사이에서 심란해하던 것을 기억해서 한 말이었다.

"고마워. 그렇게 해볼게. 내가 실패하면 이 물소 머리를 우리 거실에 걸면 되겠네. 우리가 그걸 볼 때마다 오빠 생각을 할 수 있도록 말이야." 베스가 말했다. 그녀가 우상처럼 여기는 신상에 모욕적인 말을 한 댄에게 기분이 상했지만, 교육을 잘 받은 덕분에 차마 그 감정을 드러내지는 못했다. 하지만 그녀의 목소리만은 아이스크림처럼 달콤하면서도 차가웠다.

"아이들이 다 같이 우리의 새로운 정착지를 보러 올 때도 넌 안 오겠지? 네겐 너무 거친 곳이라서?" 댄은 태도를 바꾸어 조심스레 물었다. 아마도 이곳 남자들이 공주님을 대할 때는 공손해야 하는 모양이었다.

"로마에서 몇 년간 지내면서 미술 공부를 할까 해. 이 세상의 모든 아름다움과 예술이 그곳에 있다지. 그것을 전부 즐기기에 우리 인생은 너무 짧으니까." 베스가 대답했다.

"로마는 신들의 정원(Garden of the Gods)*이나 로키산맥에 비하면 곰팡이 핀 무덤이나 다름없어. 난 예술 따위엔 아무런 관심이 없어. 자연 그대로가 아니면 난 참지 못하거든. 나와 같이 가면 네가 좋아하는 미술의 거장들에게 크게 한 방 먹일 만한 것들을 보여줄 수 있는데. 그러니 한번 와보길 바라. 조시가 말을 타는 동안 넌 그걸 모델로 작업할 수 있을 거야. 백 마리쯤 무리 지어 다니는 야생마들이 네게 감동을 주지 못한다면 나도 바로 포기할게." 댄이 열을 내며 이야기했다. 야생이 품은 아름다움과 힘을 말로 설명하기엔 힘에 부쳤다.

"언젠가 아빠와 함께 가볼게. 정말로 산마르코의 말**이나 연방의회의 말보다 더 좋은 말들인지 보러 가야지. 그렇지만 내

* 미국 콜로라도스프링스에 있는 사암 공원.
** 베네치아의 산마르코 성당에 있는 사두마차 조각.

신상들을 모독하진 말아줘. 나도 오빠가 좋아하는 것들을 좋아하려고 노력할 테니.” 베스는 그렇게 말하며 서부를 한 번쯤은 보러 가도 괜찮겠다는 생각을 했다. 라파엘이나 미켈란젤로 같은 거장이 서부에서 나왔다는 얘긴 아직 못 들었지만 말이다.

“좋아, 그럼 약속한 거다! 난 말이지, 사람들이 외국으로 뛰쳐나가기 전에 자기 나라를 먼저 좀 봐야 한다고 생각해. 사람들이 괜히 새로운 땅을 개척하는 게 아니라고.” 그제야 댄은 무기를 거두며 화해 모드로 돌아섰다.

“여기도 좋은 점이 있지. 전부는 아니지만. 영국 여성들은 투표를 할 수 있는데 우리는 아니잖아. 미국이 모든 점에서 앞서지 않는다는 사실이 난 부끄러워.” 낸이 외쳤다. 모든 면에서 개혁적이고 진보적인 관점의 소유자인 낸은 여성의 권리에 관심이 많으며 자신의 권리를 지키기 위해 싸웠다.

“아, 또 그 얘기야? 그 문제만 나오면 사람들이 싸우고 욕설을 퍼붓고 그러면서 절대로 의견을 맞추려고 들지 않잖아. 오늘 저녁은 제발이지 조용하고 행복하게 보내자.” 데이지가 간청했다. 논쟁을 즐기는 낸과 달리 데이지는 논쟁이라면 질색이었다.

“낸, 우리 마을에 오면 실컷 투표할 수 있게 해줄게. 시장이 되거나 시의원이 되어 그 문제를 통째로 해결해버려도 좋아. 공기처럼 자유로운 곳으로 만들고 싶어. 안 그랬다간 내가 살

수가 없을 테니." 댄은 웃으며 이렇게 덧붙였다. "빙글뱅글 부인 과 셰익스피어 스미스 부인은 여전히 견해차를 좁히지 못하고 있구먼."

"모두 의견이 같았다간 아무런 발전이 없을 테니까. 데이지 는 상냥하지만 고루하게 굴 때가 있단 말이야. 그래서 내가 데 이지를 일부러 자극하는 거라고. 내년 가을엔 데이지도 나와 함께 가서 투표할 거야. 아직 우리에게 허락되지 않은 그 일을 하러 가는 길은 데미가 에스코트해줄 거고."

"저들을 데려와주시겠소, 디컨(Deacon)*?" 댄이 물었다. 댄은 데미를 옛 별명으로 불렀다. 마치 그가 그 별명을 좋아하기라 도 하는 듯이 말이다. "와이오밍에서는 여자도 투표를 하거든."

"그럼, 영광으로 모셔야지. 어머니와 이모들도 매년 가셔. 데 이지도 나와 함께 갈 거야. 데이지는 내 반쪽인걸. 그러니 어떤 면에서도 나보다 뒤처지게 내버려둘 순 없지." 데미가 사랑하 는 쌍둥이 동생에게 팔을 두르며 말했다.

두 사람을 바라보는 댄의 눈에서 부러움이 묻어났다. 저런 혈연관계가 있다면 얼마나 좋을까. 고독했던 자신의 어린 시절 을 돌이켜 생각해보니 당시의 고통이 그렇게 슬프게 느껴질 수 가 없었다. 하지만 감상에 젖는 것도 잠시, 토미의 깊은 한숨 덕

---

* 부사제, 집사, 보좌관이라는 뜻.

에 분위기 잡기는 틀렸다. 토미가 수심에 가득하여 말했다.

"나도 쌍둥이라면 좋았을 텐데. 기댈 수 있는 사람이 있다면 얼마나 편하고 위안이 되겠어. 세상 여자들은 하나같이 잔인하니 말이야."

상대가 알아주지 않는 토미의 짝사랑 타령은 친구들에겐 언제나 재밋거리였다. 이번 암시에도 여지없이 큰 웃음이 터졌다. 여기에 낸이 별안간 품에서 보미카 약병을 꺼내 들더니 짐짓 의사 같은 목소리로 이렇게 말하여 사람들의 웃음소리는 더 커졌다.

"어쩐지 네가 티타임에 가재 요리를 너무 많이 먹더니만. 네 알을 복용하면 소화불량 증세가 완화될 거야. 토미는 과식하면 항상 한숨을 쉬거나 실없는 소리를 해대더라니까."

"그래 먹을게. 네가 내게 주는 것 중에서 달콤한 것은 이것밖에 없으니까." 토미는 그렇게 말하며 우울한 표정으로 약을 삼켰다.

"마음의 병을 고칠 자 누구이며 슬픔의 뿌리 뽑을 자 누구인가?" 난간 위에 걸터앉은 조시가 비극적으로 대사를 읊었다.

"자, 토미, 나랑 가자. 내가 너를 남자로 만들어주마. 알약과 가루약 따위는 내려놓고. 마법에 걸린 것처럼 온 세계를 뛰어다니자고. 그럼 곧 네게 심장이 있었는지조차 잊어버릴걸. 혹은 위장이나." 이번에는 댄이 자신의 만병통치약을 제시했다.

"나랑 배를 타는 건 어때, 토미? 뱃멀미 한판이면 다 끝날 거야. 거기에 강렬한 북동풍 한방이면 우울한 기분도 날아가버릴걸. 배에도 의사가 필요해. 편안한 침상에 끝도 없는 농담이 이어지는 곳이라고."

당신의 낸시가 얼굴을 찌푸리고
재킷이 파랗다 멸시하거든
돛을 올려 다른 항구로 가서
더 진실한 아가씨를 찾아보게나

에밀은 이렇게 토막 노래로 흥을 돋우어 사람들의 근심과 슬픔을 날려보냈다. 그가 친구들에게 줄 수 있는 선물이었다.

"졸업장을 받으면 생각해볼 만한 제안이군. 3년이나 고생했는데 졸업을 못 해서 헛수고로 만들 수는 없지. 일단 그때까지는……."

"나는 절대로 미코버 부인을 버리지 않겠어요!*" 테디가 끼어들어 꺽꺽 흐느껴 우는 흉내를 냈다. 그러자 토미가 테디를 밀어 테디는 계단 밑 잔디밭으로 떨어졌다. 두 사람의 실랑이가

---

* 미코버는 찰스 디킨스의 작품 《데이비드 카퍼필드》의 등장인물이며 이 대사는 미코버 부인의 명대사 "나는 절대로 미코버 씨를 버리지 않겠어요!"를 패러디한 것이다.

끝날 무렵 스푼 부딪히는 소리가 티타임의 시작을 알렸다. 티타임이라니, 모두에게 반가운 소리다. 이전에는 혼란을 줄이고자 여자아이들이 남자아이들의 시중을 들어야 했지만, 지금은 남자들이 숙녀들 시중을 드느라 바쁘다. 이 모습 하나만 보더라도 그동안 세월이 지나면서 얼마나 많은 변화가 일어났는지 알 수 있다. 얼마나 보기 즐거운 광경인지! 심지어 조시까지 얌전히 앉아서 에밀이 산딸기를 가져다주기만을 기다리고 있다. 조시는 제법 귀부인처럼 행동했다. 적어도 테디가 그녀의 케이크를 훔치는 순간까지는 그랬다. 조시는 바로 매너 따위는 집어던진 채 테디를 꾸짖었다. 오늘의 귀빈인 댄은 베스의 시중을 드는 특권을 누렸다. 베스는 여전히 이 작은 세상에서 가장 높으신 분으로 군림하고 있었다. 토미는 낸을 위해 가장 좋은 것으로 골라 조심스레 접시에 담았다. 하지만 낸의 한 마디에 토미의 정성은 바로 짓밟히고 말았다.

"난 이 시간에 아무것도 안 먹어. 너도 지금 먹으면 악몽을 꾸게 될 거야."

결국 토미는 고분고분하게 낸의 말을 따랐다. 배고픔의 고통을 겪은 채 자신의 접시를 데이지에게 양보했다. 그러고는 저녁 대신 장미 잎사귀를 질겅질겅 씹으며 배고픔을 달랬다.

엄청난 양의 먹거리가 동이 나자 누군가 외쳤다. "우리 노래 부르자!" 그렇게 한 시간가량 다 같이 노래를 불렀다. 네트가 바이올린을, 데미가 파이프를, 그리고 댄이 밴조를 연주하는 사이 에밀은 난파한 '바운딩벳시' 호를 노래한 발라드곡을 구슬프게 뽑았다. 그런 후 다 같이 옛 노래들을 실컷 불렀다. 그들의 합창은 '음악이 공기 중에 퍼지도록' 계속되었다. 지나가던 행인이 이들의 노랫소리를 듣고는 이렇게 말했다. "플럼필드가 오늘 밤 신이 났군!"

모두 자러 간 후에 댄은 여전히 포치에 남아 목초장에서 불어오는 훈훈한 바람을 만끽했다. 파르나소스에서 날아오는 꽃내음도 나는 듯했다. 조 부인은 문단속을 하러 나왔다가 달빛을 맞으며 감상에 젖어 기대어 선 댄을 발견했다.

"꿈을 꾸는 중이로구나, 댄?" 그녀가 물었다. 그녀가 기다리던 말랑말랑한 순간이 마침내 찾아왔다는 생각이 들었다. 돌아선 댄이 조가 기대하던 비밀스럽고 애정 어린 말 대신 다음과 같이 노골적으로 내뱉었을 때 조가 받은 충격이 어땠을지 상상해보자.

"담배 한 대 피우면 좋겠다고 생각하고 있었죠."

조 부인은 무너져내리는 실망감에 웃음을 터뜨렸다. 그리고 친절하게 대답해주었다.

"허락해주마. 대신 네 방에서 피우렴. 그렇다고 집에 불내지는 말고."

어쩌면 댄은 조의 얼굴에 살짝 드러난 실망감을 눈치챘는지도 모른다. 아니면 소년 시절의 장난기가 발동했을 수도 있다. 그는 걸음을 멈추고 조에게 키스를 하며 속삭였다. "안녕히 주무세요, 어머니." 그 말에 실망한 조의 마음도 한결 녹아내렸다.

5. 여름 방학

다음 날은 휴일이라 모두 느지막이 일어나서 아침 식사 테이블에 모여 앉았다. 그런데 느닷없이 조 부인이 이렇게 외쳤다. "어머나, 개잖아!" 정말로 문간에 커다란 디어하운드 종이 꼼짝 않고 버티고 서 있는 게 아닌가. 개의 두 눈은 댄에게 고정되어 있었다.

"요 녀석! 내가 올 때까지 기다리라고 했더니 몰래 도망쳤구나. 그렇다고 실토하고 남자답게 매를 맞도록 하자." 댄이 일어나 개를 맞이하러 가면서 말했다. 개는 주인의 얼굴을 올려다 보기 위해 뒷다리로 서서는 불순종의 비난이 억울하다는 듯이 짖어댔다.

"오냐, 알았다. 우리 돈은 거짓말을 하지 않으니까." 그러면서 댄은 이 커다란 짐승을 안아주었다. 창밖을 보니 이번에는 웬 남자가 말을 끌고 이쪽으로 오는 중이었다.

"제가 가져온 전리품을 밤새 호텔에 맡겨두었거든요. 여기 오면 모두 만날 수 있을지 확실하지가 않아서요. 자, 모두 나와서 옥투와 인사하세요. 제 무스탕이에요. 정말 아름다운 말이죠." 댄은 그렇게 말하고 밖으로 나갔고 나머지 가족들도 새 가족을 맞이하기 위해 줄지어 따라나섰다.

주인을 본 말은 흥분하여 계단을 타고 현관까지 올라올 기세였다. 고삐를 붙든 사내는 말이 더 이상 가지 못하도록 뒤로 당기느라 애를 써야 했다.

"괜찮아요. 두세요." 댄이 말했다. "요 녀석은 고양이처럼 기어오르고 사슴처럼 뛰어오르거든요. 착하지, 옥투. 우리 한바탕 달리고 올까?" 댄이 그렇게 물으니 말은 주인이 반가워 말발굽을 들어 올리며 기뻐서 낑낑거렸다. 댄은 말의 코를 쓰다듬어주고 반짝이는 옆구리를 두드려주었다.

"아무렴, 저 정도는 되어야 애마라고 할 수 있지!" 테디가 잔뜩 신이 났다. 댄이 가고 없는 동안 이 말을 대신 돌보아주기로 이미 얘기가 된 터였다.

"눈이 아주 총명하네! 꼭 금세 말을 할 것만 같아." 조 부인이 말했다.

"녀석은 자기만의 방식으로 사람과 대화한답니다. 모르는 게 거의 없거든요. 그렇지, 옥투?" 댄이 자기 뺨을 말의 뺨에 부비는 모습을 보니 그가 말을 어찌나 소중히 아끼는지 알 수 있었다.

"'옥투'라니, 무슨 뜻이야?" 로브가 물었다.

"번개라는 뜻이야. 녀석에게 아주 딱 맞는 이름이지. 곧 보여줄게. 검은 매에게 라이플을 주고 대가로 받은 말이야. 저쪽 서부에서 아주 좋은 시간을 보내다 왔지. 내 목숨도 여러 번 구해줬다고. 여기 상처 보여?"

댄이 작은 상처를 가리켰다. 기다란 갈기 뒤로 반쯤 가려진 상처였다. 그는 옥투의 목에 팔을 감고 그 이야기를 들려줬다.

"한번은 검은 매와 내가 물소 사냥을 갔어. 그런데 생각만큼 물소가 보이지 않는 거야. 가져간 음식은 다 떨어졌지, 게다가 그곳은 우리가 야영 텐트를 친 레드디어강에서 100마일(약 160킬로미터)쯤 떨어진 곳이었지. 그래서 난 끝장났다고 생각하고 있는데 우리 이 용감한 친구가 이렇게 말하는 거야. '물소 떼를 찾을 때까지 버틸 방법을 알려주지.' 우리는 작은 연못 근처에서 밤을 지새울 계획으로 안장을 풀었거든. 짐승 한 마리 보이지 않는 곳이었어. 새마저도 없더라고. 몇 마일이 한번에 내다보일 정도로 끝없는 평원이 펼쳐진 곳이었어. 그래서 우리가 어떻게 했게?" 댄이 자기를 향한 얼굴들을 둘러보며 물었다.

"호주 사람들처럼 벌레를 잡아먹은 거야, 설마?" 로브가 말했다. "풀을 찜 쪄 먹었나? 아니면 나뭇잎?" 조 부인이 이어 말했다.

"흙으로 배를 채웠을까? 야만인들이 그렇게 한다고 들은 적이 있지." 베어 교수도 의견을 냈다.

"말 한 마리 잡았구나!" 테디가 외쳤다. 그는 벌써 피가 낭자한 장면을 상상했다.

"아니. 그렇지만 그중 하나의 피를 흘리긴 했지. 자, 여길 봐봐. 양철 컵 가득 피를 받아서는 야생 세이지 잎을 담가. 그리고 물을 붓고는 장작불로 데우는 거야. 꽤 먹을 만하더라고. 그거 먹고 잘 잤다니까."

"그렇지만 옥투는 아파서 잠을 못 잤을 텐데?" 조시가 불쌍한 표정을 잔뜩 지어 보이며 말등을 토닥였다.

"아니, 전혀. 검은 매가 그러는데 우리가 그런 식으로 며칠을 더 버텨도 말들은 끄떡없다는 거야. 심지어 그렇게 하고 장거리 여행도 할 수 있다고 하더군. 하지만 바로 다음 날 아침에 물소 떼를 발견했지. 내가 총으로 머리를 관통해 맞혀 잡은 물소의 머리가 트렁크에 들어 있어. 벽에 걸어두고 말 안 듣는 아이들 겁주기에 아주 제격이지. 장담하는데, 꽤 효과가 있을걸. 아주 사나운 놈이었거든."

"이 가죽끈은 뭐에 쓰는 거야, 형?" 테디가 가죽끈을 목에 감은 채 물었다. 테디는 그새를 참지 못하고 인디언 안장, 고삐, 안장, 올가미 밧줄을 요리조리 살피는 중이었다.

"말 옆구리로 납작하게 엎드릴 때 쓰는 거야. 적이 보지 못하도록. 말이 달리는 사이 말의 목 아래로 총을 숨기고 쏘는 거지. 보여줄게." 그러고는 훌쩍 안장 위로 올라타고 계단을 내려가더니 잔디밭을 내달리기 시작했다. 댄은 말 등에 타는 듯하더니 등자와 가죽끈에 매달려 반쯤 보이기도 하다가 어떨 때는 달리는 말의 옆구리에 매달려 완전히 시야에서 사라졌다가 또다시 나타났다. 그렇게 달리는 댄은 정말 즐거워하는 것 같았다. 돈이 그 뒤를 따랐다. 다시 자유의 몸이 된 개는 친구들과 함께 신나게 내달렸다.

멋진 광경이었다. 야생의 피조물 셋이 뒹구는 모습에는 왕성한 원기와 기품, 자유가 넘쳐났다. 고요하던 잔디밭이 광활한 평야로 보이는 순간이었다. 그 모습을 구경하던 이들은 그들이 사는 세계와 전혀 다른 세계를 잠시나마 엿볼 수 있었다. 모두 자기들이 사는 세계가 잘 길들여졌으나 생기 없는 곳임을 인정할 수밖에 없는 순간이었다.

"서커스보다 훨씬 스릴 있네!" 조 부인이 외쳤다. 그녀 역시 다시 소녀 시절로 돌아간다면 저 말 등에 올라타고 내질러 이 연쇄 전광의 순간에 동참했을 것이다. "앞으로 냇이 바빠질 게 눈에 훤하네요. 뼈 좀 맞추려면 말이죠. 테디가 댄을 이겨보겠다고 안간힘을 쓰다가 여기저기 부러질 게 뻔하잖아요?"

"몇 번 떨어지는 정도는 괜찮을 거요. 오히려 말을 돌보는 새로운 책임과 재미가 테디에게 여러 면에서 도움이 될 테니. 다만, 저런 페가수스를 타던 댄이 과연 쟁기질에 재미를 붙일 수 있을지 그게 걱정이군요." 울타리 문을 가뿐히 뛰어넘어 가로수길로 진입해 달려오던 검은 암말을 보며 베어 씨가 말했다. 댄의 말 한마디에 말은 멈춰 섰고 흥분에 몸을 부르르 떨었다. 댄은 말에서 뛰어내리며 관중의 박수를 기다렸다.

물론 우레와 같은 박수갈채가 쏟아졌다. 그는 자기 자신을 자랑스러워한다기보다 자신의 애마를 더욱 뿌듯이 여기는 듯 보였다. 테디는 당장에 한 수 가르쳐달라고 졸라댔고, 금세 괴상한 안장에 편히 올라타 순한 양 같은 옥투와 친해져서는 옥투를 타고 학교로 향했다. 가서 친구들에게 자랑할 요량이었다. 베스도 서둘러 언덕을 내려왔다. 그녀는 멀리서 이 광경을 보고 있었다. 모두가 포치에 모여 속달 우편이 현관문 앞에 '내던져둔' 커다란 상자 뚜껑을 댄이 '거칠게' 뜯어내는 것을 지켜보고 있었다. 댄 식으로 얘기해본 것이다.

댄은 원래 짐 없이 가볍게 여행하는 편이다. 그의 낡디낡은 작은 가방이 감당하지 못할 만큼의 짐을 끌고 다니는 것은 좋아하지 않는다. 하지만 이번에는 돈도 좀 생겼겠다, 자신의 활과 창을 사용하여 얻은 갖가지 전리품들을 잔뜩 지고 오기를 마다하지 않았다. 사랑하는 친구들을 위한 선물이었기 때문이다.

'아이쿠, 좀먹지 않게 조심해야겠네.' 털이 덥수룩한 두상을 본 조 부인은 속으로 생각했다. 뒤이어 등장한 늑대 가죽 깔개는 조 부인의 발을 위한 선물이었다. 베어 교수를 위해서는 곰 가죽 깔개가 준비되어 있었다. 여우 꼬리로 장식한 인디언 의상은 남자아이들 선물이었다.

멋진 의상이지만 7월 날씨에 입기는 더웠다. 그래도 모두 기뻐하며 선물을 받아들었다. 테디와 조시는 지체없이 새로운 의상으로 갈아입고는 인디언 함성을 배워 따라 했다. 그러고는 손에 토마호크 도끼와 활, 그리고 화살을 들고 집 안과 밖을 헤집고 다니며 전쟁을 하는 통에 나머지 친구들은 깜짝깜짝 놀랐다. 두 사람은 그렇게 실컷 진을 빼고는 휴전을 선언했다.

예쁜 새의 날개, 깃털같이 부드러운 팜파스그라스, 엮은 조가비 구슬, 비즈와 나무껍질 그리고 깃털로 꾸민 장식품은 여자아이들의 마음을 흡족하게 했다. 광물, 화살촉, 거친 터치의 스케치들은 베어 교수의 관심을 끌었다. 상자 안의 마지막 물건은 로리 씨를 위한 선물이었다. 댄은 자작나무 껍질에 그린 구슬픈 가락의 인디언 노래 악보를 로리 씨에게 선물했다.

"우리 위로 텐트만 치면 완벽하겠는걸. 왠지 저녁 식사로 말린 옥수수와 육포를 내야 할 것 같은 기분이야. 우리 용감한 전사들을 위해서 말이야. 이렇게 멋진 파우와우(powwow)*를 치렀

---

* 아메리카 인디언들의 신령한 의식으로, 잔치 음식과 춤이 수반된다.

는데 완두콩을 곁들인 양고기 요리를 먹고 싶은 사람이 어디 있겠어?" 조 부인이 기다란 복도에서 펼쳐지는 기이한 광경을 보며 말했다. 새로운 깔개 위에 누워서 뒹굴고 있는 아이들을 보니 하나같이 깃털이나 모카신 혹은 구슬 장식 정도는 달고 있었다.

"무스의 코, 물소의 혀, 곰 스테이크, 그리고 구운 연골이 있으면 딱 좋겠지만 뭐 좀 다른 걸 먹어도 괜찮겠죠. 어머니의 매애매애 고기와 초록 고기도 좋습니다." 그렇게 말하는 댄은 상자 안에 들어가 있었다. 발치에 사냥개를 두고 위엄 있게 앉은 모습이 한 부족의 추장처럼 보였다.

여자아이들이 정리를 시작했으나 큰 진전을 보이지는 않았다. 건드리는 물건마다 거기에 담긴 이야기를 댄이 들려주는데 스릴 넘치고 웃음이 나는 대범한 이야기였으니 더욱 그랬다. 상황이 그렇다 보니 맡은 일에 집중하기가 쉽지 않았다. 마침내 로리 씨가 댄을 데려갈 때까지 말이다.

이것은 여름 방학의 시작이었다. 댄과 에밀의 귀향이 이 조용하고 학구적인 동네를 어떻게 유쾌하게 휘저어놓았는지 관찰하는 재미도 쏠쏠했다. 이들이 몰고 온 신선한 바람은 이들이 가는 곳마다 생기를 불어넣는 모양이었다. 대학의 많은 학생이 방학에도 집에 돌아가지 않고 기숙사에 남았다. 플럼필드와 파르나소스는 기숙사에 남은 대학생들의 여름이 지루하지 않게 최선을 다했다. 이들은 대부분 먼 주에서 왔거나 가난한 가정 출신이라 이곳이 아니고서는 문화나 오락을 즐길 기회가 없었기 때문이다. 에밀은 사내나 아가씨 가리지 않고 누구에게나 싹싹하게 굴었다. 그에게는 뱃사람에게서만 찾을 수 있는 흥이 있었다. 댄은 여자 졸업생들에게 경외심을 갖고 대했고 여학생들 사이에 있으면 오히려 조용해져서는 비둘기 떼를 바라보는 독수리처럼 바뀌었다. 그는 오히려 남학생들과 잘 어울렸는데 그들 사이에서 댄은 영웅 대접을 받았다. 남학생들이 댄의 남자다운 업적을 추앙해준 것은 댄에게 도움이 되었다. 왜냐하면 그는 항상 자신의 부족한 학력 때문에 자신 없어했기 때문이다. 그는 종종 만일 자신이 대자연의 웅장함을 통해 배운 것을 책으로 배운다면 동일한 만족감을 얻을 수 있을지 궁금해했다. 그는 침묵을 지켰지만 여학생들은 그의 좋은 면을 금세 알아보고 그를 '스페인 사람'이라 부르며 큰 관심을 보였다. 그의 검은 눈동자는 그의 혀보다 더 언변이 뛰어났고 그가 데리고 있는 동물들은 여러 면에서 여자들에게 매력으로 작용했다.

그도 이 점을 눈치채고 조심스레 행동했다. 지나치게 자유로운 언행은 삼가고 거친 행동도 부드러운 매너로 다듬었다. 자신의 말과 행동이 미치는 영향을 신경 써서 좋은 인상을 남기려고 애썼다. 이곳의 사교적 분위기는 그의 외로운 마음을 한결 달래주었고 이곳의 문화에 자극을 받아 그 역시 자신의 좋은 모습을 보이려고 노력했다. 그가 집을 떠난 사이 그 자신과 다른 이들에게 일어난 변화는 이 오래된 집에 새로운 세상의 기운을 불어넣었다. 캘리포니아에서 살다가 온 그에게 이곳에서의 생활은 달콤한 휴식과도 같았다. 그가 과거에 저지른 잘못이나 후회를 잊어버릴 수 있도록 도와주는 친숙한 이들에게 둘러싸여 지내며 그는 이 선한 이들의 신뢰를 저버리지 않고 순진한 소녀들의 존경심을 실망시키지 않을 사람이 되기로 결심했다.

이들은 그렇게 말을 타고 배를 젓고 피크닉을 하며 낮 시간을 보냈고, 밤이면 음악과 춤과 연극으로 시간을 보냈다. 모두 이처럼 방학을 재미있게 보내는 것은 몇 년 만에 처음이라고 입을 모았다. 베스도 약속을 지켰다. 그토록 좋아하던 점토에 먼지가 쌓이도록 두고 친구들과 놀러 다니거나 아빠와 음악을 공부했다. 로리 씨는 딸의 볼이 장밋빛으로 물들고 공상에 잠긴 듯한 표정 대신 환한 웃음으로 채워지는 것을 보며 기뻐했다. 조시와 테디의 싸움도 줄었다. 댄이 그녀를 바라보는 방식 때문이었는데, 댄이 그렇게 볼 때면 조시는 즉시 누그러들었다. 이 방식은 조시뿐 아니라 조시의 반항적인 사촌에게도 잘 통했다. 하지만 뭐니 뭐니 해도 가장 큰 공을 세운 이는 옥투였다. 테디는 옥투를 타느라 그전에 그렇게 아끼던 자전거는 까맣게

잊어버리고 말았다. 테디는 밤이고 낮이고 지칠 줄 모르는 옥
투를 타고 다녔고 덕분에 근육과 살이 붙었다. 이 점은 아늘이
콩나무 줄기처럼 기다랗게 자라기만 하는 것 같아 그의 건강을
심히 염려하던 어머니의 마음을 기쁘게 했다.

　자신이 하는 일에 시들해진 데미는 친구들 사진 찍는 일에
취미를 붙였다. 친구들에게 앉아라, 서라, 주문하며 열심히 찍
어대더니 수많은 실패작 가운데 근사한 작품이 나오기도 했다.
구도를 잡는 감각이 있기도 했고 인내심이 무한한 덕분이기도
했다. 세상을 카메라 렌즈를 통해서만 보느냐고 타박을 받기도
했지만, 그는 모시 천 밑에서 한쪽 눈을 찡그리고 친구들의 모
습을 찍어대는 일을 크게 즐겼다. 그에게 댄은 보물과 같은 모
델이었다. 댄이 흔쾌히 응해주기도 할뿐더러 멕시코 의상을 입
고 말이나 사냥개와 함께 포즈 잡아주는 것도 마다하지 않았
기 때문이다. 이런 사진을 찍으면 너도나도 그 사진을 한 장 받
고 싶어 했다. 베스 역시 좋은 모델이었다. 데미는 머리를 앞으
로 늘어뜨린 베스의 사진으로 아마추어사진전에서 상을 받기
도 했다. 어깨의 하얀 레이스 장식 덕분에 마치 구름 위로 피어
오르는 것 같은 장면이 연출된 사진이었다. 사진작가는 상을
받은 게 자랑스러워 이 사진을 모두에게 한 장씩 돌렸다. 후에
그중 한 장의 사진에 아름다운 역사가 깃들이게 되는데 그것은
조금 더 기다리면 알게 될 것이다.

네트는 타국으로 멀리 떠나기 전 한순간이라도 더 데이지와 함께 보내고 싶어 했다. 메그 부인은 어느 정도 수그러든 상태였다. 떨어져 지내다 보면 이 안타까운 마음도 자연스레 치유되리라고 믿었기 때문이다. 데이지는 거의 말을 하지 않았지만, 그녀의 온화한 얼굴은 슬픈 빛을 띠었고 혼자 있을 때면 소리 없는 눈물방울이 머리카락으로, 정성스레 이니셜을 수놓은 손수건 위로 떨어지기도 했다. 네트가 그녀를 잊지 않으리라는 것을 확신할 수 있었다. 버드나무 아래에서 파이와 비밀을 나누던 어린 시절부터 쭉 그녀의 친구가 되어준 그가 떠나고 없으리라 생각하니 삶이 허망하게 느껴졌다. 그녀는 고지식한 딸로 순종적이고 고분고분하게 자랐으며 어머니에 대한 사랑과 존경심이 크기에 그녀에게 어머니의 뜻은 곧 법을 의미했다. 사랑이 금지되면 우정만으로 만족해야 했다. 그렇기에 그녀는 슬픔을 몰래 감추고 네트를 향해 밝게 웃어 보였다. 그가 집에서의 남은 나날을 행복하게 지낼 수 있도록 최대한 안락하고 쾌적하게 만들어주고 싶었다. 그래서 그가 혼자 지내게 될 작은 집에서 쓸 만한 물건들로 반짇고리를 가득 채워주고 여행길에 먹을 간식을 챙겨주었다.

토미와 낸은 바쁜 공부 시간을 쪼개어 틈틈이 옛 친구들과 어울리며 플럼필드에서 일어나는 장난과 소동에 동참했다. 에밀의 다음 항해는 긴 항해가 될 테고 네트도 기약할 수 없는 유학길을 떠날 참이었다. 더군다나 댄은 언제 다시 나타날지 아무도 모를 일이었다. 그들의 인생이 점점 진지해지는 것을 피부로 느끼고 있었다. 다 함께 어울려 사랑스러운 여름날을 실컷 즐기면서도 스스로 더는 아이가 아님을 깨닫는 중이었다. 까불며 장난을 치다가도 종종 멈추고는 서로의 미래 계획과 꿈을 나누기도 했다. 서로 멀리 떨어져 각기 다른 방향으로 흘러가기 전에 서로에 대해 좀 더 알고 돕고자 하는 마음도 간절했다.

이제 그들에게 남은 시간은 고작 몇 주뿐이었다. 그러면 브렌다호도 출항 준비를 마칠 것이고 네트도 뉴욕에서 배를 타고 출발하게 될 것이다. 댄이 가는 길을 배웅해주기로 했다. 댄의 머릿속에서 그의 계획은 숙성 중이었기에 얼른 이를 실행에 옮기고 싶어서 안달이었다. 긴 여행을 떠날 친구들을 위한 작별 무도회가 파르나소스에서 열렸다. 모두 자기가 가진 최고의 옷으로 차려입고 들뜬 기분으로 도착했다. 조지와 돌리는 눈부신 야회복에 부드러운 오페라 모자를 쓰고서 가장 최신식 하버드 분위기와 품위를 풍겼는데, 조시는 이들 소년 감성의 특별한 자랑거리이자 기쁨을 두고 '벙거지'라고 이름 붙였다. 잭과 네드는 함께하지 못해서 아쉽다는 인사와 함께 안부를 전했지만 아무도 그들의 부재를 아쉬워하지 않았다. 조 부인이 실패작이라고 부르는 이들이었기 때문이다. 가여운 토미, 언제나 그렇듯 이번에도 일이 꼬이고 말았다. 강한 곱슬머리를 얌전하고 부드럽게 잠재우려다가 그만 진한 향이 나는 제품으로 머리에 떡칠을 하고 만 것이다. 과한 욕심에 스타일까지 망가졌음은 말할 것도 없었다. 결국, 불행히도 그의 반항적인 머리칼은 여느 때보다 더 곱슬거렸고 냄새를 지우려고 별짓을 다 해보았건만 이발소에서 나는 독한 냄새는 파티 내내 그를 떠나지 않았다. 낸은 냄새에 질려 그를 자기 곁에 다가오지 못하게 했고 토미가 시야에 나타나기만 해도 연신 부채질을 해댔다. 토미는 이에 마음의 상처를 입었고 낙원에서 쫓겨난 페리 요정이 된 기분에 빠져들었다. 친구들의 놀림거리가 되었음은 당연했다. 좀처럼 마르지 않는 그의 유쾌한 본성이 아니었다면 그는 아마도 절망에서 빠져나오지 못했으리라.

새 제복을 말끔히 차려입은 에밀은 눈부시도록 빛났다. 그의 춤에는 뱃사람들만 이해하는 자유분방함이 담겨 있었다. 그의 구두는 무도회장 곳곳을 휩쓸고 다녔고 그의 댄스파트너들은 그의 장단에 맞추려다 숨이 차서 헐떡였다. 하지만 모든 여자가 그가 천사처럼 매끈하게 리드한다고 입을 모아 칭찬했다. 게다가 속도가 그렇게 빠른데 단 한 번도 충돌사고가 없었다는 것이 놀라웠다. 덕분에 에밀은 행복했고 그와 함께 항해할 아가씨들은 절대 부족하지 않았다.

예복을 준비해오지 않은 댄은 주변의 성화에 멕시코 의상을 입었다. 단추가 많이 달린 바지에 헐렁한 재킷, 화려한 색상의 띠를 두르고, 어깨 위로 멕시코 전통의상인 세라페를 걸친 요란한 복장을 하고는 편안하게 즐겼다. 이 의상은 댄에게 참으로 잘 어울렸는데 그가 신은 기다란 박차와 어울려 위엄을 떨쳤다. 그는 조시에게 희한한 스텝을 가르쳐주거나 검은 눈동자로 감히 그가 입에 올리지 못하는 어떤 금발 여인을 주시하기도 했다.

어머니들은 알코브에 앉아 핀이나 미소, 친절한 말들을 연신 건네는 역할을 했다. 무도회 경험이 없어 어색해하는 이들과 낡은 모슬린 드레스와 장갑을 신경 쓰는 수줍음 많은 여학생들을 특히 챙겨주었다.

우아한 에이미 부인이 넓은 이마에 커다란 장화를 신은 키 큰 시골 청년의 팔을 붙들고 산책하는 모습이나 양손을 펌프 손잡이처럼 위아래로 움직이는 부끄럼 타는 소년과 소녀처럼 춤춰주는 조 부인의 모습은 보기 좋은 광경이었다. 그 소년의 얼굴은 총장 부인과 춤을 춘다는 사실에 뿌듯하기도 하고 당황스럽기도 하여 붉게 달아올라 있었다.

메그 부인은 언제나 자신의 소파에 여학생 두세 명 정도는 앉을 자리를 마련해두었고 로리 씨는 별 볼 일 없는 드레스를 입은 여학생들을 위해 기꺼이 자신을 내어주어 그들의 마음을 행복하게 해주었다.

우리의 베어 교수는 청량음료처럼 쾌활한 얼굴로 무도회장을 돌아다니며 모두의 안부를 점검했다. 그러는 사이 마치 씨는 무도회같이 경솔한 쾌락에는 결코 마음을 열지 못하는 진지한 신사들과 서재에 앉아 그리스 희곡을 논했다.

기다란 음악실, 응접실, 복도, 포치마다 하얀 드레스를 입은 처녀들과 그들의 그림자로 가득했다. 생기 넘치는 소리로 시끌벅적했고 밴드의 요란한 음악에 맞춰 심장과 발이 신나게 움직였으며 친절한 달빛 덕분에 분위기가 한층 무르익었다.

"메그 언니, 여기 핀 좀 꽂아줘. 던바 저 녀석이 나를 '갈가리' 찢어놓을 뻔했지 뭐야. 페고티 부인*이라면 그렇게 말했겠지. 그래도 녀석이 참 즐거워하는 것 같았지? 사방으로 친구들과 부딪혀가며 나를 대걸레 자루처럼 끌고 다니면서 말이야. 이번에 보니 내가 이젠 젊지 않군. 발놀림도 더는 가볍지 않고 말이야. 언니, 앞으로 10년이면 우리는 모두 포대 자루처럼 변할 거야, 그렇지? 그러니 물러날 때가 되었단 거지." 그렇게 말하고 조 부인은 구석으로 가 털썩 주저앉았다. 자애를 베풀려다가 옷차림이고 머리고 잔뜩 헝클어진 상태였다.

"난 내가 점점 통통해지리라는 것을 알고 있어. 하지만 조, 넌 아직 뼈에 살이 붙으려면 시간이 걸릴 거야. 에이미는 분명 날씬한 몸매를 계속 유지할 거고. 오늘 밤엔 심지어 열여덟 살로

---

* 찰스 디킨스의 《데이비드 카퍼필드》 속 등장인물.

보이던걸? 하얀 드레스에 장미로 꾸미니 말이야." 메그가 바삐 동생의 찢어진 주름 장식을 꿰매면서 말했다. 그러면서 동시에 막냇동생의 우아한 몸짓을 사랑스러운 눈으로 쳐다보았다. 메그 눈에는 에이미가 옛날처럼 마냥 예쁘기만 했다.

조가 뚱뚱해진다는 것은 가족들 사이에 우스갯소리로 통했고 조도 그 농담을 계속했다. 이제야 슬슬 부인네 몸매가 시작되는 중일 뿐인데 말이다. 두 사람은 곧 나타날 이중 턱에 관해 얘기하며 큰 소리로 웃음을 터뜨렸다. 때마침 로리 씨가 쉬고 싶어서 잠시 이곳으로 몸을 피하러 왔다.

"조, 또 뭐가 망가진 거야? 역시 뭔가 너덜너덜해져야 직성이 풀리는구나. 저녁 먹기 전에 나랑 나가서 조용히 걸으면서 마음을 차분하게 가라앉히지 않겠어? 메그가 혀 짧은 카 양의 황홀한 감탄을 들어주는 사이 네게 보여줄 타블로비방(tableaux vivant)*이 몇 점 있거든. 내가 카 양을 데미의 파트너로 연결해줬더니 잔뜩 신이 난 모양이야."

로리는 그렇게 말하며 조를 음악실로 안내했다. 한바탕 무도회가 지나가고 젊은이들은 모두 정원과 복도로 나간 후라 음악실은 텅 빈 상태였다. 널따란 포치를 향해 난 기다란 네 개의 창문 중 첫 번째 창문 앞에 그가 멈추어 섰다. 바깥으로 보이는 무

---

* 사람들이 직접 명화나 역사적인 장면을 정지 자세로 연출하는 것. 활인화.

리를 가리키며 말했다. "이 작품의 제목은 '뱃사람의 상륙.'"

푸른색으로 길게 뻗은 다리에는 멋진 구두가 신겨 있었다. 베란다 지붕 위에서 포도나무 사이로 대롱대롱 매달린 채. 그리고 보이지 않는 손이 모아둔 장미꽃들이 보였다. 분명 다리 주인의 소행일 터였다. 그 장미꽃들은 흰 새의 무리처럼 계단 난간에 걸터앉은 소녀들의 무릎 위로 떨어지고 있었다. 어디선가 남자 목소리로 '유성처럼 떨어지네'라는 구절을 노래하는 소리가 들려왔다. 그 소리는 처량한 노래를 불렀고 청중은 그가 무슨 노래를 부르건 깊이 감명받을 준비가 되어 있었다.

메리의 꿈

디 모래사장 위로 솟은 동쪽 언덕을
달이 기어 올라갔다네
가장 높은 꼭대기에 매달려
높은 탑과 나무 위로 은빛을 비추었네

메리가 잠을 청하려 누워
(저 멀리 바다 위의 샌디 생각에 빠졌는데)
부드럽고 나지막한 목소리가 들려왔네
"메리, 더 이상 나를 위해 울지 마오."

누구의 소리인가 알아보려고
베개 위에서 고개를 살포시 들었더니
젊은 샌디가 창백한 얼굴, 텅 빈 눈으로
몸을 떨며 서 있었네
"오 메리, 나의 사랑, 내 몸은 차가워져서
풍랑 이는 바다 아래 누웠다오.
멀리, 그대로부터 멀리 떨어져
죽음이라는 잠에 빠져 있다오.
메리, 나의 사랑, 더 이상 나를 위해 울지 마오."

"사흘 밤낮으로 풍랑이 일어
우리는 성난 갈기에 이리저리 내둘렸고
배를 구하고자 갖은 애를 썼으나
우리의 노력은 모두 허사가 되었다오.
공포가 내 핏줄을 타고 올라오던 그때에도
내 마음은 그대를 향한 사랑으로 충만했다오.
풍랑은 지나가고 내겐 휴식이 찾아왔다오.
그러니 메리, 더 이상 나를 위해 울지 마오."

"오 나의 아가씨, 나의 사랑, 채비를 하오.
우리는 곧 그 바닷가에서 만날 테요.

의심과 걱정으로부터 해방된 사랑이 있는 그곳에서,

더 이상 이별이 없는 그곳에서."

요란히 수탉이 우니 그림자도 사라졌네

그녀의 샌디는 더 이상 보이지 않고

지나가는 바람이 부드럽게 속삭이네

"사랑스런 메리, 더 이상 나를 위해 울지 마오."

"끝을 모르는 저 유쾌함은 저 아이의 큰 재산이야. 붕붕 떠다니는 저 활기 덕에 물에 가라앉으려야 가라앉을 수가 없겠어." 조 부인이 말했다. 노래를 마치자 큰 박수 소리와 함께 아래로 내려보냈던 장미들이 다시 하늘로 날아올랐다.

"아무렴. 참으로 감사해야 할 축복이지, 안 그래? 우리처럼 감상적인 사람들은 그 가치를 알아보잖아. 네가 내 첫 타블로 비방을 좋아해주니 기쁘네. 자 이번에는 두 번째 작품이야. 그새 망가지지 않아야 하는데. 아까는 정말 아름다웠거든. 제목은 '데스데모나에게 모험 이야기를 들려주는 오셀로.'"

두 번째 창문으로 가니 세 명의 사람이 그림 같은 장면을 연출하고 있었다. 마치 씨는 팔걸이 의자에 앉아 있고 베스는 할아버지 발치에 방석을 깔고 그 위에 앉아서 기둥에 기대 선 댄의 이야기를 듣고 있었다. 댄의 이야기하는 모습이 평소보다 더 활기차 보였다. 마치 씨는 그림자에 가려 있었지만 고개를 위로 향한 어린 데스데모나는 달빛이 가득한 얼굴로 젊은 오셀로가 들려주는 이야기에 빠져들고 있었다. 댄의 어깨와 구릿빛 피부, 그리고 그의 팔 동작이 어우러져 수려한 모습을 연출했다. 두 관람객은 흐뭇한 표정으로 한동안 아무 말도 하지 않은 채 이 장면을 즐겼다. 마침내 조 부인이 재빨리 귓속말을 했다.

"저 아이가 떠난다니 다행이지 뭐야. 여기에 두기엔 너무 그림 같단 말이지. 낭만에 젖어 있는 여학생들이 이렇게나 많은데. 저 아이의 당당하면서도 우수에 찬 모습, 그리고 독특한 분위기는 우리의 단순한 아가씨들이 감당하기에는 무리가 있어."

"위험할 것 없어. 댄은 아직 가공되지 않은 상태잖아. 내 생각엔 앞으로도 언제나 그럴 것 같아. 물론 여러 면에서 발전하는 중이긴 하지만 말이야. 저 부드러운 빛 아래서 우리 여왕님이 얼마나 예뻐 보이는지!"

"우리 골디락스*는 어디서나 잘 어울리지." 뒤를 돌아보며 그렇게 말하는 조 부인의 얼굴에 조카를 뿌듯하게 여기는 마음과 사랑하는 마음이 드러났다. 하지만 이 장면은 한참 뒤에 조에게 다시 떠오르게 되는데 그녀의 이 말은 예언적이기도 했다.

세 번째 작품은 얼핏 보면 비극적인 장면처럼 보였다. 로리 씨는 터지는 웃음을 간신히 억제하며 속삭였다. "제목은 '상처

---

* 동화 《골디락스와 곰 세 마리》의 주인공으로 금발 머리다.

입은 기사.'" 그가 커다란 손수건을 머리에 두른 토미를 가리켰다. 토미가 낸 앞에 무릎을 꿇고 있는데 자세히 보니 그의 손에 박힌 가시인지 나뭇조각인지를 솜씨 좋게 뽑아내고 있었다. 환자의 안색이 황홀한 것만 봐도 알 수 있었다.

"아프니?" 낸이 달빛이 닿아 더 잘 보이도록 그의 손을 비틀며 물었다.

"전혀. 조금 더 파봐. 시원하네." 토미가 대답했다. 무릎이 쿡쿡 쑤시고 그가 가장 아끼는 바지가 다 망가져도 상관없었다.

"금방 끝나."

"몇 시간씩 걸려도 돼. 너만 괜찮다면. 이렇게 행복해보긴 처음인걸."

이런 부드러운 말로도 꿈쩍 않는 낸이다. 낸은 커다랗고 둥그런 안경을 벗어 내려놓더니 사무적인 어투로 말했다. "이제 보이는군. 나뭇조각이었어. 자, 끝났어."

"내 손에서 피가 나는데 싸매주지도 않을 셈이야." 토미가 이 상황을 좀 더 끌어볼 심산으로 물었다.

"허튼소리. 그럼 입으로 빨면 되잖아. 내일 해부 수업 있으면 그때나 조심해. 또다시 패혈증에 걸리고 싶지 않다면 말이야."

"그때가 네가 내게 가장 친절한 때였지. 팔이 절단되었더라면 좋으련만."

"차라리 머리 절단을 빌지그래. 네 머리에서 테레빈유와 등

유 냄새가 지독하다고. 정원을 내달리면 바람에 냄새가 좀 빠지지 않겠어?"

기사는 절망에 빠져 자리를 떴고 숙녀는 기분 나쁜 냄새를 떨쳐버리기라도 하듯 기다란 백합꽃에 코를 파묻었다. 행여나 웃음이 터질까 두려워 두 관람객은 서둘러 다음 작품으로 옮겨가기로 했다.

"불쌍한 토미. 인생길이 꽤나 고달프겠어. 저래 봐야 시간만 허비할 뿐인데! 제발 가서 말 좀 해줘, 조. 연애질할 생각은 관두고 공부 좀 하라고 말이야."

"그 얘기라면 벌써 했지, 그것도 여러 번. 하지만 저 아인 큰 충격을 받아야 정신 차릴 거야. 그게 어떤 것일지 관심을 갖고 지켜보는 중이지. 아이쿠, 이게 다 뭐야?"

조가 그렇게 물을 만도 했다. 통나무 의자 위에 테디가 한 발로 올라서서 포즈를 취하고 있었으니 말이다. 다른 발은 쭉 뻗었고 두 손은 공중에서 휘젓고 있었다. 조시를 비롯한 어린 친구들은 괴상한 동작을 하는 테디를 유심히 보며 이를 두고 '작은 날개'니, '뒤틀린 철사'니, '얄미운 스컬캡(skull-cap)*'이니 각자 자기만의 해석을 냈다.

"이번 작품은 〈날고 싶어 하는 헤르메스〉 어때?" 레이스 커튼

---

* 가톨릭 주교가 쓰는 모자로 머리 윗부분만 덮는다.

152

사이로 내다보며 로리 씨가 말했다.

"저 긴 다리 좀 봐! 저렇게 길어서 어떻게 다룬담? 〈아울스다크 대리석상(Owlsdark Marbles)〉이라는 연극을 준비 중인 모양이네. 누가 제대로 알려주지 않았다간 나의 신과 여신들을 온통 뒤죽박죽으로 만들 테지." 조 부인이 대답했다. 눈 앞에 펼쳐진 광경이 마냥 재미있기만 했다. 테디는 마침내 격자 위에서 발가락 하나로 버티고 서서 일시적으로나마 평형을 유지하는 데 성공했고 소녀들은 연신 "잘한다!" "대단해!" "그 자세로 얼마나 오래 버틸 수 있는지 해봐요!" 등을 외쳐댔다. 불행히도 그의 체중은 곧 다른 발로 옮겨갔고 밀짚으로 만든 좌석 부분이 무너지면서 날아가는 헤르메스도 풀썩 떨어지고 말았다. 소녀들에게서 비명 섞인 웃음소리가 터져 나왔다. 땅바닥과 높은 데서 구르는 것에 익숙한 그는 재빨리 털고 일어나 한쪽 다리를 의자에 끼운 채 뛰어다니며 자기가 지어낸 고전적인 지그 춤을 추어 보였다.

"네 폭의 그림 모두 잘 봤어. 덕분에 아이디어가 생겼어. 언젠가 이런 타블로비방 전시를 정기적인 행사로 만들어봐야겠어. 각자 작품을 만들고 우리가 그들을 빙 돌면서 구경하는 거야. 신선하고 충격적일 거야. 매니저에게 얘기해봐야겠다. 영광은 모두 네게 돌릴게." 조 부인이 말했다. 두 사람은 유리잔과 도자기 그릇이 서로 부딪치는 소리가 나며 검은 예복을 입고 불안해하는 이들이 있는 방을 향해 걸어갔다.

우리의 옛 친구들이 젊은이들 사이를 거닐면서 그들의 이야기를 엿듣고 이를 통해 문제의 실마리를 찾아 이야기의 실타래를 풀어가는 방법을 들어보도록 하자. 조지와 돌리는 저녁 식사 중이었다. 실은 자기들이 챙겨야 하는 숙녀들은 구석에 세워놓은 채 무심한 듯 우아한 이곳의 분위기에서 왕성한 식욕을 숨기지 못하고 모든 종류의 음식을 흡입하는 중이었다.

"진수성찬이네! 역시 로런스 가 취향이야. 커피는 일등급인데 와인이 없다니, 실수로군." 스터피(Stuffy)*가 말했다. 그는 뚱뚱한 몸집에 축 처진 눈, 칙칙한 피부색 때문에 그 별명이 여전히 어울렸다.

"로런스 씨는 '술은 남자아이들에게 해롭지.'라고 말하곤 했지. 하! 우리가 술 마시는 모습을 좀 보셔야 하는데. 우리가 술 좀 돌리는 편이잖아. 에밀 표현대로 말이야." 말쑥한 차림의 돌리가 냅킨을 조심스레 펼쳐 반짝이는 셔츠 앞깃에 걸치며 대답했다. 앞깃에 박힌 다이아몬드가 외로운 별처럼 빛나고 있었다. 말 더듬는 버릇은 고친 듯했다. 하지만 그 역시 조지와 마찬가지로 젠체하는 말투로 얘기했다. 하지만 이 점은 그들의 앳된 얼굴과 그들이 지껄이는 바보 같은 말과 아주 우스꽝스러운 대

---

* 조지의 별명.

조를 이루었는데 이들이 추정하는 이곳의 심드렁한 분위기에서 더욱 그랬다. 둘 다 마음씨 착한 청년들이지만 대학교 2학년생의 자부심과 대학 생활이 주는 자유에 과도하게 취해 있었다.

"리틀 조는 지독히 예뻐지고 있더라, 안 그래?" 입안에 가득 문 아이스크림이 식도로 내려가자 길고 만족스러운 신음소리를 내며 조지가 말했다.

"흠, 뭐 그런 편이지. 하지만 공주님이 더 내 취향이야. 난 금발에, 우아하고 여왕 같은 자태를 가진 여자들이 좋더라."

"그건 그래. 조시는 너무 발랄하달까. 그러다가 여치와도 춤을 추겠어. 그 아이와 춤을 춰보려고 했는데 감당이 안 되더라고. 페리 양은 상냥하고 편안한 상대였어. 독일 춤을 같이 췄지."

"너랑 춤은 안 맞아. 게을러터졌으니. 잘 봐, 내가 상대를 움직여 멋들어지게 춤을 춰 보일 테니. 춤이야말로 내 무기지." 그러면서 돌리는 자신의 잘 손질된 발에서부터 가슴팍에서 번쩍이는 보석까지 쭉 훑어보았다. 우쭐대며 걸어가는 모습이 칠면조와 닮아 있었다.

"그레이 양이 널 찾던데. 먹을 것 좀 더 갖다달란다. 가는 길에 넬슨 양의 접시도 비었나 확인해주고 나 대신 봉사해줄 놈을 찾아봐줘. 난 아이스크림 급하게 먹는 건 딱 질색이거든." 그렇게 말하고 조지는 자기만의 안전한 구석자리에 남았다. 돌리는 자신의 의무를 다하기 위해 사람들을 헤치고 가더니 씩씩거리며 돌아왔다. 그의 코트 소매깃을 보니 샐러드드레싱이 묻어 있었다.

"망할 촌것들 같으니! 곤충 떼처럼 이리저리 부딪히며 다니더니 내게 이런 지독한 짓을 저질렀다니까. 책에나 코 박고 살 것이지 왜 사교 활동을 하겠다고 나서서는. 정말 안 되겠어. 끔찍한 자국이 남게 생겼네. 이것 좀 닦아봐. 나 좀 먹게. 배고파 죽겠다. 그렇게 많이 먹는 여자애들은 처음 봤어. 그러니까 여자들은 공부를 많이 하면 안 된다니까. 남녀공학이 웬 말이야." 돌리는 잔뜩 예민해져서 투덜거렸다.

"정말 그래. 숙녀답지 못하게. 아이스크림이나 케이크 한 조각 정도로 만족하고 예쁘게 먹을 것이지. 여자가 그렇게 먹어대는 모습은 정말 못 봐주겠다니까. 열심히 일하는 우리 남자들이나 그렇게 먹는 거지. 이런, 생각해보니 저 머랭 쿠키가 전부 사라지기 전에 얼른 가져와야겠어. 이봐, 웨이터! 저기 있는 음식 좀 가져와봐. 얼른!" 조지가 남루한 예복 차림의 남자를 쿡 찌르며 명령조로 말했다. 그는 유리잔을 담은 쟁반을 들고 지나가는 길이었다.

그의 명령은 즉각 수행되었다. 하지만 곧 조지는 식욕이 싹 달아나고 말았는데 열심히 코트에 묻은 얼룩을 지우던 돌리가 고개를 들었다가 아연실색하여 이렇게 외쳤기 때문이다.

"넌 이제 망했다! 저 이가 모튼이잖아. 베어 교수의 수제자라고. 모르는 게 없고, 궁금한 게 있으면 끝까지 파고든다던 이 학교의 수석 학생 말이야. 넌 이제 끝장이야." 돌리는 그렇게 말하고는 배가 아프도록 웃어댔는데 그러다가 그만 스푼에 담겨 있던 아이스크림이 날아가 그 아래 앉아 있던 숙녀의 머리 위로 떨어졌다. 그 역시 궁지에 빠지는 신세가 된 것이다.

절망에 빠진 두 사람은 그렇게 두고 이번에는 두 소녀가 주고받는 귓속말을 들어보자. 편안히 앉아서 각자의 에스코트 파트너들이 식사를 마치길 기다리는 중이다.

"로런스 부부의 파티는 항상 멋진 것 같아. 안 그래?" 두 사람 중 더 어린 소녀가 묻는다. 이런 유의 즐거움에 익숙하지 않아 잔뜩 들떠 있다.

"정말 그래. 내 드레스가 여기에 어울리지 않는 것 같아서 마음이 불편하지만. 집에서는 괜찮아 보였단 말이야. 심지어 과도하게 차려입은 것처럼 보일까 봐 걱정이었다니까. 그런데 막상 와보니 너무 볼품없고 촌스러워 보이는 거 있지. 혹 미리 알았다 하더라도 새로 장만할 돈도 시간도 없었겠지만 말이야." 다른 소녀가 자기가 입은 밝은 핑크빛 실크 드레스를 내려다보며 대답했다. 싸구려 레이스 장식이 달려 있다.

"그런 문제라면 브룩 부인께 조언을 구해보면 어때? 지난번에 정말 친절히 대해주셨어. 내게도 초록색 실크 드레스가 있는데 이곳의 드레스들에 비하면 너무나 싸구려 같고 후줄근해 보여서 파티에 올 때마다 기분이 안 좋았어. 그래서 브룩 부인에게 로런스 부인이 입으시는 드레스 같은 것은 얼마쯤 하냐고 여쭤봤지. 우아하지만 디자인이 심플해서 별로 비쌀 것 같지 않았단 말야. 그런데 알고 보니 인도 면사에 발랑시엔 레이스더라고. 절대로 내가 살 수 있는 수준의 옷이 아니었던 거야. 그런데 브룩 부인이 이렇게 얘기해주셨어. '모슬린 천을 초록색 실크 위에 덧대고 분홍색 대신 홉 꽃 같은 흰색 꽃을 머리에 달면 정말 예쁠 것 같구나.' 이것 봐, 정말 예쁘고 잘 어울리지 않아?" 버튼 양은 소녀다운 만족감에 젖어 자기 드레스를 내려다보았다. 끔찍해 보이던 초록색에 약간의 감각을 더하니 한결 부드러워졌고 하얀 홉 꽃송이는 그녀의 붉은 머리칼을 장미처럼 돋보이게 해주었다.

"정말 예뻐. 항상 예쁘다고 생각했어. 그럼 나도 내 자줏빛 드레스를 어떻게 하면 좋을지 여쭤봐야겠다. 브룩 부인이 전에 내 두통 문제를 해결해주신 적이 있어. 메리 클레이의 소화불량도 커피와 뜨거운 빵을 끊은 뒤 완전히 사라졌대."

"로런스 부인은 내게 걷고 달리라고, 또 체육관을 이용하라고도 조언해주셨어. 굽은 어깨를 고치고 가슴을 펴라고 말이야. 덕분에 자세가 전보다 훨씬 좋아졌어."

"로런스 씨가 아멜리아 메릴의 공과금을 내준다는 이야기 들었어? 그 애 아버지 사업 실패로 대학을 그만두게 되었는데 글쎄 그 멋진 신사가 나타나서는 다 해결해주었다지 뭐야. 그렇지, 베어 교수님도 공부를 힘들어하는 남학생들 몇을 데려다가 저녁마다 집에서 도와준대. 그들이 학업을 따라갈 수 있도록 말이야. 작년에 찰스 맥키가 열병에 걸렸을 때 베어 부인이 직접 간호해주셨다더라. 세상에서 가장 친절한 분들이 아닐까 생각해, 난."

"나도 그렇게 생각해. 여기서 보내는 시간이 내 인생에서 가장 행복하고 가치 있는 시간이 될 거야."

어느새 두 소녀는 자신들이 입은 드레스나 저녁 식사는 까맣게 잊은 채 감사와 애정을 듬뿍 담은 눈으로 학생들의 건강과 영혼과 마음을 돌보느라 애쓰는 이곳 분들을 떠올리고 있었다.

이번에는 활기찬 파티의 저녁 식사가 이어지고 있는 계단으로 가보자. 여자들은 마치 동동 뜬 거품처럼 꼭대기에 앉았고 무거운 입자들이 가라앉는 기층(基層)에는 남자들이 자리했다. 어디든 기어올라가 걸터앉을 수만 있다면 절대로 내려앉는 법이 없는 에밀은 난간 기둥에 앉았다. 토미, 네트, 데미 그리고 댄은 계단에 자리를 틀고 앉아 바삐 먹고 있다. 그들이 에스코트하는 숙녀들이 저녁 식사에 여념이 없는 틈을 타 잠시 쉬는 중이다. 그들 위로 펼쳐진 유쾌한 장면을 바라보는 것이 즐겁기만 하다.

"남자들이 떠난다니 정말 아쉬워. 그들이 없으면 이곳 생활은 끔찍이도 지루해지겠지. 다들 놀려먹지 않고 예의 바르게 행동하니까 아주 마음에 들던데." 낸은 오늘 밤이 유달리 편안하다. 토미에게 일어난 불행 때문에 토미가 그녀를 귀찮게 하지 않는 덕분이다.

"나도 그래. 오늘은 베스마저 울적해 하더라니까. 보통 같으면 남자를 전혀 좋아하지 않는 베스잖아. 자기 작품의 모델이 될 만한 기품을 갖춘 남자라면 모를까. 베스는 지금 댄의 머리를 작업 중인데 아직 완성되지는 않았어. 난 베스가 작품에 그렇게 몰두하는 건 처음 봤어. 정말 근사한 작품이 될 것 같아. 댄이 워낙 체격이 크고 매력적이라 나는 그를 볼 때마다 〈죽어가는 검투사(Dying Gladiator)*〉 같은 고대 인물이 떠오르더라. 저기, 베스가 오네. 세상에나, 어쩜 저리 예쁠 수가!" 데이지가 할아버지 팔짱을 끼고 지나가는 공주님을 향해 손을 흔들며 말했다.

"난 댄이 저렇게 멋진 사람이 될지 생각도 못했어. 우리가 '못된 아이'라고 부르던 거 기억하지? 이따금 우리를 노려보거나 욕을 내뱉는 걸 보면서 쟨 커서 분명히 해적이나 뭐 그런 악당이 될 거라고 확신했잖아. 그런데 지금의 댄은 남자 중에서 가장 잘생긴 사람이 되었어. 이야기도 재미나게 하고 그가 꾸는

---

* 프랑스 조각가 피에르 줄리앙의 작품.

꿈도 그렇고. 난 댄이 좋더라. 크고 강하고 독립적이잖아. 응석받이나 책벌레들에겐 질렸어." 낸이 단호한 투로 말했다.

"그래도 네트보다 잘생기진 않았어!" 절개 있는 데이지가 외쳤다. 저 아래 두 얼굴이 대조를 이룬다. 하나는 유달리 쾌활하고 다른 하나는 케이크를 베어 물 때조차 진지한 감성이 묻어난다. "나도 댄이 좋아. 그가 잘 지내고 있어서 기쁘고. 하지만 사람을 지치게 하는 데가 있어. 여전히 댄이 조금 무섭기도 하고. 그보다는 조용한 사람이 내게 더 잘 맞는 것 같아."

"인생은 어차피 전투야. 그래서 난 잘 훈련된 군인이 좋아. 남자들은 세상을 너무 쉽게 살아. 이 모든 게 얼마나 심각한 문제인지 알지도 못하고 맡은 일도 충실히 하려고 하지 않지. 저 황당한 토미 좀 보라고. 자기가 원하는 걸 얻지 못했다는 이유로 시간이나 낭비하면서 스스로를 웃음거리로 만들고 있잖아. 하늘에서 달을 따 달라고 우는 아기나 다름없지 뭐야. 내겐 그따위 허튼수작에 쓸 인내심이 없어." 낸이 쾌활한 토미를 내려다보며 힐난하듯 말했다. 에밀의 구두에 마카롱을 집어넣는 장난을 치고는 도망가는 중이다.

"그래도 대부분의 여자라면 저런 일편단심에 감화될걸. 내 눈에는 아름답게만 보이는데 왜 그래." 데이지가 아래편에 앉은 여자아이들이 듣지 못하도록 부채로 얼굴을 가리고 말했다.

"너란 아인 감상적인 거위 같아서 판사가 되긴 틀렸어. 네트야말로 지금보다 두 배는 멋진 남자가 되어서 돌아올 거야. 토미가 차라리 네트와 함께 떠나면 좋으련만. 내 생각엔 말이야, 우리 여자들이 영향력을 행사해야 한다면 말이지, 이 남자 녀석들을 위해서 사용해야 해. 보살펴주고 잘해주기만 하면 우리는 노예가 되고 저들은 군주처럼 굴 뿐이라고. 우리에게 뭘 구하기 전에 왜 우리가 그렇게 해주어야 하는지 증명하게 해야 해. 우리도 동등한 권리를 행사할 수 있도록 말이야. 그래야 우리 여자들이 우리의 위치를 분명히 알고 평생을 두고 후회할 실수를 하지 않게 될 거야."

"옳소!" 앨리스 히스가 외쳤다. 그녀는 꼭 낸처럼 용감하고 분별력 있게 자신의 커리어를 선택한 여성이었다. "우리에게 기회를 주고 우리가 최선을 다할 때까지 참을성 있게 기다려준다면 그렇지. 이제 사회는 여자들에게도 남자들처럼 똑똑하길 기대하고 있는데 남자들은 역사적으로 필요한 모든 도움을 받아왔단 말이야. 반면 여자들에게는 아무런 지원이 없었어. 그러니까 우리도 동등한 기회를 달라! 그리고 이에 대한 판단은 몇 세대 지난 후에 해주길. 나는 정의를 추구하며 사는데 정작 우리 여성들은 정의의 혜택을 거의 받지 못하고 살고 있다니까."

"또 자유를 달라고 외치는 중이야?" 데미가 난간 사이로 들여다보며 물었다. "아예 깃발을 꽂지 그래? 내가 너희들 편에 서서 도움이 필요하다면 기꺼이 도움이 되어주지. 너와 낸이 선

봉이 되면 도움은 별로 필요 없을 것 같지만 말이야."

"큰 위안이 된다, 데미. 위급상황이 닥치면 너를 부를게. 넌 정직한 아이니까 네 어머니와 여동생들과 이모들이 네게 어떻게 해주었는지 잊지 않겠지." 낸이 이어 말했다. "난 솔직하게 자신의 실제 모습을 받아들이고 스스로 신이 아님을 인정하는 남자들이 좋더라. 그 위대하다는 남자들께서 계속해서 끔찍한 잘못을 저지르고 있는데 어떻게 우리가 계속 그렇게 봐주겠어? 내가 보는 병든 남자들을 한번 보면 너도 알게 될 거야."

"우리 남자들이 약해졌을 때 때리지는 말아줘. 자비를 베풀어주면 우리가 여자들을 영원히 축복하고 신뢰하며 살 테니까." 데미가 난간의 기둥을 감옥 창살 삼아 간청하듯 말했다.

"너희 남자들이 우리를 공정하게 대한다면 우리도 얼마든지 친절해질 수 있어. 분명히 말하지만, 불쌍히 여겨 봐주는 게 아니라 공정하게 대해달라고 했다. 지난겨울에 의회에서 열린 참정권 토론에 참여했는데 내가 들은 온갖 거짓말과 저속한 헛소리 중에서도 그게 최악이었어. 거기에 모인 남자들이 우리를 대표한다나? 내가 도리어 부끄러워서 얼굴이 빨개지더라니까. 그자들의 어머니나 아내들을 생각해봐. 만약에 우리에게 투표권이 없어서 남자가 나 대신 투표해야 한다면 반드시 똑똑한 남자여야만 해. 멍청이는 안 돼."

"낸이 연설 중이다. 우리 모두 잘 듣자!" 토미가 외쳤다. 그러면서 우산을 펼쳐 부끄러운 머리를 가렸다. 실은 우산으로 가려도 낸의 열띤 목소리가 잘 들리는 데다가 낸의 분노한 눈길이 자신에게 머무르는 것을 피하고 싶어서였다.

"잘한다, 낸! 취재 노트에 잘 정리해서 '박수쳐줍시다' 란에 실어줄게." 데미가 제법 젠킨스다운 분위기를 풍기며 수첩과 연필을 꺼내면서 덧붙였다.

데이지가 난간 기둥 사이로 손을 내밀어 데미의 코를 잡고 비틀었다. 동시에 계단 언저리가 아수라장이 되었다. 에밀은 "그만들 하시오! 돌풍이 불어오오!"라고 외쳤고 토미는 손바닥이 아프도록 박수를 쳐댔으며 댄은 싸움판과 흡사한 재미난 구경거리를 흥미로운 눈으로 지켜봤다. 네트는 데미를 도와주러 갔는데 데미의 입장이 유리한 것처럼 보여서였다. 모든 이가 동시에 웃고 이야기하는 이 위태로운 상황이 벌어지는 와중에 어느샌가 위층 홀의 발코니에 나타난 베스가 평화의 천사처럼 지상 세계에서 난 소동을 지긋이 내려다보고 있었다. 궁금해진 베스는 미소 띤 얼굴로 물었다.

"대체 무슨 일이야?"

"의분에 가득 찬 의회를 진행 중이야. 낸과 앨리스는 흥분해서 펄펄 뛰는 중이고 우리는 감옥에 갇혀 처분을 기다리는 중이지. 공주마마께서 친히 회의를 주재하여 바른 판정을 내려주시옵소서." 데미가 그렇게 말하자 바로 소강상태로 접어들었다.

공주님 안전에서 감히 폭동을 일으킬 자가 어디 있단 말인가.

"내겐 그런 현명함이 없는걸. 그냥 여기서 듣고만 있을게. 계속들 해봐." 베스는 그렇게 모든 이들의 위에서 정의의 여신처럼 차갑고 차분한 자세로 자리 잡고 앉았다. 손에는 칼과 저울 대신 부채와 꽃다발이 들려 있다.

"자, 숙녀 여러분, 생각하시는 것을 자유롭게 말씀해주십시오. 단, 내일 아침까지는 우리 목숨을 살려주시길. 모두 식사를 마치는 대로 독일 춤을 춰야 하니까요. 파르나소스에선 남자들이 자신의 의무를 다해야 한답니다. 자, 이제 의장이신 빙글뱅글 부인, 말씀하십시오." 데미가 말했다. 그는 플럼필드에서 허용되는 수준의 가벼운 연애보다는 이런 종류의 장난을 더 좋아한다. 플럼필드에서 그 정도를 허락하는 이유는 이를 완전히 막을 수 없기 때문이며 남녀공학이건 아니건 어느 정도 교육적일 수 있다는 단순한 이유에서다.

"내가 드리고 싶은 말은 단 한 가지, 이것뿐입니다." 낸이 장난기와 열의가 뒤섞여 반짝이는 눈으로 침착하게 입을 열었다. "여기 계신 모든 남성분들께 묻고 싶어요. 이 문제에 대해서 정말로 어떻게들 생각하시는지. 댄과 에밀은 세상 구경을 충분히 했으니 각자의 의견이 분명하리라고 생각합니다만. 토미와 네트는 오랫동안 훌륭한 본보기를 보면서 자랐습니다. 데미는 자랑스러운 우리 편이지요. 로브도 그렇고요. 테디는 변덕쟁이고 돌리와 조지는 학교에 별관(the Annex)*이 있는데도 여전히 고루하기 짝이 없고요. 그래서 거튼(Girton College)** 여학생들이 그곳의 남학생들보다 훨씬 앞서 있다지요. 자, 제독, 대답할 준비가 되셨습니까?"

"어어이, 어어이, 준비되었습니다, 선장!"

"여성 참정권에 동의하십니까?"

"그대의 아름다운 머리에 축복이 깃들기를! 동의합니다. 분부만 하신다면 언제든 여성 선원을 배에 태울 용의가 있습죠. 아무럼 계류장에서 남자들을 끌어내어 강제징집한 것보다 나쁘겠습니까? 우리 배를 항구로 무사히 데려가줄 항해사는 어차피 필요하니까요. 여성들이 배에 타면 안 될 이유가 무어가 있겠습니까? 여성이 없다면 어차피 난파될 운명인 것을!"

"좋습니다, 에밀! 그런 멋진 연설 덕에 낸이 그대를 일등항해사로 고용하겠답니다." 데미가 말했다. 여자들은 박수를 쳤지만 토미는 데미를 노려봤다. "자, 이번에는 댄입니다. 댄, 당신은 자기 자신만큼이나 자유를 사랑하시지요. 여성 참정권이 과연 필요한 것일까요?"

"얼마든지. 여자들에게 그럴 자격이 없다고 말하는 놈들이

---

* 남학교인 하버드에서 여학생들을 위해 만든 부속학교. 명문 여대인 래드클리프의 전신.

** 케임브리지대학교의 단과대학 중 하나로 과거에는 여자학교였다.

있다면 내가 모조리 때려주겠어."

이 짧고 힘 있는 대답은 열정적인 의장님의 마음에 쏙 들었다. 그녀는 캘리포니아에서 온 신규 회원을 향해 활짝 웃어 보이고는 힘차게 말했다.

"네트는 설마 다른 편이라고 감히 말하지 않겠지요. 혹시 속으로는 그렇다 하더라도 말입니다. 우리 편이 이길 때까지 기다렸다가 이기면 그제야 북 치고 장구 치면서 승리를 기뻐하는 자가 되지 말고 우리가 전장에 나가는 즉시 적극적으로 우리를 응원하기로 결단하셨길 바라는 바입니다만."

빙글뱅글 부인의 우려는 네트가 입을 여는 즉시 단번에 종식되었는데 미리 날카로운 말을 한 것이 후회될 정도였다. 위를 올려다보는 네트의 얼굴은 비록 빨갛게 상기되어 있었지만 표정과 매너에서 새로운 남자다움이 느껴졌고 그의 말투는 많은 이들의 마음을 감동시켰다.

"만일 내가 여성들을 마음과 뜻을 다해 사랑하거나 존경하거나 섬기지 않는다면 나는 아마도 세상에서 가장 감사를 모르는 인간이겠지요. 지금의 나, 그리고 앞으로의 나는 모두 여성들 덕분에 만들어진 것이니까요."

데이지는 박수를 쳤고 베스는 손에 있던 꽃다발을 네트의 무릎 위로 던졌다. 나머지 여자들도 부채를 흔들어 환호했다. 진심이 아니고서는 그의 연설이 이토록 유창할 수 없기 때문이었다.

"토머스 B. 뱅스 군, 재판정에 출두하시어 진실만을 말해주십시오." 낸이 장내 소란을 진정시키고자 땅땅 두드리며 말했다.

토미는 우산을 접고 일어나 손을 들고는 엄숙한 말투로 말했다.

"모든 이에게 참정권이 있어야 한다고 생각합니다. 나는 모든 여성을 사랑하며 문제 해결에 도움이 된다면 언제든 그들을 위해 죽을 각오가 되어 있습니다."

"정의를 위해 살고 일하는 것은 더 어려운 일입니다. 그렇기에 더욱 명예로운 삶이지요. 남자들은 언제든 우리 여자들을 위해 죽을 각오가 되어 있다고 말하면서도 우리의 인생을 더 가치 있는 것으로 만들어주려고 하지는 않습니다. 싸구려 감상과 형편없는 논리지요. 토미, 이 정도면 받아주긴 하겠습니다. 헛소리는 삼가주세요. 자, 그러면 여기서 휴정할까 합니다. 축제의 체조 시간이 다가왔기 때문입니다. 우리의 플럼필드에서 여섯 명의 진실된 남성이 배출되었다는 사실을 대단히 기쁘게 생각하며 계속해서 플럼필드에 충성하고 어디 가든 플럼필드에서 배운 원칙을 잘 지키며 살아가길 바라는 바입니다. 자, 여성분들은 찬바람에 계속 앉아 있지 마시고 남성분들은 더울 때 얼음물 들이키는 것에 주의하시기 바랍니다."

낸은 지극히 그녀다운 폐회 인사와 함께 퇴장했고 여자들은 자신들에게 허락된 몇 안 되는 권리를 누리러 들어갔다.

6. 마지막 당부

다음 날은 일요일이었기에 젊은이들이나 어른들 할 것 없이 모두 예배당으로 향했다. 마차 타고 가는 이나 걸어가는 이 모두 화창한 날씨와 평온함을 즐기면서 한 주간 짊어지고 다닌 수고와 걱정을 털어내러 가는 길이었다. 데이지에겐 두통이 찾아와 조 이모가 조카의 곁을 지키기 위해 함께 집에 남았다. 두통 중에서도 가장 힘든 두통이 마음의 병으로 생긴 것임을 잘 알기 때문이었다. 나날이 사랑하는 마음은 커가고 이별의 날이 가까이 다가오고 있으니 두통이 올 만도 했다.

"데이지는 엄마 마음을 잘 아는 딸이야. 난 그 아이를 믿는다. 네가 네트를 주의 깊게 지켜보다가 '연애'는 있을 수 없음을 분명히 깨달을 수 있도록 알려주렴. 안 그랬다간 편지 주고받는 것도 금지해야 할 테니까. 나도 이렇게 잔인하게 굴긴 싫어. 하지만 데이지의 나이가 어디에 매이기엔 너무 어리잖니." 메그 부인이 아끼는 회색 실크 드레스를 만지작거리면서 말했다. 그녀는 데미를 기다리는 중이었다. 데미는 어머니의 뜻을 어긴 데 대한 화해의 제스처로 독실한 신자인 어머니를 모시고 매주 빠지지 않고 교회에 가는 중이다.

"그렇게, 언니. 그러잖아도 오늘 세 녀석을 모두 만나볼 작정이야. 그물을 치고 먹잇감이 걸려들기만을 기다리는 거미처럼 기회를 보려고 해. 세 녀석과 한 명씩 얘기를 해봐야지. 내가 자기들을 잘 이해해준다는 것을 알기에 곧 나에게 진심을 털어놓을 거야. 언니, 오늘 상냥하고 푸근한 퀘이커교도 아가씨처럼 보이네. 저렇게 다 큰 아들을 둔 부인이라고 하면 아무도 믿지 않을걸." 조 부인이 데미가 걸어오는 것을 보며 덧붙였다. 포근한 일요일 날씨와 데미가 더불어 반짝인다. 잘 염색된 검은 부츠부터 시작해서 부드러운 갈색 머리칼까지.

"괜한 소리 하기는. 네가 아끼는 아들에 대한 내 마음 좀 풀어볼까 하는 속셈이지? 조, 네 수가 훤히 보이지만 그렇다고 넘어가지 않을 테니 그렇게 알아. 그러니 마음 단단히 먹고 내가 곤란한 입장에 빠지지 않게 도와줘. 존에 대해 말할 것 같으면, 저 아이가 이 늙은 어미를 만족해하는 한 나는 다른 이들이 어떻게 생각하든 상관하지 않기로 했어." 메그 부인은 그렇게 대답하며 데미가 건네는 스위트피와 미뇨네트로 만든 꽃다발을 받아들고 미소 지었다.

메그 부인은 비둘기색 장갑의 버튼을 조심스럽게 채우고는 아들의 팔짱을 끼고 도도한 자세로 마차를 타러 갔다. 에이미와 베스는 이미 마차에 타서 기다리는 중이었다. 조는 옛날에 어머니가 하던 대로 자매들이 탄 마차를 향해 외쳤다. "얘들아, 깨끗한 손수건 하나씩은 챙겼니?" 친숙한 말이 들려오자 자매들은 마차에서 일제히 하얀 손수건을 흔들어 보이며 첫 먹잇감을 기다리는 거미를 남긴 채 사라졌다. 오래 기다릴 필요는 없었다. 데이지가 네트와 함께 부르던 찬송가책에 눈물로 젖은 뺨을 대고 잠이 들었고, 조 부인은 잔디밭을 거닐며 산책을 했다. 양산을 받친 모습을 멀리서 보니 버섯이 돌아다니는 것처럼 보였다.

댄은 10마일(약 16킬로미터)이나 되는 거리를 걸어보겠다며 나가고 없었다. 네트는 함께 따라나섰다가 슬쩍 이탈하여 돌아온 상태였다. 마지막 날이니 도브코트에서 멀리 떨어지기 싫었거나 자신의 여신과 함께할 시간을 잠시라도 놓치기 싫어서였으리라. 조 부인은 즉시 그를 알아보고는 오래된 느릅나무 아래 놓인 정원 의자로 그를 조용히 불렀다. 그곳이라면 그들이 주고받는 비밀스러운 대화에 방해를 받지 않을 터였다. 두 사람 모두 포도나무 덩굴에 반쯤 가려진, 하얀 커튼을 드리운 창문을 예의주시하며 대화를 시작했다.

"참 편안하고 시원한 곳이네요. 오늘은 댄의 무리를 따라나서지 않으려고요. 너무 덥기도 하고, 게다가 댄은 어찌나 증기 기관차같이 힘차게 걷는지. 오늘은 그의 애완용 뱀들이 살던 늪지대 쪽으로 간대요. 그래서 오늘만은 제발 빼달라고 사정을 했지요." 네트는 밀짚모자로 연신 부채질을 해대며 말했다. 그렇게 찌는 듯이 더운 날은 아닌데 말이다.

"잘 생각했다. 여기 앉아 좀 쉬면서 나와 예전처럼 대화나 하자꾸나. 우리 두 사람 모두 최근에 정말 바빴잖니. 네가 어떤 계획을 세우고 있는지 제대로 들을 기회도 없었던 것 같아. 네 계획을 좀 들어보자꾸나." 조 부인이 맞장구를 쳤다. 라이프치히 얘기로 시작하다 보면 결국은 이곳 플럼필드의 이야기가 나오리라는 확신이 들었다.

"선생님은 정말 친절하세요. 그래서 이곳을 좋아하지 않을 수가 없답니다. 떠난다는 게 실감이 나지 않네요. 아마도 배를 타고 바다에 떠야만 그제야 실제로 다가올 것 같아요. 드디어 출발한다니 기대가 됩니다. 지금까지 이끌어주신 로리 선생님과 선생님께 어떻게 감사를 전해야 할지 모르겠어요." 그렇게 말하는 네트의 목소리가 갈라졌다. 그는 받은 친절을 결코 잊지 않는, 말랑말랑한 마음의 소유자였다.

"우리의 기대에 부응하는 성장을 하고 그런 삶을 사는 것이 바로 보답하는 길이란다. 그곳에서 시작될 새로운 인생 가운데 수많은 시련과 유혹이 너를 기다리고 있을 텐데 네가 의지할 수 있는 것이라고는 네가 가진 지혜와 슬기밖에 없는 시간이 찾아올 거야. 우리가 네게 가르치려고 애써온 원칙들을 드디어 시험해보는 시간이 되겠구나. 그 원칙들이 얼마나 단단히 뿌리 내렸는지는 두고 보면 알겠지. 물론, 실수도 당연히 하게 될 거야. 우리가 모두 그렇듯이 말이다. 하지만 너의 양심을 놓아버리거나 소경처럼 휩쓸리지는 않길 바란다. 항상 깨어서 기도하렴, 네트. 손이 기술을 연마하고 머리가 지식으로 자라나는 사이 마음만은 순수하고 따스하게 유지하길. 지금처럼 말이야."

"네, 노력할게요, 마더 베어. 최선을 다해서 은혜를 갚겠습니다. 유학까지 갔으니 음악적인 진보가 당연히 있겠지요. 하지만 더 지혜로운 사람이 될 수 있을지 그게 걱정입니다. 아시겠지만 제가 이곳에 마음을 두고 가잖아요."

그렇게 말하는 네트의 눈이 아까의 그 창문을 응시하고 있었다. 사랑과 그리움이 가득 담긴 그의 조용한 얼굴에 남자다움과 슬픔이 엿보였다. 이 풋풋한 사랑의 힘이 얼마나 그를 강하게 붙들고 있는지 알 수 있는 대목이다.

"그래, 나도 그 이야기를 좀 하고 싶구나. 불편한 이야기가 되더라도 용서해주리라 믿는다. 나는 언제나 네 편인 것 알지?" 조 부인은 마침내 기회가 찾아와 안도하며 말했다.

"네, 데이지에 대한 것이라면 얼마든지 말씀해주세요. 지금 제게는 절망뿐이에요. 데이지를 이렇게 두고 가면 오랫동안 못 보게 될 테니까요. 너무 무리한 얘기라는 것은 잘 알지만, 저는 그녀를 사랑하지 않을 수가 없어요. 여기를 떠난다고 하더라도 변하지 않는다고요!" 그렇게 외치는 네트의 얼굴에 반항심과 절망감이 뒤섞여 있어 조는 내심 깜짝 놀랐다.

"내 말 좀 들어보렴. 내가 하려는 말이 네게 좋은 위로와 충고가 되길 바란다. 데이지가 너를 좋아한다는 것은 우리가 모두 아는 사실이지. 하지만 데이지의 어머니는 둘의 관계를 찬성하지 않아. 착한 딸인 데이지는 그런 엄마를 실망시키고 싶지 않을 것이고. 젊은이들 생각에는 그런 감정이 영원히 변하지 않을 것 같겠지만, 실은 모두 변한단다. 그것도 아주 더 나은 방식으로 말이다. 실제로 상심하여 죽는 사람은 몇 안 되고 말이야." 조 부인은 과거에 이렇게 위로하던 다른 소년이 떠올라 잠시 얼굴에 미소가 피었다. 하지만 곧 정색을 하고 이야기를 이어갔다. 네트는 마치 자신의 운명이 조 부인의 입술에 달려 있기라도 한 듯 온 정신을 집중해 듣고 있었다.

"분명 두 가지 중 한 가지 변화가 일어나게 될 거야. 네가 새로운 여인과 사랑에 빠지거나 혹은 음악에 푹 빠져 지내느라 저절로 시간이 지나 둘 사이의 관계가 진정이 되거나. 데이지는 네가 떠나고 나면 금세 잊어버릴지도 몰라. 두 사람이 친구 사이로 남게 된 걸 다행으로 여길 수도 있지. 어떻게 될지 모르니 아직은 아무것도 약속하지 않는 편이 훨씬 현명할 거야. 그래야 두 사람 모두 자유롭게 지낼 수 있을 테니까. 한두 해쯤 지나서 다시 만났을 땐 어린 시절에 가졌던 연애 감정의 싹이 일찌감치 잘려져 나간 것을 다행으로 여기며 웃으며 얘기할 날이 올지도 모른단다."

"정말 그렇게 생각하시는 거예요, 선생님?" 그렇게 묻는 네트의 얼굴이 너무나도 간절해 보여서 진실을 말하지 않으면 안될 것 같았다. 그의 솔직한 푸른 눈동자에 그의 마음 전부가 고스란히 담겨 있었다.

"아니, 실은 그렇지 않아!" 조 부인이 진심을 털어놓았다.

"그렇다면 선생님께서 제 입장이라면 어떻게 하실 거예요?" 네트의 어조가 거의 명령에 가깝게 들렸다. 한없이 부드럽기만 하던 그에게서 한 번도 들어보지 못한 목소리였다.

'오 이런, 남자가 죽을 정도로 간절한 걸 보니 연민에서 우러난 분별력 따위는 집어치우자.' 조 부인은 속으로 생각했다. 예상치 못한 네트의 남자다운 모습에 놀라기도 하고 기특하기도 했다.

"자, 나라면 이렇게 할 것 같구나. 이렇게 다짐해보면 어떻겠니? 네 사랑이 강력하고 신실하다는 것을 증명해 보이는 거야. 데이지의 어머니 입장에서 네게 딸을 보내는 것이 자랑스럽도록 성공하는 거지. 단순히 뛰어난 음악가만 되어선 안 돼. 다른 이들에게 존경과 신뢰를 받는 훌륭한 남자가 되는 게 우선이야. 혹시 그래도 데이지 어머니의 마음을 얻지 못한다면 아쉽긴 하겠으나 덕분에 너는 지금보다 훨씬 나은 남자가 되어 있을 테지. 데이지를 위해 네가 최선을 다했다는 생각만으로도 큰 위안을 얻을 수 있을 거다."

"저도 그럴 셈이었어요. 하지만 지금 제게 필요한 것은 희망의 말이에요. 용기를 낼 수 있도록 말이에요." 네트가 호소했다. 타들어 가는 불꽃이 격려의 기운에 다시 불타오르기라도 하듯이 열의에 차 있다. "다른 사람들, 그러니까 저보다 가난하고 똑똑하지 못한 사람들도 위대한 일을 해내고 사람들에게서 존경을 받잖아요. 저라고 왜 못하겠어요? 지금은 제가 비록 이렇게 변변치 못하지만요. 브룩 부인께서 제 출신을 못마땅해한다는 점도 잘 알고 있어요. 하지만 제 아버지는 하는 일마다 실패하시기는 했어도 정직한 분이었답니다. 그 점에서 저는 조금도 부끄럽지 않아요. 제가 자선 학교 출신인 점도요. 저는 제 가족이나 자신에 대해 절대로 부끄러워하지 않을 거예요. 다른 사람들에게서 존경을 받는 사람이 될 거예요."

"옳지, 그게 제대로 된 정신이지! 네트, 그 생각 꼭 붙들고 멋진 남자가 되렴. 용감한 업적을 이룬 사람을 누구보다도 빨리 알아보고 그 점을 높이 살 사람은 다름 아닌 나의 언니 메그란다. 메그가 네 가난이나 과거를 경멸하는 건 아니야. 하지만 엄마들이란 딸에 대해 아주 마음이 약해지거든. 우리 마치 가문 여자들은 비록 우리가 가난하게 살아왔지만 우리 가문을 자랑스럽게 여긴단다. 돈에는 연연해하지 않아. 하지만 대대로 덕을 갖춘 선조들이 있었다는 사실이 자랑스러운 거지."

"그렇다면 블레이크 가문도 좋은 가문이에요. 저도 제 가문이 자랑스럽다고요. 어쨌건 감옥에 가거나 교수형에 처하는 등 어떤 불명예도 당한 적이 없는 가문이에요. 오래전 부유하고 존경받던 시절도 있었는데 지금은 그런 것들을 다 잃고 몹시 가난해졌을 뿐이에요. 하지만 아버지는 구걸하는 대신 길거리 음악가가 되셨답니다. 못된 짓을 저지르고도 멀쩡하게 살아가는 사람들처럼 되기보다는 저 역시 그렇게 살 거예요."

네트가 어찌나 흥분했던지 목소리가 커져서 조 부인이 큰 웃음소리로 그의 목소리를 덮어야 할 정도였다. 네트는 곧 진정했고 두 사람은 조용한 목소리로 계속 대화를 이어갔다.

"언니에게 그 점에 대해 다 말해줬어. 언니도 기뻐했고. 앞으로 몇 년간 잘만 하면 메그의 마음도 누그러들어 모든 게 다 괜찮아질 거야. 내가 아까 말한 놀라운 변화가 일어나지 않는 한 말이야. 물론 너는 불가능한 일이라고 생각하겠지만. 그러니 미적거리며 우울해하지 말고 기운 내렴. 쾌활하고 씩씩하게 작별 인사를 하자. 너의 남자다운 면모를 보여주어 좋은 기억을 남기는 거야. 우린 모두 네가 잘되길 바라고 네게 큰 기대를 걸고 있단다. 내게 매주 편지를 보내줄래? 그러면 내가 이곳에서 일어나는 일을 시시콜콜 적어서 답장을 보내줄게. 데이지에게 편지를 쓸 때는 감정적으로 폭발하거나 징징거리지 않도록 각별히 조심해야 해. 메그 언니가 다 읽을 테니까 말이야. 너 자신을 옹호하고 싶다면 우리 모두에게 보내는 편지에는 되도록 분별 있고 쾌활한 어조를 유지하는 게 중요해."

"그렇게 해볼게요. 벌써 기분이 좋아지면서 희망적으로 보이네요. 내 잘못으로 내 편을 잃는 실수는 하지 않을 거예요. 제 편이 되어주셔서 고맙습니다, 마더 베어. 모든 분이 다 저를 데이지같이 귀한 아가씨를 좋아할 자격이 없는 천한 사람으로 여기는 것 같아서 기분도 나쁘고 심술도 나면서 자존심이 상했거든요. 아무도 제게 그렇게 말씀하신 적은 없지만 다들 어떻게 느끼는지 알고 있었어요. 로리 씨가 저를 멀리 보내시는 이유도 저를 데이지에게서 떨어뜨리려고 그러시나 하는 생각도 들었고요. 아, 정말이지 인생은 너무 힘들 때가 있어요. 안 그래요?" 네트는 두 손으로 제 머리를 감쌌다. 소년 시절은 끝나고 성인기에 접어들었음을 깨닫고 희망과 두려움, 열정과 계획이 온통 뒤섞여 두통이라도 온 것처럼.

"힘들고 말고. 그렇지만 그런 장애물과 고난이 우리에게 유익이 된단다. 너에게도 별 힘들이지 않고 일어난 좋은 일도 많았잖니. 하지만 어느 누구도 자기에게 일어나는 모든 일을 좋은 것으로 만들 수는 없어. 지금 너는 이미 카누에 탔고 열심히 노를 저어야만 하는 상황이야. 거센 물살을 피해 네가 도달하고자 하는 항구를 향해 똑바로 전진하는 법을 배워야 해. 앞으로 네게 어떤 유혹이 닥칠지 모르겠구나. 네겐 나쁜 습관도 없고 음악을 그렇게 사랑하니 적어도 너를 음악에서 끊어낼 만한 유혹은 없겠지. 단지 네가 너무 공부하는 데만 집중하지 않길 바랄 뿐이야."

"지금 같아선 말과 같은 체력으로 공부할 수 있을 것 같아요. 빨리 공부를 시작하고 싶어요. 하지만 조심할게요. 아파서 시간을 낭비해도 안 되죠. 오늘 제게 주신 약이 충분해서 그곳에 있는 동안 버틸 수 있을 것 같은데요." 네트는 조 부인이 자신을 위해 쓴 복용법에 대한 책을 기억해내고는 피식 웃었다. 상황에 맞는 지침이 빼곡히 적힌 수첩이었다.

조는 그 말이 떨어지기가 무섭게 추가적인 복용 방법을 설명하기 시작했다. 본격적인 그녀의 취미가 발동이 걸리려는데 갑자기 에밀이 나타났다. 그는 플럼필드의 지붕 위를 걸어 다니는 중이었다. 그가 제일 좋아하는 산책로다. 그곳에 서면 갑판 위를 걷는 듯한 기분이 드는데 다른 점이 있다면 언제나 하늘이 파랗고 공기가 항상 상쾌하다는 점이다.

"내가 제독이랑 할 말이 있단다. 저 위에서도 조용하고 멋진 대화를 할 수 있겠지. 가서 데이지에게 연주를 해주겠니? 그러면 데이지도 잠을 잘 자게 될 테니 두 사람 모두에게 좋은 시간이 될 게다. 자, 포치에 가서 앉으렴. 그래야 내가 약속한 대로 너를 지켜볼 수 있으니까." 조는 엄마가 아들에게 그러듯 네트의 등을 토닥거려주었다. 조는 그렇게 네트에게 즐거운 임무를 맡기고는 집 꼭대기로 올라갔다. 옛날의 조라면 격자구조물을 타고 올라갔을 테지만 지금의 조는 집 내부에 있는 계단을 이용했다.

계단 위로 올라서니 에밀이 흥겨운 뱃사람답게 〈해변으로 저어라〉라는 뱃노래를 부르며 나뭇조각에 자기 이름의 앞글자를 새기는 중이었다.

"승선을 환영합니다, 숙모님!" 그는 장난기 가득한 얼굴로 숙모를 맞이했다. "이 집에 작별의 표식을 남기는 중입지요. 숙모가 여기에 올라와서 쉬실 때마다 저를 기억하도록 말이죠."

"이런, 에밀, 내가 너를 어찌 잊겠니? 굳이 이곳의 나무나 난간마다 네 이름 E. B. H.를 새기지 않아도 나는 뱃사람 조카를 항상 기억할 거란다." 조는 난간에 걸터앉은 푸른 남자와 가장 가까운 쪽으로 다가가 자리를 잡고 앉았다. 조카에게 들려주고 싶은 설교를 어떻게 시작하면 좋을지 몰라 머릿속으로 궁리 중이었다.

"제가 엇나가는 행동을 할 때마다 숙모님은 눈물을 흘리시거나 곧 울음이 터질 것 같은 얼굴로 절 쳐다보셨는데 오늘은 그러지 않으시네요. 그것만으로도 큰 위안이 됩니다. 화창한 날 사람들의 배웅을 받으며 항구를 떠나고 싶어요. 이번에는 특히 그렇네요. 우리가 이곳에 다시 정박하려면 1년 혹은 그 이상이 걸릴 테니까요." 에밀이 모자를 눌러쓰며 대답했다. 그는 마치 이 사랑스러운 플럼필드를 다시 보지 못하기라도 할 것처럼 주변을 둘러보았다.

"굳이 내 눈물이 아니라도 항상 짠물을 맞으며 살잖니. 난 이제 스파르타의 어머니가 되련다. 그네들은 아들을 전쟁터에 내보내면서 통곡을 하는 것이 아니라 이렇게 명령한다지. '방패를 들고 돌아오거나 그렇게 하지 못한다면 방패에 실려서 돌아오거라.'" 조 부인은 명랑한 목소리로 말하고는 잠시 쉬었다가 다시 말을 이었다. "가끔은 나도 너를 따라 항해하고 싶다는 생각을 한단다. 언젠간 배를 탈 날이 오겠지. 네가 선장이 되어서 선주가 되는 날? 그럴 날이 머지않았다고 믿는다. 네 뒤에서 든든히 받쳐주시는 헤르만 삼촌이 계시니까."

"그런 날이 온다면 배 이름을 '즐거운 조(Jolly Jo)' 호라고 짓고 숙모님을 일등항해사로 모실게요. 숙모가 타시면 정말 즐거울 것 같아요. 그리고 저는 숙모님을 모시고 세계를 항해하는 자랑스러운 선장이 되겠지요. 오래도록 생각만 하고 가보지 못하신 곳들을 모두 보여드릴게요." 에밀의 머릿속에는 벌써 멋진 미래가 그려지는 중이었다.

"첫 출항은 꼭 너와 함께 하마. 뱃멀미와 풍랑으로 고생깨나 하겠지만 정말 신이 날 것 같구나. 난 항상 난파선을 보고 싶어 했지. 큰 위험을 만나 용맹하게 싸운 후에 배에 탄 모두가 안전히 구출된 멋진 난파선 있잖니. 우리는 필리코디 씨처럼 뱃머리의 작은 돛과 방수구에 대롱대롱 매달려 있고 말이야."

"아직 난파한 적은 없어서요. 하지만 고객의 만족을 위해서라면 뭐든지 할 준비가 되어 있지요. 선장님 말씀이 저는 운 좋은 녀석이라 제가 가면 날씨가 화창해진대요. 숙모가 정 원하시면 궂은 날씨 하나쯤은 아껴둘 수 있지요." 에밀이 웃으며 말했다. 새기고 있던 배의 디자인을 바꾸어 커다란 돛을 새기는 중이었다.

"고맙구나. 꼭 그런 날이 오길. 긴 항해를 통해 새로운 경험을 하게 될 거야. 해군 장교로서 새로운 임무와 책임을 맡게 되겠지. 마음의 준비는 되었니? 넌 모든 일을 가볍게 받아들이는 편이라 이제 네 임무에 순종뿐 아니라 명령도 포함된다는 점을 깨닫고 있는지 궁금해서 그런다. 하지만 권력이란 위험한 것이야. 그 힘을 남용하거나 다른 이들 위로 군림하려고 하지 않도록 주의하렴."

"네, 명심하겠습니다! 그런 경우를 많이 봐와서 저도 나름 조심하고 있어요. 피터스 아래 있는 한 운신의 폭도 넓지 않고요. 하지만 그자가 도르래를 당길 때 부하 선원들이 학대당하지 않도록 신경 쓸게요. 전에는 감히 그런 말을 할 위치가 아니었지만, 이제는 더는 참지 않을 거예요."

"아주 요상한 이야기로구나. 대체 '도르래를 당긴다'니, 그건 무슨 뱃사람식 표현인지 물어도 되겠니?" 조 부인이 부쩍 관심을 보이며 물었다.

"술에 취한다는 뜻이에요. 피터스는 그로그주*를 그 누구보다 잘 마시는 사람이에요. 술만 마시면 정신은 말짱한데 북풍만큼이나 흉포해져서는 주변 사람들을 모두 괴롭힌다고요. 한번은 그가 밧줄걸이로 누군가를 흠씬 두드려 패는 걸 보면서도 나서서 도와주지 못했어요. 이제는 도울 수 있는 입장이 되었겠죠. 그랬으면 좋겠네요." 에밀이 미간을 찌푸렸다. 에밀은 벌써 선미 갑판을 밟고 올라서서 온 세상의 주인이 되어 세상을 둘러보는 것 같은 얼굴을 했다.

"괜한 문제는 일으키지 말거라. 너도 알겠지만, 헤르만 삼촌의 지원이 아무리 든든해도 하극상까지 덮어주긴 어려울 게다. 네가 좋은 선원이라는 것은 이미 증명했잖니. 이번엔 좋은 장교라는 것을 증명해 보이자꾸나. 물론 더 어렵겠지. 정의롭고 친절하게 다스리려면 성품이 곧아야 한다. 철없는 아이 같은 태도는 이제 그만두고 품위를 지킬 때가 되었어. 에밀, 이런 훈

---

* 선원들이 마시는 음료로, 럼에 물을 타서 만든다.

런이 네게 큰 도움이 될 것 같구나. 좀 차분해질 기회라는 생각이 든다. 그러니 까불고 노는 것은 여기에서만으로 한정하도록 하자. 네 앞가림 잘하고 네가 받은 배지들의 의미를 항상 기억하거라." 조 부인은 이 똘똘한 조카의 새 제복을 장식하고 있는 놋쇠 배지들을 톡톡 치며 말했다. 에밀이 특별히 자랑스럽게 여기는 것들이었다.

"최선을 다할게요. 희희낙락하던 시간은 이제 끝났다는 것을 저도 알아요. 이젠 정신 차리고 앞을 향해 나아가야죠. 하지만 걱정마세요. 뭍에서의 제 모습과 푸른 바다 위의 제 모습은 완전히 다르답니다. 어제 삼촌과도 오랫동안 이야기를 나눴어요. 제가 명심해야 할 이야기들을 들려주셨죠. 숙모님이 당부하신 것들과 삼촌이 제게 베풀어주신 은혜 모두 절대로 잊지 않을게요. 그리고 다시 말씀드리지만, 제 첫 배는 숙모님 이름을 따서 지을 거예요. 뱃머리에 붙이는 선수상도 숙모의 흉상으로 만들 거랍니다. 그런 날이 올 테니 기다려주세요." 에밀은 그렇게 말하며 맹세의 의미로 숙모에게 입을 맞췄다. 도브코트의 포치에서는 네트가 흥겹게 연주하는 부드러운 바이올린 소리가 배경음악처럼 들려왔다.

"영광이오, 선장. 그렇지만 애야, 한 가지만 더 말하고 이제 그만하마. 남편이 다 얘기했을 테니 나까지 나서서 충고할 필요는 없겠지. 어디선가 읽었는데 영국 해군이 사용하는 밧줄에는 매 인치마다 붉은 실이 섞여 있다지. 그래서 그게 어디서 발견되든 영국 배인 것을 단번에 알아볼 수 있게 말이야. 이 점이 내가 하고 싶은 말이다. 존경심, 정직, 용기처럼 사람의 인격을 만드는 덕은 붉은 실과 같아서 훌륭한 사람이 어디에 있든지 알아볼 수 있는 지표가 된단다. 언제나 어디에 가든 그 붉은 실을 반드시 지니길 바란다. 혹 불행한 일이 있어 좌초되더라도 그 표지가 여전히 드러나고 발견될 수 있도록 말이다. 네가 사는 삶은 거친 삶이지. 뱃사람들의 삶이 그럴 수밖에 없다지만 그들 사이에서 너만은 진정한 신사가 되길 바란다. 네 몸에 무슨 일이 일어나건 네 영혼을 깨끗하게 유지하고 너를 사랑하는 이들에게 진실된 네 마음을 보여준다면 그것으로 네 임무는 다한 거니까."

그녀가 이야기하는 동안 에밀은 자리에서 일어나 모자를 든 채로 경청했다. 마치 상관에게서 지시를 받기라도 하는 것처럼 진지하고 반짝이는 얼굴이었다. 조가 말을 마치자 그는 짧지만 진심 어린 대답을 했다.

"도와주소서, 주님. 반드시 그렇게 하겠습니다!"

"그래, 내가 할 말은 여기까지다. 네 걱정은 하지 않는다만, 언제 그리고 어떻게 약한 순간이 찾아올지 우리는 아무도 모르잖니. 이렇게 들은 말이 도움이 되는 때도 있단다. 내 어머니가 내게 하신 말도 느닷없이 떠오르곤 하지. 내게 위안이 되기도 하고 아이들 지도할 때에도 도움이 되고." 조 부인이 자리를 털고 일어나며 말했다. 꼭 해야 할 말은 다 전했으니 더는 긴 말을 할 필요가 없었다.

"마음속에 잘 저장해두었고 필요할 때 어디서 찾아야 할지도 잘 알고 있어요. 당직을 설 때면 종종 플럼필드를 떠올린답니다. 숙모와 삼촌이 말씀하시는 것이 어찌나 생생하게 기억이 나는지 마치 여기에 와 있는 기분이라니까요. 숙모, 제 삶이 거칠긴 해요. 하지만 저 같은 삶을 꿈꾸며 바람 가는 대로 흘러가 닻을 내릴 사람이라면 이런 삶이 도리어 마땅하답니다. 제 걱정은 마세요. 내년에는 숙모 마음을 기쁘게 해드릴 차를 한 상자 들고 올게요. 소설 열두 편은 족히 나오고도 남을 이야기 한 보따리도요. 이제 선실로 내려가십니까? 통로에서 중심 잘 잡으십시오! 케이크 상자를 꺼내실 때쯤이면 저도 가 있을 거예요. 육지에서 하는 편안한 점심도 오늘이 마지막이네요."

조 부인은 웃으며 계단을 내려갔고 에밀은 흥겹게 휘파람을 불며 배를 완성했다. 언제 그리고 어디에서 꼭대기 다락방에서 나눈 이 대화가 둘 중 한 사람의 기억으로 돌아올지 상상도 못한 채.

댄과 이야기할 기회를 찾는 것은 녹록지 않았다. 마침내 저녁이 되어 이 바쁜 가족에게도 고요한 순간이 찾아왔을 때였다. 아이들이 신나게 쏘다니는 사이 조 부인이 서재에 앉아 책을 읽고 있는데 마침 댄이 창문으로 얼굴을 들이밀었다.

"이리 와서 좀 쉬렴. 오늘 오래 걸었으니 얼마나 피곤하겠어." 그녀가 턱으로 커다란 소파를 가리키며 말했다. 그녀의 많은 아들이 와서 휴식을 취하는 소파다. 활동적인 짐승들도 가끔 쉬어야 하듯 말이다.

"제가 방해되는 건 아닐까요?" 댄은 주의를 둘러봤다. 쉴 줄 모르는 그였지만 지금은 몹시 고단했다.

"전혀. 난 얼마든지 이야기할 준비가 되어 있는걸? 안 그러면 여자도 아니게?" 조 부인은 그렇게 말하며 웃음을 터뜨렸다. 댄은 어느새 서재로 들어와 소파에 털썩 주저앉았다. 그렇게 앉은 모습이 참 편안해 보였다.

"마지막 날이 이렇게 지나가네요. 그런데 이번엔 어쩐 일인지 떠나는 게 별로 내키지 않아요. 보통 때 같으면 한 곳에 조금만 길게 머물어도 몸이 근질근질해서 벌써 어디론가 가고 싶어서 어쩔 줄 모르는데 말이죠. 참 이상하죠?" 댄이 머리와 수염에 달라붙은 풀잎들을 떼어내며 진지하게 물었다. 이 고요한 여름밤, 여러 생각이 들어 잔디에 한참을 누워 있었던 탓이다.

"이상하긴. 네가 이제야 문명인이 되어가는 게지. 좋은 징조야. 아주 바람직하구나." 조 부인이 얼른 대답했다. "그동안 실컷 자유를 누려봤으니 변화를 갖고 싶은 것 아닐까. 농장 일이 좋은 기회가 되면 좋겠구나. 내겐 인디언들 돕는 일이 더 매력

적으로 들리지만 말이야. 자기 자신의 이익만을 위해 살기보다
는 다른 이들을 위해 사는 삶이 훨씬 훌륭하잖니.”

"그건 그래요.” 댄이 진심으로 고개를 끄덕였다. “어디선가 뿌
리를 내리고 살고 싶어졌나 봐요. 내 가족을 돌보면서요. 어울
려 지내는 맛을 봤으니 혼자 사는 것에 지겨워진 게죠. 저는 거
칠고 무식한 놈이잖아요. 다른 녀석들처럼 얌전하게 학교 다니
지 않고 자연을 헤집고 다니느라 놓친 게 참 많다는 생각이 드
네요. 그렇죠?”

조 부인을 쳐다보는 그의 얼굴에 근심이 어려 있었다. 조는
댄의 갑작스러운 고백에 깜짝 놀랐지만 티 내지 않으려고 애썼
다. 지금까지의 댄은 책이라면 무조건 비웃으며 자신이 누리는
자유에 더 큰 가치를 두고 자부심을 가져왔다.

"아니. 네 경우는 그렇지 않다고 생각해. 자유로운 인생이 최
고의 인생 아닐까. 이제 성인이 되었으니 제멋대로인 네 본성
을 전보다 더 잘 다스릴 테지. 하지만 네가 지금보다 어렸을 땐
왕성한 활동과 모험이 아니고서는 너를 다스릴 방도가 없었단
다. 야생마 같던 내 망아지, 너를 길들여준 것은 시간이야. 그러
니 나는 내 망아지가 짐 나르는 말이 되어 배고픈 이들을 돕건
페가수스가 되어 밭을 갈건, 그저 자랑스러울 뿐이란다.”

댄은 조 부인의 비유가 마음에 들었다. 소파에 깊숙이 들어
앉아 미소 짓는 그의 눈이 그가 새로운 생각에 잠겨 있음을 말

해주었다.

"그렇게 생각하신다니 다행이네요. 사실 저 같은 녀석에게 마구를 채우려면 단단히 각오하고 길들여야 하죠. 저도 그러고 싶고 또 종종 그런 시도를 해보는데, 저는 언제나 봇줄을 벗어던지고 마구 달려나가더라고요. 아직 인명 피해는 없었어요. 설사 그런 일이 있었다 하더라도 놀랄 일은 아니겠지만요. 그냥 충돌사고 같은 거요."

"아이쿠, 댄, 그간 무슨 위험한 일이라도 있었던 게냐? 혹시 그런가 하고 생각한 적은 있지만 한 번도 묻지는 않았다. 도움이 필요하면 네가 어련히 알아서 얘기하겠지 싶어서 말이다. 혹시 내 도움이 필요하니?" 조 부인이 걱정스러운 눈으로 댄을 바라봤다. 순간적으로 그의 얼굴에 수심이 깃들더니 이를 숨기려는 듯 몸을 앞으로 숙였다.

"뭐 그다지 나쁜 일은 아니에요. 하지만 샌프란시스코란 곳이 지상낙원은 아니잖아요. 그곳에서 성자로 살기란 여기서보다 훨씬 어렵답니다." 그는 천천히 그렇게 말하고는 엄마에게 모든 것을 털어놓기로 작정한 아이마냥 자세를 고쳐 앉더니, 반은 건방져 보이고 반은 수치스러워 어쩔 줄 모르는 말투로 빠르게 말했다. "도박을 했더랬죠. 하지만 별로 즐겁지는 않았어요."

"그럼 그 돈이 도박으로 번 거였니?"

"아뇨, 단 한 푼도 도박으로 벌지 않았어요! 만일 투기가 더 큰 의미에서 도박이라고 한다면 할 말 없지만요. 솔직하게 말씀드리는 거예요. 도박으로 큰돈을 땄어요. 하지만 결국 다 잃거나 나눠주고 말았죠. 도박에 푹 빠져버리기 전에 아예 싹을 자르려고요."

"천만다행이로구나! 다시는 도박에 손대지 말거라. 너뿐 아니라 많은 이에게 도박은 대단히 매력적일 수 있어. 그 유혹을 이길 수 없다면 되도록 산과 들로 다니고 도시는 피하려무나, 댄. 목숨은 잃어도 영혼은 지키랬다. 한 번의 욕망이 더 나쁜 죄악의 길로 이끄는 법이란다. 이 점은 네가 더 잘 알겠지만 말이다."

댄이 고개를 끄덕였다. 조 부인의 얼굴을 보아하니 그녀의 근심이 자기에게로 전해지는 것 같았다. 그래서 과거의 그림자를 애써 감추며 짐짓 밝은 목소리로 말했다.

"너무 걱정 마세요. 지금은 멀쩡하니까요. 한번 데어본 개는 불을 무서워하는 법이죠. 술을 마시지도 않아요. 어머니가 걱정하시는 그런 것도 손에 대지 않는답니다. 그런 것들엔 관심이 없는걸요. 하지만 제가 한번 흥분하면 제 안에 있는 악마 같은 기질이 걷잡을 수 없이 불타오른다는 게 문제예요. 무스나 버팔로를 상대로 그렇게 싸운다면 그게 무슨 걱정이겠어요. 그런데 한번 사람에게 그런 기질이 발동할 땐, 그 사람이 아무리 무시무시한 악당이라고 해도 앞뒤 가리지 않고 덤빈다니까요. 이러다가 사람 하나 잡지 싶어요. 그게 제일 무섭고요. 정말이지 교활한 인간은 도저히 봐줄 수가 없어요!' 그러고는 주먹으로 테이블을 쾅 내리쳤다. 그 바람에 테이블 위의 램프가 휘청하고 책이 붕 떴다.

"그게 네가 통과해야 할 시험이다, 댄. 난 네 마음 잘 알아. 나역시 평생 내 기질을 다스리면서 살고 있으니 말이야. 아직도 완전히 다스리지 못했고." 조 부인이 한숨을 내쉬며 말했다. "아무쪼록 네 안에 있는 악마를 잘 달래며 살길 바란다. 순간의 분노가 네 인생을 완전히 망가뜨려버릴 수도 있어. 네트에게도 이야기했다만 항상 주의하고 기도하거라, 우리 아들. 하나님의 사랑과 인내심이 없으면 우리 인간은 구제 불능에 약점투성이일 뿐이지."

그렇게 말하는 조 부인의 눈에 눈물이 그렁그렁했다. 조 부인은 마음 깊이 공감했다. 인간의 흉악한 죄성을 다스리는 일이 얼마나 어려운지 너무도 잘 알기에 더욱 그랬다. 댄은 깊이 감동을 받으면서도 어딘지 불편한 기색이었다. 종교나 신앙 얘기가 나오면 항상 그랬다. 그 역시 단순한 신조를 세워놓고 그걸 나름대로 지키려고 노력하면서 살긴 했지만 말이다.

"기도는 잘 하지 않아요. 제 기도는 별 효력이 없는 것 같더라고요. 하지만 붉은 인디언들이 하듯 주의를 할게요. 회색곰을 경계하는 것이 제 저주받은 기질을 경계하는 것보다 쉽겠지만요. 그 부분이 걱정이에요. 제가 정착한다면 말이에요. 사나운 맹수들과는 어떻게 해보겠는데 인간들은 정말 짜증이 나거든 요. 곰이나 늑대라면 실컷 싸우겠는데 사람한테 그럴 수 있어 야 말이죠. 이 정도면 로키산맥으로 들어가 은둔 생활을 하는 편이 낫겠죠. 제가 괜찮은 사람이 될 때까지요. 그게 가능하기 나 하다면요." 그러면서 댄은 자신의 거친 머리를 두 손으로 감 쌌다. 낙담한 것처럼 보였다.

"들어봐, 댄. 포기하지 말거라. 책을 읽고 공부를 하면서 좀 더 괜찮은 수준의 사람들을 만나는 거야. 너를 짜증 나게 하는 게 아니라 너를 진정시키고 기운을 북돋아주는 사람들 말이다. 적어도 우리와 있을 땐 사납게 변한 적이 없잖니. 오히려 양처 럼 온순했고 여기 있는 우리 모두를 행복하게 해주었잖아."

"여기서는 참 좋았어요. 하지만 내내 닭장에 들어간 매가 된 기분이었어요. 솔직히 덮쳐서 갈기갈기 찢고 싶은 생각이 든 적도 있고요. 물론 전보다는 훨씬 덜했지만요." 댄은 자신의 말 에 깜짝 놀란 조의 얼굴을 보고 웃음을 터뜨렸다. "네, 말씀하신 대로 지켜볼게요. 이번에는 되도록 좋은 무리와 어울려보고요. 그렇지만 그게 저처럼 정처 없이 돌아다니는 이에겐 고르고 말 고 할 수 있는 게 아니잖아요."

"그래, 이번에는 그렇게 해보자구나. 평화로운 일을 하러 가 는 길이고 네가 노력만 한다면 유혹에 빠지지 않을 테니까 말이다. 책 좀 가져가서 읽을래? 정말 많은 도움이 될 게다. 책은 잘 고르기만 한다면 좋은 벗이 되어주거든. 내가 몇 권 골라주마." 그리고 조 부인은 책이 빼곡히 꽂힌 서가를 향해 걸어갔다. 그곳은 그녀 마음의 기쁨이며 인생의 위안이 되어주는 곳이다.

"여행기나 이야기 위주로 골라주세요. 경건한 신앙 서적은 말고요. 그런 책들엔 좀체 흥미가 안 생겨서요. 그런 척하고 싶지도 않고요." 댄이 그렇게 말하며 얼른 따라와서, 낡았지만 여전히 고운 책들을 흥미로운 눈으로 들여다봤다.

조 부인은 뒤를 돌아 그의 너른 어깨에 손을 얹고 그의 눈을 똑바로 쳐다보며 또박또박 말했다.

"댄, 똑바로 듣거라. 절대로 선한 것을 비웃어서도, 실제 너보다 더 못한 사람인 척해서도 안돼. 거짓된 수치심이 신앙을 무시하게 두어서도 안 된다. 신앙 없이 살 수 있는 사람은 한 명도 없어. 마음에 들지 않으면 굳이 이야기하지 않아도 돼. 하지만 그것이 어떤 모양으로든 네게 찾아온다면 마음을 닫으려고 하지 않길 바란다. 지금은 자연이 네 신이겠지. 자연이 너를 많이 바꾸어놓았더구나. 자연에 너를 더 맡기렴. 자연이 자기보다 더 지혜롭고 더 부드러운 교사이자 친구이자 위로자가 있다는 것을 네게 알려줄 테니까 말이다. 그리고 조만간 그분의 필요를 경험하게 될 게야. 아무것도 할 수 없고 어떤 도움도 받을 수 없는 상황에 그분이 너를 찾아와서 붙들어주시리라 믿는다."

댄은 꼼짝도 하지 않고 서서 조 부인이 자신의 눈빛에서 마음속 깊은 곳에서 우러나오는 갈망을 읽도록 내버려두었다. 아무런 말도 필요 없었다. 조는 댄의 내면에서 모든 인간의 영혼속에 절대자를 추구하는 불꽃이 이글거리며 타고 있음을 알아챌 수 있었다. 그는 아무 말도 하지 않았다. 그는 진심을 속이고 거짓으로 대답하지 않아도 됨을 다행으로 여겼다. 조 부인은 기회를 놓칠세라 푸근한 어머니처럼 함박 미소를 머금고 말을 이었다.

"네 방에서 내가 오래전에 준 작은 성경책을 보았어. 겉은 아주 낡았지만 속은 읽은 적이 거의 없는 듯 새것이더구나. 일주일에 한 번이라도 조금씩 읽겠다고 약속해주지 않겠니? 이 어미를 위해서라도? 일요일은 어디서든 조용하니까 말이다. 이책은 시대나 장소, 어느 쪽으로든 뒤떨어지는 이야기가 아니란다. 네가 어린 시절에 내가 읽어주던 이야기부터 시작해보렴. 다윗이 네가 가장 좋아하던 성경 인물인 것 기억하니? 지금 다시 읽어보면 네게 참 잘 맞는 인물이라는 것을 알게 될 거야. 다윗이 지은 죄와 그의 회개를 읽어두면 도움이 될 거야. 언젠간 네가 그보다 더 하나님의 본이 되는 삶을 살게 되는 날이 오리라고 믿는다. 타는 장작 같은 아들을 언제까지 사랑하고 그 아들이 구원받기를 간절히 소망하는 마더 베어를 위해서라도 그렇게 해줄 수 있겠니?"

"그럴게요." 그렇게 대답하는 댄의 얼굴이 순간적으로 환하게 빛났는데 구름 사이로 비추는 한 줄기 햇빛 같았다. 비록 찰나였고 희미했지만.

조 부인은 즉시 서가 쪽으로 몸을 돌려 책을 보며 이야기를 이어갔다. 댄에게는 너무 길게 얘기해봐야 소용없다는 것을 잘 알기 때문이었다. 댄은 안도했다. 자신의 내면을 드러내 보이는 게 항상 어색한 그였다. 인디언들이 고통이나 두려움을 숨기듯 그 역시 이를 감추는 것이 그의 자존심이었다.

"오호라, 여기 예전에 읽던 신트람이 있네요! 기억나요. 제가 그의 불같은 성질을 참 좋아해서 테디에게 읽어주곤 했어요. 여기가 죽음과 악마와 나란히 달리는 부분이에요."

댄은 거친 골짜기에서 말과 사냥개와 더불어 용감하게 달리는 남자를 그린 삽화를 보고 있었다. 그 곁에는 그의 동반자들이 나란히 달리는 모습이 보인다. 이 세상에 사는 인간의 삶이 그러하듯 말이다. 이를 지켜보던 조 부인이 번득이는 충동을 참지 못하고 이렇게 말했다.

"그게 너다, 댄. 지금 네 모습이 꼭 그렇구나. 위험과 죄악이 네 바로 곁에 있어. 기분과 열정이 너에게 고뇌를 안겨주지. 나쁜 아버지는 너를 혼자 싸우도록 두고 떠났고 야생의 기운이 네가 평화와 자제력을 찾아 이 세상을 떠돌게 하고 있잖아. 게다가 말과 사냥개도 있네. 너의 충직한 친구들, 옥투와 돈 말이다. 너와 동행하는 낯선 작자들을 두려워하지 않는 친구들이지. 아직 네게 갑옷은 없지만 내가 지금 네가 그걸 찾을 수 있게 도와주려고 하는 거야. 신트람이 너무나도 그리워하며 찾아 헤매던 어머니 생각나지? 그가 전투에 나가 용맹하게 싸운 뒤 보상으로 어머니를 찾았잖아? 네 어머니를 떠올려보렴. 난 네게 있는 좋은 면과 성품이 모두 어머니에게서 왔다는 생각을 항상한단다. 이 아름다운 옛이야기처럼 너 역시 자랑스러운 아들이 되어 어머니에게 보답하면 어떨까?"

이 옛이야기가 댄의 실제 삶과 너무나도 흡사하여 잔뜩 흥분한 조 부인은 책 속에 담긴 여러 삽화를 여기저기 들추어 찾아내며 이야기를 이어갔다. 그러다가 고개를 들어 댄을 보고는 깜짝 놀랐다. 충격받은 얼굴로 바짝 관심을 보이고 있었기 때문이다. 그 같은 기질의 사람들이 그러하듯 댄은 외부의 영향에 약한 사람이었다. 사냥꾼들과 인디언들과 어울려 지내다 보니 그는 자연스레 미신을 믿게 되었다. 그는 꿈을 믿었고 기괴한 이야기들을 좋아했으며 지혜로운 말보다는 눈과 마음을 자극하는 것에 더 생생히 영향을 받는 편이었다. 조 부인의 설명을 듣고 책의 그림을 훑어보다 보니 가난하고 고통받는 신트람의 이야기가 되살아나는 것 같았다. 그의 남모를 내면의 시험을 조 부인이 알고 있는 것보다 훨씬 분명하게 상징하는 것 같았다. 그리고 이 순간은 훗날 그에게 중대한 영향을 미치게 된다. 하지만 지금의 그는 이렇게 내뱉고 만다.

"과연 그럴까요. 저는 천국에서 다시 만난다는 등의 이야기는 별로 믿지 않아요. 어머니가 한참 전에 헤어진 못되고 버릇없는 자식을 기억이나 하시겠어요. 뭣 하러요?"

"진짜 어머니란 자식을 잊지 못하는 법이니까. 네 어머니가 바로 진짜 어머니시지. 아들에게 나쁜 영향이 있을까 봐 잔인한 남편을 피해 널 데리고 달아나셨다는 것만 봐도 알 수 있어. 어머니가 살아 계셨다면 네 삶이 훨씬 행복했을 텐데. 언제나 너를 도우시고 위로하시는 친구이신 하나님과 함께 말이다. 어머니가 너를 위해 모든 위험을 무릅쓰셨다는 점을 잊으면 안 된다. 어머니의 희생을 헛되게 하면 안 돼."

조 부인의 목소리에서 간곡함이 느껴졌다. 어머니에 대한 기억은 댄이 간직하는 어린 시절의 소중한 기억이다. 마침 그걸 끄집어낼 기회가 생겨서 다행이었다. 신트람이 어머니의 발치에 무릎 꿇은 그림 위로 갑작스레 엄청난 눈물이 쏟아지기 시작했다. 신트람은 비록 부상을 당했지만 죄와 사망을 이기고 승리했다. 조 부인은 고개를 들었다. 댄의 마음속 깊은 곳을 건드릴 수 있었음에 감사했다. 눈물이 그 증거였다. 하지만 그는 금세 소매로 아무 일 없었다는 듯이 눈물을 훔치고 수염으로 표정을 감추고는 떨림을 억누르기 위해 일부러 강한 어조로 말했다.

"이 책, 아무도 읽지 않는다면 제가 가져갈게요. 다시 읽어볼래요. 제게 도움이 될 만한 책일 수도 있으니까요. 어디가 되었든 다시 어머니를 만나고 싶지만 그럴 기회가 제게 과연 있으려나 싶군요."

"그래, 네가 가져가렴. 내 어머니가 내게 주신 책이야. 이 책을 읽으면서 네 두 어머니 모두 너를 절대로 잊어버리지 않으리란 사실을 믿도록 노력해보렴."

조 부인은 책을 쓰다듬으며 건넸다. "고마워요. 안녕히 주무세요."라는 짧은 말과 함께 댄은 책을 주머니에 쑤셔 넣었다. 그리고 곧장 강가로 향했다. 다정함과 신뢰라는 낯선 분위기에서 회복할 시간이 필요해서였다.

다음 날, 세 명의 나그네는 패기에 넘치는 모습으로 집을 떠났다. 그들이 탄 낡은 버스가 출발하자 배웅하는 이들이 흔드는 하얀 손수건이 흰 구름처럼 하늘을 메웠다. 그들은 떠나가며 모두를 향해 모자를 벗어 흔들고 키스를 보냈다. 특히 마더 베어에게. 그들이 시야에서 사라지자 조 부인은 눈물을 훔치며 마치 예언자처럼 이렇게 말했다.

"왠지 저 아이 중 누군가에게 무슨 일이 일어날 것만 같아. 영영 돌아오지 않거나 아니면 완전히 다른 사람이 되어 오겠지. 아, 내가 무슨 말을 더하랴. 저들 가는 길에 하나님이 함께하시길!"

그리고 하나님은 정말 그랬다.

7. 사자와 어린 양

셋이 떠나자 플럼필드도 잠잠해졌다. 가족들은 각자 다른 곳으로 뿔뿔이 흩어져 여행 중이었다. 8월이 되자 모두가 변화의 필요를 느꼈기 때문이다. 베어 교수는 조 부인을 데리고 산으로 갔다. 로런스 부부는 바닷가에 있었고 메그 가족과 베어 소년들이 교대로 그곳을 방문했다. 누군가는 집을 지키고 관리해야 했기 때문이다.

그 사건이 일어나던 날, 메그 부인은 데이지와 함께 당번을 서는 중이었다. 로브와 테디는 로키 누크(Rocky Nook)에서 막 돌아왔고, 낸은 간신히 일주일을 내어 친구와 함께 보내는 중이었다. 데미는 토미와 함께 자전거 여행을 가고 없었기에 집을 지킬 남자는 로브였다. 물론 전체를 감독하는 책임은 사일러스 할아버지 몫이었지만 말이다. 바닷바람이 테디의 머릿속까지 불어닥쳤는지 테디는 보통 때보다 별나게 굴어 짓궂은 장난으로 온화한 성품의 이모와 불쌍한 형을 괴롭히는 중이었다. 옥투는 테디를 태우고 들판을 열심히 달리느라 지친 상태였고 돈은 어쩐 일인지 점프를 하는 등 재주를 부리라는 명령에 꼼짝도 않고 반항 중이었다. 그러는 사이 여학생들은 밤마다 교정에 나타난다는 유령과 공부 시간에 들려오는 섬뜩한 노랫가락에 무섭기도 하고 재미있어하기도 했는데 사실 이것은 '물과 뭍과 불의 재앙에서 간발의 차이로 도망치며'*, 잠시도 가만히 있지 못하는 이 소년 짓이었다. 그러다가 어떤 일이 일어났는데 이 사건을 계기로 테디는 정신을 차렸고, 두 형제에게 잊지 못할 기억이 되었다. 갑작스레 닥친 위험과 공포심이 사자를 어린 양으로, 어린 양을 사자로 바꾸어놓은 사건이었다. 적어도 용맹함을 기준으로 하면 그랬다.

그날은 9월의 첫날이었다. 두 형제에게는 결코 잊지 못할 날이 되었다. 운 좋았던 낚시 나들이를 마치고 즐겁게 집에 돌아온 두 사람은 헛간에서 쉬고 있었다. 데이지에게 손님이 찾아와서 두 사람이 자리를 피해준 것이었다.

"형, 내가 장담하는데 저 개 말이야, 어디 아픈 것 같아. 놀지도 않고 먹지도 않고 마시지도 않고 이상하게 굴잖아. 저 개에

---

* 셰익스피어의 《오셀로》 대사의 일부.

게 무슨 일이라도 일어난다면 댄 형이 돌아와서 우릴 죽일지도 몰라." 테디가 돈을 살펴보며 말했다. 돈은 댄이 머물던 방의 문과 마당의 그늘진 구석을 열심히 오가느라 바쁜 하루를 보낸 터라 자기 집 근처에 누워 쉬고 있었다. 마당의 그 자리는 주인이 자기가 다시 돌아올 때까지 잘 지키라며 낡은 모자와 함께 맡긴 곳이었다.

"날이 더워서 그렇겠지, 아마도. 가끔은 형을 그리워하느라 저러나 싶기도 해. 개들이 실제로 그렇잖아. 저 불쌍한 녀석도 형들이 이곳을 떠난 이후로 침울해진 거야. 어쩌면 댄에게 무슨 일이 일어난 걸지도. 돈이 간밤에 그렇게 울더라니까. 개들이 그런다는 이야기를 들은 적이 있거든."

로브가 진지하게 대답했다.

"참 나, 개 주제에 뭘 안다고. 저 자식, 그냥 짜증이 난 것 같아. 내가 좀 자극을 줘서 뛰게 해봐야겠어. 나도 심심하던 차에 잘 되었네. 자, 자, 일어나서 까불어봐!" 테디는 그렇게 말하며 개를 향해 손가락을 튕겼다. 돈은 무관심한 얼굴로 힐끗 쳐다볼 뿐이었다.

"지금은 내버려둬. 내일까지 저러면 왓킨스 박사님께 데려가 보자. 뭐라고 말씀이 있으시겠지." 로브는 그렇게 말하고 건초 더미 위에 앉아서 제비들을 구경하면서 자신이 만든 라틴어 문구를 다듬었다.

테디는 심술이 발동했다. 단순히 형이 돈을 괴롭히지 말라는 말을 했다는 이유로 그는 계속해서 돈을 괴롭히고 싶어졌다. 개를 위한 것으로 가장해서 말이다. 하지만 돈은 테디가 와서 토닥이건, 명령하건, 야단치건, 모욕하건 아랑곳하지 않았다. 결국 테디의 인내심이 바닥나고 말았다. 근처에 회초리로 쓰기에 적당한 나뭇가지를 발견한 테디는 이 커다란 사냥개를 힘으로 제압하고 말리라는 유혹에 굴복하게 되었다. 온화함으로 순종을 끌어내는 데 실패했으니 도리가 없었다. 일단 돈을 사슬로 묶는 지혜는 발휘했다. 주인의 손이 아닌 다른 이의 손이 때리자 돈은 바로 거칠어졌다. 테디가 이 실험을 여러 차례 했기에 돈은 기억하고 있었던 것이다. 분노가 자극되자 돈은 으르렁거리며 똑바로 앉았다. 이 소리에 고개를 돌린 로브는 회초리를 든 테디의 손이 올라가는 것을 보고는 이를 막기 위해 달려나갔다.

"건드리지 말라니까! 댄 형이 절대로 그렇게 하지 말라고 했어! 제발 그 불쌍한 녀석 좀 내버려둬. 당장 그만두지 못해!"

로브는 좀처럼 명령조로 이야기하지 않는다. 하지만 테디를 멈추기 위해서는 어쩔 수 없었다. 하지만 테디는 이미 흥분한 상태였고 형의 권위로도 이미 반항적인 개를 복종시키겠다고 작정한 그의 의지를 꺾을 수는 없었다. 결국 개는 으르렁거리며 테디에게 달려들었고 로브가 둘 사이를 막아보려고 뛰어

들었다. 로브는 갑자기 날카로운 이빨이 다리를 뚫고 들어오는 느낌을 받았다. 한 방 물렸을 뿐이지만 상처는 깊었다. 돈은 문 다리를 바로 놓았고 로브의 발치에서 회개라도 하듯이 낑낑거렸다. 실수로 친구를 물었다는 사실이 미안한 모양이었다. 로브는 용서한다는 의미로 개의 등을 두드려주었고 다리를 절면서 헛간을 향해 걸어갔다. 그 뒤를 테디가 바짝 따라갔다. 로브의 양말에서 배어 나오는 피와 다리의 상처를 보자 이제 테디의 분노는 온데간데없이 사라지고 수치심과 절망감이 그를 사로잡았다.

"정말 미안해, 형. 그러니까 왜 뛰어들었어? 이걸로 먼저 닦아내고 있어. 상처 싸맬 것을 가져올 테니까." 테디는 급히 스펀지를 물에 적시면서 주머니에서 꼬질꼬질한 손수건을 끄집어 냈다. 보통 때의 로브라면 대수롭지 않게 넘어가고 다른 사람이 곤란해하지 않도록 재빨리 용서해주었다. 하지만 지금은 창백한 얼굴로 뻣뻣하게 굳은 모습이 테디를 더욱 불안하게 했다. 테디는 억지로 웃으며 이렇게 덧붙였다. "에이, 형, 왜 그래? 그 정도 상처 가지고 겁먹은 건 아니겠지?"

"광견병이 걱정돼서 그래. 만일 돈이 미쳤다면 나도 그렇게 되겠지." 로브가 대답했다. 미소를 짓고는 있었지만 떨고 있었다.

그 말에 테디의 얼굴은 형의 얼굴보다 훨씬 더 새하얗게 질리고 말았다. 들고 있던 스펀지와 손수건을 떨어뜨리며 공포에 질린 얼굴로 형을 쳐다봤다. 절망 때문에 목소리도 제대로 나오지 않는 모양이었다.

"아아, 형, 그런 말 하지 마! 우리 이제 어떻게 해야 해? 어떻게 하냐고?"

"낸을 불러줘. 낸이 알 거야. 이모는 놀래키지 마. 낸 말고는 아무에게도 말하면 안 돼. 아까 보니 낸이 돌아와서 포치에 있더라. 낸을 최대한 빨리 여기로 데려와줘. 나는 여기서 상처를 씻고 있을게. 어쩌면 아무 일도 아닐 수도 있어. 그러니 그렇게 충격받은 얼굴 하지 않아도 돼, 테디. 최근 돈이 이상하게 굴어서 그냥 그럴 수도 있다는 뜻일 뿐이야."

로브는 애써 용감한 척하며 말했다. 하지만 달려나가는 테디의 긴 다리가 후들후들 떨렸다. 가는 길에 아무도 마주치지 않은 깃은 나행이었다. 아무것도 속이지 못하는 그의 얼굴이 아마 그의 의지를 배신했을 테니 말이다. 낸은 해먹에 누워 크루프 병에 대한 논문을 읽으며 느긋한 시간을 보내는 중이었다. 별안간 잔뜩 동요된 남자아이 얼굴이 쑥 들어오더니 그녀의 팔을 움켜쥐는 바람에 해먹에서 떨어질 뻔했다.

"빨리, 헛간에 있는 로브 좀 봐줘! 돈이 미쳐서 형을 물었어! 어떻게 해야 할지 모르겠어. 다 내 잘못이야. 아무에게도 말하면 안 돼. 아, 제발, 빨리!"

낸도 깜짝 놀라 당장에 일어섰다. 하지만 침착함은 잃지 않왔다. 더 이상의 말은 필요 없었다. 두 사람은 다른 사람들의 눈에 띄지 않게 집을 돌아 헛간으로 달려갔다. 거실에서는 데이지가 아무것도 모른 채 친구들과 수다를 떨고 있었고 메그 이모는 위층에서 낮잠을 즐기는 중이었다.

로브는 마구실에 있었고 그 어느 때보다 차분하게 가라앉아 있었다. 그가 다른 이의 눈에 띄지 않게 마구실로 몸을 피한 것은 현명한 일이었다. 곧 자초지종을 들은 낸은 잔뜩 풀이 죽어 처량한 모습으로 자기 집에 들어앉은 돈을 힐끗 보고는 천천히 입을 열었다. 그녀의 눈은 물 끓이는 냄비에 고정되어 있었다.

"로브, 지금 가장 안전한 방법은 단 한 가지인데 지금 즉시 해야만 해. 돈을 의사에게 데려가서 정말 아픈지 확인할 시간이 없어. 이건 내가 할 수 있는 일이고, 해야만 하는 일이야. 하지만 아주 고통스러울 거야. 널 아프게 하고 싶지 않지만 어쩌겠니."

낸은 평소의 프로다운 모습과 달리 말하는 목소리가 떨렸다. 그녀의 날카롭기만 하던 눈도 그녀의 도움이 간절히 필요한 두 청년의 얼굴을 보자 흐릿해졌다.

"알아. 지지려고 하는 거지. 그래, 그렇게 해줘. 하지만 테디는 피해 있는 게 좋겠다." 로브가 입술을 깨물면서 벌벌 떠는 동생에게는 저쪽으로 가 있으라는 고갯짓을 했다.

"무서워하지 않을게. 형이 참을 수 있다면 나도 참을 수 있어.

형 대신 내가 다쳤어야 하는데!" 테디가 외쳤다. 그는 지금 울음을 터뜨리지 않으려고 안간힘을 쓰는 중이었다. 걱정과 두려움과 수치심에 눌려 더는 남자다운 척할 여력이 없었다.

"테디도 남아서 내 조수 역할을 하게 해줘. 그게 저 아이에게도 도움이 될 거야." 낸이 엄한 말투로 말했지만 그녀 역시 기절하기 직전이었다. 그녀의 처치가 두 사람 모두에게 끔찍한 기억으로 남으리라는 것을 알고 있기 때문이었다. "조용히 하고 있어. 금방 돌아올게." 그렇게 말하고 낸은 집으로 달려갔다. 가는 내내 머리를 회전하여 어떻게 해야 할지 무엇이 최선인지 판단하여 그에 맞는 계획을 세웠다.

그날은 다림질하는 날이었다. 그래서 여전히 뜨거운 불이 남아 있었다. 하녀들은 휴식 시간이라 위층에 가 있었고 부엌에는 아무도 없었다. 낸은 가느다란 부지깽이를 아궁이에 쑤셔 넣고는 식탁에 앉아 부지깽이가 달궈지기를 기다렸다. 두 손으로 얼굴을 감싸고는 이러한 급박한 상황에서 힘과 용기와 지혜를 달라고 빌었다. 무엇을 해야 하는지 잘 알고 있었다. 문제는 그걸 해낼 배짱이었다. 환자가 다른 사람이라면 이런 상황에서 오히려 그녀는 흥미가 발동하여 차분하게 이 문제에 접근했으리라. 하지만 이 아이는 다름 아닌 착한 로브, 그 아버지의 자랑이자 어머니에게 안식을 주는 아들이며 모두의 좋은 친구 아니던가. 그런 로브가 위험에 빠졌다는 것은 보통 일이 아니었다.

깨끗이 닦아놓은 식탁 위로 뜨거운 눈물 방울이 떨어졌다. 그녀는 스스로를 진정시키기 위하여 이런 경우 실제로 광견병에 걸리는 경우가 많지 않음을, 이렇게 대처하는 것은 지극히 자연스러운 반응이지만 알고 보면 아무 일도 아닐 수 있음을 애써 상기하려 애썼다.

"최대한 대수롭지 않은 일인 척해야겠어. 안 그랬다간 두 녀석이 완전히 무너질 테니까. 공황발작이라도 일어나면 큰일이야. 아직 아무것도 모르는 상황에서 괜히 사람들에게 알려서 놀래키지 않도록 하자. 그래, 그래야지. 로브는 모리슨 박사님에게 바로 데려가고 돈은 수의사에게 보내봐야겠군. 이게 다 지나가고 나면 우리가 괜한 공포에 떨었다며 크게 웃을 날이 오겠지. 그렇지 않으면 마음의 준비를 하면 되고. 우리 불쌍한 로브를 어쩌나."

낸은 시뻘겋게 달아오른 부지깽이와 얼음물 한 주전자, 그리고 빨랫줄에 걸린 손수건 한 뭉치를 집어 들고 헛간으로 향했다. 그녀에게 닥친 '최대 위급 상황'에서 최선의 처치를 할 준비를 갖췄다. 두 소년은 마치 동상처럼 굳은 모습으로 낸을 기다리고 있었다. 한 명이 절망의 조각상이었다면 다른 한 명은 체념의 조각상이었다. 이 일을 빠르고 성공적으로 마치려면 낸의 뽐내는 듯한 용기를 몽땅 끌어내야 했다.

"자, 로브, 1분이면 끝나. 그럼 안전해지는 거야. 대기하고 있어, 테디. 형이 기절할 수도 있으니까."

로브는 눈을 질끈 감고 주먹을 꽉 쥐었다. 영웅처럼 늠름한 모습이었다. 테디는 형 곁에 무릎을 꿇고 앉았다. 그는 백지장처럼 하얗게 질려서는 계집애처럼 벌벌 떨고 있었다. 후회와 죄책감으로 정신이 혼미한 상태였다. 이 모든 사달이 자신의 고집 때문에 일어났다는 생각에 심장이 멎을 지경이었다. 일은 순식간에 치러졌다. 로브는 신음소리 한번 냈을 뿐이었다. 낸이 조수에게 물통을 넘겨주려고 돌아보니, 가여운 테디, 진짜 물이 필요한 사람은 그였다. 테디는 이미 기절해서 팔다리를 힘없이 축 늘어뜨린 채 바닥에 누워 있었다.

로브는 웃음이 터졌다. 예상치 못한 환자의 웃음소리에 기운이 난 낸은 손을 떨지도 않고 얼른 상처를 싸맬 수 있었다. 비록 이마에는 굵은 땀방울이 맺혀 있었지만. 그녀는 먼저 1번 환자에게 물을 준 후, 2번 환자를 돌봤다. 테디는 자기가 그 중요한 순간에 쓰러지고 만 것이 너무 부끄러워서 영혼까지 산산이 부서진 것처럼 보였다. 그러고는 두 사람에게 일어난 일을 아무에게도 말하지 말아달라고 싹싹 빌었는데, 그 궁극의 모멸감은 그가 추구하는 남성미는 온데간데없이 신경질적인 울음과 함께 마무리되었다. 결국 환자인 형이 위로하고 의사 선생님이 사일러스 할아버지의 낡은 밀짚모자로 부채질을 해주어야 했다.

"자, 얘들아, 이제부터 내가 하는 말을 잘 들었다가 기억해야 해. 아직은 다른 분들에게 굳이 말해서 놀래킬 때는 아니야. 우리의 걱정이 다 쓸데없는 것일 수 있기 때문이야. 아까 보니 돈은 나가서 웅덩이에서 첨벙거리고 있더라. 그런 걸 봐서 돈이 나보다 더 미친 것 같진 않아. 그렇지만 우리 마음을 가라앉히고 영혼을 달래기 위해, 그리고 잠시나마 집을 떠나 다른 가족들이 죄책감이 그대로 드러난 우리 얼굴을 발견하지 못하게 하기 위해서라도 시내에 나가서 내 오랜 친구이신 모리슨 박사님을 만나고 오는 게 좋을 것 같아. 내가 한 처치가 잘 되었는지 보여드리는 차원에서 말이야. 그리고 진정제도 좀 받아올 수 있을 거야. 우리 모두 방금 지나간 강풍에 맞아 정신이 없었잖아. 로브, 너는 여기에 가만히 앉아 있어. 테디는 내가 모자를 가지러 가서 이모님에게 데이지에게 가보겠다고 이야기하는 사이 마차를 준비해줘. 집에 방문 중인 페니먼 자매들에 대해 아는 건 없지만, 우리가 자리를 비워서 티타임에 자리가 생긴 걸 알면 좋아하겠지. 우리는 나중에 내 집으로 가서 우리끼리 티타임을 갖도록 하자. 그러고는 종달새처럼 명랑하게 집으로 돌아오는 거야."

낸은 평소답지 않게 감정과 기분을 마구 표현하면서 말했다. 두 형제는 그녀의 계획에 즉시 동의했다. 행동으로 옮기는 것이 조용히 기다리는 것보다 훨씬 쉽다. 테디는 말에 마구를 채우기 전에 먼저 휘청거리는 다리로 펌프까지 가서 물로 얼굴

을 씻었다. 혈색이 돌아올 때까지 얼굴을 박박 문질렀다. 로브
는 건초더미 위에 미동도 없이 앉아 있었다. 고개를 들어 제비
들을 바라보며 자신이 방금 겪은 일이 잊지 못할 기억으로 남
으리라고 생각했다. 아직 소년이지만 죽음에 대한 생각이 갑작
스레 찾아오는 경험을 한 것이다. 이 일은 그에게 큰 자극을 주
었다. 바쁘게만 살다가 이런 커다란 변화를 마주할 수 있다는
사실을 깨닫게 되는 엄숙한 순간이었다. 잘못도 거의 저지르지
않았고 회개할 만한 죄의 짐도 없었으며 그저 생각하면 무한한
위안이 되는, 행복하고 순종적인 나날을 보내던 로브였다. 그렇
기에 로브는 죽음이 두려운 것도 아니고 슬퍼하며 후회할 것도
없었다. 무엇보다도 그에게 있는 강하고 단순한 신앙이 그를
떠받쳐주었고 거기서 힘을 얻었다.

"마인 파터(mein Vater)*," 그의 머리에 가장 먼저 떠오른 말이
었다. 로브는 베어 교수의 마음을 가장 잘 헤아리는 아들로서
베어 교수가 장자를 잃는다는 것은 생각만 해도 끔찍한 일이
었다. 떨리는 입술 사이로 흘러나온 이 말은 뜨거운 부지깽이
가 태우는 것처럼 강력하고 단단한 것이었다. 또한 하늘에 계
신 다른 아버지를 떠올렸다. 언제나 그의 곁에 계시고 언제나
자비로우시고 언제나 도와주시는 그분 말이다. 로브는 그렇게

* 독일어로 '나의 아버지시여'라는 뜻.

건초더미에 앉아 새들이 지저귀는 소리를 들으며 두 손을 모으고 그 어느 때보다 마음에서 우러난 기도를 했다. 그렇게 하니 한결 나아졌다. 그는 그렇게 마음속 모든 두려움과 의심과 괴로움을 내려놓고 하나님의 손에 맡겼다. 이제 그는 어떠한 결과가 닥치더라도 맞이할 준비가 되었다. 그 순간 이후 그에게 주어진 임무는 단 하나였다. 용감하고 쾌활하며 비밀을 지키고 희망을 잃지 않는 것이 그것이었다.

낸은 눈에 띄지 않게 모자를 챙겨 데이지의 바늘꽂이에 두 형제를 데리고 드라이브 다녀오겠다는 메모를 남겼다. 티타임이 끝날 때쯤이면 언제 그랬냐는 듯이 모든 것이 마무리되리라. 그녀는 헛간으로 서둘러 돌아갔다. 두 환자 모두 아까보다 훨씬 나아 보였다. 한 명은 노동을 한 덕에, 다른 하나는 휴식을 취한 덕분이리라. 그들은 준비된 마차에 올라탔다. 로브가 다리를 쭉 뻗을 수 있도록 뒷좌석에 앉히고 출발했다. 세 사람 모두 아무 일도 없었던 것처럼 즐겁고 여유로운 얼굴로.

모리슨 박사는 별일 아니라는 투였다. 하지만 낸이 한 응급처치에 대해서는 칭찬을 해주었다. 마음이 한결 놓인 두 형제가 계단을 내려가자 박사는 얼른 낸에게 귓속말을 했다. "그 개를 잠시 멀리 보내는 게 좋겠어. 그리고 저 환자를 잘 지켜봐야 할 거야. 하지만 환자가 눈치채게 해서는 안 돼. 뭔가 이상한 낌새가 있으면 바로 내게 알리고. 이런 일은 어떻게 될지 아무도 모를 일이라서 말이야. 조심해서 나쁠 건 없잖아."

낸은 고개를 끄덕였다. 이제야 마음이 편해졌다. 무거운 책임감이 그녀의 어깨에서 떠나가는 것 같았다. 그녀는 두 형제를 데리고 왓킨스 박사를 찾아갔다. 그는 곧 집에 와서 돈을 진찰해주겠노라고 약속했다. 낸의 집에서 가진 티타임은 화기애애했다. 그 집은 여름 내내 낸을 위해 열려 있었다. 세 사람은 그렇게 차를 마시고 기분이 좋아졌고 시원한 저녁 시간에 집에 돌아온 그들의 얼굴에서 더는 공포의 흔적을 찾을 수 없었다. 테디의 눈이 약간 부어 있고 로브가 걸을 때 약간 절뚝거리는 것 외에는 말이다. 손님들은 여전히 집 앞 포치에서 담소 중이라 그들은 뒷문을 통해 집 안으로 들어갔다. 테디는 로브를 해먹에 누이고 흔들어주면서 죄책감으로 고통받는 자신의 영혼을 차분하게 달랬다. 낸은 수의사가 도착할 때까지 계속 이야기를 들려주었다.

수의사는 돈을 진찰하더니 그저 기분이 좀 처진 상태일 뿐이라고 하면서 마침 나타나 그르렁거리던 회색 고양이를 가리키며 그 고양이보다도 덜 미친 상태라고 말해주었다.

"자기 주인이 그리운 게지. 날이 덥기도 하고. 어쩌면 너무 잘 먹인 탓일 수도 있겠군. 내가 몇 주 데리고 있다가 괜찮아지면 다시 보내주지." 왓킨스 박사가 말했다. 돈은 박사의 손에 큰 머리를 맡긴 채 누워 있었다. 하지만 눈매만은 여전히 영리해 보였다. 드디어 자기의 힘든 마음을 이해해주고 어떻게 도와줘야 할지 아는 사람을 만나 다행이라고 말하는 것 같았다.

그렇게 돈은 말 한 마디 없이 떠나갔고 우리의 세 공범은 어떻게 하면 가족들을 걱정시키지 않으면서 로브의 다리가 충분히 쉴 수 있을지, 머리를 맞대고 궁리했다. 다행히도 그는 서재에 틀어박혀 몇 시간 동안 나오지 않기로 유명했다. 그렇기에 그는 책 하나 들고 소파에 누워서 지내도 다른 이의 의심을 사지 않을 수 있었다. 워낙 기질 자체가 조용하여 무의미한 공포심으로 자기 자신이나 낸을 걱정시킬 사람이 아니었기에 그는 들은 대로 믿기로 하고는 모든 어둠의 가능성을 몰아내고 기분 좋게 집으로 돌아갔다. 그리고 곧 소위 '우리의 공포'가 초래한 충격에서 회복되었다.

하지만 잘 흥분하는 테디는 다루기가 쉽지 않았다. 그가 배반하고 비밀을 털어놓으려는 순간마다 낸이 기지와 지혜를 발휘하여 간신히 막아야 했다. 로브를 위해서라도 아무 말 하지 않고 이 일에 관해 논하지 않는 것이 최선이었기 때문이다. 테디는 죄책감의 노예가 되었는데 이를 '엄마'에게 털어놓을 수도 없게 되었으니, 딱하기 짝이 없는 상황이었다.

낮이면 그는 형을 지극정성으로 섬겼다. 형의 시중을 들고 형에게 이야기를 들려주고 그러다가 걱정스러운 눈빛으로 형을 바라보곤 하여 형을 걱정시켰다. 그렇다고 로브는 그러는 테디를 이용할 생각은 없었다. 테디가 그렇게 함으로써 위안을 얻는다는 것을 알고 있었기 때문이다. 그러다가 밤이 되어 사방이 고요해지면 테디의 생생한 상상력과 무거운 마음이 그를 장악하여 밤새 잠을 못 자게 만들거나 잠결에 걸어 다니곤 했다.

낸은 테디를 유심히 지켜보면서 진정제 투약을 하루 한 번 이상으로 늘렸다. 그에게 책을 읽어주기도 하고 야단을 쳐보기도 했다. 밤에 몽유병 환자처럼 돌아다니는 모습을 발견할 때면 침대 밖으로 기어 나오면 가둬버리겠다고 으름장을 놓기도 했다. 이런 증상은 시간이 지나가면서 점점 사라졌지만, 이 별나게 굴던 소년에게 변화가 찾아왔다. 눈치 빠른 그의 어머니가 돌아와 대체 무슨 일이 있었기에 사자의 기운이 저렇게 빠졌느냐며 묻기도 전에 집 안 모두가 알아챌 정도로 눈에 띄는 변화가 일어난 것이다.

테디는 여전히 명랑했지만, 정신없이 설치던 것은 사라졌다. 가끔 고집스러운 장난기가 발동하려고 해도 그는 스스로 급히 제동을 걸고는 로브를 힐끗 쳐다보았다. 그러고는 포기한 듯 혼자 어디론가 가서 시무룩해지곤 했다. 그는 더는 형의 고리타분한 책벌레적 성향을 놀리지 않았다. 그보다는 전에 없던 존경심으로 형을 대했다. 겸손한 성품의 로브는 이를 기뻐하며 고마워했고 주변 사람들에게는 이 모든 상황이 낯설고 놀라울 뿐이었다. 테디는 마치 자신의 어리석음에 대해 형에게 빚진 사람처럼 행동했다. 형의 목숨을 값으로 지불할 만한 사건이었으니 그럴 만도 했다. 의지보다 강한 사랑 덕분에 테디는 자신의 자존감 따위는 내려놓고 정직한 소년처럼 자신의 빚을 갚아나갔다.

"통 이해할 수가 없네요." 조 부인이 막내아들의 참한 행동에 감탄하며 말했다. 여행에서 돌아온 지 일주일이 지난 후였다. "테디가 성인처럼 변했잖아요. 저 아이가 우릴 떠날 때가 되어서 저러는 건지 걱정이 돼요. 메그 언니의 상냥함 덕분인지, 데이지의 출중한 요리 실력 덕분인지, 아니면 낸이 몰래 주다가 나에게 걸린 그 알약 때문인지 모르겠어요. 내가 없는 사이 무슨 마법에라도 홀린 건지, 어쩜 이 고집쟁이가 이토록 순하고, 말 잘 듣고 조용하게 변했냐고요. 내 아이지만 전혀 모르겠어요."

"아이가 자라는 중인 게지요, 나의 소중한 사람. 조숙한 아이라 일찍 꽃 피우는 중인 거라오. 나의 로브에게도 변화가 있는 것 같소. 전보다 더 남자다워지고 훨씬 더 진지한 아이가 되었더군요. 크면서 아버지에 대한 사랑도 같이 크는지 내 곁에 꼭 붙어서는 떨어지질 않아요. 우리 아들들은 앞으로도 이런 식으로 우릴 계속 놀래킬 거요. 조, 우리가 할 수 있는 것은 아이들을 보면서 기뻐하고 하나님이 기뻐하시는 존재로 자라도록 내버려두는 것뿐이라오."

베어 교수가 그렇게 말하는데 두 형제가 함께 계단을 올라왔다. 두 아들을 바라보는 베어 교수의 눈이 자랑스러움으로 빛났다. 테디는 로브의 어깨에 팔을 두른 채 로브가 손에 들고 있는 돌에 대하여 지질학적으로 설명하는 것을 경청하고 있었다. 보통 때 같으면 테디는 형의 그런 취미를 당장에 놀렸을 것이고 학생들이 다니는 길에 돌멩이를 갖다 놓거나 그의 베개 아래에 벽돌 조각을 넣어두거나 신발에 자갈을 넣고 흙을 상자에 담아 수신자 란에 'R. M. 베어 교수 앞'이라고 써서 소포로 보냈을 것이다.

그런데 최근에 테디는 로브의 취미에 관심을 갖고 조용한 성품의 형이 가진 좋은 면을 알아보기 시작했다. 그동안 형이니까 사랑은 했지만 그의 진가를 과소평가한 면이 없잖아 있었다. 하지만 로브가 위기 상황에서 용기를 보인 이후 테디에게서 존경을 받게 되었고, 그날 일어난 일은 테디에게 결코 잊을 수 없는 것이 되었다. 그 결과는 얼마든지 더 참혹할 수 있었기 때문이다. 다리는 전혀 문제없었으나 걸을 때는 여전히 절둑거렸다. 그럴 때마다 테디는 얼마든지 자기 팔을 내어주어 형이 잡고 걷도록 도와주면서 걱정스러운 눈으로 형을 살피고 형에게 필요한 것을 미리 알아내어 챙기려고 애쓰기도 했다. 후회가 여전히 테디의 영혼을 괴롭히는 중이었고 로브의 너그러운 용서는 테디의 괴로움을 더 중하게 할 뿐이었다. 운이 좋게도 로브는 계단에서 미끄러지는 바람에 다리를 전다는 핑계를 만들어낼 수 있었고 낸과 테디 외에는 상처를 본 사람이 없기에 아직까지 비밀은 잘 지켜지고 있었다.

"막 너희들 얘기 중이었단다. 이리로 와서 우리가 없는 사이 대체 무슨 마법 같은 일이 일어났는지 들려주지 않겠니? 아니면 우리가 떨어져 있는 사이 우리 눈이 선해져서 이런 기분 좋은 변화를 알아보게 된 건지?" 조 부인이 양손으로 소파를 두드리며 아들들이 와서 앉기를 청했다. 아내가 아들들을 향해 팔 그늘을 만들어 보이는 모습을 보고 흐뭇해진 베어 교수는 잔뜩 쌓인 편지를 읽는 것도 잠시 잊었다. 아들들은 어머니 곁에 와서 앉았다. 애정 어린 미소를 지었지만 찔리는 표정을 숨길 수는 없었다. 지금까지 '엄마'와 '파터(Vater)*'에게 비밀이 없었기 때문이다.

"아, 그게 말이죠, 로브 형과 내가 둘만 있다 보니 그렇게 된 것 같아요. 우린 쌍둥이 같은 형제잖아요. 저는 좀 자극하는 편이고 형은 그런 저를 진정시키면서요. 어머니와 아버지도 그러시잖아요. 꽤 괜찮은 전략이죠. 아주 만족스러워요." 테디는 그렇게 말하며 위기를 잘 모면했다고 생각했다.

"테디, 너를 어머니에게 비교하면 어머니가 좋아하시겠니?

---

* 독일어로 '아버지'라는 뜻.

물론 나를 아버지에게 비교한 것은 기분 좋은 일이다만. 나도 아버지처럼 되고 싶으니까." 로브가 말했다. 모두 테디의 비유에 웃음을 터뜨렸다.

"무슨 소리야, 나는 좋은걸. 로브, 아버지가 내게 하시는 것의 반만큼이라도 동생에게 해보렴. 그럼 네 인생도 썩 괜찮은 인생이 될 거야." 조 부인이 진심을 담아 말했다. "너희 두 형제가 이렇게 서로 돕고 지내는 걸 보니 얼마나 기쁜지 모른단다. 형제라면 응당 그래야지. 가장 가까운 이들의 필요와 좋은 점과 나쁜 점을 빨리 이해할수록 좋아. 사랑에 눈이 멀어 잘못까지 덮어줘서도 안 되고 친하다고 해서 눈에 빨리 보이는 약점을 성급히 비난해서도 안 돼. 그러니, 나의 아들들, 계속 그렇게 하렴. 이런 일이라면 엄마와 아빠를 얼마든지 놀래켜도 좋으니."

"리베 무터 말씀이 다 맞아. 나 역시 형제간의 우애가 좋은 걸 보니 기분이 좋구나. 모두에게 좋은 일이야. 너희들의 우애가 오래도록 지속되면 좋겠구나!" 베어 교수가 두 아들을 보며 고개를 끄덕였다. 두 사람은 아버지의 말에 감사해하면서도 이런 과한 칭찬에 어떻게 반응해야 할지 몰라 머뭇거렸다.

로브는 현명하게도 침묵을 선택했다. 너무 많이 말하다가 비밀을 누설할까 봐 걱정되어서였다. 하지만 테디는 참지 못하고 하지 말아야 할 말을 덜컥 해버렸다.

"사실 저도 형이 얼마나 좋은 사람인지 알게 되고 나서는 제가 형에게 한 짓을 보상하려고 노력 중이에요. 형은 정말 현명한 사람인데 저는 그걸 모르고 형이 유약하다고만 생각했어요. 장난치는 것은 안 좋아하고 맨날 책만 보는 데다가 항상 양심 타령을 했죠. 하지만 저는 말만 많고 잘난 체하는 것이 남자다운 게 아니라는 사실을 알게 되었어요. 천만에요! 조용한 로브야말로 영웅이고 최고예요. 형이 정말 자랑스러워요. 어머니 아버지도 그 이야기를 들으시면 저와 똑같이 생각하실 거예요."

테디는 로브의 눈길을 보자 황급히 입을 다물었다. 테디는 얼굴이 빨개지면서 손으로 입을 틀어막았다.

"흠, 우리가 모르는 게 있는 모양이로구나?" 조 부인이 재빨리 눈치채고 물었다. 그녀의 날카로운 눈은 벌써 위험을 감지했으며 그녀와 아들들 사이를 가로막고 있는 뭔가가 있음을 금세 알아차렸다. "애들아." 그녀는 엄숙한 어조로 입을 열었다. "이 변화가 꼭 성장의 결과만은 아닌 모양이로구나. 엄마가 느끼기엔 테디가 뭔가 사고를 쳤고 로브가 그런 테디를 구출해준 모양인데. 그래서 이렇게 말썽꾸러기 아들에겐 상냥한 태도가, 양심적인 아들에겐 의젓한 태도가 나타난 거로구나. 엄마에게 아무것도 숨기지 않던 아들들이 말이다."

이제 로브의 얼굴도 테디의 얼굴처럼 빨개졌다. 로브는 잠시 주저하더니 고개를 들고 안도의 숨을 내쉬며 입을 열었다.

"네, 어머니. 그렇습니다. 하지만 이제 다 끝난 일이고 아무것도 아닌 일이 되었어요. 그래서 그냥 조용히 넘어가는 편이 낫겠다고 생각했어요. 적어도 한동안만이라도요. 어머니에게 숨기는 것이 있어서 죄책감이 들었는데 이제 다 알게 되셨으니 걱정할 필요가 없네요. 어머니도 걱정하지 않으셔도 돼요. 테디가 많이 미안해하고 있어요. 저는 괜찮아요. 이 일로 우리 두 사람 모두 많이 배웠답니다."

조 부인은 테디를 쳐다봤다. 어머니에게 윙크를 보내는 테디에게서 어느새 남자다운 모습이 묻어났다. 그리고 다시 로브를 쳐다봤다. 밝게 웃어 보이는 모습을 보니 안심이 되었다. 하지만 아들의 얼굴이 어쩐지 달라 보였다. 전보다 더 성숙해 보이고 한층 더 의젓해 보이면서도 그 어느 때보다도 사랑스러운 모습이었다. 마음과 몸의 상처로 고단해 보이면서도 피할 수 없는 시련에 대한 순복의 달콤한 결과였다. 아들들에게 어떤 위험한 사고가 있었다는 생각이 번개처럼 스쳐 지나갔다. 그간 두 아들과 낸이 주고받던 시선을 감지하고 기이히 여기던 것이 떠올라 갑자기 두려운 생각이 들었다.

"로브, 내 아들, 테디 때문에 아팠거나 다쳤거나 혹은 괴로운 일을 당한 게냐? 당장 말하거라. 더 이상의 비밀은 용납하지 않을 테니까. 남자아이들은 때로 사고나 실수를 그냥 넘어갔다가 평생 두고 고생하기도 하거든. 프리츠, 당신이 이 아이들 입 좀 열어봐요!"

베어 교수는 들고 있던 서류를 내려놓고 아들들 앞에 다가서서는 부인을 진정시키고 아이들에게는 용기를 주는 어조로 타일렀다.

"아들들아, 진실을 말해보겠니? 아빠와 엄마는 얼마든지 받아들일 수 있으니까 말이다. 아무것도 숨기지 말고 다 털어놓거라. 테디는 잘 알지, 우리는 언제나 너를 사랑하고 용서한다는 것을. 그러니 솔직하자꾸나, 너희 둘 다."

테디는 냉큼 소파의 쿠션 사이로 뛰어들어 몸을 숨겼다. 진홍빛으로 물든 두 귀만 쿠션 밖으로 삐죽 나왔을 뿐이다. 그러는 사이 로브는 긴말 없이 있었던 일을 간단하고 거짓 없이 설명했다. 그러면서 부모님이 안심할 수 있도록 돈이 광견병에 걸리지 않았으며, 상처는 거의 나았고, 위험한 문제는 아무것도 남지 않았음을 재차 강조했다.

하지만 조 부인의 얼굴은 점점 핏기를 잃어 로브가 어머니를 두 팔로 안아드려야 했다. 아버지는 뒤돌아서 걸어가며 독일어로 "아아, 하늘이시여!(Ach Himmel!)"라고 외쳤다. 고통과 안도와 감사가 뒤섞인 탄식이었다. 테디는 그 소리가 듣기 괴로운지 쿠션을 더 끌어다가 머리를 아예 덮어버렸다. 잠시 후 모두 마음을 가라앉혔다. 하지만 자식에 관한 이런 소식은 언제나 충격일 수밖에 없다. 이미 위험한 순간이 지나갔다고 하더라도 그렇다. 조 부인은 큰아들을 꼭 안아주었다. 이번에는 아버지가 다가왔다. 두 손으로 아들의 손을 잡고 세차게 악수하며 떨리는 목소리로 이렇게 말했다.

"남자가 일생일대의 위기에 빠지면 패기를 시험당하게 되지. 잘 참아냈구나. 그렇지만 난 아직 내 사랑하는 아들을 떠나보낼 준비가 되지 않았단다. 하나님, 감사합니다! 이렇게 너를 건강하게 다시 만나다니!"

쿠션 아래서 숨이 막히는 것 같은 소리가 들려왔다. 목이 막히는 소리 같기도 하고 신음소리 같기도 했다. 쿠션 밖으로 보이는 긴 다리가 비틀린 걸 보니 그의 깊은 고통이 느껴졌다. 어머니는 곧 그에게 다가갔다. 그녀의 헝클어진 노랑머리 아들을 찾기까지 쿠션 아래로 한참을 파들어가야 했다. 아들을 끄집어내어 쓰다듬어주던 조 부인은 더는 참지 못하고 웃음을 터뜨리고 말았다. 두 뺨은 여전히 눈물로 젖어 있었지만 말이다.

"이리 와서 용서를 받으렴, 우리 불쌍한 죄인! 그동안 얼마나 고통받았을지 짐작이 가니 엄마는 더 이상 아무 말도 하지 않으마. 만일 로브에게 무슨 일이 생기기라도 했더라면 더 고통스러울 사람은 너보다 나라는 것 알겠지. 테디, 우리 테디, 너무 늦기 전에 그 고집스러운 성격 좀 고쳐보자꾸나!"

"엄마, 그럼요, 노력하고 있어요! 이번 사건은 절대로 잊지 못할 거예요. 이 사건으로 제가 달라지길 바라요. 그렇지 않다면 저 같은 것은 구원받아야 소용도 없는 존재가 되고 말 거예요."

테디가 머리를 쥐어뜯으며 말했다. 그 방법 말고는 자신의 깊은 회한을 표현할 다른 길이 없는 것 같았다.

"그래, 그렇겠지, 우리 아들. 엄마도 열다섯 살에 꼭 그런 기분이었단다. 에이미 이모가 물에 빠졌을 때였지. 어머니가 나를 도와주셨듯이 나도 너를 도우마. 테디, 엄마에게 오려무나. 악한 생각이 너를 사로잡으면 우리 함께 힘을 합쳐서 무찌르도록 하자. 하! 내가 아볼루온(Apollyon)*과 벌인 몸싸움들을 생각하면! 패배는 거의 내 몫이었지만 항상 그렇지만도 않았단다. 자, 엄마의 방패 아래로 숨으렴. 무찔러 이기는 그 순간까지 같이 싸워보자꾸나."

한동안 아무도 말하지 않았다. 테디와 그의 어머니는 손수건 하나를 나눠 쓰며 함께 울고 웃었다. 아버지는 로브 어깨에 팔을 두르고 서서 함께 이 장면을 지켜보았다. 비밀이 사라지고 모두가 용서받는 행복한 순간이었다. 그 일은 잊을 수 없는 사건으로 남겠지만, 누군가에게 큰 유익이 되고 서로 사랑하는 마음을 다시 한번 단단히 확인하는 시간이었다.

테디가 일어나 아버지에게로 갔다. 그러고는 겸손하면서도 씩씩한 말투로 이렇게 말했다.

"저는 벌을 받아야 마땅해요. 제게 벌을 내려주세요. 하지만

---

* 성경의 〈요한계시록〉에 등장하는 파괴의 신. 존 버니언의 《천로역정》에 나오는 등장인물이기도 하다.

벌을 주시기 전에 용서한다고 말씀해주세요. 형이 그런 것처럼요."

"물론이지, 아들아. 필요하다면 일곱 번씩 일흔 번이라도 용서해야지. 그렇지 않다면 나는 아버지라고 불릴 자격도 없지. 아버지 생각에 벌은 이미 받았다고 생각되는구나. 이보다 더한 벌이 어디 있겠니. 이번 경험을 헛되게 하지 말거라. 어머니와 전능하신 하나님 아버지의 도움이 반드시 필요할 게야. 여기, 너희 둘을 위한 자리가 항상 있단다!"

사람 좋은 베어 교수는 두 팔을 활짝 펴고 두 아들을 꼭 끌어안았다. 그는 진정한 독일인답게 말이나 행동으로 부성애를 표현하는 것을 부끄러워하지 않았다. 미국 아버지라면 어깨 한번 툭 치면서 "잘됐구나."라는 말 한마디로 꾹꾹 눌러 내렸을 그런 감정 말이다.

조 부인은 예전의 낭만적인 소녀로 돌아간 기분이었다. 가족들은 함께 앉아 자신들의 속 깊은 이야기들을 꺼내며 편안하게 대화하는 시간을 보내며 사랑이 두려움을 쫓아낼 때 찾아오는 신뢰감 속에서 평안을 누렸다. 이 대화에서 냇을 빼놓을 수는 없었다. 그녀의 용기와 분별력과 신의는 충분한 감사와 보상을 받을 만한 것이라는 점에 모두가 동의했다.

"그 아이가 훌륭한 여인으로 자라리라는 것은 익히 예상했으나 이번 사건이 그걸 더욱 확실하게 증명했군. 당황하거나 소리치거나 기절하거나 소란을 부리지도 않고 차분한 태도로 뛰어난 솜씨를 보였다니 말이야. 얘야, 어떻게 낸에게 감사의 마음을 표현하면 좋을까?" 조 부인이 눈을 반짝이며 물었다.

"토미 형이 다시는 누나를 귀찮게 하지 못하도록 해주시면 어때요?" 원래의 모습을 거의 찾은 테디가 재치 있는 제안을 했다. 그래도 여전히 남아 있는 수심이 안개처럼 드리워져 이전만큼 발랄하지는 않다.

"그러면 되겠네요! 토미 형이 모기처럼 달라붙어서 못살게 구니까요. 그래서 낸 누나가 여기서 지내는 동안 토미가 아예 나오지 못하도록 짐을 싸서 데미 형과 함께 내보냈다죠. 전 토미 형을 좋아하지만 누나에겐 너무 팔푼이같이 굴더라니까요." 로브는 그렇게 말하고 아버지를 도와 잔뜩 쌓인 편지들을 해결하러 나갔다.

"그러면 되겠네!" 조 부인이 결심한 듯 외쳤다. "어리석은 남자아이 하나의 연애 감정 때문에 낸의 커리어를 망칠 순 없지. 저러다가 지쳐서 낸이 포기할까 봐 걱정이야. 그랬다간 모든 게 끝장이라고. 많은 현명한 여인들이 그렇게 했다가 평생을 후회하며 살았지. 낸에게는 의사로서 자리를 잡고 자신의 실력을 증명해 보이는 게 우선이야. 암, 결혼은 그다음이지. 그것도 낸이 원한다면 말이야. 그때가 되면 낸이 아깝지 않을 좋은 남자를 찾을 수 있을 거야."

하지만 굳이 조 부인이 나서서 도울 필요가 없어졌다. 사랑과 감사의 마음이 기적처럼 전달된 모양이었다. 여기에 젊음과 아름다움과 우연, 그리고 사진이 더해진다면 성공은 따논 당상이었다. 순진해 빠진, 그렇지만 감수성만큼은 지나치게 예민한 토미의 경우에 그랬다.

8. 조시, 인어공주가 되다

베어 가 소년들이 집에서 진지한 인생 경험을 하는 사이 조시는 로키 누크에서 신나게 즐기고 있었다. 로런스 부부는 무료한 여름을 어떻게 매력적이고 유익하게 보내야 하는지 잘 아는 이들이었고 조시는 베스가 아주 예뻐하는 사촌 동생이었다. 에이미 부인은 조카가 배우가 되건 그렇지 않건 간에 교양 있는 여성이 되는 것이 우선이라고 생각했다. 그래서 조카가 어딜 가든 잘 자란 여성임을 드러내 보일 수 있는 사교 예절을 가르치기로 했다. 발랄한 두 소녀를 데리고 뱃놀이나 승마를 하고 한가롭게 시간을 보내면서 로리 이모부도 무척이나 행복해했다. 조시는 이러한 자유를 만끽하며 야생화처럼 피어났고 베스의 양 볼에는 점점 장밋빛 혈색이 돌았으며 나날이 밝고 명랑해졌다. 두 소녀 모두 바닷가나 아름다운 만을 낀 절벽 꼭대기에 세워진 별장에서 지내는 이웃들의 사랑을 많이 받았다.

장미나무 잎 하나만 구겨져도 조시의 평화가 깨지듯, 이루어지지 않는 소원 하나가 그녀를 괴롭히고 있었다. 그 간절함은 광인의 그것과 같았고 한시도 가만히 있지 못하고 들썩이는 것은 '해결'하지 못한 사건이 있는 탐정과도 같았다. 그 원인은 위대한 배우인 캐머런 양이 그 별장 중 하나에 묵고 있다는 데 있었다. 그녀는 거기서 휴식을 취하면서 다음 시즌에 맡을 새로운 배역을 구상 중이었다. 캐머런 양은 한두 명의 친구 외에는 일절 사람을 만나지 않았으며 별장에 전용 해변이 있어서 매일 규칙적으로 드라이브 나오는 것 외에는 사람들에게 모습을 보여주지 않았다. 호기심 많은 작자들은 오페라글라스를 사용하여 바닷속에서 수영하는 푸른색 형체를 발견하곤 한다지만 말이다.

로런스 부부는 그녀와 친분이 있는 사이였지만 그녀의 사생활을 존중해주고자 전화 한 통 걸어 안부를 전한 것 외에는 방해하지 않기로 했다. 캐머런 양이 나서서 만나자고 하기까지는 전혀 귀찮게 하지 않을 작정이었다. 훗날 그녀는 이 부부의 배려심을 기억하고 보답하는데 그 보답이 어떤 것인지는 독자들도 곧 알게 될 것이다.

조시는 단단히 동여맨 꿀단지 주변을 맴돌기만 하는 배고픈 파리처럼, 자신의 우상인 여배우가 가까이에 있다는 사실만으로도 좋아서 미칠 지경이었다. 조시는 그녀를 직접 보고 이야기하고 이 위대하고 행복한 여인을 연구하고 싶은 마음이 간절했다. 작품으로 수천 명의 관중을 흥분시키고, 덕망과 선행과 미모만으로도 쉽사리 친구를 얻을 수 있는 배우였기에 아무도 그녀가 타고난 배우라는 사실에 이의를 제기하지 않았다. 그녀는 조시의 우상이자 롤모델이었다. 당시 연극 무대는 관객을 즐겁게 하는 동시에 교훈을 전달하는 배우라는 직업을 정화하고 그 위상을 높이고자 캐머런 양과 같은 배우들이 반드시 필요했다.

만일 다정한 캐머런 양이 이 어린 소녀의 가슴속에 불타는 사랑과 그리움을 알았더라면 바위를 깡충깡충 뛰어다니고 해변에서 물장구를 치고 그녀의 대문 앞으로 셰틀랜드포니를 타고 경중경중 뛰어다니는 그 소녀를 무심한 눈으로 지나치는 일은 없었으리라. 소녀를 행복하게 해주기 위해 기꺼이 눈길을 한번 주거나 친절한 말 한마디를 던져줄 사람이었다. 하지만 겨울에 올린 작품이 이제 막 내려 지쳐 있었고 또 새로 맡을 배역 때문에 바빴던지라 이 대배우에게는 이웃집에 사는 어린 소녀에게까지 주의를 기울일 여력이 남아 있지 않았다. 아마도 그녀의 눈에 조시는 그저 바닷가의 갈매기나 들판에서 춤추는 데이지꽃처럼 보였을 것이다. 현관 앞에 놓인 꽃다발이나 정원 담벼락 너머로 들려오는 세레나데, 흠모하는 눈으로 빤히 쳐다보는 눈길들, 이 모든 것들은 그녀에게 너무나도 익숙했기에 거의 관심을 두지 않았다. 그러는 사이 조시는 자신의 크고 작은 시도들이 모두 허사로 돌아가자 점점 조급해졌다.

"저 소나무를 타고 올라가서 포치 지붕 위로 뛰어내려볼까? 아니면 말이 나를 그분 대문 앞에 내동댕이치게 한 다음 거기서 기절해버릴까? 그분이 수영하실 때 물에 빠지는 척하는 것도 다 소용없는 짓이겠지? 난 가라앉지도 않을 테고, 그분은 그저 다른 사람을 불러서 나를 건져내게 하겠지. 그럼 어떻게 하지? 난 꼭 그분을 만나야 해. 그래서 내 꿈을 들려드리고 내가 정말 배우가 될 자질이 있는지 의견을 들어야 한단 말이야. 엄마도 그분 말씀이라면 따를 거야. 그리고 혹시, 아아, 혹시 나더러 그분이 하시는 작품을 같이 연구하자고 하신다면……. 아아, 얼마나 더할 나위 없이 행복할까?"

이 말은 조시가 어느 날 오후 베스와 함께 수영할 채비를 하면서 베스에게 지껄인 말들이었다. 두 사람은 낚시 파티 때문에 놓친 아침 수영을 대신하여 오후에 나왔다.

"네 때가 있을 거야, 조시. 그러니 초조하게 굴 필요 없어. 아빠가 여름이 지나가기 전에 네게 기회를 준다고 약속하셨잖아. 그러니 분명 멋들어진 만남을 성사시켜주실 거야. 그걸 기다리는 편이 지금 괜한 장난을 치는 것보다 나을 거야." 베스가 대답했다. 그녀는 예쁜 머리를 하얀 그물로 묶어 자신이 입은 수영복과 색깔을 맞췄다. 반면 진홍색 수영복을 입은 조시는 꼭 바닷가재처럼 보였다.

"기다리는 건 정말 싫어. 그렇지만 뾰족한 수가 있어야 말이지. 썰물 때이긴 하지만 그분도 오늘 수영하러 나오시면 좋을 텐데. 그분이 이모부에게 이 시간에 수영하는 걸 선호한다고 하셨대. 아침에는 사람들이 쳐다보고 전용 해안에 막 들어오고 그래서 힘드시대. 언니, 가자. 저 큰 바위에서 뛰어내려볼래? 오늘은 주변에 유모들과 아기들밖에 없으니 우리끼리 실컷 뛰놀고 물장구쳐도 되겠어."

두 사람은 한적하게 수영을 즐기러 떠났다. 실제로 그 작은 만에는 이들 외에는 수영하는 이가 없었고 아기들은 이 두 소녀의 수영 실력에 감탄하며 구경했다. 두 사람 모두 수영에서는 꽤 실력자였으니 말이다.

한바탕 수영을 하고 물을 뚝뚝 떨어뜨리며 바위에 앉아서 쉬는데, 조시가 별안간 베스를 꽉 움켜쥐고 소리치는 바람에 베스는 놀라서 바위 밑으로 떨어질 뻔했다.

"저기야, 저기! 저기 좀 봐! 그분이 수영하러 나오셨어! 정말 멋지다! 아아, 물에 잠깐만 빠지시면 내가 달려가서 건져드릴 텐데! 아니면 게에게 발가락을 물리셔도 되고! 뭐든 좋아, 내가 가서 뵙고 말할 기회만 얻는다면!"

"쳐다보는 티 내지 마. 방해받지 않고 조용히 즐기러 나오신 거니까. 문화인답게 못 본 척해드리자." 베스가 지나가는 하얀 돛을 단 요트를 쳐다보는 척하면서 말했다.

"우리 아무렇지도 않은 척하면서 저쪽으로 수영해서 가보지 않을래? 바닷속 미역이라도 찾는 척하면서 말이야. 물속에 누워서 코만 내놓고 있으면 그분도 신경 쓰시지 않을 거야. 그러다가 도저히 못 참고 보고 싶어지면 쉬러 나오는 척하면서 이쪽으로 다시 수영해 오면 되잖아. 그렇게 하면 오히려 그분 마음이 흡족해져서 그분을 존중해드린 우리의 예의에 보답하고자 우리를 불러서 고맙다고 하실지 또 알아?" 조시의 상상 속에는 언제나 드라마틱한 상황이 펼쳐진다.

바위를 타고 미끄러져 내려오려는데 마치 운명의 여신이 나타나기라도 한 것처럼 캐머런 양이 황급히 손을 흔들어 사람을 부르는 것이 아닌가? 그녀는 허리 깊이 정도 되는 물에 서서 물속을 내려다보고 있었다. 캐머런 양은 해안가에 있는 하녀를 부른 것인데 그 하녀 역시 해변가에서 뭔가를 찾는 것 같았다. 그러다가 보이지 않으니까 이번에는 두 소녀를 향해 수건을 흔들었다. 캐머런 양에게 가서 도와주라는 하늘의 신호였다.

"빨리! 어서! 우릴 부르시잖아, 우릴 부르신다고!" 조시는 그렇게 소리 지르며 힘이 넘치는 바다거북처럼 곧장 바닷물에 뛰어들었다. 그러고는 오랜 소원인 기쁨의 안식처를 향해 멋지게 헤엄쳐 갔다. 베스는 그 뒤를 천천히 따라갔다. 두 사람은 곧 숨을 헐떡거리며, 하지만 웃는 얼굴로 캐머런 양 앞에 나타났다.
캐머런 양은 눈도 들지 않았지만 정말 근사한 목소리로 이렇게
말했다.

"내가 팔찌를 떨어뜨렸어요. 보이긴 하는데 영 집을 수가 없
네. 거기 소년이 기다란 막대기 좀 찾아다 주겠어요? 팔찌는 물
에 휩쓸려 가지 않도록 내가 계속 보고 있을 테니."

"제가 직접 물속으로 들어가 가져올게요. 그리고 저 남자 아
니에요." 조시가 곱슬머리를 흔들어 털며 웃음을 터뜨렸다. 이
숙녀께서 멀리서 조시의 머리만 보고 착각하신 모양이었다.

"어머나, 미안해요. 그럼 그렇게 해주세요, 얼른. 순식간에 모
래 속으로 빠져들 수 있으니까. 내가 정말 소중히 여기는 건데
글쎄 빼놓고 나온다는 걸 깜빡했지 뭐예요."

"제가 찾아오겠습니다!" 그렇게 말하고 조시는 물속으로 들
어갔다. 금방 나오긴 했는데 손에 쥔 것은 전부 자갈뿐, 팔찌는
없었다.

"잃어버렸나 보네. 괜찮아요, 내 잘못이니까." 캐머런 양은 실
망했지만 눈에서 물을 털어내며 씩씩하게 숨을 몰아쉬는 소녀
가 짓는 절망스러운 표정이 재미있다고 생각했다.

"아니요, 안 돼요. 제가 찾을 거예요. 밤새 물속을 뒤져서라도
요!" 그 말과 함께 조시는 숨을 한 번 크게 들이마시고는 다시
물속으로 들어갔다. 보이는 것은 수면 위로 흔들리는 두 발뿐

이었다.

"저러다 큰일 나면 어쩌죠." 캐머런 양이 베스를 보며 말했다. 그녀는 베스의 얼굴에서 어머니의 얼굴을 금방 발견해냈다.

"아, 아니에요. 조시는 물고기인걸요. 저러는 걸 좋아해요." 베스가 웃으며 말했다. 그녀는 사촌의 소원이 멋지게 현실로 이루어지는 것 같아 행복했다.

"로런스 씨의 따님이군요. 맞죠? 반가워요. 아버지께 곧 방문하겠다고 전해드리겠어요? 얼마 전까지는 너무 피곤했거든요. 엉망이었지. 지금은 훨씬 나아졌지만. 아, 저기 우리 잠수 공주가 올라오려고 하네요. 무슨 좋은 소식이라도?" 그녀가 물었다. 발꿈치가 밑으로 내려가더니 물이 뚝뚝 떨어지는 머리가 나타났다.

조시는 처음엔 숨이 차서 껄껄거리기만 했다. 누가 목이라도 조른 것 같았다. 그녀의 손은 비록 실패했으나 용맹심만은 꺾이지 않았다. 단단히 결심한 듯 젖은 머리를 세차게 흔들며 밝은 얼굴로 큰 키의 숙녀를 바라봤다. 폐에 산소를 채우기 위해 심호흡을 몇 번 하더니 차분한 말투로 말하기 시작했다.

"제 신조가 '포기 불가'거든요. 반드시 찾아낼 거예요. 리버풀까지 헤엄쳐 가서라도요. 자, 그럼!" 그리고 이번에는 인어처럼 물속으로 완전히 사라졌다. 해저를 더듬고 다니는 진짜 바닷가재처럼.

"아주 당돌한 소녀로군요! 마음에 들어요. 저 아이는 누군가요?" 숙녀가 자신의 잠수부를 지켜보기 위해 물로 반쯤 덮인 바위에 앉으며 물었다. 팔찌는 이미 시야에서 사라져 지켜보려야 볼 수가 없었다.

베스는 아버지 같은 설득력 있는 미소를 머금고 설명했다. "조시는 배우가 되고 싶어 하는 아이예요. 선생님을 만나고 싶어서 한 달이나 기다렸답니다. 지금 이렇게라도 만나 뵙게 되어서 정말 행복할 거예요."

"신의 가호가 있기를! 왜 직접 찾아와서 만나자고 하지 않았을까요? 얼마든지 집 안으로 들였을 텐데. 물론 배우지망생 여자아이들은 기자만큼이나 피하고 싶은 대상이지만 말이에요." 캐머런 양이 웃음을 터뜨렸다.

더 이야기가 진행될 새도 없이 팔찌를 움켜쥔 갈색 손이 바닷물 위로 올라왔다. 뒤이어 자줏빛으로 변한 조시의 얼굴이 나타났다. 아무것도 보이지도 않고 어지러워 베스에게 매달려야 할 정도로 반 익사 상태였지만 승리의 기쁨에 도취해 있었다.

캐머런 양은 조시를 끌어당겨 자신이 앉은 바위에 앉혔다. 눈을 가린 머리칼을 쓸어넘겨주며 정신이 들도록 연신 "브라보! 브라보!"라고 외쳐주었다. 소녀는 당장에 제1막이 성공적이었음을 알게 되었다. 조시는 종종 이 위대한 여배우를 마침내 만나는 장면을 상상해왔다. 품위를 갖추고 우아한 자세로 다가가서 그분께 자신의 야망을 이야기하고 상황에 가장 적절한 드레스를 입고 재치 있는 말을 던지며 자신이 얼마나 장래 유망한 천재인지 은근슬쩍 알리는 그런 장면 말이다. 하지만 그분과의 조우가 이러하리라고는 눈곱만큼도 상상해본 적이 없었다. 진홍색 수영복에 모래투성이가 되어 물을 뚝뚝 흘리면서 숨이 차서 말도 못하는 채로 아름다운 물개처럼 보이는 그분의 빛나는 어깨에 기댄 모습이라니. 조시는 그렇게 한동안 눈을 깜빡이며 쌕쌕거리다가 마침내 기쁨의 미소를 지으며 자랑스럽게 외쳤다.

"해냈어요! 너무 기뻐요!"

"숨 먼저 고르렴, 얘야. 그리고 나와 함께 기뻐하자꾸나. 나를 위해 이렇게 힘들게 애써주다니 정말 친절한 아이로구나. 이 은혜를 어떻게 갚으면 좋을까?" 숙녀가 아름다운 눈으로 쳐다보며 물었다. 말을 하지 않아도 많은 것을 이야기하는 눈이었다.

조시는 절실함을 표현하기 위해 두 손을 마주 잡았는데 손이 젖어서 그만 짝 소리가 나고 말았다. 그렇지만 애원의 말만큼은 캐머런 양의 마음보다 훨씬 단단하게 굳은 마음까지 녹일 정도로 간절하게 들렸다.

"제가 선생님을 찾아가서 만나 뵐 수 있을까요? 딱 한 번이면 돼요! 제 연기 재능에 대한 선생님 의견을 듣고 싶어요. 보시면 아실 테니까요. 말씀하시는 대로 무조건 따를게요. 선생님께서 제 연기가 괜찮다고 생각해주신다면, 물론 공부를 열심히 해서 점점 나아진다는 조건으로요. 그렇다면 저는 세상에서 가장 행복한 사람이 될 거예요. 그렇게 해주실 수 있으세요?"

"그래, 내일 11시에 오거라. 함께 이야기를 나눠보자꾸나. 네가 가장 자신 있는 연기를 보여주면 내가 보고 의견을 주도록 할게. 내 의견이 친절하지만은 않다는 사실은 미리 알아두렴."

"그럼요, 선생님이 저더러 바보라고 하셔도 받아들일 거예요. 꼭 해결하고 싶은 점이에요. 제 어머니도 그걸 원하시고요. 선생님이 보시고 배우의 재능이 없다고 하신다면 용감하게 수용하겠습니다. 그리고 배우를 해도 괜찮다고 하신다면 최고가 될 때까지 절대로 포기하지 않겠습니다. 선생님께서 그러신 것처럼요."

"애야, 이 길은 험한 길이란다. 마침내 장미를 얻은 것 같아도 수많은 가시가 딸려오는 것을 경험하게 될 거야. 네겐 용기가 있구나. 끈기가 있다는 것도 증명되었고. 아마도 잘 해낼 것 같구나. 내일 보고 더 얘기하도록 하자."

캐머런 양은 그렇게 말하면서 팔찌를 매만졌다. 그녀의 미소가 어찌나 친절하던지 조시는 하마터면 그녀에게 키스할 뻔했으나 현명히 자제했다. 조시에게 감사를 표하는 캐머런 양의 눈은 부드러운 물로 젖어 있었는데 바닷속 그 무엇보다 더 부드러워 보였다.

"조시, 우리가 선생님의 수영을 방해하고 있어. 썰물이 시작되려고 해. 그만 가자, 조시." 사려 깊은 베스가 말했다. 뭐든 너무 지나치면 독이 될 수 있다.

"그래, 해변으로 올라가서 몸을 녹이렴. 정말 고마워, 인어공주 아가씨. 아버지에게는 언제든 딸을 데리고 방문하셔도 좋다고 말씀드려줘요. 안녕." 그녀는 퇴장하는 비극의 여주인공처럼 손을 흔들었다. 해초가 무성한 바위를 왕좌 삼아 앉아서 두 소녀가 유연하게 뻗은 반짝거리는 다리로 모래밭 위를 달려가는 것을 지켜보았다. 그러고는 차분하게 물속을 들락거리며 혼잣말을 했다. "무대에 알맞은 얼굴을 가졌네. 강렬하고 역동적이야. 눈도 아름답고. 자유분방하고 결단력과 의지가 보여. 괜찮은 배우가 될 수도 있겠어. 혈통도 좋고 더더욱 가문에 흐르는 재능이 있으니. 내일 보면 알겠지."

당연한 얘기지만 그날 밤 조시는 한숨도 자지 못했고 다음 날 아침이 되자 너무 기쁘고 흥분한 나머지 열병에 걸린 것처럼 보일 지경이었다. 로리 이모부는 전날 일어난 일을 전해듣고 재미있어했고 에이미 이모는 자기 옷장에서 조카에게 닥칠 장려한 순간에 가장 잘 어울릴 하얀 드레스를 골라주었다. 베스는 자신이 가진 모자 중 가장 정교한 것을 기꺼이 내어주었고 조시는 숲과 습지를 돌며 들장미, 달콤한 향의 하얀 진달래,

고사리, 갈대를 꺾어 꽃다발을 만들었다. 깊은 감사를 전하는 마음의 선물이었다.

10시가 되자 조시는 이미 옷을 다 차려입고는 엄숙하게 앉아서 가지런한 장갑과 버클 달린 구두를 노려보며 나갈 시간이 되기만을 기다렸다. 그녀의 운명이 곧 결정되리라는 생각이 들자 얼굴은 하얗게 질리기 시작했지만 정신은 도리어 말짱해졌다. 세상 젊은이들이 흔히 그렇게 생각하듯 조시 역시 한 사람이 자신이 인생을 결정지을 수 있다고 믿었다. 그동안 하나님의 섭리가 실망을 통해 어떻게 우리를 훈련시키고 예상치 못한 성공으로 우리를 놀라게 했으며 우리 눈에 시련으로 보이는 것들을 축복으로 바꾸셨는지는 까맣게 잊어버린 채 말이다.

"혼자 갈래요. 그게 더 편할 것 같아요. 아아, 베스 언니, 그분을 통해 바른말을 들을 수 있도록 기도해줘. 그분 말에 모든 게 달렸다고! 웃지 마세요, 이모부! 저한텐 아주 심각한 상황이라고요. 캐머런 양도 그걸 알고 계시고 이모부에게도 그렇다고 말할걸요. 에이미 이모, 엄마가 안 계시니 엄마 대신 키스해주세요. 이모 눈에 제가 예뻐 보인다면 그걸로 만족이에요. 그럼, 모두 안녕히." 조시는 최대한 자신의 우상과 비슷한 자태로 손을 흔들어 보이며 집을 나섰다. 아주 예쁜 모습이었으나 기분만은 아주 비극적이었다.

문전박대를 당하지 않으리라는 것이 확실했기에 조시는 대담하게 초인종을 눌렀다. 많은 이들이 초인종을 눌렀지만 현관을 통과한 자는 극히 드물 것이다. 조시는 곧 그늘진 응접실로 안내되었고 기다리는 사이 응접실에 걸린 위대한 배우들의 멋진 초상화에 매료되어 감상했다. 그 작품들은 대부분 읽은 것들로 작품 속 시련과 승리를 너무 잘 알고 있던 조시는 어느새 스스로를 잊어버리고 레이디 맥베스로 분한 시던스 부인*을 흉내 내기 시작했다. 판화 그림에 푹 빠져 가져온 꽃다발을 몽유병 장면의 촛불처럼 치켜들고는 생기 넘치는 눈썹을 고통스럽게 일그러뜨리며 유령 왕비의 대사를 중얼거렸다. 캐머런 양이 이미 몇 분째 지켜보는 줄도 모른 채 조시는 정신없이 빠져들었다. 그러다가 갑자기 자신이 최고로 꼽는 장면의 대사와 표정을 멋지게 재현하며 나타난 캐머런 양을 보고 조시는 깜짝 놀랐다.

"저는 선생님처럼 훌륭하게 할 수가 없어요. 하지만 계속 노력할 거예요. 만일 제게 소질이 있다고 말해주신다면요." 조시가 그 순간의 강렬함에 사로잡혀 인사고 뭐고 잊은 채로 외쳤다.

"자, 그럼 네 연기를 보여주렴." 여배우가 대답했다. 캐머런 양은 바로 본론으로 들어갔다. 이 상황에서 인사치레로 하는 일상적인 대화는 무의미했기 때문이다.

---

* 영국의 연극배우 새라 시던스.

"먼저 이걸 받아주세요. 선생님이 온실에서 자란 꽃보다는 들꽃을 더 좋아하시리라 생각해 만들어 왔답니다. 이걸 꼭 드리고 싶었어요. 선생님께서 제게 보여주신 친절에 대한 감사한 마음을 달리 표현할 길이 없어서요." 조시는 소박한 온기가 향기처럼 퍼지는 꽃다발을 내밀었다.

"내가 제일 좋아하는 게 들꽃이란다. 내 방은 어떤 착한 요정이 문 앞에 걸어놓고 가는 작은 꽃다발들로 가득한걸. 그러고 보니 그 요정이 누군지 알 것 같네. 이 꽃다발을 보니 바로 알겠는걸." 그녀가 손에 든 꽃다발과 주변을 장식하고 있는, 같은 취향으로 꾸며진 다른 꽃다발을 재빨리 훑어보며 말했다.

조시는 얼굴부터 빨개지면서 웃음꽃이 피어올라 숨기려야 숨길 수가 없었다. 소녀 같은 존경심과 겸손이 묻어나는 표정이었다. "다른 방법이 없었어요. 선생님을 너무나 존경해서 예의가 아니라는 것을 잘 알면서도 그랬답니다. 비록 집 안으로 들어가지 못해도 꽃다발들은 들어가서 선생님을 기쁘게 해드린다고 생각하면 기분이 좋았거든요."

이 아이 안에 있는 무언가와 선물을 가져다준 이 아이의 마음이 이 여인을 감동시켰다. 그녀는 조시를 자기 쪽으로 끌어당기며 목소리와 표정 모두에서 여배우의 흔적을 지우고 이렇게 말했다.

"정말로 그 꽃다발들은 나를 기쁘게 해주었단다. 지금 너도 그렇고. 나는 사람들의 칭찬에 신물이 난 사람이야. 하지만 사랑이란 이 꽃다발처럼 단순하고 진심이 담겨 있을 때 정말 달콤한 것이 된단다."

조시는 캐머런 양에 관해 들은 이야기 중에서 그녀가 수년 전 사랑하는 연인을 잃은 적이 있다는 것을 기억해냈다. 그녀가 예술만 추구하는 삶을 산 것이 화근이라는 기사였다. 지금 이렇게 직접 만나니 그 이야기가 사실일 수 있겠다는 생각이 들었다. 그녀의 화려하지만 고독한 삶이 그녀의 표정을 이토록 풍부하고 감사할 줄 아는 얼굴로 만들었다고 생각하니 연민의 마음이 들었다. 그때 조시의 새로운 친구인 캐머런 양은 마치 과거를 잊고 싶다는 듯이 갑자기 명령조로 말투를 바꾸었고, 조시에게는 그것이 오히려 자연스럽게 느껴졌다.

"할 수 있는 연기를 해보렴. 물론 줄리엣이겠지. 다들 줄리엣 연기로 시작하니까. 불쌍한 줄리엣, 끔찍한 살해를 당하다니!"

조시도 원래는 로미오의 끈기 있는 연인으로 시작해서 비앙카, 폴린, 그리고 여타 배우지망생들의 레퍼토리를 따라 할 생각이었다. 하지만 조시는 똑똑한 소녀였다. 불현듯 로리 이모부의 조언이 떠올라 계획을 바꾸었다. 캐머런 양의 기대와 달리 조시는 가여운 오필리아가 광인이 되는 장면을 연기해 보였다. 연기는 썩 훌륭했다. 대학교수에게 웅변 훈련을 받은 데다 이 장면은 여러 번 연습해본 터였다. 물론 조시는 오필리아를 연기하기엔 너무 어렸지만 조시가 입고 있는 하얀 드레스와 풀어 헤친 머리, 그리고 진짜 꽃으로 상상 속 무덤에 꽃을 흩뿌리니 시각적 효과까지 더해졌다. 조시는 달콤한 목소리로 노래를 부르고 비련의 여인처럼 청중에게 인사를 하고는 방을 둘로 가른 커튼 뒤로 사라졌다. 흘깃 돌아보니 까다로운 심사위원이 놀라 박수를 치고 있었다. 한껏 기운이 난 조시는 자신이 종종 연기하던 익살극의 말괄량이 소녀처럼 뛰어들어가 처음에는 재미있고 짓궂은 이야기로 시작해서 끝에는 회개의 눈물과 용서를 구하는 절절한 기도로 끝을 맺었다.

"정말 훌륭해! 다시 해보자. 생각한 것보다 훨씬 잘하는데." 조시의 귀에는 신탁의 음성으로 들렸다.

조시는 포샤*를 연기했다. 꽤 훌륭하게 대사를 읊었고 적재적소에 적절히 힘주어 말하는 것도 잊지 않았다. 그러고는 도저히 더는 참을 수가 없어서 그녀가 가장 자신 있는 줄리엣의 발코니 장면을 연기하기 시작했고 독약과 무덤 장면으로 끝을 맺었다. 스스로 평가할 때 아주 뛰어난 연기였기에 박수 소리를 기대했다. 그런데 웬걸, 낭랑한 웃음소리가 들려오는 것이 아닌가. 조시는 당황스럽기도 하고 실망스럽기도 하여 얼굴이 따끔 거렸다. 조시는 캐머런 양 앞으로 다가가 가만히 서서 매우 예

---

* 《베니스의 상인》의 등장인물.

의 바르게 자신의 의견을 밝혔다.

"이 부분은 항상 잘한다는 평가를 받았습니다만. 그렇게 생각하지 않으신다면 유감입니다."

"정말 형편없더구나, 얘야. 어쩜 그럴 수가. 어린아이가 사랑과 두려움과 죽음을 알면 얼마나 알겠니? 아직은 시도하지 말거라. 비극은 나중에 네가 준비되었을 때 다시 하도록 해."

"하지만 오필리아를 연기했을 때는 박수를 쳐주셨잖아요."

"그랬지, 그건 정말 예뻤거든. 똑똑한 여자아이라면 얼마든지 효과를 살릴 수 있는 역이었어. 하지만 셰익스피어 작품에 담긴 진짜 의미를 깨닫기엔 넌 아직 너무 어리단다. 지금으로서는 익살극이 가장 잘 어울리는 것 같구나. 거기에 네 진짜 재능이 있어. 웃음이 나면서도 애처로운 마음이 들도록 잘하던데. 그게 네가 가진 기술이야. 그걸 잃어버리지 않도록 하렴. 포샤의 웅변도 잘 해냈어. 그와 비슷한 역할을 계속해보렴. 발성 훈련도 되고 다양한 표현법도 배울 수 있을 거야. 넌 목소리가 좋고 자연스러운 기품이 있으니 큰 도움이 될 게다. 두 가지 모두타고 나는 것이지 노력으로 얻을 수 있는 것이 아니거든."

"그나마 그런 것이라도 있다니 다행이네요." 조시가 한숨을 내쉬며 온순한 태도로 스툴에 걸터앉았다. 그렇다고 아직 기가 죽은 것은 아니었다. 여전히 하고 싶은 말은 다 할 기세였다.

"얘야, 내 평가를 듣는 게 쉬운 일이 아니라고 미리 말했잖니? 너에게 진짜 도움이 되어주려면 솔직하게 말하는 수밖에 없기 때문이란다. 너 같은 많은 아이들을 위해 이렇게 해주었고, 덕분에 많은 이들이 나를 지금도 절대로 용서하지 않고 있지. 나중에는 결국 내 충고대로 조용한 가정을 꾸리는 가정주부나 행복한 엄마로 살게 되면서 말이다. 그중 몇 명만 배우의 길을 잘 걷고 있지. 그중 한 사람은 너도 곧 알게 될 거야. 그 아이는 뛰어난 재능과 꿋꿋한 인내심, 아름다운 외모와 마음을 모두 가진 아이지. 너는 아직 너무 어려서 네가 장차 어떤 부류의 배우가 될지 아직은 모르겠구나. 천재란 어쩌다 가끔 나는 거야. 특히 열네 살 아이의 연기를 보고 미래를 점치기란 쉬운 일이 아니지."

"저도 제가 천재라고 생각하지는 않아요!" 조시가 외쳤다. 캐머런 양의 구르는 듯한 목소리를 듣고 강하고 진실하며 다정한 자신감으로 가득 찬 그녀의 풍부한 표정을 보고 있노라니 어느새 마음이 진정되었고 이성적으로 생각할 힘이 생겼다. "저는 그저 제 안에 앞으로 연기를 계속해도 괜찮을 만큼의 소질이 있는지, 그래서 몇 년간 공부를 하고 나면 사람들이 아무리 봐도 질리지 않는 좋은 작품들을 연기해낼 수 있을지, 그걸 알고 싶을 뿐이에요. 저는 시던스 부인이나 캐머런 양과 같은 대단한 배우가 되기를 기대하지도 않아요. 물론 그렇게 된다면 원이 없겠지만요. 하지만 제게는 연기 외에 다른 재능은 없는 것 같아요. 저는 연기할 때 완전한 행복감을 경험해요. 살아 있는 것 같고 저만의 세상에 있는 것 같죠. 새로운 배역을 접할 때마다 새로운 친구를 만나는 기분이고요. 저는 셰익스피어 작품을 좋아해요. 그가 창조해낸 인물들은 절대로 질리지 않거든요. 물론, 아직 전부를 이해하지는 못하지만 그 작품들을 접할 때마다 밤중에 산과 별이 가득한, 장엄하고 웅장한 곳에 혼자 있는 기분이 들어요. 해가 떠오르는 모습을 상상하면 모든 게 영광스럽고 분명하게 그려져요. 눈에 보이지 않아도 그 아름다움이 느껴지면서 그걸 표현해내고 싶어 못 견디게 되죠."

자신을 완전히 잊어버리고 몰입하여 이야기하는 조시의 얼굴은 흥분으로 창백해졌고 눈은 반짝였으며 입술은 떨렸다. 그녀의 영혼이 넘쳐흐르는 감정을 말로 표현하고자 애쓰는 것 같았다. 캐머런 양은 이 모습에서 조시의 열정이 단순한 소녀 시절의 변덕이 아님을 알게 되었다. 이후 그녀의 대답에서는 한 차원 높은 연민이, 표정에서는 부쩍 흥미가 느껴졌다. 그러나 그녀는 아직은 전부 말해줄 때가 아니라고 여겨 자제하기로 했다. 젊은이들에게 말을 한 번 잘못했다가는 그 위로 공중누각을 지을 수도 있고, 그 찬란한 거품이 터질 때 얼마나 쓰라린지 잘 알고 있기 때문이었다.

"네가 그렇게 느낀다면 계속 연기를 사랑하고 위대한 셰익스피어의 작품을 계속 연구하라는 것 외에는 다른 조언을 해줄 수가 없구나." 그녀는 천천히 말했지만 조시는 캐머런 양의 어조에 생긴 변화를 즉시 감지하고는 짜릿한 기쁨을 느꼈다. 새로 친구가 된 이 위대한 여배우는 지금 동료를 대하듯 말하는 중이었다. "그 자체로 교육적인 역할을 하거든. 인생이란 우리에게 인생의 모든 비밀을 가르쳐줄 만큼 길지 않아. 인생이 하는 말을 그대로 따라 살고 싶다고 생각하기 전에 네가 스스로 해야 할 일들이 많이 있단다. 이 길을 걷기 위해, 또 미래를 위해서는 느리고 고통스럽지만 기초 닦는 것이 우선인데 여기에 필요한 인내심, 용기, 힘을 가지고 있니? 명성이란 많은 이들을 바다에 뛰어들게 하는 진주와도 같은 것이지만 실제로 찾아내는 이는 많지 않단다. 게다가 진주를 찾아냈다고 하더라도 아직 다듬어진 보석의 모습이 아니지. 사람들은 그걸 얻으려고 탄식하며 발버둥 치다가 그만 더 좋은 것을 잃곤 한단다."

그녀의 마지막 말은 조시에게 들려주는 말이라기보다는 스스로에게 하는 말 같았다. 조시는 미소와 풍부한 표현을 사용해 얼른 대답했다.

"제가 팔찌를 찾으려다 바닷물 때문에 눈이 따가워졌듯이요?"

"그럼, 그랬지. 잊지 않고 있단다. 그걸 좋은 징조로 받아들이자꾸나."

캐머런 양은 조시의 미소에 따스한 햇살 같은 미소로 답했고 마치 보이지 않는 선물을 받는 것처럼 하얀 손을 쭉 뻗었다. 그러고는 어조를 바꿔 자기가 하는 말이 앞에 앉은 소녀의 얼굴에 변화를 주는지 관찰했다.

"이 얘기를 들으면 실망할 테지. 난 네게 함께 작품을 연구하자고 하지도, 이류 무대에라도 서서 당장 연기를 시작하라고 말해주지도 않을 셈이거든. 난 그보다는 네가 학교로 돌아가 공부를 마치라고 조언해주고 싶구나. 그게 성공하기 위한 첫 단계란다. 재능 하나만으로는 몹시 불완전한 배우가 되고 말 거야. 먼저 정신과 신체, 마음과 영혼을 잘 가꾸고 다듬거라. 지성과 품위, 아름다움과 건강을 모두 갖춘 소녀가 되도록 노력하렴. 그러다가 열여덟이나 스무 살이 되었을 때 본격적으로 연기 수업을 받으면서 네 능력을 시험해보도록 하거라. 전장에 뛰어들기 전에 무기 정비가 잘 되어 있는 편이 더 유리하지 않겠니? 너무 서두르면 쉽게 배울 일도 멀리 돌아가게 되는 법이지. 때때로 모든 것을 타고난 천재들이 나타나기도 하지만 그건 그리 흔한 일이 아니란다. 우리는 천천히 산 정상까지 올라야 해. 미끄러지고 떨어지는 일도 겪어가면서 말이다. 꾸준히 노력하면서 기다리는 것을 할 수 있겠니?"

"그렇게 할게요!"

"그래, 그렇다면 한번 보자꾸나. 내가 연극을 그만둘 때 내 뒤로 잘 훈련되고 성실하며 재능 있는 동지들이 우리 집을 가득 채우고도 남을 정도로 많다면, 그래서 그들이 연극계를 정화하자는 나의 바람을 계속 이어가는 모습을 볼 수만 있다면 바랄 게 없을 것 같아. 혹시 아니, 너도 그들 중 하나가 될지. 하지만 기억하거라. 얼굴 예쁘다고, 비싼 드레스를 걸친다고 배우가 되는 것은 아니란 걸. 똑똑한 여자아이가 유명한 대사를 진짜처럼 읊는다고 해서 되는 일도 아니고 말이야. 전부 겉으로만 화려한 엉터리일 뿐, 망신스럽고 실망스러울 뿐이란다. 대중은 왜 그런 익살스러운 희가극이나 사회극이라는 이름으로 불리는 쓰레기에 열광하는 걸까? 해석하고 감상할 진리와 아름다움, 시와 페이소스가 이렇게 많은데도?"

캐머런 양은 이미 이야기 상대가 누군지 잊은 듯했다. 방 안을 왔다 갔다 하며 문화 교양 인사들이 그러하듯 요즘 연극계의 저속함을 한탄하는 고귀한 유감을 마음껏 토해냈다.

"로리 이모부도 그렇게 말씀하세요. 로리 이모부와 조 이모는 진실하고 사랑스러운 것들에 대한 연극을 구상 중이시랍니다. 소박한 가정에서 일어나는 일들로 사람들의 마음을 건드려 웃고 울면서 그들의 마음을 정화해보자고요. 이모부 역시 비극보다는 그런 내용이 저랑 더 잘 어울릴 것 같다고 하시더라고요. 하지만 제게는 여전히 일상복을 입고 제 원래 모습을 보이기보다는 왕관을 쓰거나 벨벳 가운을 늘어뜨리며 무대를 휩쓰는 게 더 멋져 보여요. 뭐 그러는 게 쉽긴 하겠지만요."

"그런 게 진짜 고차원의 예술이란다, 애야. 대배우가 되려면 먼저 그런 것들을 갖추어야 해. 네가 이미 가지고 있는 재능을 잘 가꿔보렴. 다른 이의 눈물과 웃음을 끌어내는 것, 그것은 특별한 선물과도 같은 재능이란다. 사람의 마음을 움직이는 것이 피를 얼어붙게 하거나 상상력에 불을 지피는 것보다 더 귀한 일이란다. 이모부께 당신 말씀이 옳다고 전하려무나. 그리고 이모께는 너를 위한 극을 써달라고 부탁하렴. 네가 준비되면 내가 보러 가마."

"정말이요? 우와! 정말이죠? 크리스마스에 공연하려고 하는데 제가 좋은 역을 맡았어요. 소박한 인물이지만 잘할 수 있어요. 선생님을 그 자리에 모실 수 있다면 정말이지 너무나 자랑스럽고 행복할 것 같아요."

조시는 그렇게 말하면서 일어섰다. 시계를 보고 너무 많은 시간이 지났다는 것을 깨달았기 때문이다. 이 역사적인 만남을 끝내고 싶지는 않았지만 가야만 했다. 조시는 모자를 집어 들고 캐머런 양에게 갔다. 그녀가 서서 조시를 바라보는 눈빛이 얼마나 예리하던지 조시는 자신이 유리창처럼 투명해지는 것 같았다. 얼굴을 빨갛게 물들이며 조시는 그녀를 올려다보았다. 감사를 표현하는 목소리가 미세하게 떨렸다.

"이렇게 시간을 내주시고 고견을 나눠주신 것에 대해 어떻게 감사드려야 할지 모르겠어요. 선생님께서 조언해주신 대로 따르도록 노력하겠습니다. 제가 다시 공부에 매진한다고 하면 엄마가 정말 기뻐하실 거예요. 공부가 도움이 된다고 하시니 이제는 열심히 공부할 수 있을 것 같아요. 과도한 희망을 품는 대신 열심히 노력하면서 기다릴게요. 그래서 반드시 선생님을 기쁘게 해드리겠습니다. 그게 제가 선생님께 보답하는 유일한 길일 테니까요.”

“네 말을 듣고 나니 나도 내 빚을 갚지 못했다는 생각이 드는구나. 나의 작은 친구, 나를 위해 이걸 가지렴. 인어공주에게 잘 어울릴 거야. 이걸 볼 때마다 네 첫 입수를 기억하렴. 다음번엔 더 멋진 보석을 건져내길. 입안에 씁쓸한 물은 남기지 말고.”

캐머런 양은 그렇게 말하며 자신의 목에 두른 레이스에서 아쿠아마린 보석이 박힌 핀을 뽑았다. 그걸 조시의 벅찬 가슴에 훈장처럼 달아주고는 소녀의 작고 행복한 얼굴에 부드럽게 키스해주었다. 조시가 떠나는 모습을 보며 앞으로 소녀의 인생에 있을 수많은 시련과 성공을 내다보았다. 캐머런 양도 익히 알고 겪은 것들이다.

베스는 조시가 황홀감과 흥분에 취해 훨훨 날아서 들어오거나 잔뜩 풀이 죽어서 눈물을 흘리며 돌아오거나, 둘 중 하나일 것이라고 예상했다. 하지만 놀랍게도 조시는 만족스럽지만 차분하며 결의에 찬 듯한 표정으로 돌아왔다. 자랑스러움과 만족감, 그리고 책임감이라는 새로운 감정까지 더하여 조시는 어느 때보다 차분하고 안정적으로 보였다. 지금만 같다면 지루한 공부나 오랜 기다림도 얼마든지 참을 수 있을 것 같았다. 찬란한 미래에 배우로서 성공하고 오랫동안 흠모해온 새 친구의 자랑스러운 동료가 될 수만 있다면 말이다.

조시는 궁금해서 눈을 반짝이는 청중을 모아놓고 캐머런 양을 만나고 온 일을 들려주었다. 모두 캐머런 양이 좋은 조언을 해주었다고 생각했다. 에이미 부인은 조금이나마 뒤로 연기된 것 같아 안도했다. 조카가 배우가 되지 않기를, 이것이 잠시 지나는 꿈이길 바랐기 때문이다.

로리 이모부는 조카를 위한 멋진 계획과 예언의 말들을 들려주었고 이웃에 사는 친구가 보여준 친절에 대해 최고의 찬사를 담아 멋들어진 감사 편지를 쓰는 것도 잊지 않았다. 그 와중에, 모든 형태의 예술을 사랑하는 베스는 사촌의 야심에 공감하면서도 동시에 왜 그런 예술혼을 대리석 조각이 아닌 몸으로만 표현하려고 하는지 궁금해했다.

이 첫 만남은 마지막 만남이 되지 않았다. 캐머런 양은 여러 차례 로런스 가족과 만나면서 조시에게 진심 어린 관심을 보였고 잊지 못할 깊은 대화도 나누었다. 조시와 베스도 동석하여 어른들이 주고받는 모든 말을 예술가가 자기만의 세상에서 느끼는 즐거움으로 귀담아들었고, 재능이 얼마나 신성한 것인지, 이를 생명력을 불어넣는 고상한 목적을 위하여 교육하고 개선하고 얼마나 영향력 있고 성실하게 사용해야 하는지도 배웠다.

조시는 어머니에게 장문의 편지를 썼다. 그리고 여름 휴가를 마친 후 집으로 돌아가서는 막내딸의 달라진 모습을 보여주어 어머니를 기쁘게 해드렸다. 본체만체하던 책을 다시 꺼내 공부하며 인내력을 발휘하는 모습에 모두가 놀라고 흐뭇해했다. 심지어 프랑스어 공부나 피아노 연습까지 꾸준히 하는 걸 보면 이번에는 조시가 제대로 된 동아줄을 잡은 모양이었다. 작은 것에서부터 하나하나 성취감을 얻어가는 것이 중요하다는 것을 깨우친 덕이었다. 이제 의복이나 매너, 습관, 이 모든 게 조시의 관심사가 되었다. '정신과 신체, 마음과 영혼을 반드시 가꾸어야 한다'던 선생님의 말씀처럼 말이다. '지성, 우아, 건강을 갖춘 소녀'가 되기 위해 자신을 단련하는 사이 조시는 자기도 모르는 사이에 '위대한 매니저*'가 그녀를 위해 어떤 무대를 예비했건 맡겨진 배역을 잘 소화해낼 여인이 되어가고 있었다.

---

* 신을 지칭한다.

9. 지렁이, 꿈틀하다

멋진 자전거 두 대가 반짝이며 플럼필드의 진입로로 들어섰다. 9월의 오후였다. 두 사람 모두 갈색으로 그은 얼굴에 먼지를 뽀얗게 뒤집어쓴 걸 보니 성공적인 자전거 여행을 마치고 돌아오는 길인 듯했다. 다리는 꽤 지쳐 보이지만 높은 자전거 안장 위에 앉아 세상을 내려다보는 두 사람의 얼굴만은 고요한 만족감으로 빛나고 있었다. 자전거를 제대로 타는 법을 배우고 난 후에 볼 수 있는 만족감이었다. 그런 행복한 지점에 이르기 전에는 남자다운 표정에 심적 괴로움과 신체적 고통이 그대로 묻어나는 법이다.

"얼른 가서 말씀드려, 토미. 난 이만 들어간다. 나중에 보자."

데미가 도브코트 입구에 이르러 자전거에서 풀쩍 뛰어내리며 말했다.

"너, 아직 아무에게도 말하면 안 돼. 내가 먼저 마더 베어께 말씀드릴 테니." 그렇게 말하며 자전거 페달을 밟는 토미의 입에서 깊은 한숨이 나왔다.

데미는 웃음이 나왔다. 자기 동무가 가로수길을 향해 천천히 올라가는 것을 보며 가는 길에 아무도 마주치지 않길 간절히 바랐다. 그가 지금 지고 가는 놀라운 소식은 집안 전체를 발칵 뒤집을 만한 것이기 때문이었다.

다행스럽게도 조 부인은 산더미 같은 교정지에 파묻혀 혼자 작업 중이었다. 그녀는 돌아온 방랑자를 보고는 당장에 일감을 내려놓고 그를 맞이했다. 하지만 조 부인은 한눈에 심상치 않은 분위기를 직감했다. 최근 일어난 사건도 있고 해서 그녀는 어느 때보다도 의심의 눈초리가 날카로워진 터였다.

"토미, 무슨 일이니?" 그녀가 물었다. 토미는 아리송한 표정을 지으며 안락의자에 깊숙이 들어가 앉았다. 벽돌색으로 타버린 그의 얼굴에 공포와 수치심, 즐거움, 고통이 온통 뒤섞여 있었다.

"제가 지금 끔찍하고 곤란한 상황에 빠졌어요, 선생님."

"그런 것 같구나. 난 네가 여기에 나타날 때마다 뭔가 곤란한 상황이 닥칠 것을 알고 마음의 준비를 한단다. 무슨 일인데 그러니? 자전거로 나이 든 숙녀라도 친 게야? 법정으로 가자고 하더냐?" 조 부인이 쾌활하게 물었다.

"그것보다 더 나쁜 일이에요." 토미가 신음소리를 내며 말했다.

"처방을 부탁한 환자에게 독을 먹인 것은 아니겠지, 설마?"

"그것보다 더 나쁜 일이에요."

"데미에게 끔찍한 일이 일어나도록 만든 다음 그 아이를 버려두고 오기라도 한 게야?"

"그것보다 더 나쁜 일이라니까요."

"기권이다. 얼른 얘기해보거라. 나쁜 소식 듣는 걸 기다리는 것은 질색이니까."

토미는 청자를 있는 대로 흥분시켜놓고는 청천벽력 같은 소식을 짧은 한마디로 던졌다. 그러고는 어떤 후폭풍이 닥칠지 관망하고자 뒤로 기대어 앉았다.

"저 약혼했어요!"

조 부인이 두 손을 갑자기 맞잡느라 책상 위에 있던 교정지가 하늘로 날아올랐다. 그녀는 절망스러운 목소리로 외쳤다.

"낸이 결국 넘어간 것이라면 절대로 그 아이를 용서하지 않겠어!"

"낸은 안 넘어왔는데요. 다른 여자라고요."

이 말을 하는 토미의 표정이 하도 재미있어서 웃음을 참으려야 참을 수가 없었다. 부끄러워하면서도 행복한 얼굴이었다. 그러면서 동시에 당혹스럽기도 하고 걱정스러워 보이기도 했다.

"기뻐라, 정말 기쁜 일이구나! 누구면 어떠니. 그럼 곧 결혼하겠구나! 자, 이제 전부 말해보거라." 조 부인이 명령하듯 다그쳤다. 어찌나 안심이 되었는지 이제는 무슨 이야기라도 들어줄 수 있을 것 같았다.

"낸이 알면 뭐라고 할까요?" 자신이 처한 곤경에 보이는 조의 반응에 되레 놀란 토미가 의아한 얼굴로 물었다.

"오랫동안 자기를 괴롭힌 모기를 제거해서 기쁘겠지. 낸 걱정은 말거라. 그 '다른 여자'는 대체 어떤 사람이니?"

"데미가 편지로 아무 말 안 하던가요?"

"네가 퀴트노에서 웨스트 양을 화나게 했다는 얘기만 짤막하게 썼지. 난 그것만으로도 충분한 곤경거리라고 생각했다만."

"그건 기나긴 곤경의 시작일 뿐이었어요. 제 운수가 그렇죠, 뭐! 제가 그 불쌍한 여자애를 물에 빠뜨렸으니 제가 돌보는 게 당연하잖아요? 그것 때문에 꼼짝을 못하게 되었고 전 어느새 구제불능의 상황에 빠져들었더라고요. 이게 다 데미 잘못이에요. 거기서 지내면서 사진 타령한 것은 데미니까요. 그곳의 경치가 정말 좋긴 했고 여자애들이 누구나 데미의 카메라에 찍히고 싶어 했거든요. 이 사진들 좀 보실래요, 선생님? 우리가 테니스를 치지 않을 때는 이러면서 시간을 보냈답니다." 토미는 주머니에서 한 뭉치의 사진을 꺼냈다. 그가 또렷이 나온 사진들이었는데 주로 바위 위에 앉은 아주 예쁜 젊은 여성을 위해 양산을 받치고 있는 사진이거나 혹은 그 여성의 발치에 누워 있는 사진, 그것도 아니면 해안가 복장과 그에 걸맞은 자세로 다른 커플들과 포치 난간 위에 걸터앉은 사진이었다.

"이 처자로구나?" 조 부인이 주름장식을 단 옷에 쾌활한 모자를 쓰고 요염한 구두를 신은 아가씨를 가리키며 물었다. 손에는 라켓이 들려 있었다.

"그 아이가 도라예요. 정말 사랑스럽죠?" 토미의 목소리가 커졌다. 자신에게 닥친 고난은 어느새 잊고 사랑에 빠진 티를 흠뻑 내고 있었다.

"보기엔 아주 좋은 아이 같구나. 설마 디킨스 도라* 같지는 않겠지? 저 곱슬머리가 그래 보이는데."

"전혀요. 아주 영리한 친구예요. 집안일도 잘하고 바느질이나 여러 가지 모두요. 제가 장담해요, 선생님. 다른 여자아이들도 모두 좋아하고, 온순하고 밝은 성격이랍니다. 노래도 꾀꼬리처럼 잘하고 춤도 얼마나 예쁘게 추게요. 책 읽는 것도 좋아하고요. 선생님의 책을 정말 좋아한대요. 제게 계속해서 선생님 이야기를 들려달라고 졸랐어요."

"그 마지막 말은 내 기분을 좋게 해서 이 곤경에서 빠져나갈 수 있도록 널 도와달라는 말로 들리는데? 일단 어떻게 시작된건지 그것부터 들려주렴." 조 부인은 흥미진진한 이야기를 들

---

* 《데이비드 카퍼필드》의 등장인물 도라 스펜로우. 데이비드와 결혼하지만 살림도 못하고 책임감도 없는 캐릭터다.

기 위해 자리를 잡고 앉았다. 남자아이들의 사랑놀음 이야기는 아무리 들어도 질리지 않는다.

토미는 머리를 마구 긁어대더니 마침내 결심한 듯 이야기를 시작했다.

"그게 말이죠. 알고 보니 우리가 이전에 만난 적이 있는 사이더라고요. 제가 알아보지 못했을 뿐이고요. 데미가 누군가를 만나러 간다기에 같이 갔거든요. 가보니 시원하고 좋은 곳이었어요. 그래서 일요일까지 거기서 보냈죠. 그곳에서 만난 좋은 사람들과 뱃놀이를 갔는데 도라가 제가 노 젓는 배에 탔어요. 그런데 배가 그만 빌어먹을 바위에 부딪히고 말았어요. 하지만 도라는 수영을 할 줄 알았고 다치지도 않았어요. 그저 놀란 데다가 드레스가 좀 망가졌을 뿐이었어요. 도라가 그 상황을 편하게 받아들여줘서 우리는 금세 친해졌어요. 도리가 있나요. 다들 우릴 보고 웃는 중에 그 괴물 같은 보트에 다시 기어 올라가야 했으니까요. 결국 우리는 하루 더 머무르기로 했죠. 도라가 괜찮은지 확인해야 해서요. 그건 데미가 원한 거예요. 앨리스 히스도 거기 있었고 우리 학교에서 간 여학생 둘이 더 있었죠. 그래서 우리는 다 같이 어울려 놀았어요. 데미는 계속 사진을 찍었고 우리는 함께 춤추고 테니스 경기도 했어요. 자전거 타는 것만큼이나 좋은 운동 같아요. 사실 테니스는 위험한 운동이랍니다, 선생님. 테니스 코트에서 많은 코트(courting)*가 일어나고 공을 서브 넣듯이 또 여자들을 '서브'하는 즐거움이 있잖아요. 아시죠?"

"내가 젊었을 때는 테니스를 많이 안 친 것 같다만, 어쨌건 무슨 말인지는 완벽하게 이해가 되는구나." 조 부인은 토미만큼이나 즐거워하고 있었다.

"맹세코 저는 진지하게 생각한 것이 아니었어요." 그는 천천히 말을 이어갔다. 뭔가 하기 어려운 이야기를 하려는 듯했다. "그런데 모두가 짝지어서 속닥이잖아요. 그래서 저도 그렇게 했죠. 도라도 좋아하는 것 같더라고요. 기대한 것 같기도 하고. 저 역시 저를 반가워해주니 기분이 좋았고요. 그 애는 저를 괜찮은 사람이라고 여기는 것 같았어요. 낸은 그렇지 않지만요. 맨날 퇴짜만 맞다가 누군가에게서 마침내 인정을 받게 되니 좋더라고요. 맞아요, 기분이 날아갈 것 같았어요. 사랑스러운 여자애가 온종일 저를 보고 웃어주고 제가 친절한 말을 건네면 그 애 볼이 빨개지고 제가 나타나면 좋아하고 헤어지면 서운해하고 제가 하는 것마다 다 대단하게 여겨주니 제가 진짜 남자가 된 것 같고 더 잘하고 싶어지더라고요. 남자들은 그런 대우를 받아야 좋아하나 봐요. 그래야 정신도 차리고 행동도 똑바

* '구애, 연애'라는 뜻.

로 하고요. 어릴 때부터 쭉 좋아해왔는데 긴 세월 동안 아무리 노력하고, 아무리 일편단심으로 좋아해도 돌아오는 건 조소와 찬바람뿐이라니, 이건 정말 아니잖아요. 억울하다고요. 정말 참기 힘들었다고요!"

토미는 그동안 받은 모욕을 생각하니 점점 분이 오르는지 격앙되었다. 자리에서 벌떡 일어나서는 방 안을 이리저리 오가며 머리를 흔들면서 평상시에 느끼던 서글픈 기분을 끄집어내려고 노력했다. 그러다가 그는 갑자기 깨달았다. 자신의 마음이 더는 아프지 않다는 사실을.

"나라도 그랬겠어. 어릴 적 마음은 잊어버리렴. 지금 와서 보니 아무 일도 아니었잖아. 그보다는 새로운 기회를 놓치면 안 되지. 만일 그게 진정한 사랑이라면 말이다. 그런데 어떻게 청혼까지 하게 된 거니, 토미? 뭐라도 했으니 약혼했다고 말했을 것 아니니?" 조 부인은 이야기의 절정을 빨리 듣고 싶어 안달이 났다.

"아, 그건 우연이었어요. 정말 그럴 생각은 아니었거든요. 당나귀가 한 짓이죠. 아시겠지만 저는 도라에게 상처를 주지 않고는 그 곤경에서 빠져나올 방도가 없었어요." 토미가 다시 이야기를 시작했다. 결정적인 순간이 다가오고 있었다.

"그러니까, 당나귀가 두 마리였다, 그런 얘기구나?" 조 부인이 재미난 상황이 벌어질 것을 예측하며 물었다.

"웃지 마세요! 웃긴 이야기처럼 들리긴 하지만요. 정말 끔찍하게 끝날 수도 있었죠." 토미가 음울한 얼굴로 대답했다. 여전히 눈이 반짝이는 걸 보면 사랑의 시련이 모험의 희극적인 면모를 알아보는 눈까지 앗아가진 않은 것 같았다.

"여자아이들이 우리의 새 자전거를 정말 좋아했어요. 우리도 물론 뽐내고 싶었고요. 그래서 여자아이들을 태우고 놀러 다녔지요. 그런데 어느 날 도라를 뒤에 태우고 하이킹을 가는데 웬 늙은 당나귀 한 마리가 길 앞에 떡 나타난 거예요. 전 그 녀석이 피할 줄 알았는데 그대로 서버린 거예요. 결국 그놈을 자전거로 치고 그놈이 다시 우리를 걷어차고…… 그렇게 다 같이 넘어졌어요. 당나귀까지 같이요. 정말 어처구니없는 상황이었죠! 그때 도라 생각밖에 안 나더라고요. 그 애는 히스테리 발작을 일으켰어요. 그래도 웃긴 했어요. 울음이 터지기 전까지는요. 그리고 그 짐승 녀석이 막 울어대는 거예요. 저는 완전히 넋이 나가버렸고요. 누구든 그 상황이면 그랬을 거예요. 여자애는 길바닥에서 숨이 넘어가고 있지, 남자는 정신없이 눈물을 닦아주며 용서를 구하고 있지…… 뼈라도 부러졌으면 큰일이잖아요. 저는 잔뜩 당황한 가운데 그 아이를 '자기야'라고 부르질 않나, 아무튼 그런 바보짓을 계속했어요. 그러다가 마침내 도라가 진정이 되었어요. 그러고는 상냥한 얼굴로 제게 이렇게 말하는 거예요. '용서해줄게요, 토미. 나 좀 일으켜줘요. 하이킹 계속해야죠.' 제가 그 애를 두 번이나 다치게 했는데 그렇게 말해주다니 너무 사랑스럽지 않나요? 그때 제 마음에 큰 감동이 있었어요. 그리고 저는 이렇게 말했어요. 당신과 같은 천사라면 영원히 같이 자전거를 타고 싶다고요. 사실, 제가 뭐라고 말했는지도 잘 모르겠어요. 하지만 그때 제 옆에 계셨다면 저를 깃털로만 건드려도 뒤로 넘어갔을 거예요. 그 애가 내 목에 팔을 두르고는 이렇게 속삭였거든요. '토미, 당신과 함께라면 저는 사자가 나타난대도 두렵지 않아요.' 사자가 아니라 당나귀라고 말했는지도 몰라요. 아무튼 그 애는 진심이었어요. 그러면서 제 기분을 달래주었죠. 정말 착하고 사랑스러운 소녀랍니다. 그런데 문제는 사랑하는 여인이 둘이라는 점이에요. 곤경이 겹으로 찾아온 이중 곤경에 처했다고요."

조 부인은 더 참을 수가 없었다. 너무나도 토미다운 이야기에 그만 큰 소리로 웃음을 터뜨리고 말았다. 눈물이 볼을 타고 줄줄 흘러내리도록 그 웃음은 멈추지 않았다. 그런 조 부인을 향해 토미가 책망하는 듯한 표정을 지어 보였는데 그 역시 조 부인의 웃음만 더 키웠을 뿐이다. 결국 토미도 합세하여 방이 떠나가라 웃어젖혔다.

"토미 뱅스! 토미 뱅스! 너 아니면 누구에게 그런 대참사가 일어난단 말이냐?" 조 부인이 간신히 숨을 고르며 말했다.

"정말 어느 구석으로 보나 엉망진창이죠? 모두가 저를 죽도록 놀려대지 않을까요? 당분간 학교를 관둬야 할까 봐요." 토미가 손수건으로 얼굴을 닦으며 말했다. 생각해보니 자기 앞에 닥친 환란이 보통 환란이 아니었다.

"아니, 그렇지 않을 거야. 내가 네 편이 되어줄게. 내가 볼 때 올해 여름 최고의 에피소드가 될 것 같구나. 하지만 이야기가 어떻게 마무리되었는지는 내게 말을 해줘야지. 정말 진지하게 생각하는 거니, 아님 그냥 여름방학의 불장난인 거니? 나는 용납할 수 없다만 청춘 남녀들은 날카로운 도구를 가지고 놀다가 손가락을 다치곤 하잖니."

"그게, 도라는 자기가 약혼했다고 여기고 있어요. 바로 자기 가족들에게 편지를 써서 알렸다니까요. 그 애가 그렇게 진지하게 받아들이고 행복해하는데 저는 아무 말도 할 수가 없었어요. 그 애는 겨우 열일곱 살이에요. 이전에 다른 남자를 좋아해 본 적도 없고 모든 일은 다 잘될 거라고만 믿는 그런 소녀라고요. 게다가 그 애의 아버지가 우리 아버지를 아신대요. 두 가정 모두 풍족한 가정이에요. 저는 너무 당황해서 이렇게 말했죠. '글쎄, 당신이 나에 대해 별로 아는 게 없으니 사랑한다고 할 수도 없지 않을까요?' 그랬더니 그 애의 예쁜 마음이 바로 이렇게 말하는 거예요. '아뇨, 토미, 저는 당신을 사랑해요. 당신처럼 유쾌하고 친절하고 정직한 사람을 어떻게 사랑하지 않을 수 있겠어요?' 일이 그 정도가 되었으니 제가 어찌겠어요? 있는 동안

그 애를 행복하게 해주고 나중에 가서 복잡하게 얽힌 상황을
푸는 건 운에 맡기는 수밖에요."

"이 일을 그렇게 편하게 생각하다니, 참으로 너답구나. 아버
지께는 바로 말씀드렸겠지?"

"그럼요. 바로 편지를 써서 알려드렸죠. 달랑 세 줄로요. '친
애하는 아버지, 도라 웨스트 양과 약혼을 했는데 그녀가 아버
지 마음에 들면 좋겠습니다. 저에게는 최고의 짝이거든요. 사랑
하는 아들, 토미 드림.' 이렇게요. 아버지는 좋아하셨어요. 아시
겠지만 그동안 낸을 탐탁지 않게 여기셨거든요. 하지만 도라는
아버지가 아주 마음에 들어할 그런 여자예요." 토미는 그렇게
말하며 자신의 요령과 취향에 매우 흡족해했다.

"이 급속도로 발전한 재미난 연애 사건을 두고 데미는 뭐라
고 하더냐? 화를 내지는 않든?" 조 부인이 물었다. 또다시 낭만
과는 정반대인 당나귀, 자전거, 소년과 소녀의 조합이 떠올라
웃음이 터지려는 것을 꾹 눌러 참았다.

"전혀요. 오히려 큰 관심을 가지고 친절히 대해주었어요. 아
버지같이 조언도 해주고요. 남자가 진득해야 한다면서요. 제가
도라와 저 자신에게 솔직하면 좋겠다, 이 순간을 가벼이 여기
지 말라고도 말해주었죠. 데미는 솔로몬같이 지혜로운 친구예
요. 같은 배를 탔을 때는 더욱 그렇고 말고요." 토미가 짐짓 현
자 같은 표정으로 말했다.

"혹시, 너, 지금 그 말은…?" 조 부인은 침을 꼴딱 삼켰다. 연애사건이 여기서 끝이 아닌가 보았다.

"맞아요, 선생님. 처음부터 그 녀석 장난에 넘어간 거라니까요. 제가 소경이 되어 이 함정에 빠진 것도 다 데미 덕분이니 제가 빚을 진 셈이죠. 데미가 그랬거든요. 퀴트노에 가는 이유가 프레드 월리스를 만나러 가는 것이라고요. 그런데 정작 프레드 월리스라는 사람은 만나지도 못했어요. 그 월리스란 친구는 요트 여행을 떠나서 내내 그곳에 없었는데 만나려야 만날 수도 없었다고요. 그 녀석, 알고 보니 앨리스를 만나러 간 거더군요. 두 사람이 그 대단하신 카메라를 들고 연애하는 동안 저는 제 운명에 완전히 던져졌고요. 이 사건에 등장하는 당나귀는 세 마리랍니다. 제가 그중 최악은 아니라고 생각하지만, 웃음거리는 제 몫이 될 수밖에 없네요. 데미는 순진하고 침착해 보여서 그에게는 아무도 뭐라고 하지 않을 테니까요."

"한여름의 광란이 터진 게로군. 다음번엔 누구 차례일지 모를 일이야. 그래, 데미 일은 그 애 엄마에게 맡기자꾸나. 우리는 먼저 네 문제부터 해결해야지."

"저도 어떻게 해야 할지 모르겠어요. 두 여인과 동시에 사랑에 빠지다니. 이럴 땐 어떻게 해야 할까요?"

"상식적인 선에서 문제를 바라보는 게 제일 중요해. 도라는 너를 사랑하고 또 너도 자기를 사랑한다고 믿고 있지. 낸은 너에게 관심도 없고 너 역시 그 애를 친구로만 대하고 있어. 비록 너는 그보다 더한 관계를 원했지만. 내 의견은 말이다, 토미 너도 도라를 사랑하는 것 같아. 적어도 점점 그쪽으로 마음이 기우는 중이지. 왜냐하면 지난 수년간 나는 네가 지금 도라에 대해 이야기하는 것처럼 열정적으로 낸을 언급하는 것을 단 한 번도 보지 못했거든. 아마 낸의 거부가 도리어 반작용으로 너를 더욱 매달리게 한 것 같아. 우연한 사고로 네가 진짜 매력을 느끼는 여자를 만나기까지 말이야. 자, 우리, 옛사랑은 친구로 간직하고 새 사랑을 너의 연인으로 받아들이면 어떨지? 그렇게 시간이 흐르다가 그 감정이 진짜라는 것이 확인되면 그때 그 애랑 결혼하려무나."

조 부인이 이 부분에서 일말의 의심이라도 있었다면 토미의 얼굴이 그것의 진위를 바로 가려내어 증명했으리라. 조 부인의 말을 듣는 그의 두 눈은 반짝였고 입술은 미소를 띠었으며 피부가 그은 데다 먼지를 뒤집어썼어도 얼굴은 행복감으로 빛이 났다. 그는 잠시 선 채로 조용히 젊은 청년의 마음에 진정한 사랑이 찾아올 때 일어나는 아름다운 기적을 곰곰이 되새기는 중이었다.

"사실대로 말씀드리면, 처음엔 낸의 질투심을 불러일으킬 심산이었어요. 낸이 도라를 알고 있으니 어떤 경로를 통해서건 우리 이야기를 듣게 될 테니까요. 무시당하는 것에 지쳐 있었거든요. 그래서 더는 지겨운 놈이나 웃기는 놈 취급받지 않도록 나가 떨어져주마, 그렇게 생각한 거예요." 그는 자기 안에 있는 의심과 걱정과 희망과 기쁨을 오랜 친구에게 모조리 쏟아내기라도 하는 것처럼 느리게 말했다. "그런데 그게 생각보다 쉽고 기분이 좋기까지 한 거예요. 그렇다고 낸을 힘들게 할 생각은 없었고, 그냥 자연스럽게 두고 싶었어요. 그래서 데미한테 데이지에게 편지 쓸 때 내 얘기도 쓰라고 일렀죠. 그러면 그 이야기가 낸에게도 전해질 테니까요. 그래놓고 제가 낸에 관해서 완전히 잊어버리고 만 거예요. 그저 도라만 보고 싶고 이야기하고 싶고 감정을 느끼고 싶고 걱정해주고 싶더라고요. 당나귀가 그 애를 번쩍 들어서 내 품에 안겨줄 때까지 말이에요. 오, 당나귀에게 축복을! 그러고서 그 애가 저를 사랑한다는 것을 알게 되었어요. 제 영혼을 걸고 맹세컨대, 사실 아직도 그 애가 왜 저를 좋아하는지 모르겠다니까요! 저는 괜찮은 남자의 반절에도 못 미치는 놈이잖아요."

"정직한 남자라면 누구나 순진한 소녀가 손을 내밀 때 그런 생각을 한단다. 이제 그 애를 위해서라도 괜찮은 남자가 되어보렴. 그 애는 천사가 아니란다. 그 애도 네가 눈감아주고 용서해주어야 할 흠이 많은 여자일 뿐이란다. 두 사람이 서로 돕고 사는 것이 결혼이지." 조 부인이 말했다. 지금 그녀 앞에 있는 진지한 청년이 그녀의 말썽꾸러기 토미라니.

"제가 괴로운 부분은 처음 시작이 정직하지 않았다는 점이에
요. 그 사랑스러운 아이를 낸을 괴롭히는 데 이용하려고 했다
니, 분명 잘못된 일이잖아요. 그런 면에서 저는 행복할 자격이
없어요. 제가 처했던 모든 곤경이 지금과 같은 결말을 맞이했
더라면 저는 아마 궁극의 축복 상태에 있었을걸요!" 토미가 또
다시 황홀한 감정에 빠져 눈이 빛났다.

"얘야, 이건 곤경이 아니야. 사랑이란 게 갑자기 찾아와 네가
당황했을 뿐이지." 조 부인이 대답했다. 그녀는 침착하게 말했
다. 토미가 진지하다는 것을 눈치챘기 때문이다. "이 사랑을 현
명하게 누리고 소중히 여기렴. 여인의 사랑과 신뢰를 받아들이
는 것은 아주 진지한 일이란다. 그걸 받았다면 그 애가 너를 항
상 온화하고 진실한 눈길로 존경할 수 있도록 잘 보살펴주어야
해. 도라의 진심을 헛된 것으로 만들면 안 돼. 모든 면에서 그녀
를 위하여 남자답게 행동하거라. 이 사랑이 두 사람 모두에게
축복이 되도록 말이다."

"노력할게요. 네, 저는 정말 도라를 사랑해요. 아직 그 사실
이 믿어지지 않을 뿐이죠. 선생님도 그 애를 알고 계시면 좋을
텐데. 아, 그 애가 벌써부터 보고 싶어지네요. 지난밤 헤어질 때
그 애가 울었답니다. 저도 떠나고 싶지 않았고요." 토미가 손으
로 자기 볼을 만졌다. 도라가 자기를 잊지 않겠다는 토미의 약
속을 봉인하는 의미에서 해준 장밋빛 키스가 지금도 느껴지는

것 같았다. 낙천적이기만 하던 토미는 처음으로 감정과 감상의 차이를 이해하게 되었다. 낸을 떠올릴 때에는 한 번도 도라를 생각할 때 찾아오는 부드러운 설렘을 느껴본 적이 없다. 그 오랜 우정은 낭만과 놀람과 사랑과 즐거움이 한데 뒤섞인 유쾌한 감정과 비교하면 평범하고 따분하기 짝이 없는 것이었다.

"정말이지 무거운 짐을 던 기분이에요. 하지만 낸이 알게 되면, 낸이 대체 뭐라고 할까요?" 그는 키득거리며 외쳤다.

"알긴 뭘 알게 된다는 거야?" 갑자기 들려온 맑은 목소리에 두 사람은 깜짝 놀라 뒤돌았다. 낸이 문간에 서서 두 사람을 살펴보고 있었다.

토미를 위기에서 건져주어야 한다는 생각과 낸이 이 소식을 어떻게 받아들일지에 대한 걱정에 조 부인이 나서서 얼른 말해버렸다.

"토미가 도라 웨스트와 약혼을 했다는구나."

"정말요?" 낸이 어찌나 놀라던지 조 부인은 혹시 낸이 어릴 적 소꿉친구를 친구 이상으로 여기고 있는 것은 아닌지 걱정이 되었다. 하지만 그녀의 다음 말이 그것이 기우였음을 알려주면서 순식간에 모든 상황이 편안하고 유쾌한 것으로 바뀌었다.

"제 처방이 기적을 일으킬 줄 알았다니까요. 토미가 장복하기만 한다면 말이에요. 나의 친구 토미, 정말 기쁘다. 축하해, 축하해!" 그리고 그녀는 진심 어린 애정을 담아 그의 두 손을 잡고 흔들었다.

"우연이었어, 낸. 그러려는 것은 아니었는데, 내가 원래 항상 사고를 치잖아. 이번 사고에서는 빠져나올 방도가 없더라고. 이야기의 전말은 마더 베어께서 들려주실 거야. 전 이제 가서 정리 좀 해야겠어요. 데미와 차를 마시기로 했거든요. 나중에 봬요."

토미는 쑥스럽기도 하고 기쁘기도 한 표정으로 얼굴이 빨개져서는 더듬거리며 황급히 빠져나갔다. 나이가 지긋한 숙녀가 젊은 숙녀를 잘 계몽시켜주기를 바라면서. 둘은 '우연'이라고 불리는 새로운 연애 사건을 다시 이야기하며 한바탕 웃으리라. 낸은 큰 관심을 보였다. 도라를 원래 알고 있었고 착하고 귀여운 여자아이라고 여겼기 때문에 토미와 결혼하면 잘 어울릴 것이라고 전부터 예상하던 터였다. 도라는 전부터 토미를 좋아하고 있었고 토미를 '인정'해주는 소녀였기 때문이다.

"물론 아쉽기도 하지요. 하지만 저로선 한시름 던 셈이고 토미에게도 잘된 일이에요. 여자에게 매달리다니, 못할 짓이잖아요. 그럼 이제 아버지를 따라 사업을 하게 될 것이고, 토미는 그 일을 잘할 거예요. 모두를 기쁘게 하는 결정이 되겠네요. 도라에게 결혼 선물로 아주 우아한 약장을 사줘야겠어요. 쓰는 법은 도라에게 가르쳐주기로 하고요. 토미는 안 돼요. 사일러스 할아버지보다 더 그 직업에 어울리지 않는 아이예요."

낸이 마지막에 한 말 덕분에 조 부인은 마음을 놓았다. 처음에는 낸이 뭔가 중요한 것을 잃어버리고 온 사람처럼 주변을 두리번거렸는데 약장을 언급하면서부터는 다시 기분이 좋아진 것처럼 보였다. 토미가 좀 더 '안전'한 직업을 찾을 것이라는 생각도 그녀에게 큰 위안이 된 모양이었다.

"낸, 지렁이도 밟으면 꿈틀한다더니 정말 이런 일이 다 있구나. 네 껍딱지가 떨어져 나간 거야. 자유롭게 보내주고 이참에 공부에만 매진하거라. 너는 그 직업에 잘 어울리는 아이인 데다가 점점 그 분야에서 성공할 아이니까." 낸을 바라보는 조 부인의 얼굴에서 뿌듯함이 느껴졌다.

"그러길 바라야죠. 아, 그 말씀을 하시니 생각이 나네요. 마을에 홍역이 발생했어요. 여자아이들에게 어린이가 있는 곳에 가지 말라고 일러두시는 게 좋겠어요. 학기가 시작하는데 옮으면 큰일이니까요. 전 이제 그만 데이지를 만나러 갈게요. 그 애가 토미에 대해 뭐라고 말할지 궁금하네요. 토미란 아이, 정말 재미있지 않아요?" 낸은 만족스럽게 웃으면서 방에서 나갔다. 그러는 걸 보니 저 '처녀의 사심 없는 명상*'에는 토미에 대한 어떤 감상적인 후회도 남지 않은 모양이었다.

"데미를 눈여겨봐야겠군. 하지만 아무 말도 말아야지. 메그

---

* 셰익스피어의 《한여름 밤의 꿈》 중 오베론의 대사를 인용한 것이다.

언니에겐 아이들을 다루는 자기만의 방식이 있고 언니의 방식은 현명하니까. 하지만 자기 아들도 이번 여름에 유행하는 이 전염병에 걸렸다는 걸 알면 어미 펠리컨이 꽤나 놀라겠는걸."

조 부인은 홍역을 두고 얘기한 것이 아니다. 그보다는 한 지역을 순식간에 피폐하게 만들 수 있는 더 중한 병, 곧 사랑의 열병을 말한 것이다. 이 병은 일반적으로 겨울의 흥겨움과 여름의 나른함이 약혼으로 이어지는 봄과 가을에 창궐하는데, 이때가 되면 젊은 남녀가 사이좋은 새처럼 짝 짓기를 시작한다. 최초 발병자는 프란츠였다. 네트가 만성 환자라면 토미는 급성 환자다. 데미에게는 초기 증세가 나타나고 있다. 하지만 그중 최악은 그녀의 아들 테디가 바로 며칠 전에 차분한 목소리로 이런 얘기를 했다는 점이다.

"엄마, 제게도 연인이 있으면 더 행복할 것 같아요. 다른 형들처럼요." 그녀의 소중한 아들이 다이너마이트를 장난감으로 사달라고 했다고 하더라도 그렇게까지 놀라거나 황당한 제안이라면서 딱 자르지 않았으리라.

"배리 모건이 그러는데 제게도 여자친구가 있어야 한다면서 우리 집 여자 중에서 괜찮은 여자로 골라보라는 거예요. 그래서 조시에게 먼저 물었죠. 그랬더니 바로 비웃고 지나가더라고요. 그래서 배리에게 찾아봐달라고 하려고요. 엄마도 그러셨잖아요. 남자가 진득해야 한다고. 저도 진득해지고 싶어요." 테디의 어조가 사뭇 진지했다. 보통 때 같으면 그의 부모는 아들이 그런 얘기를 하면 웃음을 터뜨렸을 것이다.

"아이쿠야, 요즘 세상이 어떻게 돌아가는지 모르겠구나. 아기들과 소년들이 그런 요구를 하다니. 연애와 사랑이란 인생에서 가장 신성한 것이거늘 사랑을 가지고 장난을 치겠다?" 조 부인이 외쳤다. 그러고는 아들에게 세상의 이치가 어떠한지 짧은 이야기로 들려주고는 그런 걸 궁리할 시간에 나가서 건전하게 야구를 하거나 옥투와 뛰어 놀라며 집 밖으로 내보냈다.

이제 곧 토미의 폭탄이 이 집 한가운데 떨어질 예정이다. 대규모 참사를 가져올지도 모른다. 제비 한 마리가 돌아왔다고 바로 여름이 온 것은 아니라지만 한 명의 약혼이 여럿의 약혼을 몰고 올지도 모를 일이다. 그녀의 아들들이 하나같이 격정의 시기를 보내는 중이라 불꽃 하나만 튀어도 큰불을 낼 수도 있다. 개중에는 곧 깜빡이며 타들어가는 불도 있을 것이고 오래도록 꺼지지 않고 따스하게 타는 불도 있을 것이다. 이 사태를 막을 도리는 없다. 그보다는 아이들이 현명한 선택을 할 수 있도록 도와주고 상대에게 좋은 남자가 되는 법을 가르쳐주어야 한다. 하지만 조 부인이 아이들에게 가르쳐주는 수많은 교훈 중 이것이 가장 가르치기 어려운 부분인 것은 사실이다. 사랑은 성자나 현자라도 순식간에 광인으로 만들어버리는 힘이 있기 때문이다. 그렇기에 젊은이들은 이 광란이 가져다주는 달콤한 기쁨을 맛보지만, 동시에 망상, 실망, 실수의 늪에서 허우적거릴 수밖에 없는 것이다.

'미국이라는 곳에 사는 한 피해갈 수는 없겠지. 굳이 사서 걱정하지는 않는 게 좋겠어. 그보다는 이 신교육이라는 것이 진실하고 행복하며 능력 있고 지적인 여성들을 많이 배출해내어 우리 아이들의 좋은 짝이 되길 바라는 수밖에. 이 열두 아들이 전부 내 책임이 아니라는 것만 해도 어찌나 다행인지. 그랬더라면 내 머리가 어떻게 되었을지도 몰라. 토미의 보트, 자전거, 당나귀, 도라 사건보다 훨씬 더 복잡하고 골치 아픈 문제들이 일어날 것이 벌써 내다보이니 말이야.' 조 부인은 그렇게 생각하며 잠시 접어둔 교정지를 검토하러 다시 책상으로 돌아갔다.

토미는 자신의 약혼 소식이 플럼필드라는 작은 사회에 일으킨 파장에 꽤 만족스러웠다.

"아무도 힘을 못 쓰게 되었군." 데미는 그렇게 표현했다. 토미의 친구들은 어찌나 놀랐던지 토미를 놀려먹을 생각도 못 하고 있었다. 그렇게 일편단심이던 토미가 자기 우상을 버리고 낯선 여신에게로 갔다니, 낭만주의자들에게는 충격이요, 유약한 이들에게는 경고였다. 요즘 토미의 태도는 꽤 볼 만하다. 사건의 가장 웃긴 부분은 진실을 아는 이들의 친절 덕분에 망각의 늪에 수장되었고, 토미는 익사할 뻔한 여인을 구하고 용맹한 행동으로 미녀를 얻은 영웅으로 둔갑했다. 도라 역시 비밀을 지

커주었다. 마더 베어를 비롯한 가족들에게 정식으로 인사하기 위해 집을 방문했을 때 그녀는 그 얘기를 하면서 재미있어했다. 쾌활하고 매력적인 도라는 모두의 마음을 단번에 사로잡았다. 생기 넘치고 솔직하며 밝은 그녀가 순수한 마음으로 토미를 자랑스러워하는 것이 예쁘게만 보였다.

토미는 이전과는 전혀 다른 새로운 소년이 되었다. 아니 그보다는 남자라고 하는 편이 옳겠다. 이 일로 그의 인생에도 큰 변화가 찾아왔다. 여전히 명랑하고 충동적이지만 도라가 믿어주는 모습에 맞추어 살려고 애쓰다 보니 어느새 그의 좋은 면을 보여주는 게 일상이 되었다. 사실 다들 토미에게 좋은 자질이 이렇게 많았다는 것을 알면서 놀라는 중이었다. 약혼한 남자로서 남자의 존엄성을 유지하고자 하는 그의 노력은 정말 우스꽝스러웠다. 과거 낸에게 고분고분하고 굴욕적인 모습을 보여주던 토미는 온데간데없어지고, 지금은 약혼녀를 대하는 그의 태도에서 어딘지 오만한 분위기가 풍겼다. 그도 그럴 것이 도라는 토미를 우상처럼 떠받들고 자신의 소중한 토미에게 어떤 흠이나 잘못도 있을 수 없다고 철석같이 믿었기 때문이다. 이 새로운 변화는 두 사람 모두에게 잘된 일이었다. 한동안 말라 죽어가던 나뭇가지가 인정과 사랑과 신뢰라는 계절이 찾아오니 화사하게 꽃피우는 중이었다. 그는 약혼녀를 매우 좋아했지만 더는 여인의 노예가 되지 않기로 작정했다. 그래서 자기를 쥐고 흔들던 폭군에게서 벗어나 새로 얻은 자유를 실컷 누리기로 했다.

아버지는 아들이 의학 공부를 포기하고 아버지가 하는 사업에 동참할 것이라는 소식에 매우 만족스러워했다. 토미의 아버지는 부유한 상인이기에 아들의 앞날을 보장해줄 준비가 되어 있었으며 돈 많은 웨스트 가문 딸과의 혼사도 매우 흡족히 여겼다.

토미에게 펼쳐진 장미 화단에 가시가 하나 있었는데 그것은 이 모든 사단에 대해 낸이 보이는 무심한 태도였다. 게다가 토미의 배신에 안도하는 것까지 눈에 보이니 더욱 그랬다. 그렇다고 토미가 낸이 속앓이를 하기를 바란 것은 아니지만, 멋진 남자를 놓친 것에 대해 약간이라도 후회하는 듯한 모습을 보여주었더라면 토미에게는 더할 나위 없었으리라. 그가 도라와 팔짱을 끼고 지나갈 때 약간의 멜랑콜리, 원망 섞인 말투, 부러움의 눈길만이라도 보여줬더라면. 그렇게 오래도록 일편단심으로 따라다니고 정성을 쏟았는데 그 정도는 해줄 수 있는 것 아닌가. 하지만 낸은 토미가 화가 날 정도로 어머니가 아들을 대하는 것과 같은 태도로 토미를 대했고, 도라에게는 《데이비드 카퍼필드》의 줄리아 밀스처럼 쭈글쭈글한 독신녀 분위기를 풍기며 그녀의 곱슬머리를 쓰다듬어주었다.

오래된 감정과 새로운 감정이 안정적으로 자리 잡는 데는 시간이 걸렸지만 조 부인의 도움과 로리 씨의 현명한 조언 덕에 토미는 인간의 마음이 얼마만큼이나 체조를 할 수 있는지 알게 되었다. 또한 진실과 상식이라는 균형봉만 제대로 붙잡으면 이 과정이 훨씬 쉬워진다는 것도 알게 되었다. 마침내 우리의 토미는 새로운 상황에 적응했고 가을이 오자 플럼필드에서 그를 보는 일은 거의 없어졌다. 이제 그의 새로운 북극성은 도심에 있었기 때문이며 사업을 하느라 바빠졌기 때문이다. 토미가 제자리를 찾은 것은 누가 봐도 확실했으며 그는 얼마 안 되어 성공가도를 달리기 시작했다. 토미의 아버지로서는 매우 만족스러운 일이었다. 토미 특유의 친화력은 한때 조용하던 회사에 생기를 불어넣었고 그의 재치와 기지는 질병을 연구하거나 해골을 놓고 부적절한 농담을 하는 것보다 사람과 비즈니스를 경영하는 일에 더욱 적절한 것이었다.

이제 토미 이야기는 여기까지만 하고 이번에는 그의 친구들이 펼치는 좀 더 진지한 모험을 살펴보도록 하자. 이 재미난 약혼 소동으로 우리의 재간둥이 토미가 행복해지고 진짜 남자가 되었으니 말이다.

10. 데미, 자리 잡다

"어머니, 제가 진지하게 드릴 말씀이 있어요." 어느 날 저녁, 데미가 어머니에게 말했다. 그들은 이 계절의 첫 벽난로 불을 지피고는 함께 앉아서 즐기는 중이었다. 데이지는 위층에서 편지를 쓰고 있고, 조시는 가까이에 있는 작은 서재에서 공부 중이었다.

"물론이지, 얘야. 나쁜 소식은 아니면 좋겠는데?" 메그 부인이 뜨개질하다 말고 올려다보며 말했다. 우려와 반가움이 뒤섞인 표정이다. 메그 부인은 큰아들이 할 말이 있다고 할 땐 허튼소리 하려고 하는 게 아님을 잘 알고 있었다.

"어머니는 좋아하실 소식 같아요." 데미가 대답했다. 손에 들고 있던 신문을 치워버리고는 어머니 곁으로 다가가 앉았다. 두 명이 앉으면 딱 맞는 소파였다.

"그렇다면 들어볼까, 지금?"

"어머니는 제가 기자로 사는 것을 좋아하시 않으시잖아요. 제가 그 일을 그만둘 생각이라고 말씀드리면 기뻐하시겠지요?"

"참 잘된 일이로구나! 그 일은 불확실하기도 하고 장기적으로 볼 때 유망하지 않아. 그보다는 좋은 곳에 자리 잡아서 더 늦기 전에 돈을 벌면 좋겠구나. 난 네가 목사가 되기를 바란다만, 만일 그 일이 싫다면 깨끗하고 안정적인 일을 하게 되면 좋겠구나."

"철도회사는 어떠세요?"

"거긴 싫다. 시끄럽기도 하고 정신없는 곳이잖니. 거친 남자들이 있는 곳이라는 걸 잘 알고 있단다. 설마, 그곳에서 일하려는 것은 아니겠지?"

"그럴 수도 있고요. 그러면 가죽도매상에서 회계장부 정리하는 일은요? 그건 아까 것보다 마음에 드세요?"

"아니. 높은 책상 앞에서 구부리고 앉아 장부 정리만 하다가는 등이 굽고 말 게야. 한번 경리는 영원한 경리라는 말이 있지 않더냐."

"그렇다면 여행사 직원에 대한 어머니 생각은요?"

"그것도 마음에 안 드는구나. 끔찍한 사고를 당할 수도 있고 여기저기 돌아다니면서 질 나쁜 음식을 먹게 되는 것도 싫다. 결국 사고로 죽거나 건강을 잃게 될지도 몰라."

"문학가의 개인비서가 되는 건요? 월급이 적고 언제 그만두게 될지 모른다는 단점이 있지만요."

"그건 괜찮겠다. 내가 원하는 게 그런 거란다. 네가 하려는 일마다 반대하려는 것은 아니야. 하지만 우리 아들이 한창때에 어두운 사무실에 앉아서 돈이나 뒤적이면서 시간을 보내거나 성공하려고 야단법석 싸움판에 뛰어드는 것도 원하지 않아. 그보다는 네 취향과 재능을 계발할 수 있고 그것이 유용하게 사용될 곳에서 일하게 되면 좋겠구나. 계속해서 성장할 수 있고 그러면서 재산도 모으고 그러다가 나중에는 동업자가 될 수 있는 일 말이다. 몇 년의 수습 기간이 아깝지 않을 일, 그리고 가치 있는 일을 하고 그런 삶을 살면서 다른 이들에게서 존경도 받는, 훌륭한 사람들과 나란히 설 수 있는 일을 하면 좋겠구나. 이 이야기는 네가 어렸을 때 네 아버지와 나누던 대화란다. 만일 네 아버지가 살아 계신다면 말이 아니라 몸소 보여주셨을 테고 네가 아버지 같은 사람이 되도록 도우셨을 게다."

메그 부인은 조용히 흐르는 눈물을 훔치며 말했다. 남편을 떠올릴 때마다 그녀의 마음은 부드러워졌다. 그녀에게 자식 교육은 신성한 일이었다. 자신이 마음과 일생을 바쳤기 때문이다. 그리고 지금까지 그녀는 그 일을 훌륭히 해냈다. 그녀의 멋진 아들과 사랑스러운 딸들이 이를 증명해 보이는 중이었다. 데미는 어머니에게 팔을 두르며 말했다. 말하는 목소리가 꼭 자기 아버지의 목소리 같아 그녀 귀에는 달콤한 음악처럼 들려왔다.

"어머니, 아무래도 제가 어머니 원하시는 일을 하게 될 것 같습니다. 그러니 혹시 제가 어머니가 바라는 모습이 되지 않는다고 하더라도 이젠 제 잘못이 아니에요. 어떻게 된 일인지 다 말씀드릴게요. 이게 확실해질 때까지 말씀드리지 않으려고 했어요. 괜한 걱정만 끼쳐드리게 될까 봐서요. 그간 조 이모와 저는 다른 일자리를 찾아보고 있었는데 그러다가 이 일을 알게 되었어요. 이모 책을 출판하는 타이버 씨 아시지요? 출판업계에서 가장 성공한 사람 중 한 분이시죠. 그뿐 아니라 관대하고 친절하기까지 한 존경받을 만한 분이랍니다. 그분이 조 이모를 어떻게 대하는지 잘 아시잖아요. 저는 그런 일을 정말 하고 싶었어요. 제가 워낙 책을 좋아하잖아요. 책을 쓰지 못한다면 출판이라도 해보고 싶거든요. 그러려면 문학적 소양과 비판적 시각이 있어야 하고, 또 그 일을 하다 보면 많은 문화계 인사들을 만나게 되겠죠. 제겐 그 자체만으로도 배울 게 많은 일이에요. 조 이모를 대신하여 타이버 씨를 방문할 때면 그의 커다랗고 근사한 사무실이 참 좋아서 오래도록 머물고 싶다고 생각했었지요. 서가에 책이 가지런히 꽂혀 있고 멋진 그림들이 걸려 있으며 유명한 사람들이 오가는 곳이거든요. 타이버 씨는 책상에 왕처럼 앉아서 백성을 맞이해요. 제아무리 날고 기는 작가들이라도 타이버 씨 앞에만 가면 순한 양처럼 변해서 임금님 입에서 나올 대답을 가슴 졸이며 기다린다니까요. 물론 저랑은 전혀 상관없는 일이기도 하고 앞으로도 그럴 일이 없을 수도 있지만, 그걸 보는 것만으로도 좋아요. 그곳 분위기는 어두침침한 사무실이나 물건을 팔고 사느라고 야단법석을 떠는 곳과는 완전히 달라요. 그런 곳에서는 다들 돈 얘기만 하잖아요. 그런 면에서 그 출판사는 다른 세상이에요. 그리고 저는 그곳이 오히려 집처럼 편안하고요. 커다란 가죽 가게에서 많은 월급을 받고 경리부장으로 일하느니 문지기를 하거나 아궁이에 불을 지피더라도 그런 출판사에서 일해보고 싶어요." 데미는 잠시 멈추고 숨을 가다듬었다. 얼굴이 점점 환하게 밝아진 메그 부인은 열띤 목소리로 외쳤다.

"내가 원하는 게 바로 그런 것이지! 그래서 취직이 된 거니? 오, 우리 아들, 그런 안정적이고 번창하는 곳에서 일할 수만 있다면 돈도 모을 수 있을 게야. 아는 분들이 있다니 그곳에서 적응하는 데도 도움이 되겠구나!"

"그런 것 같아요. 하지만 두고 봐야죠. 어쩌면 제게 어울리지 않는 일일 수도 있고요. 일단 임시 채용이에요. 신입사원으로 시작하게 될 테고 그러면서 차근차근 착실하게 올라가야죠. 타이버 씨는 정말 친절한 분이에요. 모두에게 공정한 한도 내에서 저를 밀어주실 거예요. 물론 제가 그럴 자격이 있다는 것을 증명해 보이는 게 우선이지만요. 일은 다음 달 첫날부터 시작해요. 먼저 서가에서 주문서를 작성하는 일부터 하게 된대요. 돌아다니면서 주문을 받기도 하고 그 밖에 다른 다양한 일을 하게 되겠죠. 책에 관한 일이라면 뭐든지 할 준비가 되어 있고 기대도 돼요. 책에 쌓인 먼지 터는 일을 하더라도요." 데미가 웃으며 말했다. 마침내 자기가 좋아하는 일, 그리고 자신의 미래를 발견해낸 것이다.

"너의 그 책 사랑은 할아버지에게 물려받은 것이란다. 할아버지는 책 없이 못 사실 분이야. 네가 그렇다니 엄마는 기쁘구나. 그런 취향이 있다는 것은 천성적으로 고상하다는 뜻으로 그 자체만으로 인생에 위안과 도움이 된단다. 존, 네가 마침내 그토록 만족스러운 곳에 취직이 되어 자리 잡게 되다니 엄마는 그저 기쁘고 감사하구나. 사내 녀석들을 사회에 일찍 내보내는 게 좋다고들 하지만 나는 그렇게 일찍부터 세상을 마주하게 할 필요가 없다고 생각해. 아직 몸과 영혼이 어려서 가정의 돌봄과 보살핌이 필요한 때잖니. 그런데 이제는 정말 어른이 되었으니 스스로 네 인생을 꾸려보거라. 네 아버지처럼 모든 일에 최선을 다하고 정직하고 쾌활하며 쓸모 있는 사람이 되거라. 돈은 많이 벌지 못해도 괜찮단다."

"노력할게요, 어머니. 정말 좋은 기회라고 생각해요. 타이버 출판사는 직원을 신사처럼 대해주고 성실한 직원에게는 월급도 많이 주는 곳이에요. 건강하게 운영되는 회사라는 점이 제 마음에 들어요. 저는 약속을 지키지 않거나 변덕을 부리거나 억압적인 방식으로 운영하는 곳은 질색이에요. 타이버 씨가 이렇게 말했어요. '브룩, 자네가 기본부터 배울 수 있도록 여기에 배치하는 걸세. 시간이 지나면 다른 일들도 맡겨보겠네.' 이모가 타이버 씨에게 제가 신문사에서 신간 소개하는 기사도 써보고 워낙 문학에 뜻이 있는 아이라고 말해주셨지요. 제가 아직 '셰익스피어 작품'까지는 아니더라도 나중에 뭐라도 써낼 아이라고요. 혹시 그렇지 않다고 하더라도 괜찮아요. 세상에 좋은 책을 선별하여 알리는 것만으로도 충분히 훌륭하고 고상한 일이라고 생각해요. 그 과정에서 작은 보탬이라도 된다면 그것만으로 만족해요."

"아주 기특한 생각이구나. 자기 일을 사랑하고 기쁨으로 할 때 다른 이들까지 행복하게 만들 수 있지. 엄마는 가르치는 일을 그다지 즐기지 않았단다. 그렇지만 내 가족을 위해 집안을 가꾸고 살림하는 것은 엄마의 큰 기쁨이었어. 집안일이 훨씬 더 힘든 일인데도 말이다. 조 이모도 일이 이렇게 되어 기뻐하시지?" 메그 부인이 물었다. 메그 부인은 벌써부터 '타이버 & 브룩 출판사'라고 새겨진 멋진 간판이 그 유명한 출판사 건물 외벽에 걸리는 모습이 눈에 선했다.

"그럼요. 이모가 당장에라도 이 비밀을 털어놓고 싶어 하셔서 막느라 혼났다고요. 제가 그동안 계획만 많이 세우고 어머니를 자주 실망시켜드렸잖아요. 그래서 이번에는 확실해진 다음에 말씀드리고 싶었어요. 오늘 밤에도 이모가 당장에 여기로 와서 어머니께 직접 얘기하시려고 해서 로브와 테디에게 뇌물을 먹여 막아둔 상태라고요. 이모께서 저를 위해 지어주신 성이 어찌나 큰지 스페인이 통째로 들어가고도 남을 지경이었어요. 그 안에 들어가서 운명을 기다리는 시간도 행복했어요. 타이버 씨는 서두르지 않는 성격이에요. 하지만 일단 결정을 하고 나면 그때는 확실하게 보장해주시는 분이래요. 순조로운 항해가 될 것 같아요."

"기쁘구나, 데미! 주님의 축복이 너와 함께하길! 엄마는 오늘 정말 행복하구나. 혹시나 내가 나의 아들, 너를 너무 느슨하고 너그럽게 키워서 그 많은 재능을 가지고 별 볼 일 없는 일에 낭비하는 것은 아닌지 걱정했는데, 이제는 걱정의 끈을 놓아도 되겠어. 데이지가 행복해지고 조시가 자신의 꿈을 포기하기만 한다면 엄마는 이제 더 바랄 것이 없겠어."

데미는 어머니가 이 순간을 마음껏 즐기도록 몇 분간 아무 말도 하지 않고 있었다. 털어놓지 못한 다른 꿈도 있지만, 그건 아직 말할 때가 아닌 것 같았다. 그래서 그는 여동생들 이야기로 화제를 돌렸는데 정작 자신은 의식하지 못했지만, 그 말투가 꼭 제 아버지 같았다.

"동생들은 제가 신경 쓸게요. 하지만 저는 할아버지 말씀에 동의해요. 하나님과 자연이 우리를 지으신 모습대로 살아야 한다는 점요. 우리가 바꾸려야 바꿀 수도 없어요. 우리가 할 수 있는 일이라곤 좋은 점을 찾아서 개발하고 나쁜 요소는 조절하는 정도일 뿐이죠. 저도 좌충우돌하다가 이제야 제 자리를 찾았잖아요. 적어도 그랬기를 바라요. 그러니 데이지도 데이지의 방식대로 행복하게 해주세요. 데이지는 이미 착하고 여자답잖아요. 네트가 괜찮은 모습으로 돌아오면 '너희를 축복한다.'라고 하시고 두 사람이 가정을 꾸릴 수 있게 해주세요. 그리고 어머니와 저는 우리 리틀 조의 무대가 '온 세상'인지 아니면 '즐거운 나의 집'인지만 찾을 수 있게 도와주면 되지요."

"그래, 그럴 수밖에 없겠지, 존. 하지만 엄마는 자꾸만 계획을 세우고 그것이 이루어지기만 노심초사 바라고 있구나. 데이지와 네트를 내 뜻대로 떨어뜨려놓을 수 없다는 것은 잘 알고 있어. 네트가 데이지와 비교해서 부족하지 않은 남자가 되어 돌아온다면, 그들 방식으로 행복을 영위할 수 있게 도와줘야겠지. 내 부모님이 나를 위해 그렇게 하셨듯이 말이야. 하지만 보아하니 조시 문제는 녹록지 않을 것 같구나. 나 역시 연극에 열정이 있었고 또 지금도 그렇지만, 내 딸이 연극배우가 되는 것은 받아들이기가 힘들어. 조시 안에 있는 확실한 재능을 보면서도 그게 어렵구나."

"그럼 그게 누구 잘못일까요?" 데미가 웃는 얼굴로 어머니가 어린 시절 연극을 꽤 잘했다는 사실과 지금도 학생들을 데리고 하는 연극 공연에 지대한 관심과 노력을 기울이는 것을 기억하며 물었다.

"그래, 나 때문이야. 네가 말도 트이기 전에 어린 너와 데이지를 데리고 〈숲속에 버려진 아이(Babes in the Wood)〉라는 연극을 했지. 아직 요람에 있는 조시에게 마더구스의 대사를 따라 하게 하기도 하고. 그렇네! 모친의 기질이 아이들에게 그대로 전달된다더니, 속죄할 사람은 그 기질이 제멋대로 흘러가도록 내버려둔 그 모친이로구나." 메그 부인이 웃음을 터뜨렸다. 여전히 메그는 마치 가문에 연극배우의 피가 흐른다는 사실을 받아들이기 어려워 애써 부인하는 중이었다.

"우리 가문에서 위대한 배우가 탄생하는 것도 좋잖아요. 위대한 작가와 목사, 그리고 장래가 촉망되는 출판인은 이미 있으니까요? 우리는 자신이 타고날 재능을 선택할 수 없지만 그렇다고 이미 가진 재능이 내 마음에 들지 않는다는 이유로 수건 아래 숨겨놓아서도 안 된다고 생각해요. 그러니 어머니께서도 조시가 자기 길을 찾을 수 있도록 그냥 내버려두세요. 제가 잘 지켜볼게요. 어머니도 아니라고 말씀 못 하실걸요. 조시의 무대 의상을 고쳐주시고 또 조명을 받으며 무대에 선 조시를 보시면서 행복해하셨잖아요. 왜냐하면 바로 그 자리가 어머니도 어린 시절에 꿈꾸던 곳이니까요. 그러니 어머니, 어차피 올리는 풍악, 기쁜 마음으로 맞이하시면 어떨까요. 어머니의 고집스러운 아이들은 스코틀랜드 표현처럼 결국 '제 식대로 제 길을 갈' 테니까요."

"모르긴 몰라도 그렇게 해야지 어쩌겠니. 그러고 나서 '결과는 주님께 맡기는' 수밖에. 나의 어머니가 어떤 결정을 내려야 하는데 한 치 앞도 보이지 않을 때 이렇게 말씀하시곤 했지. 아아, 내 소중한 딸이 자신의 선택으로 상처받는 일도 없고 뒤늦게 불행해지지 않을 것임을 내가 미리 알 수만 있어도 나 역시 지금 이 순간을 실컷 즐길 수 있을 텐데! 간절히 하고 싶은 일을 포기하는 것처럼 힘든 일은 없단다. 엄마도 조금은 알지. 네 아버지를 만나지 않았더라면 난 어쩌면 마치 대고모를 비롯한 존경하는 선조들의 반대를 무릅쓰고서라도 배우가 되었을지도 몰라."

"조시가 우리 가문의 영광이 되게 해주세요. 좋은 환경에서 가문의 재능을 빛낼 수 있도록요. 제가 용 배역을 맡아 그 아이를 지키고 어머니는 간호사 배역을 맡아 돌보아주신다면 아무도 우리의 귀여운 줄리엣을 해치지 못할 거예요. 조시의 발코니에 로미오가 떼 지어 몰려든다고 하더라도요. 어머니, 한번 생각해보세요. 다음 크리스마스에 올릴 조 이모 연극에서 주인공이 되어 관객들을 사로잡을 부인께서 딸의 연극배우 꿈을 반대하시다니요. 이보다 더 애처로운 상황이 어디 있겠어요. 어머니가 배우의 꿈을 이루지 못해서 아쉽습니다. 물론 그러셨다면 우리는 태어나지도 않았겠지만요."

어느새 데미는 벽난로를 등지고 서 있었다. 원하는 대로 일이 풀릴 때 혹은 어떤 문제를 강압적으로 밀어붙이고자 할 때 남자들이 흔히 취하는 오만한 자세였다.

메그 부인은 아들의 진심 어린 연설에 얼굴을 붉히며 아주 오래전 〈마녀의 저주〉와 〈무어 처녀의 맹세〉를 연극할 때 받은 달콤한 박수갈채를 떠올렸다.

"내가 주인공이 되다니 황당하기 짝이 없는 일이다만, 조 이모와 로리 이모부가 그렇게 강권하니 거절할 수가 있어야지. 게다가 너희들도 다 같이 한다니까 받아들였다. 어머니의 옛날 옷을 꺼내어 걸치는데 어찌나 짜릿하던지 순간 나를 잊어버렸고 종소리가 들리니 어릴 때 다락방에 모여서 우리끼리 연극할 때의 흥분이 그대로 살아나더구나. 데이지가 딸 역할을 해준다면 완벽할 텐데. 너나 조시와 같이 할 땐 연기한단 기분이 들지 않을 정도로 실감이 나거든."

"특히 그 병원 장면 있잖아요, 부상당한 아들을 찾으러 오시는 장면이요. 지난번 연습 때 제 얼굴까지 다 젖은 거 아세요? 어머니가 제 위에 엎드려 우시느라고요. 가족 모두가 함께 울었대요. 하지만 다음번엔 눈물 훔치는 것 잊지 마세요. 안 그러면 제가 재채기할 거예요." 데미가 어머니의 명연기를 떠올리며 웃음을 터뜨렸다.

"그렇게 하마. 하지만 네가 그렇게 핏기 없이 늘어져 있으니 어찌나 마음이 아프던지. 내 생에 다시는 전쟁을 보지 않으면 좋겠구나. 그랬다간 너를 전장에 내보내야 하는데, 정말이지 우리가 아버지와 겪은 일을 다시는 겪고 싶지 않아."

"그런데 그 역은 데이지보다는 앨리스가 낫지 않을까요? 데이지는 연기에 소질도 없는 데다가 앨리스는 지루한 대사에도 생기를 불어넣는 재주가 있거든요. 그런 면에서 후작 부인이 그 아이에게 딱 어울릴 것 같아요." 데미가 말했다. 갑작스레 얼굴이 붉어진 것이 난로의 온기 때문인 양 방 안을 왔다 갔다 했다.

"나도 그렇게 생각해. 사랑스러운 아이지. 난 그 아이가 자랑스럽기도 하고 참 좋더라. 그 아이는 지금 어디에 있으려나?"

"그리스어 공부하느라 바쁠 거예요. 아마도요. 저녁이면 언제나 공부를 하더라고요. 유감스러운 일이죠."

데미가 작은 목소리로 지나가듯 말하면서 서가를 뚫어지게 쳐다봤다. 그렇다고 실제로 책 제목들이 눈에 들어오는 것도 아니었다.

"그래, 난 그 아이가 참으로 마음에 들더구나. 예쁘지, 집안 좋지, 교양이 있으면서도 가정적이어서 착하고 똑똑한 남자를 만나면 좋은 배필이자 친구가 될 거야. 그 아이에게 좋은 사람이 생기면 좋겠구나."

"저도요." 데미가 웅얼거렸다.

메그 부인은 다시 하던 일로 돌아가 만들다 만 단춧구멍을 자세히 들여다보느라 아들의 얼굴에 드러난 표정을 놓치고 말았다. 그 순간 데미는 선반에 나란히 세워진 시인들에게 환한 미소를 보내고 있었다. 시인들은 비록 책장의 유리 감옥에 갇힌 신세였지만 이 위대한 사랑의 장밋빛 동이 트는 순간, 데미와 함께 기뻐하며 축하해주었다. 그런 연애 감정이라면 누구보다도 그 시인들이 전문가이니 말이다. 하지만 데미는 돌다리도 두드려보고 건너는 똑똑한 청년이었고 아직 자기 마음에 대한 확신도 없었다. 그래서 일단은 감정이 누에고치를 탈출하여 햇살 속에서 날개를 퍼덕이며 사랑하는 임이 있는 곳으로 날아갈 준비가 될 때까지 기다리기로 하고 아무 말도 하지 않았다. 하지만 그의 갈색 눈동자는 많은 이야기를 하고 있었고 그와 앨리스 히스의 멋진 호흡을 볼 수 있는 여러 편의 연극에는 무의식적인 복선이 깔려 있었다. 앨리스는 공부하느라 바빴고 곧 앞둔 졸업에서 우등생으로 표창을 받을 예정이었으며 데미 역시 모두에게 문이 열려 있는 사회라는 더 큰 대학에서 살아남기 위해 애쓰는 중이었다. 그곳에선 이기건 지건 각자의 상을 스스로 챙겨야 한다. 겸손한 성품의 데미는 자기 자신 외에는 아무것도 내세울 것이 없으며 그조차도 볼품없는 것으로 여겼다. 그렇기에 사랑하는 여인의 행복을 책임지기 위해서는 어느 정도 삶을 꾸려갈 능력을 먼저 증명해 보여야 한다고 믿었다.

그는 자신이 이 유행성 열병에 걸린 것을 아무도 알아채지 못하도록 조심했지만 눈치 빠른 막냇동생 조시는 속일 수 없었다. 하지만 조시는 오빠가 선을 넘으면 무서운 사람이 될 수 있다는 것을 잘 알고 있었기에 함부로 티를 내지 않았다. 대신 고양이처럼 숨어서 관찰하는 데 만족하다가 상대의 약점을 발견하는 순간 덮치기로 했다. 데미는 밤이면 자기 방에서 깊은 생각에 잠겨 플루트를 연주했다. 이 아름다운 선율을 내는 악기를 친구 삼아 자신의 마음을 가득 채운 간절한 소망과 두려움을 악기에 불어넣었다. 메그 부인은 집안일에 푹 빠져 있었고, 네트의 바이올린 연주 외에는 음악에 큰 관심을 보이지 않는 데이지에게는 오빠가 연주하는 실내악은 귀에도 들어오지 않았다. 하지만 조시는 짓궂은 미소를 지으며 혼잣말을 했다. "딕 스위블러가 소피 와클스*를 생각하시나 보군." 마침내 그동안 오빠가 자기에게 저지른 크고 작은 잘못들을 갚아줄 때가 온 것 같았다. 흥, 오빠는 항상 데이지 언니 편만 들었겠다! 데이지가 제멋대로인 막냇동생의 성질을 다스리려고 할 때를 말하는 것이다.

---

* 두 사람 모두 디킨스의 《오래된 골동품 상점》의 등장인물.

그날 저녁은 조시에게 찾아온 절호의 찬스였기에 그냥 넘어갈 수 없었다. 메그 부인은 단춧구멍 만드는 일을 마무리하는 중이었고, 데미는 여전히 안절부절못한 채 방 안을 거닐고 있었다. 별안간 서재 쪽에서 책을 탁 하고 내려 닫는 소리가 나더니 누군가 큰 소리로 하품을 하며 문간에 나타났다. 쏟아지는 잠과 짓궂은 장난이 서로 자기가 주인이라고 다투는 것 같은 얼굴이었다.

"내 이름이 들리던데, 혹시 두 분이 내 험담이라도 하신 건가요?" 조시가 안락의자의 팔걸이에 걸터앉으면서 따지듯 물었다.

어머니는 조시에게 아들이 가져온 좋은 소식을 전해주었고 조시가 기뻐하며 오빠에게 축하의 말을 건넸다. 온화한 얼굴로 축하를 받는 오빠를 보며 조시는 속으로, 과도한 행복은 해롭다고 생각하며 데미의 장미 화단에 가시를 하나 꽂아주어야겠다는 심술이 올라왔다.

"우리가 할 연극 말이에요. 갑자기 좋은 생각이 떠올랐지 뭐예요. 제가 맡은 부분에 활기를 불어넣기 위해 노래를 하나 삽입할까 해요." 조시는 피아노 앞에 앉아 처음 듣는 가사를 〈캐슬린 매버닌(Kathleen Mavourneen)*〉의 곡조에 맞춰 부르기 시작했다.

---

* 미국 남북전쟁 당시에 유행한 노래.

사랑스러운 아가씨, 오, 어떻게 말할까

내게 세상을 온통 바꾸어놓은 그 사랑

그리움에 사무쳐 부푸는 내 가슴

그대를 위해 인생을 바칠 꿈을 꿀 때마다

조시는 거기서 노래를 멈춰야 했다. 분노로 시뻘겋게 달아오른 데미가 그녀를 향해 달려왔기 때문이다. 이 민첩한 소녀는 테이블과 의자를 피해 이리저리 달아났고 미래의 타이버 출판사 동업자는 그 뒤를 쫓았다. "요 못된 원숭이 같으니, 감히 내가 쓴 글을 훔쳐?" 잔뜩 약이 오른 시인이 소리쳤다. 못된 소녀를 붙잡아보려고 애썼지만 허탕만 칠 뿐이었다. 조시는 앞뒤로 깡충거리고 손에 든 종이를 흔들면서 오빠의 애간장을 태웠다.

"무슨 소리야, 훔치긴! 커다란 책 안에서 발견했는걸! 그러게 쓰레기를 아무 데나 두지 말랬지? 내가 부른 이 노래 마음에 들지 않아? 아이, 사랑스러워라."

"내 물건 당장에 돌려주지 않으면 가만두지 않겠어!"

"직접 와서 가져가시던가!" 그러고 조시는 이 문제를 조용히 처리하고자 서재로 사라졌다. 메그 부인이 이미 이렇게 말했기 때문이다.

"얘들아, 얘들아! 그만 싸우거라."

데미가 서재에 도착하니 그 종이는 이미 불에 들어가 있었다. 그는 문제의 근원이 불에 타는 것을 보고는 바로 평정을 찾았다.

"불에 타버려서 다행이네. 별로 마음에 들지도 않던 글이야. 어떤 여자애를 위해 노랫말을 써본 것뿐이니까. 하지만 좋게 말할 때 내 물건에는 손대지 말아줘. 안 그랬다간 내가 오늘 밤 어머니께 네가 계속 연극을 할 수 있게 내버려두시라고 말씀드린 것을 철회해버릴 수도 있으니까."

조시는 중대한 위협을 느끼고는 바로 태도를 바꾸었다. 그러고는 애교를 부리며 오빠가 엄마에게 한 말이 무엇인지 알려달라고 사정했다. 데미는 원수의 머리에 핀 숯을 놓는 심정으로 자초지종을 들려주었고 이 외교적 행위 덕분에 그는 즉석에서 아군을 얻을 수 있었다.

"착한 우리 오빠 같으니라고! 앞으로는 오빠가 밤낮으로 공상에 빠져 히죽거린다고 해도 절대로 놀리지 않을게. 오빠가 내 편이 되어주면 나도 오빠 편이 되어서 입 꼭 다물고 있을게. 이것 봐! 앨리스 언니가 오빠에게 전해주라는 쪽지야. 이만하면 평화협정의 징표가 될 만하지? 화난 오빠 감정도 누그러뜨리고 말이야."

조시가 고깔모자 모양으로 접은 쪽지를 치켜드는 걸 보고 데미의 눈이 순간적으로 번쩍였으나 그 안에 적혀 있을 말이 무엇일지 짐작이 갔기에 그는 선수를 치기로 했다. 일부러 무심하게 말하여 김새게 할 작정이었다.

"별 얘기 아니야. 내일 밤 우리와 함께 콘서트에 갈 것인지 아닌지에 대한 얘기겠지. 원한다면 네가 읽어도 좋아."

여자들만의 심술인지, 조시는 직접 읽어도 된다는 오빠의 말을 듣는 즉시 쪽지에 담긴 내용에 대한 호기심이 사라져서 심드렁하게 쪽지를 오빠에게 건네주었다. 하지만 조시는 쪽지를 펼쳐서 그 안에 담긴 두 줄짜리 글을 읽고는 바로 불에 던져 태워버리는 오빠를 유심히 살펴보았다. "왜 그랬어, 오빠? 나 같으면 '사랑스러운 아가씨'와 관련된 것이라면 뭐든지 소중하게 보관할 텐데. 앨리스 언니 좋아하는 것 아니었어?"

"매우 좋아하지. 우리가 모두 그렇듯이. 하지만 네가 쓴 품격 있는 표현처럼 '공상에 빠져 시시덕거리는' 것은 내 방식이 아니란다. 나의 사랑스러운 동생아, 연극을 하다가 낭만에 빠져버린 나의 동생아, 앨리스와 내가 연인을 연기한다고 하니 네 어리석은 머릿속에서는 우리를 진짜 연인으로 엮어주고 싶은 모양이구나? 허무한 일 쫓아다니느라 시간 낭비하지 말고 너는 네 일이나 잘 챙기고 내 일은 내게 맡겨줘. 이번 일은 용서해줄게. 하지만 다시는 이러면 안 돼. 이러는 건 못된 장난이야. 비극의 여주인공은 이런 법석을 떨지 않는다고."

오빠의 마지막 말에 조시는 잠잠해졌고 오빠에게 얌전히 사과하고는 자러 갔다. 데미도 침실로 향하면서 이 위기를 무사히 넘겨서 다행인 동시에 매사에 꼬치꼬치 캐묻는 동생의 입을 한동안 막을 수 있을 거라며 흡족해했다. 하지만 자신이 연주하는 섬세한 플루트 연주 소리를 듣고 동생이 어떤 표정을 지었는지 보았다면 저렇게 함부로 장담하지 못했을 것이다. 조시는 까치처럼 얄미운 얼굴로 콧방귀를 뀌며 이렇게 말했다.

"홋, 나를 속여? 딕이 소피 와클스를 위해 세레나데를 불러주는 중이란 걸 내가 다 알고 있는데?"

11. 에밀의 추수감사절

브렌다호는 바람을 타고 순항하는 중이었다. 입항이 얼마 남지 않았다. 모든 이들이 갑판 위로 올라와 환호성을 지르며 기뻐했다. 기나긴 항해가 드디어 끝나가기 때문이었다.

"4주만 지나면 말입니다, 하디 부인, 제가 두 분께 최고의 차를 대접해드리지요." 이등항해사 에밀 호프만이 갑판의 그늘진 곳에 자리한 두 명의 숙녀에게 말을 건넸다.

"차 대접도 반갑지만, 제 두 발이 곧 뭍에 닿는다고 생각하니 더 반갑군요." 나이가 더 많은 쪽이 미소를 지으며 대답했다. 우리의 에밀은 그곳에서 큰 사랑을 받고 있었다. 그도 그럴 것이 이번 항해 내내 에밀이 선장의 아내와 딸, 그러니까 이 배의 유일한 승객 두 명을 정성껏 시중들어왔으니 말이다.

"저도 그래요. 중국제 싸구려 신발을 신고서라도 뭍을 밟는다면 그저 좋겠어요. 갑판 위를 하도 오르락내리락했더니 구두가 다 닳아서 곧 도착하지 않았다가는 맨발로 다닐 지경이에요." 부인의 딸, 메리가 함께 오르락내리락해준 친구를 올려다보며 자신의 해진 부츠를 보여주고는 크게 웃었다. 여행 내내 어머니와 자기를 참으로 즐겁게 해준 고마운 사람이라고 메리는 생각했다.

"하지만 중국에 뭔가 자그마한 것들이 있으리라고는 생각하지 마십시오." 에밀은 뱃사람 특유의 기개를 보이며 대답했다. 그러면서 속으로는 내리자마자 가장 아름다운 구두를 찾아봐야겠다고 결심했다.

"호프만 군이 아니었더라면 네가 운동이라도 했을까 싶구나. 덕분에 네가 매일 걸었잖니. 배 위에서의 느긋한 생활은 젊은 사람들에겐 좋지 않아. 나 같은 늙은이라면 모를까. 우리는 날씨만 잔잔하다면 이런 생활이 좋지. 그런데, 강풍이 오려고 하는 건가요?" 하디 부인이 걱정스러운 눈으로 서쪽을 바라보며 물었다. 서쪽을 보니 해가 빨갛게 지고 있었다.

"산들바람일 뿐입니다, 부인. 이 바람이 저희를 신나게 몰고 가줄 겁니다." 에밀이 배 위와 아래를 두루 살피며 대답했다.

"노래를 불러줘요, 호프만 씨. 이 순간에 음악이 함께 한다면 정말 멋질 것 같아요. 뭍에 내리면 이런 순간들이 무척이나 그립겠지요." 메리가 어찌나 간청하던지 지나가던 상어라도 노래를 한 곡조 뽑고 갔을 것이다. 그런 일이 가능하다면 말이다.

지난 몇 달간 에밀은 자신의 재주 덕을 종종 봤다. 그의 노래
는 긴긴 낮 시간에 사람들의 기운을 북돋웠으며 석양이 질 무
렵이면 사람들의 마음을 행복하게 만들어주었다. 물론 바람과
날씨가 협조해줄 때 얘기다. 그는 기꺼이 파이프를 튜닝하고
아가씨와 가까운 쪽의 선미 난간에 기대어 서서 그녀의 곱게
땋은 갈색 머리가 바람에 휘날리는 것을 바라보며 자신이 가장
좋아하는 노래를 부르기 시작했다.

상쾌한 바람아, 불어라, 나의 아들들,

잔뜩 부푼 새하얀 돛,

배는 밀려오는 파도를 헤치며

모든 돌풍을 다스리네.

뱃사람의 인생이여,

어찌 그리 자유롭고 담대하며 용맹스러운지

그의 무덤은 산호초라네.

마지막 소절을 부르는 우렁찬 목소리도 잦아들 때쯤, 하디
부인이 갑자기 놀라 물었다. "저게 뭐죠?" 에밀이 재빨리 살펴
보니 화물창고에서 연기가 올라오고 있는 것이 아닌가. 그곳은
연기가 절대로 나서는 안 될 곳이었다. 그는 심장이 멎는 것 같

왔다. 순간적으로 '화재'라는 끔찍한 단어가 떠올랐다. 그는 최대한 차분하게 그곳을 빠져나오며 조용히 말했다. "이 배는 금연인데 누군가 담배를 피우다니, 제가 가서 얘기하고 오겠습니다." 하지만 에밀의 안색은 그 자리를 떠난 즉시 바뀌었고 곧장 화물창고로 뛰어 내려갔다. "만일 불이 났다면 정말로 산호초가 내 무덤이 되겠는걸!" 그렇게 말하며 웃는 에밀의 표정이 일그러졌다.

몇 분간 사라졌다가 다시 나타난 에밀은 이미 연기에 반쯤 질식한 것 같았고 구릿빛 피부가 무색할 정도로 하얗게 질린 상태였다. 하지만 그는 냉정하고 침착하게 이 일을 선장에게 보고했다.

"선창에 불이 붙었습니다, 선장님."

"여자분들이 당황하지 않도록 해주게." 그것이 하디 선장의 첫 번째 명령이었다. 하지만 두 사람은 곧 원수의 위력을 확인하고는 정신이 아찔해졌다. 이 원수를 완전히 궤멸할 수 있을지는 미지수였다.

브렌다호에 실린 화물은 가연성이 높은 것들이었다. 선창에 아무리 물을 갖다 부어도 배가 곧 운명을 다할 것임은 자명했다. 연기가 배의 널빤지들 사이사이로 스며 나오기 시작했다. 게다가 거세어진 바람은 불난 집에 부채질하는 꼴이 되어 실제로 여기저기서 화염이 올라왔다. 무서운 진실은 더 숨길 수 없을 정도로 솔직하게 드러났다. 하디 부인과 메리는 곧 배를 버려야 한다는 충격적인 이야기를 듣고도 침착을 잃지 않았다. 선원들은 급히 구명보트들을 준비했고 화염이 빠져나와 번지지 않도록 모든 허술한 구멍을 막는 데 온힘을 다했다. 얼마 안 있어 비운의 브렌다호는 바다 위의 용광로가 되었고 곧 "구명보트에 옮겨타시오!"라는 명령이 떨어졌다. 물론 여자들이 우선이었다. 다행히 브렌다호는 상선이라 이 두 사람 외에는 다른 승객이 없었다. 그렇기에 당황하지 않고 구명보트를 질서있게 바다로 내릴 수 있었다. 여자들을 태운 보트는 멀리 가지 않고 기다렸는데 가장 마지막에 배를 떠나기로 한 선장의 용감한 결정 때문이었다.

에밀은 끝까지 선장 곁에 남으려고 했으나 결국은 가라는 명령을 받고 어쩔 수 없이 탈출했다. 하지만 그때 떠나길 천만다행이었다. 그가 보트에 오르는 순간 배의 하부가 심하게 흔들리더니 연기 기둥에 반쯤 가려 보이지 않던 돛대가 부러졌다. 배의 내부가 불에 타버리면서 일어난 일이었다. 부러진 돛대가 넘어지면서 하디 선장을 쳤고 하디 선장은 돛대에 맞고 곧장 물속으로 빠졌다. 보트가 급히 다가갔고 그는 곧 물 위로 떠올랐다. 에밀은 선장을 구하기 위해 바다로 뛰어들었다. 선장은 부상으로 의식을 잃은 상태였다. 이 사고로 이등항해사인 젊은 이에게 통솔권이 주어졌다. 에밀은 즉시 부하들에게 있는 힘껏

노를 저어 최대한 먼 곳으로 피하라고 명령했다. 브렌다호가 언제 폭발할지 모르는 일이었다.

다른 구명보트들은 위험지역을 빠져나가 바다 위에 떠서 불타는 배를 바라보았다. 바다 위에서 배가 불타는 모습은 실로 장관이었다. 불타는 배는 밤하늘을 붉게 물들였으며 수면 위로는 강렬하고 환한 빛을 내뿜었다. 바다 위에 둥둥 뜬 연약한 구명보트마다 창백한 얼굴들이 일제히 고개를 한 곳으로 돌리고 브렌다호의 최후를 감상했다. 브렌다호는 바닷속 자기 무덤을 향해 천천히 가라앉고 있었다. 하지만 브렌다호의 마지막 모습은 아무도 보지 못했다. 갑자기 돌풍이 불어 보트들을 멀리 밀어 보냈기 때문이다. 그 결과 구명보트들은 뿔뿔이 흩어지게 되었다. 그들 가운데는 바다가 망자를 토해낼 때까지 영영 만나지 못하게 된 이들도 있었다.

이제부터 우리가 따라가게 될 운명의 보트는 새벽 동이 트도록 혼자 남아 있었다. 보트 위 생존자들은 자기들에게 닥친 운명을 확인했다. 다행히 얼마간의 식량과 물은 옮겨놓았으나 고갈되는 것은 시간문제였다. 심한 부상을 입은 사내와 두 여인, 일곱 명의 선원들을 먹여 살리다 보면 얼마 가지 않아 바닥날 것이었다. 절박하게 구조를 기다릴 수밖에 없었다. 그들의 유일한 희망은 지나가는 배의 눈에 띄는 것인데 밤새 불어닥친 돌풍에 항로에서 한참 벗어난 터라 막연할 뿐이었다. 앞으로 이 희망 하나만 붙들고 지루한 시간을 견뎌야 했다. 수평선을 바라보며 서로를 격려하고 신속한 구조를 예언하는 것 외에는 할 수 있는 게 없었다.

이등항해사 호프만은 예상치 못하게 어깨에 지워진 책임의 무게가 부담스러웠지만, 항상 씩씩했고 언제든 사람들을 기꺼이 돕고자 했다. 선장의 상황은 절망적이었다. 하디 부인의 딱한 처지에 에밀은 마음이 찢어졌다. 그의 딸은 에밀이 모두를 살려내리라는 맹목적인 믿음을 가지고 있었는데 거기에는 어떠한 의심이나 두려움의 그림자도 보이지 않았다. 나머지 선원들도 아직은 제 역할을 알아서 잘하고 있었지만 언젠가 굶주림과 절망이 엄습하는 순간, 얼마든지 야수로 돌변할 수 있는 이들임을 에밀은 잘 알고 있었다. 그런 일이 일어날 경우, 지휘관의 역할은 끔찍한 것이 되리라. 그래서 에밀은 양손으로 용기를 단단히 움켜쥐고는 남자다움을 잃지 않고 기회가 있을 때마다 밝고 명랑한 태도를 보이기로 결심했다. 결국 보트에 탄 모든 이들이 안내나 도움이 필요할 때마다 그를 찾는 것은 당연한 일이 되었다.

첫째 날은 비교적 편안하게 지나갔다. 하지만 셋째 날이 되니 상황이 암울해지면서 소망이 끊어지는 것 같았다. 부상당한 선장은 헛소리를 하기 시작했고 부인은 걱정과 불안으로 지쳐갔다. 자기 몫의 비스킷 절반은 어머니를 위해, 마실 물의 절반

은 바짝 말라가는 아버지의 입술을 축이는 데 양보한 딸은 굶
주림으로 날로 쇠약해졌다. 선원들은 노 젓기를 멈추었고 음울
한 분위기로 기다리기만 했다. 자기들의 의견을 따르지 않았다
는 이유로 지휘관을 대놓고 질책하거나 먹을 것을 더 내놓으라
고 요구하기도 했다. 결핍과 고통이 인간 안에 숨은 동물적 본
능을 끄집어내면서 상황은 점점 악화되어 위험한 수준에 이르
렀다.

에밀은 최선을 다했지만 인간은 역시 한계가 있는 동물일 뿐
이었고, 이들의 갈증을 적셔줄 비 한 방울 내려주지 않는 냉혹
한 하늘이 원망스러울 따름이었다. 광활하게 펼쳐진 바다에는
그들의 간절한 바람과 달리 돛끝 하나 보이지 않았다. 에밀은
온종일 보트에 탄 사람들을 격려하고 기운을 북돋아주려고 노
력했지만 배고픔이 그의 속을 물어뜯고 갈증으로 말라비틀어
질 지경이었으며 심장은 나날이 커가는 공포심에 옥죄어오기
시작했다. 선원들에게 이야기를 들려주기도 하고 불쌍한 숙녀
분들을 봐서라도 참아보자고 간청하기도 했으며 잃어버린 항
로를 찾을 힘이 아직 있는 동안 열심히 노를 젓는 이에게 보상
이 있으리라고 약속하기도 했다. 항로 가까이라도 다가간다면
구조될 확률도 높아질 것이다. 그는 돛천을 이용하여 고통받는
선장 위로 차양을 만들어 해를 가려주었으며 아들이 아버지에
게 하듯 보살펴주었고 부인을 위로했으며 창백해진 딸을 위해

서는 열심히 노래도 불러주고 자신이 육지와 바다에서 겪은 다양한 모험 이야기를 들려주면서 미소를 짓고 기운을 내도록 도와주었다.

넷째 날이 되자 식량과 물이 거의 바닥이 났다. 에밀은 환자와 여자들을 위해 남겨두자고 제안했지만 선원 중 두 사람이 반대하면서 자기네 몫을 내놓으라고 소란을 피웠다. 에밀이 본이 되고자 자기 몫을 내놓으니 마음 좋은 다른 선원들도 그를 따랐다. 거칠고 남자다운 본성에서 종종 찾을 수 있는 조용하지만 영웅적인 행동이었다. 이 사건은 그 두 선원을 부끄럽게 했고, 그 결과 이 고통과 긴장이 가득한 작은 사회에 불길한 평화가 찾아왔다.

그날 밤, 에밀이 피곤에 지쳐 가장 믿을 만한 선원에게 보초를 맡기고 한 시간가량 눈을 붙인 사이, 그 두 명의 선원이 창고를 뒤져 마지막 남은 빵과 물, 그리고 브랜디 한 병을 훔치는 사건이 발생했다. 그 술은 선원들의 사기를 진작시키고 짠 바닷물을 먹을 만한 물로 바꾸려고 아껴둔 것인데 갈증으로 반쯤 실성한 이들이 욕심에 눈이 멀어 다 마셔버린 것이다. 아침이 되니 한 사람은 인사불성이 되어 영영 깨어나지 못했고 다른 사람은 술에 취해 발광하고 있었다. 에밀이 그를 진정시키려 했으나 도리어 그는 구명보트 밖으로 뛰어내렸고 그렇게 물속으로 사라지고 말았다. 이 무시무시한 광경에 공포에 질린 나머지 선원들은 즉각적으로 지휘관의 지시에 순종적으로 변했다. 고통받는 영과 육이라는 서글픈 화물을 실은 구명보트는 그렇게 떠내려갔다.

이들을 더 깊은 절망으로 밀어넣는 또 다른 시련이 찾아왔다. 배 한 척이 나타나 잠시 동안 다들 환호하며 좋아했는데 그냥 지나가버리는 바람에 모두 크게 실망한 사건이었다. 너무 멀리 떨어진 탓에 이들이 아무리 손을 흔들어도 보지 못하고 아무리 미친 듯이 소리를 질러도 듣지 못한 것이다.

에밀도 기운이 빠졌다. 선장은 죽어가고 있었고 여자들도 이대로 두면 얼마 버티지 못할 것 같았다. 그는 밤이 오도록 잠을 자지 않고 깨어 있다가 부상당한 선장의 가냘픈 신음소리와 불쌍한 부인의 나지막한 기도 소리, 그리고 끝없이 부서지는 파도 소리를 들으며 어둠 속에서 얼굴을 파묻고 한 시간 동안 소리도 내지 못하고 깊은 고뇌와 절망과 싸웠다.

그 짧은 며칠 사이 그는 부쩍 늙었다. 예전처럼 즐겁게 지냈더라면 몇 년이 지났어도 그 정도로 변하지는 않았으리라. 그를 괴롭히는 것은 육체적 고통이 아니었다. 결핍과 약함이 그를 고문했다. 이들에게 닥친 잔인한 운명마저 정복해버리는 끔찍한 무기력함이 그것이었다. 부하 선원들은 별로 걱정이 되지 않았다. 이마저도 그들이 선택한 삶의 일부였으니 말이다. 하지만 그가 존경하는 선장과 그에게 친절한 선량한 부인, 긴 항해를 하는 동안 모두를 즐겁게 해준 사랑스럽고 매력적인 딸……. 에밀은 이 끔찍한 죽음으로부터 이들만이라도 살릴 수 있다면 자신의 목숨이라도 기꺼이 내줄 수 있을 것 같았다.

젊은 날 찾아온 첫 시련 앞에 무너진 채, 에밀은 두 손에 머리를 파묻고 그렇게 앉아 있었다. 밤하늘에 별 하나 보이지 않았고 발밑으로는 시커먼 바다가 쉴새 없이 움직이고 있었다. 고통받는 이들을 보면서도 자신이 도울 수 있는 것이 아무것도 없었다. 그때 어디선가 들려온 부드러운 목소리가 정적을 깼다. 그는 꿈인가 싶어 귀를 기울였다. 소리의 주인공은 메리였다. 이 기나긴 비통함에 지쳐 자신의 품에 안겨 흐느끼는 어머니에게 노래를 불러주는 중이었다. 갈라지는 목소리에는 아무런 힘도 없었는데 소녀의 입술이 갈증으로 메말라버린 탓이었다. 하지만 이 절망 가운데 사랑을 잃지 않은 소녀의 갸륵한 마음은 하늘에 닿았고 자비로운 하나님은 소녀의 가녀린 외침을 들으셨다. 그것은 플럼필드에서 종종 부르던 오래된 찬송가인데 그 노래를 듣고 있으니 행복하던 과거가 생생하게 살아나 에밀은 처절한 현재를 어느새 잊은 채 플럼필드로 돌아가 있었다. 다락방에서 조 숙모와 이야기를 나누던 것이 겨우 어제 일 같았다. 자책감에 괴로워하던 그에게 이런 생각이 들었다.

"그래, 붉은 실! 그걸 기억하면서 끝까지 내 임무를 다하자! 정면을 향해 가자! 끝까지 항구가 나오지 않는다면 돛을 모두

올리고 내려가면 되니까."

지친 어머니를 잠재우려는 부드러운 노랫소리를 들으며 에밀은 잠깐이지만 플럼필드를 꿈꾸며 자신의 어깨에 지워진 짐을 잊을 수 있었다. 그 꿈속에서 그는 가족 모두를 만났고 그들의 목소리를 들었으며 자신을 맞이하는 힘찬 손길을 느꼈다. 그러면서 에밀은 혼잣말로 이렇게 중얼거렸다. "다시 만나지 못한다고 하더라도 가족들이 나를 부끄러워하지는 않게 하겠어."

갑작스러운 고함소리에 그는 깜짝 놀라 일어났다. 이마에 떨어지는 물방울이 마침내 축복의 비가 내리고 있음을 말해주었다. 구원의 빗방울이었다. 배고픔이나 더위, 혹은 추위보다 더 참기 어려운 것이 갈증이었기 때문이다. 모두 기쁨의 환호를 외치며 비를 맞이했다. 모두가 하늘을 향해 갈라진 입술을 벌렸고 두 손을 뻗었으며 굵은 빗방울을 받을 천을 펼쳤다. 곧 비가 쏟아져 병자의 열을 식혀주고 목마름을 해소할 것이며 보트 위 모든 지친 육신에 생기를 불어넣어줄 것이다. 비는 밤새도록 내렸고 조난자들은 밤새도록 축제 분위기 속에서 구원의 소나기를 즐기며 기운을 차렸다. 죽어가던 식물이 하늘의 이슬을 먹고 살아나는 모습이었다.

새벽이 되자 구름이 걷혔다. 에밀은 자리에서 벌떡 일어났다. 지난 몇 시간 동안 놀라운 힘과 기운을 얻은 덕이었다. 그는 하늘을 우러러보면서 그들의 기도에 응답해주심에 조용히 감사했다. 하지만 응답은 거기서 끝나지 않았다. 수평선 너머 장밋빛 하늘을 배경으로 하얀 돛을 단 배가 햇빛을 받아 반짝이고 있었다. 어찌나 가까운 거리에 있던지 돛대 꼭대기에 달린 깃발과 갑판 위에서 움직이는 검은 물체들까지 눈에 들어왔다.

구명보트에 탄 모든 이들이 힘을 합하여 한목소리로 외치기 시작했다. 남자들은 모자와 손수건을 미친 듯이 흔들었고 여자들은 애절한 손을 뻗었다. 마침내 그들의 간절한 목소리는 바다 건너까지 전달되었다. 흰옷 입고 나타난 구원의 천사는 모든 돛에 신선한 바람을 가득 싣고 다가오기 시작했다.

이번에는 실망할 필요가 없었다. 그 배는 이들이 보내는 신호를 금세 알아챘다. 여인들은 황홀감에 에밀의 목을 끌어안고 벅차오르는 감사의 마음을 주체하지 못해 눈물을 흘렸다. 그는 훗날 그 보트 위에서 메리를 팔로 안고 있던 이때가 자기 인생에서 가장 신중한 순간이었다고 말하곤 했다. 오랜 시간을 견뎌온 용감한 소녀는 반쯤 기절한 채로 그에게 매달려 있었다. 그녀의 어머니는 병약자를 돌보느라 바빴고, 신장은 기쁨의 충격에 정신이 조금 돌아왔는지 여전히 불타버린 배의 갑판에 선 것처럼 명령을 내리기 시작했다.

소란은 곧 진정되었다. 모두 '유라니아호'에 안전하게 올랐기 때문이다. 그 배는 마침 집으로 가는 배였다. 에밀은 자기 자신은 챙기지도 않고 친구들이 친절한 보살핌을 받고 자기 선원들이 그 배의 선원들과 어울리는 것을 확인하고는 난파 사고 정황을 이야기했다. 어디선가 구수한 냄새가 나서 보니 여자들이 머무는 선실로 가져가는 수프 냄새였다. 갑작스러운 허기에 압도당한 그는 별안간 휘청거리면서 쓰러지고 말았다. 다른 이들을 돕다가 정작 자신은 반쯤 죽은 상태가 된 것도 모르고 있던 그는 즉시 선실로 옮겨졌다. 이번에는 에밀이 먹고 입고 휴식을 취할 때였다. 선실에서 나가는 의사를 향해 에밀은 갈라진 목소리로 물었다. "선생님, 오늘이 무슨 요일이죠? 머릿속이 복잡해서요. 판단력을 잃은 것 같아요."

"추수감사절이라네, 친구! 자네만 좋다면 뉴잉글랜드식 추수감사절 저녁 식사에 초대하고 싶은데." 의사가 따뜻하게 말했다.

하지만 에밀은 여전히 너무 고단하여 아무것도 할 수가 없었다. 가만히 누워서 어느 때보다도 더 절절한 마음으로 생명이라는 귀한 선물을 축복으로 주심에 대한 감사기도를 하는 것 외에는 할 수 있는 것이 없었다. 자신의 임무를 충실히 수행하고 얻은 것이기에 더욱 달콤한 선물이었다.

12. 댄의 크리스마스

댄은 어디에 있었을까? 감옥이다. 아아, 가여운 조 부인! 플럼필드가 크리스마스 분위기로 왁자지껄할 때 아들이 홀로 감방에 앉아 잃어버린 모든 것에 대한 향수와 그리움에 사무쳐 어떤 육체적 고통에도 흘려본 적 없는 눈물로 시야가 흐려진 채로 그녀가 준 작은 책을 읽고 있었다는 사실을 알았더라면 그녀의 마음이 갈기갈기 찢어졌을 것이다.

그렇다, 댄은 감옥에 갇혀 있었다. 하지만 그는 도와달라고 외치지 않았다. 위험에 빠진 인디언의 절박한 상황을 도우려다 그가 빠지고 만 끔찍한 곤고. 그의 가슴속 흉악한 죄성이 그를 이곳까지 데려왔으며 그는 이 쓰디쓴 시간을 통해 무법의 영혼을 다스리고 자기 절제를 배우게 될 터였다.

그가 어쩌다 이 지경으로 몰락했는지는 곧 알게 될 것이다.

이 사건은 호사다마라는 말처럼 그가 이상하리만치 높은 희망과 새로운 각오를 품고 더 나은 삶을 살고자 할 때 일어났다. 그는 여행길에 쾌활한 소년 하나를 만났고 자연스레 소년과 친해졌다. 블레어라는 이름의 그 소년은 캔자스의 농장에서 일하는 형들을 만나러 가는 길이었다. 열차의 흡연칸에서는 카드놀이가 한창이었고 스무 살도 채 안 되어 보이던 블레어는 긴 여행에 지루했는지 카드놀이 하는 이들과 어울리고 있었다. 블레어는 원기왕성했고 서부의 자유로움에 들뜬 상태였다. 댄은 맹세한 것이 있기에 카드놀이에 끼지는 않고 가서 구경만 하기로 했다. 그런데 가만히 보아하니 그중 두 사람이 이 소년의 돈을 갈취하려는 사기꾼들이 아닌가? 블레어가 경솔하게도 자신의 두둑한 지갑을 보여준 탓이었다. 언제나 자기보다 어리거나 힘없는 존재들에게 마음이 약해지는 댄의 천성도 있고 더욱이 이 소년은 테디를 생각나게 했기에 댄은 블레어에게 그가 사귄 새 친구들에 대해 경고를 해주었다.

물론 허사였다. 기차가 큰 도시에 정차하여 그곳에서 하룻밤을 묵느라 모두가 내려야 했는데 댄은 소년을 안전하게 보호하고자 호텔에 갔다가 그곳에서 소년을 잃어버렸다. 누가 데려갔는지 충분히 짐작되었기에 댄은 그를 찾아 나섰다. 자진해서 이런 상황에 들어가는 것이 어리석다는 걸 알았지만 자기를 의지하고 있는 이 소년이 위험에 빠지도록 내버려둘 수는 없었다.

마침내 어느 허름한 곳에서 그 사기꾼들과 카드놀이를 하는 소년을 발견했다. 소년의 돈을 갈취하려는 이들이었다. 댄을 발견한 블레어의 얼굴이 안도하는 것을 보는 순간 댄은 뭔가 일이 단단히 잘못되고 있음을 직감했다. 하지만 이미 너무 늦은 상황이었다.

"아직은 안 돼요. 돈을 잃었거든요. 내 돈이 아니었어요. 다시 찾아야만 해요. 안 그랬다간 우리 형들이 날 가만히 두지 않을 거예요." 더 잃기 전에 자리를 뜨자는 댄의 말에 소년이 낮은 목소리로 대답했다. 수치와 공포가 그를 절박하게 만들었고 그는 잃은 돈을 곧 되찾을 수 있으리라는 망상에 빠져 계속해서 게임을 했다. 그 사기꾼들은 댄의 단호한 표정과 날카로운 눈매, 그리고 오랜 방랑 생활에서 얻은 노련함을 발견하고는 겁을 먹어서 댄이 보는 앞에서는 사기를 치지 못했다. 덕분에 소년은 돈을 조금 되찾긴 했으나 이들은 이미 걸려든 먹잇감을 내어줄 생각이 없었다. 댄이 소년 뒤를 지키고 서서 떠나려 들지 않자 두 남자는 불길한 시선을 교환했다. 그 시선을 해석하자면 이렇다. '이 자식부터 없애야겠는데?'

댄도 낌새를 알아채고 경계에 들어갔다. 그와 블레어는 그 지역에서는 이방인이었고 그런 곳에서는 범죄가 아무렇지도 않게 일어날뿐더러 모두가 입을 다물어버리면 쥐도 새도 모르게 사라질 수 있었다. 그렇다고 그 불쌍한 소년을 두고 갈 수는 없었다. 오가는 카드를 주의 깊게 살펴보다가 속임수를 발견하고는 바로 그들에게 따져 물었다. 이제껏 신중한 태도를 유지했으나 언성이 높아지면서 시비가 붙었고 분노가 올라와 댄을 집어삼키기 시작했다. 사기꾼들이 욕설을 퍼부으며 돈을 내놓기를 거부하다가 마침내 권총까지 꺼내 들자 댄의 불같은 성질은 폭발하고 말았다. 주먹 한 방을 날렸을 뿐인데 하필 그자가 넘어지면서 난로에 머리를 정통으로 부딪힌 것이다. 그가 바닥으로 힘없이 굴러떨어지며 피가 흘러나왔다. 이후 난투극이 벌어졌고 댄은 소년에게 얼른 귓속말을 했다. "도망쳐. 아무 말도 하지 마. 내 걱정은 말고."

공포에 질리고 잔뜩 겁을 먹은 블레어는 즉시 그 도시를 떠났고 댄은 구치소에서 하루를 보내야 했다. 며칠 후 그는 법정에 섰고 과실치사로 기소되었다. 그 남자가 결국 죽었기 때문이다. 댄은 그곳에 아는 사람도 없었고 사건의 전말에 대해 한번 간단히 설명한 이후로는 입을 열지 않았다. 집에 있는 가족들이 이 소식을 듣게 될 것이 걱정되어서였다. 그는 심지어 데이비드 켄트라는 가명을 사용했다. 이전에도 위급상황에서 여러 차례 쓴 적 있는 이름이었다. 모든 일은 순식간에 진행되었다. 그나마 정상 참작이 되어 1년의 징역형과 강제노동형이 내려졌다.

이 모든 끔찍한 상황이 얼마나 일사천리로 진행되었던지 댄은 등 뒤로 철문이 철컹 닫히고 나서야 자신이 처한 현실을 직시할 수 있었다. 어느새 그는 무덤처럼 좁고 차갑고 적막한 감방에 외로이 앉아 있었다. 한 마디면 로리 씨가 당장에 달려와서 그를 도와줄 것이고 위로해주리라는 것을 알고 있었지만 댄은 도저히 불명예를 마주할 자신이 없었다. 그에게 큰 기대를 걸고 있는 친구들이 슬픔과 수치로 무너지는 것을 보고 싶지 않았다.

"절대로 그럴 순 없어." 그는 주먹을 꽉 쥐며 말했다. "차라리 죽은 걸로 하자. 여기 오래 있다면 어차피 죽게 될 테지." 그는 벌떡 일어나 우리에 갇힌 사자처럼 감방의 돌바닥을 서성였다. 분노와 슬픔, 반항심과 후회가 마음과 머리에서 부글부글 끓었다. 마침내 그는 실성한 사람처럼 감방 벽을 주먹으로 내리쳤다. 그 벽은 그에게 목숨처럼 소중한 자유를 가로막은 벽이었다. 며칠간 그는 끔찍한 고통 가운데 몸부림쳤으나 곧 힘이 빠졌다. 분노한 댄을 보는 것보다 더 슬픈 것이 검은 비애에 빠져든 그를 보는 것이었다.

거친 교도관은 불필요한 가혹 행위로 적대감을 일으켰지만 그곳의 목사는 마음이 따뜻하고 친절하며 죄수들을 성심성의껏 챙기는 이였다. 그는 댄의 마음을 열기 위해 애를 많이 썼으나 댄은 꿈쩍도 하지 않았다. 그는 별수 없이 고된 노동이 잔뜩 날카로워진 댄의 신경을 잠재우고, 수감 생활이 고통조차도 드러내지 않는 댄의 오만함과 자존심을 다루는 날을 기다릴 수밖에 없었다.

댄은 빗자루를 만드는 작업장에 배정되었다. 노동이 유일한 구원책이라고 느낀 댄은 미친 듯이 일에 몰두했다. 덕분에 얼마 안 있어 작업반장에게 인정을 받았고 기술이 부족한 다른 수감원들의 부러움을 샀다. 댄은 날마다 정해진 자리에 앉아서 무장한 감독관의 감시를 받으며 일했다. 필요한 말 외에는 허락되지 않았고 감독관 외에 다른 수감원들과는 교류도 할 수 없었다. 감방과 작업장 사이를 오가는 것 외에는 아무 데도 가지 못했고 한 줄로 서서 한 손을 다른 이의 어깨에 얹고 발맞춰 걸으며 두 곳을 왕복하는 것이 댄이 하는 유일한 운동이었다. 그 행진은 우렁찬 고함소리와 함께 힘차게 걷는 군인들의 행진과는 너무나도 다른 것이었다. 수척한 얼굴의 댄은 음울한 분위기를 풍기며 자신에게 주어진 할당 업무를 묵묵히 마쳤고 쓴 빵을 먹었으며 명령에 순순히 응했다. 하지만 그의 눈빛만은 반항적으로 번뜩여 교도관은 이렇게 말하곤 했다.

"저 자식은 위험한 놈이야. 잘 감시해. 언젠가 탈옥하고도 남을 놈이야."

그곳에는 댄보다 더 위험한 인물들이 있었다. 전과 경력도 화려하고 긴 수감 생활의 단조로움에 변화를 주고자 언제든 사고 칠 준비가 된 이들이었다. 이들은 댄이 풍기는 기운을 금세 감지하고는 재소자들만의 기발하고 희한한 방법으로 한 달이 채 지나기 전에 댄에게 자신들의 계획을 알렸다. 폭동을 일으키려는 계획이었다. 추수감사절은 재소자들이 서로 대화를 나눌 수 있는 1년 중 몇 안 되는 날로 한 시간 동안 교도소 마당에서 명절을 즐기는 자유가 주어졌다. 그때쯤이면 어느 정도 준비가 되어 기회가 오는 즉시 일을 착수할 수 있을 것이다. 유혈사태의 가능성도 충분히 있었다. 대부분 실패로 끝날 테지만 그중 몇몇은 자유를 얻으리라. 댄은 탈출 계획을 이미 꾸며 놓고 때가 오기만을 기다리고 있었다. 댄은 날마다 음울해지고 광폭해지고 반항적으로 변해갔다. 자유의 상실이 그의 영혼과 육체를 갉아먹고 있었다. 자유롭고 건강하던 삶이 하루아침에 좁고 우울하고 비참하게 바뀐 것은 댄과 같은 기질의 젊은이들에게 치명적일 수밖에 없었다.

그는 망가진 자신의 인생을 곱씹고 자신이 꿈꾸던 행복한 희망과 계획을 포기하면서 다시는 그리운 플럼필드로 돌아가지도, 핏자국 묻은 손으로 사랑하는 이들의 손을 잡지도 못하리라는 것을 깨달았다. 자신이 죽인 그 비열한 인간은 마음에 걸리지 않았다. 그런 인생이라면 일찍 마감한 것이 오히려 잘된 일이었다. 짧게 깎은 머리는 다시 자랄 것이고 잿빛 죄수복은 다른 옷으로 바꾸어 입으면 되고 쇠빗장과 철창살은 떠나면 그만이지만, 전과자라는 불명예는 결코 지울 수 없을 터였다.

"모든 게 끝이야. 망한 인생 따위 잊어버리자. 좋은 사람이 되려고 노력할 필요가 없어졌으니 내 마음대로, 하고 싶은 대로 실컷 즐기며 살겠어. 내가 죽었다고 믿는다면 적어도 나를 그리워하며 살겠지만 내 진짜 모습은 영영 알 길이 없을 거야. 불쌍한 마더 베어! 나를 그렇게 도우려고 하셨는데 이렇게 물거품이 되다니. 타는 장작은 구원받을 길이 없거든."

그는 낮은 침상에 앉아 두 손에 머리를 파묻고 영원히 잃은 것들을 애도했다. 눈물조차 나지 않는 비참한 기분이었다. 잠이 자비를 베풀어준다면 꿈에서나마 위로받을 텐데. 플럼필드의 아이들과 어울려 노는 어린 시절에 대한 꿈, 혹은 좀 더 커서 모두가 그에게 미소를 지어주던, 더욱 행복하던 시절에 대한 꿈 말이다.

댄의 작업장에는 댄보다 더욱 처지가 딱한 친구가 있었다. 봄이면 형이 만료되는데, 문제는 몸이 허약하여 그때까지 견딜수 있을지가 미지수인 메이슨이라는 나이 든 친구였다. 그곳에서 가장 냉혈 인간으로 통하는 댄도 메이슨을 불쌍히 여겼는데, 그는 좁은 감방이 떠나가라 기침을 해대면서 아내와 아이들 만날 날만을 손꼽아 기다리고 있었다. 사정을 설명하고 사면을 청하면 조금이라도 빨리 나갈 희망이 있었지만 그에게는 이를 위해 동분서주해줄 친구조차 없었다. 임박한 것은 심판자이신 하나님의 사면뿐이었다. 그러면 그의 기나긴 고통도 끝이 나리라.

댄은 메이슨을 불쌍히 여겼으나 겉으로는 드러내지 않았다. 이 암흑의 시기에 이런 부드러운 감정이 생겨나는 것은 교도소의 돌밭 사이로 비어져 올라온 한 송이 꽃과 같아 포로된 자를 절망에서 끄집어내주었다. 메이슨이 기력이 없어 할당된 일을 마치지 못하는 날에는 댄이 그의 일을 대신 해주었는데 그럴 때마다 메이슨이 보내는 감사의 눈빛은 혼자 있는 댄의 감방을 비춰주는 햇살과도 같았다. 메이슨은 이웃이 가진 강인한 체력을 부러워하며 젊은 사람이 감옥에 갇혀 체력을 낭비한다고 안타까워했다. 메이슨은 온화한 성품의 사내였다. 그는 댄이 '나쁜 종자들'과 어울릴 때마다 속삭이는 목소리와 눈빛의 힘이 닿는 대로 댄을 말리려고 애썼다. 나쁜 종자들이란 폭동을 일으키려는 무리를 부르는 이름이었다. 하지만 이미 빛을 등지기로 한 댄은 더 깊은 나락으로 떨어지고자 했다. 폭동이 일어나 폭군 같은 간수에게 복수하고 싸워서 자유를 쟁취하는 상상을 하며 사악한 만족감을 느꼈고 그 한 시간이 그 안에 짓눌린 울화를 분출할 반가운 기회라고 믿었다. 여러 야생동물을 길들인 경험이 있는 댄이지만 자신의 무법성만큼은 감당하기 어려웠다. 그것은 자기를 자기 주인으로 만들어주는 절제력이 요구되는 일이었다.

그날은 추수감사절 직전 일요일이었다. 댄이 예배당에 앉아 있는데 외부에서 온 방문객들이 들어와 손님석에 앉았다. 그는 혹시나 아는 얼굴이 있을까 봐 유심히 살폈다. 플럼필드에서 누군가 별안간 찾아올지 모른다는 불안감에 사로잡혀 있었기 때문이다. 아, 아무도 없다. 다행히도 모두 낯선 이들이었다. 그리고 댄은 목사의 쾌활한 목소리와 무거운 짐 진 자들이 부르는 슬픈 노래를 듣느라 방문객들에 관해 잊어버렸다. 교도소를 방문하는 이들은 종종 예배당에서 재소자들을 대상으로 설교를 했기 때문에 그날도 방문객 중 한 명이 일어서서 이야기를 들려주겠다고 했을 때도 전혀 새로울 것이 없었다. 단조로운 교도소의 삶에서는 아무리 작은 변화라도 반가운 것이기에 이런 기회가 있으면 젊은 재소자들은 열심히 들을 준비를 했고 나이 든 재소자들마저 관심을 보였다.

검은 옷을 차려입은 중년의 여인이 앞으로 나왔다. 그녀의 얼굴에서는 긍휼이, 눈에서는 연민이 느껴졌으며, 그녀의 목소리에는 듣는 이들의 마음을 따스하게 하는 힘이 있었다. 어쩐지 어머니 같은 포근함을 가진 부인이었다. 그 부인을 보고 있으니 댄은 조 부인이 떠올라 그녀가 하는 말을 주의 깊게 들었다. 이상하게도 그녀가 하는 한 마디 한 마디가 전부 자기를 두고 하는 말 같았다. 그 이야기는 마치 우연처럼, 댄에게 따스한 기억이 간절히 필요한 순간에 그를 찾아왔다. 그것은 그의 안에 있는 절망의 얼음을 깨뜨릴 기억이었다. 절망의 얼음은 그의 본성이 가진 선한 충동마저 병들게 하는 중이었다.

그녀의 이야기는 단순했지만 그곳 사내들은 큰 관심을 보였다. 최근에 일어난 전쟁 중 야전병원에 입원한 두 군인에 관한 이야기였다. 두 사람 모두 오른팔에 심한 부상을 입었고 둘 다 집안의 가장이기에 빨리 완쾌되어 고향으로 돌아갈 날만 손꼽아 기다리고 있었다. 한 사람은 참을성 있고 온순하여 명령에 흔쾌히 순종하는 사람이었는데 팔을 절단할지도 모른다는 소식을 들을 때에도 그랬다. 그는 이를 받아들였고 고통스러운 회복기를 거쳤다. 비록 더는 전쟁터에서 싸우지 못하게 되었지만 목숨이라도 건진 것을 감사히 여겼다. 하지만 다른 이는 반항아였다. 어떤 충고도 듣지 않고 절단을 거부하며 시간을 끌다가 결국 고통 속에서 죽고 말았다. 뒤늦게 자신의 어리석음을 처절히 후회했지만 돌이키기에는 너무 늦은 상황이었다. "자, 모든 이야기가 그렇듯 이번 이야기에도 교훈이 담겨 있습니다." 그 부인은 미소를 지으며 덧붙였다. 그녀는 자기 앞에 줄지어 앉은 젊은이들을 바라보며 저들이 대체 무슨 일로 여기까지 왔는지 궁금해했다.

"이곳은 인생이라는 전투에서 싸우는 군인들을 위한 병원입니다. 아픈 영혼과 약한 의지, 비정상적 분노와 눈먼 양심들이 찾아오는 병원입니다. 이 모든 병은 위법에서 비롯된 것으로 결과적으로 피할 수 없는 고통과 형벌이 따라옵니다. 하지만 누구나 소망할 수 있고 누구나 도움을 받을 수 있습니다. 하나님의 자비하심은 무한하고 인간의 너그러움은 위대하기 때문입니다. 하지만 회개와 순복이 치유의 선제조건입니다. 잘못한 것이 있으면 남자답게 대가를 지불하십시오. 그것이 정의이기 때문입니다. 고통과 수치 속에서 고귀한 삶을 살아낼 수 있는 새로운 힘이 나옵니다. 상처는 남겠지요. 하지만 남자가 영혼을 잃는 것보다 차라리 두 팔을 잃는 게 낫다고 말하지 않습니까? 지금 여기서 보내는 이 시간은 결코 잃어버리는 것이 아닙니다. 이 시간을 통해서 자기를 다스리는 법을 배운다면 어쩌면 지금이 당신의 인생을 통틀어 가장 귀한 시간이 될지도 모릅니다. 오, 친구들이여, 쓰라린 과거에 갇히지 마십시오. 죄를 씻고 새 인생을 시작하십시오. 지금 자기 자신을 위해서 그렇게 하라면 내키지 않을 수도 있을 것입니다. 그렇다면 사랑하는 어머니와 아내와 자녀들을 위해서는 어떻습니까? 여러분을 위해 오래 참고 기다리고 희망을 버리지 않는 분들입니다. 그들을 기억하시고 그들의 사랑과 기다림을 헛된 것으로 만들지 마십시오. 만일 이곳에 걱정해주는 친구 하나 없이 버려진 영혼이 있다면, 돌아온 탕자를 향해 언제나 팔을 활짝 벌리며 맞아주시고, 용서해주시고, 위로해주시는 아버지 하나님이 계심을 기억하십시오. 그분은 최후의 순간까지 여러분들을 기다리십니다."

그렇게 짧은 설교가 끝이 났다. 설교자는 자신의 말이 허공으로 사라지지 않았음을 알 수 있었다. 누군가는 고개를 푹 숙인 채 들지 못했고 몇몇은 마음속 연약한 부분이 건드려져 한결 부드러운 얼굴을 하고 있었기 때문이다. 댄은 입술을 움직이지 않으려고 꽉 다물었다. 기다리며 희망을 버리지 않는 친구들을 말하는 대목에서 갑자기 눈물이 맺히는 바람에 이를 숨기기 위해 눈을 내리깔아야 했다. 그는 다시 독방으로 돌아온 것을 다행으로 여겼다. 이번에는 모든 것을 잊기 위해 잠을 청하는 대신, 침상에 앉아 깊은 생각에 빠져들었다. 분명, 오늘의 설교는 자신을 위한 것 같았다. 지금 자신이 처한 상황을 정확히 말해주고 며칠 후 행할 일이 자신의 운명을 어떻게 결정 지을지 분명하게 경고하는 것 같았다. '나쁜 종자들'이 꾸미는 일에 가담하는 것이 바른 선택일까? 자칫했다간 기존의 전과에 죄목을 하나 더하게 될 것이며, 이미 견디기 힘든 형량을 늘리게 될 것이고, 결국 모든 선한 것에서 등을 돌리게 되어 어쩌면 구원받을 기회가 있을지도 모르는 미래에 치명적인 상처만 내는 꼴이 될지도 모른다. 이야기 속의 현명한 군인처럼 결과에 순복하고 정의의 처벌을 받으며 더 나은 사람이 되고자 노력하는 것이 좋을까? 상처는 남겠지만 어쩌면 그 상처는 아직 패배하지 않은 전투를 상기시켜주는 흔적이 될지도 모른다. 순수함은 잃었어도 영혼을 지켰다는 점에서 말이다. 그렇게만 된다면 그는 용기를 내어 집으로 돌아가 죄를 고백하고 자신을 불쌍히 여기고 위로해주는 이들, 절대로 자신을 포기하지 않는 이들과 어울려 지내면서 새로운 힘을 얻을 수 있을지도 모른다.

그날 밤, 댄의 마음속에서는 선과 악이 싸움을 벌였다. 신트 람을 위해 천사와 악마가 전투를 한 것과 비슷했다. 정복자는 무법자적 본성이 될지, 사랑하는 마음이 될지 가늠하기 어려웠 다. 회한과 원망, 수치심과 슬픔, 자존심과 분노가 뒤엉켜 싸우 느라 그 좁은 감방은 전쟁터가 되었다. 불쌍한 댄, 이제 그의 앞 에 있는 적들은 방황하고 방랑하던 시절에 만난 상대들보다 훨 씬 더 무시무시해 보였다. 우리의 신비로운 마음속에서 흔히 일어나듯, 작은 것 하나가 저울추의 무게 중심을 옮겼고, 작은 연민의 마음이 전투의 흐름을 바꾸는 결정을 했다. 축복의 길 이냐, 저주의 길이냐를 선택하는 문제였다.

동트기 전 가장 어두운 시간, 그는 침상에 누워 있었으나 정 신은 말짱했다. 철창 사이로 빛 한줄기가 들어오면서 감방의 빗장이 조심스레 움직이더니 한 사내가 들어왔다. 그는 그곳에 서 일하는 마음씨 좋은 목사였다. 자녀의 고통을 감지하는 어 머니의 본능처럼 오랜 세월 아픈 영혼들을 돌보는 일을 맡아온 덕에 그는 재소자의 굳은 얼굴에 피어나는 소망의 징후를 금방 알아챘고 시련과 고통 속에 있는 영혼들에게 언제 위로와 치유의 말이 필요한지, 또 기도가 필요한지 분별하는 눈을 가지고 있었다. 그가 지금처럼 예상치 못한 시간에 댄을 찾아온 것이 이번이 처음은 아니었다. 하지만 이전에는 댄이 항상 화가 나 있거나 무관심하거나 반항적으로 나와서 그는 그때마다 인내심을 갖고 돌아가야 했다. 목사는 드디어 때가 왔음을 알았다. 빛줄기가 비춘 댄의 얼굴을 보니 안도의 표정을 짓고 있었다. 댄은 밤새 독방에 갇혀 분노, 의심, 공포의 속삭임에 괴로움을 당한 터라 사람 목소리를 들으니 이상하리만치 편안했다. 댄은 악의 힘에 실망한 상태였고 선한 싸움을 싸우기 위해서는 도움이 필요하다는 것을 깨닫는 중이었다. 그에게는 '전신갑주'가 없었기 때문이다.

"켄트, 가엾은 메이슨이 막 세상을 떠났네. 그가 자네에게 전갈을 남겼는데 어쩐지 당장 전해주어야 할 것 같아서 말이야. 자네, 오늘 예배 중에 마음이 움직이는 것처럼 보이더군. 어쩌면 메이슨이 전해주려는 것이 지금 자네에게 꼭 필요한 것일 수도 있겠어." 목사는 자리를 잡고 앉으며 침상에 누운 우울한 사내에게 친절한 눈길을 보냈다.

"고맙습니다, 목사님. 들려주세요." 댄의 대답은 짧았지만, 아내와 아이에게 마지막 인사도 하지 못한 채 감방에서 홀로 죽어간 불쌍한 양반 생각에 마음이 미어져 자신은 완전히 잊어버린 상태였다.

"갑자기 떠났어. 하지만 자네 얘기를 하며 이 말을 꼭 전해달라고 애원했네. '그 일, 하지 말라고 전해주십시오. 끝까지 잘버티고 최선을 다하라고요. 형량을 다 채워 출소하게 되면 메리에게 곧장 가보라고도 말해주십시오. 저 대신 환영해줄 겁니다. 나가도 이쪽에 친구가 없으니 외로울 텐데 남자가 어려운 일을 당할 때는 여자가 안식처가 되어줄 수 있잖아요. 그 아이에게 사랑한다는 말과 함께 작별 인사를 전해주십시오. 제게항상 친절한 아이였지요. 하나님께서 그 점을 보시고 그 아이를 축복하실 겁니다.' 그렇게 말하고 조용히 눈을 감았다네. 내일이면 하나님의 사면을 받아 본향으로 돌아가겠지. 사람의 사면은 너무 늦었지만 말이네."

댄은 아무 말도 하지 않았다. 그는 얼굴에 팔을 올리고 미동도 없이 가만히 있었다. 그 가여운 노인이 보낸 전갈의 효과가자신의 기대 이상임을 목사는 알 수 있었다. 그런 후 목사가 아버지 같은 목소리로 댄에게 들려준 말은 '고향'으로 돌아가기를 간절히 바라지만 그럴 권리를 상실했다고 믿는 이 가여운수감자에게 큰 위로가 되었다.

"마지막 순간까지 자네 걱정을 한 이 겸손한 양반을 실망시키지 않길 바라네. 말썽을 일으키려는 작자들이 있다는 것은나도 알고 있지. 나 역시 자네가 그쪽에 가담할까 봐 두려운 마음이 드는군. 부탁이니, 하지 말게나. 그 계획은 성공하지 못할 거야. 언제나 그랬듯이 말이야. 지금까지 잘해왔는데 괜한 흠을 낸다면 참으로 안타까운 일이 아니겠는가. 나의 아들, 용기를 내게나. 1년 후, 이 힘든 시간을 통해 더 나빠진 것이 아니라 더 나아진 모습으로 형량을 마치자고. 친구가 없더라도 고마움을 보답하고 싶어 하는 부인이 반갑게 맞이해준다고 하지 않나. 그리고 자네에게 친구가 있다면 그들을 봐서라도 최선을 다하게. 우리, 하나님께 도움을 요청하세. 이런 일을 도울 수 있는 분은 하나님 한 분뿐이니 말일세."

그리고 이 선량한 사내는 댄의 대답도 기다리지 않고 바로 진심 어린 기도를 시작했다. 댄은 기도에 귀를 기울였다. 이전에 한번도 해본 적이 없는 행동이었다. 고독의 시간과 임종 메시지, 갑자기 고개를 든 그의 양심은 그를 구원하고 위로하려고 나타난 천사들 같았다. 그날 밤 이후 댄 안에서는 변화가 일어났다. 물론 목사 외에는 아무도 눈치채지 못했다. 그는 여전히 과묵하고 근엄하고 비사교적으로 굴었다. 나쁜 무리나 착한 이들 모두 할 것 없이 일절 교제하지 않고 등을 돌렸다. 그의 유일한 낙은 친구가 가져다준 책을 읽는 것이었다. 빗방울이 바위를 뚫는다고, 이 인내심 많고 친절한 목사는 마침내 댄의 신뢰를 얻었다. 이 목사 덕분에 댄은 겸손의 골짜기*를 빠져나와

---

* 존 버니언의 《천로역정》에 등장하는 장소로 주인공이 통과해야 하는 관문 중 하나.

산을 향해 걸어갈 수 있었다. 비록 아직은 구름이 끼어 있긴 해도 그 사이로 천상의 도시*를 엿볼 수 있었다. 모든 순례자가 애절한 눈과 휘청거리는 다리로 향하는 그곳 말이다. 가는 길에 뒤로 미끄러지기도 여러 번이요, 절망의 거인이나 마귀 아볼루온**을 만나 씨름을 하기도 하고, 삶의 가치를 찾을 수도 없고 메이슨이 탈출한 방법만이 유일한 희망으로 보이는 고통스러운 시간을 보내야 한다. 하지만 친절한 손을 붙들고 형제의 목소리를 들으며 과거에 저지른 잘못을 속죄하고 집으로 돌아갈 권리를 회복하고자 하는 열망 덕분에 댄은 대임을 묵묵히 감당하는 중이었다. 어느새 한 해가 끝나가고 새로운 해가 댄의 인생이라는 책에서 새로운 장을 펼치려고 기다리고 있었다. 그는 그 책에서 가장 어려운 부분을 지나는 중이었다.

크리스마스가 되자 그는 플럼필드가 무척 그리웠다. 그래서 걱정하는 그들에게 안부를 전하고 자신의 마음도 위로를 얻을 방법을 생각해냈다. 그는 다른 주에 사는 메리 메이슨에게 편지를 써서 자신이 동봉한 편지를 부쳐달라고 부탁했다. 그 편지에는 자신은 잘 지내고 있으며 농장 일은 포기했지만 다른 일을 계획 중이라고, 그 얘기는 나중에 들려주겠다고, 가을이나

---

* 《천로역정》에서 주인공이 도달해야 하는 최종 목적지.
** 절망의 거인이나 아볼루온 모두 《천로역정》에 나오는 등장인물이다.

되어야 집에 갈 수 있을 것이라고, 편지는 자주 못 해도 잘 지내고 있으니 걱정 말라고만 적었다. 그리고 모두에게 메리 크리스마스라는 말과 함께 사랑을 전했다.

그리고 그는 또다시 고독한 생활을 이어가며 남자답게 자신의 잘못에 대한 대가를 치렀다.

13. 네트의 새해

"에밀에게선 소식이 오리라고 기대하지 않지만 네트는 그래도 정기적으로 편지를 보내오고 있잖아요. 하지만 댄은 어디에 있는 걸까요? 떠난 이후로 받은 두세 통의 편지가 전부예요. 에너지가 넘치는 아이니 지금쯤이면 캔자스에 있는 농장을 몽땅 사들이고도 남았을 텐데." 어느 날 아침 조 부인이 도착한 우편물을 들춰보다가 어느 구석에서도 댄의 이름이 없는 것을 보며 말했다.

"당신도 알다시피 그 아이는 원래 편지를 자주 쓰지 않잖소. 자기 일을 다 마치면 집으로 돌아올 거요. 그 아이에겐 몇 달이나 몇 년이 그리 오랜 시간이 아니라서, 시간도 잊은 채 어디 야생의 들판을 탐험하고 있겠지요." 베어 씨가 대답했다. 그는 네트가 라이프치히에서 보내온 장문의 편지를 읽는 중이었다.

"하지만 어떻게 지내는지 소식을 전하겠다고 내게 약속을 한 걸요. 댄은 어떻게든 약속을 지키는 아이라고요. 그 아이에게 무슨 일이 일어난 건 아닌지 걱정이에요." 제 주인의 이름이 들려서인지 돈이 조 부인에게 다가왔다. 조 부인을 바라보는 돈의 눈동자가 사람처럼 애석해하는 빛을 냈다. 조 부인은 돈의 머리를 쓰다듬으며 위안을 얻기로 했다.

"걱정 마세요, 어머니. 댄 형에게는 아무 일도 일어나지 않았을 거예요. 어느 날 멀쩡한 모습으로 나타날걸요. 한 손에는 금광을, 다른 손에는 초원을 들고서 우리 뒤로 나타나 깜짝 놀래 킬 거라고요. 귀뚜라미처럼 쾌활하게요." 테디가 말했다. 댄이 너무 빨리 돌아오면 옥투를 제 주인에게 떠나보내야 하는데 그걸 생각하면 좀 아쉽기도 했다.

"어쩌면 농장 일은 애초에 접고 몬태나로 갔을지도 몰라요. 형의 가장 큰 관심은 인디언들 같던걸요." 로브는 그렇게 말하고 정리해야 할 편지가 잔뜩 밀린 어머니를 돕겠다며 어머니 쪽으로 갔다.

"그러길 바란다. 그게 그 아이에게 가장 잘 어울리는 일이지. 하지만 계획이 그렇게 바뀌었다면 우리에게 알리지 않았을까 하는 생각이 드는구나. 돈을 보내달라는 전갈도 왔어야 하고. 아무래도 뭔가 잘못된 것 같은 예감이 드는구나." 조 부인은 실내용 모자를 뒤집어쓴 운명의 여신처럼 엄숙하게 말했다.

"그랬다면 우리에게 연락이 왔겠지요. 나쁜 소식이 원래 빨리 전해지는 법이잖소. 조, 괜한 걱정 사서 하지 말고 네트가 얼마나 잘 지내는지나 들어봐요. 난 이 녀석이 음악 외엔 아무것에도 관심이 없는 줄 알았는데. 나의 좋은 친구 바움가르텐이 네트가 그곳에서 잘 시작하도록 도움을 주고 있으니 네트도 정신만 잘 차린다면 잘할 거요. 착한 아이이지만 세상은 처음이잖소. 라이프치히는 방심했다가는 덫에 걸리기 쉬운 곳이지요. 주님이 그 아이와 함께하시길!"

베어 교수는 네트가 쓴 편지를 읽어주었다. 거기에는 문학인들이나 음악인들의 파티에 참석한 이야기, 오페라의 웅장함, 새로 사귄 친구들의 친절함, 베르크만 교수 같은 명장 밑에서 공부하는 즐거움, 빠른 성장에의 기대, 그리고 자신에게 이런 황홀한 기회를 허락해준 모든 분에 대한 감사가 담겨 있었다.

"만족스럽고 위안이 되는 소식이네요. 나도 네트 속에 뜻밖의 힘이 숨어 있다는 사실을 그 아이가 떠나기 전에 알게 되었어요. 참으로 남자답고 훌륭한 계획을 하고 있더군요." 조 부인이 뿌듯한 어조로 말했다.

"두고 봅시다. 거기 있는 동안 뭔가를 배워서 더 나은 사람이 될 것은 분명하오. 우리도 젊은 날에 그런 경험을 하지 않았소. 선량한 젊은이에게 세상이 너무 혹독하지 않기만을 바랄 뿐이오." 교수가 대답했다. 그는 독일에서 보낸 자신의 학창 시절을 떠올리며 현자 같은 미소를 지었다.

그의 말이 옳았다. 네트는 빠른 속도로 인생 교훈을 배우는 중이었다. 플럼필드에 있는 친구들이 봤다면 깜짝 놀랐을 것이다. 조 부인이 이미 발견한 남자다움이 예상치 못한 방식으로 개발되는 중이었고 조용하기만 하던 네트는 이 즐거운 도시가 주는 무해한 방탕함에 풍덩 뛰어들었다. 순진한 청년에게는 처음 맛보는 쾌락이었다. 완전한 자유와 자립심은 달콤했다. 항상 도움만 받고 누군가에게 의지해서 살아온 그는 그것이 부담이었기에 자신의 두 다리로 일어서서 자기만의 방식으로 살아보고 싶은 생각이 간절했다. 거기선 아무도 그의 과거를 몰랐다. 옷장에는 근사한 옷들이 가득했고 은행에는 쓸 돈이 넉넉히 있었다. 라이프치히 최고의 교수의 제자가 된 그는 음악을 하는 젊은 신사로 사교계에 데뷔할 수 있었다. 더군다나 존경받는 베어 교수와 부유한 로런스 씨라는 든든한 후원자를 둔 덕분에 많은 이들이 너도나도 이 유망한 제자를 위해 기꺼이 자신의 집을 열어주었다. 이 후원자들과 그의 유창한 독일어 실력, 겸손한 매너, 부인할 수 없는 음악적 재능 덕에 그는 이방인임에도 많은 젊은이가 진출하기를 애쓰지만 허탕을 치고 만다는 사교계에 단번에 들어갈 수 있었다.

네트는 새로운 세계에 눈을 떴다. 휘황찬란한 오페라하우스에 앉아 공연을 관람하거나 특별한 커피 파티에 초대되어 숙녀들에게 둘러싸여 이야기꽃을 피우거나 저명한 교수의 고명 딸을 데이지라고 상상하며 같이 춤을 출 때면 그는 이 사교적 인 청년이 과연 플럼필드 대문 앞에서 비를 맞으며 서 있던 가 난한 거리의 악사와 동일 인물인지 스스로 묻곤 했다. 그의 마음은 진심이었고 자극은 선한 것이었으며 야망은 높았다. 하지만 약한 본성이 그를 사로잡기 시작했다. 그는 곧 허영에 빠졌고 쾌락에 취했으며 이 새롭고 매력적인 삶이 제공하는 즐거움 외에는 아무것도 생각하지 못하게 되었다. 속일 의도는 없었지만 사람들이 그를 좋은 가문의 귀한 자제로 상상하도록 내버려 두었다. 로리 씨의 재산과 영향력을 은근히 과시하기도 했으며 베어 교수의 명성과 자기가 다닌 그 학교를 내세워 자랑하기도 했다. 조 부인의 책을 읽은 감성파 프로라인(Fräulein)*들에게는 조 부인과의 친분을 앞세워 관심을 얻었고 자기에게 호의적으로 대하는 부인들에게는 자신이 두고 온 메드헨(Mädchen)**의 이야기를 털어놓으며 그녀의 매력과 덕을 늘어놓기도 했다. 철없는 자랑과 순진한 허영심으로 그는 당연히 사람들의 입방아에 오르내리기 시작했다. 그만큼 그의 존재가 중요해진 것은 놀랍고도 감사할 일이지만 거기에는 창피가 좀 따르기도 했다.

---

* 독일어로 '아가씨'라는 뜻.

** 독일어로 '소녀'라는 뜻으로 데이지를 지칭한다.

그가 뿌린 씨앗은 쓴 열매를 맺었다. 상류층 출신이라고 알려진 이상 더는 남루한 동네에 살 수는 없는 노릇이었다. 이제는 자신을 위해 계획된 대로 열심히 공부만 하며 조용히 지낼수도 없게 되었다. 그는 대학생들과 젊은 장교들과 그밖에 다양한 부류의 유쾌한 이들을 만났고 그들이 보여주는 관심에 잔뜩 들떠 있었다. 그렇지만 그 쾌락은 값비싼 것이었고 후회의 가시가 그의 정직한 양심을 찌르기도 했다. 좀 더 화려한 거리에 있는 더 나은 방을 얻어 뽐내며 지내고 싶은 유혹에 빠져 이웃인 선량한 텟첼 부인과 예술가 포겔슈타인 양을 뒤로하고 떠났다. 텟첼 부인은 그가 떠나는 것을 슬퍼했고 포겔슈타인 양은 회색 곱슬머리를 흔들며 그가 애처롭지만 더 현명한 사람이 되어 돌아올 것이라고 예언하며 그를 보내주었다.

네트의 생활비와 그가 바쁜 사교계 생활을 영위하기 위하여 사용하는 최소한의 유흥비만 해도 어마어마하게 큰돈이었다. 하지만 로리 씨가 처음 제안한 액수에 비하면 적었다. 베어 교수는 네트가 돈을 관리하는 법에 익숙하지 않은 것을 보고 절약하는 습관을 지녀야 한다고 현명한 조언을 해주기도 했다. 쾌락에 빠질 수 있는 나이의 남자에게 두둑한 지갑이 주어지면 유혹이 따른다는 것을 잘 알고 있기 때문이었다. 그러는 사이 네트는 새로 얻은 멋진 아파트를 마음껏 즐겼다. 눈치 못 채는 사이 점점 더 큰 사치와 호화가 그의 삶에 들어오려고 틈타는 중이었다. 네트는 음악을 사랑하기에 수업은 놓치는 일이 없었지만 꾸준히 연습하는 데 써야 하는 시간들이 극장이나 무도회, 맥주 파티, 혹은 클럽 등에 가는 데 소비되고 있었다. 물론 귀중한 시간을 함부로 사용하는 것, 그리고 자신의 돈이 아닌 남의 돈을 펑펑 쓰는 것 외에는 남에게 해를 끼치지 않았고 신사답게 유희를 즐기고 있었다. 여태까지는 그랬다. 하지만 상황은 점점 나쁜 쪽으로 기울었고 네트도 그것을 느끼기 시작했다. 처음에는 꽃길을 걷는 것 같았으나 계속 내리막길로 치달았고 다시 올라가는 일은 일어나지 않았다. 자신에게 기대를 건 이들을 배신한다는 죄책감이 그를 괴롭히기 시작했다. 행복한 나날이 계속되었지만 그가 혼자서 조용히 있는 시간이면 모든 게 잘못되어간다는 생각에 사로잡혀 고통스러워했다.

"딱 한 달만 더 이렇게 살자. 그런 다음에는 제자리로 가는 거야." 그는 입버릇처럼 말했다. 그러고는 모든 게 자신에게 새롭다는 사실과 플럼필드의 친구들은 모두 자신이 행복하기를 바란다는 점과 이곳 사교계에서 품위를 배우고 있다는 점을 핑계 삼아 제자리 돌아가기를 차일피일 미루었다. 이렇게 한 달, 또 한 달이 지나갈수록 빠져나오는 것은 점점 더 힘들어졌다. 시간은 그렇게 지나갔고 분위기에 휩쓸려가는 것은 정말이지 너무 쉬워서 네트는 계속 이 핑계 저 핑계를 대며 그 속에서 빠져나오지 못하고 있었다.

유익했던 여름의 유흥이 지나가고 축제 분위기인 겨울이 이어졌다. 네트는 겨울의 사교계가 돈이 더 많이 든다는 사실을 알게 되었다. 이번에는 낯선 이방인을 환대해준 숙녀들에게 보답할 차례였다. 마차, 꽃다발, 연극 관람을 비롯한 온갖 시시콜콜한 비용까지, 네트로서는 부담스럽지만 피할 길이 없었고 그의 지갑도 마침내 바닥이 보이기 시작했다. 로리 씨를 롤모델로 삼은 네트는 꽤 정중하고 멋진 청년으로 통했고 사교계에서 두루 사랑받는 인물이었다. 새로 익힌 분위기와 품위라는 날개를 달고 기존의 좋은 성품인 정직함과 순수함에 힘이 더하여 주변 사람들에게서 신망과 애정을 얻었다.

그중에는 음악을 사랑하는 딸을 둔 다정한 부인이 있었는데 그녀는 좋은 가문에서 태어났으나 집이 가난하여 딸을 부유한 집에 시집보내고 싶어 하는 이였다. 네트의 배경과 친구들에 관한 작은 소설은 이 마음씨 좋은 부인을 혹하게 했는데 그녀의 딸 민나 역시 그의 음악적 재능과 깍듯한 매너에 매료되었다. 그 집의 조용한 거실에 있으면 네트는 집에 온 것처럼 편안했고 시끌벅적한 사교계를 벗어나 쉴 수 있는 안식처 같았다. 나이 많은 노부인은 그를 상냥하고 편안하게 대해주었고 예쁘장한 딸의 부드러운 푸른 눈은 그가 올 때면 반가움으로, 떠날 때에는 아쉬움으로, 그가 연주할 때면 감탄과 존경으로 빛났다. 그랬기에 네트로서는 이런 곳을 멀리하기엔 너무 유혹이 컸다.

전혀 악의도 없었고 순진하기만 한 네트는 어머니 같은 이 부인에게 약혼녀가 있음을 털어놓기도 했다. 그래서 그는 그 노부인의 마음속에 어떤 야심이 숨어 있는지 그리고 낭만적인 독일 소녀에게서 존경받는 것에 어떤 위험이 도사리고 있는지도 전혀 눈치채지 못한 채, 소녀에게는 상처를, 자신에게는 큰 후회를 줄 때까지 그 집을 계속 드나들었다.

물론 그가 새롭고 쾌락적인 삶에 빠진 낌새는 그가 매주 쓰는 장문의 편지에 드러나지 않을 수 없었다. 네트는 아무리 신나게 놀러 다니고, 아무리 바쁘고, 아무리 피곤해도 집으로 보내는 편지만은 꼬박꼬박 썼다. 데이지는 그의 행복과 성공에 마냥 기뻐했지만 다른 소년들은 '쩍쩍이가 사교계 인사로 변신'했다며 웃곤 했는데 그중에서도 큰 녀석들 사이선 이런 얘기가 오가기도 했다. "속도가 너무 빠른데. 곧 경고의 말을 듣게 되거나 골치 아픈 일이 일어나겠어."

하지만 로리 씨는 이렇게 말했다. "어때, 실컷 즐기라고 해. 그간 너무 오랫동안 의존적이고 억눌려서 살아왔잖아. 가진 돈이 한계가 있어서 너무 멀리 가지도 못할 거야. 빚을 지거나 할 인물이 아니니 걱정하지 않아도 될 거야. 무모한 행동을 하기엔 너무 유약하고 정직한 아이니까. 그가 맛보는 첫 자유이니 즐기도록 두는 게 좋겠어. 장담컨대, 점점 나아질 거야. 두고 봐."

그렇기에 경고 대신 아주 부드러운 권고가 전달될 뿐이었다.

선량한 플럼필드 사람들은 네트에게서 '화려한 생활'을 접고 다시 공부에 매진한다는 소식이 들려오기를 손꼽아 기다렸다. 데이지는 편지에 종종 등장하는 민나, 힐데가르데, 롯트헨 같은 이름의 여자들이 자신의 소중한 네트를 빼앗아갈까 봐 걱정했고 그럴 때마다 가슴을 찌르는 듯한 고통을 느끼기도 했다. 하지만 데이지는 절대로 그런 내색을 하지 않았으며 답장은 언제나 차분하고 쾌활한 어조를 유지했다. 그저 그가 보내온 편지를 너덜너덜해질 때까지 읽고 또 읽으며 혹시 변심한 흔적이 있나 유심히 들여다볼 뿐이었다.

그런 식으로 몇 달이 흘렀다. 마침내 선물과 축하와 화려한 파티로 가득한 크리스마스가 다가왔다. 네트도 그곳에서 보내는 크리스마스에 대한 기대가 컸고 처음에는 즐겁기만 했다. 독일의 화려한 크리스마스 장식은 볼 것이 많았다. 하지만 신나게 보내는 그 주는 그가 나중에 방종의 대가를 톡톡히 치르는 잊을 수 없는 한 주가 되었다. 그리고 찾아온 새해 첫날은 심판의 날이었다. 못된 요정이 깜짝 놀래키려고 준비한 마법처럼, 그의 행복한 세계는 하루아침에 뒤집어져 거짓말처럼 황량하고 절망스러운 곳으로 돌변하고 말았다. 판토마임 속 극적인 변화를 보는 것같이 말이다.

첫 번째 사건은 아침에 일어났다. 그는 값비싼 꽃다발과 초콜릿 봉봉을 준비하여 민나와 그의 어머니를 찾아갔다. 물망초 모양으로 수를 놓은 멜빵과 민첩한 손놀림으로 직접 짠 실크 양말을 선물로 준 부인에게 고마움을 표하기 위해서였다. 부인은 따뜻하게 그를 맞이했지만 그가 민나의 안부를 묻자 그 부인은 어떤 의도로 자신의 딸을 찾는지 단도직입적으로 물어왔다. 그녀의 귀에까지 들려온 소문이 있어 그가 딸에 대한 입장을 확실히 밝히거나 그렇지 않을 경우엔 더는 찾아오지 않으면 좋겠다는 요구였다. 부인은 이런 일로 딸의 마음에 상처를 줄 수는 없다는 점을 분명히 했다.

네트는 예상치 못한 요구에 당황하고 말았다. 그의 미국인다운 정중함이 순진한 따님에게 오해를 불러일으켰다고 변명해봐야 이미 늦은 일이었다. 잘못 말했다간 그 말이 영악한 노부인에게 잘못 사용되어 더 큰 곤란을 당할 터였다. 지금으로서는 진실만이 그를 이 상황에서 벗어나게 할 수 있었다. 정직하고 명예를 중시하는 네트는 모든 것을 솔직하게 털어놓았다. 네트는 거짓된 화려함을 모두 벗어버리고 자기가 사실은 가난한 학생에 불과하다고 실토하며 그들이 베풀어준 호의에 취해 경솔하게 방종한 것에 대한 용서를 구했다. 그러자 서글픈 광경이 이어졌다. 숌부르크 부인의 숨은 동기나 욕망이 가감 없이 드러났기 때문이다. 그녀는 자신이 쌓아올린 사상누각이 무너지자 숨기지 않고 실망감을 표시하며 경멸하는 태도로 네트를 격렬히 비난했다.

진심으로 참회하는 네트의 모습에 그녀의 태도도 조금 누그러들어 간신히 민나와 작별 인사를 할 기회를 허락해주었다. 민나는 열쇠구멍 틈으로 이 모든 것을 엿듣고 있다가 그 말에 뛰쳐나와 네트의 품에 와락 안기며 눈물을 쏟았다. "오, 나의 그대, 내 마음은 이렇게 무너지지만 저는 결코 그대를 잊지 않겠어요!"

이것은 비난보다 견디기 어려운 것이었다. 다부진 숍부르크 부인마저 울기 시작했다. 한바탕 독일식의 격한 감정과 한탄이 오간 후에야 그는 간신히 그 집을 빠져나올 수 있었다. 그는 베르테르가 된 기분이었다. 버림받은 로테는 초콜릿 봉봉으로, 그녀의 어머니는 그보다 좀 더 값비싼 선물로 각자의 마음을 진정시켰다.

두 번째 사건은 바움가르텐 교수와 식사할 때 일어났다. 아침에 당한 일로 그렇지 않아도 식욕이 떨어진 상태였는데 함께 자리한 다른 제자의 말에 네트는 기운이 완전히 꺾이고 말았다. 자신이 곧 미국에 가게 되었다며 들떠서는 마땅히 '친애하는 베어 교수'를 꼭 찾아뵙고 그의 제자가 라이프치히에서 얼마나 흥청망청 잘 놀고 있는지 전하겠다는 것이 아닌가? 이 모든 이야기가 플럼필드에 전해질 생각을 하니 심장이 멎는 것 같았다. 일부러 속일 생각은 없었지만, 그가 편지에는 결코 쓰지 않는 수많은 일들이 있지 않은가. 게다가 칼센이 어여쁜 민나와 자신의 '마음의 벗'이 약혼하게 되었다는 사실도 슬쩍 암시하겠노라고 하면서 그에게 장난스러운 윙크를 보내자 네트는 이 겨울에 일어난 일련의 사건들이 플럼필드에 전해져 평지풍파를 일으키기 전에 녀석이 탄 배가 난파되어 바다속에 가라앉으면 좋겠다는 생각을 하기에 이르렀다.

간신히 마음을 가라앉힌 네트는 칼센에게 그가 지금 우쭐해진 것은 사악한 예술이라고 경고한 뒤 그에게 플럼필드 가는 길을 설명해주었는데, 기적이 일어나지 않는 한 절대로 베어 교수를 만날 수 없을 만큼 엉뚱한 길을 가르쳐주었다. 그럼에도 만찬 내내 네트의 기분은 엉망이었다. 그래서 최대한 빨리 그 자리를 빠져나와 암담한 기분으로 길거리를 헤매고 다녔다. 그날 저녁 그의 명랑한 친구들과 함께 가기로 한 극장에도 가고 싶지 않았고 연극 관람 이후 같이 하기로 한 저녁 식사 자리에도 가고 싶지 않았다. 대신 네트는 구걸하는 이들에게 돈을 쥐어주고 금박을 입힌 진저브레드를 사서 아이 둘을 행복하게 해주었으며 혼자 맥주를 마시면서 마음을 달래보았다. 데이지를 상상하며 허공에 건배하고 스스로에게는 내년이 올해보다 더 나은 해가 되기를 기원했다.

그렇게 한참을 밖에서 방황하다가 마침내 집으로 돌아가니 세 번째 사건이 그를 기다리고 있었다. 집 앞에 눈보라처럼 몰려와 잔뜩 쌓인 고지서들을 보고 있노라니 회한과 절망, 그리고 자기 혐오라는 눈사태에 깔려 질식할 것 같았다. 고지서들의 부피와 지불해야 할 금액을 확인한 네트는 기절할 듯이 놀라고 말았다. 베어 씨가 현명하게 예견했듯 그는 돈 문제에 둔했다. 이 고지서들을 모두 해결하려면 은행에 예치된 돈을 전부 긁어다 써야 할 판이었다. 그러면 앞으로 여섯 달 동안은 무일푼 신세가 되고 만다. 플럼필드에 돈을 더 보내달라는 전갈을 하지 않는 한 말이다. 하지만 그러느니 차라리 굶는 게 낫겠다고 생각했다. 도박장 생각이 가장 먼저 들었다. 그렇지 않아도 새로 사귄 친구들이 몇 번이나 그를 끌어들이려고 했다. 하지만 그는 유혹을 이기라는 베어 씨와의 약속을 기억했다. 당시에는 전혀 자신에게 일어날 것 같지 않던 일들이었다. 게다가 그동안 저지른 잘못도 이미 많은데 거기에 하나 더 추가할 생각은 없었다. 빌리고 싶지도, 구걸하고 싶지도 않았다. 그렇다면 어쩌면 좋은가? 간담이 서늘해질 정도로 많은 이 고지서들을 처리해야 하고 레슨도 계속 받아야만 한다. 안 그랬다간 야심 차게 떠난 유학은 수치스러운 실패로 끝나고 말 것이다. 그러니 당분간은 살아야 한다. 하지만 어떻게? 최근에 저지른 어리석은 일들을 한탄해보지만 그는 이미 너무 멀리 와버렸다. 그는 몇 시간 동안 낙담의 늪(Slough of Despond)*에서 허우적거

---

* 《천로역정》에서 주인공이 빠지는 늪.

리며 자신의 호화로운 방을 서성였다. 자신을 끌어당겨 건져줄 구원의 손길이 간절했다. 적어도 새로운 우편물이 도착할 때까지는 그랬다. 새로 도착한 고지서 더미 위로 미국 소인이 찍힌 봉투가 놓여 있었다. 먼 길을 오느라 겉봉투는 다 닳아 있었다.

세상에, 이렇게 반가울 데가! 집에서 온 소식이었다. 가족들의 애정이 듬뿍 묻어나는 여러 장의 편지였다. 그는 너무나 반가운 마음으로 당장에 읽기 시작했다. 모두가 한 줄씩 안부를 적었고 끝에는 그리운 이름들이 모두 적혀 있었다. 편지를 읽어내려가는 그의 눈이 점점 흐려졌다. "주님의 축복이 우리 네트와 함께 하길 – 마더 베어 씀"이라는 대목에 이르러 그는 울음이 터지고 말았다. 두 팔로 머리를 감싸고 눈물을 쏟는 바람에 편지지는 젖어버렸다. 이 눈물 줄기는 억눌린 양심으로 무거워진 그의 마음을 위로하고 어린 치기로 저지른 죄들을 씻어주었다.

"사랑하는 가족들이 나를 이토록 사랑해주고 믿어주는데! 내가 어떤 멍청이인지 알게 된다면 얼마나 가슴 아파하며 실망할까! 그래, 이런 분들에게 도움을 요청하기보다는 다시 거리의 악사로 돌아가자!" 네트는 눈물을 훔치며 외쳤다. 그 눈물 덕에 마음이 진정되기도 했지만 여전히 부끄러운 것은 어쩔 수 없었다.

그러고 나니 무엇을 어떻게 해야 할지 좀 더 분명해졌다. 바다 너머로 도움의 손길이 뻗어왔고 '사랑', 즉 고마운 전도자*가 그를 늪에서 꺼내주며 그가 가야 할 좁은 길을 보여주었다. 그 길을 따라가면 구원을 얻으리라. 네트는 편지를 다시 읽으며 편지지 구석에 그려진 데이지꽃에 열렬히 입을 맞췄다. 그러고 나니 한결 담대한 기분이 들어 닥쳐올 최악의 상황을 맞이하고 그것을 해결할 힘이 생긴 것 같았다. 고지서의 금액은 모조리 지불할 것이다. 팔 수 있는 것은 닥치는 대로 팔아버리자. 이 비싼 아파트를 포기하고 저렴한 텟첼 부인의 하숙집으로 돌아가면 된다. 일을 찾으면 생활비는 어떻게 해결이 될 것이다. 다른 학생들도 어차피 그렇게 해서 생계를 유지하고 있지 않은가. 새로 사귄 친구들은 그만 만나고 화려한 생활도 접고 나비가 되려고 발버둥 치는 것도 멈추기로 했다. 이 가엾은 친구더러 그동안 누리던 작은 사치를 모조리 때려 부수라는 것이나, 젊은이더러 즐거운 오락을 포기하라는 것, 자신의 잘못을 인정하고 받아들이며, 자신이 지금 있는 자리에서 내려와 사람들의 동정과 비웃음을 받으며 잊힌 존재가 되라는 것은 결코 말처럼 쉬운 일이 아니었다.

이 일을 해내기 위해 네트는 자존심과 용기를 모두 끌어모아야만 했다. 예민한 성격의 그는 자존심이 셌고 명예를 중요시

----

* 《천로역정》의 등장인물.

했으며 실패는 견디기 어려운 쓰라림이었다. 그러나 그는 천성적으로 비열함과 속임수를 경멸했기에 남에게 도움을 요청하거나 부정직한 방법으로 자신의 필요를 숨기는 짓은 할 수 없었다. 밤에 혼자 앉아 있는데 베어 씨의 말이 이상하리만치 또렷하게 떠올랐다. 그는 어느새 플럼필드의 어린 소년으로 돌아가 있었다. 겁이 나서 거짓말을 한 대가로 선생님을 대신 벌 주는 벌을 받는 중이었다.

"그래, 나 때문에 선생님을 다시 고통받게 할 수는 없어. 나는 바보일지언정 야비한 인간이 되지는 않을 거야. 당장 바움가르텐 교수님을 찾아가서 사실대로 말씀드리고 그분의 조언을 들어야겠어. 비난이 대포처럼 날아온다고 하더라도 해야만 하는 일이야. 뱁새가 황새를 따라가려다 가랑이 찢어지지 말고 정직한 가난뱅이로 살자." 네트는 고통 중에서도 미소를 지었다. 방을 장식하고 있는 사치품들을 돌아보며 자신의 출신을 다시 한번 상기했다.

그는 남자답게 자신과의 약속을 지켰다. 감사하게도 교수가 제자 중에 이런 경우를 여럿 보아왔다고 말해주어 위안을 받기도 했다. 현명한 바움가르텐 교수는 네트에게 필요한 것이 훈육과 절제라고 생각하며 그의 계획을 받아들여주었고 도움이 필요하면 언제든지 알려달라는 말과 함께 베어 교수에게는 네트가 제자리를 찾을 때까지 비밀을 지켜주겠노라고 약속했다.

새해의 첫 주는 우리의 돌아온 탕자가 참회하는 자세로 자신의 계획을 이행하느라 바쁘게 지나갔다. 그의 생일은 텟첼 부인의 하숙집 꼭대기 방에서 홀로 보냈다. 그의 방에 이전의 화려함은 사라지고 없었다. 아담한 아가씨들에게서 받은 내다 팔지도 못하는 잡다한 물건들만 남아 방 안을 메우고 있을 뿐이었다. 그녀들은 네트의 빈자리를 매우 애석하게 여겼지만 남자 친구들은 그를 조롱하고 동정하다가 곧 그를 떠나버렸다. 그를 위해 기꺼이 지갑을 열어주고 곁을 지켜주겠다고 약속한 한두 명을 제외하고는 모두 그랬다. 그는 고독하고 침울했다. 작은 벽난로 곁에 앉아 플럼필드에서 보낸 작년 새해를 기억했다. 작년 이 시간에 그는 데이지와 춤을 추고 있었다.

누군가 문을 두드렸다. 그는 궁금해할 힘도 없어서 그저 "들어오세요(Herein)."라고 독일어로 말했다. 누가 굳이 자신을 만나겠다고 이 높은 다락방까지 올라왔을까 궁금했다. 선량한 집주인 텟첼 부인이 와인 한 병과 갖가지 색깔의 사탕으로 장식한 멋들어진 케이크를 쟁반에 받쳐 들고 들어왔다. 포겔슈타인 양이 그 뒤를 따라 꽃이 핀 장미 나무 화분을 들고 들어왔다. 그녀의 회색 머리는 여전히 곱슬거렸다. 기쁨으로 환하게 빛나는 얼굴로 그녀는 이렇게 외쳤다,

"친애하는 블레이크 군, 작은 선물과 함께 축하해주러 왔어요. 기억에 남을 오늘이 되어야 하니까요. 생일 축하해요! 당신

의 올해가 아름답게 꽃피우기를, 당신의 친구들인 우리가 소망합니다."

"그럼, 그럼, 우린 정말 그러길 바란다우, 우리 학생 양반." 텟첼 부인이 덧붙였다. "자, 여기 '기쁨으로 구운' 케이크를 맛봐요. 이 와인으로 멀리 고향에 있는 사랑하는 이들의 건강을 위해 건배를 드시우."

네트의 무거운 마음이 한결 풀렸다. 선량한 이들의 호의에 감동을 받은 네트는 두 사람에게 감사 인사를 하고는 자신과 함께 케이크와 와인으로 생일을 축하하자고 제안했다. 그 말에 젊은이를 아끼는 어머니 같은 두 여인은 흔쾌히 그러겠노라고 했다. 이들은 네트가 어떤 곤경에 처했는지 알고 있었고 친절한 말과 맛있는 케이크와 와인을 넘어선, 실질적으로 도움이 될 제의를 해주었다.

텟첼 부인은 조금 망설이더니 자신의 친구 이야기를 꺼냈다. 이류 극장에서 오케스트라 단원으로 일하던 친구인데 병에 걸려 그 자리가 비게 되었다는 것이다. 그러면서 누추한 자리라도 네트가 괜찮다고 하면 네트에게 그 자리를 물려주고 싶다고 했다. 부끄럼타는 소녀처럼 장밋빛으로 물든 얼굴로 장미를 만지작거리던 노처녀 포겔슈타인 양은 네트만 괜찮다면 여학교에서 영어를 가르칠 수도 있다고 말했다. 포겔슈타인 양이 미술 교사로 일하는 곳이었다. 적지만 월급도 있을 것이라는 이

야기도 빼놓지 않았다.

네트는 감사한 마음으로 두 제의를 모두 받아들였다. 같은 남자들에게서 도움을 받기보다는 여인들에게서 도움을 받는 편이 덜 수치스럽게 느껴졌다. 이렇게라도 돈을 벌면 간신히 생계는 유지해나갈 수 있으리라. 게다가 교수님이 약속하신 음악과 관련한 하찮은 일까지 하면 레슨비까지는 어떻게 해결이 될 것이다. 자신들의 깜찍한 계획이 성공적으로 끝난 것에 흡족해하며 두 친절한 이웃은 그의 손을 따뜻하게 잡아주고 유쾌하게 작별 인사를 했다. 네트가 두 여인의 볼에 진심을 담아 입을 맞추자 두 사람의 얼굴이 환하게 빛났다. 지금 네트가 그 두 이웃이 베풀어준 실질적인 도움과 친절에 보답할 수 있는 것은 그것밖에 없었다.

그 이후 네트가 보는 세상은 희한하게도 더 밝아졌다. 왜냐하면 희망은 와인보다 더 센 술이기 때문이다. 그 작은 장미 나무가 네트의 방 안을 향기로 가득 메우듯 선한 결심도 생기 있게 피어났다. 네트는 예전의 순수한 기운을 다시 일깨웠다. 그리고 이제야 음악이 자신에게 가장 큰 안식처임을 깨닫고는 음악의 충신이 되겠노라고 맹세했다.

14. 플럼필드의 연극 공연

샬럿 메리 영의 소설에 아이들이 한 다스 정도 등장하지 않을 수 없듯, 마치 가문의 역사를 기록하는 누추한 역사가 역시 연극을 빼놓을 수 없으리라. 그러니 이 장에서는 플럼필드의 크리스마스 연극을 소개함으로써 지난 장의 고통을 잠시 잊고 기운을 내보려 한다. 이 연극을 통해 우리 등장인물 중 여럿의 운명이 결정되었기에 그 점을 이야기하지 않고는 지나갈 수가 없기 때문이다.

대학이 처음 세워질 때 로리 씨는 그곳에 멋진 극장을 추가로 지었다. 연극만을 위한 곳이라기보다는 웅변이나 강의, 또는 콘서트 등으로 두루 사용할 목적이었다. 무대의 막으로 쓰는 커튼에는 뮤즈들에게 둘러싸인 아폴로가 그려져 있는데 이는 기증자를 기념하기 위하여 화가가 그린 것이다. 그런데 그

355

화가가 가운데 있는 아폴로의 얼굴을 우리 친구와 비슷하게 그려주는 바람에 이 막은 두고두고 사람들의 농담거리가 되었다. 한 집에서 배우와 극단, 오케스트라, 무대배경 화가까지 모두 배출되었고 덕분에 놀랄 만큼 뛰어난 공연을 이 무대에 올릴 수 있었다.

조 부인은 당시 유행이던 프랑스식 연극을 각색한 것 말고 연극계를 한 단계 상승시킬 제대로 된 미국식 극을 쓰고 싶어서 꽤 오랫동안 애를 써왔다. 당시의 연극에는 화려한 의상과 거짓 감상, 그리고 허약한 재치가 우스꽝스럽게 뒤섞여 있었는데, 도대체 구원해줄 방도를 전혀 찾아볼 수 없을 정도였다. 고급스러운 대사와 스릴 넘치는 상황으로 가득한 연극을 머릿속으로 상상하는 것은 쉽지만 이를 희곡으로 쓰는 것은 정말 어려운 일이었다. 조 부인은 희극적이면서도 애처로운 인물들이 뒤섞인 소박한 삶을 보여주는 짧은 극 몇 개를 만들어내고는 만족스러워했다. 등장인물을 연기할 배역을 정하면서 이번 모험을 통해 우리의 삶에서 진실함과 소박함이 그 매력을 잃지 않았음을 관객들에게 증명하는 기회가 되기를 바랐다. 로리 씨가 그녀를 도와 같이 작업했고 두 사람은 스스로를 보몬트와 플레처(Beaumont and Fletcher)*라고 부르며 즐겁게 공동작업을

---

* 두 사람은 합작으로 유명한 영국의 극작가들이다.

했다. 극예술에 관한 보몬트의 지식은 플레처의 야심찬 집필욕을 진정시키는 데 큰 도움이 되었다. 두 사람은 자기들이 직접 제작한 연극이 멋지고 효과적인 실험작이 될 것이라며 들떠 있었다.

　모든 준비를 마쳤다. 크리스마스 당일은 최종 리허설로 대단히 분주했다. 겁 많은 배우들은 당황해서 어쩔 줄을 모르고 잃어버린 소품들을 찾느라 소란스러웠으며 무대 꾸미는 일도 여전히 한창이었다. 숲에서 꺾어온 상록수와 호랑가시나무 가지, 파르나소스의 온실에서 가져온 막 꽃이 피려고 하는 식물들, 세계 각지에서 방문하는 손님들을 위해 걸어 놓은 만국기……. 그중 최고의 무대 장식은 단연 캐머런 양이었다. 그녀는 잊지 않고 약속을 지켜주었다. 오케스트라 단원들은 각별히 신경 써서 자신의 악기를 조율했고 무대장치를 담당한 이들은 무대를 풍성하고 우아하게 설치했다. 프롬프터 역할을 맡은 이는 구석진 곳을 배정받아 영웅스럽게 자리를 잡았으며 배우들은 떨리는 손으로 의상을 입다가 핀을 떨어뜨리기도 하고 눈썹에서 땀이 흘러 아무리 분장을 하려고 해도 파우더가 발라지지 않는 일이 생기기도 했다. 보몬트와 플레처는 곳곳을 다니며 최종 점검을 했는데 오늘 공연의 성패가 그들의 문학가로서의 생명을 좌지우지할 것만 같은 기분이 들었다. 여러 명의 우호적인 평론가들을 초청했고 기자들도 객석에 앉아 있었기 때문이다. 기자들은 위대한 인간의 임종 침상이든 싸구려 볼거리든 세상에서 일어나는 모든 상황에 얼굴을 들이미는, 모기같이 귀찮은 존재들이다. "그분 오셨어?" 무대 뒤의 배우들과 스태프들이 그날 가장 많이 한 질문이었다. 노인 역을 하는 토미가 각광(footlight)* 사이로 특유의 긴 다리가 드러나는 위험을 무릅쓰고 몰래 내다보고는 상석에 앉은 캐머런 양의 멋진 머리를 보았다는 소식을 전해주었다. 그 소식에 모두가 설레고 기뻐했으며 조시는 너무 흥분하여 생애 최초로 무대공포증이 생길 것 같다며 호들갑을 떨었다.

"그랬다간 내가 널 정신 차리게 해주마." 조 부인이 말했다. 여기저기서 너무 많은 일을 하느라 부스스하고 흐트러진 모습이었다. 굳이 넝마를 걸치거나 머리를 더 헝클지 않더라도 충분히 매지 와일드라이프**로 분할 수 있을 것 같았다.

"우리가 맡은 공연을 하는 동안 시간이 있으니 그사이 마음을 가라앉힐 수 있을 거야. 우리가 이걸 한두 번 해보나. 시계처럼 차분하게 할 수 있을 테니 걱정 마." 데미가 앨리스를 향해 고개를 끄덕이며 대답했다. 의상을 예쁘게 차려입고 필요한 소품 준비를 마친 앨리스는 무대에 오르기만 하면 되었다.

---

* 무대 앞쪽 아래에 장치하여 배우를 비추는 광선.
** 월터 스콧의 소설 《미들로디안의 심장(The Heart of Midlothian)》의 등장인물로 정신이 온전하지 못한 여자로 묘사된다.

하지만 두 시계 모두 평상시보다 빨리 가는 것처럼 보였다. 흥분으로 얼굴이 달아오르고 눈은 반짝이며 레이스와 벨벳 의상으로도 숨기지 못하는 빠른 떨림이 전해졌다. 두 사람은 오프닝 공연으로 짧은 극을 선보일 예정이었다. 이전에도 같이 공연하면서 뛰어난 연기를 보여준 적이 있다. 앨리스는 검은 머리에 검은 눈을 한 키 큰 소녀로 지성과 건강미와 행복한 마음이 어우러진 아름다운 얼굴을 하고 있다. 그녀는 지금 그 어느 때보다도 아름다워 보인다. 두꺼운 양단과 깃털 장식, 그리고 화장으로 단장을 하고 후작 부인으로 분한 모습이 그녀의 우아한 자태와 잘 어울린다. 데미는 궁중예복을 차려입고 칼을 찼으며 머리에는 하얀 가발과 삼각모를 썼는데 꽤 근사한 남작이 되었다. 하녀 역을 맡은 조시는 정말 감쪽같이 예쁘고 당돌하면서 참견하기 좋아하는 프랑스 하녀로 변신했다. 등장인물은 이 세 사람이다. 이 첫 공연의 성패는 툭하면 싸우는 연인들의 변덕스러운 기분을 어떻게 표현하느냐, 대사를 얼마나 재치 있게 소화하느냐, 부차적으로 극의 시대에 맞는 궁정 연애의 분위기를 얼마나 잘 살리느냐에 달렸다.

극 중에서 요란한 변덕으로 관객을 시종일관 웃게 한 멋쟁이 신사와 요염한 숙녀가 사실은 진지한 존과 학구파 앨리스라는 것을 눈치챈 이는 거의 없었다. 젊은 배우들의 화려한 의상도 보는 이들의 눈을 즐겁게 했고 두 사람의 편안하고 우아한 연기도 일품이었다. 조시는 도도한 자세로 코를 높이 쳐들고 앞치마 주머니에 두 손을 쑤셔 넣은 자세로 열쇠 구멍을 통해 엿듣고 메모를 훔쳐보며 엉뚱한 순간에 나타나는 등 극의 구성에서 빼놓을 수 없는 역할을 수행했다. 경쾌한 하녀 모자 꼭대기에 달린 리본부터 그녀가 신은 슬리퍼의 빨간 발뒤꿈치까지 호기심으로 가득한 하녀의 분위기를 충실히 담아냈다.

모든 것이 순조로웠다. 그런데 변덕스러운 후작 부인이 헌신적인 남작을 실컷 고문하다가 기지와 재치의 전쟁에서 남작의 승리를 마침내 받아들이며 남작에게 손을 내미는 순간 우지끈하는 소리가 들려왔다. 화려하게 장식한 무대 보조장치가 앞으로 넘어지려는 것이 아닌가? 당장 앨리스 위로 넘칠 것 같았다. 데미는 그것을 본 순간 재빨리 그녀 앞으로 달려나가 넘어지는 무대장치를 두 손으로 막았다. 넘어지는 벽체를 막아선 모습이 현대판 삼손을 보는 것 같았다.

위험한 순간이 무사히 지나갔다. 그가 마지막 대사를 읊었고, 어린 무대장치 담당자가 망가진 무대를 수리하러 사다리를 타고 올라가면서 데미 쪽으로 몸을 숙이고는 "이제 괜찮아요."라고 말하며 무대장치를 붙들어서 데미도 날개를 펼친 독수리 같은 자세에서 벗어날 수 있었다. 그런데 그 순간 무대장치 담당자의 주머니에 있던 망치가 미끄러져 나오면서 막 고개를 위로 쳐든 데미에게 떨어졌다. 망치는 그의 얼굴에 일격을 가하면서 말 그대로 그의 머리에서 남작의 역할을 분리해내고 말았다.

"빨리, 막 내려!" 그 바람에 관객들은 대본에 없던 사랑스러운 장면을 관람할 기회를 놓치고 말았는데, 그것은 후작 부인이 남작에게 달려가 피를 닦아주며 외치는 장면이었다. "어머나, 존, 어떡해! 다쳤잖아! 나한테 얼른 기대." 존은 흐뭇한 마음으로 그 말에 순종했다. 비록 머리는 멍했지만 자신을 쓰다듬는 부드러운 손길과 자신의 얼굴에 바짝 갖다댄 걱정스러운 얼굴 덕분에 황홀했다. 이만한 선물을 받을 수만 있다면 망치가 소나기처럼 내리고 학교 전체가 자기 위로 무너진다고 해도 괜찮았다.

낸은 즉시 구급함을 들고 나타났다. 그녀는 언제나 주머니에 구급함을 넣고 다녔다. 조 부인이 도착했을 때에는 이미 상처가 잘 치료되고 싸매진 상태였다. 조 부인은 비탄에 젖어 외쳤다. "무대에 올라가기 어렵겠니? 그러면 정말 큰일인데!"

"오히려 이제 그 역할에 딱 맞게 된 걸요, 이모. 이미 상처가 생겼으니 흉터 분장을 할 필요가 없어졌잖아요. 곧 나갈 준비할게요. 제 걱정은 마세요." 데미는 가발을 집어 들고 일어섰다. 후작 부인에게는 고맙다고 말하면서 의미심장한 표정을 보냈다. 후작 부인의 장갑이 데미의 핏자국으로 다 망가져버렸는데도 그녀는 개의치 않는 것 같았다. 팔꿈치까지 올라오는 꽤나 비싼 장갑인데도 말이다.

"기분이 어때, 플레처?" 로리 씨는 함께 서 있던 조 부인에게 물었다. 종이 울리기 전 숨 막히는 마지막 1분이다.

"당신만큼이나 차분하지, 보몬트." 조 부인이 대답했다. 하지만 그녀는 메그 부인에게 모자를 고쳐 쓰라며 요란한 동작으로 신호를 보내는 중이다.

"잘해봅시다, 파트너! 무슨 일이 있어도 내가 곁에 있을 테니!"

"반드시 그래야지. 별 것 아니라고 할 수도 있겠지만 사실 여기에 들어간 우리의 정직한 노력과 진심이 얼마나 크다고. 그나저나 메그 언니, 정말 나이 든 시골 아줌마처럼 보이지 않아?"

정말 그랬다. 농가 부엌의 기분 좋게 타오르는 불 옆에 앉은 메그는 요람을 흔들며 양말을 깁는 중이다. 평생 그것만 하고 산 사람처럼 보인다. 막이 올라가자 회색 머리에 감쪽같이 그려낸 이마의 주름, 수수한 옷차림에 모자를 뒤집어쓰고 숄을 걸치고 체크무늬 앞치마를 두른 메그 부인은 영락없는 편안하고 푸근한 아주머니가 되어 있었다. 그녀는 깊고 조용한 소리로 흥얼거렸다. 짧은 독백으로 입대하고 싶어 하는 아들 샘, 시골 생활에 불만을 품고 도시의 안락함과 쾌락을 꿈꾸는 딸 돌리, 결혼에 실패하고 집으로 돌아와 자신의 아기를 적어도 못된 남편이 찾으러 올 때까지 어머니에게 맡아달라고 부탁하고는 죽는 가여운 딸 '엘리지'에 대해 들려준다. 이야기는 그렇게 소박하게 시작된다. 난로 위로는 기다란 쇠막대기에 매달린 주전자가 실제로 끓고 있고 커다란 괘종시계가 똑딱거리고 있으며 공중에 매달린 파란 실로 짠 신발 한 켤레가 아기의 부드러운 옹알이 소리에 맞춰 이따금 흔들려 다양한 감각적 효과를 내고 있다. 모양이 일그러진 작은 신 한 켤레가 가장 먼저 박수 갈채를 받았다. 로리 씨는 너무 만족스러워 품위 지키는 것도 잊은 채 부감독에게 속삭였다.

"난 아기가 신발을 잡아당길 거라고 생각했는데!"

"저 아기가 엉뚱한 순간에 악쓰며 울지만 않아도 성공하는 거야. 하지만 위험하긴 해. 메그가 품에 안아줘도 소용이 없는 순간이 올 수 있으니 그런 순간이 오면 얼른 가서 데려올 준비를 하고 있어야 해." 조 부인은 그렇게 대답하면서 로리 씨의 팔을 움켜쥐었다. 초췌한 얼굴의 남자가 유리창에 나타났기 때문이다.

"데미가 나왔어! 저 아이가 등장할 때 아무도 알아보지 못해야 하는데. 네가 악당 역을 안 해준 걸 두고두고 원망할 테니 그리 알아."

"무대 감독까지 하면서 무슨 수로 연기까지 하나. 저 녀석 분장이 훌륭하게 되었네. 약간의 멜로드라마를 좋아하니 잘되었어."

"아아, 이 장면이 뒤로 갔어야 했나. 하지만 나는 저 어머니가 여주인공이라는 사실을 최대한 빨리 알려주고 싶었거든. 사랑병에 걸린 여자애들 이야기나 도망간 아내 이야기라면 이제 지

굿지굿해서 말이야. 나이 든 여인이 주인공인 이야기도 가능하다는 걸 증명해 보이고 말 거야. 저기 나온다!"

구부정한 자세에 질 나빠 보이는 남자가 들어온다. 머리는 덥수룩하고 수염도 깎지 않았으며 눈빛도 악하다. 그는 거들먹거리며 평온하게 앉아 있는 노파를 경멸하는 눈초리로 쳐다보면서 아기를 내놓으라며 큰소리를 치고 있다. 다음 장면은 매우 극적이다. 가정적이고 품위 있는 부인으로 알려진 메그는 그녀를 가장 잘 알고 있다고 믿는 이들까지 깜짝 놀래켰다. 그 노파는 만나고 싶지 않던 남자를 위엄 있게 맞이하고, 그가 거칠게 자신의 주장을 강요하자 죽어가는 아이 엄마에게 약속한 대로 아이를 보호하기 위하여 떨리는 목소리와 손으로 그에게 애원한다. 그런데도 그가 강제로 아기를 빼앗으려 하자 노파는 벌떡 일어나 요람에서 아이를 낚아채어 꼭 붙들고는 신성한 안식처에서 아기를 빼앗으려는 그에게 하나님의 이름으로 용감히 맞선다. 그 장면에서는 관객 모두가 전율을 느꼈다. 훌륭한 연기였다. 분노한 노파와 그녀의 목을 끌어안고 발그레한 얼굴로 눈을 깜빡이는 아기, 그리고 힘없는 어린 아기를 지키는 용맹스러운 옹호자 앞에서 악한 목적을 달성하지도 못하고 기가 죽어버린 악당이 어우러져 하나의 멋진 활인화가 완성되는 순간이었다. 객석에는 큰 박수가 터져 나왔다. 두 작가는 자신들의 첫 번째 공연이 성공리에 막을 내렸음을 확인할 수 있었다.

두 번째 공연은 한층 조용하게 시작되었다. 이번에는 조시가 어여쁜 시골 아가씨로 분했다. 저질스러운 농담을 하며 저녁상을 차리는 중이다. 심통이 나서 신경질적으로 접시를 내려놓고 컵을 밀치고 큼직한 고기 덩어리를 자르면서 여자아이다운 고민과 야망을 늘어놓는 장면은 정말 볼 만했다. 조 부인은 캐머런 양의 표정을 계속 살폈는데 그녀는 조시가 보이는 자연스러운 어조와 몸동작, 능란하게 곁들이는 맛깔스러운 연기, 어린 나이치고 표정의 변화가 4월의 봄날처럼 변덕스러운 것을 보며 꽤 여러 번 고개를 끄덕이며 인정한다는 표정을 지었다. 구이용 포크를 들고 어쩔 줄 모르는 연기에 웃음이 터져 나왔고 황설탕을 우습게 여기면서도 하기 싫은 일을 억지로 하는 대가로 몰래 그것을 찍어 먹으면서 좋아하는 장면에서도 그랬다. 또 난로 근처에 신데렐라처럼 앉아서는 아늑한 방 안에 불꽃이 춤추는 것을 슬픈 눈으로 바라보며 눈물 흘리는 장면에서는 객석에 앉은 한 소녀가 참지 못하고 이렇게 외치기도 했다. "아이, 불쌍해! 저 아이에게도 신나는 일이 조금만 일어나도 좋으련만!"

곧이어 노파가 등장한다. 어머니와 딸 사이에 한바탕 소란이 일어난다. 딸은 어머니를 조르고 협박했다가 키스하고 울음을 터뜨린다. 어머니는 마지못해 도시에 사는 부자 친척을 방문하러 가도 된다고 허락해준다. 작은 뇌운(雷雲)처럼 굴던 돌리는 자기 고집이 계획대로 이루어지자 곧 넋을 빼놓을 듯 명랑하고 착한 딸로 변신한다. 불쌍한 노파가 방금 일어난 일로 상한 마음을 추스르기도 전에 아들이 들이닥친다. 파란 군복을 입고 와서는 입대를 하겠다며 떠난다고 말한다. 노모로서는 견디기 힘든 순간이지만 애국심이 투철한 그녀는 잘 이겨낸다. 기쁜 소식을 전하러 간다며 경솔한 자녀들이 서둘러 떠나고 나자 그녀는 그제야 무너진다. 노모 혼자 앉아서 자식들 생각에 눈물짓고 있으니 그 시골 부엌은 더없이 처량해 보였다. 노모는 하얗게 센 머리를 두 손에 파묻고 무릎 꿇고 앉아 슬피 울며 기도한다. 그녀의 다정하고 신실한 마음을 위로해줄 이는 아기뿐이다.

이 장의 후반부에서는 내내 훌쩍거리는 소리가 들려왔다. 막이 내려오자 사람들은 황급히 눈물을 훔치느라 박수 치는 것도 잊을 정도였다. 이럴 때는 고요함이 소란스러운 환호보다 더 반갑다. 조 부인이 언니의 얼굴에 흐르는 진짜 눈물을 닦아주며 엄숙하게 말했다. 자기 코끝에 붉은 볼연지가 묻은 것도 모르고 있었다.

"언니 덕분에 내 작품이 살았어! 어째서 언니는 진짜 배우가 아닌 거지? 난 왜 진짜 극작가가 아닌 거고?"

"진정해, 조. 그러지 말고 조시 옷 입혀주는 것 좀 도와줘. 잔뜩 흥분해 떨고 있어서 나 혼자는 감당이 안 될 것 같아. 곧 그 애를 위한 부분이 시작될 예정이잖니."

정말 그랬다. 조시의 이모는 특히 조카를 염두에 두고 이 장을 썼다. 리틀 조는 매혹적인 드레스를 입게 되어 행복했다. 드레스 자락을 길게 늘어뜨리며 걷는 꿈이 실현되는 순간이다. 부자 친척의 거실은 축제 분위기였다. 시골에서 온 사촌이 질질 끌리는 주름 치맛단을 돌아보며 어찌나 순진한 황홀감에 젖어 들어오던지 빌린 깃털 장식을 단 귀여운 어치새를 보고 감히 비웃을 수 있는 사람은 아무도 없었다. 그녀는 거울을 보며 자신의 모습에 꽤 뿌듯해했다. 거울은 그녀가 빛나는 것이 모두 금이 아님을, 쾌락, 사치, 아첨의 말보다 더 큰 유혹이 기다리고 있음을 분명히 보여주었다. 부유한 남자에게서 구애를 받지만 그녀의 정직한 마음은 그가 제시하는 유혹에 넘어가지 않는다. 순진한 그녀는 혼란에 빠져 위로와 조언을 해줄 '어머니'를 무척 그리워한다.

도라, 낸, 베스와 몇몇 남학생들이 출연한 즐거운 무도회 장면은 미망인 모자를 쓰고, 낡은 숄을 걸치고, 커다란 우산을 받쳐 들고, 바구니를 손에 든 노파의 수수한 모습과 좋은 대조를 이루었다. 노파가 놀란 얼굴로 남몰래 화려한 무도회 장면을 들여다보며 커튼을 쓰다듬고 자신의 낡은 장갑을 매만지는 장면은 특히 뛰어났다. 조시가 어머니를 발견하고 놀라는 모습과 "어쩜, 어머니가 저기 계시네!"라고 외치는 모습이 어찌나 자연스럽던지 그녀가 가장 가까운 안식처인 어머니의 품에 안기려고 서둘러 뛰어가다가 치맛자락에 걸려 넘어지는 부분은 없어도 될 뻔했다.

그리고 애인이 등장한다. 노파의 탐색하는 질문과 애인의 직설적인 대답에 관객들은 마냥 즐겁다. 이 대화를 통해 소녀는 그의 사랑이 얼마나 얄팍한지 자신이 하마터면 가여운 '엘리지'처럼 인생을 망칠 뻔했음을 깨닫는다. 그녀는 남자에게 솔직하게 말해 그를 떠나보낸 뒤 어머니와 둘만 남았을 때 야하게 치장한 자신의 모습과 어머니의 남루한 드레스, 거칠어진 손, 온화한 얼굴을 번갈아 쳐다보다가 회한의 울음을 터뜨리며 어머니에게 입을 맞춘다. "집에 데려가주세요, 어머니. 안전한 곳으로요. 이곳은 정말 지긋지긋해요!"

"마리아, 딱 너를 위한 얘기구나. 잊지 말거라." 막이 내려가는데 객석에서 한 부인이 딸에게 하는 이야기가 들려온다. 그러자 그 딸이 대답한다. "글쎄요, 이게 왜 감동을 주는 건지 이해는 할 수 없지만…… 그래요, 감동적이긴 하군요." 젖은 레이스 손수건을 말리려고 잘 펴는 중이다.

토미와 낸은 다음 장에서 힘차게 걸어 나왔다. 이번에는 군 병원의 병동이 배경이다. 외과의사와 간호사로 분하여 병상을 옮겨 다니며 환자들의 맥박을 재고 약을 처방하며 환자들의 고충을 듣는 두 사람의 넘치는 활기와 엄숙함에 관객들은 포복절도했다. 그 시대와 배경에서는 희극적인 장면에서도 비극적 요소를 빼놓을 수가 없다. 환자의 팔에 붕대를 감으며 의사가 간호사에게 아들을 찾으러 병원을 뒤지고 다니는 노파 이야기를 한다. 노파는 며칠 밤과 낮을 전쟁터와 앰뷸런스, 그리고 웬만한 여자들이라면 벌써 죽고 말았을 위험한 곳들을 뒤지고 다녔다.

"여기에도 곧 나타날 거요. 방금 세상을 떠난 저 가여운 병사가 그 노파의 아들일까 봐 두렵군. 그런 용맹한 여인을 마주하느니 차라리 대포를 맞고 말겠소. 그들이 가진 희망과 용기와 거대한 슬픔 말이오." 의사가 말했다.

"아아, 가여운 어머니들, 마음이 아프네요!" 간호사가 덧붙였다. 커다란 앞치마로 눈물을 훔친다. 그때 메그 부인이 입장한다.

여전히 똑같은 옷에 바구니와 우산을 들었다. 시골스러운 말투와 투박한 매너를 가지고 있다. 하지만 평온하기만 하던 부인을 사나운 눈빛에 지저분한 발, 떨리는 손, 비통과 결단과 절망이 뒤섞인 표정을 가진 초췌한 노파로 만든 것은 그녀가 겪은 끔찍한 불행들이다. 볼썽사나운 모습이지만 그 모습이 내뿜고 있는 비극적 위엄과 힘은 보는 이들의 마음을 울렸다. 아들을 찾아다녔으나 허탕만 치고 만 이야기를 잠시 늘어놓더니 또다시 슬픈 탐색을 시작한다. 관객들은 간호사의 안내를 받아 그 노파가 병상을 일일이 확인하며 얼굴에 희망과 공포, 쓰라린 실망감이 번갈아 나타나는 것을 숨죽이며 지켜본다. 좁은 임시 침상에 키 큰 남자가 누워 있고 그 위로 흰 천이 덮여 있다. 노파는 여기에 멈춰 서서 한 손은 자신의 가슴에 올리고, 다른 손은 자신의 눈을 가린다. 이름 없이 죽어간 이의 시체를 바라볼 용기를 모으려는 것처럼 보인다. 마침내 흰 천을 걷는다. 떨리는 긴 한숨, 안도의 숨이 밀려 나온다. 그녀는 부드러운 어조로 말한다.

"제 아들이 아니군요. 오 주님, 감사합니다. 하지만 누군가의 아들이겠군요." 시신 위로 고개를 숙이고는 그 차가운 이마에 부드럽게 입을 맞춰준다.

그 장면에서 누군가 흐느껴 우는 소리가 들려왔다. 그리고 캐머런 양도 눈에서 흐르는 두 방울의 눈물을 재빨리 털어냈다. 이미 지치고 체력이 바닥난 가여운 노모가 긴 병상 행렬을 힘들게 지나가면서 보여주는 표정이나 제스처를 단 하나도 놓치고 싶지 않아서다. 마침내 그녀의 고생이 행복한 결말을 맞이한다. 어머니의 목소리에 열병으로 잠을 자던 아들이 침상에서 벌떡 일어난다. 수척해지고 사나운 눈빛을 한 아들은 두 팔을 어머니에게 뻗으며 방이 쩌렁쩌렁 울리도록 큰 소리로 말한다.

"어머니! 어머니! 반드시 오실 것이라고 생각했어요!"

어머니는 아들에게 달려갔다. 사랑과 기쁨에서 터져 나오는 비명에 관객들은 전율한다. 어머니는 아들을 얼싸안고 눈물을 흘리며 정이 많고 신실한 노모만 할 수 있는 감사와 축복의 기도를 한다.

마지막 장은 이와는 대조적으로 매우 경쾌했다. 시골 부엌은 크리스마스 장식으로 환하게 빛났고 부상당한 전쟁 영웅은 안대를 하고 목발을 든 채로 난롯가에 앉았다. 그가 앉은 낡은 의자의 삐걱거리는 소리가 친근하게 들려 마음을 편안하게 해준다. 예쁘장한 돌리는 바삐 돌아다니며 서랍장, 긴 나무 의자, 높다란 벽난로 선반, 구닥다리 요람 등을 겨우살이와 호랑가시나무로 장식하는 중이다. 어머니는 사랑스러운 아기를 무릎에 앉힌 채 아들 곁에서 편안히 쉬고 있다. 이 어린 배우는 낮잠을 자고 밥도 잘 먹어서인지 신이 나서 깡총거리며 관객들을 향해 알 수 없는 말로 옹알거리다가 반짝이는 각광을 보고는 장난감인 줄 알았는지 만족스럽게 눈을 깜빡이더니 손을 뻗어 만지려고 시도하기도 한다. 메그 부인이 아기의 등을 두드려주는 모습, 토실토실한 다리를 꼭 안아주는 모습, 설탕 덩어리를 먹고 싶어 찡찡거리는 아기를 달래주는 모습은 보기 좋은 광경이었다. 마침내 아기가 노파를 와락 껴안자 관객들은 아기를 향해 큰 박수를 보냈다.

가족의 행복하고 고요한 순간은 바깥에서 들려오는 노랫소리로 흩어진다. 달빛 비치는 눈밭에서 들려오는 캐롤이 끝나자 이웃 사람들이 크리스마스 선물과 카드를 들고 몰려온다. 여러 배우의 다양한 연기가 이 장면을 더욱 생동감 넘치게 만들었다. 샘의 애인이 나타나 후작 부인이 남작에게는 미처 보이지 못한 애교를 보여주고 돌리는 그녀를 숭배하는 시골 청년과 겨우살이 밑에 숨어서 시시덕거리는 중이다. 짙은 색 가발과 수염을 붙이고 투박한 외투에 소가죽 부츠를 신으니 영락없는 햄페고티*였다. 가죽 부츠로도 가려지지 않는 긴 다리만 아니었어도 아무도 그가 테디인지 알아채지 못했으리라.

연극은 이웃들이 가져온 음식으로 시골스러운 잔치가 열리는 장면으로 끝이 났다. 모두가 도넛과 치즈, 펌프킨파이 등 각종 별미로 가득 메운 테이블에 둘러앉았고 샘이 목발을 짚고 일어나 축배를 들었다. 사과주가 담긴 머그잔을 높이 들고는 경례를 붙이더니 목멘 소리로 말한다. "어머니, 주님의 축복이 어머니와 함께하시길!" 모두 자리에서 일어나서 잔을 들고 마신다. 돌리는 노모의 목에 팔을 두르고 있다. 노모는 딸 가슴팍에 얼굴을 묻고 남몰래 행복한 눈물을 흘린다. 넘치는 활력을 억누를 길이 없는 아기는 숟가락으로 탁자 때리기에 열을 올리고 있다. 막이 내려가는데도 아기의 빽빽거리는 소리가 계속 들려왔다.

막은 곧 다시 올라갔다. 주인공들이 커튼콜을 받았기 때문이다. 꽃다발 세례가 이어졌다. 소나기처럼 쏟아지는 꽃다발을 보

---

* 《데이비드 카퍼필드》의 등장인물.

고 아기 로시우스(Roscius)*는 신이 났다. 하지만 날아온 두툼한 장미 송이가 코를 때리는 바람에 깜짝 놀라 그만 스콜 같은 울음을 터뜨렸다. 물론 보는 이들에게 더 큰 웃음을 준 것은 말할 것도 없다.

"흠, 시작치고 썩 괜찮군." 막이 마지막으로 내려가고 배우들이 폐막작을 위해 옷을 갈아입으러 흩어지자 보몬트가 안도의 숨을 내쉬며 말했다.

"실험작인데 이만하면 성공한 거지. 그럼 이제 우리가 위대한 미국식 연극의 시대를 본격적으로 열어볼까?" 조 부인이 대답했다. 그녀는 앞으로 유명해질 희곡에 대한 굉장한 아이디어들이 떠올라 벌써부터 기분이 좋았다. 하지만 여기서 하나 덧붙이자면, 조는 그 작품을 그해에 쓰지 못하게 된다. 그녀 가족에게 너무 많은 일이 일어났기 때문이다.

〈아울스다크 대리석상(The Owlsdark Marbles)〉 공연으로 그날의 폐막을 알렸다. 새로운 시도였는데 이 너그러운 관중은 꽤 재미있어했다. 파르나소스의 신과 여신들이 밀의를 나누는 모습이 그려졌는데 에이미 부인의 뛰어난 재단과 자세 잡는 기술 덕에 하얀 가발과 면플란넬 드레스의 조합이 완벽했고 우아했다. 잡다한 현대식 장식이 그 효과를 반감시키긴 했지만 말이

---

* 로마의 희극 배우.

다. 덕분에 연극 기획자들은 팁을 얻었다. 로리 씨가 모자와 가운을 걸치고 아울스다크 교수로 분했다. 거창한 소개가 끝나자 그는 자신의 대리석상을 보여주며 설명하기 시작했다.

첫 번째로는 위엄 있는 미네르바가 등장했다. 자세히 볼수록 웃음이 났다. 방패에는 '여성의 권리'라는 말이 새겨져 있었고 창끝에 앉은 부엉이가 물고 있는 두루마리에는 '더 일찍, 더 자주 투표하라'라는 문구가 쓰여 있었으며 그녀가 쓴 투구에는 조그만 막자와 막자사발 장식이 달려 있었기 때문이다. 곧 사람들의 관심은 그녀의 앙다문 입과 꿰뚫을 듯 날카로운 눈, 자신의 의무를 다하지 않는 현대의 여성 동지들을 향해 그들의 퇴보를 질책하는 말들로 옮겨졌다.

다음으로는 헤르메스가 등장했다. 자유로운 성품의 신을 가만히 묶어두는 게 어렵다는 것을 보여주기라도 하듯이 날개 달린 다리가 떨리기는 했지만 헤르메스의 유려한 태도를 연기하는 모습이 일품이었다. 잠시도 가만히 있지 못하는 그의 성격과 말썽꾸러기 같은 면은 이 불멸의 메신저 보이에게 주어진 아주 못된 성격을 표현하기에 적절했고 그의 친구들이 이 장면을 보며 대단히 즐거워하자 피해자는 관객 눈에 보일 정도로 대리석 코를 찡그렸다. 특히 조롱하는 듯한 박수 소리는 타격이 컸다.

이번엔 매력적인 헤베 차례다. 은주전자에 담긴 넥타를 푸른

색 도자기 찻잔에 따르고 있다. 그녀 역시 도덕적 교훈을 이야기했다. 아울스다크 교수가 고대의 넥타는 기분을 좋게 만들기는 하지만 취하게 하지는 않는다고 설명하면서 이 고전적 양조주를 미국 여성들이 과도하게 즐기는 것은 유감이며 문화가 낳은 두뇌의 위대한 발전 덕분에 그것이 해롭다는 것이 증명되었다고도 덧붙였다. 교양 있는 웨이트리스로 분한 현대판 종업원은 이 분칠한 동상의 볼을 발갛게 물들여 관객들에게서 큰 박수를 받아냈다. 관객들이 그 안에 돌리와 똑똑한 시녀가 있음을 알아봤기 때문이다.

주피터가 위엄 있게 그 뒤를 이었다. 그와 그의 아내는 중앙에 놓인 받침대에 올라섰다. 그들 뒤로 다른 신들이 반원을 그리며 서 있다. 눈부신 주피터는 훤칠한 이마 위로 머리를 모두 쓸어 올렸으며 신성한 수염을 달았고 한 손에는 천둥, 다른 한 손에는 낡은 막대기를 들고 있다. 박물관에서 가져온 거대한 박제 독수리를 그의 발치에 가져다 놓았다. 위엄 있는 얼굴이지만 인자한 표정을 짓고 있어서 유머가 풍부하다는 인상을 주었다. 그도 그럴 것이 그의 현명한 다스림과 평화 정치, 그리고 그의 강력한 두뇌에서 매년 태어나는 팔방미인 팔라스에 대해서도 아낌없는 칭찬을 들은 상태였다. 교수의 이 말과 다른 유쾌한 칭찬에 사람들이 환호했고 천둥의 신은 고개를 숙여 감사를 표했다. 칭찬은 신과 인간을 가리지 않고 마음을 얻는 방법인가 보다. "주피터도 자기 실수에 고개를 끄덕인다."라는 표현이 이리 적절할 수가 없었다.

짜깁기 바늘과 펜, 국자를 들고 공작새와 함께 서 있는 유노 부인은 쉽게 빠져나가지 못했다. 교수가 그녀를 사람들의 놀림거리가 되도록 비난하고 정죄하다 못해 모욕을 주었기 때문이다. 그는 그녀의 복잡한 가정사, 참견하기 좋아하는 기질, 독설, 불같은 성격과 질투심을 언급했다. 하지만 상처 입은 자들을 돌보고 영웅들 사이의 싸움을 중재하는 데 뛰어난 기술을 가지고 있으며 올림푸스와 지상의 젊은이들에 대한 그녀의 애정을 높이 사는 말로 마무리했다. 관중석에서 왁자지껄한 웃음소리가 터져나왔다. 아무리 농담이라고 하더라도 이는 마더 베어에 대한 결례라고 생각하여 분개한 소년들의 야유도 함께 흘러나왔다. 정작 마더 베어는 아주 재미있어했다. 눈이 반짝이며 입가에 잔주름이 잡히는 바람에 이를 속일 수가 없었다.

유쾌한 바쿠스는 술통을 탄 채 불카누스의 자리를 차지하고 있다. 한 손에는 맥주잔을, 다른 손에는 샴페인 병을 들고 있는 모습이 꽤 편안해 보인다. 곱슬거리는 머리 위에는 포도덩굴이 올라가 있다. 그는 짧은 절제 강의의 예시로 사용되었다. 강당의 벽면에 줄지어 앉은 젊은 신사들을 직접적으로 겨냥한 강의였다. 어느 지점에 이르자 조지 콜이 기둥 뒤로 숨는 것이 보였다. 또 다른 지점에서는 돌리가 옆 친구를 쿡 찔렀는데 교수가

커다란 안경 사이로 두 사람을 뚫어지게 바라보며 그들이 흥청
망청 즐기는 술 파티를 언급하며 조롱거리를 만들자 그 줄에서
일제히 웃음이 터져 나왔다.

처단을 마친 학자는 사랑스러운 다이애나 쪽으로 몸을 돌렸
다. 다이애나는 샌들을 신고 활을 들고 머리에는 초승달을 인
채 석고로 만든 사슴 조각상과 함께 하얗고 고요한 자태로 서
있었다. 완벽한 자태였다. 이번 극에 등장한 조각들 중 단연 최
고였다. 비평가는 아버지처럼 부드럽게 그녀를 대했다. 그녀의
독신 맹세나 스포츠 취미, 신탁에 대해서는 거의 언급도 하지
않은 채 진정한 예술에 관해 설명하고는 마지막 조각상으로 옮
겨갔다.

마지막으로 소개할 신은 화려하게 치장한 아폴로였다. 곱슬
거리는 머리칼을 기술적으로 이용하여 눈 위쪽에 붙인 붕대를
가렸고 잘생긴 두 다리로는 멋진 포즈를 취했으며 그의 재능
많은 손가락은 석쇠에 은을 입혀 표현한 수금(lyra)*을 당장에라
도 뜯으며 신들의 음악을 뽑아낼 것 같았다. 그가 가진 신적 성
품을 소개하면서 그의 어리석음과 실수도 빼놓지 않았다. 사진
과 플루트 연주에 취약하다는 점과 신문사를 운영해보려던 시
도, 뮤즈들의 사회를 동경하는 마음이 여기에 해당했다. 후자의

---

* 하프와 비슷한 고대 그리스의 현악기.

일격에 관중석에서 킥킥거리는 소리가 흘러나왔고 여자 졸업생들 사이에 얼굴이 붉어지는 이들도 있었으며 사회생활을 하며 찌든 삶을 사는 젊은이들은 마냥 즐거워했다. 동병상련이라고 이 공연 이후 이들은 모이기 시작했다.

우스꽝스러운 결말과 함께 아울스다크 교수는 관중을 향해 허리 숙여 인사하며 감사를 전했다. 여러 차례의 커튼콜 후 마침내 막이 내렸다. 드디어 자유가 된 다리를 마구 흔들어댄 헤르메스나 찻주전자를 떨어뜨린 헤베, 술통 위에서 한바탕 구른 바쿠스, 무례한 아울스다크의 머리를 주피터의 지팡이로 한 대 치는 유노 부인을 미처 숨겨주지는 못했지만 말이다.

관중이 홀에 차려진 식사를 하기 위해 몰려나가는 사이 무대는 신과 여신들, 농부들과 남작들, 하녀들과 목수들이 한데 뒤엉켜 서로를 축하하고 성공을 기뻐하느라 엄청난 혼돈에 빠졌다. 배우들은 의상을 그대로 입고 손님들과 어울려 커피와 사람들이 퍼부어주는 칭찬을 함께 마셨으며 아이스크림으로 달아오른 얼굴을 진정시켰다. 메그 부인은 그날 가장 뿌듯하고 행복한 여인이었다. 데미가 서빙하는 음식을 받으며 조시와 함께 앉아 있는데 캐머런 양이 다가와서는 어찌나 다정하게 말하던지 빈말로 하는 칭찬이 아님을 알 수 있었다.

"브룩 부인, 자제분들의 재능이 대체 어디서 왔는지 궁금해할 필요가 없어졌네요. 남작의 연기는 훌륭했어요. 그리고 조시, 다음 여름에는 해변에서 '돌리'를 제자 삼아 가르치고 싶구나."

조시가 이 제안에 얼마나 기뻐했을지는 누구나 상상할 수 있을 것이다. 또한 보몬트와 플레처 역시 같은 평론가들에게서 따스한 찬사를 들었다. 그들은 이번 것은 뛰어난 대본이나 웅장한 배경의 도움 없이 그저 자연과 예술을 연결하기 위한 시도였을 뿐, 아직은 보잘것없는 작품이라고 겸손히 대답했다. 모두의 행복감은 최고조에 달해 있었고 그중에서도 '예쁜 돌리'가 특히 그랬다. 그녀는 날렵한 헤르메스와 함께 도깨비불처럼 춤을 추었다. 아폴로는 후작 부인의 팔짱을 끼고 산책을 나갔다. 후작 부인은 요염한 교태를 볼연지와 함께 분장실에 두고 온 것 같았다.

모든 게 끝이 난 후 유노 부인은 주피터의 팔을 붙들고 말했다. 두 사람은 눈길을 느릿느릿 걸어 집으로 돌아가는 길이었다. "프리츠, 크리스마스는 새로운 결심을 세우기에 좋은 때잖아요. 그래서 결심을 하나 했어요. 내 사랑하는 남편에게 절대로 불만을 터뜨리거나 안달 내지 않기로요. 내가 그런 편인 것 잘 알아요. 당신은 아니라고 하겠지만요. 로리가 장난스럽게 한 말이지만 사실은 그 안에 진실이 들어 있었어요. 내 약한 부분에 한 대 맞는 기분이었다고나 할까요. 앞으로는 모범적인 아내가 될 거예요. 그렇지 않고서는 이렇게 멋지고 사랑스러운 남자를 남편으로 둘 자격이 없을 테니까요." 달빛 아래 선 유노 부인은 극적인 분위기에 빠져 자신의 위대한 주피터를 꼭 안아 주었다. 그 장면은 뒤에서 따라오던 이들에게 큰 즐거움을 선사했다.

이렇게 모든 공연은 성공리에 막을 내렸고 즐거운 크리스마스 밤은 마치 가족에게 잊지 못할 밤이 되었다. 데미는 감히 입 밖으로 내지 못하던 질문에 대한 답을 얻었고, 조시는 꿈에 그리던 소원을 성취했으며, 아울스다크 교수의 익살 덕에 새로운 결심을 하게 된 조 부인은 그 결심을 지켜 베어 교수의 바쁜 일상을 장미 화단으로 만들어주었다. 며칠 후 그녀는 이런 덕스러운 행동에 대한 보상을 받았는데 댄에게서 온 편지가 그것이었다. 그 편지는 조 부인을 매우 행복하게 해주었는데 그 덕에 조 부인은 그간의 걱정을 편히 내려놓을 수 있었다. 주소가 적혀 있지 않아 그 사실을 답장으로 말해줄 수 없는 점은 참으로 아쉬웠지만 말이다.

15. 기다림

"나의 아내여, 그대에게 전할 안 좋은 소식이 있소." 1월 초의 어느 날, 베어 교수가 다가와 말했다.

"지체 말고 빨리 말해줘요, 프리츠. 난 성격이 급하다고요." 조 부인은 하던 일을 당장에 내려놓고 자리에서 벌떡 일어났다. 날아오는 총알을 용감히 맞겠노라고 작정한 사람 같았다.

"그렇지만 우리는 기다리고 기대해야만 하오, 내 소중한 당신. 자, 우리 함께 견뎌봅시다. 에밀의 배가 실종되었다는군요. 그렇지만 아직 다른 소식이 있는 것은 아니라오."

베어 씨가 튼튼한 팔로 아내를 붙들어서 망정이지 조 부인은 당장에라도 쓰러질 뻔했다. 하지만 잠시 후 정신을 차리고 남편 옆에 앉아서 자초지종을 들었다. 생존자들 일부가 함부르크에 있는 선주에게 기별했다고 한다. 그리고 그 소식을 들은 프란츠가 삼촌에게 바로 연락한 것이었다. 보트 하나가 무사히 돌아왔으니 추가 생존자가 있으리라는 희망이 있었다. 그중 두 보트는 강풍에 쓸려 바다 밑으로 사라졌지만 말이다. 이것도 쾌속증기선에서 얻어들은 소식이니 언제고 더 행복한 소식이 도착할지 모를 일이었다. 하지만 속이 깊은 프란츠는 선장이 탄 보트가 돛대에 맞았으니 필시 난파되었을 것이라는 다른 선원들의 말은 전하지 않았다. 연기에 가려 그 배가 탈출하는 것을 보지 못했고 돌풍이 불어와 모두를 흩어버렸기 때문이다. 하지만 이 슬픈 루머는 곧 플럼필드에까지 도달했다. 모두 언제나 밝고 명랑하던 제독을 깊이 애도했고 노래 부르는 그의 모습을 다시 보지 못하는 것을 슬퍼했다.

조 부인은 그 사실을 믿지 않으려 했다. 에밀은 어떤 폭풍우라도 견뎌낼 것이고 멀쩡히 살아서 밝은 모습으로 돌아올 것이라고 고집을 부렸다. 조 부인이라도 이런 희망적인 생각을 버리지 않으니 다행이었다. 가엾게도 베어 씨는 조카를 잃어버린 슬픔에서 헤어나오지 못했다. 누이의 아들이지만 자신의 친아들과 다름없이 키워왔기 때문이다. 드디어 유노 부인이 자신의 새해 결심을 지킬 때가 왔다. 조 부인은 약속대로 했다. 희망이 점점 사라져 자신의 마음이 무거워지는 순간에도 일부러 에밀에 관해 좋은 이야기와 기억을 끄집어내려고 노력했다. 이러한 베어 부부를 위로할 만한 것이 있었다면 플럼필드의 모든 이들이 보여준 애정과 애도였다. 프란츠는 열심히 연락을 하며 여러 소식을 전하려고 애썼고 네트는 라이프치히에서 편지를 보내왔으며 토미는 해운업자들에게 소식을 알아오라고 재촉하기도 했다. 바쁜 잭마저 평소답지 않게 따뜻한 편지를 보내왔다. 돌리와 조지는 플럼필드를 자주 방문하여 베어 부인의 기운을 북돋아주고 슬픔에 잠긴 조시를 위로하고자 예쁜 꽃이나 앙증맞은 초콜릿 봉봉을 가져오기도 했다. 마음씨 좋은 네드는 시카고에서 일부러 찾아와 눈물 젖은 얼굴로 두 사람의 손을 꼭 잡으며 이렇게 말했다. "우리 친구 에밀 소식을 듣고 어찌나 걱정이 되던지 달려오지 않을 수가 없었어요."

"정말 마음이 놓여요. 내가 우리 아이들에게 아무것도 가르친 것이 없다고 해도 이렇게 평생 서로를 돌봐주는 형제애를 심어준 것만으로도 만족스러워요." 네드가 떠난 후 조 부인이 한 말이다.

위로하는 편지들에 일일이 답하는 것은 로브의 몫이었다. 이를 통해 그들에게 얼마나 많은 친구가 있는지 다시 한번 확인할 수 있었다. 망자에 대한 칭찬의 말들을 들어보면 에밀은 영웅이나 성인이었다. 그 말들이 전부 사실이라면 말이다. 인생이라는 학교가 주는 어려운 가르침에 순응하는 법을 배운 나이든 이들은 조용히 이를 받아들였지만 젊은 사람들은 반항했다. 가망이 없는데도 희망을 버리지 않고 버티는 이들이 있는가 하면 단번에 절망에 빠져버린 이들도 있었다.

에밀이 가장 예뻐하는 사촌 동생이자 놀이 친구인 조시는 충격에서 헤어나오지 못하고 있었고 그런 그녀를 달랠 길이 없었다. 낸이 약도 줘봤지만 허사였고, 데이지가 기운을 북돋우는 말도 해봤으나 바람과 함께 사라져버렸으며, 베스가 조시의 기분을 풀어주려고 고안해낸 것들도 모두 실패하고 말았다. 엄마 품에 안겨서 한바탕 울고 난파선에 관해 이야기하는 것 외에는 아무것도 하려고 하지 않았다. 심지어 난파선이 꿈에까지 등장해 그녀를 괴롭혔다.

메그 부인의 걱정이 점점 커져갈 즈음 캐머런 양에게서 전갈이 왔다. 현실 속 비극을 통해 용감하게 배우는 것이 그녀가 제자에게 주는 첫 번째 레슨이라고, 조시가 연기하고 싶어 하는 자기희생적 여주인공처럼 되라는 내용이었다. 그 편지는 조시에게 힘이 되었다. 테디와 옥투의 도움을 받아 노력하기 시작했다. 테디는 반딧불이 같던 조시가 순식간에 날개와 빛을 잃자 크게 놀랐고 그것을 무척 그리워하게 되었다. 그래서 그는 날마다 조시를 불러내어 검은 말 뒤에 태우고 오래도록 달렸다. 옥투는 목에 걸린 은방울 소리가 조시 귀에 흥겨운 음악 소리로 들릴 때까지, 눈길을 빠르게 달려 조시의 혈관에서 피가 춤을 출 때까지, 그래서 햇빛과 시원한 공기, 그리고 마음이 맞는 이들 덕분에 원기를 회복하고 위로를 받을 때까지 열심히 달리고 달렸다. 이 세 가지는 고통받는 젊은이에게 없으면 안될 동반자다.

에밀은 배에서 건강하고 안전하게 하디 선장을 돌보고 있었기에 이렇게들 애통해하는 것은 헛된 일로 보였지만 실은 그렇지 않았다. 이 사건을 통해 많은 사람의 마음이 공통의 슬픔으로 모였고 이는 누군가에게는 인내를, 누군가에게는 공감을, 또 잘못을 저지른 상대방이 사라졌을 때 찾아오는 무거운 양심의 가책을 느끼는 누군가에게는 후회를 가르쳐주었다. 그리고 모두는 언제 부름이 있을지 모르므로 항상 준비되어 있어야 한다는 엄숙한 교훈을 배웠다. 침묵이 플럼필드를 몇 주간 덮었고 언덕 위 대학의 학생들 얼굴에도 언덕 아래 사람들의 슬픔이 그대로 묻어 있었다. 파르나소스에서는 신성한 음악이 흘러나와 듣는 모든 이의 마음을 적셨고 갈색 오두막에는 어린 상제들을 위한 애도의 선물들이 쌓여갔다. 지붕 위에는 에밀에게 조의를 표하기 위한 반기가 걸렸다. 그곳은 그가 조 부인과 마지막으로 앉아 대화를 나눈 곳이었다.

그렇게 몇 주가 무겁게 흘러갔다. 그러던 어느 날, 마른 하늘에 치는 천둥처럼 갑작스러운 소식이 들려왔다. "안전함. 곧 편지 도착 예정." 그 즉시 깃발은 끝까지 올라갔고 대학은 요란하게 종을 쳤으며 테디는 오랫동안 쓰지 않던 대포를 쏘았고 성가대는 행복한 목소리로 '주님께 감사'를 외쳤다. 사람들은 함께 웃고 울고 껴안으며 기쁨을 나눴다. 기다리던 편지들이 마침내 하나씩 도착했고 난파선에 관한 자세한 이야기를 들을 수 있었다. 에밀의 편지는 간략했으나 하디 부인의 편지로 자세한 이야기를 들을 수 있었다. 거기에는 하디 선장이 쓴 감사의 말도 있었고 메리도 몇 마디 함께 적었는데 읽는 이들의 마음에 감동을 주는 따스한 말이었다.

그 어떤 편지도 이 편지처럼 이 사람 저 사람에게 옮겨 다니며 울고 웃으며 읽고 또 읽기를 반복하지 않았을 것이다. 이 편지들의 행방은 조 부인 주머니나 베어 씨 주머니에서 찾을 수 있었다. 두 사람 모두 밤마다 기도할 때면 꺼내어서 다시 들여다보곤 했다. 이제 베어 교수는 교실을 이동할 때마다 커다란 벌처럼 흥얼거렸다. 마더 베어의 이마에 졌던 주름도 펴지는 중이었다. 축하의 메시지가 쇄도했다. 모두가 환하게 빛나는 얼굴로 서로에게 인사했다.

로브는 나이보다 훨씬 성숙한 시를 지어 부모를 놀래켰고 데미는 여기에 음악을 입혔다. 뱃사람이 돌아오는 날 불러줄 계획이었다. 테디는 말 그대로 물구나무를 선 채로 옥토를 타고 동네를 질주했는데 제2의 폴 리비어*를 보는 것 같았다. 차이가 있다면 테디가 전하는 기별은 좋은 소식이라는 것이다. 가장

---

* 미국 독립전쟁 중 밤새도록 말을 타고 가서 영국의 공습을 알린 건국 영웅.

반가운 것은 조시의 변화였다. 설강화(snowdrop)가 그러하듯 조시의 고개도 들렸고 꽃을 피우기 시작했다. 그새 키가 크면서 차분해졌고 지나간 슬픔의 그림자 덕분에, 이전의 그녀에게 있던 넘치는 생기도 한결 부드러워졌다. 인생이라는 실제 무대에서 누구나 맡은 역이 있으며 조시 역시 자신의 역할을 잘 수행하려고 노력한 결과 얻은 깨우침 같았다.

이제부터의 기다림은 새로운 기다림이었다. 나그네들은 지금 함부르크로 향하는 중인데 거기서 당분간 머물다가 집에 돌아올 예정이라고 했다. 브렌다호의 선주가 헤르만 삼촌이기에 선장은 선주에게 보고할 것도 있었고 더군다나 에밀은 곧 있을 형 프란츠의 결혼식까지 머물 작정이었다. 동생이 실종되는 바람에 프란츠가 결혼을 미루고 있었기 때문이다. 결국 해피엔딩이었지만 말이다. 고통스러운 시간을 겪은 덕에 그 후에 듣는 이런 계획은 두 배로 반갑고 유쾌했다. 올해 봄처럼 아름다운 봄은 없을 것이다. 테디의 표현을 들어보자.

불만의 계절 겨울,
베어의 아들들로
영광스럽게 빛나는도다!

프란츠와 에밀은 진짜 '베어 아들들'보다 나이가 많았고 이들은 로브와 테디에게 친형들이나 다름없었다.

부인들이 집 안 곳곳을 박박 문지르고 먼지를 털며 대청소를 했다. 졸업 축하 행사만을 위한 것이 아니라 신랑과 신부를 맞이하기 위해서였다. 그들은 신혼여행으로 이곳을 방문하기로 했다. 계획이 성대하게 세워지고 선물을 준비하는 등 프란츠를 다시 만난다는 생각에 모두 들떠 있었다. 물론 이들과 동행하는 에밀이 가장 위대한 영웅이 될 테지만 말이다. 어떤 일이 벌어져 이들을 놀래킬지 아무도 예상하지 못한 채, 모두 함께 모여 가장 만형과 그들의 카사비앙카*를 환영할 계획을 순수하게 세우고 있었다.

이들이 행복한 기분으로 기다리고 준비하는 사이, 이 자리에 함께하지 못한 아들들은 어떤 꿈을 꾸면서 살아가는지 살펴보자. 네트는 자신이 선택한 현명한 길을 열심히 따라가는 중이었다. 그 길은 더는 꽃길이 아니었다. 금단의 열매를 한 입 베어 물고 안락과 쾌락의 맛을 본 네트에게는 더더욱 힘든 가시밭길이었다. 하지만 야생 귀리의 수확, 즉 어린 날의 방종에 대한 대가치고는 가벼운 것이었다. 그리고 그는 마침내 눈물로 뿌린 씨앗을 거두었고 잡초 사이에서 좋은 밀을 찾아냈다. 낮에는 가르치고 밤에는 허름한 극장에서 연주를 했다. 어찌나 성실

---

* 뱃사람을 부르는 표현. 영국 시인 펠리시아 헤먼즈의 〈카사비앙카〉에서 유래했다.

히 공부하던지 교수의 마음을 흡족하게 하여 좋은 기회만 찾아오면 네트를 먼저 떠올렸다. 흥청망청 놀기 좋아하던 친구들은 그를 잊었지만 오랜 친구들은 여전히 그의 곁을 든든히 지켜주었고 하임베(Heimweh)*가 찾아오고 정신적으로 지쳐 슬퍼질 때마다 그의 기분을 북돋아주었다. 봄이 되자 상황이 나아졌다. 씀씀이는 줄어들고 일에 재미를 붙였으며 날이 따뜻해진 덕에 얇은 옷을 입어도 겨울의 매서운 바람이 등을 후려치지 않았고 낡은 부츠를 신어도 동상이 걸릴 듯 시리지 않았다. 어느새 빚도 다 갚았다. 그러는 사이 유학 생활도 거의 끝나갔다. 만일 그가 더 머물길 원한다면 베르크만 교수는 그가 당분간 독립적으로 살 수 있도록 지지해주리라. 보리수나무 길을 걷는 그의 마음이 한결 가벼웠다. 5월에는 저녁마다 순회 밴드에 합류하여 시내를 다니면서 남의 집 앞에서 음악을 연주하기도 했다. 이전에는 그가 손님으로 앉아서 연주를 듣던 바로 그 집들이었다. 예전에 같이 놀던 이들이 객석에 앉은 경우를 발견하기도 했지만 어둠 속이라 아무도 그를 알아보지 못했다. 한번은 민나가 그에게 돈을 던졌는데 그는 회개하고 참회하는 마음으로 그 돈을 겸허히 받았다.

보상은 생각한 것보다 빨리 찾아왔다. 그 소식을 듣고 뛸 듯

---

* 독일어로 '향수병'.

이 기뻤지만 한편으로는 자신의 노력에 비해 보상이 너무 커 미안한 마음이 들 정도로 좋은 일이었다. 교수가 어느 날 그를 불러서는 7월에 런던에서 큰 음악 축제가 열리는데 네트가 가장 유명한 제자들과 함께 선발되었다는 소식을 알려주었다. 바이올리니스트로서 영광스러운 일이기도 했지만 집에 돌아갈 날이 가까워졌다는 사실에 더욱 행복했다. 연주가로서 정식으로 데뷔도 하고 돈도 버는 기회가 될 것이었다.

"런던에서 바흐마이스터를 찾아가게. 자네가 영어를 하니 쓸모가 있을 걸세. 그와 일이 잘되면 바흐마이스터는 자네를 미국에 데려갈 거야. 겨울 연주회를 준비하러 이른 가을에 간다고 했네. 최근 자네가 열심히 하는 모습을 보아 자네에게 거는 기대가 크다네."

거장인 베르크만 교수는 학생 칭찬에 인색한 이였다. 그렇기에 이 말은 네트의 영혼에 자부심과 기쁨을 불어넣어주었다. 그는 거장의 예언이 성취되도록 전보다 더욱 열심히 공부했다. 영국으로 연주 여행을 가는 것만으로도 충분히 행복하다고 생각했는데 더 기쁜 일이 있었다. 6월 초에 프란츠와 에밀이 그를 방문한 것이었다. 두 사람은 온갖 좋은 소식과 격려의 말로 혼자 지내는 외로운 네트를 위로했다. 오랜만에 옛 친구를 만나니 여자애처럼 그들의 목을 붙들고 울음을 터뜨리고 싶은 심정이었다. 무엇보다 나태한 신사의 모습으로 빌린 돈을 흥청망청

쓰며 사는 모습이 아니라 허름한 방에서 지내며 열심히 공부하는 모습을 보여서 어쩌나 다행이던지! 그는 자랑스럽게 자신의 계획을 나누고 빚이 하나도 없다는 점을 그들에게 거듭 강조했다. 두 형제는 네트가 음악적인 진보를 보이는 점과 경제적으로도 안정되었다는 점에서 크게 칭찬하며 존경해마지않았다. 네트가 그간 있었던 일을 솔직하게 털어놓자 그들은 웃음을 터뜨리며 그들 역시 비슷한 경험을 통해 현명함을 배웠다고 말해주어 네트에게 큰 위안을 주었다. 네트는 신랑 들러리를 서기로 한 이상 프란츠가 그를 위해 주문해주겠다고 주장하는 양복을 받지 않을 수가 없었다. 그리고 그때 즈음 집에서 보낸 수표가 도착했다. 갑자기 그는 백만장자가 된 기분이었다. 행복한 백만장자 말이다. 수표와 함께 그의 성공을 기뻐하며 축하하는 편지가 도착했다. 자신의 노력으로 얻은 결과라고 생각하니 더욱 기뻤다. 네트는 어린아이처럼 크리스마스가 오기만을 기다렸다.

그러는 사이 댄은 출소만 기다리고 있었다. 몇 주만 기다리면 8월이 되어 그곳을 나가게 될 것이다. 그렇다고 네트처럼 프란츠의 결혼식에 갈 수도, 크리스마스에 집을 방문할 것도 아니었다. 출소 날 찾아와줄 친구도 없었고 출소 후 어떻게 살아갈지 막막하기만 했다. 출소했다고 고향으로 돌아갈 수 있는 처지가 아니었다. 그럼에도 그가 이룬 성공은 네트의 그것보다 훨씬 더 큰 것이었다. 댄에게 무슨 일이 있었는지는 하나님과 교도소 안의 선량한 목사 둘만 알고 있었다. 댄은 힘겹게 싸워 마침내 승리했다. 그리고 앞으로 다시는 끔찍한 싸움을 하지 않을 것이다. 물론 원수가 그의 안과 밖에서 여전히 공격을 하겠지만 그는 크리스천*이 품에 지니고 다니던 작은 안내 책자를 발견했기 때문이다. 사랑, 참회, 기도라는 세 자매는 그를 안전하게 지켜줄 갑옷을 선물해주었다. 입는 법은 아직 배우지 못했고 갑옷에 쓸려서 아프겠지만 이제 댄은 그 가치를 잘 알고 있다. 힘든 시간을 보내는 동안 그의 곁을 지켜준 신실한 친구 덕분이다.

곧 그는 다시 자유의 몸이 될 것이다. 싸우느라 지치고 상처도 생겼지만 태양과 공기라는 축복 속에서 사는 이들 사이에 다시 섞이게 되리라. 생각에 여기에 미치자 댄은 더는 견디기 힘들다는 생각이 들면서 당장에 감옥을 박차고 나가 훨훨 날고 싶었다. 돌로 된 관을 깨고 나와 고사리 풀을 타고 올라가 하늘 높이 날아오르는 시냇가 애벌레처럼 말이다. 밤이면 밤마다 그는 앞으로의 계획을 세웠고 이를 자장가 삼아 잠을 청했다. 메이슨과의 약속을 지키기 위해 메리 메이슨을 만난 후에는 곧장 오랜 친구인 인디언들을 만나러 갈 수도 있으리라. 그곳의 거

---

* 《천로역정》의 주인공.

친 들판에서 지내다 보면 불명예도 덮어지고 상처도 치유받을 수 있을지 모른다. 많은 이들을 살리는 일을 하다 보면 한 사람에 대한 살인죄를 사함받는 날도 오리라고 그는 생각했다. 그곳에서 옛날처럼 자유롭게 지내다 보면 그를 괴롭히던 도시의 유혹으로부터 자신을 안전하게 지킬 수 있을 것이다.

"언젠가 더 나은 인간이 되어서, 그래서 부끄럽지 않을 일을 이룩하고 나면, 그때 집으로 돌아가자." 그는 그렇게 말했지만 당장에라도 집으로 달려가고 싶은 마음이 강렬했고 그 마음을 억누르기란 들판에서 야생마를 길들이는 것만큼이나 어렵다는 것을 알게 되었다. "하지만 아직은 안 돼. 먼저 이 상황을 극복하는 게 우선이야. 내가 지금 간다면 그들은 내게서 감옥의 흔적을 알아보고 냄새 맡고 느끼겠지. 가족들의 얼굴에 대고 거짓말을 할 수는 없어. 테디의 사랑과 마더 베어의 신뢰, 그리고 소녀들이 내게 보여준 존경심을 이렇게 저버릴 수는 없어. 그들은 내가 가진 힘을 높이 샀는데 이제는 아무도 나를 건드리고 싶어 하지 않겠지."

가여운 댄, 자기도 모르게 꽉 움켜쥔 구릿빛 주먹을 보다가 그 위에 포개진 그를 신뢰하는 작고 하얀 손이 떠올랐고, 그 이후 자신이 그 손으로 저지른 일을 기억하고는 몸서리를 쳤다. "그래, 그들에게 자랑스러운 사람이 되자. 이곳에서 보낸 끔찍한 1년은 아무도 몰라야 해. 이 기억을 다 지워버릴 거야. 반드시. 나를 도우소서, 하나님!" 그러고는 잃어버린 지난 1년을 선한 것으로 바꾸어놓고 말겠다고 엄숙히 맹세하듯, 움켜쥔 주먹을 하늘 높이 쳐들었다. 결단과 회개로 기적을 일으킬 수만 있다면.

16. 테니스 코트에서

플럼필드에서는 스포츠가 한창이었다. 한때 어린 소년들을 싣고 되똑거리던 펀트 배가 다니거나 백합을 따려는 소녀들의 비명이 울려 퍼지던 강은 지금은 길쭉한 나룻배부터 화려한 쿠션과 차양, 펄럭이는 깃발로 근사하게 꾸민 유람선까지, 모든 종류의 배가 떠다니는 활기찬 곳으로 바뀌었다. 모두가 노를 저었고 여자들과 남자들은 경주를 즐기며 가장 과학적인 방법으로 근력을 키웠다. 강가의 오래된 버드나무 근처로 펼쳐진 넓고 평평한 목초지는 대학교의 운동장이 되어 항상 야구 시합으로 왁자지껄했고 여기에 미식축구, 높이 뛰기 등 온갖 종목의 경기가 열려 야심을 부렸다가는 손가락을 삐끗하거나 갈비뼈가 부러지거나 허리를 다치기도 했다. 평온한 휴식을 즐기고 싶어 하는 아가씨들은 이 샹드마르스(Champ de Mars)*에서 멀리 떨어진 곳에 자리 잡았다. 가장자리에 늘어선 느릅나무 아래에서는 크로케 막대가 나무공을 치는 소리가 경쾌하게 들려왔고 테니스 코트에서는 라켓이 연신 힘차게 오르락내리락하는 모습을 볼 수 있었다. 울타리의 문 높이가 서로 달라 뛰어넘기 연습을 하기에도 제격이었는데 소녀들은 언젠간 성난 황소가 달려들 때 목숨을 구할 수 있으리라 기대하며 열심히 뛰어넘기 연습을 했다. 그렇다고 실제로 그런 일이 일어난 적은 없지만 말이다.

여러 개의 테니스 코트 중 한 군데는 '조의 코트'라고 불렸는데 그곳은 리틀 조가 테니스의 여왕처럼 군림하는 곳이었다. 테니스를 무척이나 좋아하는 데다가 완벽의 경지에 이르겠다고 작정을 하고 덤비는 중이었다. 조시는 잠깐이라도 짬이 생기면 테니스장으로 달려가 상대만 있으면 그 상대가 애처로워 보이도록 맹연습을 했다. 어느 화창한 토요일 오후였고 조시는 시합에서 베스를 막 이긴 상태였다. 공주님은 우아하기로는 조시보다 뛰어나지만 운동감각은 사촌 동생을 따라가지 못했다. 그녀가 교양을 쌓는 방식은 조시의 방법보다 좀 더 차분하다고나 할까.

---

* 프랑스 혁명 당시 대학살이 일어난 파리의 광장.

"아아, 언니! 언니는 벌써 지쳤고 내 상대가 될 만한 축복받은 남자아이들은 전부 야구장에 가 있으니, 난 이제 누구와 치란 말이야?" 조시가 한숨을 쉬며 커다란 빨간 모자를 뒤로 젖혔다. 시무룩한 눈으로 주변을 두리번거리며 상대가 될 만한 사람이 지나가는지 유심히 탐색했다.

"조금 있다가 다시 쳐줄게. 먼저 땀 좀 식히고. 하지만 난 계속 지기만 하니까 재미가 없어." 베스가 커다란 나뭇잎을 주워서 부채질을 해대며 말했다.

조시가 정원 벤치에 앉은 베스 옆에 막 자리를 잡으려는데 멀리서 남자로 보이는 두 사람이 하얀 플란넬 셔츠를 걸치고 걸어오는 것이 그녀의 눈에 들어왔다. 푸른색 바지를 입은 그들은 전투가 한창인 야구장 쪽으로 걸어가는 것 같았다. 하지만 그들은 그곳에 도착할 수가 없었다. 조시가 반가운 비명을 지르며 그들에게 달려갔기 때문이다. 하늘이 보낸 병력이니 절대로 놓칠 수 없었다. 한걸음에 달려오는 조시를 보고 두 사람은 발걸음을 멈추고 모자를 들어 인사했다. 아, 두 사람의 인사하는 모습이 어찌나 다른지! 덩치 큰 쪽은 나른하게 모자를 슬쩍 들었다 놓을 뿐이었다. 마지못해 의무를 이행하는 것 같다. 하지만 진홍색 타이를 맨 날렵한 쪽은 우아하게 목례를 하며 모자를 들어 올리고는 발그레한 얼굴에 숨이 차서 헐떡이는 아가씨에게 다가가 말을 거는 내내 모자를 내리지 않았다. 조시가 얌전하게 가르마를 탄 그의 새카만 머리와 눈썹 위로 늘어뜨린 곱슬머리 한 가닥을 볼 수 있을 때까지. 그는 집을 나서기 전 거울에 자신을 비춰보며 인사를 연습한다. 그에게 인사 동작은 예술의 그것과 같은데 그의 여성 숭배자 중 가장 아름답고 마음에 드는 여인들만을 위해 아껴둔 것이다. 그는 실제로 꽤 미남인데 스스로 아도니스라고 착각하는 경향이 있었다.

물론 테니스를 치고 싶은 마음뿐인 조시는 그가 그녀에게 하사한 영광을 알아보지 못했다. 조시는 그저 간절한 눈으로 두 남자에게 애원할 뿐이었다. "빨리 와서 나랑 테니스 치자. 저기 가면 덥기만 하고 남자아이들과 놀다간 옷만 더러워질 뿐이야." '덥다'와 '더러워진다'는 두 단어가 설득력이 있었다. 스터피는 이미 더워서 힘들어했고 돌리는 자기에게 썩 잘 어울리는 새 양복을 최대한 새것처럼 유지하고 싶었기 때문이다.

"기꺼이." 예의 바른 쪽이 다시 목례를 하며 대답했다.

"너나 쳐라. 난 쉬련다." 뚱뚱한 쪽은 시원한 그늘에서 공주님과 앉아 다정한 대화나 주고받으며 쉬고 싶을 뿐이었다.

"그럼 오빠는 베스 언니 좀 위로해줘. 내가 방금 언니를 완전히 이겨버렸거든. 그래서 즐거운 일이 필요할 거야. 오빠는 주머니에 항상 맛있는 걸 들고 다니니까 언니에게 좀 나눠주면 어때? 돌리 오빠가 언니의 라켓을 쓰면 되겠네. 자, 그럼, 시작할까?" 조시는 먹잇감을 앞세우고 승자의 모습으로 당당히 코트에 들어섰다.

스터피가 육중한 몸을 던지니 벤치가 그의 무게를 감당하지 못해 삐걱거리는 소리를 냈다. 사실 지금은 아무도 스터피라는 별명을 감히 사용하지 못하지만 우리는 계속 그렇게 부르도록 하자. 그는 주머니에서 작은 사탕 상자를 꺼냈는데 스터피는 이것 없이 아무 데도 가지 못한다. 그는 거기서 설탕 입힌 제비꽃 등을 꺼내어 베스에게 바쳤고 그러는 사이 돌리는 최고의 적수와 시합을 벌이느라 땀을 흘리고 있었다. 운 나쁘게 넘어지지만 않았어도 조시를 이길 수 있었을지도 모른다. 돌리는 새로 장만한 반바지에 흉한 얼룩이 생겨 거기에 정신이 팔려서 경기에 집중할 수가 없었다. 자신의 승리에 잔뜩 도취한 조시는 상대에게 잠시 휴식을 허락한 뒤, 그에게 닥친 불행을 위로한답시고 한 말이 결국 돌리의 마음을 더 짓누르고 말았다.

"계집애처럼 그러지 좀 마. 옷은 빨면 되지. 뭐가 조금만 묻어도 못 참는 걸 보면 전생에 무슨 고양이였나. 아니면 평생 남의 옷만 짓고 산 양복장이거나."

"그래, 알았어. 그러잖아도 힘이 빠진 오빠를 이렇게 공격하기냐?" 돌리는 잔디에 누운 채로 대답했다. 돌리와 스터피는 여자들을 위해 벤치를 양보하고 잔디에 누워 있었다. 돌리는 손수건 한 장은 바닥에 깔아 몸을 누이고 다른 한 장은 몸을 기댄 쪽 팔꿈치 밑에 받쳤다. 슬픈 눈으로 초록색과 갈색이 뒤섞인 얼룩을 바라보는 그는 가슴이 미어지는 듯했다. "난 깔끔한 게 좋아. 숙녀들 앞에서 낡은 구두를 신거나 잿빛으로 변한 플란넬 셔츠를 입고 돌아다니는 것은 문화인답지 않은 짓이지. 우리 학교 사람들은 신사거든. 그러니 옷도 그렇게 입어야지." 그렇게 말하는 걸 보니 그는 '양복장이'라는 말이 영 맘에 걸리는 모양이었다. 그 양복장이라는 멋쟁이 중 하나에게서 날아온 청구서가 불편할 정도로 컸기 때문이다.

"그건 우리 학교도 그렇지. 하지만 여기선 좋은 옷을 입었다고 해서 무조건 신사가 되지 않아. 신사가 되려면 그것 말고도 요구되는 것이 얼마나 많은 줄 알아?" 조시가 쏘아붙였다. 팔짱을 끼고 자기 학교를 옹호했다. "오빠와 그 멋쟁이 신사들은 타이를 매만지고 머리에 향수를 뿌리느라 세상에서 잊히는 사이 '낡은 구두에 잿빛 플란넬 셔츠'를 입은 사람들이 활약하더라는 소문을 곧 듣게 될걸? 나는 오래된 부츠가 좋던데. 신기도 편하고. 너무 말끔한 건 싫더라. 안 그래, 언니?"

"깔끔쟁이라도 친절하기만 하면 괜찮아. 특히 우리의 옛 친구라면 더더욱." 베스는 돌리에게 고맙다는 표시로 고개를 끄덕이며 말했다. 그는 베스의 적갈색 구두 위로 기어가는 호기심 많은 애벌레를 조심스럽게 떼어내는 중이었다.

"나는 공손한 숙녀가 좋던데. 남자가 자기 나름의 생각이 있다는데 굳이 시비 걸려고 달려드는 그런 여자 말고. 안 그래, 조지?" 돌리는 그렇게 말하며 베스에게는 가장 신사다운 미소를, 조시에게는 가장 하버드다운 반감 어린 눈초리를 보냈다.

평온하게 코 고는 소리가 스터피가 들려줄 수 있는 대답의 전부였다. 다 같이 웃음을 터뜨리는 바람에 잠시 다시 평화가 찾아왔다. 하지만 조시는 자기가 잘났다고 생각하는 만물의 영장이 있으면 꼭 못살게 굴고 싶어 했다. 그래서 테니스를 다시 치자고 제안하여 공격할 기회를 노렸다. 돌리는 여자들을 위해 충성을 맹세한 기사였기 때문에 어쩔 수 없이 조시의 부름에 순종해야만 했다. 그는 등 대고 누워 다리를 꼰 채로 자고 있는 스터피를 스케치하는 베스를 두고 조시를 따라 일어섰다. 스터피의 빨갛고 둥근 얼굴은 모자에 가려 부분일식이 일어나고 있었다. 이번 시합은 조시의 패배였기에 그녀는 잔뜩 심통이 나서 돌아왔다. 지푸라기로 자고 있는 사람의 코를 괜히 간질여 스터피가 재채기를 하느라 벌떡 일어나 앉게 만들었다. 그는 단단히 화가 나 '빌어먹을 파리'를 두리번거리며 찾기 시작했다.

"그만 일어나, 오빠. 품격 있는 대화를 해보자고. 오빠들처럼 '맵시꾼들'이 우리의 생각이나 매너를 고쳐줘야 하잖아. 우리는 '촌스러운 옷과 모자를 쓴 시골 여자들'이니까." 잔소리꾼이 먼저 전투를 개시했다. 조시는 돌리가 무심결에 뱉은 말을 교묘히 걸고넘어졌다. 그는 교양보다 책을 더 좋아하는 공부만 하는 아가씨들을 이렇게 평한 적이 있다.

"너희가 그렇다는 얘기가 아니었어! 너희들 드레스는 괜찮아. 모자도 최신 유행이고." 가여운 돌리, 변명을 시작했지만 자신의 죄를 인정하는 꼴이 되고 말았다.

"내가 그때 알아봤지. 나는 오빠들이 모두 신사인 줄 알았거든. 교양이고 친절한 남자들 말이야. 하지만 오빠는 옷을 잘 못 입은 여자애들을 비웃잖아. 그건 정말 남자답지 못한 행동이야. 우리 어머니 말씀이지." 조시는 잘 가꾸고 꾸민 여자들만 숭배하는 이 젠체하는 인간에게 한 방 먹인 것 같아 속이 다 시원했다.

"딱 걸렸네! 쟤 말이 맞아. 나는 옷에 대해선 이러쿵저러쿵하지 않는다고." 스터피가 하품을 꾹꾹 눌러 참으며 말했다. 스터피는 봉봉 하나만 더 먹으면 좋겠다고 생각했다. 그럼 기분이 개운해질 것 같았다.

"대신 오빠는 온통 먹는 얘기뿐이잖아. 그건 남자로서 더 심각한 문제야. 차라리 요리사와 결혼해서 음식점을 차리면 어때?" 조시는 스터피를 한 방에 넘어뜨리고는 큰 소리로 웃어젖혔다.

조시의 끔찍한 예언에 스터피는 한동안 아무 말도 못 하고 가만히 있었다. 하지만 돌리가 슬쩍 주제를 바꾸더니 적진으로 들어와 다시 반격했다.

"네가 매너를 가르쳐달라고 부탁하니 하는 말인데, 사교계 아가씨들은 개인적 의견을 강요하거나 설교하려 들지 않아. 아직 사교계에 진출하지 않은 어린아이들은 그렇게 하는 걸 대단히 재치 있는 것으로 여기는 모양인데, 분명히 말해두지만 그건 결코 바른 예법이 아니야."

조시는 잠시 가만히 있었다. '어린아이'라고 불린 충격에서 회복해야 했다. 열네 살 생일이 되었다고 축하받은 것이 지금도 생생한데 어린아이라니. 뒤이어 들려온 베스의 고귀한 어조는 그 효과로 따지면 조시의 무례한 방식보다 훨씬 큰 치명타를 남겼다.

"그건 사실이야. 하지만 우리는 평생을 어른들과 살아왔지. 그래서 오빠들이 말하는 젊은 아가씨들식의 사교적 대화법은 아는 게 없어. 합리적으로 우리의 잘못을 이야기함으로써 서로를 돕는 방식에 너무 익숙해서인지 가십거리를 전달하는 일엔 관심이 없어."

공주님에게 꾸지람을 듣는 것은 그리 기분이 나쁘지 않았다. 그래서 돌리는 침묵하기로 했다. 사촌 언니의 지지에 신이 난 조시가 목소리를 높였다.

"우리 학교 남학생들은 우리와 함께 대화하는 것을 좋아해. 우리가 불만을 말하면 친절하게 수용할 줄도 알지. 자기들이 다 아는 것처럼 오만을 부리지도 않고 열여덟 살 주제에 다 컸다고 생각하지도 않아. 그런데 보아하니 하버드 남자들은 그러는 것 같더라. 어린 학생들일수록 더 그렇다지."

조시는 되받아칠 수 있게 되어 기분이 아주 좋아졌다. 돌리는 정말 한 방 먹은 것 같았다. 돌리는 야구장에서 더운 날 흙먼지를 날리며 소란스럽게 노는 무리를 거만한 태도로 내려다보면서 잔뜩 약이 오른 목소리로 대답했다. "저기 네 동급생들에게 네가 품위와 교양을 좀 가르쳐주면 되겠네. 쟤들에게 그렇게라도 배울 기회가 있다니 얼마나 다행이야. 우리 학교 남자들은 대부분 이 나라 최고의 가문 출신이라 여자들에게 배울 게 없거든."

"그곳에 우리 학교 남학생들 같은 사람들이 없다니 아쉽네. 적어도 우리 학교 남자들은 대학이 주는 가치와 효용성을 잘 이해하고 있거든. 적어도 공부는 안 하고 놀기만 하면서 빠져나갈 궁리나 하진 않아. 내가 오빠 같은 '남자들'이 아버지 이야기하는 걸 들었는데, 아들들이 대학을 저렇게 간신히 다닐 줄 알았더라면 돈과 시간을 낭비하지 않았을 것이라고 하신다며? 만일 그 학교에도 여학생들이 있었다면 오빠들의 삶의 수준도 한결 나아졌을 텐데. 여자들이 오빠들같이 게으른 사람들을 어느 수준까지는 끌어올려주었을 테니까. 우리가 여기서 그러는 것처럼."

"우리 학교 알기를 그렇게 우습게 안다면서 어째서 우리 학교 대표색을 입는 거지?" 돌리가 물었다. 자기가 모교의 이름에 합당한 수준으로 살고 있지 않음을 알기에 조시의 말을 듣는 것이 고통스러웠다. 하지만 일단 방어는 하기로 했다.

"아닌데? 내 모자는 주홍색이야, 진홍색이 아니라. 색깔에 대해서 좀 배우지그래." 조시가 코웃음을 쳤다.

"그렇게 빨간색을 붙이고 다니면 성난 황소가 너를 쫓아올지 모르니까 조심하셔." 돌리가 쏘아붙였다.

"흥, 덤비라고 해. 오빠네 젊은 아가씨들은 이런 거 할 줄 아나? 아니면 오빠라도?" 조시는 최근 터득한 기술을 자랑하고 싶어서 안달이 났다. 당장에 가까운 울타리문으로 달려가 한 손으로 난간을 짚고는 새처럼 가볍게 울타리를 뛰어넘었다.

베스는 고개를 절레절레 저었다. 스터피는 귀찮은 듯이 박수를 쳤다. 하지만 여자아이에게 노선을 받은 돌리는 지지 않으려고 도움닫기를 하여 멀리 뛰기를 하여 조시 옆에 가뿐하게 착지했다. "이건 할 수 있어?"

"아직은. 하지만 머지않아 하게 될 거야."

자신의 적수가 금세 풀이 죽는 걸 보고 돌리도 마음을 누그러뜨렸다. 하지만 자신이 끔찍한 덫에 걸려들었다는 것을 전혀 깨닫지 못한 채 돌리는 친절하게도 이런저런 동작을 선보였다. 이전에 아무도 이 울타리를 이토록 과격하게 잡은 적이 없어서 울타리에 칠한 칙칙한 붉은색 페인트가 벗겨지면서 뒤돌기 동작을 하는 그의 어깨에 붉은 줄을 몇 개 긋고 만 것이다. 돌리는 찬사를 기대하며 웃는 얼굴로 제자리로 돌아왔으나 그만 더 약이 오르고 말았다.

"아하, 진홍색이 무슨 색인지 알고 싶으면 오빠 등을 보면 되겠네. 예쁘게 도장이 찍혔어. 빨아도 없어지지 않을 것 같은데, 이 일을 어쩌나."

"어, 이게 뭐야?" 돌리가 외쳤다. 아무리 등을 보려 해도 뜻대로 되지 않자 넌더리를 내며 포기했다.

"그만 가자, 돌리." 평화를 사랑하는 스터피가 제안했다. 자기 편이 패배한 것 같아 보였기에 또 다른 불꽃 튀는 접전이 있기 전에 서둘러 후퇴하는 편이 현명하겠다고 판단한 것이다.

"오빠들, 서둘러 가지 말고 더 놀다 가. 이번 주 내내 두뇌 쓰느라 고생 많았는데 쉬는 시간도 있어야지. 우리는 이제 그리스어 배우러 가야 해. 언니, 가자. 신사 오빠들, 안녕!" 조시는 얌전한 자세로 인사하고 앞장서서 걸었다. 그녀 머리 위의 찌그러진 모자를 보니 전쟁을 마치고 돌아가는 병사 같다. 라켓은 승리의 깃발처럼 어깨 위에 얹고 간다. 최후 발언을 자기가 했다고 생각하니 이 정도 승리의 기쁨은 맛봐도 좋겠다고 생각한 모양이다.

돌리는 베스에게 자신이 할 수 있는 가장 멋진 방식으로 인사를 보내지만 분위기는 차가웠다. 스터피는 다리를 하늘로 향한 채 아주 편안한 자세로 드러누워서는 꿈을 꾸는 듯한 목소리로 중얼거렸다.

"리틀 조가 오늘 예민하네. 난 들어가서 낮잠 좀 자야겠어. 너무 더워서 아무것도 할 수가 없다고."

"정말 그래. 그런데 이 얼룩에 대해 저 불쏘시개가 한 말이 사실일까?" 돌리는 자리 잡고 앉아서 마른 손수건을 꺼내 들고 닦아보려고 했다. "자는 거야?" 지우기 작업에 한창 열중하던 돌리가 물었다. 자기는 이렇게 몹시 화가 나 있는데 친구라는 자식은 너무 편안한 거 아닌가 싶었다.

"아니. 우리가 꾀부리고 있다는 조시의 이야기가 꼭 틀린 것 같지만은 않아서 생각하는 중이었어. 모튼이나 토리 같은 녀석들처럼 죽어라고 공부해야 할 때 이렇게 안 하고 있는 것은 창피한 일이긴 하잖아. 난 원래 대학 같은 건 가고 싶지 않았어. 나의 총독께서 가라고 하시니까 간 거지. 아버지와 나 두 사람에게 참으로 좋은 일 하는 셈이지!" 스터피가 신음소리를 내며 대답했다. 공부를 싫어하는 그에게는 앞으로 남은 2년도 마냥 길게만 느껴졌다.

"명문대 학벌이 생기는 것으로 만족하면 되지 굳이 열심히 할 것까진 없어. 나라면 즐거운 한때나 보내고 '맵시꾼' 소리 들으며 살겠어. 우리끼리 하는 얘기지만 여자아이들과 학교를 같이 다닌다면 한없이 행복할 텐데. 공부 따위 교수형에 처하라지! 하지만 우리가 뭔가 힘든 일을 해야만 한다면 도움을 줄 수 있는 예쁜이들을 곁에 두는 것도 썩 좋은 생각이잖아? 지금 같은 상황에 그런 애들이 있다고 생각해봐."

"그렇다면 세 명이 필요해. 한 명은 부채질을 하고 한 명은 내게 키스를 하고 나머지 한 명은 내게 시원한 레모네이드를 가져다주는 거지!" 스터피가 탄식하듯 말했다. 간절한 눈빛으로 집 쪽을 바라보았으나 그런 여인은 나타나지 않았다.

"대신 루트비어(root-beer)*는 어떻겠니?" 등 뒤에서 들려온 목소리에 돌리는 깜짝 놀라 벌떡 일어났고 스터피는 놀란 돌고래처럼 한 바퀴를 굴렀다.

돌아보니 조 부인이 울타리 계단에 걸터앉아 있었다. 음료 두 주전자를 어깨에 끈으로 매달고 손에는 양철 컵 여러 개가 들려 있었으며 머리에는 구식 선보닛을 쓰고 있었다.

"남자 녀석들이 얼음물이라면 사족을 못 쓰기에 가지고 나왔지. 나의 건강하고 맛있는 음료를 들고 돌아다니면서 따라주었단다. 물고기처럼 마셔대던걸. 하지만 사일러스 할아버지가 같이 다녀줘서 내 단지에는 아직 마실 게 들어 있지. 마시겠니?"

"네, 정말 감사합니다. 저희가 따를게요." 돌리가 컵을 들고 스터피가 신나게 따랐다. 두 사람 모두 시원한 음료를 마시게 되어 고마웠지만 그 전에 자기들이 하던 이야기를 조 부인이 들었을까 봐 조마조마했다.

---

* 사사프라스 뿌리로 만든 무알코올 음료.

두 사람은 조 부인을 가운데 두고 양쪽으로 앉아서 음료수를 마셨다. 주전자와 컵을 들고 있는 모습이 꼭 중년의 비방디에르(vivandière)* 같아 보였다. 조 부인이 다음에 한 말은 그녀가 그들의 이야기를 듣고 있었음을 확증해주었다.

"대학교에 여학생이 있으면 좋겠다고 생각한다니 기쁘구나. 하지만 여학생을 존중하면서 말하는 법부터 배우면 어떻겠니? 안 그랬다가는 여학생들에게서 그것부터 배워야 할 테니까 말이다."

"선생님, 농담이었어요. 정말이에요." 스터피가 당황하여 음료수를 꿀꺽 삼키며 말했다.

"저도요. 저, 서는 여성들을 헌신적으로 위한다고요." 돌리는 당황한 나머지 말까지 더듬었다. 어떤 식으로든 따끔한 말을 듣게 될 터였다.

"그 헌신의 방법이 바르지는 않은 것 같구나. 경솔한 여자애들이라면 '예쁜이들'이라고 불리고 싶어 할지 모르겠다만 공부하기를 좋아하는 여학생들은 이성적 존재로 대우받고 싶어 한단다. 여자를 인형처럼 가지고 노는 대상으로 생각하면 안 돼. 그래, 내가 오늘은 너희에게 설교 좀 하마. 어차피 그게 내 일이기도 하지. 자, 일어나서 남자답게 받아들이자고."

---

* 프랑스 군대의 종군 여상인.

조 부인은 소리 내 웃었지만 그녀가 한 말은 진심이었다. 지난 겨울방학을 지나면서 다양한 암시와 조짐들을 통해 그녀는 이 녀석들이 세상을 다른 방식, 그러니까 그녀가 동의하지 않는 방식으로 보기 시작했다는 것을 눈치채고 있었다. 두 녀석 모두 집에서 떨어져 지냈고, 낭비해도 좋을 만큼 돈도 충분했으며, 그 나이 또래 남자아이들이 다 그렇듯 미숙하고 호기심 많고 어수룩했다. 책 읽는 것을 좋아하지 않다 보니 상식적으로 알 만한 자기 보호 방법에도 서툴렀다.

한 녀석은 제멋대로에 나태하여 감각이 원하는 대로 실컷 사치를 즐겼다. 다른 녀석은 예쁘장하게 생긴 사내들이 다 그렇듯 허영과 자만심에 가득 차 있었으며 인기를 위해서라면 뭐든 희생할 준비가 되어 있었다. 이러한 기질과 결점 때문에 그러잖아도 쾌락을 좋아하고 의지가 약한 두 사람 모두 유혹에 취약할 수밖에 없었다. 조 부인은 이 점을 너무 잘 알고 있었기에 이들이 대학에 간 이래로 계속해서 경고의 말을 했다. 하지만 최근 들어보니 이들이 그녀의 친절한 암시 중 일부를 영 못 알아들은 모양이다. 그래서 마침 기회가 왔으니 알아듣도록 잘 설명하기로 작정한 것이다. 수년간 남자아이들을 돌봐온 조 부인은 침묵에 묻힌 위험 요소를 잘 알아봤고 이를 다루는 대담함과 노련미도 갖추게 되었다. 너무 늦기 전에 바로잡아야 한다. 안 그랬다간 유감과 책망만 남을 뿐이다.

"너희 어머니들이 멀리 계시니 나를 어머니라고 생각하고 들어주렴. 세상에는 어머니들만 해결할 수 있는 문제들이 있지. 물론 자기 본분을 다하는 어머니들에게 해당하는 이야기겠지만 말이다." 그녀는 보닛을 쓴 채로 엄숙한 말투로 시작했다.

'이런, 꼼짝없이 걸려들었군!' 돌리는 소리 없이 경악했다. 스터피는 루트비어나 좀 더 마시면서 버텨보려다가 첫 번째로 지목을 당했다.

"그 음료는 해롭지 않다만 네가 마시는 다른 음료에 대해 경고하고 싶구나, 조지. 뭐든 과식이 안 좋다는 것은 알고 있겠지. 몇 번 배탈이 나면 저절로 현명해지잖니. 하지만 술 마시는 것은 과식보다 더 심각한 문제란다. 술은 내 몸에 그 어떤 것보다도 나쁜 해를 끼칠 수 있어. 네가 와인 얘기하는 것을 들으니 마치 네가 술 전문가에 애호가라도 되는 것처럼 말하더구나. 못된 장난을 두고 농담하는 것도 여러 번 들었고. 하지만 애야, '재미'로라도 이 위험한 맛을 가지고 장난칠 생각일랑 아예 하지 말길 바란다. 이것은 패션 같아서 유행처럼 다른 아이들이 따라 하거든. 그러니 당장 그만두거라. 모든 것에서 절제하는 것이 가장 안전한 규칙임을 배워야 한다."

"제 명예를 걸고 말씀드리는데, 저는 와인과 철분을 함께 섭취할 뿐이라고요. 어머니 말씀이 제가 공부하면서 손상된 뇌 조직을 복구하려면 토닉이 필요하다고 하셨거든요." 스터피가

항변했다. 뜨거운 것에 손을 데기라도 한 것처럼 머그잔을 얼른 내려놓았다.

"좋은 소고기와 오트밀로도 손상된 뇌 조직은 충분히 되살릴 수 있단다. 어떤 종류의 토닉보다도 훨씬 효과가 있지. 네게 필요한 것이 공부와 규칙적인 식사인 모양이다. 할 수만 있다면 너를 여기서 몇 달간 데리고 살고 싶구나. 위험한 습관을 고칠 수 있도록 말이다. 나라면 네게 밴팅 요법을 쓰겠어. 그러면 달릴 때 숨이 차서 헐떡이지도 않을 것이고 하루에 네다섯 끼씩 먹지 않아도 괜찮아질 텐데. 아이쿠, 남자애 손이 그게 뭐니? 부끄럽게시리!" 조 부인은 오동통하여 관절마다 보조개가 쏙쏙 들어간 조지의 주먹을 발견했다. 하지만 그것은 벨트 위로 비어져 나온 허릿살에 비하면 새 발의 피였다. 조지의 허릿살은 나이에 비해 과도하게 두툼했다.

"어쩔 수가 없어요. 우리 가족은 다 이래요. 유전이라고요." 스터피는 자기방어에 들어갔다.

"그렇다면 더욱 조심스럽게 건강을 돌보며 살아야 하지 않겠니? 설마 일찍 죽거나, 혹은 살아도 아무런 소용 없는 존재로 살고 싶은 것은 아니겠지?"

"물론이죠, 선생님!"

스터피는 진짜로 겁을 먹은 것 같았다. 그래서 조 부인은 더는 그에게 죄를 캐물을 수가 없었다. 그가 가진 문제의 많은 부분이 무조건 오냐오냐하면서 키운 그의 어머니에게서 온 것이 었기 때문이다. 조 부인은 목소리를 한층 나긋나긋하게 바꾸고 는 조지의 통통한 손등을 손으로 살짝 때렸다. 어린 조지가 조 그마한 손으로 설탕 그릇에서 설탕을 훔쳐 갈 때 그렇게 하곤 했다. 조 부인은 다음과 같이 덧붙였다.

"그렇다면 조심하거라. 남자는 자신의 인격을 얼굴에 쓴다잖 니. 네 얼굴에 식탐과 무절제라고 쓰고 싶지는 않겠지?"

"절대로 그러고 싶지 않아요! 건강한 식단을 짜주세요. 그럼 제가 한번 지켜볼게요. 저도 나날이 불고 있는 저 자신이 싫어 요. 간에 무리가 갔는지 가슴이 두근거리고 두통이 와요. 과로 때문이라고 어머니는 그러시는데 어쩌면 과식 때문인지도 모 르겠네요." 스터피는 후회와 안도가 뒤섞인 한숨을 내뱉었는데, 그가 그동안 거부해온 좋은 것들에 대한 후회요, 이제 손을 빼 면 얼른 벨트를 풀 수 있게 되었다는 안도였다.

"그래, 써주마. 대신 잘 지켜야 한다. 그렇게 1년만 잘하면 음 식 자루가 아닌 인간으로 다시 태어날 수 있을 거야. 자, 이번에 는 돌리 차례다." 조 부인은 다음 죄수에게 몸을 돌렸다. 그는 불안에 떨며 여기에 온 것을 후회하는 중이었다.

"지난겨울에 한 것처럼 여전히 프랑스어 공부를 열심히 하는 중이니?"

"아니요, 선생님. 프랑스어는 관심 없고요. 아, 그게, 지금은

그, 그리스어를 배우느라고 바빠서요." 처음에는 자신 있게 대답
했으나 돌리는 별안간 과거의 기억이 떠오르면서 질문의 의도
를 파악하고는 말을 더듬으며 눈길을 신발 끝으로 떨어뜨렸다.

"아, 애가 프랑스어를 공부한 것은 아니고요, 그냥 프랑스어
로 된 소설을 읽고 희가극단이 오면 극장에 가는 것뿐이에요."
스터피가 순진하게도 조 부인의 의심에 확신을 심어주었다.

"그런 줄 알고 있었다. 그 점이 바로 내가 얘기하고 싶은 부분
이다. 테디도 그런 식으로 갑자기 프랑스어를 공부하겠다고 하
더구나. 네 말을 듣고 그런 것이었단다, 돌리. 그래서 내가 직접
가봤더니 점잖은 학생이 갈 만한 곳이 아니더구나. 너희 남자
들이 총출동했던데 젊은이들 중 일부가 나와 똑같이 수치심을
느끼는 걸 보고 오히려 다행스럽게 여겨지던걸. 나이 든 남자
들은 좋다고 히히덕거리고 있고. 극이 끝나서 밖으로 나와보니
난잡해 보이는 여자들을 데리고 놀러 가려고 기다리고들 있던
데, 너도 그래본 적 있니?"

"딱 한 번요."

"재미있었니?"

"아뇨, 선생님. 그, 그게 저는 일찍 나왔어요." 돌리가 말을 더듬
었다. 얼굴이 목에 맨 화려한 타이만큼이나 빨갛게 달아올랐다.

"그래도 얼굴이 빨개지는 것을 보니 품위를 완전히 잃지는
않은 것 같아 안심이 되는구나. 하지만 계속 그렇게 지내다 보

면 점점 부끄러워하는 법을 잊어버려서 곧 아무렇지도 않게 될 게다. 그런 여자들과 어울리기 시작하면 좋은 여자들과 교제하기가 힘들어져. 그들은 너를 말썽과 죄와 수치심으로 이끌 뿐이야. 아아, 왜 시 정부는 그런 악행을 법으로 금지하지 않는 것일까? 얼마나 나쁜지 다들 잘 알고 있으면서 말이다. 그러는 남자아이들을 보는데 내 마음이 찢어지더구나. 집에서 잠을 자고 있어야 할 밤 시간에 몹쓸 유흥에 빠져 있다니, 한 사람의 인생을 완전히 파괴해버릴 수도 있는 행위야."

두 젊은이는 당시 한창 유행이던 쾌락거리를 조 부인이 이토록 강력하게 반대하는 것을 보고 겁을 먹었다. 그리고 양심의 가책을 느껴 아무 말도 하지 못했다. 스터피는 그런 유흥의 자리에 한 번도 가보지 않은 것을 다행으로 여기며 안도했고 돌리는 '일찍 나온' 것을 감사히 여겼다. 조 부인은 눈에 잔뜩 준 힘을 풀고 두 사람의 어깨에 각각 한 손씩 얹고는 가장 어머니다운 어조로 다른 어떤 여인도 시도하지 않은 예민한 이야기를 하는 중이었다. 조 부인은 최대한 친절한 어조를 유지하려고 애썼다.

"내 아들들, 내가 너희를 사랑하지 않았다면 이 얘기도 하지 않았을 거야. 듣기에 유쾌한 이야기는 아닐 게다. 하지만 내가 이 말을 하지 않아서 세상을 저주하고 많은 젊은이를 파멸로 몰고 간 가장 큰 두 가지 죄로부터 너희를 지키지 못하면 내 양심이 나를 가만히 두지 않을 테지. 지금 너희는 막 그런 죄의 유혹에 눈을 뜨기 시작했고 조금 지나면 돌이키는 것이 힘들어질 게다. 그러니 제발, 지금 당장 멈추거라. 너희들 자신의 영혼을 악에서 건질 뿐 아니라 너희들의 용기 있는 행동이 모범이 되어 다른 이들까지도 살릴 수 있을 것이야. 혼자 힘으로 못할 것 같으면 언제든 나를 찾아오렴. 두려워할 것도 부끄러워할 것도 없어. 너희들이 내게 할 그 어떤 말보다 훨씬 더 슬픈 고백을 많이 들어보았고 그런 가여운 영혼들을 많이 위로해보았단다. 제때 들어야 할 말을 듣지 못해서 타락의 길을 들어선 이들이지. 그러니 내 말 명심하거라. 나중에 너희 어머니에게 깨끗한 입술로 입맞춤할 수 있도록. 그렇게 하면 순결한 아가씨들에게 사랑을 구할 자격도 생기게 된단다."

"네, 선생님. 감사합니다. 선생님 말씀이 맞는 것 같아요. 하지만 아가씨들이 술을 주고, 신사들이 딸을 데리고 에이메*의 공연을 보러 왔을 때는 규칙을 따르기란 쉽지 않아요." 돌리는 지금이 '멈출' 때라는 것을 잘 알면서도 앞으로 닥칠 시련을 미리 내다보듯이 말했다.

"물론 그렇지. 하지만 그렇기 때문에 대중이 뭐라고 하든지 맞설 수 있으며, 악하고 부주의한 남녀의 타협한 도덕성을 틀

---

* 19세기 프랑스 오페라 배우 마리 에이메(Marie Aimée)를 말한다. 프랑스보다 미국에서 더 큰 인기를 끌었다.

렸다고 말할 수 있을 만큼 용감하고 현명한 사람들이 존경을 받는 것이란다. 너희가 가장 존경하는 이들을 떠올려보렴. 그들의 행동을 모방하는 것만으로도 너를 바라보는 이들의 존경은 지킬 수 있을 거야. 나는 우리 아이들이 한번 잃어버리면 절대로 되찾을 수 없는 순결과 자기존중감을 잃어버리는 것을 보느니, 차라리 사람들에게 조롱과 냉대를 당하는 편을 보는 게 낫다고 생각해. 규칙을 지키는 것이 어렵다는 말, 무슨 말인지 안다. 책, 그림, 무도회, 극장, 길거리에서 유혹의 손길이 끊이지 않으니 말이다. 하지만 너희는 얼마든지 이겨낼 수 있어. 그럴 의지만 있다면 말이야. 지난겨울, 브룩 부인은 존이 밤늦게까지 밖에서 취재 다니는 것 때문에 걱정이 많으셨지. 늦은 밤 그가 사무실과 취재현장을 오가면서 보게 되는 것들, 듣게 되는 말들에 대해 같이 얘기하면서 그 아이가 이렇게 말했다는구나. '어머니, 무슨 말씀 하시는지 잘 알아요. 하지만 누군가 나쁜 길에 들어서는 건, 그 사람이 원해서 그렇게 되는 것이랍니다.'라고 말이다."

"참으로 디컨다운 말이네요!" 스터피가 외쳤다. 그의 오동통한 얼굴에 수긍하는 미소가 피어올랐다.

"말씀 고맙습니다, 선생님. 그래요, 데미 형 말이 맞아요. 그가 나쁜 길로 가길 원하지 않는다는 바로 그 점 때문에 우리가 형을 존경하는 것이죠." 돌리가 덧붙였다. 그는 이제야 고개를 들고 이야기했다. 돌리의 표정을 보니 이번 설교는 효과가 있는 모양이라 그의 멘토도 안심을 했다. 모방할 만한 본을 제시하는 것이 그녀의 어떤 말보다도 더 효과가 있으리라. 조 부인은 마음이 흡족하여 문제를 일으킨 장본인들이 이미 재판을 받아 유죄판결을 받았으나 선처를 구하니 이쯤에서 떠나겠다고 말했다.

"존이 너희에게 보여준 것처럼 너희도 다른 이들에게 본을 보이거라. 좋은 모범 말이다. 이런 곤란한 얘기를 하게 되어 미안하지만 오늘 들은 훈계는 잘 기억하렴. 언젠가 그 유익을 깨닫는 날이 올 거야. 어쩌면 나는 그런 날이 오는 것을 영영 알지 못할 수도 있겠지. 친절에서 우러나와 무심코 던진 말이 놀라운 일을 일으키기도 하거든. 나이 든 사람들이 여기에 있는 것도 그런 이유야. 그분들의 소중한 경험이 이렇게 쓰이지 못한다면 그게 다 무슨 소용이겠니. 자, 가서 다른 아이들을 찾아보자꾸나. 너희들에게 플럼필드의 문이 닫히는 날이 절대로 오지 않기를 바란단다. 너희 '신사'들 중 몇에게 그런 일이 일어난 적이 있긴 하지만 말이다. 나는 우리 아들들과 딸들을 모두 안전하게 지키고 이곳 플럼필드가 오래된 좋은 미덕이 살아 있고 또 그것을 배우는 건강한 장소가 되길 바란단다."

조 부인의 협박성 경고에 큰 감명을 받은 돌리는 조 부인을 향한 깊은 존경심으로 그녀가 계단에서 내려오는 것을 도와주었다. 스터피는 텅 빈 주전자를 들어주며 앞으로 루트비어를 제외한 모든 발효음료는 완전히 끊겠노라고 엄숙하게 다짐했다. 연약한 육체가 저항할 수 있는 한 말이다. 물론 이 사내 녀석들은 둘만 남게 되자 '마더 베어의 일장연설'에 코웃음을 쳤다. 그래야 '우리 계층의 남자들' 사이에서 면을 구기지 않기 때문이었다. 하지만 마음 깊은 곳에서는 자기들의 철없는 양심을 건드려준 조 부인에게 감사했다. 그렇게 이 테니스 코트에서의 30분은 앞으로 두고두고 기억될 일로 남았다.

17. 소녀들 사이에서

이 이야기가 조의 아들들에 초점을 맞춘 것은 사실이지만 그렇다고 여자들의 이야기를 모른 칙하고 넘어갈 수는 없다. 이 작은 공화국에서 여자들이 차지하는 위치가 상당할 뿐 아니라 장차 더 넓은 기회와 책임 있는 의무를 제공할 큰 공화국에서 자신의 역할을 가치 있게 감당하는 개인으로 성장하도록 특별 교육을 받는 중이기 때문이다. 많은 이들이 교육을 통해 사회적 영향력이라는 선한 결과를 얻어간다. 이들에게 교육은 결코 책에 한정되지 않으며 위대한 사람으로 인정받는 이들 중에는 대학을 나오지 않은 이들도 있기 때문이다. 그들에겐 경험이 스승이요, 인생이 책이다. 어떤 이들은 정신적 교양을 쌓는 일에만 몰두하다가 과도하게 치우치는 위험에 빠지기도 했는데 그런 이들은 건강과 지혜가 더 나은 것임을 망각한 채 학식을 최우선으로 여기는 이들이다. 이는 당시 뉴잉글랜드를 장악하고 있는 망상이기도 했다. 낮은 계층 출신의 여학생들은 자신이 원하는 것이 무엇인지도 모른 채 야망만 있어서 사회에 진출해 돈을 벌 수 있다면 뭐든지 닥치는 대로 하려고 했다. 필요성, 반의식적 재능에 대한 긴급함, 혹은 그들을 만족시키지 못하는 좁은 세상에서 탈출하고자 하는 강력한 욕구에 따라 움직이는 이들이다.

플럼필드에서는 누구나 자신에게 필요한 도움을 찾을 수 있었다. 아직 성장 중인 신생 학교라 메디아나 페르시아 같은 내규는 없었으나 누구에게나 성별, 피부색, 종교, 학벌 구분 없이 동등한 권리가 주어졌다. 시골 출신의 남학생들과 서부에서 온 열성적인 여학생들, 남부에서 자유의 몸이 되었으나 아직은 어색하기만 한 남자와 여자들, 혹은 좋은 가문 출신이나 가난으로 수업료가 비싼 다른 학교에 가지 못하는 학생들까지, 누구든 두드리는 자에게 활짝 열린 곳이었다.

상류층에는 여전히 편견과 조롱, 태만이 존재했고 이들의 실패를 당연시 여겼기에 이들은 그러한 선입견과도 싸워야 했다. 하지만 학교의 교수진을 구성한 쾌활하고 희망적인 남자와 여자들은 작은 풀뿌리에서 위대한 개혁의 싹이 트며 폭풍우의 계절이 지나고 나면 그 싹이 아름답게 꽃피워 이 나라에 번영과 영광을 가져다주는 것을 실제로 보아온 이들이었다. 그렇기에 그들은 착실하게 기다리며 포기하지 않았다. 매년 학생 수가 늘고 계획한 것들이 이루어지는 것을 보면서 그들은 자기들이 옳은 길을 가고 있다는 확신을 갖게 되었고 사람 키우는 일을 한다는 자부심은 달콤한 열매가 되어 돌아왔다.

자연스럽게 생겨난 여러 전통 중 하나는 특히 젊은 여성들에게 유용하고 흥미로운 것이었는데, 그들은 '딸들'이라고 불리길 희망하는 집단이었다. 마치 자매는 오래전부터 시작된 바느질 시간을 계속 지키고 있었는데 어린 소녀들의 조그마한 반짇고리가 이제는 집안 곳곳에서 나오는 수선감으로 가득 찬 커다란 바구니로 바뀌도록 세 자매는 이 전통을 이어가고 있었다.

셋 다 각자의 일로 바빴지만 부인들은 도요일이면 시간을 내어 세 군데의 작업실 중 한 곳에서 만났다. 심지어 웅장한 파르나소스에도 한 켠에 재봉실이 마련되어 있었다. 에이미 부인은 그곳에서 하인들과 앉아서 살림에 필요한 것을 만들거나 고치는 법을 가르쳐주었는데 하인들은 부유한 마나님이 양말을 깁거나 단추 다는 일을 하찮게 여기지 않는 모습에서 자연스레 존경심을 갖게 되었다.

이 가사 수련회 날이 되면 마치 가 자매들은 책과 일감을 들고, 각자의 딸들을 대동하고 모여 함께 읽고 바느질하고 이야기를 나누며 이 가족의 여성들에게만 허용되는 사적인 시간을 누렸다. 요리와 화학, 식탁보와 신학, 집안일과 좋은 시가 한데 어울려 지혜를 이끌어낸다는 점에서 매우 가치 있는 시간이기도 했다.

이 작은 공동체를 확대하자고 제안한 사람은 메그 부인이었다. 대학의 여학생들을 어머니처럼 돌보는 것이 그녀의 역할이었고 대학 교육과정에 여학생들에게 반드시 필요한, 정리정돈하는 법이나 가사 기술, 부지런함에 대한 훈련이 결핍된 것을 보고 슬퍼하던 차였다.

여학생들의 라틴어, 그리스어, 고등 수학, 과학 실력은 눈부시게 발전하고 있었지만 반짇고리에는 나날이 먼지만 쌓여가고 해진 팔꿈치는 아무렇게나 방치되었으며 구멍 난 양말들이 서글픈 모습으로 돌아다니고 있었다. '우리 딸들'도 학식 있는 여성들을 향한 대중의 조롱을 그대로 받게 될 것이 우려된 메그 부인은 그중에서도 가장 단정치 못해 보이는 여학생 두셋을 조용히 집으로 불러 함께 유쾌한 바느질 시간을 가지며 친절하게 가르쳐주었는데 부인의 깊은 뜻을 깨닫고 이를 감사히 여긴 그 여학생들이 다시 와도 되냐고 물은 것이다. 그러자 다른 학생들까지 합세했다. 그러잖아도 하기 싫던 주중 당번일 대신이 모임에 오면 안 되겠냐는 것이었다.

어느덧 이 모임에 참석하는 것은 여학생들 사이에 큰 특권처럼 되어 결국 오래된 박물관에 재봉틀, 테이블, 흔들의자 등을 갖다 놓고 벽난로를 설치하게 되었다. 그리고 그곳의 바늘들은 날이 맑거나 궂거나 쉴 틈이 없이 일하게 되었다.

이곳은 메그 부인의 왕국이었다. 여왕처럼 서서 커다란 전지 가위를 흔들며 백색 자수를 만들어내고 드레스를 재단했으며 그녀의 특별 조수인 데이지는 모자를 장식하고 단순한 디자인 의 의상에 우아함을 더하여 가난하거나 바쁜 여학생들의 시간 과 돈을 절약해줄 레이스와 리본 따위를 만들었다. 에이미 부 인의 눈썰미도 중요한 역할을 했는데 그녀는 피부색에 어울리 는 색깔의 옷감을 찾아주는 어려운 문제를 해결해주었다. 예뻐 보이고 싶은 욕구가 없는 여자는 거의 없을 것이다. 아무리 학 식 있는 여성이라도 그 부분에서는 마찬가지다. 특징 없는 얼 굴이라도 열심히 가꿔서 예뻐 보이려고 하는 이들이 있는가 하 면 또 예쁜 얼굴을 가지고 태어났으면서도 기술과 지식의 부재 로 오히려 미모를 가리고 다니는 이들이 있었다.

에이미 부인은 책을 제공해주는 당번을 맡기도 했는데 예술 이 그녀의 강점인 만큼 그녀가 골라주는 책은 러스킨, 해머튼, 그리고 아무리 시간이 지나도 구닥다리가 되지 않는 제임슨 부 인의 책들이 주를 이뤘다. 베스는 이 책들을 낭독하는 역할을 맡았고 조시도 순서를 맡아 이모부가 추천해주는 낭만소설, 시, 희곡 등을 읽어주었다. 조 부인은 건강, 종교, 정치를 비롯하여 누구나 관심을 가질 만한 다양한 주제를 골라 짧은 강의를 했 는데 코브 양의 《여성의 의무》, 브래킷 양의 《미국 여성의 교육》, 더피 부인의 《성차별 없는 교육》, 울슨 부인의 《의복 개혁》, 그리고 다른 현명한 여성들이 여성 동지들을 위해 쓴 훌륭한 책들에서 발췌한 내용을 교재로 삼았다. 그러면 의식이 깨어난 여학생들은 이런 질문을 던지기 마련이었다. "그렇다면 우리가 할 일은 무엇일까요?"

무지가 깨우쳐지고 무관심이 관심으로 바뀌고 지성이 살아 움직이기 시작하니 여학생들 안에 자리 잡은 편견이 녹아 없어졌다. 그 과정을 보는 것은 꽤 흥미로웠다. 강의가 끝나면 자연스레 토론으로 이어졌고 재치 있고 언변 좋은 이들 덕분에 토론은 더욱 재미가 있었다. 그 결과 그곳을 찾은 여학생들이 그곳을 떠날 때가 되면 발에만 잘 기운 양말을 신고 나가는 것이 아니라 그 발이 이고 다니는 머리까지도 더 똑똑해져서 나가게 되었다. 예쁜 드레스 밑으로 높은 이상을 품었고 펜과 사전과 천구의(天球儀)를 드느라 내려놓은 골무는 인생을 돌보기 위해 다시 집어 들었다. 그것이 요람을 흔드는 것이건, 아픈 이를 돌보는 것이건, 세상을 돕는 위대한 일을 하는 것이건 간에 말이다.

여성의 직업에 관한 열띤 토론이 이어지던 어느 날이었다. 조 부인이 주제에 맞는 글을 읽어주고는 방에 앉은 열두어 명 되는 여학생들에게 대학 졸업 후 계획을 물었다. 답은 다양했다. 학교에서 가르치거나, 어머니를 도와 집안일을 하거나, 의학을 공부한다거나, 미술을 공부한다거나. 하지만 문장의 마무리는 거의 다 똑같았다. "결혼할 때까지요."

"그렇지만 결혼을 하지 않는다면?" 조 부인은 그들의 이야기를 듣고 있으니 다시 여학생이 된 기분이었다. 그렇게 물으면서 그들의 진지하거나 명랑하거나 의욕 넘치는 얼굴을 쳐다보았다.

"그렇다면 노처녀가 되겠지요. 끔찍하지만 피해갈 수도 없는 일이에요. 여자들이 넘쳐나게 될 테니까요." 어느 활발한 소녀가 대답했다. 독신의 은사를 두려워하기엔 너무 예쁘게 생겼다. 자신이 굳이 선택하지만 않는다면 그럴 일은 없을 것 같았다.

"대비는 해두는 게 좋을 거야. 스스로 자립할 수 있도록 준비를 해야 해. 남아도는 여성으로 분류되고 싶지 않다면 말이야. 그런데 말이지, 그 계층을 구성하고 있는 이들의 대부분은 미망인들이더구나. 그러니 처녀들을 비하한 표현이라고 생각하지는 않길 바란다."

"위안이 되네요! 이제는 노처녀들도 예전처럼 무시당하지는 않아요. 노처녀 중에도 여성이 반쪽짜리 사람이 아니라 독립적이고 완전한 개인이라는 것을 증명한 유명인사들도 있잖아요."

"하지만 다 그렇게 유명해질 수 있는 것도 아니잖아요. 우리가 전부 나이팅게일 양이나 펠프스 양처럼 될 수는 없을 테니까요. 그렇다면 구석에 앉아서 구경하는 것 외에 우리가 할 수 있는 게 있나요?" 별 특징 없는 외모의 여학생이 불만스러운 얼굴로 말했다.

"혹여 가진 게 아무것도 없다면 쾌활함과 자족하는 법을 기르려무나. 하지만 세상에는 우리가 알지 못하는 온갖 잡다하고 특별한 일들이 우리를 기다리고 있단다. 내가 굳이 선택하지 않는 한 '구석에 앉아서 구경'할 필요가 전혀 없다는 뜻이지." 메그 부인이 미소를 지으며 그 여학생의 머리 위에 방금 새로 단장한 모자를 씌워주었다.

"고맙습니다. 브룩 부인, 무슨 말씀인지 알겠어요. 작은 일이지만 저를 기분 좋게 해주고 행복하게 만드는 일을 찾으란 말씀이신 거죠. 그리고 감사한 마음으로 할 수 있는 일을요." 그 여학생은 빛나는 눈으로 올려다보며 메그 부인이 몸소 보여준 사랑에서 우러난 노동과 친절한 가르침을 기꺼이 받아들였다.

"내가 아는 최고의 여성이자 가장 큰 사랑을 받은 여성 중 한 분이 바로 그랬단다. 주님을 위해 수년간 남들이 알아주지 않는 일을 하셨지. 그분은 두 손이 관에 들어가는 그 순간까지 가리지 않고 온갖 일을 다 하셨어. 방치된 아이들을 구출해서 안전한 곳으로 보내고, 길 잃은 영혼들을 구원하고, 고난 중에 있는 가난한 여인들을 돌보고, 바느질, 뜨개질, 걷기, 구걸하기, 돈한 푼 받지 않고 가난한 이들을 위해 일하기 등. 그에 대해 받은 보상이 있다면 불우한 이들의 감사와 성녀 마틸다 같은 분을 사회복지사로 고용한 부유한 이들의 보인 존경이 전부였지. 그런 게 바로 가치 있는 삶이란다. 난 땅에서 이름을 날린 사람들보다 그렇게 조용하게 살다 가신 여성들이 하늘에서 더 높은 자리에 계시리라고 믿어."

"저도 그런 삶이 멋진 삶이라는 것을 알아요, 베어 부인. 하지만 젊은이들에겐 재미없는 일처럼 보이거든요. 우리는 인생을 진지하게 마주하기 전에 재미를 보고 싶다고요."기민해 보이는 서부 출신의 여학생이 말했다.

"재미도 봐야지, 물론. 하지만 네가 가장 역할을 해야 한다면 쾌활한 자세로 하거라. 하는 일이 마음에 들지 않는다고 날마다 후회하면서 비통한 마음으로 하지 말고. 나도 내 운명이 매정하다고 생각하던 시절이 있었어. 까탈스러운 노부인을 보살펴야 했으니까 말이야. 하지만 그 외로운 서재에서 내가 읽은 책들은 내게 엄청난 유익을 가져다주었단다. 그리고 그 노부인이 내게 '쾌활한 보살핌과 애정어린 돌봄'의 대가로 이 플럼필드를 물려주셨어. 난 그런 선물을 받을 자격이 없는 아이였지만 쾌활하고 친절하려고 노력한 것은 사실이란다. 어차피 해야하는 일이라면 최대한 유익을 찾으려고 노력했고. 내 어머니의 도움과 조언 덕분이었지."

"세상에, 그랬군요! 저도 이런 집을 물려받는다면 온종일 노래도 불러드리고 천사처럼 굴 텐데. 하지만 운에 맡기는 수밖에요. 결국 힘만 들고 아무 일도 안 일어날 수도 있잖아요." 서부 소녀가 말했다. 적은 노력으로 이루고자 하는 꿈이 커서 항상 힘들어하는 친구였다.

"보상을 바라고 하면 안 되지만 보상은 반드시 찾아오게 되어 있어. 비록 네가 원하는 형태의 상급은 아닐지라도 말이다. 어느 해 겨울이었는데, 그해는 내가 명성과 돈을 바라며 열심히 일하던 때였단다. 하지만 결국 둘 다 얻지 못했고 나는 큰 실망에 빠졌지. 그런데 그렇게 한 해가 흐른 뒤 내가 이미 상을 받았다는 사실을 깨닫게 되었어. 바로 내 필력과 베어 교수, 이 두 가지가 내가 받은 상이었거든."

조 부인의 유쾌한 웃음소리는 여학생들의 웃음소리로 이어졌다. 생생한 인생 경험을 통해 들으니 더 와닿았다.

"부인은 정말 운이 좋으신 거죠." 불만스러워하던 아가씨가 말을 꺼냈다. 그녀의 영혼은 새 모자가 반가운 만큼 잔뜩 들떠 하늘 위로 올라간 상태였는데 이제는 어느 방향으로 가야 할지 몰라 갈피를 잡지 못하고 있었다.

"조는 '불운의 조'라는 별명으로 불리곤 했단다. 자신이 원하는 게 뭔지 몰라서 힘들어하던 시절이 있었거든. 원하는 것을 찾겠다는 희망을 포기하고 나서야 비로소 꿈을 찾더구나." 메그 부인이 말했다.

"그렇다면 저도 당장에 희망을 포기할래요. 그리고 내 바람이 정말로 이루어지나 지켜봐야겠어요. 제 꿈은 그저 가족들을 돕고 좋은 학교 나오는 것뿐인걸요."

"이 격언을 기억하렴. '실패(絲牌)를 준비하라. 그러면 주님이 아마 실을 보내실 것이다.'" 조 부인이 끼어들었다.

"우리 모두 그렇게 하는 게 좋겠어. 독신 여성이 될 수도 있을 테니." 예쁘장한 여학생이 명랑하게 말했다. "나는 독신으로 살아도 좋을 것 같아. 독립적인 여자들이잖아. 제니 이모만 봐도 하고 싶은 것을 다 하고 사시거든. 누군가의 허락도 받지 않고 말이야. 하지만 우리 엄마만 봐도 모든 걸 아빠에게 물어봐야 할 수 있어. 그래, 샐리, 너에게 내 기회를 양보하고 내가 '수페르플루움(superfluum)*'이 될게. 폴룩 선생님 말씀처럼 말이야."

"내가 보기엔 네가 우리 중에 가장 먼저 유부녀가 될 것 같은데? 내 말이 맞나 한번 보자고. 어쨌든 양보해준다니 황송하구나."

"어쨌건 나는 내 실패를 준비하고 있을 거야. 운명이 내게 어떤 실을 보내줄지는 두고 볼 일이야. 그게 외줄이 될지, 겹줄이 될지. 운명의 신이 원하는 대로 되겠지."

"잘 생각했다, 넬리. 그 생각 변치 말거라. 용감한 마음과 뭐든지 하고자 하는 손, 그리고 산더미 같은 할 일이 있는 인생은 행복한 인생이라는 것을 알게 될 거야."

---

* 라틴어로 '과잉, 초과'라는 뜻.

"엄청난 집안일이나 유행하는 쾌락거리를 즐기겠다고 하면 아무도 반대하지 않다가 공부를 시작한다고 하면 다들 우리가 그걸 못해낼 거라면서 조심하라고 경고를 해요. 다른 것에도 관심을 가져봤는데 금방 질리고 말아서 대학에 오게 되었어요. 가족들은 제가 신경쇠약에 걸리거나 명이 짧아질 것이라고 걱정하고 있어요. 공부하는 게 그렇게 위험한 걸까요?" 우아한 기품을 가진 여학생이 반대편에 있는 거울로 자신의 꽃다운 얼굴을 슬쩍 비춰보며 물었다.

"윈스로프 양, 이곳에 도착하던 2년 전과 비교해서 지금의 너는 전보다 더 강해졌니, 아니면 약해졌니?"

"몸은 건강해졌고, 마음은 더 편해졌어요. 그전엔 제가 따분해서 죽어가던 것 같아요. 의사들 말로는 유전적으로 연약한 체질을 물려받아서 그렇다고 했고요. 그래서 엄마가 그렇게 걱정하시나 봐요. 저도 너무 빨리 죽고 싶지는 않고요."

"그 점이라면 걱정하지 않아도 되겠구나. 그보다 너의 활동적인 두뇌가 먹을 게 없어 굶어 죽어가던 중이었나 보구나. 지금은 두뇌의 양식이 풍부하니 사치스럽고 탕진하는 삶보다는 검소한 생활이 더 어울리겠다. 여자가 남자만큼 공부를 잘하지 못할 것이라는 이야기는 다 말도 안 되는 소리야. 누구도 벼락치기로 공부해서는 안 되겠지만 여자건 남자건 적절히 주의를 기울여 공부하면 그만큼 성과를 내는 법이란다. 그러니 네 본능이 이끄는 대로 인생을 즐겨보렴. 그런 종류의 연약함이라면 소파에 늘어져서 토닉을 홀짝거리며 연애 소설을 읽는 것보다 머리 쓰는 정신노동이 더 효과 좋은 치료약이라는 것을 증명해 보이자꾸나. 요즘 우리 학교 여학생들이 그러면서 자신을 망가 뜨리고 있다던데 그렇게 하는 것은 양초의 양 끝을 태우는 것 같아서 심신이 몹시 지치게 되지. 그러다가 쓰러지기라도 하면 무도회가 아니라 공부 탓을 하더구나."

"낸 선생님이 저희에게 어느 환자 이야기를 해주었어요. 자신이 심장병에 걸렸다고 믿던 환자인데 낸 선생님이 코르셋을 벗고 커피와 밤새도록 춤추러 다니는 것을 끊고 제시간에 먹고 자고 산책하면서 규칙적으로 생활하게 하니 비로 나았대요. 낸 선생님은 명의예요. 상식 대 관습의 싸움. 낸 선생님의 말씀이 에요."

"나는 이곳에 온 이후로 두통이 없어졌어. 덕분에 집에 있을 때보다 두 배나 많이 공부할 수 있게 되었는데 아무래도 공기가 좋아서 그런가 봐. 남학생들 앞서가는 재미도 쏠쏠하고 말이야." 또 다른 여학생이 골무로 자기의 커다란 이마를 톡톡 두 드리며 말했다. 마치 그 속에 든 활기찬 두뇌가 제대로 일하고 있으며 그녀가 날마다 시켜주는 두뇌 운동에 두뇌가 만족스러워한다고 말하는 것 같았다.

"결국 양이 아니라 질로 승부하는 거잖아. 우리 두뇌는 작을

지 몰라도 그 기능 면에서는 전혀 부족하지 않다고 생각해. 내가 틀리지 않았다면 우리 반에서 가장 머리 큰 남학생이 가장 멍청하거든." 그렇게 말하는 넬리의 표정이 어찌나 엄숙하던지 모두 한바탕 웃었다. 그녀가 언급한 그 골리앗이 이 다윗의 재치에 은유적으로 여러 차례 쓰러졌음을 모두 알고 있었기 때문이다. 당사자와 그의 친구들 입장에서는 불쾌한 일이겠지만 말이다.

"브룩 부인, 바깥쪽 치수를 재나요? 아니면 뒤집어서요?" 반에서 가장 그리스어를 잘하는 여학생이 혼란스러운 표정으로 검은색 실크 앞치마를 들여다보며 질문했다.

"바깥쪽 치수를 재도록 해요, 피어슨 양. 주름 사이에 공간을 남기면 더 예쁜 옷이 될 거야."

"더는 못 만들겠어요. 하지만 앞으로 드레스에 잉크 얼룩 남길 일은 없어진 셈이죠. 내가 이걸 해냈다니 정말 기뻐요." 학구적인 피어슨 양은 바느질에 집중하면서 이 일이 그리스어 어원 찾기보다 훨씬 더 어렵다고 생각했다.

"종이에 잉크 자국 내는 걸 업으로 삼은 우리 같은 사람들은 방패 만드는 법을 배워야 해. 안 그러면 패배하고 말 테니까. 우리 표현대로, 내가 '유혈사태'를 일으킬 때마다 쓰던 작업용 앞치마의 본을 줄게." 조 부인은 자신의 작품을 넣어두던 열반사 오븐이 어떻게 되었는지 기억해내려고 애썼다.

"작가 얘기를 하시니 드리는 말씀인데, 제 꿈이 조지 엘리엇*처럼 되어 세상을 열광시키는 것이랍니다! 그런 힘을 가진 사람이 된다면 정말 대단한 기분일 것 같아요. 게다가 저더러 '남성적 지성'의 소유자라고 말해준다면 더욱 그렇겠지요! 저는 여자들이 쓴 소설은 별로 관심이 없어요. 하지만 그녀의 소설은 정말 대단하죠. 그렇게 생각하지 않으세요, 베어 부인?" 이마가 넓은 소녀가 말했다. 스커트에 달린 술이 찢어져 있다.

"네 말이 맞아. 하지만 내게는 샬럿 브론테의 소설처럼 별로 감동을 주지 못하더구나. 머리는 있는데 마음은 빠진 느낌이랄까. 나도 조지 엘리엇을 존경하지만 그다지 팬은 아니야. 게다가 그녀의 인생은 브론테 양의 인생보다 훨씬 더 슬프게 느껴져. 천재인 데다가 사랑과 명성을 얻었지만 어느 영혼이라도 진정으로 위대하고 선하고 행복하기 위해서 반드시 필요한 빛을 놓쳤기 때문이겠지."

"네, 부인. 저도 알아요. 하지만 너무 낭만적이잖아요. 어딘지 새롭고 신비롭고요. 어떤 면에서는 위대한 사람이죠. 신경 이상과 소화불량을 앓았다는 점이 그 환상을 깨긴 하지만요. 하지만 저는 유명인들을 동경해요. 언젠가는 런던에 가서 모두 만나고 올 거예요."

---

* 영국의 소설가. 여성인데 남성의 이름을 필명으로 사용했다.

"내가 추천해준 책들에서도 그런 위인들을 찾을 수 있을 거야. 훌륭한 여성을 만나고 싶다면 로런스 부인이 오늘 이곳에 모시고 올 분을 만나보렴. 레이디 애버크롬비께서 오늘 로런스 부인과 점심을 같이 하실 예정이거든. 대학을 둘러보신 후 우리 집을 방문하시기로 했어. 특히 우리의 바느질 학교를 보고 싶어 하신다는구나. 이런 유의 일에 관심이 있으셔서 당신 집에서도 시작하고 싶으신가 봐."

"세상에! 저는 귀족과 귀부인들은 삼각모를 쓰고 옷자락이 긴 드레스에 깃털 장식이나 하고는 여섯 필짜리 마차나 타고 돌아다니며 무도회나 다니고 여왕 폐하 접견하는 것 외엔 아무것도 하지 않는 사람들이라고 생각했는데!" 메인주의 들판에서 온 소박한 차림의 여학생이 외쳤다. 그곳은 그림 신문이나 이따금 도달하는 곳이다.

"전혀 그렇지 않아. 애버크롬비 경은 미국의 교도소 제도를 연구하러 오셨는걸. 그리고 부인께서는 학교 방문으로 바쁜 일정을 보내고 계시단다. 두 분 다 좋은 가문 출신인데 최근에 뵌 분 중에 가장 소박하고 실용적인 분들이야. 두 분 다 젊지도, 잘생기거나 예쁘지도 않으시고 옷도 평범하게 입으시지. 그러니 화려한 것을 구경하리라는 기대는 접는 게 좋을 거야. 로런스 씨가 어제 해준 이야기인데, 그의 친구 중 한 사람이 애버크롬비 경을 현관에서 마주쳤는데 붉은 얼굴과 투박한 외투 때문에 그분을 마부로 착각하고 이렇게 말했다지 뭐니. '이봐, 무슨 일이지?' 애버크롬비 경이 자기가 바로 애버크롬비라고, 저녁 식사에 초대되어 왔다고 부드럽게 일러주었대. 집주인이 얼마나 부끄럽고 당황했겠어. 그래서 나중에 이런 말을 했다는구나. '아니, 왜 왕실 훈장 같은 걸 안 달고 오신 게야? 그래야 사람들이 경인 것을 알아볼 텐데 말이야.'"

여학생들 사이에서 또 웃음이 터졌다. 그리고 칭호를 단 손님이 도착하기 전 조금이라도 옷매무새를 다듬느라 잠시 소란이 일었다. 조 부인도 옷깃을 다듬었고, 메그 부인은 자신이 쓴 모자가 너무 꽉 낀다는 느낌을 받았으며, 베스는 곱슬머리가 더욱 탱글거리도록 매만졌고, 조시는 저돌적으로 거울을 살펴보았다. 철학과 자선활동을 논해도 이들은 결국 모두 여자였다.

"모두 일어서야겠지요?" 곧 귀족을 실제로 만나게 된다는 사실에 깊이 감명을 받은 여학생 하나가 물었다.

"그러는 게 예의겠지."

"악수를 하게 되나요?"

"아니, 너희들은 내가 단체로 소개할 예정이란다. 그러니 밝은 미소를 짓고 있는 것만으로도 충분해."

"제일 좋은 옷을 입고 올걸 그랬어. 미리 말씀해주시면 좋았을 텐데." 샐리가 속삭였다.

"진짜 귀부인이 우리를 방문했다는 걸 가족들에게 말하면 정말 놀라겠지?" 다른 여학생이 말했다.

"상류층 귀부인을 처음 만나는 티를 내면 안 돼, 밀리. 우리가 모두 들판 출신은 아니니까." 우아한 자태의 아가씨가 말했다. 그녀의 조상은 메이플라워호를 타고 건너온 이들이라 자신을 유럽의 왕가 사람들과 동격이라고 여기는 아가씨였다.

"쉿, 오신다! 세상에나, 어쩜 좋아!" 명랑한 여학생이 방백이라도 하듯 모두를 향해 속삭였다. 다들 점잖은 척했지만 모두의 시선이 로런스 부인과 그녀의 손님을 맞이하기 위해 열리는 문으로 쏠렸다.

의례적인 소개가 끝났다. 평범한 드레스에 낡은 보닛을 쓰고 한 손에는 신문이 든 가방을, 다른 손에는 공책을 들고 선 다부진 체격의 여인이 몇백 년에 걸친 백작 가문의 따님이라는 사실은 충격적이었다. 하지만 그 얼굴은 자애로운 인상이 풍겼고 낭랑한 목소리에서 다정한 기운이 느껴졌다. 그녀의 상냥한 매너는 사람의 마음을 끌었고 전반적으로 어딘지 좋은 가문 출신다운, 말로 표현하기 힘든 분위기가 느껴졌다. 그 분위기는 미모도 의미 없는 것으로 만들어버리고 좋은 의상도 곧 망각하게 만드는 것이었다. 이런 것을 놓치지 않고 알아보는 날카로운 관찰력을 가진 여학생들에게는 잊을 수 없는 순간으로 남았다.

이 바느질 교실이 어떻게 시작되고 성장했는지, 그리고 어떤 성과를 거두었는지 짧은 대화가 오간 후 조 부인은 자연스럽게 이 영국 귀부인의 업적에 관한 대화로 이어지도록 이끌었다. 자신의 학생들에게 지위가 어떻게 노동의 품위를 높이는지, 그리고 자선이 부를 어떻게 축복하는지 보여주어 배우게 하고 싶었다.

자기들도 아는 유명한 여성들이 야간 학교를 후원하고 가르친다는 이야기를 들은 것은 이들에게 좋은 일이었다. 학대받는 아내들을 보호하는 법을 수호하고자 코브 양이 펼친 시위와 연설, 길을 잃은 영혼을 구원한 버틀러 부인의 이야기, 역사적인 건물인 자기 집에서 방 하나를 하인들에게 내어주어 그들의 도서관으로 쓰게 한 테일러 부인, 런던 빈민가에 세워질 새로운 공동주택 일로 한창인 섀프츠베리 경, 교도소 개혁 등, 이 모든 것이 하나님의 이름으로 낮고 가난한 이들을 위하여 부유하고 알려진 이들이 하고 있는 용감한 일들이었다.

이 만남은 조용한 강의실에서 듣는 수많은 강의보다도 훨씬 더 효과가 있었고, 여학생들이 자신의 때가 왔을 때 누군가를 돕는 삶을 살겠다는 결심을 하게 만들었다. 영광스러운 미국이지만 진실하고 정의롭고 자유로우며 위대한 국가로 거듭나기 위해서는 여전히 처리해야 할 일이 많다는 것을 모두가 잘 알고 있었기 때문이다. 그들은 또한 레이디 애버크롬비가 우아한 로런스 부인부터 시작해서 어린 조시까지 그곳에 있는 모든 사람을 평등하게 대한다는 것도 눈치챘다. 여학생들은 이 모든 것을 마음에 담았고 밑창이 두툼한 영국식 부츠를 곧 장만하리라고 다짐했다. 그녀에게 런던에는 큰 집이, 웨일스엔 성이, 스코틀랜드의 시골에는 웅장한 대저택이 있다는 사실은 까맣게 모른 채 그녀가 파르나소스를 감탄하고 플럼필드를 '정겨운 고향 집'이라고 표현하며 대학 관계자 전원에게 존경을 표한다고 얘기하는 것을 들으며 다들 우쭐해졌다. 그녀는 모두에게 일일이 따뜻한 영국 귀부인의 악수를 해주고는 오래도록 기억에 남을 말을 남기고 떠났다.

"등한시되어온 여성 교육이 여기서 이렇게 활발하게 진행되는 것을 보니 매우 기쁘군요. 그리고 나의 친구 로런스 부인에게 감사드립니다. 미국에서 본 그림 중 가장 예쁜 그림을 보게 해주셨으니까요. '소녀들 사이의 페넬로페*'라고 이름을 붙이고 싶군요."

여학생들은 웃는 얼굴로 무리 지어 서서 레이디 애버크롬비가 시야에서 완전히 사라질 때까지 그녀의 튼튼한 부츠를 지켜보았고 그녀의 낡은 보닛을 존경스러운 눈으로 바라보았다. 그들은 자신들을 찾아준 귀부인을 진심으로 존경하게 되었는데, 누군가 여섯 필짜리 마차를 타고 다이아몬드로 치장하고 나타났어도 이만한 존경심은 생기지 않았을 것이다.

---

* 그리스 신화의 오디세우스의 아내로 남편이 전쟁에 나간 사이 끝까지 정절을 지키며 기다린다.

"'잡다하고 특별한 일'이라도 괜찮을 것 같아. 레이디 애버크롬비만큼만 해낼 수 있다면 얼마나 좋을까." 누군가 말했다.

"나는 내 단춧구멍이 예쁘게 나와줘서 너무 고마워. 그분이 보시고 이렇게 말해주셨거든. '정말이지, 솜씨가 아주 좋군요.'" 또 다른 학생이 말했다. 그녀는 자신의 깅엄 체크 드레스가 자랑스러웠다.

"그분의 매너가 브룩 부인의 매너만큼이나 다정하고 친절하시던데요. 역시나 조금도 오만하거나 잘난 체하는 면이 없으셨어요. 언젠가 베어 부인께서 하신 말씀이 이제야 이해가 되네요. 어느 나라 사람이건 가정교육을 잘 받은 사람들은 다 똑같다고요."

메그 부인은 그 학생이 칭찬에 고개 숙여 답례했다. 그리고 베어 부인이 말했다.

"난 그런 사람들을 단번에 알아볼 수 있는데 정작 나는 저런 몸가짐의 모범이 되지는 못할 것 같아. 너희들이 손님의 방문을 즐거워해줘서 기쁘구나. 자, 이제 영국이 여러 면에서 우리를 앞지르길 원하지 않는다면 우리도 얼른 분발해서 뒤떨어지지 않도록 하자꾸나. 봐서 알겠지만 영국의 우리 자매들은 점잖은 이들이라 자기들 잘 먹고 잘사는 것만 걱정하느라 시간을 낭비하지 않아. 그보다는 어디든 도움이 필요한 곳이 있다면 달려가서 그 일을 하지."

"우리도 최선을 다할게요, 선생님." 여학생들이 진심을 담아 대답했다. 그러고는 각자의 반짇고리를 챙겨 들고 숙소를 향해 전진하면서 해리엇 마티노, 엘리자베스 브라우닝, 조지 엘리엇까지는 안 되더라도 그만큼 고귀하고 가치 있으며 독립적인 여성이 되겠노라고, 여왕이 내려주는 작위는 없지만 그보다 더 좋은, 가난한 이들의 입술에서 우러나오는 존경을 받으며 살겠노라고 결심했다.

18. 졸업 축하 행사

날씨를 관장하는 천사가 젊은이들을 특별히 배려하는 게 분명했다. 매년 졸업 축하 행사가 열리는 날이 되면 날이 화창했으니 말이다. 이번에도 졸업 시즌이 되니 플럼필드에 따스한 햇살이 비쳤고 장미꽃과 딸기, 흰 드레스를 입은 여학생들, 빛나는 얼굴의 남학생들, 뿌듯해하는 친구들, 올해도 한 해 농사를 잘 지어 만족스러운 학교 관계자들이 함께 자리했다. 로런스 대학은 남녀공학이라 젊은 여성들이 학생으로 참석한 것만으로도 이 행사에 우아미와 생동감을 더했는데, 다른 곳이라면 이 아름다운 인류의 절반은 손님으로밖에 올 수 없었을 것이다. 전공 서적의 페이지를 넘기던 손들은 강당을 꽃으로 아름답게 장식하는 솜씨도 가지고 있었다. 공부하느라 지친 눈은 따스하고 환대하는 눈빛으로 축하하기 위해 모인 손님들을 맞이했다. 지배적인 성을 가진 남학생들의 심장이 양복 아래서 그러하듯, 그녀들의 심장도 하얀 모슬린 드레스 밑으로 야망과 희망 그리고 용기로 고동치고 있었다.

컬리지힐, 파르나소스, 옛 플럼필드로 명랑한 얼굴들이 모여들었다. 손님들, 학생들, 교수들은 안내하고 안내받으며 바삐 오갔다. 마차에서 내리건 걸어서 도착하건 자랑스러운 아들과 딸의 행복한 날을 축하해주러 왔다면 누구나 진심으로 환영받았다. 이날은 졸업하는 학생들뿐 아니라 참석한 모두가 서로에게 기쁨으로 상을 주고받는 날이기 때문이었다. 로리 씨 부부는 리셉션 위원이 되어 그들의 아름다운 집은 손님들로 넘쳐났다. 메그 부인은 데이지와 조시를 조수 삼아 여학생들을 돕는 역할을 맡았다. 늦게 도착한 학생들이 드레스를 갖춰 입을 수 있도록 도와주고 차려진 음식을 점검하며 장식을 지시했다. 조 부인은 총장의 부인과 테디의 엄마 역할을 하느라 눈코 뜰 새 없었다. 조 부인의 에너지로도 아들에게 나들이옷 한번 입기가 보통 힘든 게 아니었다.

그렇다고 테디가 옷을 잘 입고 싶은 마음이 없어서 그런 것은 아니었다. 오히려 그 반대로 너무 잘 입고 싶어 하는 게 탈이었다. 멋쟁이 친구에게 미리 물려받아둔 야회복이 있는데 키가 커서 벌써 그 옷이 몸에 맞았고 테디는 그 야회복을 입고 싶어 했다. 문제는 아직 어린아이라 야회복 입은 모습이 우스꽝스러웠는데, 그는 또래들이 놀리더라도 꼭 그 옷을 입겠다고 우겼다. 그리고 거기에 비버 펠트로 만든 탑햇까지 쓰고 싶었으나 그의 엄격한 부모님이 그것만은 안 된다고 선을 긋는 바람에 포기해야 했다. 그는 영국에서는 열 살 소년도 그 모자를 쓴다며 그걸 쓰면 정말 영국 귀족 같아 보일 것이라며 사정을 해보았지만 어머니는 아들의 노란 사자 갈기를 쓰다듬으며 달랬다.

"테디, 지금 이 모습만으로도 충분히 우스꽝스럽단다! 거기에 높다란 모자까지 쓰고 나타나면 플럼필드는 우리를 감당하지 못할 거야. 모두의 놀림거리와 비웃음거리가 될 텐데 괜찮겠니? 오늘은 웨이터 유령처럼 보이는 것으로 만족하렴. 세상에서 가장 우스꽝스러운 머리 장식을 하겠다는 말은 그만하거라."

남자다움의 귀족적 상징을 거부당한 테디는 높다랗고 빳빳한 칼라를 옷깃에 달고 모든 여인이 보고 기겁할 만한 이상한 타이를 매는 것으로 자신의 상처 입은 영혼을 어루만지기로 했다. 일부러 괴상한 복장을 하여 매정한 어머니에게 복수할 심산이었다. 칼라는 좀처럼 제 모양이 잡히지 않아 세탁부를 절망에 빠뜨렸고 타이는 세 명의 여자가 매달려야 간신히 맬 수 있을 정도로 고난도 기술을 요하는 것이었는데 마치 보 브럼멜(Beau Brummell)*처럼 마침내 그의 입에서 '이만하면 괜찮겠군'

---

* 섭정 시대 댄디즘의 아버지로 근대 남성복 스타일의 선구자.

이라는 반가운 말이 나올 때까지 모두가 달려들어 '실패에 실패'를 거듭했다. 로브는 동생을 위해 이 괴로운 시간을 함께 해주었다. 그러는 바람에 자신의 몸단장은 속도, 단순, 깔끔 이 세 가지만으로 승부를 걸 수밖에 없었다.

테디가 옷을 갖춰 입으려면 광란이 일어나는데 그의 사자굴에서는 사자의 울부짖음과 휘파람 소리, 명령하는 소리, 그리고 신음소리가 들려오곤 했다. 그날도 사자는 성나서 날뛰었고 양은 참을성 있게 노역을 감당했다. 조 부인은 묵묵히 참으며 듣고 있다가 부츠 집어 던지는 소리가 나고 머리빗들이 바닥으로 쏟아지는 소리가 나면 장남의 안위가 걱정되어 뛰어들어가곤 했다. 그러고는 농담과 권위를 적절히 섞어가며 마침내 테디를 잘 달래어 그가 '영원한 기쁨'까지는 안 되어도 '아름다운 것*'을 받아들이게 했다.

마침내 그는 위풍당당하게 걸어나왔다. 그의 단 높은 칼라는 찰스 디킨스의 고뇌하는 바일러(Biler)**가 입은 하찮은 것과 비교하면 거의 감옥 수준이었으니 더는 굳이 말하지 않겠다. 연미복은 어깨 부분이 조금 헐렁했지만 광택 나는 가슴장식은 귀족적인 넓은 가슴을 잘 드러냈으며 적절한 각도로 무심한 듯

---

* 영국 시인 존 키츠의 시구 'a thing of beauty is a joy forever'를 인용한 것.
** 《돔비와 아들》의 등장인물.

늘어뜨린 행커치프는 꽤 괜찮은 효과를 주었다. 반짝이는 부츠는 발에 꼭 맞아 조시가 테디에게 붙여준 별명대로 '기다란 검정 빨래집게'의 한쪽 끝을 빛내고 있었다. 집게의 다른 쪽 끝에는 더 길어졌다가는 척추만곡을 유발할 만한 각도로 어리지만 엄숙한 얼굴이 자리 잡고 있었다. 얇은 장갑과 지팡이, 그리고 부끄러운 밀짚모자 ─ 오오, 기쁨의 술잔에 떨어진 한 방울의 쓴 물이여! ─ 가 그의 스타일을 완성해주었다. 심혈을 기울인 부토니에르*와 장식용 회중시겟줄은 말할 것도 없었다.

"자, 어때요?" 그는 어머니와 사촌들 앞에 나타나 물었다. 이들은 테디가 이 특별한 날, 행사장까지 에스코트해야 할 여인들이었다.

모두 와아 하고 웃더니 곧 끔찍하다는 비난이 이어졌다. 그가 연극 무대에서 종종 사용하는 금발 콧수염을 붙이고 나왔기 때문이다. 친애하는 모자를 잃어버린 슬픔을 위로할 수 있는 유일한 고약으로 보였지만 꽤 잘 어울렸다.

"당장 떼거라, 요 뻔뻔한 녀석! 우리가 최고의 모습을 보여야 하는 순간에 네가 이런 짓궂은 장난을 치면 아버지가 뭐라고 하시겠니?" 조 부인은 그렇게 말하며 눈살을 찌푸리려고 했지만 속으로는 수많은 남학생 중에 자신의 훤칠한 아들만큼 아름

---

* 남자 상의 깃의 단춧구멍에 꽂는 꽃.

답고 개성 있는 이가 없다는 생각이 들었다.

"그냥 붙이라고 해요, 이모. 잘 어울리잖아요. 어쨌든 테디 오빠가 열여덟밖에 되지 않았다는 사실을 아무도 눈치채지 못할 테니까요." 조시가 신이 나서 말했다. 조시에게는 변장해서 다른 인물로 변신한다는 자체가 매력적으로 보였다.

"아버지는 신경도 쓰지 않을 거예요. 주요 인사들과 여학생들에게 파묻혀서 바쁘실 테니까요. 혹시 아버지가 보신다고 하더라도 재미있어하시면서 사람들에게 저를 큰아들이라고 소개하실지도 몰라요. 제가 이렇게 성장하고 나타나면 로브 형은 상대가 안 될 테니까요." 테디는 비극의 남주인공 같은 자세로 걸으면서 말했다. 연미복을 입고 초커 칼라를 찬 햄릿 같았다.

"아들아, 말 듣거라!" 조 부인의 어조에서 '내 말이 곧 법'이라는 분위기가 느껴졌다. 그렇지만 결국 테디는 콧수염을 붙이고 나왔고 이곳을 처음 찾은 손님들은 베어 부부에게 아들이 셋이 있다고 믿기에 이르렀다. 그렇게 테디는 자신의 우울함을 떨칠 한 줄기의 빛을 찾았다.

베어 씨는 시간 맞춰 아래층 좌석에 줄지어 앉은 학생들의 얼굴을 보며 자랑스럽고 행복한 기분이 들었다. 그들을 보고 있노라니 작은 화단이 떠올랐다. 그가 몇 년 전에 소망과 믿음을 품고 좋은 씨앗을 뿌린 곳이다. 곧 아름다운 추수를 하게 될 것이다. 마치 씨의 연륜 있는 온화한 얼굴은 평온한 만족감으로 빛나고 있었다. 그가 오래도록 견디고 기다려온 꿈이 마침내 실현되는 순간이었다. 그를 올려다보는 젊은 남성들과 여성들의 얼굴에 그를 향한 존경과 사랑이 묻어 있다. 그가 그토록 꿈꾸던 일이, 보상이 그의 것이 되었다. 로리는 이런 행사가 있을 때면 예의를 벗어나지 않는 범위 내에서 최대한 자신을 드러내지 않았다. 누구나 이 학교의 설립자와 그의 고귀한 자선 행위에 대한 감사의 마음을 노래와 시와 연설로 보답하려고 하기 때문이다. 세 자매는 다른 부인들 사이에 앉아 행사를 관람했는데 자신들이 사랑하는 남자들이 받는 영광을 보며 자랑스러워했다. 스스로를 '플럼 출신'이라고 부르는 그들의 아이들은 이 행사에서 주도적인 역할을 했는데 손님들이 보내는 호기심과 존경과 부러움의 시선을 자랑스럽게 즐겼고, 이는 보는 이에게 웃음을 자아냈다.

음악은 훌륭했다. 그도 그럴 것이 아폴로가 지휘봉을 잡았기 때문이다. 이런 행사에 빠질 수 없는 시 낭송은 다양한 방식으로 행사를 돋보이게 했다. 학생 연사들은 오래된 진리를 새로운 말로 담으려고 애썼고 그들의 진지한 얼굴과 낭랑한 목소리가 진리에 힘을 더했다. 여학생들이 진지한 관심을 가지고 남학생들의 시 낭송을 듣는 모습은 아름다운 광경이었다. 그들이 박수를 치자 화단에 바람이 불어 꽃들이 부딪히는 듯한 소리가 났다. 그보다 더 보기 좋은 광경은 검은 옷으로 차려입은 귀빈들을 배경으로 선 여학생의 희고 날씬한 대조적인 모습과 그것을 바라보는 남학생들의 얼굴이었다. 긴장으로 그녀의 볼은 상기되어 있었고 피부는 창백했으며 입술은 가늘게 떨렸다. 하지만 목적의식이 처음 연단에 올라왔다는 두려움을 잠재우자 그녀의 심장과 두뇌에 담긴 것들이 그 입술을 통해 거침없이 흘러나왔다. 소망과 의심, 그리고 포부와 보상, 모두가 반드시 알고 꿈꾸고 얻기 위해 노력해야 하는 것이었다. 그녀의 나긋나긋하지만 분명한 어조는 그 자리에 앉은 모든 젊은이의 가장 고귀한 영혼을 건드려 일깨웠고 그들이 함께 공부하며 애쓴 시간들을 봉인하여 영원히 잊을 수 없는 신성한 기억으로 만들어주었다.

앨리스 히스의 연설이 그 행사의 하이라이트였다고 모두가 입을 모았다. 그녀는 첫 연단에 서는 젊은이들이 흔히 사용하는 미사여구나 감상적인 표현을 버리고 진심과 이성이 담긴 말로 사람들을 감화시켜 우레와 같은 박수를 받으며 무대에서 내려왔다. 마치 〈라 마르세예즈(La Marseillaise)*〉를 외쳐 부르는 것처럼 '어깨를 나란히 하고 행진'하자는 그녀의 연설에 많은 이들이 자극을 받았다. 그중 한 청년은 너무 흥분한 나머지 무대에서 내려오는 그녀를 맞이하기 위하여 좌석을 뛰쳐나갔는데

---

* 프랑스 혁명가로 현재 프랑스의 국가로 불리고 있다.

앨리스는 다행히 그녀가 자랑스러워 눈물을 흘리며 환호해주는 친구들에게 둘러싸여 무사히 피할 수 있었다. 분별력 있는 여학생 하나가 그 청년을 붙잡아 앉힌 덕에 그는 끝까지 침착하게 앉아서 총장의 연설을 들을 수 있었다.

베어 씨는 아버지가 인생이라는 전쟁터로 내보내는 자녀에게 들려주는 듯한 어조로 짧은 축사를 했고 이는 누구에게나 충분히 귀 기울여 들을 가치가 있는 내용이었다. 그의 온화하고 지혜롭고 실질적인 충고는 훗날 다른 찬사는 다 잊혔어도 졸업생들의 마음속에 오랫동안 남았다. 이후 플럼필드만의 특별한 순서가 몇 가지 더 이어진 후 오전 행사가 막을 내렸다. 젊은이들이 건강한 폐로 폐회송을 그렇게 우렁차게 불러댔는데 어째서 강당 지붕이 날아가지 않았는지는 영원히 수수께끼로 남을 것 같다. 어쨌건 지붕은 날아가지 않고 제자리에 붙어 있었으며 노래의 물결이 고조되었다가 사그라들어감에 따라 시들어가는 화환의 꽃들만 파르르 떨릴 뿐이었다. 그 노랫소리는 다음 해를 기약하며 달콤한 메아리를 남겼다.

오후 일정은 만찬과 리셉션으로 이어졌다. 해 질 녘이 되자 들뜬 분위기가 어느 정도 가라앉았고 저녁 행사가 시작될 때까지 다들 잠시 쉬고 싶어 했다. 총장 연회는 모두가 기다리는 즐거운 순서였다. 파르나소스에서 열리는 무도회를 중심으로, 막 학교를 졸업한 청춘남녀가 몇 시간 동안 함께 걷고 노래하고 즐기는 시간이었다.

마차들이 줄지어 도착했고 미리 와서 포치와 잔디와 창틀에 삼삼오오 진 친 이들은 명랑하게 떠들면서 누가 가장 멋진 모습으로 나타나는지 구경하고 있었다. 먼지를 뒤집어쓴 마차 한 대가 짐가방을 잔뜩 싣고 손님들을 향해 활짝 열린 베어 씨 집 현관에 도착하자 호기심 어린 시선들이 수군대기 시작했다. 마차에서 이국적인 외모의 신사 두 명이 뛰어내리고 그 뒤로 젊은 여인 둘이 따라 내렸는데 베어 가족들이 모두 나와 기뻐 비명을 지르며 반기자 호기심은 더욱 증폭되었다. 그러고는 모두 집 안으로 사라졌고 짐가방들도 함께 들어갔다. 구경꾼들은 이 수수께끼 같은 방문객들이 누구인지 궁금해했지만 여학생 중 한 명이 그 손님들은 아마도 베어 교수의 조카들일 것이며 그중 한 명은 막 결혼식을 마치고 오는 길일 것이라는 타당한 결론을 내려주었다.

그녀의 말이 맞았다. 프란츠는 아담한 금발 머리 신부를 자랑스럽게 소개했다. 신부가 축하 인사와 키스를 채 받기도 전에 이번에는 에밀이 나서서 아리따운 영국 소녀 메리의 손을 잡아끌더니 잔뜩 신이 난 목소리로 외쳤다.

"삼촌, 숙모, 여기 딸 한 명을 더 데려왔어요! 제 아내도 들어갈 자리가 있을까요?"

물론이었다. 메리는 새로 생긴 친척들이 너도나도 다가와 포옹을 하는 통에 정신이 하나도 없었다. 모두 이 젊은 커플이 얼마나 험난한 과정을 같이 겪었는지 잘 알고 있었고 둘의 결혼이야말로 그런 길고 험한 항해를 마치는 지극히 자연스럽고 행복한 결말임에 동의했다.

"그런데 왜 미리 말하지 않았어? 그랬더라면 우리가 신부 한 명이 아닌 두 명을 맞이할 준비를 했을 텐데." 조 부인이 물었다. 자기 방에서 저녁 행사를 준비하다가 이들이 도착한 소식을 듣고는 가운 바람에 머리에 인두를 단 채로 급히 뛰어 내려와서 그런지 어딘지 정신이 없어 보였다.

"사실, 로리 삼촌의 결혼을 다들 재미있게 여기셨잖아요. 그래서 저도 가족들을 깜짝 놀라게 해드리려고 했지요." 에밀이 웃으며 말했다. "지금이 마침 비번이라 바람과 물결의 힘을 이용하기에 딱 좋은 때잖아요. 형도 호위해줄 겸 해서요. 어제 도착하고 싶었는데 시간이 안 맞았어요. 그래도 한바탕 잔치가 시작될 시간엔 맞춰서 왔네요."

"아아, 나의 아들들, 이렇게 너희 두 사람을 이렇게 행복한 모습으로 집에서 다시 만나니 '감정이 가득'하구나. 이 감사를 무슨 말로 표현해야 할지. 힘멜(Himmel)*에 계신 우리 고트(Gott)**

---

* 독일어로 '하늘'이라는 뜻.
** 독일어로 '하나님'이라는 뜻.

께서 너희에게 축복을 내려주시고 지켜주시기를 기도하는 수밖에 없구나." 베어 교수가 네 사람을 한꺼번에 안으려고 애쓰며 외쳤다. 그의 눈에서는 눈물이, 입에서는 엉터리 영어가 흘러나왔다.

4월의 소나기가 지나가면서 하늘이 화창하게 개었고 행복한 가족들의 벅찬 가슴도 진정되면서 모두가 입을 열어 이야기를 시작했다. 프란츠와 루드밀라는 삼촌과 독일어로 이야기하고 에밀과 메리는 이모들과 이야기했다. 이들 주변으로 젊은 세대가 둘러서서 배가 난파한 사건과 구조된 이야기, 귀항 과정에 대한 이야기를 듣겠다고 난리를 부렸다. 실제로 들으니 편지로 읽은 것과는 영 딴판이었다. 에밀이 생생한 표현으로 이야기를 들려주면 중간중간 메리가 부드러운 목소리로 끼어들어 에밀이 보여준 용기와 인내심과 희생정신을 덧붙여 설명해주었다. 이 행복해 보이는 두 사람에게 닥친 위기와 극적인 구출 과정을 직접 듣고 있자니 실로 엄숙하고 비장한 이야기였다.

"이제는 빗방울 떨어지는 소리만 들려도 기도가 저절로 나오고 여자만 봐도 모자를 벗고 정중하게 인사를 하고 싶어진답니다. 여자들은 제가 본 어떤 남자보다도 용감한 이들이에요." 에밀이 말했다. 확실히 그는 전보다 진지해졌고 사람들을 대하는 태도도 훨씬 온화해졌다.

"여자들이 용감하다고 한다면, 어떤 남자들은 여자만큼이나 부드럽고 희생적이랍니다. 어느 날 밤 자기가 먹을 식량을 여자의 주머니에 몰래 넣어준 남자를 알고 있어요. 자기도 배고파 죽을 지경이면서요. 그리고 아픈 사람을 품에 안고 밤새도록 흔들어 재워주었다죠. 아니야, 자기, 얘기할 거야. 얘기하게 해줘!" 메리가 외쳤다. 에밀이 와서 그녀의 입을 막자 두 손으로 그 손을 뿌리치려 했다.

"그저 마땅히 할 일을 했을 뿐인걸요. 그 고문 같은 상황이 더 오래 지속되었더라면 저도 불쌍한 배리나 갑판장 같은 운명이 되고 말았을 거예요. 그날 밤, 정말 끔찍했지?" 에밀은 그때를 회상하며 몸을 부르르 떨었다.

"생각하지 마, 자기. 유라니아호에서 보낸 행복한 시간에 대해 이야기하자. 아빠가 점점 나아지시고 우리도 모두 안전하게 귀항하던 이야기 말이야." 메리가 말했다. 그녀가 신뢰 가득한 얼굴로 부드럽게 손을 대니 에밀을 사로잡고 있던 어둠이 사라지면서 긍정적인 기억이 되살아나는 듯했다.

에밀은 금방 다시 기분이 좋아져서는 진짜 뱃사람 같은 자세로 한 팔을 사랑스러운 '자기'에게 두르고는 그 이야기가 어떻게 행복한 결말을 맺었는지 들려주었다.

"함부르크에서는 정말 즐거운 한때를 보냈답니다! 헤르만 삼촌이 선장님에게 정말 잘해주셨어요. 어머님이 선장님을 보살피는 사이 메리는 저를 돌봐주었고요. 저는 배를 수리하기 위해 부두에 가야 했는데 불에 눈을 다친 데다가 배를 지키느라 잠을 못 자서 런던 안개처럼 앞이 뿌옇게 보이는 거예요. 메리가 제 안내자가 되어 저를 데리고 들어가주었답니다. 그러니 제가 메리와 헤어질 수가 있어야죠. 그래서 메리가 일등항해사가 되어 승선을 해준 덕에 이제 저는 영광을 향해 항해 중이지요."

"쉿, 자기, 창피하게 왜 그래." 메리가 속삭였다. 이번에는 메리가 에밀을 말릴 차례였다. 남사스러운 이야기에 대한 영국식 수줍음이었다. 에밀은 메리의 손을 잡고 그 손가락에 끼워진 반지를 흐뭇한 표정으로 매만지며 기함에 올라탄 장군 같은 분위기로 이야기를 이어나갔다.

"선장님은 잠깐 기다려보는 게 어떻겠냐고 하셨지만 저는 우리가 이미 최악의 날씨를 같이 겪었고 이렇게 1년을 보냈는데도 우리가 서로를 충분히 알지 못했다면 아마 우리는 앞으로도 영원히 알지 못할 것이라고 말씀드렸죠. 타륜 위에 이 손이 없다면 저는 배를 탈 가치가 없다는 것을 확신했어요. 그래서 저는 제 뜻을 따르기로 했고 저의 용감한 여인이 저를 따라 긴 항해에 동참한 거예요. 주님의 축복이 있기를!"

"그래서 정말 같이 항해하기로 한 거예요?" 데이지가 물었다. 메리의 용기가 대단해 보이면서도 바다를 생각하니 무서워서 고양이처럼 몸이 움츠러들었다.

"전 두렵지 않아요." 메리가 믿음직스러운 얼굴로 말했다. "나의 선장님을 화창한 날씨에도 봤고, 궂은 날씨에도 봤으니까요. 또다시 배가 난파하는 일이 일어난다면, 그때는 바닷가에서 기다리며 그 소식을 듣느니 그 자리에 이이와 함께 있겠어요."

"진정한 여인이여, 천생 뱃사람의 아내로구나! 에밀, 행복한 줄 알아라. 이번 항해는 축복받은 항해가 될 게야." 조 부인이 바닷물의 짠 내가 느껴지는 이들의 사랑을 보며 기쁨에 차서 외쳤다. "아아, 나의 사랑하는 아들, 난 네가 살아 돌아올 줄 알고 있었단다. 모두가 절망에 빠져 있을 때도 난 절대로 포기한 적이 없지. 너는 분명 살아서 뱃머리 작은 돛에라도 대롱대롱 매달려 있을 거라고 우겼지 뭐니." 조 부인은 필리코디 씨처럼 익살스러운 제스처로 에밀의 팔을 붙들고는 당시 상황을 설명했다.

"정말 그랬다니까요!" 에밀이 힘주어 말했다. "방금 말씀하신 그 '뱃머리 작은 돛'은 숙모와 삼촌이 제게 해주신 말씀이고 그게 저를 살렸답니다. 그 기나긴 밤 동안 떠오른 수만 가지 생각 중에서 제 머리에 가장 선명하게 떠오른 것이 그 밧줄의 붉은 실에 대한 얘기였어요. 기억나시죠? 그 영국 해군 이야기요. 그 의미가 정말 마음에 들더라고요. 그래서 제 밧줄이 떠내려가게 된다면 붉은 실이 반드시 거기 있게 해야겠다고 결심했어요."

"그래, 에밀, 그랬지! 하디 선장님이 바로 그 증거이시지. 그리고 네가 받은 상은 여기에 있고." 조 부인이 메리에게 어머니 같은 자상함으로 키스를 했다. 이로써 그녀가 파란 눈의 독일 수레국화보다 영국 장미를 더 좋아한다는 사실을 들키고 말았다. 수레국화도 사랑스럽고 얌전했지만 말이다.

에밀은 이 광경을 만족스럽게 지켜보며 자기가 다시는 보지 못하리라 생각한 그 방을 둘러보았다. "참 이상하죠? 위기의 순간에 그런 사소한 것에 대한 기억이 떠오르다니 말이에요. 바다 위에서 반쯤 굶어 죽어가는 상태로 절망에 빠져 표류하는 사이, 여기서 울리는 종소리와 테디가 아래층에서 쿵쾅거리는 소리, 그리고 숙모님이 외치는 소리가 들렸어요. '애들아, 일어날 시간이다!' 실제로 우리가 마시던 커피 냄새도 맡았고요. 어느 날 밤에는 아시아가 만든 생강 쿠키 꿈을 꾸다가 깨어나서는 울음을 터뜨릴 뻔했답니다. 단언컨대, 배고픔에 허덕이는 상황에서 생강 향이 코를 찌르는 것만큼 격렬한 실망감은 세상에 없을 거예요. 생강 쿠키 있으면 제발 하나만 먹게 해주세요!"

안쓰러워 이모들과 사촌들이 웅성거리는 사이 에밀은 그토록 그리던 쿠키가 나타나자 온통 마음을 빼앗겨 정신없이 먹기 시작했다. 플럼필드에서 생강 쿠키가 떨어지는 날은 없으니 언제든 대령할 수 있었다. 조 부인과 그녀의 언니는 프란츠가 네트에 대해 이야기하는 것을 듣기 위해 다른 그룹으로 옮겨갔다.

"비쩍 마르고 수척해진 그의 모습을 보자마자 뭔가 문제가 생겼다는 것을 알 수 있었어요. 네트는 아무렇지도 않은 척했지만요. 우리가 방문했을 때 어찌나 반가워하던지 저도 간단한 얘기만 듣고 더 묻지 않았어요. 그러고는 바움가르텐 교수님과 베르크만 교수님을 만나러 가서 그가 돈을 흥청망청 썼으며 그리고 지금은 필요 이상의 일과 희생을 하면서 과거를 속죄하고 있다는 자세한 이야기를 듣게 되었죠. 바움가르텐 교수님은 이것이 유익한 경험이 될 것이라고 하시면서 그래서 제가 갈 때까지 모른 척하신 거래요. 정말 네트에게 잘된 일이에요. 빚도 다 갚았고 생활비도 스스로 벌고 있으니까요. 정직하게 사는 법을 배우고 있어요."

"네트가 그런 일을 겪었다니, 정말 기특하구나. 이런 것이 내가 말하는 교훈이란다. 그 아이가 그걸 잘 배우고 있다니 기쁘다. 스스로 남자임을 증명해 보였으니 베르크만 교수가 베푸는 기회를 누릴 자격이 충분한 셈이지." 베어 씨가 흡족한 얼굴로 말했다. 그리고 프란츠는 그간의 사건들을 추가로 들려주었는데 우리는 이미 아는 내용이니 넘어가기로 하자.

"말했지, 언니, 그 애는 좋은 자질을 가진 아이라고. 데이지를 사랑하는 마음이 그 아이를 바르게 지켰을 거야. 아아, 이 자리에 네트도 함께 있다면 얼마나 좋을까!" 조 부인은 너무 기쁜 나머지 몇 달 전 자신을 괴롭힌 의심과 불안을 전부 잊어버렸다.

"정말 기쁜 소식이로구나. 언제나 그렇듯 이번에도 내가 항복해야 할 것 같네. 특히나 지금처럼 그 전염병이 극성일 때에는 더더욱. 너와 에밀이 이 전염병 창궐에 한몫했으니 이제 조시는 내가 돌아서기도 전에 애인 내놓으라고 성화를 하겠구나."메그 부인이 체념한 투로 말했다.

하지만 그녀의 동생은 네트가 시험을 이겨냈다는 대목에서 언니가 감동받았음을 눈치챘다. 그래서 그 승전소식에 서둘러 몇 마디 덧붙이기로 했다. 그러면 승리는 확실시되리라. 성공이란 언제든 매력적인 무기로 작용하니 말이다.

"베르크만 씨의 제안이 아주 괜찮은 제안이라지, 그렇지?"그녀는 다 알면서 괜히 물었다. 네트가 그 소식을 편지로 전해왔을 때 로리 씨가 이미 그 점을 자세히 설명해준 터였다.

"모든 면에서 아주 훌륭한 제안이죠. 네트는 바흐마이스터의 오케스트라에서 제대로 된 훈련을 받게 될 것이고 런던에서도 아주 멋진 경험을 하게 될 거예요. 잘되면 그들과 미국으로도 오게 된다네요. 바이올린 주자로서는 아주 괜찮은 시작이래요. 아직 대단히 이름을 날릴 수 있게 된 것은 아니지만 정식으로 데뷔하게 된 것이죠. 제가 축하해주니까 네트가 아주 기뻐하며 이렇게 말하더라고요. '데이지에게도 꼭 전해줘. 하나도 빠뜨리지 말고 전부.' 역시 데이지를 향한 그의 사랑이란! 데이지에게 전하는 것은 메그 이모에게 맡길게요. 녀석이 멋진 금발 수염을 기르고 있다는 사실도 슬쩍 말해주셔도 되고요. 꽤 잘 어울린답니다. 약점인 입을 가리고 나니 그의 커다란 눈과, 어떤 여인의 표현처럼, 그의 '멘델스존 눈썹'이 귀족적인 분위기를 풍기더라고요. 루드밀라에게 사진이 있어요."

모두 그 사진을 보고 즐거워했고 친절한 프란츠가 들려주는 네트에 관한 이러저러한 소식을 흥미롭게 들었다. 프란츠는 자기 자신의 행복한 이야기만으로도 할 말이 많을 텐데 친구의 소식부터 전한 것이다. 그의 이야기가 얼마나 설득력 있고 네트의 인내심과 그가 처한 애처로운 상황을 얼마나 생생하게 전했던지 메그 부인은 이미 반은 넘어간 상태였다. 하지만 민나와 있었던 사건이나 맥주집과 길거리에서 바이올린 연주하는 이야기까지 들었더라면 아마도 그리 쉽게 마음이 풀어지지는 않았으리라. 그녀는 이날 들은 것을 모두 저장해두었다. 하지만 데이지와는 서두르지 않고 숙녀답게 천천히 이야기해보리라고 다짐했다. 그러다 보면 점차 마음이 누그러져서 '두고 보자꾸나.'라는 의심 섞인 말 대신 '그가 잘해냈구나. 행복하거라, 우리 딸.'이라는 다정한 말을 하게 될지도 모르니 말이다.

화기애애한 분위기에서 대화가 한창인 중에 괘종시계가 시간을 알렸다. 그 바람에 조 부인은 낭만에서 깨어나 현실로 돌아왔다. 손으로 머리 인두를 움켜쥐며 이렇게 외쳤다.

"이런, 모두 얼른 식사하고 쉬도록 하자. 나도 얼른 옷을 갈아

입지 않았다간 이런 민망한 모습으로 손님들을 맞이하게 될 거야. 메그 언니, 언니가 루드밀라와 메리를 위층으로 안내해줄래? 프란츠는 식당으로 가는 길을 알고 있지. 프리츠, 당신은 이리로 와서 나와 함께 단장해야 해요. 날도 덥고 잔뜩 감정적이 되는 바람에 우리 둘 다 완전히 난파한 모습이라고요."

19. 하얀 장미

여행객들은 휴식을 취하고 총장 부인은 가장 좋은 드레스로 갈아입느라 분투하는 사이, 조시는 신부들을 위한 꽃을 마련하기 위해 정원으로 뛰어나갔다. 갑자기 들이닥친 이 흥미로운 여인들은 그렇지 않아도 낭만적인 조시의 마음을 잔뜩 들뜨게 했다. 조시의 머릿속은 영웅적인 구출, 연애, 극적인 이야기로 가득했고 이 사랑스러운 이들이 면사포를 쓸지 안 쓸지 무척 궁금해했다.

그녀는 커다란 하얀 장미 덤불 앞에 서서 부케에 어울릴 완벽한 꽃송이들을 고르고 있었다. 그렇게 꽃다발이 만들어지면 자신의 팔을 장식하고 있는 리본으로 묶어서 새로 생긴 사촌 언니들의 화장대에 놓아둘 셈이었다. 조시다운 세심한 배려였다. 발소리에 소스라치게 놀라 고개를 들어보니 친오빠가 고개를 푹 숙이고 팔짱을 낀 채 오솔길을 따라 걸어오고 있었다. 멍한 표정인 걸 보니 뭔가 깊은 생각에 잠긴 모양이었다.

"소피 와클스로군." 예리한 동생이 말했다. 가시 돋친 가지를 너무 열심히 꺾다가 그만 엄지를 찔려서 비록 입에 손가락을 넣고 빨고 있었지만 얼굴에는 승자의 미소가 서려 있었다.

"여기서 뭐 하는 거야, 말썽쟁이?" 공상에 잠겨 있던 데미는 조시를 봤다기보다는 그 기운을 느꼈기에 어빙스럽게* 깜짝 놀랐다.

"'우리 새신부들'을 위해서 꽃을 꺾는 중이지. 오빠도 받고 싶지 않아?" 조시가 대답했다. 이왕 '말썽쟁이'라고 불렸으니 그녀가 좋아하는 장난을 쳐보기로 했다.

"신부? 아니면 꽃?" 데미가 차분한 어조로 물었다. 그러면서도 그의 눈은 꽃이 만발한 덤불에 가 있었다. 불현듯 관심이 생긴 듯했다.

"둘 다. 오빠에게 하나가 생기면 다른 건 내가 준비하면 되니까."

"그럴 수라도 있으면 좋겠네!" 데미는 그렇게 말하며 작은 꽃봉오리 하나를 땄다. 그의 한숨에 조시의 마음이 약해졌다.

"그럼 그렇게 하면 되잖아? 사람들이 행복해지는 것을 보는 것은 정말 기분 좋은 일인걸. 오빠에게 그런 마음이 든다면 지

---

* 19세기 미국 낭만주의를 대표하는 문학가 워싱턴 어빙(Washington Irving)을 뜻한다.

금이야말로 적기가 아닐까? 그녀가 곧 멀리 떠날 텐데."

"누구 말하는 거야?" 데미가 반쯤 벌어진 봉오리를 당기며 물었다. 그의 안색이 순식간에 변했다. 혼란스러워하는 티가 나자 리틀 조는 마냥 재미있어졌다.

"위선자처럼 굴기는. 앨리스 언니 얘기인 거 다 알면서. 이봐요, 난 오빠를 좋아해. 그러니까 돕고 싶은 거야. 재미있지 않아? 다들 연애에, 결혼에……. 그렇다면 우리도 우리 몫을 챙겨야지. 그러니 오빠는 내 조언을 받아들여서 남자답게 고백하는 거야. 앨리스 언니가 떠나기 전에 확실히 해둬야지."

데미는 이 조그마한 여자아이의 당돌한 조언에 웃음을 터뜨렸다. 하지만 기분은 좋았다. 평소라면 여동생의 말을 무시했겠지만 이번에는 무심한 척 대꾸해준 것만으로도 그의 관심을 충분히 드러낸 셈이다.

"정말 고맙구나, 동생. 네가 그렇게 지혜롭다면, 네 고상한 표현대로, 내가 남자답게 '고백'하려면 어떻게 해야 할지 알려주면 어떨까?"

"응, 물론 방법은 여러 가지가 있지. 연극을 보면 사랑하는 연인들이 무릎을 꿇잖아. 하지만 다리가 긴 경우에는 그렇게 하는 게 더 어색하지. 테디는 내가 아무리 몇 시간 동안 가르친다고 해도 결코 멋지게 해내지 못할 동작이야. 오빠가 '나의 여자가 되어줘!'라고 말할 수도 있겠지만 그러면 담장 너머 니클비 부인*의 집으로 오이를 던진 불쌍한 노인같이 되는 거야. 명랑하고 편안하게 하고 싶은 거라면 모를까. 아니면 짧은 시를 쓸수도 있고. 그건 오빠가 이미 해봤잖아, 내 말이 맞는다면."

"조시, 난 정말로 앨리스를 사랑해. 그녀도 알고 있는 것 같아. 그래서 난 말하고 싶은 거야. 그런데 나는 앨리스 앞에서는 당황을 해서 그렇게 할 수가 없어. 사람들 앞에서 바보가 되는 것은 상관없지만 말이야. 너라면 뭔가 묘안이 있으리라 생각했어. 넌 시도 많이 읽고 낭만적인 아이이기도 하잖아."

데미는 자기 입장을 분명히 하려고 시도했지만 그의 사랑이 달콤한 당혹감에 빠지면 어느새 품위와 침착성을 잃고 말았다. 그래서 지금은 여동생에게 결정적인 답변을 끌어내는 좋은 질문을 가르쳐달라고 조르는 중이다. 행복한 사촌들의 도착으로 그의 모든 현명한 계획은 흐트러졌고 얼마든지 기다리겠다던 그의 결심마저 뒤흔들렸다. 크리스마스 연극으로 그는 소망과 용기를 얻었고 오늘의 연설을 통해서는 가슴 벅찬 뿌듯함을 맛봤다. 하지만 꽃다운 신부들과 얼굴이 환하게 빛나는 신랑들을 보고 있노라니 부러웠다. 그러자 앨리스의 마음을 당장에 확인하고 싶어서 안달이 났다. 그는 쌍둥이 동생 데이지에게 모든 비밀을 다 털어놓는 사이지만 이 얘기만큼은 하지 못했다. 오

---

* 찰스 디킨스의 《니콜라스 니클비》의 등장인물.

빠가 되어서 여동생 데이지도 연애가 금지되어 이러지도 저러지도 못하는 상황인데 자기의 연애 감정을 털어놓는 것이 못내 마음에 걸렸기 때문이다. 그의 어머니는 그가 누구를 좋아한다고 해도 질투부터 할 것이 분명했다. 하지만 어머니도 앨리스를 좋게 보고 있다는 사실을 알게 되고는 그는 용기를 내어 사랑을 키워왔고 조만간 어머니에게 털어놓을 계획으로 아직은 그 비밀을 혼자만 간직하고 있었던 것이다.

이제 조시와 장미 덤불이 이렇게 나타나 그의 부드러운 당혹감에 박차를 가하라고 재촉하고 있다. 그리하여 그는 돕겠다는 동생의 제안을 받아들였다. 가시에 찔린 사자가 쥐의 도움을 기꺼이 받듯이 말이다.

"뭔가 글로 쓰는 편이 좋겠어." 그가 천천히 입을 열었다. 두 사람 모두 골똘히 묘안을 짜내느라 한동안 아무 말도 하지 않고 있었다.

"생각났어! 완벽하게 사랑스러운 방법이야! 이렇게 하면 앨리스 언니가 좋아할 거야. 오빠에게도 그렇고! 오빠는 이미 시인이잖아." 조시가 팔짝팔짝 뛰면서 외쳤다.

"그게 뭔데? 엉뚱하게 굴지 말고 얼른 얘기해." 사랑에 빠진 남자가 사정하듯 물었다. 하지만 동생에게서 특유의 독설을 들을까 봐 두렵기도 했다.

"에지워스 양의 소설책에서 읽었는데 사랑하는 여인에게 장미꽃 세 송이를 가져다주는 남자의 이야기였어. 봉오리 상태의 꽃, 반쯤 핀 꽃, 그리고 만개한 꽃 이렇게 세 송이. 소설 주인공이 무슨 꽃을 선택했는지는 기억이 나지 않아. 하지만 그 방법만은 멋졌어. 앨리스 언니도 이 이야기를 알고 있을 거야. 우리가 다 같이 읽을 때 그 자리에 있었으니까. 여기에 모든 종류의 꽃이 다 있네. 꽃봉오리 두 단은 이미 있고, 가장 예쁜 것으로 오빠가 골라. 그러면 내가 꽃다발로 엮어서 앨리스 언니 방에 갖다 놓을게. 데이지와 함께 드레스를 갈아입으려고 여기로 온다니 기회가 좋아."

데미는 신부의 덤불을 바라보며 골똘히 생각에 잠기더니 마침내 얼굴에 미소가 피어올랐다. 오빠의 그런 표정을 이전에 한 번도 본 적이 없기에 조시는 감동했다. 하지만 못 본 척해주기로 했다. 젊은 남자를 그토록 행복하게 만들어주는 위대한 열정이 깨어나는 순간을 방해하지 않기 위해서였다.

"그렇게 해줘." 그게 데미가 말한 전부였다. 그러고는 활짝 핀 장미를 찾아 꽃장식 연애편지를 마무리했다.

이 낭만 공작에 가담했다는 사실에 한껏 기분이 좋아진 조시는 장미단을 우아한 리본으로 묶었다. 데미가 카드를 쓰는 사이 조시는 마지막 꽃다발을 완성하고는 상당히 만족스러워했다.

친애하는 앨리스,

이 꽃이 무엇을 의미하는지는 알고 있으리라 믿소. 오늘 밤,
한 송이, 혹은 전부를 달고 나와 나를 더욱 벅차고 달콤하고
행복한 남자로 만들어주지 않겠소?

완전히 그대의 것인 존.

카드를 동생에게 내밀며 그가 건넨 말은 조시에게 이 임무의
막중함을 한층 더 깊이 느끼게 해주었다.

"조시, 너만 믿는다. 내겐 정말로 중요한 일이야. 네가 나를
사랑한다면, 제발 장난치지 말아주길 바라."

조시는 오빠에게 키스로 모든 것을 약속했다. 그녀는 데미가
페르디난드*처럼 장미 덤불 속에서 꿈을 꾸도록 남겨두고 자신
은 에어리얼**처럼 '온화한 기분 놀이'를 하러 달려갔다.

메리와 루드밀라는 꽃다발을 선물로 받고 기분이 좋아졌다.
꽃다발 증정자는 기꺼운 마음으로 '우리 신부들'의 단장 시중
을 들었고 그들의 짙은 색 머리와 옅은 색 머리에 꽃을 꽂아주
며 면사포를 쓰지 않는 데서 온 실망감을 위로받았다.

앨리스의 단장을 도와준 사람은 아무도 없었다. 데이지는 옆

---

* 셰익스피어의 《템페스트》에 등장하는 인물로, 주인공 미란다의 연인.

** 셰익스피어의 《템페스트》에 등장하는 요정.

방에서 자기 엄마와 함께 있었다. 다행히 그 덕에 그녀가 작은 꽃다발을 발견하고 보인 반가운 눈빛도, 그리고 그녀가 카드를 읽고 어떻게 답을 할지 생각하며 보인 눈물과 미소도, 그리고 볼이 달아오르는 모습도 들키지 않을 수 있었다. 그녀의 답이 무엇일지는 우리 모두 쉽게 짐작할 수 있지만 사실 그녀에게는 무거운 짐이 있었다. 고향 집에 있는 병약한 어머니와 늙은 아버지는 그녀의 도움이 필요했고 마침내 4년간의 대학교육 덕에 이제는 부모님을 도와드릴 수 있는 처지가 되었다. 연애는 달콤해 보였고 존과 꾸릴 가정을 생각하니 지상에서 성취된 천국 같았지만 아직은 때가 아니었다. 그녀는 거울 앞에 앉아 인생이 달린 이 질문에 어떻게 답을 할지 고민하면서 들고 있던 만개한 꽃을 천천히 내려놓았다.

그에게 기다려달라고 하거나 그를 어떤 약속으로 묶어두는 것, 혹은 그를 향한 그녀의 마음을 솔직하게 말로 표현하는 것이 과연 선하고 지혜로운 방법일까? 아니, 희생은 혼자만으로 충분하다. 그에게서 희망이라는 고통을 덜어주자. 그는 아직 젊으니 곧 잊어버릴 테고 그녀도 자기를 기다리는 연인이 없어야 자신에게 맡겨진 책임을 더욱 충실히 수행할 것이다. 어쩌면 그렇다는 것이다. 그녀의 눈은 흐릿해졌다. 그가 가시를 손질한 줄기를 쓰다듬고는 반쯤 핀 꽃송이를 만개한 장미 옆에 내려놓으며 스스로 질문을 던졌다. 과연 꽃봉오리라도 다는 것이 옳은 일인지. 다른 꽃 옆에 두니 봉오리는 초라하고 볼품없어 보였다. 하지만 진정한 사랑에서 우러난 자기희생을 결심한 그녀로서는 아주 작은 희망이라도 주어서는 안 된다는 결론에 도달했다. 장담할 수 없다면 약속도 하지 말아야 한다.

점점 깊어가는 애정을 느끼며 사랑의 상징물을 슬픈 눈으로 바라보고 있는데 반쯤 무의식 상태에서 옆방에서 주고받는 대화 소리를 듣게 되었다. 창문이 열려 있고 벽체가 얇은 데다가 여름날의 저녁 어스름이 주는 고요함 가운데 앉아 있자니 안 들으려야 안 들을 수가 없었다. 게다가 존에 대한 이야기였기에 더더욱 참기가 힘들었다.

"루드밀라가 독일에서 직접 향수병들을 가지고 와서 선물하다니, 정말 고마운 일로구나. 오늘같이 고단한 날에 받는 향수라니, 정말 완벽한 선물이야! 존 것도 챙겨두거라. 그 애도 향수를 좋아하잖니."

"네, 어머니. 그런데 앨리스가 연설을 마쳤을 때 존이 벌떡 일어나는 거 보셨어요? 제가 안 막았으면 당장에 앨리스에게 뛰쳐나갔을 거예요. 얼마나 기쁘고 자랑스러웠겠어요. 충분히 이해되긴 하죠. 저도 장갑이 망가질 정도로 손뼉을 쳤으니까요. 저는 여자가 연단에 오르는 걸 싫어하는데도 말이에요. 초반의 긴장이 지나고 진심으로 몰입하는 모습이 어찌나 사랑스럽던지."

"얘야, 데미가 혹시 네게 무슨 얘기라도 했니?"

"아뇨. 저도 오빠가 왜 아무 말도 안 하는지 궁금했어요. 워낙 속이 깊다 보니 저를 불행하게 만들고 싶지 않아서 그랬겠지요. 사실, 절대 그렇지 않은데 말이에요. 하지만 저는 오빠를 잘 알아요. 그래서 그냥 지켜보면서 오빠가 앨리스와 잘 되기를 바라고 있답니다."

"아무렴, 그래야지. 지각 있는 아가씨라면 우리 존을 거절하지는 않을 게다. 존이 부자도 아니고 앞으로도 그렇지 못하겠지만 말이다. 데이지, 존이 그동안 자기 돈을 어디에 썼는지 너에게 말해주고 싶어서 틈을 찾고 있었단다. 나도 어젯밤에 들은 얘기라 네게 말해줄 새가 없었지. 존이 글쎄 불쌍한 바튼 군의 입원비를 댔다지 뭐니. 그의 눈 치료가 다 끝날 때까지 병원에 있을 수 있도록 치료비를 내주어서 지금은 그 아이가 다시 일도 하고 늙은 부모님을 모실 수 있게 되었다는구나. 아픈데 가난해서 돈이 없으니 절망적이었는데 자존심 때문에 남에게 손을 벌리지도 못하고 있었대. 그런데 그걸 우리 존이 알아보고는 자기가 가진 돈을 몽땅 털어서 그를 도와준 거야. 내가 캐묻지 않았더라면 자기 어미에게도 말하지 않을 작정이었나 봐."

이후 데이지가 뭐라고 대답했는지는 앨리스의 귀에 들리지 않았다. 감정을 추스르느라 바빠서였다. 이번에는 행복에 겨운 눈물이 분명했다. 그녀가 결심한 듯 빛나는 눈으로 작은 꽃봉오리를 가슴에 달았기 때문이다. 마치 이렇게 말하는 것 같았다. "자기가 베푼 선행에 대한 보상을 받을 자격이 충분히 있어. 암, 그래야지."

앨리스 귀에 다시 소리가 들려와 들어보니 메그 부인이 계속 말하는 중이었고 여전히 존의 이야기였다.

"현명하지 못하고 경솔한 행동이라고 말하는 이들도 있겠지. 가진 것도 얼마 없는 존이 그렇게 했다면 말이다. 하지만 나는 말이다, 존이 안전하고 튼튼한 곳에 첫 투자를 했다고 생각해. '가난한 자를 불쌍히 여기는 것은 여호와께 꾸어드리는 것'*이라는 말씀이 있잖니. 그 점이 나는 정말 기쁘고 자랑스럽구나. 이걸 망치고 싶지 않아서 그 아이에게 한 푼도 주지 않을 생각이란다."

"오빠가 지금 가만히 있는 이유가 가진 게 아무것도 없어서인가 봐요. 정직한 사람이다 보니 준비가 되었다고 생각할 때까지 앨리스에게 선뜻 나서지 못하는 거죠. 하지만 오빠가 깜빡 잊은 게 있네요. 사랑이 전부라는 걸요. 그 점에서 오빠는 부자예요. 보기만 해도 알 수 있어요. 여자라면 누구든 그 점을 기쁘게 받을 텐데요."

"네 말이 맞다, 데이지. 엄마 역시 그렇게 느꼈지. 나의 존을

---

* 〈잠언〉 19장 17절.

위해서 그와 함께 이겨내고 기다려줄 셈이었단다."

"앨리스도 그래주길요. 두 사람이 서로의 마음을 확인하면 좋겠어요. 하지만 앨리스는 너무 책임감이 강하고 착해서 자기를 위한 행복한 선택을 하지 못할까 봐 걱정이에요. 어머니도 앨리스가 마음에 드시지요?"

"물론이고말고. 그 아이만큼 괜찮고 고귀한 아이가 어디 또 있다고. 우리 아들 배필로 더할 나위 없이 좋은 아이지. 할 수만 있다면 그런 사랑스럽고 용감한 아가씨를 놓치고 싶지 않단다. 사랑과 책임감을 모두 감당할 수 있을 만큼 넓은 마음을 가진 아이잖니. 그들이 함께 이 상황을 견딘다면 기다리는 시간이 한결 더 행복해질 텐데. 지금은 기다리는 수밖에 없으니 말이다."

"오빠의 선택이 어머니의 마음에 드신다니 정말 기뻐요. 실의에 빠져 슬퍼할 일은 없게 되었으니까요."

그렇게 말하는 데이지의 목소리가 갈라졌다. 그러고는 갑작스레 옷자락이 바스락거리는 소리가 나더니 부드럽게 속삭이는 소리가 들려왔다. 아마도 어머니의 품에 안겨서 위안을 얻는 중인 모양이었다.

앨리스는 죄책감이 들어 더 듣지 않기로 하고 창문을 닫았다. 하지만 얼굴만은 환하게 빛나고 있었다. 경청자에 대한 잠언이 지켜지지 못했기 때문이며 그녀가 꿈꿀 수 있는 이상으로 알게 되었기 때문이다. 갑자기 모든 게 달라진 듯했다. 정말로 자신에게 사랑과 책임 모두를 담을 수 있는 큰마음이 있는 것 같았다. 존의 어머니와 동생 모두에게 환영받으리라는 것을 알게 되고, 데이지가 처한 안쓰러운 상황과 네트의 고생스러운 유학 생활과 길어지는 타국 일정, 어쩌면 영영 못 만나게 될지도 모르는 그들의 운명을 생각하니 자신의 신중함은 오히려 잔인함으로, 자기희생은 감상적 어리석음으로 느껴졌다. 그 안에는 온전한 진리가 빠져 있었고 이는 그녀의 사랑을 향한 불충이었다. 생각이 여기에 미치자 앨리스는 어느새 반쯤 핀 꽃도 꽃봉오리 옆에 내려놓고 있었다. 그러고는 잠시 멈췄다가 만개한 꽃에 천천히 키스를 했다. 그러고는 달콤하지만 엄숙하게, 맹세라도 하는 듯한 혼잣말로, 옆방의 비밀대화 그룹에 동참했다.

"나의 존을 위해서, 그와 함께 이겨내고 기다리며 사랑하겠어요."

그녀가 계속해서 쏟아져 들어오는 손님들과 합류하러 아래층으로 내려갔을 때 데미가 마침 그 자리에 없었던 것은 그녀에게 잘된 일이었다. 그녀의 사려 깊은 얼굴은 여느 때보다 밝게 빛나고 있었는데 누군가 그걸 알아챘다 하더라도 오늘 한 그녀의 연설에 대한 사람들의 칭찬에 기분이 좋아져서 그러려니 생각하기 쉬웠고, 또 미세한 동요가 관찰되기도 했는데 한 무리의 신사들이 다가오자 금세 사라지고 말았으며, 그녀의 가슴에 달린 꽃 아래로 매우 행복한 심장이 뛰고 있음을 눈치챈 이도 아무도 없었다.

그사이 데미는 할아버지를 도와 학교와 관련된 덕망 있는 인사들을 안내하는 역할을 맡았다. 그들은 소크라테스적 방법론, 피타고라스, 페스탈로치, 프뢰벨 등과 같은 학자들에 관해 한참을 토론했는데 데미는 그들이 몽땅 홍해 밑바닥에 가라앉으면 좋겠다고 바라고 있었다. 그도 그럴 것이 그의 머리와 심장은 온통 사랑과 장미, 소망과 두려움으로 가득했기 때문이다. 그는 마침내 이 '권세 있으시고 근엄하시며 존경받으시는 의원님들'* 을 안전하게 플럼필드로 모시고 와서 이모부와 이모에게 인계해드렸다.

총장과 총장 부인은 그들을 정중히 맞이했다. 한 사람은 진정한 기쁨으로 손님을 맞이했지만 다른 한 사람은 순교자 같은 마음으로 고통을 참으며 미소를 지어야 했는데 귀빈들과 일일이 악수하는 중에 육중한 플록 교수가 뒤로 길게 늘어뜨린 그녀의 우아하고 화려한 벨벳 드레스를 밟고 서서는 통 움직이지 않았기 때문이다.

데미는 긴 안도의 한숨을 내쉬고는 두리번거리며 자신의 사

---

* 셰익스피어 《오셀로》의 대사를 인용했다.

랑스러운 여인을 찾기 시작했다. 대부분의 사람은 그런 사랑스러운 천사를 찾기 위해 응접실이나 홀이나 서재로 가서 기다란 하얀 드레스를 늘어뜨리고 있는 이들에게 눈길을 주겠지만 그의 눈은 마치 나침반 바늘이 북쪽을 가리키듯 곧장 구석으로 향했다. 그곳에는 사람들 사이로 비죽 올라온, 짙은 색 머리를 땋아올린 여인이 있었는데 그의 눈에는 그녀가 마냥 여왕처럼 보였다. 그렇다, 그녀의 목 언저리에 꽃이 달려 있다. 하나, 둘, 오오, 감사합니다! 그는 그 방의 반대편 끝에서 이를 발견하고는 황홀한 탄식을 내쉬었는데 그 갑작스러운 바람에 페리 양의 짧은 곱슬머리에 잔물결이 일었다. 그것이 장미꽃인지는 아직 확인하지 못했다. 레이스에 가려져 있었기 때문이다. 그에게 축복이 단계별로 찾아온 것은 어쩌면 잘된 일이었다. 그 축복들이 한꺼번에 들이닥쳤다가는 그는 당장에 전기 충격을 받고 자신의 우상에게 날아갔을지도 모를 일이었다. 그의 재킷 끝자락을 붙들어줄 데이지도 없는 마당에 말이다.

그런데 이 극적인 순간에 어떤 뚱뚱한 여인이 정보를 얻고 싶은 마음에 그를 붙들고 늘어졌고 그는 하는 수 없이 유명인사들을 하나하나 가리키며 그들이 누군지 알려주어야 했다. 그렇지만 그가 발휘한 성자 같은 인내심은 제대로 보상받지 못하고 마는데, 이는 그가 다른 데 정신이 팔려 조리 있게 설명하지 못한 탓이었다. 그가 간신히 탈출하여 사라진 뒤 그 배은망덕

한 미망인은 가장 먼저 만난 친구를 붙들고 이렇게 속삭였다.

"잔치에 와인 한잔 보이지 않던데, 그 브룩 가의 아들은 어디서 잔뜩 마시고 왔더라고. 꽤 신사 같은 젊은이던데, 딱하게도 살짝 취했지 뭐야."

아아, 그는 진정 취해 있었으니! 데미는 행사 점심 만찬에 나온 어떤 음료보다 더욱 신성한 와인에 듬뿍 취해 있었다. 그곳 졸업생들 대부분이 익히 알고 있는 맛이었다. 그는 나이 든 숙녀를 처리하고 나서 마침내 부푼 마음으로 젊은 숙녀를 찾아나섰다. 그저 그녀와 한마디를 나누고 싶은 마음뿐이었다. 앨리스는 여러 명의 신사들과 피아노 옆에 서서 이야기를 나누며 무심하게 악보를 넘기고 있었다. 데미는 조바심을 감추기 위해 최대한 학자 같은 평온함을 가장하고는 그녀 근처를 배회했다. 기회가 찾아왔을 때, 그 행복한 순간을 놓치지 않고 다가가기 위해서였다. 그러면서 속으로는 왜 나이 든 이들은 자꾸 젊은 이들과 이야기를 하려고 하는지, 왜 구석에 앉아서 같은 연배의 사람들과 어울리려고 하지 않느냐며 투덜거렸다. 드디어 그 어른들이 퇴장하는 듯하더니 이번에는 성미 급한 젊은이 둘이 나타나 히스 양에게 파르나소스에 같이 가서 춤을 추자고 제안하는 것이 아닌가. 데미는 당장에라도 저놈들의 피를 빨아먹을 기세였으나 조지와 돌리가 거절을 당하고도 앨리스 곁을 맴돌며 하는 이야기를 들으며 간신히 마음을 가다듬을 수 있었다.

"정말이지, 난 남녀공학 지지자가 되었어. 여기에 남아서 이 학교에 다니고 싶은 기분이라니까. 여학생들의 존재가 학문에 품위를 더하네. 여학생들이 공부하는 걸 본다면 심지어 그리스어도 배움의 즐거움이 있을 것 같아." 스터피가 말했다. 그에게는 공부라는 잔칫상이 너무 메마르게 느껴져서 어떤 소스를 내와도 무조건 반가워할 상황이었는데 그는 이곳에서 새로운 소스를 찾은 기분이었다.

"그러니까 말이야! 우리 남자들이 정신 똑바로 차리지 않았다간 모든 영예를 여자들에게 빼앗기겠어. 너 오늘 정말 멋지더라. 우리 모두 마법에 걸린 기분이었어. 날이 그렇게 더웠는데도 말이야. 만일 네가 아니라 다른 사람이 연설했다면 난 끝까지 앉아 있지 못했을 거야." 돌리가 말했다. 정중한 척하랴, 또 자신의 헌신적인 마음을 증명하여 감동을 주랴, 돌리는 무진 애를 쓰고 있었다. 더위에 그의 옷깃은 주저앉았고 습기에 머리가 일제히 곱슬거렸으며 장갑도 다 젖어버린 상태였다.

"기회는 누구에게나 있지. 너희가 공부를 우리에게 맡기면 우리가 야구, 보트, 춤, 연애는 너희에게 기꺼이 양보할게. 너희들이 선호하는 분야 같으니." 앨리스가 친절하게 말했다.

"이런, 우리를 이렇게 심하게 대하다니! 우리더러 그 힘든 걸 온종일 하고 있으란 말이야? 너희 숙녀들은 맨 끝의 두 '분야'에서는 우리와 교대로 하더라도 괜찮을 것 같은데." 돌리는 그렇게 받아치면서 조지에게 눈짓을 했다. '내가 한 방 먹였지?'라고 말하는 것 같았다.

"우리 학교에도 1학년 때 그러는 아이들이 있었지. 그러다 나중에는 그런 유치한 짓은 다들 그만두던데. 아, 나 때문에 파르나소스에 못 가고 붙잡혀 있는 건 아니지?" 앨리스는 미소 띤 얼굴과 목례로 이 둘을 보내버렸다. 똑똑한 척하지만 뭔가 꼬인 게 있는 청년들이다.

"됐어, 돌리. 이 우월한 여자들과 말싸움은 아예 시도하지 않는 게 좋을 거야. 궤멸당하고 말 거라고. 기병, 보병, 전진하라!" 스터피는 먹을 것이 너무 많아 어딘지 화가 난 것 같은 얼굴로 그렇게 말하고는 느릿느릿 걸어갔다.

"지독하게 냉소적이기는! 우리보다 나이가 그렇게 많지도 않으면서. 여자들이 원래 먼저 크잖아. 그러니 굳이 분위기 잡으면서 할망구같이 말할 필요도 없다고." 돌리가 투덜거렸다. 은혜를 모르는 팔라스 여신의 제단에 자신의 아이를 희생제물로 바친 기분이 들었다.

"저리로 가서 먹을 거나 찾아보자. 말을 너무 많이 했더니 기절할 지경이야. 플록 노친네가 나를 구석으로 몰아넣고는 내 머리가 빙빙 돌 정도로 칸트와 헤겔 같은 이야기를 실컷 했다니까."

"난 도라 웨스트에게 춤을 추겠다고 약속했어. 그 애를 찾아야 해. 참 귀여운 아이야. 보조만 맞추면 아무것도 상관하지 않으니까."

두 소년은 그렇게 팔짱을 끼고 걸어갔다. 앨리스는 남아서 악보를 열심히 뒤적거렸다. 사람들과 어울리는 것은 그다지 흥미가 없었기 때문이다. 페이지를 넘기려고 고개를 숙이는데 피아노 뒤에서 진지한 젊은 남자의 얼굴이 올라오더니 장미를 발견하고는 기쁨에 겨웠는지 말도 못 했다. 그는 그렇게 뚫어지게 쳐다보더니 또다시 지겨운 인간들이 나타나기 전에 서둘러 그녀 옆자리를 차지했다.

"앨리스, 믿어지지 않아. 내 뜻 이해한 거지? 이 고마움을 어떻게 표현하면 좋을까?" 데미가 허리를 굽히며 속삭였다. 마치 그도 악보를 읽으려는 것처럼 말이다. 하지만 어떤 음표 하나 가사 하나 눈에 들어오지 않았다.

"쉿, 여기선 아니야. 물론 이해했어. 내가 그럴 자격이 될지는 모르겠지만. 우린 둘 다 너무 어려. 그러니 기다리자. 하지만 난 지금 너무 자랑스럽고 행복해, 존!"

만일 이때, 토미 뱅스가 불쑥 나타나 명랑하게 떠들지만 않았더라면 이다음에 어떤 상황이 펼쳐졌을지 생각만 해도 부르르 떨린다.

"음악? 좋지. 사람들이 점점 빠져나가고 다들 한 박자 쉬어가고 싶어 해. 내 두뇌는 지금 과열 상태야. 저녁 내내 어찌나 무

슨 주의, 무슨 사상이니 하며 사람들이 토론하는 소리를 들었는지. 그래, 이 노래 하자. 좋다! 스코틀랜드 노래는 언제 들어도 좋더라고.”

데미는 못마땅하여 쏘아보았지만 눈치 없는 토미는 아랑곳하지 않았다. 그리고 앨리스는 음악의 세계가 통제 안 되는 감정을 쏟아내기엔 오히려 더 안전한 출구가 되겠다 싶어 즉시 피아노 앞에 자리를 잡고 앉아 노래로 마음을 표현하기 시작했다. 그 어떤 말보다 분명한 답이 되는 노래였다.

기다려요 아주 조금만

고향 집 가난한 나의 늙은 부모
그들은 약하고 병들었어요
만일 내가 집에 돌아오지 않는다면, 그대
그들은 나를 그리워할 거예요
곳간은 비었고 시절은 어려워
암소는 세 마리뿐
아직은 늙은 부모를 떠날 수 없어요
기다려요 아주 조금만

두 분 다 병들까 봐 너무 무서워요

내가 옆에 앉았을 때

천국의 이야기를 진지하게 하셨어요

마음이 정말 아팠어요

그러니 그대, 지금은 재촉하지 말아요

지금은 안 돼요

아직은 늙은 부모를 떠날 수 없어요

기다려요 아주 조금만

첫 소절이 끝나기도 전에 방 안이 고요해졌다. 앨리스는 다음 절은 건너뛰기로 했다. 끝내지 못할 것 같아 두려워서였다. 존은 그녀를 바라보고 있었는데 그녀가 이 구슬픈 발라드곡으로 자신의 마음을 말하는 중이라는 것을 알고 있었다. 그는 앨리스가 하려는 말을 이해하고 행복한 얼굴로 그녀에게 미소 지어주었다. 그러자 그녀의 진심이 그녀의 목소리를 타고 넘어왔다. 잠시 후 앨리스는 노래하다 말고 별안간 벌떡 일어나서는 더위 타령을 했다.

"그래, 피곤하지. 밖으로 나가서 쉬자, 나의 앨리스." 데미는 능숙하고 자연스럽게 앨리스를 데리고 별이 쏟아지는 하늘 아래로 나갔다. 토미는 두 사람을 바라보며 어안이 벙벙하여 눈을 끔벅였다. 로켓이 그의 코 아래에서 발사하기라도 한 듯한 표정이었다.

"아뿔싸, 그래서 디컨이 지난여름부터 저리 진지했던 거로
군! 내게 말 한마디도 없이! 도라가 알면 재미있어하겠지?"토
미는 새로운 사실을 발견한 것이 뿌듯하여 이를 전할 생각에
신나서 서둘러 자리를 떴다.

정원에서 둘이 어떤 이야기를 주고받았는지는 정확히 알지
못한다. 하지만 그날 밤 브룩 가족은 늦게까지 모여 앉아 있었
고 누군가 궁금해서 창문으로 들여다봤다면 그가 그날 있었던
낭만적인 사건을 들려줄 때 그 집안의 여자들이 전부 그를 존
경스러운 눈으로 쳐다보는 장면을 목격했을 것이다. 조시는 둘
이 연결된 데에는 자기 공이 크다며 한껏 생색을 냈고 데이지
는 함께 기뻐하며 지지해주었다. 메그 부인은 기분이 어찌나
좋아졌던지 조시가 하얀 면사포 쓰는 꿈을 꾸기 위해 자러 가
고 데미는 자기 방에 앉아서 행복에 겨워 〈기다려요 아주 조금
만〉의 곡조를 연주하러 가자 데이지와 네트에 관한 대화를 나
누었다. 메그는 착실한 딸을 두 팔로 안아주며 이런 말로 선물
을 해주었다.

"네트가 돌아올 때까지 기다리렴. 그러면 그때 나의 착한 딸
도 하얀 장미를 달게 될 거야."

20. 생명으로 생명을

그날 이후 이어진 여름날은 젊은이들과 어른들 모두에게 좋은 휴식과 즐거움을 가져다주었다. 그들이 플럼필드를 찾은 행복한 방문객들에게 그러했던 것처럼 말이다. 프란츠와 에밀이 헤르만 삼촌과 하디 선장 일로 바쁜 사이 메리와 루드밀라는 모두와 친구가 되었다. 두 사람은 매우 달랐지만 각자의 매력을 가진 여성이기 때문이었다. 메그 부인과 데이지는 독일 신부가 하우스프라우(Hausfrau)* 체질이라는 것을 알고 마음에 쏙 들어했으며 그녀에게 새로운 요리를 배우고 1년에 두 번 있는 계절 맞이 대청소와 함부르크의 멋진 세탁실에 대한 이야기를 듣거나 살림의 모든 분야에 관해 함께 토론하면서 무척이나 즐

---

* 독일어로 '가정주부'라는 뜻.

거운 시간을 보냈다. 루드밀라는 많은 것을 가르쳐주기도 했지만 또 새롭고 유용한 것도 많이 배워 자신의 금발 머리 안에 담아서 집으로 가져갔다.

메리는 세상 이곳저곳을 많이 봐서인지 영국 소녀치고는 드물게 활달했다. 그녀의 다양한 경험 덕분에 누구나 그녀와 친구가 되고 싶어 했다. 분별력이 뛰어나고 차분한 성품이었고 최근 위기를 겪고 또 행복한 일도 있었기 때문에 종종 사랑스러운 진지함을 드러내 보이기도 했는데 이는 그녀의 천성적인 명랑함과 대조를 이루었다.

조 부인은 에밀의 선택을 꽤 만족스러워했는데, 이 진실하고 사랑스러운 키잡이가 날이 맑건 궂건 간에 에밀을 무사히 항구로 데려다주리라고 확신했기 때문이다. 조 부인은 프란츠가 안락한 생활에 안주하고 돈 버는 일에만 집중하는 시민으로만 살게 될까 봐 걱정했지만 곧 프란츠 안에 음악을 사랑하는 기질이 있고 차분한 성격의 루드밀라가 그의 바쁘고 무미건조한 나날에 시적 정서를 불어넣어주는 역할을 하고 있음을 알고는 안심했다. 조는 이 두 형제에 대해서는 마음을 놓게 되었고 이들과 보내는 시간을 친어머니 같은 흐뭇한 마음으로 즐길 수 있었다. 9월이 되어 다시 헤어지는 것은 너무나 서운했지만 이들이 각자 앞에 놓인 새로운 인생을 향해 출발한다고 생각하니 기대가 되었다.

데미의 약혼식은 직계 가족만 참석한 채로 치러졌다. 두 사람 모두 나이가 어려서 사랑하며 기다리는 것 외에는 달리 할 수 있는 것이 없다고 판단했기 때문이다. 그들은 너무 행복한 나머지 시간이 자신들을 위해 멈춘 것처럼 느꼈다. 그렇게 행복한 일주일을 보내고 두 사람은 용감하게 헤어졌다. 앨리스는 앞으로 있을 많은 시련 가운데서도 자신을 지탱해주고 기운을 북돋아줄 희망을 품고 부모님을 돌보러 고향으로 돌아갔다. 그리고 존은 보상이 기다리고 있었기에 불가능한 일은 없다는 꿈을 가지고 새로 시작한 일을 하러 떠났다.

데이지는 두 사람 일로 매우 기뻐했고 오빠의 미래에 대한 이야기는 듣고 또 들어도 질려하지 않았다. 자신의 소망도 생겼기에 데이지는 곧 예전의 모습으로 돌아갔다. 밝고, 바쁘고, 언제나 웃고, 다정한 말을 건네고, 언제든 누구든 돕고자 하는 데이지로 말이다. 그녀가 다시 노래를 흥얼거리며 집 안을 돌아다니는 걸 보고 그녀의 어머니는 과거의 슬픔을 고칠 바른 치료약을 처방했음을 알 수 있었다. 이 어미 펠리컨에게는 여전히 의심과 두려움이 남아 있었지만 현명한 여인답게 드러내지는 않고 네트가 돌아왔을 때 이것저것 알아보기 위한 질문을 준비하는 동시에 런던에서 오는 편지도 예의주시했다. 가끔 바다 건너서 수상한 느낌의 내용이 전해지기도 했고 또 데이지의 기분이 네트가 현재 얼마나 유쾌한 상태냐에 따라 좌지우지되었기 때문이다.

네트는 베르테르 시기를 지나고 파우스트* 시기를 약간 맛보기도 했다. 그는 당시의 경험을 자신의 마르게리테**에게 들려주었는데 그 이야기를 듣고 있으면 실제로 메피스토펠레스***와 브로켄산****, 그리고 아우어바흐 식당*****이 등장할 것만 같았다. 그리고 지금은 거장들을 따라다니며 도제 생활을 하다 보니 빌헬름 마이스터******가 된 기분이었다. 데이지는 그가 지은 작은 죄와 정직한 회개에 대해 알고 있었기에 그가 보내는 사랑과 철학의 혼합물을 미소 지으며 바라볼 뿐이었다. 젊은 남자가 독일에 살면서 독일 정신에 물들지 않기는 어려운 일임을 잘 알기 때문이었다.

"그 아이의 마음은 문제없어. 담배와 맥주, 그리고 형이상학의 세계에서 빠져나오게 되면 머릿속도 깨끗해질 거야. 영국에 가면 그의 상식이 다시 살아날 것이고 상쾌한 바닷바람이 불어 그의 어리석은 생각도 날려 보내겠지." 조 부인은 자신의 바

---

* 독일의 전설 속 연금술사이자 괴테의 희곡 《파우스트》의 주인공.
** 파우스트를 사랑하는 비련의 여인.
*** 파우스트 전설에 등장하는 악마.
**** 파우스트 전설에서 마녀와 악마가 접선하는 산.
***** 《파우스트》에 등장하는 식당이며 실제로 괴테가 자주 식사하던 곳.
****** 괴테의 《빌헬름 마이스터의 수업 시대》 주인공.

이올리니스트가 썩 잘 지낸다는 소식에 흐뭇했다. 그의 귀국은 내년 봄으로 미뤄졌는데 네트 입장에서는 유감이었겠지만 실력의 진보 면에서는 잘된 일이었다.

조시는 한 달 동안 캐머런 양과 함께 바닷가에서 지냈다. 온몸을 내던져 스승의 가르침을 배웠고 조시가 보여준 에너지, 약속, 인내심 덕에 두 사람은 좋은 친구가 되었으며, 그렇게 쌓은 둘의 친분은 앞으로 펼쳐질 조시의 바쁘고 빛나는 커리어에 무한한 버팀목이 되어주었다. 리틀 조의 본능은 정확했고 마치 가문에 내려오는 연기 재능이 마침내 많은 사랑을 받는 고결한 배우로 꽃피울 참이었다.

토미와 그의 연인 도라는 평화롭게 결혼이라는 제단을 향해 걸어가고 있었다. 아버지 뱅스는 아들이 또 마음이 변해 새로운 직업을 찾겠다고 할까 봐 심히 걱정한 나머지 일찍 결혼해도 좋다고 흔쾌히 허락해주었다. 도라가 변덕스러운 토미를 꽉 붙들어 매어줄 닻이 되기를 바라는 마음에서였다. 토미로 말할 것 같으면 더는 냉대받는다고 불평할 수 없게 되었다. 도라만큼 토미를 흠모하는 헌신적인 여인은 없기 때문이었다. 그녀가 토미의 삶을 어찌나 즐겁게 해주었던지 그는 자신을 곤경에 빠뜨리는 능력을 상실한 것 같았고 심지어 성공할 가망이 보이는 남자가 되었다. 사업가의 길은 잘한 선택이었는데 그에게는 부인할 수 없는 상인 기질이 있었기 때문이다.

"저희는 가을에 결혼하려고 해요. 당분간은 아버지와 같이 살려고요. 아시겠지만 우리 집 총독도 늙어가시는 중이라 저와 아내가 돌봐드려야 하거든요. 나중에 우리 사업체도 시작해야 하고요." 이 말은 그가 이 시기에 가장 애용하던 레퍼토리였는데 이 말을 들은 사람들은 피식 웃곤 했다. 토미 뱅스를 아는 이들이라면 그가 '사업체'의 수장이 된다는 생각만으로도 웃음을 참기가 어려워지기 때문이었다.

모든 일이 순조로웠다. 조 부인이 그해의 시련은 다 끝난 모양이라고 생각할 때쯤, 또다시 감정의 동요를 일으킬 사건이 일어났다. 댄이 보낸 여러 통의 엽서가 주기를 두고 띄엄띄엄 도착했는데 댄의 주소지가 'M 메이슨 등 전교(轉交)'라고 쓰여 있었다. 그 주소 덕분에 댄은 그리운 플럼필드 소식을 들을 수 있었고 또 가족들에게 짧은 소식을 전하여 자신의 정착이 늦어지는 데 대한 가족들의 궁금증을 잠재울 수도 있었다. 마지막 소식은 9월에 도착했는데 이번에는 발신지가 '몬태나'로 되어 있었고 내용은 간단했다.

마침내 이곳에서 광산 일을 다시 시작하려고 함. 하지만 오래 머무르진 않을 예정. 많은 일이 있었음. 농장 계획은 접었음. 곧 소식을 전하겠음. 바쁘게, 잘 지내며 매우 행복함.

D. K.

'행복'이라는 단어를 강조한 것이 무슨 의미인지 알았더라면 그 엽서는 대단히 많은 것을 담은 편지임을 알 수 있었으리라. 댄은 드디어 형을 마치고 그토록 그리던 자유를 향해 곧장 떠났다. 우연히 옛 친구를 만나 임시로 광산 감독 일을 하게 되었다. 그곳 광부들의 세계는 더 거칠었지만 정이 많은 곳이었고 댄은 근육을 쓰는 고된 노동을 하고 나면 놀라울 정도로 기분 좋아진다는 사실을 알게 되었다. 너무 오랫동안 빗자루 공장에 쭈그리고 앉아서 작업한 탓이리라. 한 군데를 정해서는 스스로 지쳐 나가떨어질 때까지 바위와 흙과 씨름을 했다. 하지만 피로는 금방 찾아왔다. 그의 늠름하던 체격도 1년이라는 수감 생활을 이기지 못한 탓이었다. 그는 집으로 돌아가고 싶은 마음이 굴뚝같았지만 한 주 한 주 버티면서 자신에게 남은 감옥 얼룩과 얼굴의 초췌한 티를 벗으려 애썼다. 그러는 사이 그는 작업반장들과 인부들과 친구가 되었고 아무도 그의 과거를 모르기에 그는 세상에서 다시 인정받기 시작했고 그는 그 점을 감사하고 기쁘게 여겼다. 전과 같은 오만도 원대한 계획도 없었지만 어디서든 무슨 일이든 선한 일을 하며 과거를 지우고 싶었다.

10월의 어느 날, 조 부인은 책상 대청소를 하는 중이었다. 밖에는 비가 퍼붓고 있었고 집 안은 고요했다. 책상에서 댄의 우편물들을 발견하고는 곰곰이 생각에 잠겼다. 그러고는 '아들들 소식'이라고 라벨을 붙인 서랍장에 조심스레 넣었다. 서명을 요청하는 열한 개의 편지를 한데 묶어 쓰레기통에 던져넣으며 혼잣말로 이렇게 말했다.

"새로운 엽서 도착이 늦어지는군. 아니면 직접 찾아와서 자기 계획을 알리려나. 올 1년 동안 그 아이가 어디서 무얼 하고 살았는지, 또 지금은 어떻게 지내는지 정말 궁금하단 말이야."

그 소원은 그로부터 한 시간도 지나지 않아 성취되었다. 테디가 한 손에는 신문을, 다른 손에는 접은 우산을 들고 급히 뛰어 들어와서는 잔뜩 흥분해서 숨도 쉬지 않고 한 번에 이렇게 말했다.

"광산 무너져서, 스무 명 갇혔는데, 탈출구 없고, 여자들 울고, 물 차오르는데, 댄이 오래된 수갱 알아서, 목숨 걸고, 구했는데, 대부분 죽고, 신문에 이게 다, 형이 영웅이 될 줄 알았다고요, 댄 형 만세!"

"뭐? 어디서? 언제? 누가? 소리 좀 그만 질러라. 나 좀 읽어보자!" 당혹감에 어쩔 줄 모르는 그의 어머니가 명령했다.

테디는 어머니가 읽도록 신문을 순순히 내어주고도 계속 끼어들었다. 로브도 빨리 전말을 알고 싶어서 어머니 다음으로 신문을 받아들었다. 새로운 내용은 아니었다. 하지만 용기와 헌신은 많은 이들의 마음에 감동을 주고 존경심을 일으킨다. 그렇기에 사고 현장을 생생하게 그렸고 열의가 느껴지는 기사였다. 대니얼 킨이라는 이름, 자신의 목숨이 위태로운 상황에서 다른 이들의 목숨을 먼저 구한 용감한 사내의 이야기는 그날 많은 이들의 입에 오르내렸다.

친구들은 댄의 기사를 읽으며 자랑스러워했다. 댄이 사고의 공포스러운 순간에 오래된 갱도를 기억해낸 유일한 사람인데, 그곳은 봉쇄된 통로였지만 물이 차올라 익사하기 전에 탈출하여 목숨을 건질 수 있는 유일한 희망이었다. 그는 사람들에게 자기가 안전한지 확인하고 올 때까지 물러서 있으라고 이른 뒤 그 아래로 혼자 내려갔다고 한다. 또한 그는 반대편에서 살기 위해 절박하게 벽을 부수고 있는 이들의 소리를 듣고 벽을 두드리는 소리와 외침으로 그들을 안전하게 탈출시키기도 했다. 그러고는 구조대를 이끌고 늦기 전에 사람들을 끌어내는 일도 했다. 댄이 마지막으로 내려갔다가 올라오는 길에 낡은 밧줄이 끊어지면서 끔찍한 추락사고가 있었고 그는 크게 다쳤으나 생명에는 지장이 없다고 했다. 고마워서 어쩔 줄 모르는 아낙들이 그의 시커메진 얼굴과 피 흘리는 손에 키스를 퍼부었고 사내들은 그를 승자처럼 메고 갔으며 광산의 주인들은 그에게 두둑한 상을 주겠노라고 약속했다. 그가 살아나서 받을 수만 있다면 말이다!

"반드시 살아날 거야. 그래야만 해. 움직일 수만 있으면 집으로 와서 여기서 간호를 받아야지. 내가 직접 가서 데려올 수만 있다면! 녀석이 언젠가는 훌륭하고 용맹스러운 일을 할 줄 알았다니까. 너무 거친 일에 휩쓸려 총에 맞거나 교수형에 처하지만 않는다면 말이지." 조 부인이 흥분해서 외쳤다.

"가셔야죠, 어머니. 그리고 저 좀 꼭 데려가세요. 제가 가야 해요. 형이 저를 얼마나 좋아하는데요. 저도 형을 좋아하고요." 테디는 이것이 그동안 자기가 꿈꾸던 여행이 되리라고 생각하며 말했다.

그의 어머니가 미처 대답도 하기 전에 로리 씨가 들어왔다. 그의 흥분한 정도와 시끄럽기는 테디의 그것과 버금갈 정도였다. 그는 석간신문을 들고 흔들며 이렇게 외쳤다.

"조, 뉴스 봤어? 어떻게 생각해? 내가 당장 가서 그 용감한 녀석을 돌봐야 하지 않을까?"

"그러면 좋겠다. 하지만 신문에 난 내용이 전부 사실이 아닐 수도 있어. 소문에 불과할 수도 있다고. 몇 시간 내로 사건의 전말을 정확히 알게 될 테지."

"데미에게 전화해서 알아볼 수 있는 만큼 다 알아보라고 일렀어. 이게 사실이라면 당장 가야겠어. 괜찮은 여행이 될 것 같아. 가능하다면 아이를 집으로 데려오려고 해. 그럴 수 없는 상황이면 남아서 돌봐야지. 댄은 이겨낼 거야. 머리를 박고 떨어진다 해도 죽을 아이가 아니지. 목숨이 아홉 개는 있는 아이잖아. 아직 반도 안 썼다고."

"이모부, 가실 거면 제가 같이 가도 될까요? 이런 여행 꼭 하고 싶었단 말이에요. 이모부와 같이 여행하고 광산도 구경하고 댄도 만나고, 이야기도 듣고, 또 도와주고 그러면 정말 멋진 모험이 될 것 같아요. 제가 간호할 수 있어요. 그렇지, 나 간호 잘하지, 형?" 테디는 로브에게 도움을 요청하며 최대한 애교 섞인 목소리를 냈다.

"그럼, 잘하지. 하지만 어머니가 네가 가는 걸 허락하지 않으시고 여전히 이모부가 누군가 동행할 사람이 필요하다고 하시면 내가 갈 수도 있어." 로브가 대답했다. 그의 차분한 태도는 잔뜩 흥분한 테디와 비교할 때 이번 여행에 훨씬 더 적임자로 보였다.

"둘 다 못 간다. 내 아들들은 집에 묶어두지 않으면 사고를 치니까. 다른 아이들에 대해서는 내가 이러쿵저러쿵할 수가 없다만, 너희 둘만은 내 시야를 벗어날 수 없어. 그러다 무슨 일이 생길 것만 같다니까. 내가 살다가 이런 해는 처음이야. 난파에 결혼에 홍수에 약혼에, 그리고 있을 수 있는 모든 재앙을 만난 한 해로구나!" 조 부인이 외쳤다.

"남자아이들과 여자아이들을 키우다 보면 이런 일은 일어나기 마련이죠, 부인. 바라건대 최악은 지나간 것 같으니 이제 아이들이 각자 삶의 터전을 찾아 흩어질 일만 남았네. 그땐 내가 옆에 있어줄게. 그때가 되면 각종 위로와 지지가 필요하게 될 테니. 특히 테디가 부모 품을 일찍 떠난다면 더욱 그럴걸." 로리 씨가 웃음을 터뜨렸다. 그에게는 조 부인이 침울해하는 모습이 재미있었다.

"이젠 웬만한 일로는 놀라지도 않을 것 같아. 하지만 댄은 걱정이야. 누군가 가서 도와줘야 할 것 같아. 거긴 거친 동네라 세심한 간호를 받기도 힘들 텐데. 불쌍한 녀석, 그 녀석 인생엔 왜 이리 역경이 많은지. 어쩌면 그것도 다 필요해서 겪는 거겠지. 해나 아주머니 말처럼 '연화 과정'을 지나는 중일 수도."

"곧 있으면 데미에게서 소식이 올 테니, 듣는 대로 내가 바로 출발하도록 할게." 로리 씨는 씩씩한 약속을 남기고 사라졌다. 그리고 테디는 어머니의 완고한 고집을 꺾을 수 없다는 걸 깨닫고 이번에는 이모부를 구워삶을 요량으로 따라나섰다.

수소문해본 결과 그 기사는 사실로 판명되면서 관심을 더했고 로리 씨는 곧바로 출발했다. 테디는 시내까지만 같이 가겠다고 따라나섰다. 댄을 만나러 가게 해달라고 간청했지만 여전히 허사였기 때문이다. 그날 테디는 온종일 보이지 않았다. 하지만 그의 어머니는 차분했다.

"뜻대로 안 되니까 시무룩해서 투정 부리는 중이지 뭐. 토미나 데미와 같이 있을 테니 걱정 없어. 밤이면 배고파지고 유순해져서 돌아올 거야. 녀석은 내가 알아."

하지만 그날 저녁, 조 부인은 여전히 더 놀랄 여지가 남아 있음을 알게 되었다. 저녁이 되어도 테디는 돌아오지 않았고 아무도 그를 본 사람이 없었다. 베어 씨가 막 잃어버린 아들을 찾으러 나가려는데 전보가 도착했다. 로리가 탄 기차가 멈추는 중간 기착지에서 보낸 것이었다.

기차 안에서 테디 발견해서 데려감. 내일 연락하겠음.

T. 로런스

"테디가 어머니 예상보다 일찍 어머니 품을 떠나겠는데요. 걱정 마세요. 이모부가 잘 돌봐줄 거예요. 댄 형도 녀석을 보면 반가워할 테고요." 로브가 말했다. 조 부인은 자리에 앉아서 생각을 추슬렀다. 막내아들이 실제로 황량한 서부를 향해 가는 중이라니!

"부모 말을 거역하다니! 돌아오기만 해봐라, 단단히 벌을 줘야겠어. 로리가 분명 알면서도 눈 감아준 것이 분명해. 아주 로리다운 행동이야. 요 너구리 같은 두 사람이 아주 즐거운 시간을 보내겠는걸? 아, 나도 동행했더라면 좋았을 텐데! 이 녀석, 잠옷이나 외투도 안 챙겨갔을 텐데, 돌아오면 돌봐야 하는 환자가 두 명 되는 게 아닌지 몰라. 그나마 무사히 돌아오기라도 한다면 말이야. 그 난폭한 급행열차들은 툭하면 낭떠러지로 굴러떨어지거나 불에 타거나 열차끼리 충돌하거나 한단 말이지.

아, 테디, 나의 소중한 아들, 내가 어쩌다 이 아이를 내게서 이렇게 멀리 떠나보냈단 말인가?"

어느새 모성애가 끓는 모습으로 돌아온 조 부인은 단단히 혼내주겠다던 위협도 잊은 채 침통함에 빠졌다. 그녀의 행복한 망나니 아들은 첫 봉기에 성공하여 신나게 대륙을 횡단하는 중이었다. 로리 씨는 '테디가 부모 품을 떠난다면'이라는 표현을 쓰면서 상당히 즐거워했는데 바로 그 말이 테디의 생각에 불을 지른 듯했다. 그러니 이 책임은 로리 씨가 져야 했다. 그 도망자가 열차에서 자고 있는 것을 발견한 순간 마음씨 좋은 로리는 그러기로 작정했다. 테디는 짐 가방도 없이 달랑 와인 한 병과 구둣솔만 들고 있었는데 와인은 댄을 위한 것이었고 구둣솔은 테디 자신을 위한 것이었다. 조 부인의 예상대로 '두 너구리'는 즐거운 시간을 보냈다. 참회의 편지가 적절한 시기에 도착했고 잔뜩 화가 났던 부모는 댄 걱정에 꾸짖는 것도 잊어버렸다. 댄의 상태는 몹시 안 좋았고 이들이 도착한 다음에도 며칠이 지나도록 이들을 알아보지 못했다고 한다. 그러다가 차츰 좋아졌는데 의식이 돌아와 눈을 뜬 댄이 자기를 내려다보고 있는 친숙한 얼굴을 발견하고는 "어이, 테디!"라고 말한 것이 그의 첫마디였다는 소식을 테디가 자랑스럽게 전했고 그 반가운 소식에 가족들은 이 악동을 용서하게 되었다.

"녀석이 거기 있어서 다행이야. 야단치지 말아야겠어. 자, 댄에게 보낼 상자에 뭘 넣으면 좋을까?" 조 부인은 병원으로 환자를 위한 위문품을 보내기로 했다. 그렇게라도 해야 빨리 댄을 만나지 못하는 데서 오는 조바심을 해소할 수 있었다.

곧 기운 나는 소식들이 전해지기 시작하더니 마침내 댄은 여행을 해도 좋다는 허락을 받았다. 댄은 서둘러 집에 가고 싶어하는 내색을 하지는 않았지만 두 간호사가 들려주는 집 이야기는 아무리 들어도 마냥 반가웠다. 로리는 조에게 편지를 보내 댄과 테디의 변화를 들려주었다.

조에게,

댄이 이상할 정도로 다른 사람이 되었어. 아파서 그랬다기보다는 그전에 있었던 어떤 사건이 이 아이를 이렇게 만든 것 같아. 그게 무슨 일인지는 나도 몰라. 네가 나중에 만나서 직접 물어보는 게 좋을 것 같아. 녀석이 의식이 혼미한 상태에서 헛소리를 좀 했는데 지난해에 어떤 끔찍한 일에 휘말린 것 같아서 걱정이야. 전보다 10년은 더 늙은 것처럼 보이지만 훨씬 성숙하고 조용해졌고 우리에게 감사를 표현하기도 해. 녀석이 테디를 바라보는 눈빛이 얼마나 굶주려 있는지 안쓰러울 정도야. 캔자스에 갔던 일은 잘 안 되었다고 해. 하지만 더는 말하지 않더군. 그래서 나도 기다려주기로 했어. 여기 있는 사람들이 그를 대단히 사랑해주고 댄도 이제는 그런 것의 소중함을 알게 되었더라고. 전에는 감정을 드러내는 걸 그렇게 경멸하더니 이제는 남들에게 좋은 사람으로 보이고 싶어 하고 애정과 존경을 얻으려고 노력하는 모습도 보이고 있어. 어쩌면 내가 틀렸을지도 모르지. 네가 보면 더 잘 알게 될 거야.

테디는 아주 잘 지내고 있어. 이번 여행을 통해 많이 자란 것 같아. 다음번 유럽 여행에 내가 데려가도 될까? 엄마 치맛자락에 붙들어놓는 것은 이 아이에게 좋을 것이 없어. 내가 네게 워싱턴으로 도망가자고 제안했을 때와 마찬가지로 말이야. 그때 도망가지 않은 걸 후회하지는 않는지?

로리가

로리가 조에게만 보낸 이 편지는 조의 상상력을 잔뜩 들끓게 했다. 그녀는 댄에게 닥쳤을지도 모르는 모든 종류의 범죄와 환란과 복잡한 상황을 상상해보았다. 지금은 너무 허약한 상황이라 캐물을 수도 없으니 일단 그가 집으로 돌아오면 반드시 알아내리라고 마음속으로 다짐했다. '타는 장작'은 그녀의 많은 아들 중 가장 흥미로운 녀석이었다. 그녀는 즉시 댄에게 제발 집으로 돌아오라는 편지를 보내기로 했다. 그 편지 한 장을 쓰는데 '작품'에서 가장 극적인 장면을 집필하는 것보다 더 긴 시간을 할애하여 정성껏 공을 들였다.

그 편지를 읽은 사람은 댄뿐이었고 그 편지는 댄을 집으로 데려왔다. 11월의 어느 날 로리 씨를 태운 마차가 플럼필드 현관 앞에 섰고 어느 허약한 사내가 로리 씨의 부축을 받으며 마차에서 내렸다. 마더 베어는 이 방랑자를 잃어버린 아들이 돌아오기라도 한 것처럼 맞이했다. 한편 테디는 불량한 모자를 쓰고 괴상하게 생긴 부츠를 신고 나타나서는, 무슨 전승 기원 춤 같은 춤을 추며 이들 주위를 빙글빙글 돌았다.

"당장 올라가서 쉬거라. 이제부터는 내가 간호사야. 일단 이 유령에게 뭘 좀 먹여야겠다." 조 부인은 충격받은 티를 최대한 내지 않으려고 일부러 명령조로 말했다. 마지막으로 떠날 때 보인 건장한 모습은 어디로 갔는지 지금의 댄은 잔뜩 치이고 망가진 상태로 수척하고 창백했다.

그는 기꺼이 순종했다. 그를 위해 준비된 방으로 올라가 기다란 소파에 몸을 뉘었다. 그의 새 간호사는 연신 먹을 것과 마실 것을 내왔고, 그러는 사이 댄은 놀이방과 엄마 품을 되찾은 병든 어린아이처럼 평온하게 주변을 둘러보았다. 조 부인은 목구멍까지 올라오는 질문들을 힘껏 눌러 담았다. 힘도 없는데 지치기까지 해서 그는 곧바로 잠이 들었고 그녀는 그 틈을 이용하여 오랜만에 만난 '너구리들'과 시간을 보냈다. 그들을 실컷 나무라기도 하고 쓰다듬기도 하고 질문을 퍼붓기도 하고 칭찬하기도 하면서 말이다.

"조, 내 생각엔 댄이 무슨 범죄를 저지르고 고통받은 것 같아." 테디가 친구들에게 부츠를 자랑하고 광부들의 삶이 얼마나 위험하고 또 멋진지 들려주겠다며 밖으로 나가자 로리 씨가 입을 열었다. "이 녀석이 뭔가 끔찍한 일로 정신적으로 큰 타격을 입은 것처럼 보이더라고. 우리가 도착했을 때 제정신이 아니었는데 내가 돌봐주다 보니까 그 누구보다 슬픈 방황을 많이 했다는 것을 듣게 되었어. '교도관'이라질 않나, 누굴 쫓아갔다는 둥, 거기다가 죽은 남자니, 블레어니, 메이슨이니 이런 말을 하더라고. 그리고 자꾸 내게 손을 내밀면서 자기 손을 잡고 용서해달라는 거야. 한번은 애가 잔뜩 광포해져서 내가 팔을 붙들어야 했는데 곧 잠잠해지더니 나에게 '수갑'만은 채우지 말아달라고 애원하더라고. 녀석이 잠꼬대로 플럼필드와 네 얘기를 하면서 여기서 나가게 해달라고, 집에 가서 죽게 해달라고 할 때는 정말 마음이 아프더라니까."

"죽지 않을 거야. 저지른 죄가 있다면 회개하면서 살아야지. 이 암울한 이야기로 나를 괴롭히는 것은 그만해줘, 테디. 나는 그 애가 십계명을 어겼다고 하더라도 그 애 편에 설 거야. 너도 그럴 테지. 그러니 그가 다시 일어나서 좋은 사람으로 살 수 있게 도와주자. 그는 아직 잘못된 길로 들어서지 않았어. 저 딱한 얼굴만 봐도 알 수 있지. 아무에게도 말하지 말아줘. 곧 내가 진실을 알아낼 테니." 조 부인이 대답했다. 그녀는 방금 들은 이야기로 마음이 정말 혼란스러워졌지만 여전히 이 악당을 믿었다.

그렇게 며칠간 댄은 누워만 있었고 사람들도 거의 만나지 않았다. 따스한 간호와 화기애애한 분위기, 집으로 왔다는 편안함이 서서히 작용하면서 그는 점점 예전의 모습을 찾아갔다. 그렇지만 말을 많이 하지 말라던 의사의 명령을 변명 삼아 최근에 있었던 경험에 관해서는 거의 입을 열지 않았다. 누구나 그를 만나고 싶어 했지만 그는 옛 친구들을 제외하고는 만나려고 하지 않았으며 테디의 표현대로 '명사가 되는 것에 조금도 관심이 없었다.' 이 용감한 영웅을 친구들에게 자랑하고 싶은 테디로서는 무척이나 실망스러운 일이었다.

"남자라면 누구나 그렇게 하지 않았겠어요? 왜들 이렇게 소란인 거죠?" 우리의 영웅이 물었다. 부러진 팔이 자랑스럽기보다는 부끄러운 기분이었다. 팔걸이 붕대에 매달린 자신의 팔이 어색해 보였다.

"그렇지만 댄, 네가 스무 명의 목숨을 살렸는데 기분 좋은 일 아니니? 네가 남편들과 아들들과 아버지들을 사랑하는 여인들의 품으로 돌려줬잖니?" 어느 날 저녁 조 부인이 물었다. 찾아온 방문객들은 다 집으로 돌아간 후였고 그 자리에는 두 사람만 있었다.

"기분 좋죠! 덕분에 제가 살아난 것 같아요. 그래요, 저는 저에게 대통령이나 뭔가 중요한 인사가 되라고 하면 그보다는 이 일을 선택하겠어요. 제가 스무 명을 구하고 얼마나 위안을 얻었는지 아무도 모를 거예요. 그걸로 제가 진……." 거기서 댄은 말을 멈췄다. 감정에 북받쳐 무심코 나온 말인데 그것만으로는 상대가 도통 감을 잡기 어려웠다.

"그렇게 느낄 거라고 생각했다. 너처럼 자기 목숨을 걸고 다른 이들의 목숨을 구한다는 것은 정말 대단한 일이지. 네 목숨을 잃을 뻔했잖니." 조 부인은 그가 예전처럼 충동적으로 말을 이어갔다면 얼마나 좋았을까 하며 속으로 아쉬워했다. "누구든지 나를 위하여 자기 목숨을 잃는 자는 얻으리라.*" 댄은 방 안을 환히 비추고 있는 벽난로의 불을 보며 중얼거렸다. 그의 마른 얼굴에 불빛이 비추니 핏기가 돌아온 것처럼 보였다.

조 부인은 그의 입에서 성경 구절이 흘러나오자 깜짝 놀라 외쳤다.

"내가 준 작은 책을 읽은 게로구나! 약속을 지킨 거니?"

"처음엔 못 그랬지만 나중에 가서는 많이 읽었어요. 아직 아는 게 많지는 않지만 더 배우고 싶어요. 뭔가 중요한 내용이더라고요."

"그걸로 충분하다. 아, 나의 댄, 얘기해보렴! 네 마음을 짓누르는 어떤 무거운 것이 느껴지는구나. 내가 도와주면 안 되겠

---

* 〈마태복음〉 10장 39절.

니? 그러면 짐이 한결 가벼워질 텐데."

"그럴 것이라는 걸 저도 알고 있어요. 저도 말씀드리고 싶고요. 하지만 이건 어머니도 용서하시기 힘든 종류의 일입니다. 어머니마저 저를 받아주시지 않는다면 저는 더 견디지 못하고 무너지고 말 거예요."

"어머니들은 뭐든 용서할 수 있단다! 그러니 전부 말해보렴. 나는 절대로 너를 내치지 않을 거야. 온 세상이 네게 등을 돌린다고 해도 말이다."

조 부인은 그의 커다랗고 거친 손을 끌어다가 자신의 양손으로 감싸고는 꼭 쥐었다. 그리고 이렇게 계속 잡고 있으면 언젠가는 댄의 마음이 따스하게 녹고 말할 용기를 얻으리라 기대하며 기다렸다. 댄은 예전에 그랬던 것처럼 두 손으로 머리를 감싸더니 천천히 모든 이야기를 들려주었다. 마지막 말을 마치기까지 단 한 번도 고개를 들지 않았다.

"자, 이제 아시겠어요? 살인자를 용서하실 수 있으신가요? 전과자를 집 안에 들이실 수 있으시겠느냐고요?"

그를 두 팔로 꼭 안아주는 것 외에 조 부인은 다른 대답을 할 수가 없었다. 그녀는 빡빡 민 그의 머리를 가슴으로 안았다. 눈물이 가득한 눈으로 희미하게나마 그를 괴롭히는 희망과 공포를 보았다.

그것은 어떤 말보다도 힘이 있었다. 댄은 가엾게도 감사와 감격을 주체하지 못한 채 어머니의 사랑을 느끼며 안겨 있었다. 그 신성한 사랑은 이를 구하는 모든 이의 마음을 위로하고 깨끗하게 하며 더욱 강하게 하는 선물이었다. 댄이 뺨을 댄 모직 숄 안으로 몇 방울의 크고 씁쓸한 눈물이 숨어 들어갔다. 오랫동안 딱딱한 베개만 베고 잔 댄이 느꼈을 포근함과 안락함은 그 누구도 상상할 수 없는 것이었다. 오랜 심신의 고통이 고집과 자존심을 모두 깨뜨렸고 마침내 짐을 내려놓으니 안도가 찾아왔다. 그는 잠시 가만히 멈추고 이 말 못할 기쁨을 누렸다.

"불쌍한 내 아들, 우리는 네가 자유롭게 훨훨 날아다니는 중일 거라고 생각했는데, 그동안 이런 고통 속에 있었다니! 왜 말하지 않았어? 댄, 왜 우리에게 도와달라고 하지 않았어? 친구들을 믿지 못한 거니?" 동정심이 밀려와 그만 다른 모든 감정은 잊어버린 조 부인이 물었다. 그녀는 나무라는 듯한 얼굴로 두 손으로 그의 얼굴을 들어 올리고는 이제야 자신과 시선을 맞추는 그의 텅 빈 두 눈을 들여다보았다.

"창피해서요. 어머니께 충격과 실망을 드리느니 혼자 견디려고 했어요. 지금도 어머니가 티를 안 내시려고 할 뿐이지 당연히 그렇다는 것 알아요. 괜찮아요. 제가 익숙해져야죠." 댄의 눈이 다시 아래를 향했다. 자신의 고백이 자신의 가장 친한 친구의 얼굴에 가져온 고통과 절망을 더는 못 보겠다는 듯이.

"그래, 그 죄는 충격적이고 실망스럽지. 하지만 동시에 매우 기쁘고 자랑스럽고 감사하단다. 나의 죄인이 회개하고 속죄하고 뼈아픈 교훈을 통해 배울 준비가 되었다니 말이야. 이 일은 프리츠와 로리 외에는 아무에게도 말하지 않을 생각이다. 당연히 알아야 할 사람들이기도 하고, 두 사람 모두 나와 같은 마음일 게다." 조 부인이 대답했다. 그녀는 지혜로웠다. 과도한 동정보다는 솔직하게 대하는 것이 더 효과적임을 알았다.

"아뇨, 그렇지 않으실 거예요. 남자는 여자처럼 용서에 너그럽지 않아요. 하지만 맞습니다. 저 대신 말씀드려주세요. 빨리 끝내고 싶네요. 로런스 씨는 이미 알고 계실 거예요. 제가 정신이 나가 있을 때 횡설수설했거든요. 그런데도 제게 계속 친절하게 대해주셨죠. 그분들이 아시는 것은 견딜 수 있어요. 하지만, 테디는 안 돼요. 여자애들도요!" 댄은 애원하는 얼굴로 그녀의 팔을 꽉 붙들었다. 그녀는 두 사람 외에는 아무도 알지 못하게 하겠다며 재차 안심시켰다. 그러자 그는 갑작스러운 공포심이 들었던 것을 부끄러워하며 다시 마음을 가라앉혔다.

"그게 사실은 고의적인 살인이 아니라 정당방위로 일어난 사고였어요. 그가 먼저 저를 죽이려고 해서 저도 방어를 해야 했거든요. 죽일 생각은 없었어요. 사실 그 사람에 대해서는 그다지 마음이 쓰이지 않네요. 저는 충분히 죄값을 치렀고 어린 소년들을 지옥으로 이끄는 그런 악당은 이 세상에 남겨두기보다 없애버리는 게 나으니까요. 네, 알아요. 제 안에 있는 바로 그런 점이 문제인 거죠. 하지만 어쩔 수 없어요. 저는 살금살금 다니는 코요테만큼이나 그런 사기꾼들이 싫거든요. 그런 이들을 보면 총으로 쏴버리고 싶어요. 어쩌면 그자가 저를 죽이는 게 더 나았을 수도 있겠네요. 제 인생은 이미 망가진 인생이니까요."

감옥에서 지낸 음울한 기억을 떠올리는지 그의 얼굴에 먹구름이 찾아왔다. 조 부인은 그가 빠져나온 불길, 살아서 빠져나오긴 했지만 상처를 남긴 그 불길을 생각하니 오싹한 기분이 들었다. 그녀는 그의 주의를 밝은 쪽으로 돌려보려는 심산으로 최대한 명랑하게 말했다.

"아니, 그렇지 않아. 너는 인생의 가치를 더욱 소중히 여기는 법을 배웠고 이번 시험을 무사히 통과했잖니. 그런 면에서 지난 1년은 결코 헛되이 지나가지 않았어. 오히려 네 인생에 가장 유익한 1년이었다는 것을 알게 될 거야. 그렇게 생각하고 다시 시작해보렴. 우리가 도와줄게. 이번 실패를 통해 더 큰 자신감을 가져도 좋아. 인간은 누구나 그런 실패를 경험하고 그것을 벗어나려고 발버둥 치기 마련이거든."

"예전의 제 모습으로는 다시는 돌아가지 못할 것 같아요. 지금 나이가 예순은 된 것 같고 내가 알던 모든 것에 관심이 사라졌어요. 제가 체력을 회복할 때까지만 이곳에 머물게 해주세요. 그러면 그길로 떠나서 다시는 어머니를 힘들게 하지 않을게요." 댄이 힘없이 말했다.

"마음이 약하고 처진 상태로구나. 다 지나갈 거야. 회복되면 인디언들 사이에 들어가서 선교를 하면 어떨까? 네겐 이미 넘치는 에너지가 있고 새로 인내심과 자기 절제, 그리고 지식도 얻었으니 말이다. 교도소에서 만났다는 그 좋은 목사님과 메리 메이슨, 그리고 기가 막힌 시점에 필요한 설교를 해주었다던 그 부인 얘기 좀 더 해보거라. 내 아들에게 어떤 시험이 있었는지 전부 듣고 싶구나."

마침내 그녀의 따스한 관심에 굴복한 댄이 이야기를 시작했고 그의 얼굴은 점점 환해졌다. 지난 1년간 있었던 일들을 모두 털어놓았다. 이야기하면 할수록 자신의 어깨를 짓누르던 짐이 벗겨지는 것 같았다.

만일 댄이 자신의 이야기가 상대방의 마음을 얼마나 무겁게 짓누르고 있었는지 알았더라면 그는 입을 다물었으리라. 하지만 조 부인은 그가 이야기를 마치고 편안히 잠들 때까지 끝까지 평정을 유지했다. 그 방을 나온 그녀는 큰 소리로 울음을 터뜨리고 말았다. 그 소리에 로리와 프리츠가 깜짝 놀랐지만 조 부인에게서 자초지종을 듣고 난 후에는 그들도 그 슬픔에 동참했다. 그런 후 그들은 기운을 내서 그 해 일어난 최악의 재앙을 해결하기 위해 머리를 맞대고 상의하기 시작했다.

21. 아슬라우가의 기사

이후 댄에게 어떤 변화가 찾아왔는지 지켜보는 것은 흥미로웠다. 마음의 짐은 한결 가벼워진 것 같았다. 여전히 충동적 기질이 불쑥불쑥 튀어나오긴 했지만 자신의 진정한 친구들에게 감사와 사랑과 존경을 표하려고 애쓰는 티가 났으며 전에 없던 겸손과 신뢰로 주변 사람들을 따뜻하게 대했는데, 그렇게 하는 것은 그 자신에게도 큰 유익이 되었다. 조 부인에게서 그간의 일을 다 들은 베어 교수와 로리 씨는 댄의 손을 따스하게 잡아주거나 궁휼하게 바라보며 남자들 식으로 짧은 격려의 말을 던지거나 혹은 한결 더 친절한 태도를 보였을 뿐, 그 일에 대해서는 전혀 언급하지 않았다. 하지만 그것만으로도 용서의 의미는 충분히 전달되었다. 로리 씨는 댄이 선교사로 나가는 데 도움을 줄 수 있는 유력자들에게 연락했고, 정부가 관여하는 일을 잘 준비할 수 있도록 기계에 기름칠을 하고 시동 거는 일을 맡아주었다. 천생 교사인 베어 씨는 댄의 굶주린 정신을 마음의 양식으로 채워주었으며 목사 역할을 자청하여 댄이 자기 자신을 바르게 이해할 수 있도록 도왔는데 어찌나 아버지같이 그 역할을 잘 수행했는지 댄은 종종 자기가 친아버지를 찾은 것 같다고 말했다.

남자아이들은 그를 데리고 드라이브를 다니며 갖가지 장난과 계획으로 그를 웃게 만들었다. 여인들은 아이나 어른 할 것 없이 그를 지극정성으로 간호하고 돌봐주었는데 댄은 헌신적인 시녀들에게 둘러싸인 술탄이 된 기분이었다. 손가락만 까닥하면 뭐든지 바로 대령이 되었으니 말이다. 댄은 '과잉보호'에 대한 남성적 공포심이 있었기에 댄에게 이런 보살핌은 아주 약간이면 충분했다. 환자로 지내는 것이 익숙하지 않았던 그는 절대 안정을 취하라는 의사의 권고에 반항하기 시작했고, 다친 등과 상처 난 머리가 다 나을 때까지 댄을 소파에 묶어두기 위해서는 조 부인의 권위와 소녀들의 재롱이 전부 동원되어야 했다.

데이지는 그를 위해 요리를 했고 냅은 약 시중을 들었으며 조시는 소리 내어 책을 읽어주었다. 그러는 사이 베스는 자신의 그림과 조각품을 들고 와 보여주며 그를 기쁘게 해주었는데 댄의 특별 요청을 수락하여 그가 누운 방에 작업대를 설치하고 그가 그녀에게 선물한 버팔로 두상을 주조하기 시작했다. 그런 오후의 한때가 댄이 하루 중 가장 행복해하는 시간이었다.

조 부인은 그곳이 내다보이는 서재에서 원고를 쓰면서 조카 딸 3인방이 만들어내는 아름다운 광경을 흐뭇한 눈으로 바라보았다. 그들은 자기들의 노력을 댄이 기쁘게 받아주자 더 신이 나서 열심히 했다. 특히 그들은 댄의 기분을 얼른 파악하고 대처하는 데 능했는데 그것은 여자라면 누구나 멜빵 치마를 벗을 때쯤 저절로 익힌다는 기술 덕분이었다. 그의 기분이 좋을 때면 방 안 가득 웃음소리가 들려왔다. 우울할 때면 여자들은 조용히 각자 맡은 일을 하거나 책을 읽으며 기다렸다. 그러면 그들의 다정한 인내심에 감화되어 댄이 기운을 냈다. 상처 때문에 아파할 때에는 댄의 표현대로 '천사들'처럼 그의 주변을 떠나지 않고 시중을 들었다. 댄은 조시에게는 '작은 어머니'라고 부르며 놀리기도 했지만 베스에게만은 언제나 '공주님'이라는 호칭을 썼다.

두 사촌을 대하는 그의 태도는 사뭇 달랐다. 조시는 댄이 규칙을 어기려고 하면 자기가 읽고 싶은 긴 희곡을 읽어주거나 엄마같이 잔소리를 하여 댄을 피곤하게 만들었다. 만물의 영장이 자기 손아귀에 있다는 사실이 너무 신이 난 나머지 쇠막대기로 혹독하게 다스리려고 한 것이다. 하지만 상냥한 베스에게만은 댄이 한 번도 조바심을 내거나 피곤한 모습을 보이는 일이 없었고 그녀가 무슨 말을 하든 고분고분하게 따랐다. 베스가 있을 때면 더욱 잘 보이고 싶어 하는 티가 났고 그녀의 작업에 큰 관심을 보여 누워 있으면서도 한 번도 눈을 떼지 않았다. 그러느라 갖은 기교를 부리며 멋들어지게 책을 읽어주는 조시의 노력은 종종 무시되었다.

이 모습을 관찰하던 조 부인은 두 사람에게 '유나와 사자*'라는 이름을 지어주었다. 썩 잘 어울리는 별명이었다. 현실 속 사자의 갈기가 짧게 잘렸고 유나는 절대로 사자에게 굴레를 씌우려고 하지 않았지만 말이다. 부인들은 최대한 맛있는 음식으로 그를 대접했고 그의 필요를 뭐든지 채우기 위해 노력했다. 하지만 메그 부인은 집안일로 바빴고 에이미 부인은 봄에 유럽 여행 가는 일을 준비하느라 정신이 없었으며 조 부인은 최근에 일어난 가정사로 아쉽게도 출간이 지연된 책 작업을 하느라 '소용돌이'에 말려들기 직전이었다. 그녀는 책상에 앉아 원고를 정리하거나 생각에 잠겨 펜촉을 질근질근 씹으며 하늘에서 영감이 내려오기를 기다렸고 자신의 눈 앞에 펼쳐진 살아 있는 모델들을 구경하는 일에 정신이 팔려 정작 자신의 소설 속 주인공들에 대해서는 잊어버리기 일쑤였다. 그러다 보니 남들보

---

* 에드먼드 스펜서의 서사시에 등장하는 인물로 19세기 영국에서 발행된 5파운드 금화에 새겨진 그림이다. 사나운 사자가 유나의 순결함에 감화되어 온순해진다는 내용이 담겨 있다.

다 빨리 그들이 주고받는 말과 제스처에서 뭔가 로맨스의 낌새를 눈치챌 수 있었다.

방과 방 사이를 구분하는 포르티에르(portière)*는 보통 걷고 지냈기에 커다란 베이윈도(bay-window)** 앞에 모여 있는 그들을 한눈에 볼 수 있었다. 회색 블라우스를 걸친 베스는 한편에서 조형도구들을 들고 바삐 움직이고 있고 조시는 다른 컨에서 책을 들고 있다. 그 사이로 쿠션이 많은 기다란 소파가 놓여 있고 요란한 색상의 동양풍 가운을 걸친 댄이 누워 있다. 그 가운은 로리 씨가 선물한 것인데 여자아이들을 기쁘게 해주기 위해 입었을 뿐 정작 환자 당사자는 '거추장스럽게 질질 끌리는 빌어먹을 옷자락'이 달리지 않은 자신의 낡은 재킷을 입고 싶어 한다.

그는 얼굴을 조 부인이 있는 서재 쪽으로 향하고 있으면서도 그녀를 전혀 의식하지 못하고 있었다. 그의 두 눈은 바로 앞에 있는 늘씬한 형체에 고정되어 있었다. 가느다란 겨울 햇살이 들어와 그녀의 금발 머리와 솜씨 좋게 점토를 매만지는 세심한 손을 비추고 있었다. 조시는 소파 머리맡에 놓인 작은 의자에 앉아 거세게 몸을 앞뒤로 흔들고 있어서 보이다 말다를

---

* 문간에 다는 무거운 커튼 혹은 휘장.
** 바깥으로 돌출된 내닫이.

반복하는 중이었다. 꾸준히 책을 읽어주는 소녀 같은 목소리만이 그 방의 적막을 깨는 유일한 소리다. 그러다가 책이나 버팔로에 대한 토론이 불쑥 시작되기도 한다.

그 커다란 눈엔 뭔가 특별한 것이 있었다. 마르고 창백한 얼굴 때문에 전보다 더 커지고 더 까매진 그 눈이 하나의 물체에 고정되어 움직이지 않는 모습을 계속 관찰하고 있으려니 매혹적인 무언가가 느껴졌다. 조 부인은 그 눈동자에 일어나는 변화를 흥미롭게 관찰했다. 댄이 책 읽는 소리를 전혀 듣지 않고 있음은 확실했다. 웃기거나 흥분되는 위기 상황에서 웃음을 터뜨리거나 감탄하는 등의 반응을 종종 잊었기 때문이다. 그의 눈빛은 이따금 부드러워지기도 하고 안타까워 보이기도 했는데 이 두 아가씨가 그런 위험을 전혀 눈치채지 못하고 있다는 사실에 관찰자는 일단 마음을 놓았다. 대화가 시작되는 순간 그 눈빛은 바로 사라졌기 때문이다.

가끔은 불길이 활활 타오르기도 했고 반항적이고 불안정한 빛을 띠기도 했는데 그때마다 댄은 이를 숨기려고 애를 썼고 참기 어려울 때는 손이나 머리를 마구 흔들기도 했다. 하지만 곧잘 어둡고 슬프고 단호한 빛을 띠기도 했는데 그것은 감옥 밖으로 금지된 빛이나 기쁨을 내다보는 듯한 음울한 기운이었다. 그런 표정이 나타나는 횟수가 잦아지자 조 부인은 걱정이 되기 시작했다. 당장에라도 그를 찾아가 어떤 혹독한 기억이 떠올라 그를 침묵하게 만드는지 묻고 싶었다. 그가 저지른 범죄와 그로 인한 형벌이 그의 마음을 무겁게 짓누르고 있음을 조 부인은 잘 알고 있었다. 하지만 젊음과 시간 그리고 새로운 희망이 위안을 가져다줄 것이며 충격적이었던 수감 생활의 쓰라린 기억도 씻어주리라.

하지만 다른 때에는 그런 모습이 드러나지 않았다. 남자아이들과 농담하고 옛 친구들과 대화하고 화창한 날 드라이브를 나갔다가 첫눈을 발견하고는 아이처럼 좋아하는 그의 모습을 보면 상처를 거의 다 잊은 것처럼 보이기도 했다. 그렇다면 왜 이 순진하고 상냥한 소녀들과 있을 때에만 그런 어두운 그림자가 드리우는 것일까? 소녀들은 이런 표정을 한 번도 본 적이 없는 것 같았다. 그들이 쳐다보거나 대화가 시작되면, 댄은 햇빛이 먹구름 사이로 뚫고 나오듯 재빨리 미소를 지어 보이며 아무렇지도 않게 대답을 했다. 그래서 조 부인은 계속 궁금해하고 관찰하면서 하나씩 알아가는 중이었다. 그리고 우연한 기회로 그녀의 불안을 확증받는 사건이 일어났다.

어느 날 조시는 심부름이 있어서 방을 나갔고, 작업을 하다 지친 베스가 댄만 괜찮다면 자기가 조시 대신 책을 읽어주겠노라고 제안하고 나섰다.

"좋지. 조시가 읽어주는 것보다 네가 읽어주는 게 더 좋더라. 걔는 너무 빨리 읽어서 내 멍청한 머릿속을 뒤죽박죽으로 만들어버리거든. 그러면 지끈거리며 두통이 시작된단 말이야. 조시에겐 얘기하지 말아줘. 나 같은 곰을 꾹 참고 같이 있어주니 얼마나 착하고 귀여워."

마지막 이야기가 끝나 베스가 새 책을 가지러 탁자로 갈 때만 해도 댄의 얼굴은 미소를 띠고 있었다.

"오빠는 곰이 아니야. 우리는 오빠가 아주 착하고 인내심 많은 사람이라고 생각하는걸. 남자가 이렇게 갇혀 있는 게 얼마나 힘들겠냐고 엄마가 그러시던데. 언제나 자유롭던 오빠 같은 사람에겐 끔찍한 일일 거라고."

베스가 책 제목들을 훑어보고 있지 않았더라면 댄이 움츠러드는 모습을 보고 말았을 것이다. 그는 베스의 마지막 말에 타격을 받은 것 같았다. 그는 아무런 대답도 하지 않았지만 그를 지켜보던 또 다른 눈은 그가 왜 당장에라도 벌떡 일어나 저 앞의 동산까지 냅다 달려갈 것 같은 표정을 지었는지 알 수 있었다. 그는 전에도 자유에 대한 갈망으로 견디기 어려운 지경에 이르면 그렇게 하곤 했다. 조 부인은 갑작스러운 충동이 일어 바느질감을 들고 두 사람이 있는 곳으로 옮겨 갔다. 지금 댄은 전기가 찌릿거리는 뇌운 같았다. 상황을 가라앉히려면 비전도체가 나타나줘야 했다.

"이모, 무슨 책을 읽으면 좋을까요? 오빠는 아무거나 좋다고 해요. 이모가 오빠 취향을 아시니까 뭔가 차분하고 유쾌하면서 짧은 걸로 골라주세요. 조시가 곧 돌아올 테니까요." 베스가 말했다. 여전히 소파 탁자 위에 쌓인 책들을 뒤적이고 있었다.

조 부인이 대답도 하기 전에 댄이 베개 밑에서 낡은 책 한 권을 끄집어내어 베스에게 건네며 이렇게 말했다. "세 번째 이야기를 읽어줘. 그게 짧고 아름다워서 내가 좋아하는 이야기야." 책을 펼치니 바로 세 번째 이야기가 나왔다. 아마도 그 부분을 자주 펼쳐서 읽는 모양이었다. 베스는 제목을 보더니 웃음을 지었다.

"와아, 오빠가 이런 독일 낭만파 이야기를 좋아하는지 몰랐네. 싸우는 장면이 있긴 하지만 대단히 감성적인 이야기잖아. 내 기억이 맞는다면 말이야."

"맞아. 하지만 읽은 책이 별로 없다 보니 그냥 단순한 이야기가 제일 좋더라고. 다른 읽을거리가 없어서 그렇기도 하고. 그 책은 거의 다 외운 것 같아. 거기 등장하는 전쟁하는 인간들, 악령들과 천사들, 그리고 사랑스러운 여인들의 이야기는 아무리 읽어도 질리지 않거든. 너도 '아슬라우가의 기사'를 읽었다고 하니 네가 마음에 들어 할지 한번 보자. 에드왈드는 너무 부드러워서 내 취향은 아니지만 프로다는 최고야. 금발 머리 요정은 항상 너를 떠올리게 하지."

댄이 이야기하는 사이 조 부인은 거울로 그를 지켜볼 수 있는 곳으로 가서 자리를 잡았다. 베스는 커다란 의자를 끌어다가 그를 마주 보고 앉았다. 그리고 숱이 많고 부드러운 곱슬머리를 리본으로 다시 묶으려고 두 팔을 머리 뒤로 올렸다.

"아슬라우가의 머리는 내 머리처럼 성가시진 않았겠지. 내 머리는 이렇게 금방이라도 쏟아질 것 같다니까. 머리만 얼른 다시 묶고 읽어줄게."

"묶지 말고 그냥 내리면 안 될까? 그렇게 하는 게 머리가 빛나서 더 예쁘더라. 네 머리도 쉴 수 있을 테고 이제 읽을 이야기에도 더 잘 어울릴 테니까 그렇게 해줘, 골디락스, 응?" 댄이 베스의 어릴 적 별명까지 불러가며 애원했다. 그는 지금 과거의 그 어느 때보다도 소년 같았다.

베스는 웃음을 터뜨리며 예쁜 머리를 풀어 늘어뜨리고는 읽기 시작했다. 머리를 내려 얼굴을 가릴 수 있어 다행이었다. 누구에게서든 칭찬을 들으면 부끄러워지기 때문이었다. 댄은 진지하게 들었다. 조 부인은 바늘에서 거울로 눈을 바삐 움직인 덕에 고개를 돌리지 않고도 댄이 말 한마디 한마디에 얼마나 의미를 담아 듣는지 볼 수 있었다. 마치 그 이야기가 그 어느 독자에게보다 그에게 더 중요한 의미를 전달하기라도 하는 듯 말이다. 그의 얼굴은 경이로움으로 환하게 빛났다. 이야기 속 용감함과 아름다움이 그의 선한 면을 건드리고 영혼을 울리는 것 같았다. 푸케의 기사 프로다와 지구르트의 아름다운 딸에 관한 이야기였다. 지구르트의 딸은 일종의 요정으로 연인에게 위험한 일이나 시련이 닥쳐왔을 때, 그리고 승리와 기쁨의 순간에 나타나서는 프로다의 안내자이자 수호자 역할을 하며 용기와 고귀함과 진실함을 불어넣어 그가 전쟁터에서 위대한 업적을 쌓고 그를 사랑하는 이들을 위하여 희생하며 스스로 극복할 수 있도록 돕는다. 그녀의 금빛 머리칼은 그가 전쟁터에 있을 때, 꿈속에 있을 때, 낮과 밤으로 위험한 일이 닥칠 때마다 나타나서 그에게 반짝이는 빛을 비춰준다. 마침내 프로다는 목숨을 다하고 천상에서 자기를 기다리던 이 사랑스러운 요정을 다시 만남으로써 보상을 받는다는 이야기다.

이 책에 담긴 여러 이야기 중에서 댄이 이 이야기를 가장 좋아하리라고는 아무도 생각하지 못했을 것이다. 심지어 조 부인도 댄이 이 작품의 섬세한 이미지와 낭만적 언어를 통해 이야기 속에 담은 교훈을 끄집어냈다는 사실에 깜짝 놀랐다. 그녀는 이 광경을 보고 듣는 중에 댄 안에 숨은 감성과 세련미가 있다는 사실을 깨닫게 되었다. 그것은 돌산에 흐르는 금광맥 같은 것이었다. 그런 이유로 그는 감정적 반응에 빨랐고 꽃들이 가진 색상에 민감했으며 짐승들이 가진 품위를 감상할 줄 알았고 여인들의 다정함과 남자들의 의협심, 그리고 사람의 마음과 마음을 엮는 모든 부드러운 연결고리를 알아볼 수 있었던 것이다. 단지 그는 모친에게 물려받은 감각과 본능을 드러내는 데 둔했고 이를 표현하는 말주변이 없었을 뿐이다. 심신의 고통을

겪으면서 거친 기질이 누그러졌고 현재 그를 감싸고 있는 사랑과 연민의 분위기가 그의 마음을 정화하고 온기를 불어넣어주니 마침내 오래도록 방치되고 거절되었던 그의 마음은 허기를 인지하게 되었고 마음의 양식을 갈구하게 된 것이다. 이 순간 그는 이를 모조리 자기 얼굴에 표현하고 있다. 다만 아무도 알아채지 못하리라 생각할 뿐, 눈앞의 순수하고 아름다운 소녀에게 구현된 아름다움과 평화와 행복을 향한 내면의 그리움을 여과 없이 쏟아내는 중이다.

조 부인은 비극적이지만 지극히 자연스러운 사실을 알게 되고는 찌르는 듯한 고통을 느꼈다. 이 그리움이 얼마나 가망 없는 것인지 너무나 잘 알기 때문이었다. 눈처럼 흰 베스와 죄로 얼룩진 댄을 비교하는 것보다 빛과 어둠의 대조가 덜하리라.

저 젊은 여인은 그런 것은 꿈에도 생각하지 않고 있다. 아무것도 의식하지 못하는 모습만 봐도 쉽게 알 수 있다. 저렇게 표현이 풍부한 댄의 눈으로 과연 언제까지 진실을 감출 수 있을 것인가? 진실이 드러난 후 댄이 받을 실망감과 베스가 받을 충격은 어떻게 감당할 것이냐 말이다. 지금의 베스는 자신의 대리석상만큼이나 차갑고 고귀하고 순수하며 처녀의 신중함을 가지고 있기에 연애에 대해서는 눈곱만큼도 생각하지 않는 중이다.

'저 가여운 아들에게는 왜 모든 일이 이렇게 어렵기만 하단 말인가! 저 아이의 작은 꿈을 내가 어떻게 짓밟으며 이제 막 사랑하고 그리워할 줄 알게 된 저 아이의 선한 영혼에 어떻게 흠을 낼꼬. 지금의 아들들이 각자의 삶을 찾아 정착하고 나면 다시는 남자아이는 돌보지 않겠어. 이놈들이 이렇게 마음을 아프게 하니 더는 못할 짓이야.' 조 부인은 새로 닥친 재앙이 너무 혼란스럽고 슬퍼서 깊은 생각에 잠겼다가 그만 테디의 외투 소매의 안감을 거꾸로 달고 말았다.

낭독은 금방 끝났다. 베스가 머리를 뒤로 쓸어넘기는데 댄이 어린아이같이 안달하며 물었다.

"이 이야기 마음에 안 들어?"

"마음에 들어. 정말 아름다운 이야기네. 그 뜻을 알 것 같아. 하지만 내가 제일 좋아하는 이야기는 '운디네'야.'

"그래, 운디네는 너다운 이야기지. 백합과 진주와 영혼과 맑은 물 같은 것들이 그래. 나도 전에는 신트람을 제일 좋아했어. 하지만 지금은 이 이야기가 제일 마음에 들어. 내가, 음, 그러니까, 운이 잘 안 풀려서 힘든 일이 있었을 때, 이걸 읽으면서 도움을 많이 받았거든. 기운이 나기도 하고 영적이기도 한 그런 의미가 담긴 책이잖아, 너도 알겠지만."

베스는 댄의 입에서 '영적'이라는 말이 나오는 걸 들은 적이 없기에 깜짝 놀라 파란 눈을 동그랗게 떴다. 하지만 별다른 말 없이 고개만 끄덕이며 이렇게 말했다. "여기 있는 시들은 너무 달콤해서 음악을 붙여봐도 좋을 것 같아."

댄이 웃었다. "나는 그 마지막 노래에 내 멋대로 음을 붙여서 석양을 보며 흥얼거리곤 했지."

천상의 노래를 귀 기울이고
그대의 맑은 시선을
순수한 생명의 빛에 집중하는
그대는 축복받은, 아슬라우가의 기사!

"그게 나였지." 그는 벽에 너울을 그리고 있는 햇살을 응시하며 작은 소리로 중얼거렸다.

"지금의 오빠에겐 이 노래가 더 어울려." 베스는 자신의 관심으로 그를 기쁘게 한 것 같아 기분이 좋았다. 그녀는 부드러운 음성으로 읽었다.

아물거라, 아물거라, 영웅의 상처여,
오 기사여, 어서 강해져라!
사랑을 위한 싸움을,
명예와 목숨을 위한 싸움을,
오, 너무 오래 지체하지 않기를!

"나는 영웅이 아닌걸. 앞으로도 그럴 리 없고. '명예와 목숨'이라는 것도 내겐 큰 의미가 없어. 괜찮으니까 그 신문 좀 읽어줄래. 머리를 한 방 맞았더니 그냥 바보가 되어버렸나 봐."

댄의 목소리는 상냥했으나 얼굴을 채우던 빛은 사라지고 없었다. 그는 베고 누운 실크 쿠션에 가시가 잔뜩 박히기라도 한 듯 계속 뒤척거렸다. 댄의 기분이 그렇게 변하는 걸 본 베스는 조용히 책을 내려놓고 신문을 집어 들어서는 그가 좋아할 만한 기사를 찾기 시작했다.

"오빠가 금융 시장에 대해서는 관심이 없다는 건 알고, 음악계 소식도 물론 아니겠지. 여기, 살인 사건 있다. 오빠 그런 기사 좋아했잖아. 이거 읽어줄까? 한 남자가 살인을 저질렀……."

"싫어!"

그 짧은 한마디에 조 부인은 소름이 끼쳤다. 그리고 잠시였지만 고자질쟁이 거울을 들여다볼 용기가 나지 않았다. 다시 거울을 보니 댄은 한 손으로 눈을 가리고 꼼짝도 하지 않고 누워 있었고 베스는 아무것도 눈치채지 못한 채 예술계 기사를 읽고 있었다. 댄은 정작 들어야 할 귀로는 단 한 마디도 듣지 않는 것 같았다. 뭔가 다른 사람의 소중한 것을 훔친 도둑이 된 것 같아 조 부인은 얼른 자신의 서재로 갔다. 얼마 안 있어 베스가 뒤따라 나오더니 댄이 잠들었다고 전해주었다.

베스를 집으로 보내며 조 부인은 당분간 베스를 되도록 오지 못하게 해야겠다고 결심했다. 마더 베어는 붉은 노을을 보며 한 시간 정도 혼자 가만히 앉아서 깊은 생각에 잠겼다. 옆 방에서 소리가 나서 가보니 잠든 척하다가 그만 진짜로 잠이 든 댄이 숨을 거칠게 쉬고 있었다. 양 볼에는 붉은 반점이 있었고 한 손은 넓은 가슴을 움켜쥐고 있었다. 조 부인은 그 어느 때보다 안쓰러운 심정으로 그를 바라보며 그의 곁에 있는 작은 의자에 앉았다. 이 꼬인 실타래에서 어떻게 빠져나가면 좋을지 생각하고 있는데 그가 잠결에 손을 밑으로 떨어뜨리면서 그만 목에 걸린 줄이 끊어졌다. 그 바람에 줄에 걸려 있던 작은 주머니가 바닥으로 굴러떨어졌다.

조 부인은 그것을 집어 들었다. 그가 여전히 잠에서 깨어나지 않자 조 부인은 집어 든 주머니를 살펴보며 댄이 그 안에 어떤 보물을 넣고 다닐지 궁금해졌다. 그 주머니는 인디언이 만든 작은 함인데 끊어진 줄은 짚을 촘촘하게 짜서 엮은 것이었다. 옅은 노란색을 띠고 향기로운 냄새가 나는 줄이었다.

"이 가여운 녀석의 비밀은 그만 들추자. 줄만 고쳐서 다시 갖다 놓고 내가 녀석의 부적을 봤다는 것을 모르게 하면 되겠지."

그렇게 말하며 줄이 끊어진 부분을 살펴보려고 주머니를 돌리려는데 주머니에서 작은 카드 하나가 조 부인의 무릎으로 떨어졌다. 그것은 덮개에 맞춰 테두리를 자른 사진이었고 아래쪽에는 두 단어가 쓰여 있었다. '나의 아슬라우가.'

순간적으로 조 부인은 그 사진이 혹시 자기 사진인가 싶었다. 조 부인의 모든 아들이 그녀의 사진을 지니고 다녔기 때문이다. 하지만 사진을 덮은 얇은 종이를 여니 지난 행복한 여름날에 데미가 찍은 베스의 사진이 나왔다. 이제는 의심할 여지 없이 확실해졌다. 그녀가 한숨을 내쉬며 사진을 다시 주머니에 넣었다. 괜히 꿰매주었다가 그녀가 알고 있다는 걸 들키면 큰일이었기에 그의 품속에 다시 넣어주려고 몸을 숙이는데 댄이 그녀를 뚫어지게 쳐다보고 있었다. 그녀는 소스라치게 놀랐다. 그는 그녀가 한 번도 본 적 없는 낯선 표정을 하고 있었다.

"네 손이 미끄러져 떨어지면서 이게 떨어졌지 뭐니. 다시 넣어주려던 참이야." 조 부인은 나쁜 짓을 하다가 들킨 못된 아이가 된 기분이었다.

"사진, 보셨군요?"

"그래."

"그럼 제가 얼마나 멍청인지도 아셨겠네요?"

"그래, 댄, 정말 마음이 아프구나……"

"걱정은 마세요. 저는 괜찮아요. 어머니가 아시게 되었다니 다행이네요. 말씀드릴 생각은 없었지만요. 물론 저만의 정신 나간 환상일 뿐이에요. 절대로 실현될 수 없는 일인 것도 잘 알아요. 그러길 기대한 적도 없고요. 오 주여, 더 완벽해질 수 없는 그 작은 천사는 이보다 더 선하고 달콤할 수 없는 꿈일 뿐인걸요!"

그의 얼굴과 어조에서 묻어나는 조용한 체념을 보는 것은 주체할 수 없는 열정을 보는 것보다 훨씬 힘든 일이었다. 조 부인은 연민 가득한 얼굴로 이렇게 말하는 것 외에는 달리 해줄 수 있는 것이 없었다.

"정말 힘든 상황이구나, 애야. 하지만 다른 방도가 보이지 않아. 너는 현명하고 용감하니까 이 상황을 잘 이해하리라 믿는다. 이 일은 우리 둘만의 비밀로 간직하자꾸나."

"맹세할게요. 한마디도 하지 않고, 그런 티도 내지 않고요. 제가 참을 수 있는 한 아무도 모르게 할 거예요. 정말 아무도 모르게만 한다면, 제가 이걸 간직하는 것은 문제가 되지 않겠지요? 그 저주받은 곳에서 제가 제정신으로 저를 지킬 수 있었던 것도 이런 상상을 하면서 위로를 받았기 때문이랍니다."

댄은 간절한 얼굴을 하고 있었다. 그는 작고 낡은 주머니를 얼른 숨겼다. 어느 누구에게도 빼앗기지 않겠다는 의지 같았다. 조 부인은 조언해주고 위로해주기에 앞서 모든 것을 알아야 했다. 그래서 조용히 말했다.

"잘 간직해두렴. 그리고 네가 말한 '상상'이라는 게 뭔지 들려주렴. 네 비밀을 알아버렸으니 일이 어쩌다 이렇게 된 건지, 그리고 이 짐을 덜어주기 위해 내가 도울 수 있는 일은 무엇인지 같이 얘기해보자꾸나."

"들으시면 웃으실 거예요. 하지만 괜찮아요. 어머니는 언제나 우리의 비밀을 알아내시곤 우리의 짐을 덜어주셨으니까요. 제가 책에는 전혀 관심이 없었던 것 아시죠. 하지만 남부에서 악마에게 고문을 당하기 시작하는데, 뭐라도 해야지 안 그랬다간 실성할 지경이더라고요. 그래서 어머니가 주신 두 권의 책을 읽기 시작했어요. 하나는 제 수준으로는 도저히 이해가 되지 않았어요. 나중에 그 착한 목사님이 나타나서는 그 책을 읽을 수 있도록 도와주셨지만요. 그런데 다른 책은, 그러니까 이 책 말이에요. 이 책은 정말이지 제게 큰 위안이 되었어요. 재미있기도 하고 시처럼 아름다웠고요. 저는 여기에 있는 이야기를 전부 좋아해요. 신트람이 가장 많이 닮았어요. 자, 얼마나 닳았는지 한번 보실래요? 그러다가 이 이야기에 빠졌어요. 제 인생 중 행복한 부분에 대한 이야기라고나 할까요. 그러니까, 여기서 보낸 지난여름처럼요."

댄은 잠시 말을 멈추었다. 하고 싶은 말들이 입술을 맴돌았다. 그는 숨을 깊이 들이마시고는 말을 이어갔다. 그로서는 스스로 여인, 사진, 동화를 엮어 만든 어리석은 연애 감정을 날것 그대로 보여주는 것이 쉬운 일만은 아니었다. 단테의 《신곡》에 등장하는 지옥만큼이나 끔찍한 어둠의 장소에서 자신의 베아트리체*를 발견하면서 시작된 상상이었다.

---

* 단테의 연인.

"그곳에서 저는 잠을 잘 수 없었어요. 그래서 뭐라도 생각할 거리를 만들어내야 했죠. 그래서 저는 제가 폴코*라고 상상하면서 벽에 비친 석양의 그림자에서 아슬라우가의 빛나는 머릿결을 보곤 했어요. 제가 지내던 감방은 천장이 높았어요. 덕분에 한 조각이나마 하늘이 보였고 가끔 그 조각 안에 별이 나타나기도 했답니다. 그러면 사람의 얼굴을 보는 것처럼 반가웠어요. 그 푸른 조각이 제겐 정말 소중했어요. 흰 구름이라도 지나가면 세상에서 가장 아름다운 것을 보는 것 같았죠. 그때의 저는 상당히 바보에 가까운 상태였던 것 같아요. 하지만 그 덕분에 이겨낼 수 있었어요. 그것들은 제게 엄숙한 진리와도 같기에 절대로 버릴 수 없는 것들이에요. 사랑스럽게 반짝이는 머리, 하얀 드레스, 별처럼 빛나는 눈, 하늘의 달만큼이나 높은 곳에 있는 그녀를 생각하는 것만으로도 달콤함과 고요를 맛볼 수 있었거든요. 그러니 제발 빼앗아가지 말아주세요! 저 혼자만의 상상일 뿐이에요. 사람이 무언가를 반드시 사랑해야 한다면, 저는 제가 좋다고 할 보통의 여자들을 사랑하느니 그녀 같은 요정을 사랑하겠어요."

댄의 목소리에 배어 있는 조용한 절망이 조 부인의 마음을 찌르는 것 같았다. 하지만 그녀가 줄 수 있는 희망은 아무것

---

* 베아트리체의 아버지.

도 없었다. 그럼에도 그녀는 댄의 말이 맞다고 느꼈다. 댄에게는 분명 이 비운의 사랑을 하는 편이 다른 어떤 사랑보다 행복감을 가져다주고 그를 정화시킬 것이다. 지금의 댄과 결혼하고 싶어 하는 여자가 있다면 필히 그가 살아가게 될 거친 인생에서 방해가 되거나 도움이 되지 않을 이들뿐이리라. 잘못해서 친아버지가 간 길을 따라갈 바엔 죽는 날까지 고독한 길을 가는 편이 나을 것이다. 그의 아버지는 미남이었으나 방종한 삶을 살던 위험한 인물이었으며 그가 비탄에 빠뜨린 여성만 해도 한 명 이상이었으니 말이다.

"그래, 댄, 이 순수한 상상이 너에게 도움이 되고 위안이 된다면 너만 간직하는 편이 현명하겠구나. 좀 더 현실적이고 가능한 무언가가 나타나서 너를 행복하게 해줄 때까지 말이다. 네게 희망적인 말을 해줄 수 있다면 얼마나 좋을까? 하지만 잘 알잖니, 그 아이는 아버지에게는 눈에 넣어도 아프지 않을 자식이자 어머니에겐 마음속 깊은 곳의 자랑이라는 사실 말이다. 제아무리 완벽한 신랑감을 데려온대도 그들 눈에는 결코 차지 않을 거야. 그들의 소중한 딸에 비하면 누구든 부족해 보일 테니 말이다. 그 아이는 그냥 네 마음속 높은 하늘에서 빛나는 별로 남겨두자꾸나. 너를 높은 곳으로 이끌고 너에게 천국을 믿게 할 그런 존재로 말이다."

조 부인은 여기까지 말하고는 울음을 터뜨리고 말았다. 댄의 눈에 그대로 드러난 실낱같은 희망마저 짓밟아버리는 것은 너무나 잔인한 일이었다. 고달픈 인생과 고독한 미래를 앞둔 댄에게 이런 말밖에 해줄 수 없는 자신이 원망스러웠다. 어쩌면 이렇게 울어버리는 것이 그녀가 한 일 중 가장 현명한 일인지도 모른다. 왜냐하면 댄은 그녀의 진심 어린 동정을 보며 자신의 상실감을 위로받았기 때문이다. 이 사건 덕에 얼마 지나지 않아 그는 남자답게 체념하고 이 필연을 순순히 받아들이며 행복한 가능성에 대한 희미한 그림자만 남긴 채 모든 것을 포기하고 정직하게 노력하는 삶을 살기로 결심하게 된다.

두 사람은 어스름 속에서 오래도록 허심탄회하게 이야기를 나눴다. 두 사람이 공유하는 이 두 번째 비밀은 첫 번째 비밀보다 더 둘 사이의 유대감을 튼튼하게 만들어주었는데 이 비밀 안에는 죄도, 수치심도 없었기 때문이다. 그 안에는 다른 모든 성인과 영웅들을 볼품없어 보이게 할 만한 부서지기 쉬운 고통과 인내만 있었다. 그들의 대화는 종이 울릴 때까지, 석양의 영광이 모두 사라질 때까지, 눈 덮인 땅 위로 펼쳐진 겨울 하늘에 부드럽고 밝은 빛을 내는 커다란 별 하나가 걸릴 때까지 이어졌다. 조 부인은 커튼을 내리려고 창문 앞에 섰다가 쾌활하게 말했다.

"댄, 이리로 와서 저녁 별이 얼마나 아름다운지 보렴. 네가 좋아한다고 했잖니." 그는 그녀의 뒤로 와서 섰다. 키가 크고 창백한 모습이 그를 과거의 유령처럼 보이게 했다. 그녀는 따스한 어조로 말했다. "그리고 기억하렴, 애야. 사랑스러운 그 아이는 너를 거부할지라도 네 오랜 친구가 여기 있다는 사실 말이야. 영원히 너를 사랑하고 믿어주고 언제나 너를 위해 기도해줄 친구 말이다."

조 부인은 이번에는 실망하지 않아도 되었다. 불안과 걱정으로 보낸 수많은 날에 대해 보상을 요구한다면 이것이 보상이었다. 불구덩이에서 타는 장작을 건져낸 그녀의 노고가 헛된 것이 아니었음을 보여주듯 댄이 강한 팔로 그녀를 안으며 이렇게 말했기 때문이다.

"절대로 잊지 못할 거예요. 그분은 내 영혼이 구원받도록 도와주시고 내가 감히 하늘을 올려다보며 '주여, 어머니를 축복하소서'라고 말할 수 있게 해주신 분이니까요!"

22. 확실한 마지막 등장

"정말이지, 이건 무슨 화약고 안에서 사는 것도 아니고, 다음엔 대체 어느 화약통이 터져서 나를 내동댕이칠지 알 수가 있어야 말이지." 다음 날 조 부인은 그렇게 혼잣말을 하며 파르나소스로 걸어 올라가고 있었다. 동생에게 세상에서 가장 매력적인 간호사 중 한 명이 당분간 대리석 신상들이 있는 곳으로 돌아가는 게 좋겠다고 일러주러 가는 길이었다. 안 그랬다간 자기도 모르는 사이에 이미 인간 사냥꾼에게 당한 이들에게 새로운 상처를 더해줄 수도 있다고 말이다.

조는 비밀에 대해서는 언급하지 않았지만 약간의 암시만으로도 충분했다. 에이미는 딸이라면 값비싼 진주처럼 극진히 보호하고 나섰기에 딸을 당장에 위험에서 구출할 방법을 금방 구상해냈다. 로리 씨가 댄의 문제로 곧 워싱턴에 갈 일이 있었는데, 에이미 부인이 이번에는 가족과 동행하는 것이 어떻겠느냐며 무심한 듯 제안하니 로리 씨가 기꺼이 수락한 것이다. 그렇게 음모는 계획대로 진행되었고 조 부인은 그 어느 때보다 배신자가 된 기분으로 집에 돌아갔다. 이 소식을 들은 댄이 폭발할까 봐 걱정했으나 그는 의외로 담담하게 받아들였다. 전혀 희망 같은 것을 품고 있지 않은 것 같았다. 에이미 부인이 낭만파 언니가 착각한 모양이라고 확신할 정도였다. 하지만 베스가 작별 인사하기 위해 플럼필드에 들렀을 때 베스를 바라보던 댄의 표정을 모성애 넘치는 에이미가 봤더라면 천진난만한 딸이 보는 것보다 훨씬 많은 것을 눈치챘으리라. 조 부인은 댄이 못 견디고 티를 낼까 봐 잔뜩 긴장한 상태였다. 하지만 그는 혹독한 인생 학교에서 절제를 이미 익힌 터라 가장 위험한 순간도 담담하게 넘길 수 있었다. 그는 그저 베스의 두 손을 잡고 절절한 어조로 이렇게 말했을 뿐이다.

"잘 가, 공주님. 우리가 혹여 다시 만나지 못한다고 하더라도, 가끔은 옛 친구 댄을 생각해줘." 최근 댄에게 일어난 끔찍한 사고와 못내 아쉬워하는 그의 표정에 마음이 움직인 베스는 평상시보다 더 따스한 말로 그 말을 받았다. "우리가 오빠를 얼마나 자랑스러워하는데 어떻게 오빠 생각을 안 할 수가 있겠어? 오빠의 사명에 주님의 축복이 있기를, 그리고 오빠를 다시 우리 가족의 품으로 무사히 보내주시기를!"

순수한 애정과 이별의 아쉬움이 가득한 얼굴로 베스가 그를 올려다보자 그는 더 견딜 수 없게 되었다. 자기 눈앞에 일어나는 상실이 너무나 절절하게 다가왔기 때문이다. 그는 갈라지는 목소리로 "잘 가."라고 말하다 말고 충동을 이기지 못하여 '사랑스러운 황금빛 머리'를 두 손으로 감싸고 키스를 하고 말았다. 그러고는 황급히 자기 방으로 돌아갔다. 그리고 그곳은 다시 감방이 되었다. 파란 하늘 한 조각을 바라보는 것만이 그의 유일한 위안인 그곳 말이다.

이 갑작스러운 애정 표시와 또 그렇게 사라져버린 모습에 베스는 당황했다. 여자의 본능으로 그 키스가 이전에 알던 것과 다르다는 것을 즉각 눈치챘다. 사라지는 그의 뒷모습을 바라보는 그녀의 볼이 붉어졌고 눈은 당혹감을 감추지 못했다. 조 부인은 이를 알아보고는 베스가 질문하지 못하도록 미리 선수를 쳤다.

"댄을 용서하렴, 베스. 최근 정말 어려운 일을 겪었단다. 그러다 보니 친구들과 헤어지는 걸 부쩍 힘들어하는구나. 너도 알겠지만 댄이 얼마 후면 다시는 안 돌아올 수도 있는 황야로 떠나잖니."

"추락해서 죽을 뻔한 그 일 말씀이세요?" 베스가 순진한 얼굴로 물었다.

"아니, 그보다 더 큰 어려움이었지. 하지만 더는 이야기해줄 수가 없구나. 댄이 스스로 용기를 내서 직접 얘기한다면 모를까. 그러니 너도 내가 그러는 것처럼 댄을 믿어주고 존중해주려무나."

"사랑하는 사람을 잃었나 보군요. 가여워라! 우리가 오빠에게 더 잘해줘야겠네요."

베스는 더 묻지 않고도 수수께끼가 풀려 만족하는 것 같았다. 베스의 말이 너무나도 맞는 말이라 조 부인은 고개를 끄덕일 수밖에 없었다. 베스는 모두가 느끼는 댄의 변화가 사랑하는 사람을 잃은 슬픔에서 비롯된 것이라고, 그래서 지난 1년간 겪은 일을 얘기하고 싶어 하지 않는 것이라고 굳게 믿으며 떠나갔다.

하지만 테디는 그렇게 만만하지 않았다. 댄이 이상하리만치 과묵하게 굴자 그는 도저히 참을 수 없는 지경에 이르렀다. 어머니가 댄이 다 나을 때까지 그에게 이것저것 물어 귀찮게 하지 말라고 경고를 했지만 댄의 출발날짜가 점점 다가오자 테디는 댄이 떠나기 전에 반드시 그가 한 모험 이야기를 처음부터 끝까지, 상세하고 만족스럽게 듣고 말리라고 결심했다. 테디는 댄이 띄엄띄엄 들려주는 이야기로도 이미 매혹되었기에 분명 스릴 넘치는 모험일 것이라고 확신했다. 그래서 어느 날 주변에 사람이 아무도 없는 틈을 타 우리의 테디 도련님이 이 환자를 돌보겠다고 직접 나선 것이다. 상황은 대략 이러했다.

"이봐, 자네. 책 읽어주는 걸 듣고 싶지 않으면 자네가 말을 해야 하네. 자, 내게 캔자스에 대해 이야기해보게. 그곳의 농장은 어떠한지, 그 동네는 어떠한지. 몬태나에서 한 사업에 대해서는 이미 들어서 알고 있네만 그 전에 무슨 일을 했는지 말해주는 걸 잊어버린 것 같은데. 분발하고, 자, 들어봅시다."

그 모습이 어찌나 어처구니가 없던지 갈색 안락의자에 기댄 댄을 즉각적으로 일으키는 효과가 있었다.

"아니, 안 잊어버렸어. 하지만 다른 사람이 들으면 별로 재미있는 일이 아니라서 말이야. 농장은 가보지도 못했어. 그냥 포기했거든." 그가 천천히 말했다.

"왜?"

"다른 할 일이 생겨서."

"무슨 일?"

"글쎄, 빗자루 만드는 것도 그중 하나지."

"사람을 놀리면 못써. 진실을 말하라!"

"진짠데."

"그건 왜 만들었는데?"

"그거나 만들어서 사고 안 치려고 그랬지."

"그건 형이 한 괴상한 일 중에서, 진짜 형은 별 거 다 했지, 아무튼 그중에서 가장 괴상한 일이다!" 테디가 외쳤다. 기대한 것보다 성과가 미미하여 실망스러웠다. 그렇다고 벌써 포기할 테디가 아니다. 다시 시작했다.

"무슨 사고를 쳤는데 그래, 형?"

"알 필요 없어. 애들은 몰라도 돼."

"하지만 난 알고 싶다고. 죽을 만큼 궁금해. 난 형 친구잖아. 형을 무한정 좋아해줄 사람이라고. 언제나 그랬고. 그러니, 어서, 재미난 이야기 실타래 좀 풀어봐. 다른 사람들에게 알려지는 걸 원하지 않는다면 굴처럼 입을 앙다물고 있을게."

"정말 그럴 수 있겠어?" 댄이 그를 쳐다봤다. 이 녀석에게 갑자기 진실을 말해주면 이 소년 같은 얼굴이 어떻게 변할지 궁금해졌다.

"형이 원한다면 내 주먹을 걸고 맹세하지. 분명히 재미있는 이야기일 것 같아. 얼른 듣고 싶어서 병이 날 지경이라고."

"무슨 여자아이처럼 이렇게 호기심이 많아. 너보다 덜한 여자들도 있다고. 조시처럼. 그리고 베스도 단 한 번도 그런 건 묻지 않았어."

"그거야, 그 애들은 싸움 같은 것에 관심이 없으니까. 광산업이나 영웅 같은 이야기나 좋아하지. 나도 그래. 나도 펀치*만큼이나 자랑스럽다니까. 하지만 형의 눈을 보니까 그 이전에 무슨 일이 있었던 것 같아. 그래서 나는 블레어니, 메이슨이니 하

---

* 영국의 인형극 〈펀치 앤드 주디(Punch and Judy)〉의 주인공.

는 이들이 누군지 알아내야겠어. 대체 누가 맞은 거고 누가 달아난 건지, 그리고 나머지 이야기도 모두."

"뭐라고!" 댄이 놀라 소리치는 통에 테디가 더 놀랐다.

"아니, 자면서 형이 그렇게 중얼거렸단 말이야. 로리 이모부가 궁금해했어. 나도 그랬고. 하지만 괜찮아. 기억나지 않는다면 말이야. 어떤 일은 기억을 하지 않는 게 더 좋기도 하니까."

"내가 뭐라고 했니? 별난 일이야. 제정신이 아닌 사람의 입에서 나오는 말이란."

"그게 내가 들은 전부야. 하지만 흥미로운 일이 있었던 것처럼 들렸어. 그래서 말해본 거야. 형의 기억이 살아나는 데 도움이 될까 해서." 테디가 예의 바르게 말했다. 댄이 잔뜩 찡그린 표정을 지었기 때문이다.

이 말에 댄은 다시 표정을 풀었다. 조급함을 참지 못해 의자에 앉아서 안절부절못하는 소년을 보니 댄은 그를 조금 즐겁게 해주기로 마음먹었다. 동문서답과 반쪽짜리 진리를 던져주면 그의 호기심도 어느 정도 해소되고 평화가 찾아오리라. 그런 바람이었다.

"어디 보자, 블레어는 말이지, 기차에서 만난 녀석이고, 가여운 메이슨은, 그러니까, 그래, 병원 같은 데서 만난 사람이야. 나도 어쩌다 그곳에 있게 되었거든. 블레어는 형들에게서 달아났고, 맞은 사람은 메이슨이야. 그곳에서 죽었으니까. 이제 됐어?"

"아니, 전혀. 블레어는 왜 도망갔는데? 다른 한 명을 때린 사람은 또 누구고? 큰 싸움이 있었던 거네, 맞지?"

"맞아!"

"이제야 뭐가 뭔지 알겠다."

"요 악마 같은 녀석, 네가 안다고? 그럼 네 추리를 들어보자. 재미있을 것 같은데." 댄이 애써 편안한 척하면서 말했다.

자신의 상상을 마음껏 펼쳐도 된다는 허락을 받아 신이 난 테디는 수수께끼 같은 사건에 대한 소년다운 추리를 풀어나갔다. 미스터리 사건을 좋아하는 그는 이번에도 뭔가 분명히 미스터리가 존재한다고 느꼈다.

"내 추측이 맞다고 하더라도 대답은 안 해도 괜찮아. 형이 발설하지 않기로 맹세했을 수도 있으니까. 형 얼굴만 봐도 내가 알 수 있을 거야. 하지만 말하지는 않을게. 자, 이제 내 말이 맞나 들어봐. 거기서 폭력적인 사건들이 일어난 거야. 그리고 형도 거기에 연루가 되었고. 우편 마차 강도나 KKK단* 같은 걸 말하는 건 아니야. 그보다는 정착민들을 지키거나 불량배들을 소탕하거나 그것도 아니면 몇 놈을 쐈거나 그랬을 거야. 사람이 살다 보면 그런 일도 있는 거잖아. 정당방위로 말이야. 아하! 내 말이 맞구나! 그래, 말하지 않아도 돼. 그 번뜩이는 눈빛, 그

---

* 미국의 백인우월주의 집단 큐 클럭스 클랜(Ku Klux Klan).

리고 꽉 쥐는 주먹, 예전에 형에게서 본 거야." 테디가 의기양양
하게 말했다.

"계속해보셔. 아주 제법인데. 실마리 놓치지 마시고." 댄은 테
디의 황당한 추측을 듣고 있자니 이상하게 마음이 편안해지면
서 진실을 말해주고 싶다는 생각이 들었다. 대담해져서 그런다
기보다는 그리움에서였다. 테디에게 범죄 사실은 털어놓을 수
있을 것 같았다. 하지만 그에 따른 형벌까지는 알리고 싶지 않
았다. 불명예의 수치가 여전히 그를 짓눌렀기 때문이다.

"역시 그럴 줄 알았다니까. 나를 그렇게 오래 속일 수는 없
지." 테디가 어찌나 뻐기면서 말하던지 댄은 웃음이 터졌다.

"마음이 편해졌구나, 형. 그렇지? 누르고 있던 게 사라진 것
같지? 이제 비밀이 있으면 나에게 다 털어봐. 내가 비밀을 보
장할게. 발설하지 않겠다고 다른 사람에게 맹세했다면 어쩔 수
없지만."

"응, 그랬어."

"아, 그랬구나. 그럼 말하지 마." 그렇게 말하는 테디의 얼굴
에 실망한 빛이 지나갔다. 하지만 그는 곧 원래 모습으로 돌아
와서는 세상 돌아가는 이치를 다 꿰고 있다는 듯이 폼을 잡으
며 이렇게 말했다. "다 괜찮아. 내가 다 이해할게. 명예를 건 약
속, 무덤까지 가져가는 비밀, 뭐 이런 거지? 병원에서 친구를
지켜줬다니 아주 잘했네. 몇 놈이나 죽인 거야?"

"딱 한 명."

"악당이었겠지, 물론?"

"빌어먹을 악당이었지."

"어, 형, 그렇게 무서운 얼굴 하지 마. 뭐라고 할 생각은 없으니까. 그런 몹쓸 불한당들은 나라도 기꺼이 해치웠을 거야. 그러곤 도망가서 당분간 숨어 살면 되잖아."

"덕분에 꽤 오랫동안 쥐 죽은 듯이 지내야 했지."

"그러다가 괜찮아져서 광산으로 갔다가 그렇게 용감한 일을 한 거구나. 형, 정말 흥미롭고 멋지게 살았네. 다 알게 되어서 정말 기쁘다. 하지만 입도 뻥긋하지 않을게."

"절대로 말하면 안 된다. 들어봐, 테디. 만일 네가 사람을 죽였다면 그 일 때문에 괴롭겠지? 아, 그러니까 악당 말이야."

소년은 "아니, 전혀!"라고 말하려고 입을 열었다가 생각을 고쳐먹었다. 댄의 표정에서 생각을 바꿔야 한다는 메시지라도 읽은 듯이. "글쎄, 전쟁이나 정당방위처럼 그렇게 하는 것이 내 의무라면 그럴 이유가 없지 않을까? 하지만 그냥 분노를 이기지 못해서 사람을 공격한 거라면, 그러면 나도 정말 괴로울 것 같아. 그자가 유령이 되어 나를 쫓아다니거나 후회가 내 영혼을 갉아먹거나 할 수도 있잖아. 아람*이나 그런 자들에게 그랬듯이

---

* 18세기 영국의 문헌학자이자 살인자인 유진 아람(Eugene Aram)을 말한다.

말이야. 형은 상관없는 얘기잖아, 그렇지? 정정당당한 싸움이었으니까. 맞지?"

"그래. 난 정당했어. 그래도 지금 생각하면 말려들지 않았더라면 얼마나 좋았을까 싶어. 여자들은 이런 문제를 다르게 보더군. 이런 얘기를 들으면 공포에 질린 얼굴을 하면서 문제를 더 크게 만들지. 하지만 나는 상관없어."

"여자들에게 말하면 안 돼. 괜한 걱정 하지 않도록 말이야." 테디는 마치 자기가 여자 문제에 정통한 사람이라도 되는 것처럼 고개를 끄덕이며 말했다.

"그럴 생각 없어. 이 얘기는 너 혼자만 간직하는 것으로 해줘. 개중엔 얼토당토않은 것도 있으니까. 자, 이제 책 읽어주고 싶으면 읽어줘도 돼." 대화는 그렇게 끝이 났다. 하지만 테디는 이 대화로 마음을 놓았고 이후 그는 올빼미처럼 현명한 얼굴을 하게 되었다.

몇 주가 조용하게 흘러갔다. 댄은 출발이 자꾸 밀리면서 애가 타고 있었다. 마침내 그의 신임장이 준비되었다는 전갈이 왔고 그는 빨리 떠나고 싶어 몸이 근질거렸다. 고된 노동으로 헛된 사랑을 잊고 싶은 마음도 있었지만 그보다 더는 자기 자신을 위한 삶을 살지 않기로 결심한 이상 하루라도 빨리 다른 이들을 위한 삶을 살고 싶어서였다.

어느 광풍이 불던 마치 가의 아침, 우리의 신트람은 말과 개를 데리고 길을 떠났다. 그를 집어삼킬 뻔했으나 하늘의 도우심과 인간의 연민으로 실패한 원수를 다시 마주하기 위해서.

"아, 이런! 인생이란 이별의 연속이로구나. 이별이란 왜 하면 할수록 더 어려워지는 걸까." 조 부인은 한숨을 내쉬었다. 댄이 떠난 지 일주일이 지난 어느 날 저녁이었고 그녀는 파르나소스의 기다란 응접실에 앉아 있었다. 여행을 마치고 돌아온 이들을 환영하고자 가족들이 그곳에 모두 모였을 때였다.

"또한 만남의 연속이기도 하지, 언니. 우리도 이렇게 돌아왔고 네트도 마침내 귀국한다잖아. 구름의 은빛 테두리*를 보라고 엄마도 우리에게 항상 얘기하셨잖아. 그걸 보고 위안을 받자." 에이미 부인이 말했다. 집에 돌아와서 너무 편하고 또 자신의 양 우리 근처를 어슬렁거리는 늑대들도 보이지 않아서 좋다.

"최근에 걱정을 너무 많이 해서 그러나 자꾸 않는 소리를 하게 되네. 그런데 댄이 너희를 다시 만나지 못한 것에 대해 어떻게 생각했을까? 현명한 선택이었지만 오지로 들어가기 전에 가족들 얼굴을 한 번 더 볼 수 있었더라면 좋았을 텐데." 조 부인의 목소리에 아쉬움이 묻어 있다.

"그러는 편이 더 나았어. 편지와 그 아이에게 필요할 만한 모든 것들을 챙겨두고 그 아이가 도착하기 전에 빠져나왔지. 베

---

* 구름 뒤의 햇살이 만들어내는 흰색 테두리를 말하며 인생의 '밝은 면'을 보라는 격언에 사용되는 표현이다.

스도 그편을 더 편하게 여기더라고. 나도 물론 그랬고." 에이미 부인이 새하얀 이마에 잡힌 걱정 주름을 펴며 말했다. 그녀는 사촌들에게 둘러싸여 행복하게 웃고 있는 딸을 바라보며 미소 지었다.

조 부인은 좀처럼 구름의 은빛 테두리를 찾기 힘들다는 듯이 머리를 흔들었다. 다시 앓는 소리 할 틈도 없이 로리 씨가 뭔가 즐거운 일이 있다는 듯한 표정으로 들어왔다.

"새로운 그림이 도착했습니다, 여러분. 모두 음악실 쪽으로 고개를 돌려 감상하시고 마음에 드는지 말씀해주시기 바랍니다. 저는 이 작품의 제목을 '어느 바이올린 연주자'라고 붙여봤습니다. 안데르센의 동화에서 따온 것이지요. 여러분은 어떤 제목을 붙이시겠습니까?"

그는 그렇게 말하며 커다란 문을 활짝 열어젖혔다. 그 문 뒤에는 밝은 얼굴로 바이올린을 손에 든 젊은 남자가 서 있었다. 너도나도 의심할 여지가 없는 이 그림의 제목을 외치기 시작했다.

"네트! 네트다!"

일대 소요가 일어났다. 가장 먼저 달려간 사람은 데이지였다. 가는 길에 평상시의 차분함을 잃어버린 듯 그에게 매달려 흐느껴 울기 시작했다. 놀람과 기쁨이 조용히 삼키기 어려울 정도로 너무 컸기 때문이다. 그간의 고생을 풀어주는 눈물과 다정한 포옹이었다. 메그 부인이 재빨리 가서 딸을 떼어내긴 했어도 데이지는 자신이 있어야 할 곳을 확인할 수 있었다. 데미는 형제애가 느껴지는 따스한 악수를 해주었고 조시는 맥베스의 세 마녀를 한 번에 구현하듯 가장 비극적인 목소리로 주문을 외우면서 그들 주변을 빙글빙글 돌면서 춤을 추었다.

"그대, 쩍쩍이였지. 그대, 이제 제2 바이올린 주자라네. 그대, 곧 제1 주자가 될지어다. 만세, 만만세!"

덕분에 한바탕 웃음이 터지면서 즉시 쾌활하고 편안한 분위기로 바뀌었다. 당연히 질문이 쏟아지고 대답이 거침없이 이어졌다. 그러는 사이 남자들은 네트의 금발 수염과 이국적인 옷차림을, 여자들은 그의 훤해진 외모 칭찬에 여념이 없었다. 질 좋은 영국 소고기와 맥주 덕분에 혈색이 좋아졌고 그를 집으로 데려온 바닷바람을 맞아서 그런지 한결 상쾌해 보였다. 어른들은 그의 유망한 장래성에 기뻐했다. 모두 그의 연주를 듣고 싶어 했고 다들 말하느라 입이 아파질 때쯤 그는 바이올린을 꺼내 들고 가장 자신 있는 곡들을 연주했다. 수줍어하던 네트를 남자로 만들어준 에너지와 침착성도 놀라웠지만, 그보다도 그의 연주 실력이 어찌나 크게 진보했는지 가장 까다로운 비평가들조차 깜짝 놀라고 말았다. 그는 어떤 악기보다도 가장 사람 같은 악기인 바이올린으로 가장 로맨틱한 곡들을 연주했는데 가사 없는 노래처럼 들려왔다. 자기를 둘러싸고 있는 옛 친구들을 바라보던 네트는 베어 씨의 표현대로 행복감과 만족감으로 '감정이 가득'해지는 것을 느꼈다.

"이번에는 모두가 아실 곡을 연주해드릴게요. 저한테는 아주 특별한 곡이랍니다." 네트는 올레 불의 화신이라도 된 듯한 자세로 서서 그가 처음 플럼필드로 오던 날 길에서 연주하던 곡을 연주했다. 모두 기억하고 있었다. 그리고 다 같이 그 구슬픈 가사를 합창했다.

오 서글프고 지친 나의 마음
어디를 떠돌아도
옛 고향이 그리워
고향에 두고 온 가족들이 그리워

"이제야 기분이 좀 나아지네요." 조 부인이 말했다. 모두 언덕을 따라 돌아간 후였다. "우리 아이들 중 몇은 실패작이에요. 하지만 이 녀석은 성공작이 되겠어요. 참을성 있는 데이지도 행복한 여인이 될 것이고요. 네트는 당신 작품이에요, 프리츠. 고생 많았어요."

"이런, 우리가 할 수 있는 일이라곤 씨 뿌리는 일밖에 없잖소. 마침 씨가 좋은 밭에 떨어진 게죠. 내가 심었을지는 몰라도 공중의 새가 먹어버리는 일이 없도록 돌본 것은 당신이고 물을 듬뿍 준 것은 로리가 한 일이지요. 그러니 이 추수는 우리 모두의 것이오. 비록 작은 것이라도 기뻐합시다, 내 소중한 당신."

"댄의 경우엔 그 씨앗이 돌밭에 떨어졌다고 생각했어요. 하지만 그가 다른 모두를 제치고 인생 최고의 성공을 거둔다 해도 이제는 놀라지 않을 것 같네요. 여러 성도보다 회개한 죄인 한 명을 더 기뻐하신다고 하잖아요." 조 부인이 대답했다. 그녀 앞으로 새하얀 양들이 무리 지어 가고 있었지만 그녀의 마음은 여전히 검은 양에게 가 있었다.

큰 지진이 일어나 플럼필드와 그 주변을 몽땅 집어삼켜 땅속 깊이 파묻혀 제아무리 젊은 슐리만(Schliemann)*이라도 그 자취를 찾을 수 없었다, 라고 이 이야기를 끝내고 싶지만, 그리고 이는 이 고단한 역사가에게 더없이 큰 유혹으로 다가오지만, 결말을 그렇게 멜로드라마로 끝냈다가는 나의 점잖은 독자들이 큰 충격을 받게 될 것이다. 그래서 그렇게 하는 것은 자제하고 "그래서 다들 어떻게 되었대?"라는 뻔한 질문을 받기 전에 미리 선수를 쳐보려 한다.

간단히 말하면 결혼은 모두 성공적이었다. 남자들은 각자가 받은 소명에 따라 잘살았다. 그 점은 여자들도 마찬가지였는데 베스와 조시는 각자의 예술적 분야에서 이름을 날렸고 시간이 흘러 각자에게 맞는 짝도 찾았다. 낸은 바쁘고 명랑하며 독립

---

* 19세기 독일의 고고학자.

적인 독신녀를 고집했고 고통받는 여성 동지들과 그 자녀들을 위해 평생을 바칠 고귀한 일을 찾아 그 안에서 진정한 행복을 누렸다.

댄은 끝까지 결혼하지 않고 용감하고 가치 있는 삶을 살았다. 그는 스스로 선택한 부족과 어울려 생활하면서 그들을 지키다 총에 맞아 목숨을 잃었다. 그는 마침내 자신이 그토록 사랑하던 푸르른 광야에 누워 금빛 머리칼 한 줌을 가슴에 얹고 얼굴에는 미소를 띤 채로 조용히 잠이 들었다. 그 미소는 아슬라우가의 기사가 최후의 싸움을 마치고 마침내 평안한 휴식을 얻었노라고 말해주는 것 같았다.

스터피는 시 의원이 되었는데 어느 공식 만찬을 마친 후 뇌졸중으로 쓰러져 세상을 떠났다. 돌리는 사교계 명사가 되었으나 결국 가진 돈을 모두 탕진하여 양복 재단하는 회사에서 일자리를 찾아 자기 적성에 딱 맞는 일을 하게 되었다.

데미는 동업자가 되어 자기 이름이 쓰인 간판을 달고 일하게 되었다. 로브는 로런스 대학의 교수가 되었다. 다른 모두를 무색하게 만든 이는 다름 아닌 테디인데 그는 유창한 설교로 유명한 목사가 되어 어머니를 놀라게 한 동시에 큰 기쁨을 선사했다.

자, 이제 여럿의 결혼과 일부의 죽음과 사물의 합리성이 허락하는 한 주어지는 번영의 이야기를 열심히 제공하여 모두를 만족시켰으니, 이만 마치 가문에 대해서는 음악도 멈추고 조명도 끄고 영원히 막을 내리도록 하자.

1832년 미국 펜실베이니아주 필라델피아에서 아버지 에이머 스 브론슨 올컷과 어머니 애비게일 메이 올컷의 둘째 딸로 태어났다.

1834년 가족 전체가 매사추세츠주 보스턴으로 이주했다.

1840년 보스턴에서 매사추세츠주 콩코드의 작은 오두막으로 이주했다. 아버지와 친하게 지내던 초월주의 사상가 랠프 월도 에머슨, 헨리 데이비드 소로에게 교육을 받 는다. 그 외에도 너새니얼 호손 등 당대 문인들 및 초 월주의 지식인들과 올컷 가족 간에는 활발한 교류가 있었다.

1843년 아버지 에이머스 올컷이 유토피아 공동체인 프루틀 랜드를 설립, 온 가족이 공동체로 이주했다. 하지만 공동체는 곧 와해되었고 이후 임대 주택에 살게 된다.

1845년 어머니의 유산과 에머슨의 원조로 구입한 콩코드의 '오차드 하우스'로 이주했다. 훗날 이때의 경험과 당시 일기를 바탕으로 《초월주의의 야생귀리(Transcendental Wild Oats)》를 집필한다.

1847년 남부에서 도망친 흑인들의 탈출을 도와주는 '지하철도(Underground Railroad)'의 역이자 쉼터로 가족이 집을 제공한다.

1848년 여성의 인권과 참정권에 관한 〈감정 선언문(Declaration of Sentiments)〉을 읽고 큰 영향을 받는다. 가난 때문에 어릴 때부터 임시 채용 교사, 바느질, 가정교사, 가사 도우미, 그리고 작가로 일한다.

1854년 에머슨의 딸 엘렌 에머슨을 위해 쓴 동화를 모아 《꽃의 동화(Flower Fables)》를 출간한다.

1856년 '소녀들을 위한 책'을 써달라는 출판사의 요청으로 《작은 아씨들(Little Women)》을 쓰기 시작한다.

1858년 여동생 엘리자베스가 죽고, 언니인 애나가 결혼한다.

1860년 《애틀랜틱 먼슬리(The Atlantic Monthly)》에 작품을 쓰기 시작한다.

1862년 남북전쟁 중에 북군의 간호사로 자원입대해 워싱턴 D.C.의 조지타운에 있는 병원에서 간호사로 일한다.

1863년 건강상의 이유로 콩코드의 집으로 돌아온다. 간호사 복무 기간의 경험, 당시 가족에게 보낸 편지들을 바탕으로 《병원 스케치(Hospital Sketches)》를 발표한다. 이 작품으로 대중의 인기와 문단의 관심을 받는다.

1864년 장편 《변덕(Moods)》을 발표한다. 인종 문제, 여성 문제, 계급 문제를 복합적으로 다룬 단편 〈한 시간(An Hour)〉을 발표한다.

1866년 《모던 메피스토펠레스(A Modern Mephistopheles)》를 탈고하지만, 선정적이라는 이유로 출판을 거부당한다.

1868년 '뉴잉글랜드 여성참정권 협회'에 가입한다. 이 해와 다음 해에 걸쳐《작은 아씨들》1, 2권을 출간한다. 이 작품의 대성공으로 가족이 오랜 생활고에서 벗어나게 된다. 이후에도 어린이를 위한 다수의 작품을 출간한다.

1870년 《시골 소녀(An Old-Fashioned Girl)》를 출간한다.

1871년 《작은 아씨들》의 후속작《작은 신사들(Little Men)》을 출간한다.

1877년 어머니 애비게일 메이 올컷이 세상을 떠난다. 이후 어머니의 평생 숙원인 여성의 참정권 획득을 위해 각종 정치활동에 적극적으로 참여한다.

1879년 콩코드 지역 의회 선거를 위해 등록한 최초의 여성이 된다.

1880년 막내 여동생 메이가 세상을 떠난 후 열 달 된 딸을 맡게 되고, 과부가 된 언니와 언니의 아이들의 자녀까지 모두 올컷이 키우게 된다.

1886년 《작은 아씨들》 3부작의 마지막 편 《조의 아이들(Jo's Boys)》을 출간한다.

1888년 3월 6일, 아버지가 죽은 뒤 이틀 만에 뇌졸중으로 세상을 떠났다. 콩코드의 슬리피 할로 공동묘지에 묻혔다.

옮긴이 **문세원**

인하대학교를 졸업한 후 다양한 분야의 책들을 번역했다. 현재 번역에이전시 엔터스코리아에서 출판기획자 및 전문번역가로 활동 중이다. 옮긴 책으로는《애프터 안나》,《붉은 밤을 날아서》,《재스퍼 존스가 문제다》,《마릴린 먼로의 점에서 소크라테스를 읽다》,《이탈리아 와인 가이드》,《틈새 경제》,《옵티미스트의 긍정 코드 100》,《행복은 나에게 있다》등 다수가 있다.

디럭스 벨벳 에디션

초판본 작은 아씨들 4 - 조의 아이들
: 1886년 오리지널 초판본 표지디자인

초판 1쇄 펴낸 날 2020년 8월 20일

지 은 이 루이자 메이 올컷
그 린 이 엘런 웨더럴드 애런스
옮 긴 이 문세원
펴 낸 이 장영재
펴 낸 곳 (주)미르북컴퍼니
자 회 사 더스토리
전   화 02)3141-4421
팩   스 02)3141-4428
등   록 2012년 3월 16일(제313-2012-81호)
주   소 서울시 마포구 성미산로32길 12, 2층 (우 03983)
E-mail sanhonjinju@naver.com
카   페 cafe.naver.com/mirbookcompany

값 **16,800원**

03840

9 791164 452972
ISBN 979-11-6445-297-2